ज्ञान गरिमा के
68 वर्ष

भारतीय
ज्ञानपीठ

णाणं पयासयं

वीर नि.सं 2470

ई.सन् 1944

भारतीय ज्ञानपीठ

प्रिंट लाइन

(उपन्यास)

प्रिंट लाइन

परितोष चक्रवर्ती

भारतीय ज्ञानपीठ

लोकोदय ग्रन्थमाला : ग्रन्थांक 1138
ग्रन्थमाला सम्पादक
रवीन्द्र कालिया
सह-सम्पादक
गुलाबचन्द्र जैन

प्रिंट लाइन
(उपन्यास)
परितोष चक्रवर्ती

प्रथम संस्करण : 2012
मूल्य : 340 रुपये

ISBN 978-93-263-5052-5

प्रकाशक : **भारतीय ज्ञानपीठ**
18, इन्स्टीट्यूशनल एरिया, लोदी रोड, नयी दिल्ली-110 003

मुद्रक : चार दिशाएँ, नोएडा

आवरण चित्र : मनोज कचंगल
आवरण-सज्जा : ज्ञानपीठ कला प्रभाग

PRINT LINE
(Hindi Novel)
by Paritosh Chakravarti

Published by : **Bharatiya Jnanpith**
18, Institutional Area, Lodi Road, New DUelhi-110 003

e-mail : jnanpith@satyam.net.in, sales@jnanpith.net
website : www.jnanpith.net

First edition : 2012
Price : Rs. 340

'प्रिंट लाइन' के भीतर एवं बाहर के उन तमाम
अग्रजों, मित्रों, परिजनों एवं सहयोगियों को जिनकी उदारता ने मेरे
आज तक के जीवन को सँवारा, दुलारा और प्रेरणा दी

आभार

डॉ. सच्चिदानन्द जोशी, मोहन गुप्त, वरिष्ठ पत्रकार राजनारायण मिश्र एवं मेरी पत्नी श्रीमती प्रीति चक्रवर्ती को, इस उपन्यास के प्रथम पाठ एवं समय-समय पर महत्त्वपूर्ण प्रतिक्रियाएँ देने के लिए एवं राजेश सोनी को पूरे उपन्यास के ढेर से पृष्ठों के अनुलेखन के लिए।

एक

जैसे ही उनकी नींद खुली, वे हड़बड़ा से गये। न तो वे आँख खोल पा रहे हैं, न किसी को आवाज़ दे पा रहे हैं और न ही उठ पा रहे हैं। यह उन्हें क्या हो गया है? उन्हें यह भी तो याद नहीं कि वे कब से सो रहे हैं? ऐसा पहले तो कभी नहीं हुआ! याद करने की कोशिश करते हैं कि सोने से पहले वे क्या कर रहे थे।

दिमाग पर बहुत जोर डालते हैं तो बस इतना याद आता है कि वे अपनी स्टडी में बैठे कोई उपन्यास पढ़ रहे थे। उसके बाद क्या हुआ, उन्हें याद नहीं आ रहा है।

अजीब-सी बेचैनी होने लगी।

कई मिली-जुली आवाज़ों के बीच वे परिचित-सी आवाज़ सुनते हैं... सुरेन्दर की आवाज़? हाँ, सुरेन्दर की ही आवाज़ है यह! लेकिन वे उसे देख क्यों नहीं पा रहे हैं? वे दिमाग पर बहुत जोर डालते हैं, मगर इस सवाल का उन्हें कोई जवाब नहीं मिलता। आखिर वे अपने मन को समझाते हैं कि देख नहीं पा रहे हैं तो यही क्या कम है कि उसे सुन पा रहे हैं।

वह अर्चना से पूछ रहा है, "बेटा, ये कब हुआ?"

अर्चना कह रही है, "कल रात पापा अपनी स्टडी में थे, मैं उनके लिए चाय लेकर गयी तो देखा कि वे कुर्सी पर ही एक तरफ लुढ़के पड़े हैं। मैंने माँ को आवाज़ दी। उसी हालत में हम उन्हें इस अस्पताल में ले आये।"

कहते-कहते अर्चना को रुआँसी हो आयी।

फिर सुरेन्दर की आवाज़, "डॉक्टरों ने क्या बताया?"

कुछ देर तक अर्चना की आवाज़ सुनाई नहीं देती। वे सिर्फ हल्की-सी सिसकियाँ सुन पा रहे हैं।

आखिर अर्चना के शब्द उनके कानों से टकराते हैं, "अंकल, डॉक्टर कह रहे थे सेरेब्रल अटैक है... पापा कोमा में चले गये हैं..."

एक उफ़ की आवाज़ होती है, यह शायद सुरेन्दर के मुँह से निकली है।

अब जाकर उनकी समझ में आया है कि वे कल रात से ही अस्पताल में हैं। डॉक्टर इसे कोमा की स्थिति बता रहे हैं, मगर वे तो सबकी बातचीत सुन पा रहे हैं,

भले ही उनका शरीर कोई प्रतिक्रिया नहीं दे पा रहा..! क्या सचमुच यह कोमा की स्थिति है? भगवान जाने! अट्ठावन वर्ष की जिन्दगी में पहली बार वे अपने को इस स्थिति में पा रहे हैं।

शायद डॉक्टर साहब आ गये हैं...?

सुरेन्दर चिन्तित स्वर में पूछ रहा है, ''डॉक्टर साहब, ये ठीक तो हो जाएँगे न?''

डॉक्टर की एक निर्लिप्त और गम्भीर-सी आवाज़ सुनाई देती है, ''देखिए सरदारजी, ऐसे मरीजों को लेकर कुछ नहीं कहा जा सकता। ये कभी दो दिन भी नहीं ठहरते, तो कभी महीनों ठहर जाते हैं। कभी-कभी मिराकल भी होता है और मरीज कोमा से लौट आता है।''

अब जाकर उनकी समझ में आता है कि उनके साथ क्या हुआ है?

डॉक्टर की बात सुनने के बाद सुरेन्दर के चेहरे पर कैसी रेखाएँ उभरी होंगी... एक कहानीकार का मन यह जानना चाहता है पर उपाय क्या है? वे तो कुछ भी नहीं देख पा रहे हैं... पलकों पर जैसे कई मन का वजन पड़ा है।

अचानक उन्हें पत्नी की याद आती है...

आसपास कहीं उसकी आवाज़ क्यों सुनाई नहीं दे रही है...? सुरेन्दर शायद खबर पाकर उसी समय आ गया होगा! भिलाई से आने में भला कितनी देर लगती है।

अभी समय क्या हो रहा होगा; यह जानने का उपाय भी तो उनके पास नहीं है! आसपास की बातचीत से लगा दस-ग्यारह के बीच का समय होगा...। पत्नी इस समय पास नहीं है इसका मतलब... रात भर की जागी घर गयी होगी। नहाए-धोएगी... फिर शायद पूजा करेगी। जाने इन परिस्थितियों में उसका मन पूजा में लगेगा भी या नहीं। वैसे रोज का नियम है पूजा करके दस बजे तक वह दो रोटी खा लेती है। आज यह क्रम जारी रहेगा या नहीं, कौन जाने...?

जहाँ तक उनकी जानकारी है, वे जिस हालत में हैं उसमें उन्हें तरल पदार्थ के सिवाय कुछ भी खिलाया नहीं जा सकता, इसलिए पत्नी शायद कोई सूप बनाकर लाएगी। वैसे रोज इसी समय वे लौकी का सूप पिया करते हैं। मगर उनकी तो जीभ ही नहीं चल पा रही है, फिर सूप उन्हें कैसे पिलाया जाएगा? खैर, यह सरदर्द डॉक्टरों का है, उनका नहीं।

डॉक्टर इसे कोमा की स्थिति बता रहे हैं पर उन्हें तो एक-एक आहट और बातचीत सुनाई दे रही है! उनका मस्तिष्क जाग्रत है... स्वाभाविक है दिल भी धड़क रहा है! क्या कोमा में ऐसा होता है? बीच-बीच में नर्स ऑक्सीजन मास्क लगाती है, फिर निकाल भी देती है।

आज अगर दूसरा दिन है तो निश्चित ही उनके बेटे पलाश को खबर कर दी गयी होगी और वह किसी भी साधन से दौड़ता-भागता आ रहा होगा। किसी को बात करते सुनकर उन्हें पता चला कि अभी दिन के बारह बजे हैं।

गलियारे से तकरीबन दौड़ने की आवाज़ आ रही है।

तभी अर्चना ने सुरेन्दर से कहा, "अंकल, शायद भाई आ गया है।"

पलाश उनके बेड के पास है, इसकी कल्पना मात्र से उन्हें अजीब-सी झुरझुरी होती है। अपने पापा को इस हालत में देखकर उसके तो होश फ़ाख्ता हो जाएँगे!

लगता है पलाश बिल्कुल बेड के पास आ गया है, लेकिन उसके मुँह से कोई आवाज़ नहीं निकल रही है... बिल्कुल चुप! अर्चना रो-रोकर उसे पूरी घटना बता रही है—रात को स्टडी में पढ़ते-पढ़ते लुढ़क पड़ने से लेकर अस्पताल में लाये जाने तक का एक-एक ब्यौरा।

उन्होंने अपनी हथेलियों पर पलाश का स्पर्श महसूस किया। उसकी उँगलियाँ काँप रही हैं।

तभी सुरेन्दर की आवाज़ आती है, "अपने को सँभालो बेटा! ईश्वर ने चाहा तो पापा ठीक हो जाएँगे।"

अचानक उन्हें अपनी बाँह पर चिपचिपाहट-सी महसूस होती है... पलाश रो रहा है शायद! अरे नहीं, मेरा बेटा रोने-धोनेवाला नहीं है... उसमें सहने का माद्दा खूब है...पर यह तो सचमुच रो रहा है...

पलाश स्टेशन से सीधे अस्पताल आ गया है। थोड़ी देर में पत्नी भी आ जाएगी और फिर से रोना-धोना होने लग जाएगा। सबको पता है कि उन्हें किसी का रोना बर्दाश्त नहीं होता। कितनी बार ऐसा हुआ है कि टी.वी. और सिनेमा देखते हुए ऐसे दृश्यों के समय वे या तो किसी बहाने से हॉल से बाहर आ जाते या स्क्रीन पर से अपनी निगाहें फेर लेते। लाचारी है कि अब यह सबकुछ उन्हें चुपचाप सहना पड़ेगा। न वे किसी को रोने से मना कर सकते हैं और न ही समझा सकते हैं।

इस हालत में उन्हें अगर दो दिन हो गये हैं तो काफी लोगों को पता चल गया होगा इसीलिए विजिटिंग ऑवर्स में वे लोगों की मौन उपस्थिति महसूस कर रहे हैं। वे खुद भी जब किसी मरीज को देखने जाते थे तो चुपचाप स्थितियों को परखते रहते... कहाँ कुछ बोल पाते थे...? वैसे ही ढेर सारे लोगों की उपस्थिति वे महसूस करते हैं, पर कोई कुछ बोल नहीं रहा है।

यूँ आईसीयू में ज्यादा लोगों को आने की इजाजत नहीं है, लेकिन जब से यह शहर राजधानी बन गया है, यहाँ हर तीसरा आदमी अपने को वीआईपी बताता है... बेचारे डॉक्टर कितनों को रोक पाएँगे...

बेड के पास होने वाली बातचीत में ज्यादा करीबी लोगों की आवाज़ वे पहचान

जाते हैं। उनकी भी बात करने की इच्छा होती है, मगर ऐसा सम्भव कहाँ है.. मन-मसोसकर रह जाना पड़ता है। अचानक उन्हें मुन्ना भैया की आवाज़ सुनाई देती है, ''धीरज धरो बहू, नियति के आगे हम सब बेबस हैं... सब ठीक हो जाएगा...''

उनकी आवाज़ चाहे जितनी भी धीमी हो उसमें अजीब किस्म की खनक है और इसीलिए उस आवाज़ को पहचानने में उन्हें देर नहीं लगी। याद आया, उन्होंने मुन्ना भैया से वादा किया था, वे उन पर कुछ लिखेंगे। तब मुन्ना भैया ने कहा था—

''तू कितना लिखेगा रे! चार-छह-दस पन्ने, इतने में तुम क्या मुझे समेट लोगे! खैर लिखो तो सही। कभी-कभी दूसरों की निगाह में स्वयं को देखना अच्छा लगता है... झूठी तारीफ न हो, इतना ध्यान रहे।''

उस समय उन्हें क्या पता था कि इस बात के कुछ ही महीने बाद वे भीष्म की तरह बिस्तर पर पड़े-पड़े अपने प्रारब्ध की प्रतीक्षा करेंगे...। वैसे वे ठीक हो जाएँ तो निश्चय ही मुन्ना भैया पर बहुत कुछ लिखा जा सकता है— एक अलहदा चरित्र।

संसार में रहते हुए, तमाम कर्मकांडों से जुड़े रहकर भी, संन्यासी-सा जीवन...।

सुरेन्दर शायद कल से यहीं रुका हुआ है। उसका स्वर सुनाई देता है—

''भाभीजी, अब मैं जा रहा हूँ... फोन पर पलाश से खबर लेता रहूँगा। एक-दो दिन में फिर आ जाऊँगा।''

पलाश कह रहा है, ''अंकल, आप जरूरत के समय आ गये थे, यही क्या कम है...! उधर आपकी फैक्टरी में भी तो कोई नहीं है। आप चिन्ता न करें, मैं यहाँ हूँ न! जब सुविधा हो तब आ जाइएगा।''

जोशीजी शायद भोपाल प्रवास पर थे... लौटने पर जैसे ही उन्हें पता चला होगा, वे पाटिल को साथ लेकर आ गये हैं और बहुत धीमी आवाज़ में पलाश से सारी जानकारी ले रहे हैं... कुछ कह भी रहे हैं शायद, पर उनकी आवाज़ वे साफ तौर पर नहीं सुन पा रहे हैं....। ठीक उसी समय उमेश द्विवेदी और कोरेटीजी की आवाज़ उनके कानों से टकराती है...

''मुझे तो आज जाकर पता चला... आखिर ये किस किस्म के तनाव में थे..? सबकुछ तो ठीक चल रहा था... ऐसा क्या हुआ?''

कोई क्या उत्तर देता... एक हल्की-सी सिसकी की आवाज़ आती है, साथ में अर्चना के बोलने की आवाज़ भी—

''ऐसी कोई बात नहीं है अंकल... विश्वास करें, घर में कोई टेंशन नहीं था... कल तक मौसा और मौसी भी यहीं थे। मौसाजी खूब मजाकिया हैं, उनके साथ कोई भी टेंशन में रह ही नहीं सकता। रही बात घर की तो पापा के लिए वहाँ भी कोई टोका-टाकी नहीं है। जैसे वे बाहर मस्तमौला, वैसे ही घर में...। पिछले सप्ताह ब्लड प्रेशर और शुगर भी चेक कराया गया था। हाल ही में ईसीजी भी हो

चुका है। सबकुछ नार्मल के करीब ही था...।''

कोरेटीजी अर्चना से कहते हैं—''ईश्वर ने चाहा तो पापा ठीक हो जाएँगे... बेटा..!''

उनका मन हँसने को करता है, ऐसा होता कहाँ है...! हजारों-लाखों में कोई एक ही कोमा से बाहर आता है। कोमा की बात सुनते-सोचते उनके मन में चक्रव्यूह का बिम्ब उभरता है। उसे तोड़ने का गुर अभिमन्यु के पास भी नहीं था... वे तो अभिमन्यु भी नहीं हैं...।

सुबह-शाम वे दिवाकर, प्रदीप, दद्दू, सोनी, संजय शर्मा की उपस्थिति महसूस करते रहते हैं। लेकिन ये सब लोग कर ही क्या सकते हैं..? महज एक सान्त्वना देने और अपनी उपस्थिति से सम्बन्धों की तहें छूने की कोशिश... इसके अलावा कोई कर भी क्या सकता है...?

उन्होंने अपने पूरे जीवन में कभी सोते हुए इतना समय नहीं बिताया। बुखार में भी वे ज्यादा देर तक बिस्तर पर पड़े नहीं रह सकते थे। अब ऐसा करना उनकी मजबूरी बनी हुई है! करें भी क्या... सारी इन्द्रियाँ शिथिल जो हो रही हैं... अलबत्ता मन अभी जाग्रत है और मन जाग्रत है, तो वह जानना चाहता है कि बाहर दुनिया में क्या हो रहा है... पर कैसे जाने! वे अखबार तक तो पढ़ नहीं सकते, नहीं जान सकते बाहर की दुनिया के बारे में... पर अपने भीतर अतीत की जुगाली तो कर सकते हैं... उसमें तो किसी बाहरी इन्द्रिय का सहयोग उन्हें नहीं चाहिए।

यह भी विडंबना ही है कि इस समय उनका मन अतीत की यात्रा करना चाह रहा है। इसके पहले तो कभी उन्होंने अपने पिछले जीवन को मुड़कर देखने की जरूरत महसूस नहीं की थी। वे अपनी परिस्थितियों से जूझते हुए समय के साथ तेज भागते रहे। निम्न-मध्यमवर्गीय परिवार में पैदा होने के कारण संघर्ष और अभाव उन्हें विरासत में मिला था लेकिन इस बात को लेकर उन्हें जीवन से कोई खास शिकायत नहीं रही। मुफ़लिसी ने उन्हें कभी रुलाया नहीं... बल्कि एक अजीब-सी दृढ़ता दी है... लगातार लड़ते रहने की, अपनी विपरीतताओं के साथ...

वे यह सब सोच ही रहे हैं कि तभी पलाश की आवाज़ आती है... शायद अस्पताल का कोई फार्म भरा जा रहा है... नर्स कुछ लिख रही होगी और पलाश लिखवा रहा है—

''नाम : अमर... उम्र : 58, साल .... पता : ...।''

अपना व्यक्तिगत विवरण सुनना बड़ा अजीब लग रहा है जैसे उन्हें स्वयं की ओर कुछ दूर खड़े होकर देखने का अवसर मिल रहा हो।

अमर कैसे शनैः शनैः उम्र के विभिन्न सोपान पार करता हुआ अमरजी बना, सरकारी, गैर-सरकारी और अखबारों की कुल-जमा सोलह नौकरियाँ कीं... कितने

किस्म के लोगों से वास्ता पड़ा... उनसे लोग कितने गहरे जुड़े... कुछ छिटक भी गये! ढेर सारे लोग... कितनों ने आड़े वक्त पर मदद की। कोई कन्नी भी काट गया... पर ज्यादातर लोगों ने मानसिक तौर पर ताकत दी, हौसला दिया... कुछ कदम साथ भी चले... ढेर से अहसास... कभी ठठाकर हँसने, कभी बिसूरते रहने की कितनी-कितनी यादें...?

अब बिस्तर पर पड़े-पड़े अतीत को पगुराने के अलावा वे कर ही क्या सकते हैं..?

उन्होंने अपने समय में डायरी तक लिखने की आदत नहीं डाली। ऐसे समय में लगता है डायरी होतीं तो स्मृतियों का आकाश और अधिक बड़ा होता...।

मनोविज्ञान कहता है कि जो चीज दोहराई-तिहराई जाती है, उसकी रेखाएँ स्मृति पर गहरी हो जाती हैं और लम्बे समय तक याद रहती हैं...। काश वे डायरी लिखते तो कई बार पढ़ भी चुके होते और तब उन्हें अपने जीवन को उलट-पलटकर देखने में सुविधा होती। यों भी निम्न-मध्यमवर्गीय परिवार में जन्म लेने वाले किसी भी व्यक्ति के पास जो अतीत होता है, उसे महिमामंडित नहीं किया जा सकता। जिन्दगी की जद्दोजहद को महिमामंडित करना भी नहीं चाहिए। उन्हीं की स्थिति में किसान या मजदूर जो जिन्दगी जी रहे हैं, वे क्या उनकी तरह अभिव्यक्त कर पा रहे हैं...? इस तरह तो ढेर से संघर्ष का इतिहास लिपिबद्ध होने से छूट जाता होगा..!

ऐसे समय में उन्हें लगता है कि वे उन तमाम लोगों के ऋणी हैं और शायद उस ऋण को कभी उतारा भी नहीं जा सकता। खासकर आज की इस स्थिति में।

उन्होंने अपने आप से कहा— चलो अमर, वहीं से शुरू करें... जहाँ से तुम्हारी स्मृति तुम्हारा साथ देती है।

□□

छुट्टियों में अमर की अड्डेबाजी रमाकान्त के यहाँ होती थी— उसके घर के सामने वाले कमरे में। उस दिन सबने मिलकर 'मेरे हुजूर' फिल्म देखी थी। इस छोटे-से कस्बे सोनपुरा में एक ही टूरिंग टॉकीज हुआ करता था। नाम से टूरिंग टॉकीज, पर भाव स्थायी थे। एक नियत स्थान पर टॉकीज बना हुआ था। जब बड़े शहरों से फिल्म उतर जाती थी तब वह सोनपुरा में आती थी। एक फिल्म उतरकर दूसरी फिल्म की बारी आने में कई सप्ताह बीत जाते थे। साठ के दशक की वे फिल्में कई-कई तरह से याद रखने लायक होतीं थीं, सो हम सब ताजी-ताजी देखी उस फिल्म पर अपनी-अपनी तरह से प्रतिक्रियाएँ दे रहे थे।

इब्राहीम ने कमरे में प्रवेश करते ही उत्तेजित होकर कहा, ''तुम लोगों को पता

है, उस ठाकुर के बच्चे ने आज फिर एक गरीब गाड़ीवाले को उसी के कोरे (एक तरह का चाबुक, जो रस्सियों और चमड़े को मिलाकर बनता है, जिससे गाड़ी में जोते गये भैंस व बैल को हाँका जाता है) से मार-मारकर लहूलुहान कर दिया।''

अमर ने आश्चर्य और दुख के साथ पूछा, ''आखिर हुआ क्या था...?''

''होना क्या था... रेलवे क्रॉसिंग पर कोई ट्रेन आनेवाली थी सो फाटक बन्द कर दिया गया था। बन्द फाटक के सामने पहला वाहन दशरथ की गाड़ी ही थी... ठीक उसके पीछे ठाकुर अपनी जीप पर दो लोगों के साथ सवार था। गेट बन्द होने पर भी अपनी आदत से मजबूर ठाकुर हॉर्न बजाए जा रहा था। दशरथ ने मुड़कर देखा नहीं था कि कौन है, सो वह बोल पड़ा, ''देखत नई हस फाटक बन्द हे..? लगे नरियाये पों.ऽऽ..पों.ऽ.. जइसे बाजा बजाहि त फाटक ह अपने-अपन खुल जाहि...''

(देखते नहीं, फाटक बन्द है। लगे चिल्लाने पों.ऽऽ..पों.ऽ.., क्या तुम्हारे हॉर्न देने पर फाटक अपने-आप खुल जाएगा?)

''बस इतनी-सी बात थी..।''

''हाँ, मगर ठाकुर को एक सतनामी के मुँह से इतना सुनना भी बर्दाश्त नहीं हुआ। चीखकर बोला, उस कमीने की ये हिम्मत! छोटे मुँह, बड़ी बात... उसको सबक सिखाना ही पड़ेगा।''

''ठाकुर अपनी जीप से उतरा... दशरथ से उसका कोरा छीना और उसकी फटे बनियान वाली पीठ पर सटा-सट वार करने लगा। बीच-बचाव करने की हिम्मत किसी की नहीं हुई... सब चारों ओर खड़े-खड़े देख रहे थे। ठाकुर बार-बार उसके नाम पर, उसकी जाति के नाम पर गालियाँ उलीचता रहा... और तब तक उसे पीटता रहा, जब तक थक नहीं गया। इस बीच ट्रेन आकर गुजर चुकी थी और फाटक खुल चुका था। लोगों का मजमा लगा हुआ था, पर कोई भी ठाकुर को रोकने का साहस नहीं कर पाया।''

अमर ने पूछा, ''तू कहाँ था..?''

इब्राहीम ने किंचित् नाराजगी के साथ जवाब दिया, ''तू क्या समझता है, मैं खड़ा-खड़ा देख रहा था! मैं तो उस वक्त वहाँ पहुँचा, जब ठाकुर दशरथ को पीट-पाटकर अपनी पीली जीप में सवार हो रहा था। खून तो खौल रहा था, लेकिन कर क्या सकता था? उस भीड़ में कौन नहीं था, किशन का घर तो वहीं पर था। कुछ सेठिये भी वहीं खड़े थे, पर सब चुप्प।'' बहुत देर तक अमर को कुछ नहीं सूझा।

स्कूल की पढ़ाई का वह अन्तिम वर्ष था...। छुट्टियाँ हो चुकी थीं। अमर की मंडली में आठ-दस दोस्त एक साथ रहते थे। सबकी आँखों में अपने-अपने भविष्य को लेकर अलग-अलग और कुछ समानता लिये हुए सपने तैर रहे थे। कुछ वर्षों से अमर को पढ़ने के साथ-साथ, लिखने की भी लत पड़ चुकी थी। उसे तो पहले पता

ही नहीं था कि जो कुछ भी वह लिख रहा है, कितना सही है... कितना स्तरीय है...? छपने भेजने लायक है भी या नहीं...? रचनाएँ कैसे छपती हैं, यह भी उसे पता नहीं था। जब शिरो दीदी जबलपुर से अपनी पढ़ाई खत्म करके आयीं तब उन्होंने उसे बुलवाकर उसके लिखे हुए को पढ़ा-जाँचा और उन्हीं के कहने पर वह कुछ रचनाओं को इधर-उधर भेजने लगा था। मन होता तो कविता भी लिख लेता और कहानी भी...।

हरीश भाई जबलपुर में इंजीनियरिंग की पढ़ाई कर रहे थे। शायद अन्तिम वर्ष में थे। उनका भी घरद्वार सोनपुरा में था। उन्होंने एक दिन कहा, तुम बढ़िया लिखते हो, यार... समाचार क्यों नहीं लिखते? हमारे कस्बेनुमा शहर को अच्छे संवाददाता की ज्यादा ज़रूरत है। कहानी-कविता का शौक तो तुम कभी भी पूरा कर सकते हो... समाज की नब्ज़ पर हाथ रखना है तो लोगों का दुःख-दर्द लिखो। समस्या पढ़ो। मैं रायपुर में सलिलजी से बात कर लूँगा... तुम उनके अखबार दीनबन्धु में रिपोर्टिंग भेजो, रिपोर्ताज़ लिखो, शुरू तो करो...।''

अमर से तुरन्त कुछ कहते नहीं बना। समझ में नहीं आ रहा था कि शुरुआत कहाँ से करे...? पिछली गर्मियों की छुट्टी में हरीश भाई आये तो नाराज होने लगे— क्या यार, जो लिख सकते हैं वे भी नहीं लिखेंगे तो यहाँ की समस्याएँ हल कैसे होंगी....? यह कस्बा जिले की प्रगति में पीछे नहीं रह जाएगा!

छुट्टियाँ खत्म होने के पहले ही उन्होंने दीनबन्धु के सम्पादक की ओर से एक प्रेरक चिट्ठी भी अमर के नाम भिजवाई थी। वह चिट्ठी आज भी अमर सँभालकर रखे हुए है। साठ के दशक में पत्रकारिता में पैसे नहीं थे... पत्रकारिता व्यवसाय नहीं था बल्कि सेवा का एक जुनून था और थी बेहतर समाचारों की होड़। इसी में सुख था। पिछले साल से अमर सोनपुरा के समाचार भेजने लगा।

पहले-पहल एक-दो स्टिक (पैरे) के ही समाचार होते थे। उन समाचारों में कोई विशेष दम भी नहीं हुआ करता था। फिर धीरे-धीरे समझ विकसित होने लगी...। लोगों ने मदद की और देखते-ही-देखते सोनपुरा से दो-दो, तीन-तीन कॉलम के समाचार बनने लगे। बीच-बीच में रिपोर्ताज़ भी।

अमर को किसी ने रायपुर से लौटकर बताया था कि सलिलजी बड़े खुश थे और कह रहे थे कि अभी तक मैं इस अमर नामक लड़के से मिला नहीं हूँ, लेकिन मुझे हैरत होती है कि सोनपुरा जैसे छोटे शहर से दो-दो, तीन-तीन कॉलम के समाचार प्रायः रोज भेज पाता है।

हमउम्र दोस्तों की मंडली और कुछ बुजुर्गवार अमर के समाचारों के स्रोत थे। उम्रदराज़ पालीवालजी तब एक प्रतिष्ठित पत्र के संवाददाता हुआ करते थे। उनके परिवार में इस निःशुल्क सेवा के लिए उन्हें काफी लताड़ पड़ती थी। 'एक धेले का

काम नहीं करना... समाज-सेवा में घर के पैसे गँवाना...।'

घर पर दूसरे भाई पुश्तैनी व्यापार देखते थे। अखबार से प्राप्ति तो कुछ होती नहीं थी... समाचार-प्रेषण के लिए कागज और लिफाफे मिल जाएँ तो बहुत होता था। कभी-कभी पोस्टेज़ के टिकट भी। लेकिन संवाददाता बनने का भी एक नशा था। यद्यपि उसी सोनपुरा में नेमीजी भी एक दूसरे समाचारपत्र से जुड़े हुए थे, लेकिन वे उतने जुनूनी नहीं थे और नाप-तौलकर ही खबर भेजते थे। वे सफल व्यवसायी भी थे। उनके साथ सबसे कम उम्र के शौकिया पत्रकार के रूप में अमर का नाम तैरने लगा था।

□□

थोड़ी देर में रमाकान्त, विकास और मोबिन भी दशरथ वाली खबर सुनकर रमाकान्त के यहाँ आ चुके थे। सबने मिलकर तय किया कि मार खाए गाड़ीवाले दशरथ के पास पहुँचना है।

घायल हालत में दशरथ जैसे-तैसे गाड़ी लेकर घर पहुँचा ही था कि अमर के साथ सभी खोज-ढूँढ़कर उसके घर जा पहुँचे। थाने में रिपोर्ट लिखाने के लिए सबने मिलकर दशरथ पर दबाव डाला। दर्द से कराहता दशरथ पहले तो राजी नहीं हुआ।

''नहीं मालिक, ठाकुर सा'ब बड़े आदमी हैं। थाना म जाय ले वो हर अउ नाराज हो जाहि, हमन गरीब हन, हमर कोनो सुनवाई नई होहि गा...।'' (नहीं मालिक, ठाकुर सा'ब बड़े आदमी हैं। थाने जाने से वे और नाराज हो जाएँगे। हमारी कोई सुनवाई तो होगी नहीं।)

दशरथ जितना नकारता रहा, उतना ही सब मिलकर उसे साहस देते रहे। ले-देकर वह राजी हुआ।

लेकिन थाने पहुँचकर सबके-सब हैरत में रह गये। थानेदार को पता नहीं कैसे, पहले से ही खबर लग गयी थी। वह उलटे अमर पर सवार हो गया, ''स्कूल की चौहद्दी पार हुए नहीं कि लगे नेतागिरी झाड़ने! किसके खिलाफ रिपोर्ट दर्ज होगी...? ठाकुर सा'ब के...! पूरे सोनपुरा पर ठाकुर सा'ब के एहसान हैं। तुम लोगों की मति मारी गयी है। जाओ... भागो यहाँ से... और तू दशरथ? ठाकुर सा'ब के खिलाफ रिपोर्ट दर्ज कराकर तू पार पा जाएगा? पिछले साल के झगड़े में तेरा नाम आज भी दर्ज है। बोल तो फाइल खोल दूँ...?''

सबने मिलकर थानेदार से कई तरह से मिन्नतें कीं, लेकिन थानेदार ने रिपोर्ट ही नहीं लिखी। दशरथ को फिर अस्पताल ले जाया गया। डॉक्टर से बोल-बतियाकर मरहम-पट्टी करवाई। सभी दोस्तों ने मिलकर थोड़ा-बहुत चन्दा एकट्ठा किया और दशरथ को दे आये।

लौटते वक्त अमर अनमना हो गया। एक गरीब आदमी के प्रति हुए अन्याय को लेकर क्या कुछ नहीं किया जा सकता? यह पहली घटना भी तो नहीं है! ऐसे कई-कई मामले थे, जो ठाकुर सा'ब की छवि के विपरीत कहानी कहते हैं। कुछ मामलों पर उसने रिपोर्टिंग की तो शिकायत बड़े भैया तक चली गयी। बड़े भैया उसे ही डाँटते, "तुझे पढ़ना-लिखना है कि अखबारबाजी करनी है। बड़ा भारी संवाददाता बना है! इससे क्या पेट चलता है! परसेंटेज लाओ, अपना कैरियर बनाओ... फिर ठाकुर सा'ब सोनपुरा के भगवान जैसे हैं...। लोग अपने घर पर शादी-ब्याह तक उनसे पूछकर करते हैं और एक तू है कि उनके काम में तुझे खोट-ही-खोट नजर आता है। सबका भला-बुरा देखनेवाला अभिभावक की तरह होता है। कभी-कभार उसे भी गुस्सा आ सकता है। उससे भी थोड़ी-बहुत गलती हो सकती है, इसका मतलब यह तो नहीं कि तेरी तरह लोग उनके खिलाफ हो जाएँ!

"ठाकुर सा'ब मुझे मानते बहुत हैं, इसलिए अभी तक तुझे कुछ कहा नहीं... वरना जाने अंजाम क्या होता! यह सब अखबारबाजी बन्द करो। कहानी-कविता लिखते थे, वहाँ तक ठीक था... यह अखबारवाली बीमारी मेरी समझ के बाहर है। यह सब पैसे वालों और ठल्हे लोगों का काम है, हम जैसे निम्न-मध्यमवर्गीय लोगों का नहीं।"

अमर एक अन्तिम कोशिश के बतौर पालीवालजी के पास पहुँचा। उन्हें विस्तार से पूरी घटना बताई। फिर कहा, "कम-से-कम इसका एक समाचार आप भी बना देते चचा..."

पालीवालजी ने थोड़ी देर के लिए चुप्पी साध ली..., फिर कहा, "तुम्हारे जज़्बात मैं समझ रहा हूँ, पर मैं भी तो बाल-बच्चेदार आदमी हूँ। अखबार कोई न्यायालय तो नहीं है। यह छप भी जाय... तो क्या ठाकुर सा'ब प्रायश्चित्त कर लेंगे...? इस लफड़े में क्यों पड़ते हो...? कितने सरकारी प्रकरण हैं, भ्रष्टाचार है, गंदगी है... लिखने के लिए कितना कुछ पड़ा हुआ है... एक ठाकुर सा'ब को छोड़ दोगे तो क्या काम नहीं चलेगा...?"

अमर ने फिर भी अपने तर्कों से पालीवालजी को राजी करने की कोशिश की, पर वे टस से मस नहीं हुए। अन्त में उन्होंने अमर से कहा, "देखो बेटे, अभी तुम्हारी शुरुआत है... परसेंटेज आ गया तो मेडिकल कॉलेज चले जाओगे, आगे कोई भी पढ़ाई करो, यहाँ तो कोई कॉलेज है नहीं। सोनपुरा से बाहर तो जाना ही पड़ेगा...। फिर यहाँ के लफड़ों में अपना हाथ क्यों डाल रहे हो...? ऐसी छोटी-मोटी घटनाएँ तो घटती ही रहती हैं....। ज्यादा क्रान्तिकारी बनने की कोशिश मत करो। वर्षों से सोनपुरा ठाकुर सा'ब के रहमो-करम पर जीवित है।

इसके बाद अमर की हिम्मत नहीं हुई कि वह नेमीजी के पास जाय और उनसे

समाचार के लिए बात करे। क्योंकि वह जानता था कि नेमीजी एक सफल व्यापारी हैं और ठाकुर सा'ब की बैठक में उनका तकरीबन रोज़ का उठना-बैठना है। उनके पास जाना यानी दुगने वेग से डाँट खाना।

अमर का मन खिन्न हो गया। क्या अन्याय का विरोध करना इतना कठिन है? क्या ठाकुर के मन में भी कभी नहीं आता होगा, कि उसके छोटे-छोटे अन्याय उसके भीतर छिपे एक बड़े अन्यायी को प्रश्रय दे रहे हैं...? अन्ततः अमर ने खुद ही एक दो स्टिक की खबर बनाई। दुबारा री-राइट की और छपने के लिए तैयार कर दी।'

अमर को वह दिन याद है, जब स्कूल के शिक्षकों ने किसी अन्याय के खिलाफ लामबन्द होकर हड़ताल शुरू कर दी थी। सोनपुरा जैसे छोटे शहर के लिए यह एक बड़ी बात थी। वहाँ वही एकमात्र हायर सेकेंड्री स्कूल था। जो एक तरह से ठाकुर सा'ब के रहमो-करम पर ही चलता था। शिक्षकों की नियुक्ति भी ठाकुर की मर्जी पर होती थी।

बात सिर्फ इतनी थी कि कमेटी के एक मेम्बर की लड़की ने रॉचलवार मैडम से बद्तमीजी की थी। उसे माफी माँगने के लिए कहा गया। बस, बात बिगड़ गयी। कमेटी के मेम्बर ने मामले को अपनी इज्जत का प्रश्न बना लिया। ठाकुर साब भी उन्हीं के पक्ष में थे। माहभर तक हड़ताल चली... न मास्टर टूटे, न प्रबन्धन झुकी। अन्ततः सालों से समर्पित भाव से पढ़ानेवाले पन्द्रह से अधिक बेहतरीन शिक्षक निकाल दिए गये। जिन शिक्षकों ने लिखकर माफीनामा दाखिल किया, बस वे ही टिके रहे।

पूरा गाँव एक आतंक में जी रहा था, सोनपुरा से सटे गाँव तरौद और मुरलीडीह से लेकर पामगढ़ तक हरिजनों की जमीन पर कब्जे, चुनाव में अपनाए गये हथकंडे और बाहुबल का प्रयोग। यह सब होते हुए भी सोनपुरा में उनके खिलाफ कोई चूँ नहीं कर सकता था। लेकिन यह दबदबा ऊपरी सतह पर था... लोगों के मन में तो एक चिनगारी सुलगती ही रहती थी। यदि ऐसा नहीं होता तो अमर की अखबारबाजी को गुपचुप प्रश्रय कैसे मिलता। लोग लुक-छिपकर ऐसे कितने ही प्रकरणों की प्रमाण सहित जानकारी अमर को देते रहते थे। अमर कई बार जानने की कोशिश करता कि लोग पालीवालजी या नेमीजी के पास क्यों नहीं जाते? जवाब, बिल्कुल तैयार मिलता, ''एक तो समाचार छपेगा नहीं, उल्टे हमारी शिकायत उनके दरबार तक पहुँचा दी जाएगी और तब आप जानते हैं क्या होगा।''

मोबिन ने दशरथ-कांड की खबर अखबार में छपने के लिए भेजने पर आमादा अमर को टोका, ''जब सब-के-सब मना कर रहे हैं, तो तू ही क्यों इस आग में हाथ जलाता है! खबर छपवा देने से क्या हो जाएगा। उल्टे बड़े भैया फिर तुझे डाँटेंगे

और ठाकुर सा'ब के चमचे तेरे पीछे पड़ जाएँगे...। याद नहीं... रथ-यात्रा के समय धन्नू ने पेट्रोल पम्प के पास किस तरह तुझसे हुज्जत की थी! वो तो हम सब साथ थे... इसलिए वह मारपीट तक उतर नहीं पाया था! बाप रे...! कितनी भद्दी-भद्दी गालियाँ दे रहा था।''

दोपहर का एक बज गया था। तकरीबन सभी दोस्त घर जाने की जल्दी में थे। अमर भी भाटियावाली गली से घर की ओर रवाना हो गया।

अमर ने सुन रखा है कि प्रसिद्ध लेखिका अमृता भाटिया जी के रिश्ते में आती हैं। एक बार वे सोनपुरा आई थीं। यहीं रहकर उन्होंने 'लटिया की छोकरी' शीर्षक कहानी की रचना की थी। सोनपुरा से तीन-चार कि.मी. पर ही गाँव है लटिया। अक्सर गली से गुजरते वक्त अनायास ये बात उसके जेहन में उभर आती है।

गली के अन्तिम छोर पर कहीं दद्दा अपने तखत पर बैठे हुए मिल गये और उन्होंने उसे देख लिया तो फिर समय लग जाएगा... उनसे बचा भी तो नहीं जा सकता...।

कस्बे या शहर में यदि एक से अधिक संवाददाता होते थे, तो वे आपस में खबर बाँट लिया करते थे। उद्देश्य एक ही होता था कि खबर ज्यादा-से-ज्यादा लोगों तक पहुँचे। एक अखबार को कई लोग मिलकर पढ़ लिया करते थे। अखबार पढ़ने के बहाने लोगों के यहाँ आना-जाना भी लगा रहता था। हाथों-हाथ अखबार एक घर से दूसरे घर भी पहुँचते थे...। किसी-न-किसी को नुक्कड़वाले दद्दाजी को अखबार पढ़कर सुनाना पड़ता था। कभी-कभार अमर को भी यह ड्यूटी करनी पड़ जाती थी। दद्दा जी को ना कहना बहुत मुश्किल था। वे कहते, ''अरे वाह! पढ़ाई करते-करते अखबारबाजी भी करने लगा! तेरे घर में कोई रोक-टोक नहीं है क्या? अरे, यह तो कबीर का रास्ता है... जो घर फूँके आपणा, चले हमारे साथ...। अखबार में काम करना तो सेवा का काम है... इससे पेट नहीं भरता— ये तुझे पता है या नहीं...? खैर छोड़ो.... मुझे आज का अखबार पढ़कर सुनाओ! तुम्हारा अखबार दीनबन्धु इतने रद्दी कागज पर छपता है कि मेरे चश्मे से भी नहीं पढ़ा जा सकता। लेकिन है बहुत करारा अखबार, बिना पढ़े भी चैन नहीं पड़ता। चलो... पढ़ कर सुनाओ...।''

अमर ने तिरछी नजर से दद्दा के तखत की ओर देखा, दद्दा नदारद थे। उसने राहत की साँस ली...। नारायण के घर के सामने परचूनवाले महाराज के घर की बगल से जो गली इब्राहीम के घर की ओर जाती है, वह अमर के घर के लिए भी शॉर्ट-कट है। वह रास्ता पकड़कर अमर पाँच-सात मिनट में ही घर पहुँच गया। इस समय भैया ड्यूटी पर रहते.. भाभी ही इन्तजार कर रही होती...। घर में घुसते ही उन्होंने झिड़की दी, ''आ गये सा'बजादे! घर का खाकर बाहर की मवेशी चराने में

समय का तो खयाल नहीं रहता? डेढ़ बज रहे हैं... कब नहाओगे? कब खाओगे?

अमर को भाभी के इन तीखे-मीठे बोलों का बुरा नहीं लगता। वह कहने मात्र के लिए उसकी भाभी हैं...। छह माह की उम्र में ही माँ ने उसे भाभी की गोद में डाल दिया था... पता नहीं क्यों उन्होंने अपने-आपको भाभी कहलवाना ही पसन्द किया था, अन्यथा अमर के लिए तो वे माँ ही थीं...। उसने कहा, ''सा'बजादे कह लो, चाहे हरामजादे... आज तो मैं पहले खाना खाऊँगा, फिर नहाऊँगा, जोर की भूख लगी है।''

भूख की बात सुनते ही भाभी का गुस्सा फुर्र हो गया। वे तुरन्त खाना परोसने लगीं और इस तरह अमर भाभी के ढेर सारे सवालों का जवाब देने से बच गया।

□□

शाम अमर की अपनी होती थी। उस वक्त अक्सर वह विकास के साथ होता, दोनों मिलकर साहित्य की बातें करते। प्रिंसिपल सा'ब ने अलग से एक लायब्रेरी का गठन किया था और अमर की साहित्यिक रुचि को देखते हुए उस लायब्रेरी की मॉनिटरिंग का भार उसे दे दिया था। वह और विकास शाम को एक चक्कर लायब्रेरी का भी लगा आते थे। नयी पुस्तकों में से एकाध पुस्तक इश्यू भी करवाते थे। उस दौरान अमर ने खूब पुस्तकें पढ़ीं।

लायब्रेरी से लौटने के बाद शिरो दीदी के घर जाने का क्रम-सा बन गया था। उसके और शिरो दीदी के बीच होने वाली साहित्यिक चर्चाओं से विकास अक्सर ऊब जाता था, इसलिए कई बार वह वहीं से घर चला जाता। उसका घर बिल्कुल पास था।

शिरो दीदी के घर जाने में अमर का एक और मकसद रहा करता था। बीच-बीच में वहाँ शिरो दीदी से मिलने माधुरी भी आ जाती थी। माधुरी की भी साहित्य में गहरी रुचि थी। वह स्वयं नहीं लिखती थी, लेकिन दूसरों के लिखे हुए को सुनना उसे रुचता था। फिर शिरो दीदी के पास तो सुनाने के लिए ढेर सारी घटनाएँ व सन्दर्भ थे। धीरे-धीरे माधुरी और उसके बीच एक अनकहा सम्बन्ध भी विकसित हो रहा था जिसे उम्र में काफी बड़ी शिरो दीदी की पारखी नज़र ने बहुत पहले ही पढ़ लिया था। माधुरी और अमर करीब-करीब हमउम्र थे। उन दिनों खुलकर प्यार जतलाने जैसी हिम्मत नहीं होती थी और न उस समय का समाज इन बातों को प्रश्रय देता था। उन दोनों के बीच शनैः शनैः आत्मीयता की एक महीन-सी अनुभूति फैल-पसर रही थी। माधुरी आर्ट्स की छात्रा थी। अक्सर इस बात पर भी दोनों को चिन्ता हो जाती थी कि इंटरमीडिएट के बाद माधुरी के घरवाले उसे पढ़ाएँगे या नहीं। उसे डर भी लगता था कि आगे पढ़ने के लिए कहीं दूसरी जगह न भेज दिया

जाय।

शिरो दीदी को अमर का अखबारों में लिखना पसन्द नहीं था। वह कहती थीं, ''इस अखबारबाजी से तुमको मिलेगा क्या अमर? इसे पेशे के रूप में चुनना है, तो जाओ दिल्ली-बम्बई और प्रशिक्षु पत्रकार की तरह बड़े अखबारों में भाग्य आजमाओ। इन अखबारों में क्या रखा है... न पैसा न धेला, न आगे बढ़ने के अवसर। तुम्हारे सामने अभी भविष्य पड़ा है। पहले अपने को सँवारो, फिर तय करना कि तुम्हें क्या करना है? रिजल्ट आने ही वाला है, परसेंटेज आ जाएगा तो डॉक्टर नहीं बनोगे? डॉक्टर बनो और अपने लिखने-पढ़ने की आदत भी बनाए रखो। समाज को तभी कुछ दे सकोगे जब स्वयं को कुछ देने लायक बनाओगे।''

अमर कहता, ''शिरो दीदी, मुझे डॉक्टर नहीं बनना है।''

''क्यों भला..! सब के सब डॉक्टर बनने के लिए मरे जा रहे हैं और तुम उल्टी बात करते हो! तुम्हारे बड़े भैया को कितना दुख होगा! रेलवे के एक बाबू का भाई डॉक्टर बने, यह कितना बड़ा सपना है उनका। तुम कैसे हो, उल्टी-सीधी बातें क्यों सोचा करते हो?''

''शिरो दीदी, मैं आपको समझा नहीं पाऊँगा। मुझे डॉक्टरी में कोई रुचि नहीं है। खैर... अभी रिजल्ट नहीं निकला है... सोचने के लिए अभी समय है।'' इतना कहकर वह टाल जाता था।

माधुरी की आँखों में भी अमर ने सवाल तैरते देखे, लेकिन वह माधुरी को भी स्पष्ट नहीं कर पाता था कि उसके मन में क्या है। पता नहीं भविष्य के गर्त में क्या है! लेकिन अपने साहित्यिक लेखन के अलावा उसे अखबारों के लिए काम करना ज्यादा अच्छा लगता है। एक अजीब किस्म का सार्थकता-बोध महसूस करता है वह इसमें। स्वयं से ही जैसे कोई कह रहा हो.. मैं हूँ... मैं हूँ...।

शाम को लौटते वक्त अक्सर दास भवन के विपरीत गली में से वह रेलवे कॉलोनी की ओर जाता था। उस समय अक्सर ही वहाँ के वातावरण में गाने के बोल और नृत्य की थाप गूँजती होती, जिसका मतलब होता कि गोरे बाबू अपने भतीजों को गाना सिखा रहे हैं या भद्रा बाबू की बेटी को डांस। गोरे-चिट्टे औसत कद के गोरे बाबू अविवाहित थे। रायगढ़ घराने से उन्होंने नृत्य और संगीत की दीक्षा ली थी।

□□

अविभाजित म.प्र. में संगीत के दो तीर्थ— एक नया और एक पुराना। नया तीर्थ दरअसल खैरागढ़ स्थित संगीत विश्वविद्यालय है और पुराना घराना है मैहर। संगीत

के क्षेत्र में राजा चक्रधर के विशिष्ट योगदान को देखते हुए म.प्र. शासन ने उनके नाम पर भोपाल में चक्रधर नृत्य केन्द्र की स्थापना की है और छत्तीसगढ़ बनने के बाद उनकी स्मृति में सरकार ने कला एवं संगीत के लिए चक्रधर सम्मान की घोषणा की।

महाराजा चक्रधर सिंह को संगीत विरासत में मिला था। नन्हे महाराज के रूप में सुपरिचित राजा चक्रधर स्वयं कत्थक नृत्य में पारंगत थे। उनके अनुज रामकुमार बलभद्र भी संगीत प्रेमी थे। चक्रधर सिंह की तीनों रानियाँ भी संगीत-कला में दक्ष थीं। यद्यपि उन्नीस सौ पाँच में जन्मे चक्रधर सिंह ने अल्पायु पाई थी और उन्नीस सौ सैंतालीस में ही वे चल बसे। इसके बाद भी वर्षों तक उनके सभासद और संगीत की टोली ने रायगढ़ घराने की परम्परा को वर्षों तक बनाए रखा। पिता राजा भूपदेव सिंह द्वारा चक्रधर सिंह को उन्नीस सौ दस में प्रदत्त मोतीमहल एक लम्बे समय तक राजमहल के बजाय संगीत का तीर्थ बना रहा। इसी तीर्थ से गोरे बाबू जैसे कलाकार भी तैयार हुए, जिनका गायन वादन और नृत्य पर समान अधिकार था। रजवाड़ों का वैभव छिन जाने पर राजाश्रय में रहने वाले कलाकारों को भी अन्तत: बिखर जाना पड़ा।

वे जब अपने किसी काम से इधर-उधर जाते तो एक लम्बी-सी सफेद शेरवानी पहनते थे। नृत्य के शिक्षक थे, इसलिए उनके चाल-ढाल में एक लोच हुआ करती। उनकी आवाज़ में भी एक अजीब-सी कशिश थी। लोग चिढ़ाते... सामने तो नहीं, मगर पीठ पीछे उन्हें 'स्त्रैण' कहा जाता था। फिर भी पूरे सोनपुरा में ऐसा एक भी व्यक्ति नहीं था, जिससे गोरे बाबू की कभी कहासुनी हुई हो। लोग जब दूर खड़े होकर उनकी खिल्ली उड़ाते... गोरे बाबू चुपचाप अपना रास्ता बदल देते। कई बार रियाज के वक्त शैतान लड़कों की टोली मुँह से अजीब-अजीब आवाज़ें निकालकर उन्हें परेशान करने की कोशिश करती तो वे अपना साजो-सामान लेकर घर के भीतरी हिस्से में चले जाते।

कभी किसी ने गोरे बाबू को बच्चों से हुज्जत करते या उन्हें डाँटते नहीं देखा था। खानदानी रईस थे, और सोनपुरा में आकर बसने के बाद उन्होंने कोई काम नहीं किया। अपना सारा धन वे दोनों भतीजों के ऊपर लुटाते थे। बस उनकी एक ही चाहत थी कि ये दोनों उनकी तरह संगीत सीख जाएँ। गोरे बाबू अपनी संगीत की दुनिया में रमे रहते। अमर जब भी किसी गरीब की मदद करना चाहता, तो वह गोरे बाबू से जाकर मिलता था। गोरे बाबू न केवल मदद करते थे, बल्कि खूब उत्साह देते थे, "बच्चे...! जरूरतमन्द के लिए जितना करोगे, उतनी बरक्कत होगी। अल्ला उसी की मदद करता है, जो दूसरों की मदद करता है। बहुत अच्छा काम करते हो...। इसे जारी रखो, यही तो सार है। सिर्फ अपने लिए सोचते रहने से खुदगर्जी का कद इतना बड़ा हो जाता है कि खुद को ही उसे लाँघते नहीं बनता।"

उम्र में गोरे बाबू अमर से दुगुने तो रहे ही होंगे, फिर भी अमर को कभी नहीं लगा कि उनके साथ संवाद स्थापित करने में उसे कोई दिक्कत हो रही है।

बड़े भैया को अमर की इन्हीं बातों पर आपत्ति थी। वे अक्सर टोका करते, ''जब देखो.. उम्र से दुगुने लोग पता पूछते हुए चले आते हैं...! तू अपने हमउम्र लोगों के साथ दोस्ती क्यों नहीं करता? इन उम्रदराज लोगों से घुल-मिलकर समय से पहले पका जा रहा है।''

पिछले माह समीप के शहर जांजगीर से कवि नरेन्द्र श्रीवास्तव ऐसे समय घर आए जब अमर वहाँ नहीं था और बड़े भैया दफ्तर के लिए निकलने ही वाले थे। सहज सौजन्यवश बड़े भैया को नमस्कार करके उन्होंने पूछा भर था, ''अमर से मिलना था... घर पर हैं, क्या..?''

इस छोटे से सवाल पर कोई दूसरा होता तो हाँ या ना में संक्षिप्त-सा उत्तर दे देता, लेकिन बड़े भैया तो बड़े उम्र के लोगों से अमर की दोस्ती को लेकर नाराज थे। उन्होंने तुर्शी के साथ उत्तर दिया—''अमर घर पर नहीं है, तो...''

नरेन्द्र श्रीवास्तव बड़े भैया के इन शब्दों में छिपी नाराजगी को भाँप गये थे। वे तुरन्त मुड़े और अपने को बचाने के लिए बस इतना कहा, ''उससे मिलना था... कोई बात नहीं... फिर कभी मिल लूँगा।''

उसी दिन बाज़ार में शाम को नरेन्द्रजी से मुलाकात हो गयी। वे देखते ही बोले, ''भाई, तुम्हारे बड़े भाई सा'ब तो जाने क्यों इतने नाराज हैं? तुम घर पर हो या नहीं, इतना पूछने मात्र से उन्होंने उखड़ा-उखड़ा जवाब दिया... बात क्या है?''

अमर क्या कहता! हँस पड़ा, ''भैया, ऐसे ही हैं। उन्हें बड़ी उम्रवालों के साथ मेरा उठना-बैठना पसन्द नहीं है। वे डरते हैं कि मैं समय से पहले पक जाऊँगा। यही बर्ताव उन्होंने नैला वाले त्रिपाठीजी के साथ भी किया था। खैर... छोड़िए, बड़े हैं... ऐसा कह लेते हैं, इससे क्या फर्क पड़ता है?''

नरेन्द्रजी ने कृत्रिम गम्भीरता ओढ़कर कहा, ''तुम्हारे बड़े भाई सच कहते हैं यार, वे बेचारे कविता-कहानी की दुनिया से तो हैं नहीं। होते तो पता चलता कि रचनाओं की कोई उम्र नहीं होती!''

दोनों ठठाकर हँस पड़े और बात आयी-गयी हो गयी।

एक और वाकया, जिसकी याद आते ही अमर अकेले में ही हँस पड़ता है।

रेलवे कॉलोनी जहाँ खत्म होती थी, वहाँ एक दीवार बना दी गयी थी, मगर कुछ बड़े-बड़े पत्थर रखकर दीवार फाँदने की व्यवस्था भी कर ली गयी थी। दीवार के उस पार इब्राहीम का घर था, उसके बाद कुछ मिट्टी के मकान थे और जैसे ही गली से बाहर निकले तो परचूनवाले महाराज की दुकान थी।

रविवार का दिन था... भैया नहाने से पहले लगभग बारह बजे दाढ़ी बनाने बैठे

तो पता चला ब्लेड नहीं है। उन्होंने अमर से तुरन्त महाराज की दुकान से एक पैकेट भारत ब्लेड लाने को कहा। कॉलोनीवाली दीवार फाँदते ही सामने इब्राहीम पड़ गया। दस मिनट तो दशरथ-कांड पर बातचीत करने में निकल गये... फिर वह ब्लेड के लिए महाराज की दुकान की ओर दौड़ा। वह महाराज के बेटे सन्तोष का हमउम्र था, लेकिन महाराज को उसके साथ बात करने में रस आता था। महाराज उन दिनों 'कल्याण' मँगाया करते थे। हनुमान प्रसाद पोद्दार के सम्पादन में 'कल्याण' के अंक काफी हृष्ट-पुष्ट हुआ करते थे और उन्हें पढ़नेवालों की संख्या कम नहीं थी। अमर के हाथ 'कल्याण' का कोई अंक पड़ जाता तो वह लगे हाथ एक-दो लेख पढ़ लिया करता। उसकी समझ के अनुसार कभी-कभी उसे बहस के मुद्दे भी मिल जाते और महाराज ऐसी बहसों के लिए तैयार बैठे होते थे। सामान की बिक्री और बहस साथ-साथ चलती और यदि सन्तोष उस समय वहाँ होता, तो महाराज सामान तौलने का काम सन्तोष को सौंपकर अमर के साथ शास्त्रार्थ में भिड़ जाते।

उस दिन भी यही हुआ। अमर को इस बात पर आपत्ति थी कि बचपन में हर बच्चा कुछ-न-कुछ शैतानी करता ही है। जिस घर में प्रचुरता से मक्खन उपलब्ध हो, वहाँ मक्खन और मिठाई चुराकर बच्चे खा ही लेते हैं, फिर कृष्ण को ही माखनचोर क्यों कहा जाता है?

दो ही तो ऐसे देवता हैं, जो अपने-आपमें अनोखे हैं— एक शिव और दूसरे कृष्ण! दोनों के चरित्र को व्यापकता में आँकना चाहिए। शिव की उदारता को बड़े हल्के ढंग से लिया गया। उनके नाम पर गाँजा, अफीम, भाँग, सबका सेवन कर लिया जाता है और कृष्ण को चोर से लेकर तमाम किस्म की लीलाओं में बाँध दिया गया है। कहीं मटका फोड़नेवाला कृष्ण तो कहीं रास रचानेवाला कृष्ण। लेकिन गीता के कृष्ण.. शासक कृष्ण... योगी कृष्ण को कोई याद नहीं करता!

महाराज का तर्क था, "अभी उम्र कम है बच्चू, समझोगे नहीं। कम पढ़े हुए और निरक्षर लोगों के बीच भी कृष्ण धीरे-धीरे इन्हीं लीलाओं के जरिए फैलते-पसरते हैं।"

और भी बातें होतीं, लेकिन अमर को अचानक भारत ब्लेड का खयाल आ गया।

उसे झुरझुरी हो आयी, "अरे बाप रे, भैया तो गालों पर साबुन लगाए बैठे होंगे!" यह खयाल आते ही आनन-फानन में ब्लेड का पैकेट लेकर घर की तरफ दौड़ा। उसे पता ही नहीं चला कि कितनी तेजी से उसने रेलवे कॉलोनी की दीवार फाँदी और कब वह रेलवे क्वार्टर की देहरी पर पहुँचा।

दूर से अमर ने देखा— गालों पर साबुन लगाए भैया एक लम्बा-सा बाँस बगल

में लेकर पीटने को तैयार बैठे थे। अमर ने वहीं से पैकेट भैया की तरफ उछाला और कहा, ''मेरे से गलती हो गयी, महाराजजी ने अपने बातों में उलझा लिया था।'' भैया ने बाँस हाथ में उठाया और अमर घर की चौहद्दी से बाहर...। भागते-भागते उसने सुना, उत्तेजित भैया भाभी को डाँट रहे थे, ''सब तुम्हारे लाड़ का नतीजा है। अपनी उम्र के लोगों से उसकी दोस्ती कम और बुड्ढों से ज्यादा है। पता नहीं उनसे क्या बातें करता रहता है! अपनी पढ़ाई-लिखाई की चिन्ता बिल्कुल नहीं है, आगे चलकर क्या करेगा! एक ब्लेड लाने तक का ध्यान नहीं रहता...। गैरजिम्मेदार है... अहमक।''

भैया का गुस्सा ठंडा होने तक अमर बगीचे में टहलता रहा और जैसे ही वे नहा-धोकर खाना खाने बैठे, वह भीगी बिल्ली की तरह आकर बगल में बैठ गया। एक साथ खाना भैया को हमेशा अच्छा लगता है, इसलिए वे ज्यादा देर तक नाराज नहीं रह सके और फिर खाने के स्वाद पर बातें केन्द्रित होती चली गयीं। जान बची, लाखों पाये!

□□

बगल के मुखर्जी बाबू की पत्नी बगीचे में खड़ी-खड़ी यह सारा नज़ारा देख रही थी और मुस्करा रही थी। रेलवे कॉलोनी के क्वार्टर आपस में सटे हुए थे। यद्यपि सोनपुरा रेलवे स्टेशन से जुड़ी रेलवे कॉलोनी में बमुश्किल बीस-पच्चीस क्वार्टर ही थे और उनमें रहने वाले परिवारों की सदस्य संख्या सौ-सवा सौ से ज्यादा नहीं थी। कुली और हमाल भी उसमें शामिल थे जो कॉलोनी में नहीं रहते थे और फिर भी उनकी उपस्थिति कॉलोनी में बनी रहती थी।

रेलवे कॉलोनी भी अपने-आपमें एक अजूबा थी। इस रेलवे जोन का नाम पहले बंगाल-नागपुर रेलवे था। बाद में साउथ-ईस्टर्न रेलवे हुआ। स्वाभाविक है कि इस रेलवे में पहले अधिकांश बाबू बंगाल, बिहार, उड़ीसा तथा महाराष्ट्र के ही हुआ करते थे।

माल धक्का लाइन के उस पार अलग से बना हुआ था। भैया माल धक्के में काम करते थे। रेलवे में सब लोग बाबू ही कहलाते थे। उनकी श्रेणियों में अवश्य अन्तर था— कोई वरिष्ठ था तो कोई कनिष्ठ, पर सोनपुरा वालों के लिए सभी बाबू थे। बाबुओं की अच्छी-खासी पूछ-परख थी। बगैर टिकट चलने का रिवाज शुरू हो चुका था... गेट पर जो भी बाबू होता, उसे एक लम्बा-सा नमस्कार करने और हाथ में कुछ खुदरा खोंस देने मात्र से बिना टिकट वाले लोग गेट पार हो जाया करते थे।

अमर के मित्रों की टोली में सर्वाधिक लोकप्रिय थे स्वर्णकार बाबू। वे बांग्लामिश्रित हिन्दी बोलते थे... सबको बड़ा मजा आता था। होली, दीवाली, दुर्गापूजा, गणेशोत्सव

सबमें बढ़-चढ़कर हिस्सा लेते थे स्वर्णकार बाबू। प्यार से लोग उन्हें 'स्वर्णकार दादा' भी कहते थे। दादा का अर्थ यहाँ 'बंगाली दादा' से था। जब भी किसी तरह के चन्दे की नौबत आती तो स्वर्णकार दादा कहते, ''सोब से ज्यादा चांदा हाम देगा...! इसलिए हाम से सोब के आखिर में लेना...।''

जैसा कहना वैसा करना। चन्दा एकत्र होने के बाद वे पूरी लिस्ट को आद्योपान्त देखते। यदि किसी ने सर्वाधिक सौ रुपये चन्दा दिया है तो स्वर्णकार दादा एक सौ दस रुपये देते थे। एक सौ दस रुपये भी बहुत बड़ी राशि हुआ करती थी। उस जमाने में रेलवे के बाबू की कुल तनख्वाह ही तीन-साढ़े तीन सौ रुपये हुआ करती थी। पर पैसे की परवाह स्वर्णकार दादा नहीं करते थे। उन्हें तो अपनी नाक ऊँची रखनी पड़ती थी। यह उनके चरित्र में एक अजीब-सी बात थी। धीरे-धीरे अमर को समझ में आने लगा कि दादा के मन में छोटी जाति का होने की जबर्दस्त कुंठा थी और वे ज्यादा चन्दा देकर उसी कुंठा को ढाँपने की कोशिश करते थे। सबसे मजेदार बात तो होली के समय हुआ करती थी। इधर-उधर की लकड़ियाँ इकट्ठी करके (थोड़ी-बहुत लकड़ियाँ चुरा भी ली जाती थीं) होलिका दहन होता था। स्वर्णकार दा की नाइट ड्यूटी होने पर भी वे थोड़ी देर के लिए अपने एवज में किसी को बिठाकर चले आते थे और नगाड़े की धुन पर खूब नाचते थे। उपेन्द्र का कहना था कि वे भाँग खाकर आते हैं... तभी तो ऐसी हरकतें करते रहते हैं। आग की लपट जितनी बढ़ती जाती, स्वर्णकार दादा का जोश भी उसी मात्रा में बढ़ता। फिर लड़कों की बदमाशी शुरू होती... लड़के कहते, ''क्या स्वर्णकार दादा... ये शर्ट कितनी पुरानी हो गयी है। इसे होलिका को दे दो...।''

बस..! स्वर्णकार दादा जोश में आ जाते, ''साला, ये शार्ट में क्या राक्खा है... अभी देता है...।''

अमर को पता था कि मूड में उन्हें अपनी ऊपरी जेब में रखे कागजात का भी खयाल नहीं रहेगा। इसलिए वह दौड़कर उनकी शर्ट से सारे कागजात और पेन निकाल लेता और आनन-फानन में स्वर्णकार दादा अपनी शर्ट जलती हुई होली के हवाले कर देते। फिर बनियान का नम्बर आता। अन्त में लड़कों की निगाह उनकी एकमात्र धोती पर होती। उस समय अमर को रौद्र रूप लेना पड़ता था। डाँट-मिश्रित समझाइश के साथ वह लड़कों को रोकता और समझा-बुझाकर स्वर्णकार दादा को स्टेशन की ओर रवाना करता।

यही हाल दुर्गा पूजा के समय भी रहा करता था। पूरे सोनपुरा में सार्वजनिक रूप से दुर्गा पूजा रेलवे कॉलोनी में ही हुआ करती थी। शहर-भर से चन्दा लिया जाता था। बड़े भैया इस पूजा कमेटी के अघोषित मुखिया हुआ करते। चन्दा लेने जाना हो तो अगुवाई पूरन बाबू यानी बड़े भैया ही करेंगे, यह नियम-सा ही बन गया था।

स्वर्णकार दादा को इसी बात पर सबसे ज्यादा चिढ़ थी, लेकिन खुलकर कहने की हिम्मत उन्हें नहीं होती थी।

स्वर्णकार दादा की सबसे अधिक चन्दा देने की बात दुर्गा पूजा के समय नहीं चलती थी, क्योंकि सबसे बड़ा चन्दा आता था ठाकुर सा'ब के घर से...। यदि जोश में स्वर्णकार बाबू अपनी पूरी तनख्वाह झोंककर भी ठाकुर सा'ब से ज्यादा राशि देने की कोशिश करते तो यह ठाकुर सा'ब का सीधा अपमान होता। अत: स्वर्णकार दादा को यहाँ अपने पागलपन में संशोधन करना ही पड़ता था।

बहरहाल दुर्गा पूजा के पाँच दिनों में रेलवे कॉलोनी के प्रत्येक घर से लेकर शहर के प्रत्येक कोने तक दुर्गोत्सव का उत्साह फैला-पसरा रहता था। शाम को आरती के वक्त पंडाल में खूब भीड़ होती। जवान और वयस्क दोनों ही विशेष किस्म के बने मिट्टी के धूपदान में नारियल के बूच में लोबान/धूप डालकर खूब नाचते। अमर भी नाचा करता था। स्वर्णकार दादा पाँच दिन की छुट्टी लेकर चौबीसों घंटे पंडाल में ही रमे रहते। आरती के समय तो जैसे उन पर देवी सवार हो जाती थी—वे नाचते-नाचते निढाल हो जाते।

रात में एक-न-एक सांस्कृतिक कार्यक्रम रखा जाता था। कभी आर्केस्ट्रा तो कभी गम्मत, कभी कवि सम्मेलन तो कभी सुगम संगीत। जब भी कवि सम्मेलन होता, कवियों को आमन्त्रित करने व उनके पैसे तय करने का जिम्मा अमर को दे दिया जाता। स्वाभाविक है कि अमर है तो स्वर्णकार दादा भी साथ होंगे। मगर सबसे ज्यादा भीड़ होती थी गम्मत में।

इसी गम्मत में पहली बार अमर को हास्य-परिहास के दौरान मंशाराम जोकर के संवादों के जरिए ठाकुर सा'ब के दूसरे चेहरे का भान हुआ था। उसे वह संवाद अब भी याद है...।

मंशाराम जोकर परी बने हुए शिवकुमार को फटे बाँस की कमची से सटकारता है और कहता है-

"तोर अतका हिम्मत होगिस रे शिवकुमार...! पटवारी के लइका... अउ ठाकुर असन इतरात हस... ठाकुर बने के कोशिश झन करबे टूरा... ठाकुर बने में नकद अकन सामान लागथे, कहूँ ल बेदखल करके दिखाय बर पड़थे.. कहूँ ल सताये बर पड़थे... अपन सरहा दाँत ल छिपाये बर घलो पड़थे...। कभू हाँसबे झन...नइ तो सरहा दाँत के मतलब सब जान जाहि। भीतर जतके आँच रइहि, ऊपर ले ओ ला तोपे के गुन आना चाहि... नहिं त भैया बने रह पटवारी के लइका... ठाकुर बने के कोशिश झन कर...!"

(तेरी इतनी हिम्मत हो गयी रे शिवकुमार! है तो तू पटवारी का बेटा पर ठाकुरों जैसे इतराता है। बच्चे, ठाकुर बनने की कोशिश मत कर। ठाकुर बनने के लिए कई

तरह के सामान लगते हैं— किसी को उसकी जमीन से बेदखल करना होता है, तो किसी को सताना भी पड़ता है। अपने सड़े हुए दाँत को छिपाना भी पड़ता है। कभी हँसना नहीं, नहीं तो सड़े हुए दाँत का मतलब सब जान जाएँगे। भीतर जितनी भी आँच हो, उसे छिपा लेने का गुण आना चाहिए। नहीं तो भैया बने रहो पटवारी के बेटे, ठाकुर बनने की कोशिश मत करो।)

इस संवाद के बाद मंशाराम जोकर ने फिर दो-तीन सोटे शिवकुमार के पिछवाड़े में लगा दिये...। जनता हँस पड़ी, पर अमर के कानों में यह संवाद रह-रहकर गूँजता रहा...। मंशाराम भी तो पिछड़ी जाति का था। तो क्या मंशाराम जैसे तमाम लोग जो सोनपुरा के आसपास के गाँवों में हैं, ठाकुर सा'ब के असली चेहरे को जानते हुए भी चुपचाप जिन्दगी की विसंगतियाँ झेल रहे हैं?

विसर्जन के समय झाँकी निकलती थी। सीधी-सादी झाँकी हुआ करती थी, लेकिन खूब भीड़ साथ चलती थी। जगह-जगह ट्रक को रोककर लोग नारियल भी चढ़ाते। अमर को जिम्मेदारी सौंपी जाती थी प्रसाद बाँटने की। साथ में उपेन्द्र, विकास आदि भी रहते थे। ट्रक सोनपुरा की पूरी आबादी में ही घूमता और अन्त में उसे तालाब में जाकर ठंडा किया जाता था।

प्रसाद बाँटने के क्रम में अमर अनमना भी हो जाता था। ऐसे-ऐसे लोग प्रसाद की आस में अपने चौखट पर खड़े होते, जिन्हें देखकर लगता था कि दिनभर में खाने के नाम पर शायद उन्हें यह दो मुट्ठी प्रसाद ही मिल रहा है। ऐसे परिवारों में अमर लाई व बूँदी की पूरी-की-पूरी टोकरी खाली कर दिया करता था। बेचारों को ठीक से खाने को तो मिल जाएगा। जब झाँकी ठाकुर सा'ब के घर के सामने पहुँचती तो उसे वहाँ लम्बे समय तक रोककर आरती होती थी। ट्रक शहर में किसी और स्थान पर इतनी देर तक नहीं ठहरा करता था, फिर वहीं क्यों? इसी 'क्यों' को लेकर तो सारे सवाल खड़े होते थे।

ठाकुर सा'ब कॉलेज खुलने का विरोध क्यों करते हैं? यह बात स्पष्ट तौर पर समझ में नहीं आ रही थी। ठाकुर सा'ब की ओर से उनके करीबी लोगों का कहना था कि शहर में कॉलेज खुल जाएगा तो बाहर से भी लड़के आएँगे और वे यहाँ की सुसंस्कृति और लड़कों को बिगाड़ देंगे।

उधर, सीमेंट कारखाने के लिए सरकार ने साइट का चुनाव कर लिया था। तरौद गाँव के पास ही सोनपुरा से जुड़े मुरलीडीह के पास कुछेक एकड़ जमीन देखी थी। पढ़े-लिखे लड़कों, कुशल मजदूरों के मन में एक आस बनने लगी थी कि कारखाना खुलेगा तो काम मिलेगा, मगर ठाकुर सा'ब के विरोध के चलते बात आगे नहीं बढ़ पा रही थी।

अब तक सोनपुरा में ठाकुर के प्रभामंडल में शामिल लोगों की नींद टूटी तो

नहीं, पर एक सुगबुगाहट शुरू हो गयी थी। कॉलेज और कारखाने का विरोध किसी को भी समझ में नहीं आ रहा था। उन्हीं दिनों अमर एक साथ दो लोगों के सम्पर्क में आया।

मोबिन खान ने अमर को चचाजान से मिलवाया— चचाजान यानी उन दिनों छत्तीसगढ़ इलाके में कामरेड मुश्ताक के नाम से प्रसिद्ध मुश्ताक अली। उस समय मुश्ताक चचा की उम्र चालीस के आसपास रही होगी। अमर पहले तो सहम गया... उम्र से इतने बड़े व्यक्ति के साथ वो क्या बात करे..? आखिर मोबिन ने ही बातचीत शुरू की थी और कहा था, "चचा, ये अमर है, मेरा दोस्त... पढ़ाई पूरे करने से पहले ही अखबारों में लिखने लगा है... आपसे कुछ बात करना चाहता है।"

पता नहीं कैसे कामरेड मुश्ताक को पहले ही कुछ बातों की ब्रीफिंग हो चुकी थी। उन्होंने कहा, "मुझे मालूम है बच्चे, तुम लोगों के मन में क्या चल रहा है! ये उमर ही ऐसी होती है। हर काम विद्रोह से शुरू होता है और जो भी करो वह क्रान्ति लगती है लेकिन यह उम्र पढ़ने और समझने की है। कार्ल मार्क्स पढ़ो— सब तो नहीं, पर कुछ समझ में आएगा। इन छोटे-मोटे ठाकुरों के विरोध से क्या होता है..? तुम्हारा सोनपुरा पूरे भारतीय समाज का प्रतिनिधित्व नहीं करता। यूपी-बिहार के गाँवों में जाओ तब पता चलेगा कि मालगुजारी क्या होती है और किस तरह जमीन व जाति की लड़ाई होती है! यहाँ तो कुछ भी नहीं है। पहले पढ़ो, समझो और लोगों को संगठित करो।"

इसके बाद छुटपुट और भी बातें होती रहीं, लेकिन अमर अपने-आपमें सिकुड़ गया। उसे लगा— ठीक ही तो कहते हैं, अभी बहुत कुछ जानना-समझना है, लेकिन जो सामने है वह इतना भी नगण्य नहीं कि उस पर बातचीत न की जा सके। सीधे-सीधे अन्याय का विरोध न करना क्या जायज है? इन्हीं सवालों को लेकर वह उधेड़बुन में था कि हरीश भाई ने उसे बिलासपुर बुलवाकर किशन पटनायक से मिलवाया था। बहुत ही सौम्य, दुबला-पतला चेहरा... मिलने गये, तो उनकी आँखों की चमक देखकर अमर को बहुत अच्छा लगा। उनके व्यवहार में लगा ही नहीं कि वे एक कच्ची उम्र के युवक से मिल रहे हैं। बातचीत करते वक्त वे बड़े सम्मानसूचक ढंग से बात कर रहे थे। हरीश ने जब परिचय कराया तो वे बड़े खुश हुए, बोले—

"बन्धु, बहुत अच्छा कर रहे हो! अभी से लोगों के दुख-दर्द से जुड़ोगे, तभी तो तुम्हारी भी दृष्टि पकेगी। तुम्हें पता है.. हमें अपना दुख उतना नहीं माँजता, दूसरों के दुख की समझ दुगुने वेग से पगा जाती है। हमारे देश में कितने महापुरुष हुए हैं... किसी एक का नाम बता सकते हो, जिसके खुद के दुख ने उसे महान बनाया...? तरह-तरह के सवाल आते रहे और किशनजी बड़े स्नेह से उत्तर देते

रहे।

आते-आते उन्होंने कहा, ''हरीश से मैंने कह दिया है कि तुम्हें कुछ लोहिया साहित्य उपलब्ध कराएँ। मैं तो सम्बलपुर में रहता हूँ... अपनी स्थानीय समस्याओं को तुम्हें खुद समझना पड़ेगा। तुम सबको संगठित होना पड़ेगा। स्थानीय समस्याओं का हल स्थानीय रूप से ही ढूँढ़ा जाता है, बस खयाल रखना कि तुम्हारे साधन राष्ट्र की अवधारणा में सच्चे और सही हों..।'' अमर को किशनजी की कुछ बातें समझ में आयीं... कुछ नहीं आयीं...। घर लौटते हुए हरीश भाई ने विस्तार से बताया कि वे पक्के गाँधीवादी हैं और लोहियाजी के ठेठ चेले भी।

अब तक अमर को भी समझ में आने लगा था कि सोनपुरा में विकास की लौ तभी जल सकती है, जब लोगों की आँखों से अव्यवस्था की घनी काली झाइयाँ दूर की जा सकें। ये झाइयाँ कई तरह की थीं— अशिक्षा की, रूढ़ियों की, अन्धश्रद्धा की। सोनपुरा तो एक इकाई मात्र है। करीब-करीब पूरे समाज का यही चरित्र है।

गरीबी में भी खुश और तरोताजा बने रहने का गुर अमर ने जिनसे सीखा था, उनका जिक्र भी अब कोई नहीं करता। वे थे छोटे मियाँ। छोटे मियाँ का असली नाम जानने की फुर्सत किसी को नहीं थी। गोरे बाबू की तरह वे भी अपने उपनाम से ही पहचाने जाते थे। दुबला-पतला शरीर, पूरा सफाचट चेहरा जिसमें बटन जैसी दो भूरी आँखें... हमेशा एक चोंगा साथ रखते। उनका काम था चूहे मारने की दवाई बेचना। ...लेकिन वे जिस अदा से दवाई बेचते वह दवाई से ज्यादा मायने रखती थी। उन्हें जहाँ भी थोड़ी-सी चहल-पहल दिखती, वे अवतरित होकर अपने चोंगे में मुँह लगाते और जोर की आवाज़ करते... ''धूम.. धड़ाक... धिन्न...।''

उनके जोर से बोलने तिस पर चोंगे के कारण आवाज़ दुगुनी सुनाई देती थी। अपनी बातों में मशगूल लोग चौंक जाते और उसके बाद छोटे मियाँ स्वरचित छन्द सुनाकर अपनी बात शुरू करते। शास्त्रीय अर्थों में उसे छंद कहा जाय या नहीं, इस पर विवाद हो सकता है, लेकिन लोग उसे सुनकर आनन्दित हो जाते थे। छोटे मियाँ कुछ इस तरह कहते थे—

''चन्दुवा रे भइसा, मुँदरिया रे सिंग
खा जाही मुसुवा त पड़ जाहि नींद।
तहाँ ले फिर नई जागय।।''

फौरी तौर पर इसका अर्थ था कि भैंस के सिर से बाल गायब, पर दोनों सींग सजे हुए हैं... इस दवाई को चूहा खा ले तो उसे ऐसी नींद आएगी कि वह फिर नहीं जगेगा।

इन पंक्तियों के बाद वे चूहे-मार दवा की विशेषता बताते थे। एक बार उनकी इस कला से प्रभावित होकर श्याम सुन्दर भैया ने भी अपनी गुड़ाखू की पब्लिसिटी

के लिए उन्हें अनुबन्धित कर लिया था। छोटे मियाँ सोनपुरा सहित आसपास के गाँवों को भी कवर करते थे। वे भीड़ में जाते और नारा बुलन्द करते। गुड़ाखू का गुणगान करते-करते वे कह जाते थे—

"मधुरस का स्वाद वाला टूथपेस्ट, तोता छाप गुड़ाखू। बिच्छू गर काट ले, तो यह गुड़ाखू उसका जहर खींच लेता है।"

इब्राहीम को शैतानी सूझी उसने पूछा, "छोटे मियाँ, जहर को जहर काटता है यदि तोता-छाप गुड़ाखू बिच्छू के काटने पर भी काम आ रहा है तो वह तो जहर ही हुआ न... ऐसे में उसे मुँह में कैसे लगाएँगे?"

छोटे मियाँ के छोटे-से दिमाग में यह सवाल झनझना गया। उसी झनझनाहट में वे इब्राहीम को मारने उसके पीछे दौड़े, "साले.. धन्धा खराब करता है...!"

आखिर गुड़ाखू या चूहे मारने की दवाई बेचकर कितनी आमदनी हो जाती? सो छोटे मियाँ के चार लोगों का परिवार अभाव में ही जीता रहा। लेकिन कमाल है छोटे मियाँ का, उन्हें कभी किसी ने गुमसुम या उदास नहीं देखा। स्टेशन के पास वाली इलाहाबादी पंडित की चाय-नाश्ते की दुकान में कभी-कभार उकड़ूँ बैठकर छोटे मियाँ अपने भाषणों का मज़मा लगा लेते थे। दुकानदार को भी मजा आता...। चाय पीनेवाले कुछ और ग्राहक जुट जाते थे। बदले में छोटे मियाँ को गर्मागर्म हाफ चाय फोकट में मिल जाती। उस हाफ चाय की आँच जितनी देर रहती, छोटे मियाँ टिककर भाषण देते। उनके भाषणों में सोनपुरा के कई-कई चरित्रों का जिक्र भी हुआ करता था। कहना न होगा कि उनकी भाषा व्यंग्य की भाषा थी। इशारों-इशारों में वे कइयों की आरती उतार लिया करते थे। स्वाभाविक है कि दूसरों के बारे में ऋणात्मक सुनना हर किसी को पसन्द आता है, इसलिए छोटे मियाँ के अनर्गल भाषण सुनने के लिए भीड़ भी जुट जाया करती थी।

सेठ मगनलाल छोटे मियाँ के हमउम्र थे और स्कूल की निचली कक्षाओं में साथ भी पढ़े होंगे। आज उनकी बड़ी-सी कोठी है... बर्तन और कपड़े का भारी-भरकम धन्धा है। छोटे मियाँ मूड में होते तो कभी-कभी उनकी हवेली के सामने खड़े हो चोंगा लगाकर चिल्लाते— अल्लाह के घर देर है, अन्धेर नहीं। चूहे मारने की दवाई बेचते-बेचते इतना पैसा इकट्ठा कर लूँगा सेठिये कि तू देखता रह जाएगा। मैं मरणासन्न आदमियों के जीने की दवाई बेचूँगा। सबके-सब जिएँगे तो तेरे जैसे धन्ना-सेठों को अपनी काँख में दबाएँगे। कितने काबिल लोग इन बीमारियों के चलते लाइलाज मर जाते हैं, सब जीते होते तो क्या अकेला तू धन्नासेठ होता... और भी होते...। देखना, एक दिन तेरे से भी बड़ी हवेली बनेगी यहाँ। हर युग में बैजू पैदा होगा और मेरी तरह हवेली की ओर मुँह करके गाएगा।

जब-जब छोटे मियाँ को ऐसे दौरे पड़ते, सेठ मगनलाल अपने कारिन्दे के हाथों

से एक-दो छोटे-बड़े नोट उनके पास पहुँचवा देते और छोटे मियाँ पर इसका जादुई असर होता। उन नोटों को वे इस तरह पुचकारते, जैसे अपनी गरीबी को पुचकार रहे हों और चौक से उठकर चल देते किसी दूसरे मोहल्ले में, चोंगे से चिल्लाकर चूहा मारने की दवाई बेचने...।

दो

नैला में एक कवि गोष्ठी आयोजित थी। नरेन्द्रजी का आग्रह था कि वहाँ जरूर पहुँचा जाए। इस गोष्ठी में इलाहाबाद से उमाकान्त मालवीय आनेवाले थे। नवगीत के मामले में मालवीयजी एक स्थापित कवि के रूप में जाने जाते थे। छत्तीसगढ़ से भगवान स्वरूप भी अच्छे नवगीत लिख रहे थे। इन दोनों के आने की खबर से अमर उत्साहित हो गया था और उसके वहाँ न जाने का तो प्रश्न ही नहीं था।

सोनपुरा से मात्र 15 किलोमीटर दूर है नैला-जांजगीर। दो नामवाला एक शहर। स्टेशन और उससे जुड़े इलाके का नाम नैला। स्टेशन रोड से डेढ़ किलोमीटर चलने पर जांजगीर आ जाता था। जांजगीर में ही तहसील कार्यालय और कचहरी भी। सोनपुरा से ज्यादा आबादी... ज्यादा विकसित था नैला-जांजगीर। सोनपुरा के कोर्ट-कचहरी के मामले वहीं जाते थे।

नरेन्द्र श्रीवास्तव जांजगीर में रहते थे। अमर जब कवि गोष्ठी में जांजगीर पहुँचा तो उन्होंने उसका परिचय तीन लोगों से करवाया। कन्हैयालाल दीपानी, डॉ. श्यामसुन्दर त्रिपाठी और हरिओम।

हरिओम काफी कम उम्र से जीविका की लड़ाई लड़ रहे थे... छोटी उम्र में ही परिवार का दायित्व उनके कन्धे पर आ पड़ा था। कैलेंडर तब शिवाकाशी से छपा करते थे। हरिओम आसपास के कस्बों व शहरों में घूम-घूमकर व्यापारियों से डायरी, रजिस्टर तथा विभिन्न वस्तुओं के लेबलों का आर्डर लेते और छपाई के लिए शिवाकाशी भेज देते। जो कमीशन मिलता, उसी से उनका खर्च चलता था।

उन दिनों जिला मुख्यालयों को छोड़कर शेष जगहों में अखबारों के संवाददाता प्राय: वही होते थे, जो वहाँ अखबारों की एजेंसी लिया करते थे। अखबारों की एजेंसी लेने के लिए प्रति कॉपी एक निश्चित राशि डिपॉजिट करनी पड़ती थी। हरिओम ने जैसे-तैसे कुछ पैसे बचाकर एक अखबार की एजेंसी भी ले रखी थी।

इस तरह वे नैला के संवाददाता भी बन गये थे। साहित्य में उनकी गहरी रुचि थी, इसलिए अगर दौरे पर नहीं होते तो कार्यक्रमों व गोष्ठियों में जरूर शामिल होते। कविताएँ शायद दर्द की जमीन पर ज्यादा उगा करती हैं। यातना, शोषण और विसंगतियों के दबाव से कविता का गहरा सम्बन्ध रहा है। हरिओम भी कविताएँ लिखा करते थे।

अमर को जब हरिओम की परिस्थितियों का पता चला, तो उसने सहानुभूतिवश पूछा —

''घर में कुल कितने सदस्य हैं?''

हरिओम को समझते देर नहीं लगी कि बातचीत फिर उसकी मुफ़लिसी पर केन्द्रित हो जाएगी। वह इस प्रसंग से बचना चाहता था, अतः उसने संक्षिप्त-सा उत्तर दिया-

''सब मिलाकर छः हैं... पर नैला में ऐसे ढेर सारे लोग हैं, जिन्हें मैं अपने परिवार का सदस्य समझता हूँ।''

कन्हैया दीपानी करीब ही खड़े थे। उन्होंने हरिओम की मनःस्थिति समझी और आगे की बातचीत को लपक लिया, ''अमर भाई, यहाँ की साहित्यिक बिरादरी में आते रहिए, आपको बड़ा मजा आएगा। मैं मूलतः कपड़े का व्यापारी हूँ... दुकान चलाता हूँ... पर आप लोगों का कोई कार्यक्रम नहीं छोड़ता। घबराइए नहीं... मैं कवि नहीं हूँ, न लेखक हूँ, पर मुझे सुनने-सुनाने का बहुत शौक है।''

ऐसा लग रहा था जैसे लोग बातचीत का खो-खो खेल रहे हैं, क्योंकि दीपानीजी का वाक्यांश समाप्त हुआ नहीं कि नरेन्द्र श्रीवास्तव ने बातों का सूत्र लपक लिया, ''दीपानीजी भी कम नहीं हैं.. ऐसे तो इनसे एक धेला भी निकाल पाना कठिन है, पर साहित्यिक कार्यक्रमों के नाम पर ये चाय-नाश्ते का खर्च दे ही देते हैं। पूरे नैला-जांजगीर में ऐसे उत्साही और साहित्य के उत्प्रेरक तुम्हें शायद ढूँढ़े न मिलें..!''

डॉ. श्यामसुन्दर त्रिपाठी मुस्कराते हुए खड़े थे, अपेक्षाकृत गम्भीर मुद्रा में...। बाद में नरेन्द्र श्रीवास्तव ने बताया कि त्रिपाठीजी मूलतः पहाड़ी हैं, अल्मोड़ा के आसपास... यहाँ कॉलेज में लेक्चरर हैं, खूब लिखते हैं भाई...। लोकगीतों को लेकर भी उन्होंने काम किया है।

गोष्ठी के पहले जांजगीर में ही अचानक मुलाकात हो गयी थी कामरेड मुरारी सिंह बनाफर से। वे बाराद्वार के पास ठठारी गाँव के थे। चालीस के आसपास की उम्र रही होगी? हरिओम ने ही मुलाकात कराई थी। इधर-उधर की बातचीत के बाद कामरेड मुरारी सिंह ने अचानक पूछा था,''क्यों बन्धु, सुना है तुम्हारे सोनपुरा में सीमेंट कारखाने का विरोध कर रहे हैं तुम्हारे ठाकुर सा'ब? तुम लोग क्या कर रहे

हो..?''

अमर ने कहा, ''हम लोग उम्र में बहुत छोटे पड़ जाते हैं! हमारी सुनता कौन है? बड़े-बुजुर्गों को ही यदि बात समझ में न आये तो हम क्या कर सकते हैं? हमारी तो यह भी तो समझ में नहीं आ रहा है कि वे कारखाने का विरोध क्यों कर रहे हैं...?''

यह सुनते ही कामरेड हँस पड़े, ''भोले बनने की कोशिश मत करो बन्धु, इतनी-सी बात आपको समझ में नहीं आ रही है? अरे भई, जिस जमीन का टुकड़ा कारखाने के लिए चुना गया है, वह ठाकुर सा'ब का नहीं है। वैसे सोनपुरा में ऐसी कोई जमीन बची भी कहाँ है, जो उनके नाम न हो। कितने ही फर्जी नामों से सारी जमीन पर उनका कब्जा है। सरकार जमीन ढूँढ़े भी तो कहाँ? आखिरकार बस्ती से दूर मुरलीडीह के पास एक जमीन का टुकड़ा ऐसा मिला जो ठाकुर के प्रभाव से मुक्त है। उसका कोई मुआवजा ठाकुर को नहीं मिलने वाला है। इसीलिए वे उसका विरोध कर रहे हैं। मुझे कुछ नहीं मिलेगा तो दूसरे को कैसे कुछ लेने दूँगा...। यही मंशा है इसके पीछे।''

अब जाकर अमर को बात समझ में आई। तो यह माजरा है!

कामरेड खासकर कोरबा के औद्योगिक क्षेत्र में मजदूरों के बीच काम करते थे। अमर की दो-एक रिपोर्टें वे पहले पढ़ चुके थे, इसलिए उसे जानते थे। कामरेड से बातचीत और भी चलती रहती अगर नरेन्द्रजी बीच में हस्तक्षेप न करते, ''साहित्य की दुनिया में थोड़े ही लोग तो बचे हैं कामरेड...! इस लड़के को भी यदि आपने अपनी राजनीति में खींच लिया, तो हमारी संख्या तो कम हो जाएगी न! अभी गोष्ठी का समय हो रहा है, आप भी चलो... कुछ कविताएँ सुन लेंगे।''

कामरेड ने कहा, ''अच्छा याद दिलाया... मुझे बाराद्वार निकलना ही पड़ेगा। साथी मनिराम मेरी प्रतीक्षा करता होगा। डोलामाइट खदान में फिर से मालिकों की बदमाशी शुरू हो गयी है। समय होता तो मैं जरूर आपकी गोष्ठी में जाता। साहित्य हमसे दूर कहाँ है! कोई भी साहित्य से दूर कैसे रह सकता है। फिर कभी आऊँगा।''

''कभी भी आइए, आपका स्वागत है...। न आ पाएँ तो भी कोई बात नहीं। पर कविता के खिलाफ मत होइए। बेचारी कविता तो सबके सुख-दु:ख में बराबर की भागीदार है। मन हो तो बीच-बीच में कविता के भी रू-ब-रू हो जाया कीजिए।''

ऐसे ही थे नरेन्द्रजी। बहुत साफ बुलन्द आवाज़ में बोलनेवाले। जब वे तरन्नुम में अपने गीत गाते थे तो भारी आवाज़ में शब्दों का वजन भी जैसे बढ़ जाता था और श्रोता आचमन की तरह उनके शब्दों को ग्रहण करने लग जाते थे। उनकी रचनाओं में विसंगतियों के खुरदरेपन के बावजूद एक अजीब-सी मिठास रहा करती थी। वैसे

दुबले-पतले, औसत से कुछ अधिक लम्बी कद-काठी के नरेन्द्रजी ब्लॉक ऑफिस में क्लर्की किया करते थे। दिनभर में एक-दो कट्टा बीड़ी फूँककर और दो-चार बार आधा-आधा कप चाय पीकर पूरे तरोताजा रहते। इस हँसते-मुस्कराते और हमेशा दूसरों की मदद करने को तत्पर व्यक्ति को देखकर कौन कह सकता था कि व्यक्तिगत तौर पर बेहद संकट और अभावग्रस्त है उनकी जिन्दगी! लम्बे अरसे से वे अपनी परिस्थितियों से जूझ रहे हैं पर कभी हारे नहीं, न टूटे। नये रचनाकारों के लिए हर सम्भव मदद करने को तैयार नरेन्द्रजी को कभी किसी ने उदास और अनमना नहीं पाया। वे हमेशा ही दूसरों की समस्याएँ हल करने में व्यस्त रहते और उनकी अपनी समस्याएँ धरी-की-धरी रह जातीं।

शाम की गोष्ठी में काफी गहमा-गहमी थी। सौ से अधिक लोगों की आमद हो चुकी थी। अमर को नैला-जांजगीर आना हमेशा से अच्छा लगता रहा है। यहाँ साहित्य की खेमेबाजी नहीं है। कार्यक्रमों में लोग एकजुट हो जाते हैं। आपस में काम बाँटकर बड़ी आसानी से कार्यक्रम आयोजित हो जाता है।

गोष्ठी में मालवीयजी को खूब सुना गया। दूसरे नंबर पर ज्यादा रचनाएँ सुनानेवाले थे भगवान स्वरूप, फिर नरेन्द्र श्रीवास्तव, श्याम सुन्दर त्रिपाठी, विजयजी आदि-आदि।

अमर ने सकुचाते हुए दो छोटी रचनाएँ पढ़ीं। नवगीत की तासीर में डूबी उन रचनाओं को अमर ने पहली बार पढ़ा था। कुछ सराहना भी मिली, मगर अमर को पता था कि अभी उसकी रचनाओं को खूब पकना है।

गोष्ठी में थोड़ी देर के लिए व्यवधान भी उत्पन्न हुआ, लेकिन सहज हास्य के साथ लोग इस बात को टाल गये। हुआ यों कि भगवान स्वरूप अपना एक खूबसूरत नवगीत पढ़ रहे थे, ''लोहे की देह, कील कहाँ ठोकूँ...''

पता नहीं क्या हुआ, बलदेवजी ने अपनी जगह पर खड़े होकर कहा, ''मेरे माथे पर ठोको।''

इस अप्रत्याशित चुटकी से सरसजी का मूड उखड़ गया। वे नवगीत को मन से गाते थे। उनका तारतम्य टूटा तो मूड भी उखड़ गया। लोगों ने बलदेव को डाँटा, समझाया। माहौल बनाने के लिए फिर से मालवीयजी ने अपनी एक रचना पढ़ी और तब जाकर भगवान स्वरूप ने फिर उसी नवगीत को सुनाया। काफी सशक्त रचना थी।

□□

नैला से लौटते हुए ट्रेन में बिलासपुर के रामाधारजी से मुलाकात हुई। उन दिनों वे भ्रातृ संघ के कार्यक्रमों में खूब व्यस्त थे। छत्तीसगढ़ को पृथक राज्य का दर्जा

दिलाने के लिए डॉक्टर खूबचन्द बघेल ने जो अलख जगाया, उसी आन्दोलन को आगे ले जाने के लिए छत्तीसगढ़ भ्रातृ संघ का गठन हुआ था। रायपुर के हरि ठाकुर इस संगठन के मूल आधार थे। बिलासपुर जिले में भ्रातृ संघ की बागडोर रामाधार जी के हाथों में थी।

हरीश भाई ने रमेश, आनन्द एवं कौशल के साथ मिलकर उसी समय छत्तीसगढ़ में युवाजन सभा के गठन के लिए काफी दौड़-भाग की थी। सलिल जी ने तब इस जनसभा के लिए अपनी सक्रियता सौंपी थी।

पिछले वर्ष यानी उन्नीस सौ अड़सठ के अक्टूबर में डॉक्टर खूबचन्द बघेल अमर के स्कूल में आये थे। उनका व्याख्यान रखा गया था। ढेर सारी बातें बघेलजी ने की थीं— अपनी मिट्टी, खनिज का अकूत भंडार, अपने लोग... फिर भी हमारे हाथ शून्य क्यों हैं? ऐसे ही मुद्दों पर उन्होंने व्याख्यान दिया था।

रामाधारजी ने बताया कि अगले सप्ताह सोनपुरा में डॉ. ज्वालाप्रसाद मिश्रा के यहाँ एक बड़ी मीटिंग रखी गयी है। वहाँ सन्त कवि पवन दीवान भी आनेवाले हैं।

"अमर, तुम जरूर आना भाई! इस आन्दोलन को बहुत आगे ले जाना है। हमें उत्साही और समझदार नौजवानों की जरूरत है, फिर तुममें तो लिखने का भी माद्दा है। यह हमारी अतिरिक्त ताकत होगी।"

सोनपुरा लौटकर रामाधारजी की ढेर-सी बातें अमर को आन्दोलित करती रहीं। क्या सचमुच छत्तीसगढ़ राज्य अलग होगा? अलग होने के फायदे क्या होंगे? दूसरे दिन मित्रों के बीच थोड़ी चर्चा भी हुई। अधिकांश साथी इसे राजनैतिक मुहिम ही समझ रहे थे। उन्हें उस उम्र में पृथक राज्य के फायदे और नुकसान के विषय में कोई स्पष्ट ज्ञान नहीं था। वैसे अमर को भी ज्यादा जानकारी कहाँ थी। अमर को बस यही लगता कि खूबचन्द बघेलजी, पवन दीवान, डॉ. मिश्रा जैसे वरिष्ठ व नामचीन लोग जिस आन्दोलन से जुड़े हैं, वह वृहद अर्थ में जरूर समाज के लिए भलाई का कार्य होगा।

नियत तिथि को डॉ. मिश्रा के यहाँ बैठक हुई। सबने अपना-अपना वक्तव्य रखा। अमर ने पहली बार पवन दीवान को देखा था। खाली बदन, चौड़ा ललाट, ऊँचा कद और लगभग उजला गेहुआँ रंग। उस समय तक पवन दीवान सन्त कवि के रूप में छत्तीसगढ़ में ही नहीं, बाहर भी कवि सम्मेलनों में जाने लगे थे। राजिम में एक आश्रम की नींव रखी गयी थी और पवन दीवान घर-बार का मोह छोड़कर वहीं रहने लगे थे। भागवत-कथा कहने में भी वे सिद्धहस्त थे। उनकी भागवत-कथा में खूब भीड़ जुटा करती।

बैठक के अन्त में सर्वसम्मति से प्रस्ताव पास हुआ कि पृथक छत्तीसगढ़ चाहिए ही और उसके ढेर से कारण गिनाए गये— आर्थिक, सांस्कृतिक, भाषागत और

भौगोलिक। उस प्रस्ताव पर लगभग सभी ने खून से हस्ताक्षर किये। जैसे शुगर की जाँच के लिए उँगली के अग्रभाग में इंजेक्शन की नीडिल चुभोकर खून निकाला जाता है, ठीक उसी तर्ज पर सबने अपनी-अपनी उँगली से खून निकाला और पेन की नोंक पर या माचिस की तीली के पिछले भाग की मदद से बड़े-बड़े हस्ताक्षर किये व बगल में अपना नाम लिखा।

बैठक के बाद रामाधारजी ने पवन दीवान से अमर की अलग से मुलाकात करवाई।

पवन दीवान ने तपाक से कहा, ''अखबार में तुम्हारे लिखे दो-चार रिपोर्ताज पढ़े थे, नाम याद था। तुम तो भाई कविताएँ भी लिखते हो... चलो, कवि-कवि भाई-भाई।''

फिर वे ठठाकर हँस पड़े— हा.ऽऽ.. हा..ऽऽ. हाऽऽ...। बातचीत के बीच में ही इतनी जोर से उनका हँसना अमर को पहले-पहल अच्छा नहीं लगा लेकिन जब कुछ देर बातचीत चली, तब पता चला कि यह उनके स्वभाव में शामिल है। सुरेन्दर भी ऐसे ही ठठाकर हँसता है, लगता है जैसे दीवार दरक जाएगी। लेकिन सुरेन्दर की और दीवानजी की हँसी में एक फर्क है। सुरेन्दर की हँसी की आवृत्ति इतनी जल्दी नहीं होती, जितनी दीवानजी की। दीवानजी का मामला तो ऐसा है कि वे यदि अन्तरंग होकर बात कर रहे हैं तो हर तीसरे-चौथे मिनट में किसी-न-किसी बात पर वे हँस ही पड़ते हैं।

पवन दीवान से अमर की मित्रता की शुरुआत उसी दिन से हुई। यद्यपि पवन दीवान उम्र में अमर से सात-आठ साल बड़े हैं, पर उनका स्वभाव ही कुछ ऐसा है कि पहले दिन से ही ऐसे पेश आये जैसे वर्षों की मित्रता है।

उस बैठक में ठाकुर सा'ब की अनुपस्थिति आश्चर्यजनक थी, वह इसलिए भी कि बैठक की अध्यक्षता ज्वाला प्रसादजी कर रहे थे। अमर को मालूम था कि ठाकुर सा'ब ज्वालाप्रसादजी का काफी आदर करते हैं। अमर को यह स्पष्ट नहीं हुआ कि और बातों की तरह ठाकुर सा'ब छत्तीसगढ़ आन्दोलन के समर्थक हैं या विरोधी...? सोनपुरा मौटे तौर पर कांग्रेस का गढ़ समझा जाता था। ठाकुर सा'ब स्वयं कांग्रेसी थे। छत्तीसगढ़ आन्दोलन को कांग्रेस का समर्थन हासिल नहीं था। जनसंघ के लोग यद्यपि खुलकर विरोध में नहीं आते थे, मगर उन्होंने उल्लेखनीय दूरी बनाए रखी थी। सोशलिस्ट पार्टी के नाम से मुट्ठीभर लोग ही थे, जिन्हें कुछ संशोधनों के साथ इस आन्दोलन से कोई गुरेज नहीं था।

उन दिनों साल में तीन-चार अवसर ऐसे आते थे जब स्कूल में आत्मानन्दजी का व्याख्यान किसी-न-किसी बहाने हो ही जाता था। अमर पता नहीं क्यों उनसे बहुत प्रभावित था। जब भी उनका व्याख्यान होता वह एक नोटबुक साथ रखता। जो बात

अच्छी लगती उसे वह नोट कर लेता। विज्ञान और धर्म को समानान्तर रखकर दिया गया उनका व्याख्यान अमर को आज भी याद है... वह उसके ज़ेहन में गहरे उतर गया था। पहली बार धर्म की एक वैज्ञानिक व्याख्या उसके हिस्से में आई थी।

महाराज की संगत के चलते अमर को 'कल्याण' के अंक लगातार पढ़ने के लिए मिल जाते थे, लेकिन उसे 'कल्याण' के लेखों की बजाए आत्मानन्दजी के प्रवचनों में ज्यादा खुलेपन का भान होता था। उसके लिए आश्चर्य यह था कि आत्मानन्दजी जब भी आते, वे ठाकुर सा'ब के यहाँ ही रुकते। दो अलग-अलग प्रवृत्तियों के लोगों का यह अजीब-सा मेल था। अमर के मन में सवाल उठता कि आत्मानन्दजी जैसे सन्त को क्या ठाकुर सा'ब के रूढ़ विचारों का पता नहीं है या फिर आत्मानन्दजी के सामने होने पर ठाकुर सा'ब के अभिनय की क्षमता बढ़ जाती है? समाज-हितैषी होने के अभिनय के पीछे ठाकुर सा'ब की बाबा आदम सामन्ती सोच छिप जाया करती होगी! जो हो, अमर के पास कोई उपाय नहीं था असली बात जानने का। बड़ों की बातें बड़ों के बीच ही सिमटकर रह जाती थीं।

प्रत्येक अखबार में सम्पादक के नाम चिट्ठियों का एक कॉलम होता था। कहीं उसका नाम 'लोकवाणी' था, कहीं 'जनवाणी' तो कहीं 'आपकी चिट्ठी' आदि-आदि। गाँव-कस्बे के जो लोग अपनी बात को थोड़ा सहेजकर कह लेते थे, वे अखबार के सम्पादक के नाम चिट्ठी लिखकर समस्याओं का, तकलीफों व अन्याय का जिक्र भी करते थे। ऐसे पत्रों को, भाषा और विस्तार इत्यादि में थोड़े-बहुत सम्पादन के साथ, लिखने वाले के नाम और स्थान के नाम से प्रकाशित कर दिया जाता था। आश्चर्य तो यह है कि इक्के-दुक्के पत्र पर प्रशासन की ओर से कार्यवाही भी हो जाती थी। 'दीनबन्धु' ने कुछ दिनों तक प्रकाशित पत्रों पर होने वाली कार्यवाही का विवरण भी प्रकाशित किया जिसकी खूब चर्चा हुई।

□□

वापसी में दद्दा ने अमर को अपने पास बुला लिया। दद्दा जब नाराज रहते थे तो उकड़ूँ बैठ जाया करते थे। उनके हाथ की छड़ी उनके ही तखत को ठकठकाती रहती। अमर ने उन्हें इस मुद्रा में देखा तो मन ही मन कहा, "...आज तो बेटा अमर, तू फँस ही गया। दद्दा पता नहीं किसका गुस्सा किस पर उतारें...?"

बहरहाल दद्दा ने तैश में कहना शुरू किया, "बरखुरदार, तुम भी अखबारनवीश हो गये। तुम बताओ कि अखबारों में उम्रदराज लोगों के लिए आखिर क्या रहता है? ऋणात्मक समाचार ही ज्यादा होता है। ऐसे में क्या हमारे जैसे लोग निराश नहीं होंगे...! तुम लोग अच्छी चीज ढूँढ़ नहीं सकते...?"

अमर ने सीधे-सीधे दद्दा की बातों को नहीं काटा। "दद्दा, आप बहुत कुछ

ठीक कह रहे हैं। आपकी पीढ़ी में बहुत कुछ था जो धनात्मक था। लोग उतने कुंठित नहीं हुआ करते थे। गैर बराबरी की खाई जैसे-जैसे बड़ी होती गयी, वैसे-वैसे समाज में ऋणात्मक चीजों को पनाह मिलने लगी। अखबार तो समाज का दर्पण होता है, सो इन सूचनाओं को नहीं छापना भी तो गलत है।''

दद्दा कुछ शान्त हुए मगर फिर बड़बड़ाने लगे, ''बचवा, उम्र में तो बहुत कम हो, लेकिन बात बिल्कुल बुजुर्गों की तरह करते हो। ये बातें क्या मुझे ही चुप कराने के लिए कह रहे हो? अच्छा बताओ... पत्रकार समाज के प्रति कितना उत्तरदायी होता है...?''

अमर ने तपाक से जवाब दिया, ''शत-प्रतिशत दद्दा...! परिस्थिति के आगे तो अच्छे-अच्छों की नहीं चलती। ऐसे में पत्रकार ही केवल अपना दायित्व निभाता रहे और नेता अपनी मनमानी करते रहें, इस पर आपका ध्यान नहीं जाता...!''

दद्दा ने कहा, ''ठीक कह रहे हो बचवा...। आजादी के पहले देश के लिए मर-मिटने का हमारा जज़्बा दूसरी पीढ़ी तक आते-आते जाने कहाँ गायब हो गया? ये ससुरे नेता झंडोत्तोलन तो करते हैं... और खूब सज-धजकर... बिना भूले गाँधी टोपी भी लगा लेते हैं, सिर्फ उसी दिन...! उसके बाद...? गाँधी या तो फ्रेम में या फिर नोटों पर विराजमान हैं। जीवन से तो गाँधी कबके चले जा चुके हैं। लेकिन बरखुरदार, अखबार तो चौथी ताकत है। इसे तो अपना रास्ता नहीं भूलना चाहिए।''

अमर ने बातचीत को विराम लगाने की गरज से कहा, ''दद्दा, मानता हूँ कि अखबारों को चौथा स्तम्भ कहा जाता है लेकिन यदि शेष तीन स्तम्भ डगमगाने लगे तो चौथा अकेला क्या कर सकता है? लेकिन दद्दा, आपका विषय बहुत बढ़िया है। इस पर मैं फुर्सत से आपसे बात करूँगा। अभी मुझे जाना है। भाभी खाने पर अगोर रही होगी...।''

''अरे दो बजने को आये, तुमने खाना नहीं खाया...? चलो भागो यहाँ से... तुम सब अराजक हो जाते हो। भला इतनी देर से कोई खाना खाता है?''

□□

रमाकान्त के घर पर मित्रमंडली बैठी हुई थी कि अचानक एक दुबले-पतले, ताम्बई चेहरेवाले और छोटे कद के सत्ताइस-अट्ठाइस वर्षीय सज्जन पूछते-पाछते चले आये, आते ही उन्होंने पूछा, ''अमर भाई हैं क्या?''

अमर ने उनको पहले कभी नहीं देखा था..! आश्चर्यमिश्रित उत्सुकता से वह सामने आया। सामान्य शिष्टाचार के पश्चात् पता चला कि बाराद्वार से मनिराम जी आये हैं। अमर को याद आया उस दिन नैला में कामरेड बनाफर इन्हीं मनिराम का जिक्र कर रहे थे।

मनिरामजी भी डोलामाइट खदान की यूनियन में काम करते थे। पढ़े-लिखे थे, सो एक पत्र की एजेंसी लेकर संवाददाता भी बने हुए थे। तन-मन और परिस्थितियों से पूरे मजदूर। उन्हें देखकर ही लगता था कि वे काफी अभाव में जिन्दगी जी रहे हैं। लेकिन उनकी चमकती हुई आँखों में कहीं कोई पछतावा नहीं था। अखबार का संवाददाता बनना उनका कोई शौक नहीं था। बाद में उन्होंने बताया कि बाराद्वार डोलामाइट खदान के मजदूरों की बात बाहर तक जा ही नहीं पाती थी। मालिकों की मनमानी और शोषण की कहानी उसी खदान तक सीमित रह जाती थी। यहाँ तक कि बाराद्वार कस्बे में भी खदान को लेकर किसी को कोई चिन्ता नहीं थी, क्योंकि खदानें कस्बे से करीब 20 किलोमीटर दूर थीं। एक छोटी लाइन पर ट्रालियों के जरिए खदान से निकले डोलामाइट पत्थर स्टेशन तक लाये जाते थे और वहाँ से विभिन्न इस्पात कारखानों को भेजे जाते थे।

मनिराम संवाददाता बने ही इसलिए थे कि मजदूरों की बात अखबारों के जरिए ज्यादा फैले-पसरे और उनके संघर्ष को गति मिले। इधर-उधर की बातचीत के बाद मनिराम ने कहा, ''अमर भाई, आपकी चर्चा कामरेड बनाफर कर रहे थे। मुझे लगा कि बीच-बीच में हम आपस में मिल लिया करें, इससे मनोबल ऊँचा रहता है... बिलासपुर जा रहा था तो मन हुआ कि आपसे मिल लिया जाय और यहाँ उतर गया।''

इसके बाद तो मनिराम से मिलने का सिलसिला चल निकला...। कभी-कभी अमर स्वयं ही बाराद्वार पहुँच जाया करता। बचपन में एक-दो साल अमर बाराद्वार में भी रह चुका था। भैया पहले वहीं थे, फिर सोनपुरा ट्रांसफर होकर आये। ऐसे ही सक्ती की भी धुँधली-सी याद है अमर को। यद्यपि सक्ती अमर का जन्मस्थान है, पर जिस समय भैया सक्ती से बाराद्वार ट्रांसफर होकर आये उस समय उसकी उम्र बमुश्किल चार साल रही होगी। इसलिए सक्ती को लेकर कोई मुकम्मल चित्र उसके जेहन में नहीं रहा।

मनिराम के पास आने से ही अमर को बीते दिनों की कुछ मीठी यादें नहला जातीं। मनिराम के साथ वह ट्रॉली पर चढ़कर एक-दो बार खदान के साइट में भी हो आया है। खदानों का अधिग्रहण तब खनिज निगम ने नहीं किया था। उनकी मिल्कियत निजी हाथों में थी। शोषण बहुत था। ओवर टाइम, मेडिकल और दुर्घटना होने पर मजदूरों को उनके अधिकारों से वंचित कर दिया जाता था।

खनिज निगम ने अधिग्रहण की बात चलाई, तो छँटनी का सवाल सामने आ गया। सबको निगम लेना नहीं चाहता था। मजदूर जाएँ तो जाएँ कहाँ...? यह वह समय था जब अधिग्रहण की बातचीत ही चल रही थी और निजी मालिकों ने पहले से ही मजदूरों की मजदूरी पर डाका डालना शुरू कर दिया था। मनिराम के कन्धे पर

दोहरा दायित्व था— अपनी यूनियन का भी और अपने परिवार का भी। कमानेवाला एक, खानेवाले सात।

किसी ने मनिराम को करीने से कपड़े पहने हुए नहीं देखा होगा! जो मिल गया, सो खा लिया... कहीं भी पड़े रहे। नशे की लत नहीं थी, मगर कभी-कभार खीझ और हताशा में किसी ने पिला दी तो पी लेता था। मनिराम को देखकर लगता ही नहीं था कि वह दत्ता सामन्त से लेकर पी के मोइत्रा और दत्तोपन्त ठेंगड़ी तक की कार्यशैली व जीवन से शब्दशः वाकिफ़ हैं खोज-ढूँढ़कर वह पुस्तकों का जुगाड़ करता, उन्हें पढ़ता और सबसे बड़ी बात यह कि पढ़े हुए पर अमल करने का प्रयास भी करता। इसी प्रयास में तो वह औरों की तरह सीढ़ियाँ नहीं चढ़ पाया। एक बार उसने बात-ही-बात में कहा—

"अमर भाई, खदान के मालिक और अफसर बहुत कुछ कहते हैं। कइयों के लिए उन्होंने किया भी है... लेकिन मुझे लगता है कि अपने मजदूर भाइयों की कीमत पर मैं कोई फायदा कैसे लूँ? आखिर ऐसी बातों से ही तो मजदूरों का संघर्ष टूटता रहा है। दरअसल कुछ लोग इस संघर्ष में टिक नहीं पाते और एक के न टिक पाने से कइयों का मनोबल टूट जाता है। मैं तो कहता हूँ कि पहली पंक्ति में आना फिर भी कुछ सरल है... बड़ी गति से सामने आया जा सकता है। लेकिन इतने लोगों के साथ पहली पंक्ति पर बने रहना बहुत बड़ी साधना है, जिसे समझ में आती है वह फिर गया काम से। फिर उसका निजत्व उसे स्वयं ही रौंदना पड़ता है।"

अमर मनिराम के चेहरे की ओर देखता रह गया था। इतना साधारण-सा दिखनेवाला मनिराम भीतर से इतना मजबूत और अपने विचारों में इतना सुदृढ़ है! अमर को लगा था कि मनिराम से मुलाकात सचमुच में उसके लिए उपलब्धि है।

□□

गर्मियाँ शुरू हो चुकी थीं और तकरीबन सभी मित्र दस बजे के आसपास रमाकान्त के घर पर चले आते थे। उस बैठक में विजय बहुत कम आता था। अपेक्षाकृत सम्पन्न परिवार से होने के कारण उसकी मित्रता की परिधि कुछ अलग थी। इनकी तरह गप्पबाजी में उसे विश्वास नहीं था और न सोनपुरा के किसी मुद्दे पर। रमाकान्त सब दोस्तों में जूनियर था, लेकिन उसे इनका साथ भाता था। उसका बड़ा भाई एक साल सीनियर था, कॉलेज में पहुँच चुका था। वह कभी-कभार ही इनकी चर्चाओं में भाग लेता।

ये तो अच्छा था कि उस साल मध्यप्रदेश बोर्ड ने स्कूल में ही इंटरमीडिएट का कोर्स आरम्भ कर दिया था। इस तरह सोनपुरा के लड़के-लड़कियों को कम-से-

कम एक साल और कॉलेज की पढ़ाई वहीं उपलब्ध हो गयी। लेकिन इसके बाद तो बाहर जाना ही था। नया कॉलेज बनने की कोई गुंजाइश नहीं थी। खासकर लड़कियों के लिए काफी दिक्कतें थीं। सोनपुरा जैसे शहर में कई अभिभावक तो अपनी लड़कियों को बाहर भेजने के पक्ष में ही नहीं थे। ऐसे में आगे की पढ़ाई सिर्फ प्राइवेट में करने का विकल्प ही उनके सामने था और उसमें साइंस के पाठ्यक्रम के लिए गुंजाइश नहीं बनती थी। जिनके रिश्तेदार जांजगीर में थे उन्होंने जांजगीर से अपनी लड़कियों को पढ़ाने का मन बना लिया था।

अमर की मंडली में आधे से अधिक मित्र आर्ट्स के विद्यार्थी थे। अक्सर बातचीत घूम-फिरकर कॉलेज न खोलने देने की ठाकुर सा'ब की जिद्द पर केन्द्रित हो जाती। अभिभावकों के बीच भी इस बात को लेकर चिन्ता और नाराजगी थी। पर सब ठाकुर सा'ब की जिद्द के सामने लाचार थे। राजनैतिक दृष्टि से भी सोनपुरा में कांग्रेस के लोगों की संख्या ज्यादा थी। कारण स्पष्ट था कि ठाकुर सा'ब भी कांग्रेस के नेता थे। जाहिर है विरोध की राजनीति करने का साहस लोगों में नहीं था।

बाज़ार चौक में शिवाधीनजी की कपड़े और बर्तन की दुकान थी। वर्षों से वे और उनका परिवार संघ से जुड़ा हुआ था। जनसंघ की राजनैतिक गहमा-गहमी वहाँ दिख जाती थी। पूरे सोनपुरा में सीमित परिवार ही राजनैतिक तौर पर जनसंघ के समर्थक थे। व्यक्तिगत तौर पर जनसंघ में रहने के बावजूद अधिकांश लोग ठाकुर सा'ब के प्रभामंडल से प्रभावित थे। शिवाधीनजी के साथ ऐसा नहीं था। पर वे किसी पचड़े में पड़ते भी नहीं थे।

बाज़ार में पुस्तकों की भी एक अच्छी दुकान थी— विद्यार्थी जनरल स्टोर्स। वहाँ दो भाई बैठा करते थे। बड़े किंचित् आत्मकेन्द्रित, लेकिन छोटे राधेश्याम भाई अमर से उम्र में सात-आठ साल ही बड़े थे। उनसे बीच-बीच में बात हो जाती थी। बातचीत में यह तो आभास मिलता था कि वे सोनपुरा की परिस्थितियों से सन्तुष्ट नहीं हैं, पर सक्रिय रूप से कुछ करने की स्थिति में स्वयं को नहीं पाते थे। अमर की अखबारबाजी से उनको भी सन्तुष्टि मिलती थी। इसलिए जब भी अमर दुकान पर कोई चीज खरीदने जाता, तो वे अमर से बतियाने का समय निकाल ही लेते। उनके पास नियमित रूप से 'पाँचजन्य' आया करता था। वे अमर को 'पाँचजन्य' की पुरानी कॉपी थमाकर कहते, "अमर पढ़ो, इसमें एक कॉलम है 'गहरे पानी पैठ।' तुम्हारे जैसे उर्वर मस्तिष्कवाले को यह पढ़ना ही चाहिए।"

अमर के दिमाग में कोई पूर्वाग्रह नहीं था। किसी खास विचारधारा या पार्टी के प्रति झुकाव नहीं था, न घर में इस तरह का कोई माहौल था। भैया को राजनीति पर बात करना पसन्द नहीं। उन्हें जब फुर्सत मिलती, तो वे रामायण का पाठ सस्वर जोर-जोर से करते थे। जोर से पढ़ना उनकी आदत में शुमार था। वे महाभारत को भी

उसी तरह पढ़ते और चण्डी पाठ भी उसी रौ में होता। अक्सर रात को नौ बजे से लेकर दस-साढ़े दस तक इस तरह के पाठ होते थे। भैया के नियमित श्रोता थे भाभी और अमर, इसलिए अमर को ये ग्रन्थ अलग से पढ़ने की जरूरत नहीं पड़ी।

गर्मियों में धूप शाम को पाँच बजे तक भी काफी तेज रहा करती थी, पर अमर विकास को साथ लेकर पाँच बजे ही निकल पड़ता था। दोनों कभी शिरो दीदी के पास जाते तो कभी निरुद्देश्य घूमने निकल पड़ते। यदा-कदा ही शाम को अमर अपने अन्य दोस्तों की मंडली में रहता वरना वह विकास के साथ ही घूमने जाया करता था।

सोनपुरा के पूर्व में वीरानगी अधिक थी। आगे चलकर एक छोटा नाला भी पड़ता था। दोनों चलते-चलते उस नाले तक पहुँच जाते। ठंड के दिनों में तो और मजा आता। दोनों ओर के खेतों में तिवरा की फसल लहलहा रही होती और वे दोनों तिवरा तोड़कर देर तक खाते रहते। जब सूरज डूबने लगता तो रेल लाइन के किनारे-किनारे घर की तरफ चले आते। यही वह समय होता था जब वे दोनों अपनी समझ के अनुसार ढेर से विषयों पर बात करते।

स्वभाव से अपेक्षाकृत शान्त विकास अमर की अधिकांश बातें बिना बहस के मान जाता था। लेकिन जैसे ही माधुरी को लेकर कोई बात होती, विकास गम्भीर हो जाता, ''माधुरी के प्रति तेरा उत्साह मेरी समझ में नहीं आता। उस रास्ते पर चलना ही क्यों, जिसकी कोई मंजिल न हो।''

अमर को बात हजम नहीं होती, ''मंजिल की चर्चा अभी से क्यों? अभी तो अपने पाँव पर खड़े होना है। लेकिन इसका मतलब यह तो नहीं कि सम्बन्धों को जीना भी छोड़ दें।''

''लेकिन अमर, तू भी जानता है... तुम दोनों अलग-अलग जाति से हो। इस सम्बन्ध को न तुम्हारे घर में स्वीकृति मिलेगी और न माधुरी के। आज का हो या कुछ साल बाद का, क्यों खामोखा एक गहरी चोट की भूमिका बना रहा है।''

विकास की इस बात के बाद अमर को इस विषय पर बात करने की इच्छा ही नहीं होती। वह तुरन्त किसी दूसरे विषय पर पहुँच जाता था और बात का यह सिरा यहीं छूट जाता।

□□

सबको अनुमान था कि जुलाई के प्रथम सप्ताह में ही रिजल्ट आ जाएँगे। मन-ही-मन धुकपुकी लगी थी। उपेन्द्र, मोबिन, चुन्ना, चन्द्रमोहन और इब्राहीम को अपने प्रथम श्रेणी में आने का पूरा भरोसा था। अमर को श्रेणी से ज्यादा इस बात की चिन्ता थी कि वह कहीं परसेंटेज की जद में आ गया तो उसे मेडिकल कॉलेज जाना

पड़ेगा। भैया ने तो घोषणा कर दी थी कि अमर यदि मेडिकल कॉलेज में नहीं पढ़ा तो आगे पढ़ाई का खर्चा वह नहीं उठाएँगे, लेकिन मेडिकल का खर्चा भी कैसे उठाएँगे? गाँव में परिवार के छः सदस्य और थे, जिनके खर्च का बोझ भी उन्हीं पर था। मेडिकल की पढ़ाई के लिए खर्च करने की हैसियत उनकी नहीं थी, लेकिन अमर जानता था कि वे जिद्दी हैं, शायद कर्ज लेकर भी पढ़ाएँगे।

उन दिनों रिजल्ट के लिए ट्रंक कॉल पर रायपुर से प्रकाशित समाचार पत्रों से सम्पर्क साधना पड़ता था। समाचार पत्र अपने व्यस्ततम समय में भी टेलीफोन पर रिजल्ट बता दिया करते थे। यद्यपि दूसरे दिन वह छपकर भी आ जाता था, लेकिन किसी में भी इतना धैर्य कहाँ था! इसलिए रिजल्ट की घोषणा होते ही रात को टेलीफोन एक्सचेंज में या जिनके यहाँ टेलीफोन था वहाँ कतार लग जाती थी। कभी-कभी घंटों बैठना पड़ता था। लाइन नहीं मिलती थी, हजारों ट्रंक काल अखबारों के दफ्तरों में जाते थे। वे बेचारे जहाँ तक सम्भव हो, देर रात तक रिजल्ट बताने का कार्य बड़ी निष्ठा से करते थे।

आखिर रिजल्ट निकला... अपने-अपने विषय में आगे की पढ़ाई और दाखिले के लिए सुगबुगाहट शुरू हो गयी। मेडिकल के फार्म में उन दिनों कोर्ट से भी एक हलफनामा भरवाना पड़ता था। भैया जांजगीर जाकर हलफनामा भी भरकर आ गये थे।

एक प्रतिशत के अन्तर से अमर का दाखिला रह गया। अमर ने सोचा, "जान बची, लाखों पाये...।"

"लेकिन अब...?"

घर में लगभग मातम का माहौल हो गया। भैया ने तो उस दिन एक वक्त का खाना ही नहीं खाया। भाभी ने समझाने की कोशिश की, "जरूरी है कि हर लड़का डॉक्टर बने! उसे जो पढ़ना है, पढ़ने क्यों नहीं देते!"

भैया ने तमतमाकर कहा, "प्रोफेशनल डिग्री हो तो हर कोई उसमें अपना पैसा लगा देता है, क्योंकि उसके बाद जॉब की निश्चिन्तता हो जाती है। बाकी डिग्रियों में जॉब मिलना कितना कठिन है! उसकी उम्र में तो मैं नौकरी करने लगा था। हम मिडिल क्लास के लोग ज्यादा दिन तक पढ़ाई के पीछे वक्त नहीं गँवा सकते। मेडिकल में होता तो कोई बात नहीं थी, मैं कर्ज लेकर भी उसे पढ़ाता, लेकिन अब नहीं। रेलवे में बुकिंग क्लर्क की भर्ती हो रही है। मैंने फार्म मँगा लिया है। बिलासपुर जाए और परीक्षा देकर आये। पास हो गया तो जिन्दगी बन जाएगी।"

अमर को यह सब अच्छा नहीं लगा; दरअसल उसे समझ में ही नहीं आ रहा था कि आगे करना क्या है? अखबारी कीड़ा तो उसे काट ही चुका था, लिखने-पढ़ने का शौक, सो अलग। अनमने भाव से वह रेलवे की परीक्षा देने बिलासपुर

गया। प्रश्नपत्र हल करने लायक थे, पर उसने हाथ ही नहीं लगाया। यों ही बैठे-बैठे पहली घंटी बजने का इन्तजार करता रहा और कोरा पेपर सौंपकर चला आया।

सोनपुरा जाने के लिए दोपहर की गाड़ी थी— जेडी, लेकिन परीक्षा समाप्त होने पर जेडी से जाया नहीं जा सकता था और इस समय जेडी से जाने का मतलब होता भैया को सन्देह में डालना। भाभी ने जेब खर्च के लिए जो पैसे दिये थे, अमर ने अन्दाज लगाया कि उनसे एक डोसा खा लेने के बाद भी फिल्म देखने के लिए पैसे बच जाएँगे।

अमर इधर देवानन्द की 'ज्वैल थीफ' देख रहा था और उधर परीक्षा चल रही थी। सम्भवतः जीवन में पहली बार वह घर लौटकर एक बड़े झूठ के लिए कहानी गढ़ेगा और कहेगा, "परीक्षा में लिखकर तो आ गया हूँ... आगे क्या होगा, सो भगवान जानें...!"

उसी दरम्यान एक दिन अचानक इब्राहीम से खबर मिली कि हरीश भाई आने वाले हैं। बाज़ार के पास ही उनका घर था। मिलने पर कहा, "कल रायपुर चलोगे मेरे साथ?"

"घर में पूछना पड़ेगा! आखिर रायपुर क्यों जाना है?"

"चलो तुम्हें घुमा लाऊँ। मुझे दिन भर का काम है... तुम दीनबन्धु अखबार में सलिल जी से मिल लेना, अच्छा लगेगा। टिकट की चिन्ता मत करो भाई, मैं ही ले जाऊँगा-लाऊँगा, खाना भी खिलाऊँगा, तुम चलो मेरे साथ!"

उस दिन रायपुर जाने के लिए घर से अनुमति लेने में काफी दिक्कत हुई। यह बताने पर भी कि हरीश भाई अपने खर्चे पर मुझे घुमाने ले जा रहे हैं, भैया का मारक प्रश्न था, "आखिर तुझ पर ही यह मेहरबानी क्यों हो रही है?"

इस प्रश्न का कोई जवाब अमर के पास नहीं था। किसी के स्नेह को नापने का कोई पैमाना उसके पास नहीं था। आखिर भाभी के बहुत कहने पर भैया ने अनुमति दी। उसी दिन मन-ही-मन अमर ने एक फैसला लिया कि अब जैसे भी हो, अपना जुगाड़ खुद करना पड़ेगा। वह कोई बच्चा नहीं है। इस उम्र में भी कहीं जाने के लिए इस तरह की अनुमति... उफ़...! और नहीं...!

दूसरे दिन अमर हरीश भाई के साथ पहली बार दैनिक दीनबन्धु के कार्यालय में पहुँचा। तब प्रेस नहरपारा में हुआ करता था। नीचे मशीन और ऊपर सम्पादकीय एवं व्यवस्थापकीय कार्यालय था, तीन हिस्से बने हुए थे। सीढ़ी से ऊपर चढ़ते ही पहले सम्पादकीय, फिर व्यवस्था... उसके बाद दो अलग-अलग केबिन थे— एक में सलिलजी बैठते थे और दूसरे में उनके बाबूजी। बाबूजी जबलपुर और भोपाल भी जाया करते थे, इसलिए उनकी केबिन कभी-कभी खाली रहता था। पहली बार सलिलजी से मिला तो अमर भीतर-ही-भीतर खिल गया।

सलिलजी उससे उम्र में सात-आठ साल ही बड़े हैं। एकदम युवा, खिला-खिला-सा गोरा चेहरा, इकहरा बदन। अनायास उन्हें स्मार्ट कहा जा सकता है। देखते ही अमर उत्साहित हो गया। पहले डर रहा था कि वे नौसिखिए पत्रकार को तवज्जो नहीं देंगे। बातचीत चल पड़ी। अमर ने अपनी ओर से झिझकते हुए एक सुझाव रखा-

"भैया... (कार्यालय में सब उनको इसी सम्बोधन से बुलाते थे), गाँव पर विशेष तरह की रिपोर्टिंग क्यों नहीं की जाती?"

सलिलजी ने कहा, "गाँव की रिपोर्टिंग चटपटी नहीं होती और सूखे आँकड़े पढ़ने में किसी की दिलचस्पी नहीं है।"

"यदि उसे बहुत आत्मीयता के साथ लिखा जाए तो क्यों नहीं पढ़ा जाएगा? आप यदि एक अवसर दें, तो मैं इसे व्यवस्थित ढंग से करके दिखा सकता हूँ।"

अमर ने योजना की संक्षिप्त-सी रूपरेखा सलिलजी के सामने रखी। वे ध्यान से सुनते रहे। फिर बोले, "मैं इस पर सोचूँगा। अभी तो कुछ रिपोर्ताज़ और अच्छी रिपोर्टें भेजते रहो।"

सलिलजी से मिलने के बाद अमर ने दीनबन्धु प्रेस का मशीन रूम देखा। वहाँ उसका परिचय सलिलजी के छोटे भाई दिनेश से हुआ जो अन्ततः मित्रता में बदल गया। दिनेश ने ही उसे प्रिंटिंग और मशीन से जुड़ी तमाम बातें विस्तार से समझाई थीं। यह वह समय था जब कम्पोजिंग मोनो से लाइनों में होने लगी थी। हैंड कम्पोजिंग के दिन पूरी तरह समाप्त नहीं हुए थे। करीब-करीब एक-चौथाई काम अभी भी हैंड-कम्पोजिंग में होता था। कम्पोजिंग सेक्शन के हेड थे— लीलूराम। मुँह में पान दबाये छोटे कद का वह दुबला-पतला-सा व्यक्ति असंख्य बार सीढ़ियाँ चढ़कर ऊपर सम्पादकीय में जाता, नीचे आता, सबको काम बाँटता। जितने कम्पोजिटर थे, उनमें से किसी को भी लीलूराम फोरमेन से कोई शिकायत नहीं थी। वे दूसरों की गलतियाँ भी अपने ऊपर लेकर बात को आई-गयी कर देते थे।

खैर, एक ही दिन में सबके विषय में जानना तो सम्भव नहीं था, लेकिन चलते-चलते अमर की मुलाकात एक अनोखे व्यक्तित्व हेड मशीनमैन छोटेलाल से हो गयी थी। दिनेशजी ने बताया कि दिन में छोटेलाल तभी आते हैं, जब उन्हें पैसे की जरूरत होती है और दिन के समय ही वे स्वाभाविक भी रहते हैं, अन्यथा वे और उनकी दारू.... गणेश बीड़ी का कट्टा साथ में रहता। उनके चार-पाँच मातहत थे। रोटरी मशीन में छपाई होती थी। उस मशीन के पुर्जे-पुर्जे से छोटेलाल वाक़िफ़ थे। उनके रहते शायद ही कभी मशीन में गड़बड़ी होने पर बाहर से कोई मैकेनिक बुलाया गया हो। वे वाकई हरफनमौला थे। कभी-कभी उनकी पीने की आदत से अखबार कुछ विलम्बित भी हो जाता था, पर कुल मिलाकर उन्हें सजा कभी नहीं

मिली। वे सलिलजी और बाबूजी दोनों के बहुत प्रिय थे।

उनकी अनुभवी आँखों ने शायद पढ़ लिया था कि छोटेलाल के चलते प्रेस की मशीन की सेहत ठीक-ठाक बनी रहती है और इसके एवज में छोटेलाल की छोटी-मोटी गलतियों को नजरअन्दाज कर दिया जाता। फौरी तौर पर उसी दिन सम्पादक पंडित जी से और प्रान्तीय के प्रमुख राजनारायणजी से भी अमर की मुलाकात हुई।

बाहर के समाचार टेलीप्रिंटर और रेडियो से नोट किये जाते थे। टेलीप्रिंटर पर अँग्रेजी में समाचार आते थे। पीटीआई की सर्विस तब बहुत अच्छी मानी जाती थी। रात को प्रिंटर पर सत्येन्द्रजी बैठते थे। उनके विषय में एक आम चर्चा थी कि अँग्रेजी पर उनका उतना दखल नहीं है। किन्तु उनकी प्रतिभा ऐसी थी कि टेलीप्रिंटर के प्रिंट को ऊपरी तौर पर पढ़कर ही समाचार उनकी समझ में आ जाता था और वे अपनी भाषा में उसका अनुवाद कर लेते थे। दूसरे दिन दूसरे अखबारों से उस समाचार को मिलाकर देखा जाता तो उसमें उन्नीस-बीस का ही फर्क मिलता। बड़े मस्तमौला थे और समाचारपत्र यूनियन की गतिविधियों में आगे बढ़कर भाग लेने वाले। अमर की उनसे पहली मुलाकात में औपचारिक बातचीत ही हो पाई।

सिर्फ एक दिन में इससे ज्यादा लोगों से मिलना सम्भव नहीं हुआ। प्रेस में बैठे-बैठे ही अमर को अखबार में एक विज्ञापन दिखाई दिया। रायपुर की ही एक दवाई कम्पनी उषा प्रॉडक्ट्स में मेडिकल रिप्रेजेंटेटिव की आवश्यता है। अमर ने उसे एक कागज पर नोट कर लिया और लौटकर आवेदन-पत्र भेज दिया, क्योंकि उन्होंने सिर्फ मैट्रिक पास और बोलचाल में दक्ष व्यक्ति ही चाहा था।

शाम को अचानक रमाकान्त घर चला आया। अमूमन वह अमर के यहाँ बहुत कम आता था। जाहिर है कि जब बैठकें उसके यहाँ होती थीं तो वह अमर के घर भला क्यों आता?

रमाकान्त ने आते ही कहा, ''एक बहुत बुरी खबर है... वह जो पगली औरत इधर-उधर घूमती रहती है, उसने आज बीच सड़क में बच्चे को जन्म दिया है...!''

सुनकर अमर अवाक् रह गया।

रमाकान्त ने आगे कहा, ''पगली पेट से थी, पता नहीं किसका बच्चा है..? किसने उसके साथ कुकर्म किया...?''

''सुना तो मैंने भी था कि सोनपुरा के बड़े घर के बिगड़ैल लड़के पगली को बहला-फुसलाकर कहीं ले जाते हैं...''

''छि...! मन तिक्त हो गया।'' रमाकान्त ने कहा, ''कितने बेरहम हैं लोग... पगली को अपना होशो-हवास कहाँ था? वह तो प्रसव पीड़ा से तिलमिला रही थी... तकरीबन अर्द्धनग्न-सी... स्टेशन रोड पर पांडेजी की दुकान के सामने बेसुध

हो गयी थी। वहाँ उपस्थित लोग कुछ महिलाओं को बुलाकर पर्दा कर लेते, लेकिन वे निर्लिप्त होकर तड़पती हुई पगली को बच्चा जनते देख रहे थे। मुझसे तो बर्दाश्त ही नहीं हुआ और मैं सीधा तेरे पास चला आ रहा हूँ।''

अमर को समझ में नहीं आया कि ऐसी स्थिति में क्या किया जाए? यह पूरे सोनपुरा की सामाजिक परिस्थितियों और समझ का मसला था। उसकी छोटी-सी बुद्धि में एक विचार कौंधा। उसने रमाकान्त से कहा, ''यहाँ के बीडीओ से बात करें...! शायद कोई हल निकल आये... और पगली को बच्चे सहित संरक्षण मिल जाए।''

दो-तीन दिन तक यह मामला उनके बीच चर्चा के केन्द्र में रहा। सब मिलकर बीडीओ के पास गये। बीडीओ ने आश्वासन दिया, ''मैं कोशिश करता हूँ कोई उपाय ढूँढ़ने की।''

इस घटना से अमर कुछ दिनों तक काफी विचलित रहा।

□□

गर्मी की अलसाई दोपहर में अमर को खाना खाने के बाद धर्मयुग पढ़ते हुए थोड़ी-सी झपकी आ गयी थी। पोस्टमैन की आवाज़ से तन्द्रा टूटी। रायपुर से एक लिफाफा आया था। पिछले सप्ताह रायपुर की दवा कम्पनी में उसने जो आवेदन-पत्र दिया था उसी के जवाब में इंटरव्यू था। अगले सोमवार को रायपुर पहुँचना था, यानी परसों।

घर पर उसने जब इंटरव्यू कॉल की चर्चा की, तो भैया ने कोई अच्छा रिस्पांस नहीं दिया। भाभी ने कहा, ''चलो, पहला इंटरव्यू है, दे तो आओ... फिर देखा जाएगा!''

नियत समय पर अमर रायपुर के रामसागरपारा में दिये हुए पते पर पहुँचा... उषा प्रॉडक्ट्स साधारण-सा दफ्तर, जिसमें एक थुलथुल देहवाले सज्जन बैठे थे। हाव-भाव से लगा कि यही मालिक होंगे...!

अमर ने नमस्कार करके इंटरव्यू लेटर आगे बढ़ा दिया। पहले तो सामने बैठे सज्जन ने अमर को नीचे से ऊपर तक गहरी निगाह से देखा, फिर बैठने को कहा। अमर ने अपनी सर्टिफिकेट वाली फाइल आगे बढ़ा दी। यहाँ तक सबकुछ निहायत औपचारिक था।

फाइल देखते हुए एक-दो छोटे-छोटे सवालों से होकर बातचीत विस्तार की ओर बढ़ चली। उसी दरम्यान सेठजी ने अमर के घर-परिवार की पूरी जानकारी ले ली। अमर का भी यह पहला अनुभव था। अमूमन इंटरव्यू के विषय में उसने जो सुन रखा था, उससे बिल्कुल विपरीत हो रही थी बातें...! लग ही नहीं रहा था कि

वह इंटरव्यू दे रहा है। सेठजी भी फुर्सत में थे। इसी बीच एक बार चाय भी आ गयी। अमर को अच्छा भी लगा और अटपटा भी...। पता नहीं ये कैसा इंटरव्यू है...!

करीब डेढ़ बजे होंगे... तब तक सेठजी उसके साथ आत्मीय हो चुके थे। उन्होंने कहा, "बेटा, चलो... घर चलते हैं...।"

अमर को समझ में ही नहीं आया कि नौकरी की बात न करके सेठजी उसे घर क्यों ले जा रहे हैं...!

बहरहाल, अमर को साथ लेकर सेठजी पैदल ही घर की ओर चल पड़े। घर पहुँचकर उन्होंने खाना लगाने का हुक्म दिया। एक हवेलीनुमा घर, जिसके कई कमरे पार करने के बाद सेठजी उसे लेकर अपनी रसोईघर में पहुँचे। सेठजी की पत्नी ने पाटा बिछाकर दोनों को बिठाया, फिर स्नेह से थाली परोसी। अमर को आश्चर्य पर आश्चर्य हो रहा था। जीवन का पहला इंटरव्यू इस तरह होगा... उसे अन्दाज ही नहीं था!

खाना खाने के बाद सेठजी उसे साथ लेकर दफ्तर की ओर रवाना हुए। दफ्तर लौटे और मूल विषय पर आए। कहने लगे, "बेटा... मेरी कम्पनी बहुत छोटी है... दवाइयाँ बनाती है। बहुत छोटे पैमाने पर मेरा कारोबार है। मेडिकल रिप्रेज़ेंटेटिव को जिस अर्थ में लिया जाता है, उस तरह का रुतबा दरअसल हमारे यहाँ सम्भव नहीं है। देखा जाए तो, हम सेल्समेन ही रखते हैं, जिन्हें एमआर कह दिया जाता है। तुम्हारे साथ बातचीत के बाद जो बात मेरी समझ में आई है, वह यह कि तुम अच्छे घर के लड़के हो... तुम्हारी अभी उम्र ही क्या है...! अभी तो तुम्हें आगे पढ़ना है। अभी से इस लाइन में न पड़ो तो अच्छा है। रायपुर में एक सौ पचहत्तर रुपये माहवार में तुम ठीक तरह से रह भी तो नहीं पाओगे। मैं तुम्हें नौकरी देकर तुम्हारा भविष्य बिगाड़ना नहीं चाहता।"

अमर को एकाएक सेठजी की बात का कोई जवाब नहीं सूझा! बस, उसने इतना ही कहा, "सेठजी, मैं इन्हीं पैसों में रह लूँगा और प्राइवेट में पढ़ाई भी कर लूँगा... आप मुझे एक मौका तो दीजिए।"

सेठजी गम्भीर हो गये, "बेटा, मैंने दुनिया खूब देखी है। तुम्हारी उम्र है ही ऐसी, बहुत जोश में रहते हो तुम लोग। विश्वास करो, तुम्हें नौकरी देने में मुझे कोई आपत्ति नहीं है, लेकिन मैं जानता हूँ, यह छोटी-सी यह नौकरी तुम्हारे जीवन की गति को अवरुद्ध कर देगी। जब मैं तुम्हें नौकरी पर रखूँगा, तब मैं मालिक रहूँगा और तुम नौकर। मैं जितने पैसे दूँगा उसके एवज में उतना काम तुमसे वसूल लूँगा। ये लाइन बहुत कठिन लाइन है। फिर कम्पनी इतनी बड़ी भी नहीं है कि यहाँ कोई अच्छा भविष्य हो! मुझसे आग्रह मत करो बेटे...! सुखी रहो... और आगे की पढ़ाई

का जुगाड़ करो, इस नौकरी के चक्कर में मत पड़ो।''

इसके बाद फिर अमर ने बहस नहीं की। अजीब किस्म का अनुभव था यह। किसी को बताता तो शायद वह विश्वास न करता। घर लौटकर भैया-भाभी को सारी घटना विस्तार से बताई, तो भाभी ने कहा, ''कितने सुलझे हुए आदमी हैं वे!'' भैया ने कोई प्रतिक्रिया नहीं दी और पहले से अधिक चुपा गये। अमर को लगा सचमुच में सेठजी अनोखे हैं...भला कोई इंटरव्यू देने आए हुए प्रत्याशी के साथ ऐसा व्यवहार करता है! बिल्कुल व्यावहारिक, मगर गहरे अर्थ में संवेदनशील भी।

□□

अब मित्रों की यह मंडली बिखरने वाली थी। कोई मेडिकल कॉलेज में रायपुर जा रहा था, कोई जांजगीर के आर्ट्स कॉलेज में दाखिला ले रहा था तो कोई सीएमडी या एसबीआर की ओर रुख कर रहा था। दो मित्र इंजीनियरिंग कॉलेज रायपुर में भी गये।

अभी तक अमर कोई निर्णय नहीं ले पाया था। उसे भीतर-ही-भीतर यह चिन्ता खाए जा रही थी कि विकास का साथ छूट जाएगा। बचपन से दोनों हर मामले में साथ-साथ थे। खासकर हर शाम विकास के साथ ही व्यतीत होती। लोग मज़ाक में उन्हें दो हँसों का जोड़ा कहते थे। लेकिन अब... ?

दूसरी घटना ने तो अमर को झिंझोड़कर रख दिया। उस दिन शाम जब वह अकेला शिरो दीदी के यहाँ पहुँचा तो उन्होंने उसे यह विस्फोटक सूचना दी, ''माधुरी के घरवाले उसे उसके मामा के गाँव भेज रहे हैं। वह आगे की पढ़ाई वहीं रहकर करेगी। इसका मतलब समझ रहे हो अमर, बहुत रो रही थी बेचारी!''

एक-ब-एक अमर को कोई जवाब नहीं सूझा। लगा एक झटके में ही उसके भीतर बहुत कुछ टूट-फूट गया है। माधुरी से उसके सम्बन्ध किसी मुकाम तक तो नहीं पहुँचे थे, लेकिन जीवन में प्यार की एक छुअन ही काफी सम्बल दे जाती है और अमर ने उस छुअन को शिद्दत से महसूस किया था।

शिरो दीदी ने कहा, ''हो सकता है आज माधुरी मेरे पास आये। तुम थोड़ी देर और ठहरो, तो उससे मुलाकात हो जाएगी। जितने दिन वह यहाँ है, उससे मिल लिया करो।''

अमर के मन में एक अजीब-सी उथल-पुथल मची हुई थी। मिलने पर वह क्या कहेगा... ? क्या माधुरी के उसके गाँव जाने के बाद उससे फिर मुलाकात नहीं होगी? अभी कभी-कभार मिल लेते थे, बातें हो जाती थीं, एकाध पत्र का आदान-प्रदान भी हो जाता था, पर क्या आगे यह सब सम्भव होगा?

आनेवाले कल का आभास उसे होने लगा था। उसे लगा कि एक सहयात्रा का

शायद यह अन्तिम पड़ाव होगा! उस दिन वह रुका नहीं... शिरो दीदी के यहाँ से तुरन्त चला आया। शिरो दीदी रोकती रही कि माधुरी से मिलकर तो जाओ... लेकिन वह एक झटके में उठा और बाहर आ गया।

तीसरी घटना स्वर्णकार दादा को लेकर हुई।

बिलासपुर मुख्यालय के लाइन डॉक्टर सप्ताह के सात दिन सात स्टेशनों का दौरा करते थे। सोनपुरा वे हर मंगलवार को पहुँचते और आधे से अधिक काम स्टेशन पर ही निपटा देते थे। उन्हें रेलवे कर्मचारियों के सिकनेस और फिटनेस का सर्टिफिकेट जारी करना पड़ता था। बीमार पड़ो तो सर्टिफिकेट के लिए दो रुपये की दक्षिणा और अपने को फिट प्रमाणित करना है तब भी दो रुपये की दक्षिणा। बाकी सर्दी, खाँसी, बुखार की साधारण दवाइयाँ उनके बड़े से डिब्बे में हाजिर रहतीं।

इसका यह अर्थ कतई नहीं था कि शेष दिनों में लोग जरूरत पड़ने पर डॉक्टरों के पास नहीं जाते थे। सोनपुरा में एक प्राथमिक स्वास्थ्य केन्द्र भी था और दो-तीन अच्छे डॉक्टर भी प्राइवेट प्रैक्टिस करते थे। हालाँकि तब तक वहाँ डिप्लोमाधारी डॉक्टर ही थे और एमबीबीएस डॉक्टरों की आमद बहुत बाद में हुई।

उस दिन मंगलवार था और सदा की भाँति डॉक्टर मंडल आये हुए थे। पिछले मंगलवार को स्वर्णकार दादा ने उन्हें घर पर बुलवाया था... उन्हें छाती में दर्द हो रहा था। डॉ. मंडल ने उनकी जाँच करके कहा था, ''मेरे पास तो रोजमर्रा की छोटी-मोटी बीमारियों के लिए दवाईयाँ रहती हैं। फिलहाल मैं दर्द की दवाई दे रहा हूँ। बेहतर है कि आप बिलासपुर में रेलवे मुख्यालय के बड़े अस्पताल में चले जाएँ, मैं रैफर कर रहा हूँ... एक्स-रे करा लीजिए, फिर डॉक्टर जो एडवाइस दे...।''

स्वाभाविक है कि स्वर्णकार दादा को घबराहट हुई और वे बृहस्पतिवार को ही बिलासपुर रवाना हो गये थे। डॉक्टर मंडल से उन्होंने सिक सर्टिफिकेट बनवा लिया था। दो दिन उन्हें बिलासपुर रहना पड़ा। कई तरह की जाँच करवाने के बाद पता चला कि कोई खास बात नहीं है.. गैस के कारण छाती में दर्द हो रहा है, बाकी सब नॉर्मल है।

बात बड़ी सहज-सी थी, लेकिन स्वर्णकार दादा किसी भी बात को सहजता से कहाँ ले पाते थे! वे बस बड़बड़ाते रहे। साला मंडल हथौड़ी छाप डॉक्टर है, साले को कुछ नहीं आता। मेरे को खामखा बिलासपुर तक दौड़ा दिया। दो दिन तक होटल में रहना पड़ा। हाथ आया शून्य, परेशानी अलग से।

मंगलवार को जैसे ही डॉक्टर मंडल सोनपुरा पहुँचे, स्वर्णकार दादा ने उन्हें फिर घर बुलवाया। डॉक्टर को घर बुलवाना कोई अनहोनी बात नहीं थी... किसी ने उस पर ध्यान भी नहीं दिया और अगर स्वर्णकार दादा के घर से जोर-जोर से चीखने की आवाज़ नहीं आती तो किसी को कुछ पता भी नहीं चलता। रेलवे क्वार्टर

आपस में सटे हुए होते थे। हजारी बाबू और दत्ता बाबू की नाइट ड्यूटी थी। उनके क्वार्टर स्वर्णकार दादा के क्वार्टर के अगल-बगल थे। शोर सुनकर दोनों बाहर आये। एक-दो पोर्टर भी जमा हो गये। तभी अचानक स्वर्णकार दादा का बन्द दरवाजा खुला। बेहाल से डॉक्टर सा'ब अपना बैग लेकर बाहर आ रहे थे और स्वर्णकार दादा के चिंघाड़ने की आवाज़ पीछे से आ रही थी, "साले डॉक्टर के बच्चे! अब किसी को तू खामखा डरवा नहीं सकेगा... ऐसी शिक्षा दी है तेरे को।"

डॉक्टर मंडल का चेहरा बिल्कुल सफेद पड़ गया था। वे अचकचा गये थे। उन्हें उम्मीद नहीं थी कि सभ्य समाज में रेलवे के एक पढ़े-लिखे बाबू से ऐसा व्यवहार मिलेगा...! अपमानित हुए सो अलग...।

हुआ यह था कि बुलावे पर डॉक्टर मंडल जैसे ही स्वर्णकार दादा के घर पहुँचे, स्वर्णकार दादा ने पहले दरवाजा बन्द किया, सिटकनी चढ़ाई, फिर अप्रत्याशित रूप से वे अपनी चप्पल उतारकर डॉक्टर पर पिल पड़े...

"साले डॉक्टर मंडल-कमंडल... आज तुझे मजा चखाऊँगा... मुझको साला गम्भीर बीमारी का डर बता दिया... निकला तो कुछ नहीं... मैं तीन दिन परेशान रहा। बिलासपुर का खर्चा अलग से... ऐसी सलाह देने के लिए ही तुझे रखा है क्या रेलवे ने..? ऐसा सबक सिखाऊँगा कि जीवन भर याद रखेगा...!"

डॉक्टर को इस ढंग से घर बुलाकर अपमानित करना, उसे चप्पल से मारना बहुत संगीन अपराध है, रेलवे के अनुशासन में बर्दाश्त के बाहर। सो डॉक्टर की रिपोर्ट पर दूसरे ही दिन डीएस के ऑफिस से स्वर्णकार दादा के निलम्बन का आदेश आ गया और जाँच समिति बैठा दी गयी। इतना होने के बावजूद भी स्वर्णकार दादा के मूड में कोई परिवर्तन नहीं हुआ। वे बड़ी बहादुरी से कहते रहे, "मेरा जो हो सो हो... साले डॉक्टर को अच्छी खुराक मिल गयी।"

चूहे की दवाई बेचनेवाले छोटे मियाँ को फिर एक चटपटा मसाला मिल गया। वे चोंगा उठाए जहाँ भी जाते, छन्द में कुछ गद्य और जोड़ लेते, "धूम... धड़ाक... धिन्न...।" आज की ताजा खबर... रेलवे के बाबू के हाथ चप्पल से पिटे रेलवे के डॉक्टर। अपराध बस यही... कि डॉक्टर ने बाबू को छाती की जाँच करवाने के लिए कहा था। यह घनघोर अपराध है। क्यों भला छाती की जाँच करवाए बेचारा बाबू... जाने उस छाती में और क्या-क्या चीज दबी हुई है? जाँच पर सब बाहर आ जाएगा तो रह ही क्या जाएगा? इसीलिए कहता हूँ... भाइयों, हर चीज को कुतरनेवाले चूहों से मुक्ति पाइए... और हमसे दवाई ले जाइए। "धूम... धड़ाक... धिन्न...।"

तीन

अर्चना की आवाज़ सुन उनकी तन्द्रा टूटी। वह कह रही थीं , ''माँ, इस तरह रोने से तो काम नहीं चलेगा न...! चिकित्सा में कोई कमी नहीं हो रही है। भगवान ने चाहा तो पापा को होश आ जाएगा।''

लगता है वे अतीत में डुबकियाँ लगाते हुए थोड़ी देर के लिए सो गये थे। अभी वक्त क्या हुआ होगा? वे किसी से पूछ भी तो नहीं सकते। पलाश शायद घर गया होगा। नहीं तो उसकी आवाज़ जरूर सुनाई देती।

अब क्या चाय का समय हो गया? क्या ऐसी हालत में उन्हें चाय पिलाई जा सकती है, उन्हें स्वयं ही अपने इस खयाल पर झुँझलाहट-सी हुई। उनका अचेतन यदि जाग्रत है, तो बाकी लोग उसे समझ कहाँ पा रहे हैं? इससे तो बेहतर है कि वे फिर से अतीत की टूटी हुई कड़ी जोड़ लें और बीते दिनों को अपने मस्तिष्क के पर्दे पर सिनेमा की तरह महसूस करते रहें।

□□

अगस्त के प्रथम सप्ताह में दोस्तों की मंडली बिखर-सी गयी। इंजीनियरिंग और मेडिकल में एडमिशन लेनेवाले साथी रायपुर चले गये। व्यास नारायण और मोबिन जबलपुर गये। बाकी बिलासपुर और जांजगीर में बँट गये। विकास भी रायपुर मेडिकल कॉलेज में गया।

अमर के मन में आगे की पढ़ाई को लेकर कोई निश्चित रूपरेखा नहीं बन पाई। भैया की बेरुखी बढ़ गयी थी। अमर को लगता था बीएससी करो तो कम-से-कम बिलासपुर तो जाना ही पड़ेगा। सोनपुरा और बिलासपुर आना-जाना करके पढ़ाई की जा सकती है, लेकिन बिलासपुर से सोनपुरा लौटने के लिए शाम के वक्त कोई ट्रेन नहीं थी, सीधे रात को आठ बजे के बाद एक ट्रेन थी। बीएससी में प्रथम श्रेणी नहीं मिली तो बीएससी करने से फायदा भी नहीं था।

भैया ने फरमान जारी कर ही दिया था कि अमर कोई अच्छी-सी नौकरी ढूँढ़ सकता है तो ढूँढ़े, आगे की पढ़ाई के लिए उनके पास पैसे नहीं हैं। सोनपुरा से बिलासपुर आना-जाना करने से पैसे की बचत तो हो सकती थी, लेकिन ढंग से पढ़ाई नहीं होती। अमर बिलासपुर रहना चाहता था, मगर पैसे कहाँ से आयें...?

नवभारत टाइम्स और साप्ताहिक हिन्दुस्तान में पहली बार अमर की रचनाएँ छपीं और महीने भर बाद पारिश्रमिक मिला क्रमशः चालीस रुपये और पचहत्तर

रुपये! अमर ने सोचा यदि यह क्रम बनाया जाय तो खर्च चल सकता है, किन्तु नियमित रूप से रचनाएँ छपेंगी, इसकी गारंटी कहाँ थी! उसी समय उसे आकाशवाणी रायपुर से एक कहानी पढ़ने का अनुबन्ध मिला। अमर के लिए आकाशवाणी जाने का यह पहला अनुभव था। उस समय वहाँ रचना पढ़ने का क्रेज था। अमर को पारिश्रमिक के रूप में अड़सठ रुपये प्राप्त हुए थे। बिलासपुर होकर ही उसे सोनपुरा लौटना था। अमर ने अपने पारिश्रमिक में से भाभी के लिए एक साड़ी खरीदी। तभी खयाल आया कि भैया के जूते फटे हुए हैं तो उनके लिए उसने एक जोड़ी जूता खरीद लिया। फिर भी कुछ पैसे बच गये थे। कलकत्ता होटल में उसने डटकर खाना खाया। छह-सात दिन कहानी के प्रसारण की खुशी में बीत गये।

दोपहर की डाक में सलिलजी की एक चिट्ठी आई। अमर को लगा... बात बन सकती है। सलिलजी ने लिखा था: "ग्रामीण रिपोर्टिंग की तुम्हारी योजना मुझे पसन्द आई। इस सम्बन्ध में जो भी रूपरेखा बनानी है, तुम्हीं बनाओगे। रायपुर आकर मिलो और प्रस्ताव दो कैसे काम करोगे...? कहाँ रहकर काम करना चाहते हो? और, अपना वेतन तुम स्वयं तय करो।"

दोस्तों ने कहा, "अच्छा प्रस्ताव है यार, लपक ले।"

अमर को पारिश्रमिक के सम्बन्ध में कोई अनुभव नहीं था। सलिलजी ने खुला प्रस्ताव रखा था कि वह अपना वेतन स्वयं तय करे। उसने मन-ही-मन हिसाब लगाया कि बिलासपुर में हॉस्टल जैसी व्यवस्था के तहत कई साथी नन्दलाल गुप्ता की चॉल में रहते हैं, वे रहने के एवज में प्रति व्यक्ति साढ़े सत्रह रुपये और जूनी लाइन स्थित मारवाड़ी बासा में खाने के चालीस रुपये प्रति माह देते हैं। रविवार की दोपहर को खाने में कुछ स्पेशल बनता है, लेकिन रात को मारवाड़ी बासा एक टाइम के लिए बन्द रहता है। सोनपुरा के सब लड़के दोपहर के बाद सोनपुरा आ जाते हैं। इसलिए एक वक्त का खाना न मिलने की चिन्ता उन्हें नहीं रहती।

सब हिसाब लगाकर अमर ने मन-ही-मन अपना पारिश्रमिक साढ़े तीन सौ रुपये तय किया। वह चाहता तो इससे ज्यादा भी कह सकता था, मगर उसने सोचा... अकेले राम के लिए इतना ही काफी है। रायपुर जाने से पहले इब्राहीम से जब इस विषय पर बात हुई तो उसने छूटते ही गाली दी, "साले... तू एक नम्बर का बेवकूफ़ है... हर जगह आदर्श झाड़ता रहता है। जब अगले ने ओपन ऑफर दिया था कि अपना वेतन खुद तय कर लो, तो... कम-से-कम पाँच सौ रुपये से तो शुरू करता। तेरा कोई भविष्य नहीं है क्या? सिर्फ खाने-पीने के खर्च की पूर्ति से ही क्या जीवन चल जाता है?"

अमर हँसने लगा, "छोड़ यार...। शुरुआत में ज्यादा लोभ नहीं करना चाहिए। दौरे करने के पैसे तो वे अलग से देंगे ही। भविष्य की भविष्य में देखी जाएगी।"

इब्राहीम को उसके उत्तर से सन्तुष्टि नहीं हुई। बड़ी देर तक वह भुनभुनाता रहा।

इब्राहीम के पिता एल्युमीनियम के बर्तनों की थोक खरीद-बिक्री का काम करते थे। छोटा-सा धन्धा और बड़ा परिवार। इसलिए इब्राहीम ने अभावों में ही खुश रहने के उपाय ढूँढ़ लिये थे। वह काफी व्यावहारिक था और बोलने-चालने में बिल्कुल सपाट। उसकी इसी रट-पट बोलने की आदत के चलते कभी-कभी झगड़े की नौबत भी आ जाती थी। लेकिन अमर के साथ उसकी अनबन कभी नहीं हुई। अमर को लगता था कि पारिवारिक परिस्थितियों का हरेक के ऊपर जबर्दस्त प्रभाव पड़ता है। यह प्रभाव इब्राहीम के ऊपर भी था और इसी प्रभाव के चलते उसके स्वभाव में एक तरह का तीखापन आ गया था।

घर में सलिलजी की चिट्ठी दिखाने पर भाभी खुश हो गयी थीं, लेकिन भैया ने कहा, ''अखबार की नौकरी का भविष्य क्या है! वह भी आंचलिक अखबार! अपने पैरों पर खड़ा होने की शुरुआत अच्छी है पर आगे की पढ़ाई जारी नहीं रख पाओगे, तो मुश्किल है।''

उत्साह और उत्सुकता के साथ अमर ने प्रेस में कदम रखा। सलिलजी अपने केबिन में आ चुके थे। जैसे ही अमर वहाँ पहुँचा उन्होंने बड़ी प्रसन्नता से उसका स्वागत किया, ''आओ अमर... आओ... घर के लोग मान गये हैं न! यह तुम्हारी पहली नौकरी है। खूब मन लगाकर अपनी योजना को परिणाम तक पहुँचाओ। कांसेप्ट भी नया है। वेतन के बारे में क्या सोचा?''

अमर ने सकुचाते हुए कहा, ''मैंने बिलासपुर में रहने का मन बनाया है। वहाँ मारवाड़ी बासा में खाना खाऊँगा... और एक हॉस्टल में जहाँ सोनपुरा के अधिकांश लड़के रहते हैं, वहीं रह लूँगा। मेरे पास साइकिल है... बाहर दौरे पर जाऊँगा तो वास्तविक खर्च आप दे ही देंगे। वेतन के रूप में साढ़े तीन सौ रुपये से मेरा खर्च चल जाएगा।''

सलिलजी ने तुरन्त कहा, ''चलो दिया। अब जल्द-से-जल्द काम शुरू कर दो... एक तारीख की प्रतीक्षा मत करो। वह सब देख लिया जाएगा। तुम्हारा पदनाम भी मैंने सोच लिया है। तुम हमारे पहले पर्यटक संवाददाता होगे, जिसे अँग्रेजी में 'रोमिंग कॉरस्पोंडेंट' कहते हैं। अपना कार्ड रम्मू भैया से बनवा लो।''

यह पहला मौका था रम्मू भैया से मिलने का। दोहरे बदन के श्याम वर्ण रम्मू भैया के चेहरे पर कभी-कभी एक दबी हुई मुस्कान दिख जाती थी और यह तभी होता था जब कोई अन्तरंग उनके पास हो, अन्यथा खोई-खोई-सी आँखों के कारण सिगरेट पीता हुआ उनका चेहरा गम्भीर ही बना रहता था।

पहले तो रम्मू भैया ने अमर की क्लास ही ले डाली— पारिवारिक पूछताछ से

लेकर भविष्य की योजनाओं, आशा-आकांक्षाओं और पत्रकारिता को लेकर उसकी सोच के बारे में तरह-तरह के सवाल करते रहे। फिर उन्होंने कहा, "देखो भाई! अभी तुम्हारी उम्र ही क्या है! इस उम्र में यह संघर्षमय जीवन अपना रहे हो, हिम्मत हारे तो गये काम से। यहाँ आर्थिक संघर्ष भी कम नहीं है। अभी तो छकड़े हो, भविष्य में शादी होगी तब समझ में आएगा। पत्रकार बनने का क्रेज़ बहुत है, लेकिन इसकी भीतरी दुनिया की जद्दोजहद को दूर से नहीं पहचाना जा सकता। इसका यह मतलब कतई नहीं कि मैं तुम्हें निराश कर रहा हूँ, पर बड़ा होने के नाते तुम्हें पहले से ही इस दुनिया का सच बता देना चाहता हूँ और यह भी कि तुम्हारी एक बात मुझे अच्छी नहीं लगी। जब सलिलजी ने तुम्हें ओपन ऑफर दिया कि अपना वेतन खुद तय कर लो, तो सिर्फ साढ़े तीन सौ रुपये में ही बात फाइनल क्यों की? कुछ ज्यादा माँगते और उसमें सलिलजी थोड़ा घटा भी देते तो फिर भी तुम फायदे में रहते।

"खैर, यह उम्र ही ऐसी है, तुम क्या करोगे...? हम लोग तो यहाँ सालों से घिसट रहे हैं, वेतन बढ़ोतरी तो छोड़ो... एक माह का वेतन दो-दो माह बाद भी नहीं मिल पाता। एडवांस से काम चलता है।"

अमर ने पूछा... "क्या जान-बूझकर ऐसा किया जाता है?

"ऐसा नहीं है," रम्मू भैया ने कहा, "दरअसल बिना बड़ी पूँजी के दैनिक अखबार शुरू करना जोखिम भरा काम है। लेकिन बाबूजी ने हिम्मत की, अपने परिचितों व मित्रों के सहारे कुछ धन जुटाया और फिर बैंक ऋण से यह दुनिया खड़ी की है। अपने संसाधनों से जब तक ऋण चुकता न हो जाय, तब तक यह स्थिति बनी रह सकती है। फिर भी काम चल जाता है। लेकिन तकलीफ तो है भाई!"

अमर ने फिर पूछा, "बावजूद इतनी तकलीफों के लोग इस अखबार से क्यों जुड़े रहना चाहते हैं?"

इस सवाल को सुनकर रम्मू भैया हँस पड़े, "अमर, इतने ठेठ अन्दाज में ऐसा सवाल पूछने वाले तुम पहले व्यक्ति हो। अमूमन अपनी नौकरी के पहले दिन ऐसा नहीं पूछा जाता। जब तुमने सीधे तौर पर पूछा है तो मैं भी तुम्हें सही उत्तर दूँगा, भले ही वेतन के कष्टों को लेकर मेरे मन में नाराजगी हो।

दरअस़ल 'दीनबन्धु' ऐसा अखबार है, जहाँ लिखने की अन्तहीन सम्भावनाएँ हैं। अच्छी रिपोर्ट, अच्छे लेख का यहाँ मन से स्वागत होता है। काम करने की पूरी आजादी है। वैसे डायन को भी एक घर छोड़ना पड़ जाता है, सो यहाँ भी प्रबन्धन के कुछ (बहुत ही कम) निषेध हैं और किसी के लिए भी यहाँ टिके रहने का यही मूल कारण है।

ठीक उसी समय मिश्रा जी का प्रवेश हुआ। अमर से मिश्रा जी की यह दूसरी

मुलाकात थी। शायद मिश्रा जी को पता था कि अमर की नियुक्ति पर्यटक संवाददाता के रूप में हो रही है। रम्मू भैया जब अमर को 'दीनबन्धु' के विषय में विस्तार से बता रहे थे तो मिश्रा जी ने टोका, "क्या यार रम्मू, इस नये लड़के का दिमाग क्यों खराब कर रहे हो? वह यहाँ आया है तो कुछ सोच-समझकर ही आया होगा। उसके मन को पूर्वाग्रहग्रस्त मत करो। पहले उसे कुछ काम तो करने दो, बाकी दीन-दुनिया यह स्वयं धीरे-धीरे समझ लेगा।"

रम्मू भैया ने तुरन्त पैंतरा बदला और कहा, "आखिर यह आप ही के डेस्क का आदमी है। पर एक बात जरूर है, आप यदि अनुमति दें तो इसके पहले डिस्पेच का इंट्रो मैं लिखना चाहूँगा।"

पंडितजी से अमर की संक्षिप्त-सी मुलाकात हुई। वे अपना अग्रलेख लिख रहे थे, सो ज्यादा बातें नहीं हुईं। इस दौरान अमर प्रबन्धन के दो-चार लोगों से भी मिला। पहली मुलाकात में उसे भाई रमेश की सादगी और सरलता ने प्रभावित किया।

बिलासपुर आते ही उसका सबसे पहला दोस्त भरत बना। सकर्रा भरत का गाँव था। वहाँ के मालगुजार परिवार से था वह...। तनी हुई प्रत्यंचा की तरह चौड़ी छाती का युवक, जो शौक से दाढ़ी बढ़ाये रहता था। पाँच फीट नौ इंच की ऊँचाई और घनी मूँछों में छिपी हुई मुस्कराहट, स्वभाव बिल्कुल नारियल की तरह। ऊपर से कड़क, भीतर मीठा।

अमर के मन में था कि गाँव की रिपोर्टिंग की शुरुआत वह सोनपुरा से करे। भरत का आग्रह था उसके गाँव और आसपास के गाँवों से इसकी शुरुआत होनी चाहिए।

अत: पहले खेप में पर्यटक संवाददाता के रूप में पहली रिपोर्टिंग के लिए सकर्रा, कोपरा, बुटैना और छतौना को चुना गया। भरत साथ में था और अमर ने सकर्रा को ही केन्द्र बनाकर आसपास के गाँवों का दौरा किया। दोनों अलग-अलग साइकिल पर गाँव के दौरे के लिए निकल जाते थे।

गाँवों में विभिन्न तरह की समस्याएँ थीं। गाँव के इतिहास को टटोलने पर हर्ष और विषाद की अनुभूति समान रूप से होती थी। हर्ष होता था गाँव की समरसता व सांस्कृतिक स्वरूप को लेकर और विषाद का कारण था बुनियादी सुविधाओं का अभाव।

भरत का कहना था, "लोगों के दर्द को कितना लिखोगे? सभी गाँवों का दर्द प्रकारान्तर में एक समान है। अलग-अलग है तो बुनियादी सुविधाओं की उपलब्धता। जहाँ का सरपंच सामाजिक प्रगति को समझता हो, लोभ का संवरण कर सके, वहाँ पर सुविधाएँ कुछ ठीक-ठाक होंगी। उस क्षेत्र के एमएलए पर भी ढेर सारी बातें

निर्भर हैं। पता नहीं तुम कितना उन्हें छू पाओगे!''

यदि भरत साथ नहीं होता तो गाँवों की राजनीति का पता भी नहीं चलता।

बुटैना के रास्ते पर मुलाकात हुई सुधे राउत से।

अमर ने सुन रखा था कि सुधे राउत अपने इलाके का नामी लठैत है। वह जब लाठी चलाता है तो उसमें इतनी गति होती है कि उस समय कोई यदि एक पत्थर भी उस ओर उछाले तो दुगुने वेग से वह पत्थर वापस हो जाता था। सुधे अपने गाँव से दूध लाकर चकरभाटा में बेचा करता था।

उस समय बिलासपुर जिले के उत्तरी हिस्से से लेकर मुंगेली तक राउत और ठाकुरों के बीच एक अनमनीय तनाव था, जिसका पुराना इतिहास है। पुलिस के रिकार्ड में सुधे राउत एक खौफ़नाक नाम था। गिरफ्तारी और जमानत तो जैसे उसके लिए आये दिन की बात थी। छोटे कद का गठीला बदन और सपाट चेहरा। भरत को वह बहुत मान देता था। भरत था ही वैसा...। उसके भीतर गौंटियाई (मालगुजारों जैसी प्रवृत्ति) कम थी और उसका मानवीय चेहरा ज्यादा मुखर था। कई बार स्थानीय लोगों ने भरत से आग्रह किया था–

''आप युवा हैं... हम सबके लिए आप कितना कुछ सोचते-करते हैं... यहाँ के चुनाव में क्यों नहीं खड़े होते?''

भरत उनके इस आग्रह को टाल जाता। एक दिन अमर ने पूछा, ''जब लोग इतना आग्रह करते हैं, तो तुम चुनाव लड़ क्यों नहीं लेते...?''

भरत ने गम्भीर होते हुए कहा था, ''तुम समझोगे नहीं... जब तक मेरे चाचा राजनीति में हैं, तब तक मैं चुनाव की तो सोच ही नहीं सकता। फिर तुम्हें क्या पता कि गाँवों की राजनीति क्या होती है। आज का गाँव, शहर के तिकड़मों से आहत होकर एक अजीब तरह की राजनीति में प्रवेश कर चुका है। सुबह जिसे जिताने के लिए कीरिया (कसम) खाई गयी, रात को ले-देकर सारा समीकरण बदल जाता है। गाँव के चुनाव में व्यक्तिगत प्राप्ति के मुकाबले सामूहिक पसन्द-नापसन्द ज्यादा मायने रखती है। लेकिन धन्य हैं ये शहरी नेता, जो गाँव में आकर और यहाँ के कुछ प्रभावशाली लोगों को पटाकर समझते हैं कि वे राजनीति के मर्म को छू रहे हैं। अब ऐसा समय नहीं रहा। फिर मुझे राजनीति से ज्यादा लोगों के जीवन में रुचि है।''

जिस दिन इन चार गाँवों की कहानी करीब आधे पेज में प्रकाशित हुई, अमर की खुशी का ठिकाना नहीं रहा... वह लगभग उत्तेजित था। एक पूर्णकालिक पत्रकार के रूप में यह उसकी पहली रिपोर्टिंग थी। सोनपुरा तो मात्र शुरुआत थी।

अपने वायदे के अनुसार इंट्रो रम्मू भैया ने लिखा। इस पहली रिपोर्टिंग पर लोगों का ध्यान जरूर गया, लेकिन बात पूरी तरह नहीं बनी थी। फिर तो प्रायः हर सप्ताह किसी-न-किसी गाँव या कस्बे पर अमर की रिपोर्टिंग छपने लगी। पाँच या छः

रिपोर्टों के बाद सलिलजी को जगह-जगह से प्रतिक्रियाएँ मिलने लगीं। सलिलजी कभी फोन पर, तो कभी मुलाकात होने पर अमर को प्रतिक्रियाओं के विषय में बता देते। सांस्कृतिक गतिविधियों की रिपोर्टिंग भी अमर बड़ी लगन के साथ करने लगा।

'ब्लिट्ज़' की ओर से नौटियालजी का पत्र आया कि 'ब्लिट्ज़' के लिए भी कभी-कभार अच्छी रिपोर्ट भेजो। पता नहीं किसने अमर का नाम और पता नौटियालजी को सुझाया होगा! यूँ तो सम्पादक थे आर.के. करंजिया, लेकिन नौटियालजी ही पूरी व्यवस्था देखा करते थे। इस प्रस्ताव के विषय में सलिलजी से बात करना जरूरी था। उनकी अनुमति लेकर ही 'ब्लिट्ज़' के लिए लिखा जा सकता था। रायपुर जाने पर अमर ने सलिलजी से 'ब्लिट्ज़' वाली बात की।

सलिलजी ने कहा—

"देखो अमर, बाहर लिखने पर मुझे कोई आपत्ति नहीं है, मगर एक शर्त है कि जिस खबर को हम न छाप पाएँ या विस्तार से न छाप पाएँ, ऐसी खबर ही वहाँ भेजना।"

अमर राजी हो गया और उसने तदनुसार चिट्ठी लिखकर नौटियालजी को अपनी सहमति जता दी।

'ब्लिट्ज़' के लिए अलग तरह से लिखना होता था। वह राष्ट्रीय स्तर का साप्ताहिक अखबार था और उन दिनों उसकी इतनी साख थी कि उसमें प्रकाशित समाचारों पर पाठक पूरा विश्वास करते थे।

'ब्लिट्ज़' व्यवस्था-विरोधी पत्र के रूप में जाना जाता था। करंजियाजी उन दिनों हाई प्रोफाइल पत्रकार माने जाते थे। नेहरू जी से उनके पुराने ताल्लुकात की जानकारी सबको थी। उन्नीस सौ चौंसठ में नेहरूजी की मृत्यु के पहले 'ब्लिट्ज़' में लोगों ने कई बार नेहरू, नासिर तथा मार्शल टीटो से करंजिया की मुलाकातों का विवरण पढ़ा था। उस समय भी 'ब्लिट्ज़' व्यवस्था के खिलाफ ही लिखा करता था, लेकिन अकेले नेहरू पर करंजिया ने कभी विपरीत टिप्पणी नहीं की थी। बाद में यही पॉलिसी इन्दिरा गाँधी के लिए भी अपनाई गयी। 'ब्लिट्ज़' की तीखी टिप्पणी से इन्दिरा गाँधी को हमेशा दूर रखा गया। 'ब्लिट्ज़' की इन्हीं नीतियों को ध्यान में रखकर अमर महीने में एक-दो रिपोर्ट उसके लिए भेजने लगा।

हर शनिवार को अमर सोनपुरा चला आता था...यहाँ उसकी जड़ें जो थीं। फिर ज्यादा दिनों तक घर से दूर रहने की न उसे इच्छा होती थी और न उसका मन लगता था। सोनपुरा आओ तो जो मित्र वहाँ रह गये थे या रायपुर व बिलासपुर से जो शनिवार को चले आते थे, उनसे मुलाकात हो जाती थी।

इसी बीच शिरो दीदी ने जानकारी दी, "अमर, अगली पन्द्रह तारीख को

माधुरी जा रही है। तुमसे एक बार मिलना चाहती है। तुम कहो तो किसी बहाने से उसे बुलवा लूँ।''

अमर को यक-ब-यक लगा कि उसके मन और मस्तिष्क में विस्फोट-सा हुआ है, जिसकी किरचें सालों मन में धँसी रह जाएँगी। आधे घंटे बाद वह आई। वह पहले की अपेक्षा दुबली लग रही थी। छलछलाई हुई आँखों से उसने अमर की ओर देखा, मगर कहा कुछ नहीं। अमर भी अव्यवस्थित-सा हो गया। दीदी यह कहते हुए कमरे से बाहर चली गयीं कि तुम लोग बैठो, बातें करो... मैं आती हूँ।

अब कमरे में वे दो ही रह गये थे। अमर ने ही शुरुआत की, ''यहाँ से जाने के बाद फिर मुलाकात तो नहीं हो सकती। कैसे मिलेंगे हम?''

जवाब में माधुरी रो पड़ी, ''मैंने कभी सोचा ही नहीं था कि इस तरह मुझे मामा के यहाँ भेज दिया जाएगा। शायद माँ-बाबूजी को हमारे सम्बन्धों की खबर लग गयी है। ऊपरी तौर पर तो वे कुछ नहीं कहते, लेकिन लगता है उनके फैसले के पीछे यही कारण होगा। प्राइवेट में भी बी.ए. किया जा सकता है, मगर उन्हें कौन समझाये! वहाँ से मैं तुम्हारे पते पर पत्र लिखा करूँगी। बिलासपुर का पता मुझे दे दो।''

अमर कर ही क्या सकता था! न तो उन्होंने साथ-साथ लम्बी दूरी तय की थी और न ही वे किसी मुकम्मल मंजिल तक पहुँच पाए थे। विद्रोह की स्थिति दोनों ही छोरों पर नहीं बनी थी, अत: परिस्थितियों को मानने के अलावा कोई रास्ता नहीं था। देर तक दोनों अपने-अपने हिस्से का रोना और दु:ख बाँटते रहे।

शिरो दीदी ने बहुत समझाया, ''हर प्यार को एक परीक्षा देनी होती है, तुम दोनों को भी देनी होगी और इस परीक्षा में उत्तीर्ण होना ही असली सफलता है। प्यार में खोने-पाने से ज्यादा महत्त्व इस बात का है कि एक-दूसरे के जीवन को हम अपने प्यार से कितनी सार्थकता प्रदान करते हैं। यदि तुम दोनों ने इस बात को समझ लिया तो वक्त भी कट जाएगा और दोनों ही सिरों पर सृजनात्मक ऊर्जा काम करेगी। फिर मिलें या न मिलें, दोनों समानान्तर प्यार करनेवाले लोग अपनी-अपनी ऊँचाई पर खड़े होकर एक-दूसरे को सम्मान की नजर से देख पाएँगे।''

उस समय शिरो दीदी की बातें सिर के ऊपर से जा रही थीं और एक-दूसरे से बिछुड़ने का एहसास ही ज्यादा खाये जा रहा था। तब लग रहा था जैसे ये गूढ़ तत्व की बातें सिर्फ बातें हैं... हमारी मजबूरियों को कोई नहीं समझ रहा है। हल किसी के पास नहीं था।

इब्राहीम ने कहा, ''अब तो तू नौकरी पा गया है। इन सामाजिक बन्धनों को तोड़ दे। मैं तेरे साथ हूँ।''

अमर ने आश्चर्य भरी निगाहों से इब्राहीम की ओर देखा... ''कैसी बात करता

है! अभी यह सम्भव कैसे है! अभी तो दोनों को ही अपनी-अपनी पढ़ाई पूरी करनी है। बहुत जल्दबाजी हो जाएगी।''

इब्राहीम ने चिहुँककर कहा, ''फिर भाई सा'ब, देवदास तो तुम्हारा आदर्श है ही... बिसुरते रहो...। विरह की कविताएँ लिखो! हम तुम्हें क्या सलाह दे सकते हैं! बेटा, प्यार करना बुज़दिलों का काम नहीं है। साहसी ही प्यार कर सकते हैं। फिर साले... तेरा आदर्श तो जगजाहिर है ही। धरे रख अपने आदर्श को। कब नौ मन तेल होगा, उसकी प्रतीक्षा कर। साले पूर्णकालिक पत्रकार बन गया है, पर तेरे तेवर पत्रकारों जैसे नहीं हैं। मैं तेरी जगह होता तो बच्चू अभी ले उड़ता।'' ऐसी ही कुछ उल्टी-सीधी तकरीर करके इब्राहीम झल्लाता हुआ घर की तरफ रवाना हो गया।

अमर को सोमवार की सुबह बिलासपुर आकर पहले दो दिन तो कुछ भी अच्छा नहीं लगा। उसने न एक लाइन लिखी न एक लाइन पढ़ी। मुन्ना भैया से मुलाकात हुई तो उन्होंने पूछा भी, ''क्या बात है भाई अमर? हमेशा का हँसमुख चेहरा इतना मुरझाया हुआ क्यों है, क्या बात है?''

अमर एक तरफ तो इस दुविधा में था कि मुन्ना भैया को सबकुछ बताया जाए या नहीं और दूसरी तरफ मन की कहकर हल्का भी होना चाहता था। आखिर उसने सिरे से माधुरी वाली सारी बात मुन्ना भैया को बता दी। मुन्ना भैया थोड़ी देर तक कुछ सोचते रहे। फिर उतावले से बोले, ''चलो तुमको एक बेहतरीन चीज सुनाता हूँ।''

मुन्ना भैया के पास एक छोटा-सा प्रिंटिंग प्रेस था। दुमंजिला मकान था जिसके दो कमरों में कागज आदि रखे जाते थे, साथ ही एक खाट और कुर्सी लगी हुई थी। जब-जब मुन्ना भैया को आराम करने की जरूरत होती, वे ऊपर चले आते। अमर को लेकर वे वहीं आ गये और उसके सामने तन्मयता के साथ 'कनुप्रिया' का पाठ किया। वह भी कंठस्थ। सुनकर अमर दंग रह गया। उसे तो पता ही नहीं था कि काउंटर पर बैठने वाले विशुद्ध व्यवसायी, मुन्ना भैया जो कई तरह की बातें करते व चुटकुले गढ़ते दिखाई देते हैं, उनके भीतर वास्तव में एक साहित्य-रसिक व्यक्ति छुपा हुआ है।

इसी बीच नीचे से मशीनमैन रामगोपाल उस्ताद ने आकर खबर दी कि कोई ग्राहक आया है... एक पत्रिका छपवाना चाहता है। अमर के आश्चर्य का ठिकाना नहीं रहा जब उसने मुन्ना भैया को यह कहते सुना, ''ग्राहक से कहो... कल आएँ, बढ़िया छपाई होगी। यदि काम आज लिया गया तो सब बिगड़ जाएगा... बता दो जाकर कि मुन्ना भैया कुछ जरूरी काम कर रहे हैं।''

डॉ. धर्मवीर भारती के खंड काव्य 'कनुप्रिया' को पूरा-का-पूरा कोई इस तरह

कंठस्थ सुना सकता है, यह अमर के लिए अद्‌भुत अनुभव था। उनके पाठ करने का तरीका ऐसा था कि जैसे एक-एक पंक्ति अपने पूरे अर्थों में अनायास खुलती चली जा रही हो।

शाम घिर आई थी। लेकिन मुन्ना भैया 'कनुप्रिया' सुनाते इतने तल्लीन थे कि वह भाव उनके चेहरे से झलकने लगा था। इसके बाद उन्होंने अमर की ओर मुखातिब होकर कहा, "तुम्हें 'कनुप्रिया' इसलिए सुनाई कि तुम्हारा अशान्त मन एक अच्छे पड़ाव पर जा ठहरे। मैं तुम्हें कोई भाषण नहीं देना चाहता, क्योंकि प्यार एक ऐसा अनुभव है, जो हर व्यक्ति के लिए अलग-अलग होता है। इसकी परिणति भी स्थान, काल, परिस्थिति के अनुसार अलग-अलग होती है। इसे परिभाषित नहीं किया जा सकता। इसलिए 'कनुप्रिया' को सुनकर यदि तुम्हें कुछ अपने ढंग से सोचने का रास्ता मिल जाता है तो मेरी यह मेहनत सार्थक है, नहीं तो छोड़ो, हटाओ... इन तत्व-ज्ञान की बातों में क्या रखा है..!"

□□

हरीश और आनन्द भाई बिलासपुर-रायपुर के बीच सोशलिस्ट पार्टी के लिए जमीन तैयार करने में काफी सक्रिय रहे। दोनों का अमर से आग्रह था कि वह जार्ज फर्नांडीज के द्वारा निकाले जानेवाले पत्र 'प्रतिपक्ष' के लिए भी काम करे। पार्टी के फुल टाइमरों की तरह अमर बिना पारिश्रमिक काम नहीं करना चाहता था। कुछ दिनों तक पत्र व्यवहार चलता रहा। अन्ततः पचहत्तर रुपये प्रतिमाह पारिश्रमिक पर काम करना तय हुआ। इस प्रकार अमर एक दैनिक अखबार और दो साप्ताहिक पत्रों 'ब्लिट्ज' तथा 'प्रतिपक्ष' के लिए काम करने लगा और वायदे के अनुसार हर माह लैला कबीर फर्नांडीज के हस्ताक्षर से अमर को पचहत्तर रुपये का चेक मिलने लगा। उसकी व्यस्तताएँ बढ़ गयीं।

इन्हीं व्यस्तताओं ने अमर को माधुरी के विरहजनित अवसाद से बचाया। बीच-बीच में माधुरी के पत्र आते। उनके जवाब भी वह देता, लेकिन उसने खुद महसूस किया कि प्यार की आँच पहले की अपेक्षा काफी धीमी हो गयी है।

सलिलजी स्वयं भी सोशलिस्टों के साथ काफी समरस थे। इसलिए उन्होंने अमर के 'प्रतिपक्ष' के लिए काम करने पर आपत्ति नहीं की। रायपुर में रमेश वर्ल्यानी और धमतरी में रामसेवक मिश्रा भी सोशलिस्ट पार्टी के लिए काफी हद तक सक्रिय रहे। बाद के समय में नगरी-सिहावा तक पार्टी का जोर बढ़ा।

जैसा कि रम्मू भैया ने बताया था, हर माह तनख्वाह समय पर नहीं हो पाती थी। फलतः मारवाड़ी बासा में मामाजी के पास उधार-खाता चलने लगा। बासा चलानेवाले का नाम तो कुछ और था, लेकिन सब उसे मामाजी ही कहते थे। उधारी

हो जाती थी, फिर पट भी जाती थी। मामाजी से अमर के सम्बन्ध इतने अच्छे हो गये थे कि उन्होंने कभी पैसों के लिए उसे ऐसा कुछ नहीं कहा जो उसके मन को व्यथित करे।

अमर ने इस बीच बी.एस.सी. सेकेंड ईयर में एडमिशन ले लिया था, मगर क्लास में नियमित जाना नहीं होता था। कहीं काम करते हुए पढ़ना सचमुच में जोखिमभरा कार्य था। जैसे-तैसे क्लास की पढ़ाई के नोट्स जुगाड़ करके काम चल जाता था, लेकिन अटेंडेंस का क्या किया जाय? अमर पत्रकार होने के नाते अपने लिए विशेष सहूलियतें जुटाने से चिढ़ता था। वह अपने को दूसरे छात्रों की तरह देखता था।

उसकी इस प्रवृत्ति पर भी इब्राहीम ने एक दिन टिप्पणी की, ''तू साले, हर जगह अपना सिद्धान्त क्यों बघारता रहता है? तू अगर क्लास टीचर को बता दे कि तू ही 'ब्लिट्ज' का संवाददाता अमर है, तो देखना वो तेरी प्रॉक्सी लगा दिया करेंगे। अन्यथा परीक्षा के समय मुश्किल में पड़ेगा तो मुझसे मत कहना।''

अमर हँसकर टाल गया कि जो होगा देखा जाएगा।

शनिवार को सोनपुरा जाते हुए इब्राहीम ने फिर टोका, ''सोनपुरा पर तेरा कोई भी डिस्पेच बहुत दिनों से नहीं छपा है। ऐसे ही कैसे छोड़ देगा तू सोनपुरा को...! क्या ठाकुर सा'ब सुधर गये या सोनपुरा की समस्याएँ समाप्त हो गयीं...? यह तो वही बात हुई न कि तू साला बड़ा पत्रकार बन गया है और सोनपुरा की औकात छोटी रह गयी है।''

इब्राहीम सच कह रहा था। सचमुच में कुछ दिनों से सोनपुरा उसके जेहन से गायब था। ऐसा कैसे हो गया? इब्राहीम पर नाराज होने के बजाए उसे अच्छा लगा कि कोई तो है जिसने उसे अपने दायित्वों की याद तो दिलाई।

इब्राहीम की यह बात छोटी ही सही, लेकिन इसने चिंगारी का काम तो किया ही। फौरी तौर पर अमर अपने काम में लग गया। दूसरे ही दिन रविवार को उसने सोनपुरा की परिक्रमा करते हुए ढेर सारे तथ्य इकट्ठे किए और बिलासपुर लौटकर दो दिन में लम्बी-चौड़ी रिपोर्ट बनाई, जिसमें सोनपुरा के इतिहास को छूते हुए वहाँ हो रहे शोषण तथा अन्याय की कहानी का बहुत स्पष्ट चित्रण था। अलग से एक व्यंग्य भी, शीर्षक था— 'सड़े हुए दाँत और राजा जानी।'

कहानी कुछ ऐसी थी कि एक राज्य में राजा बोलता नहीं था। उसे अपना मुँह खोले वर्षों हो गये थे। वह गूँगा नहीं था, पर बोलता भी नहीं था। उसके सारे मन्तव्य कारिन्दे और चमचे बोलकर प्रजा को समझा दिया करते थे। उसी राज्य में एक सारंगीवादक गा-गाकर लोगों के दु:ख-दर्द की कहानी सुनाता और सारंगी बजाता था। धीरे-धीरे उसने राजा के चुप रहने का रहस्य भी खोलना प्रारम्भ किया।

एक दिन एक चौराहे पर सारंगी बजा-बजाकर वादक प्रजा के दुःख-दर्द गा रहा था। भीड़ एकत्रित थी कि पीछे से एक दहाड़ने की आवाज़ आयी... बन्द करो यह गाना। भीड़ ने आवाज़ की तरफ मुड़कर देखा। सब-के-सब हतप्रभ रह गये, सबने देखा... राजा सा'ब का मुँह खुला था और वे बोल रहे थे, "तू अपनी औकात में रह सारंगिये। कल के छोकरे, तू जानता क्या है?"

राजा सा'ब का इतना बोलना था कि उसके चमचे सारंगीवादक को मारने पर उतारू हो गये। तब राजा ने पुनः मुँह बन्द करने के पहले कहा, "छोड़ो इसको, इसे मारो मत। मारने से इसके भाव बढ़ जाएँगे। इसे राज्य से बाहर कर दो।" भीड़ को अब समझ में आया कि राजा सा'ब बोलते-बतियाते क्यों नहीं थे...! वे चुप क्यों रहा करते थे! दरअसल सारंगीवादक ने सबको बता दिया था कि दरअसल राजा सा'ब के दाँत सड़े हुए थे, इसलिए वे मुँह नहीं खोलते थे।

□□

करीब-करीब आधे पेज पर सोनपुरा की समस्याओं की विस्तृत रिपोर्ट, साथ में यह व्यंग्य। उस दिन दीनबन्धु की एक भी अतिरिक्त कॉपी सोनपुरा में नहीं बची। फोटोकॉपी का चलन नहीं हुआ था। जिनके पास अखबार आता था, उन्होंने उसकी कटिंग काटकर रख ली थी। दिनभर चर्चा में 'राजा जानी' ही तैरते रहे। मंगलवार को इब्राहीम ने आकर सूचना दी, "बच्चू! सोनपुरा नहीं जाना, तुझे मारने की पूरी साजिश हो चुकी है।"

अमर को हैरत हुई, "क्यों भला! मैंने क्या किया है?"

इब्राहीम ने तैश में कहा, "क्या किया मतलब? तुमने एक रिपोर्ट सोनपुरा पर लिखी, चलो कोई बात नहीं, लेकिन व्यंग्य लिखने की क्या जरूरत थी? ठाकुर ने इसे अपने ऊपर ले लिया है और ठाकुर के गुर्गे रोज गाड़ियाँ चेक करते हैं। तू सोनपुरा गया नहीं कि वे तुझे धर-दबोचेंगे।"

अमर ने इस घटना को बहुत गम्भीरता से नहीं लिया। बस एक आवेदन कलेक्टर के नाम से लिखा, जिसमें सारी स्थिति का स्पष्टीकरण था, "यह महज एक व्यंग्य था, जिसे लेकर सोनपुरा के ठाकुर सा'ब बात का बतंगड़ बना रहे हैं और मुझे मारने की योजना बना रहे हैं। व्यंग्य की एक कॉपी भी संलग्न करते हुए मैं इसकी पूर्व सूचना आपको दे रहा हूँ, ताकि आप उचित कार्रवाई कर सकें।"

आवेदनपत्र सोनपुरा थाने को प्रेषित कर दिया गया ... मगर कार्रवाई क्या होनी थी?

अमर को खबर मिली कि सोनपुरा का थानेदार हर तीसरे दिन ठाकुर सा'ब के दरबार में हाजिर होता है और अनुनय-विनय कर बताता है कि सर, इसका कुछ तो

जवाब भेजना ही पड़ेगा, क्या करूँ? कृपया ऐसे समय में मारपीट न करें। जब मामला ठंडाएगा, तब निपट लीजिएगा।

ठाकुर सा'ब कुछ दिन और ठहरने का वादा करते और थानेदार को विदा कर देते। यह क्रम बहुत दिनों तक चलता रहा।

इसी बीच अमर को खबर मिली कि ठाकुर सा'ब ने भैया को बुलाकर करीब-करीब धमकाने के स्वर में कहा है, "अमर ने हद पार कर दी है। आज तक मैं आपका लिहाज करता रहा, लेकिन अब और नहीं..। सोनपुरा में विरोध करने के लिए उसे मैं ही मिला था। पूरनजी, मैं गुस्से में कुछ कर गया तो मुझे दोष मत दीजिएगा।"

गुस्से, अभिमान और क्षोभ से भैया की क्या हालत हुई होगी, इसकी कल्पना मात्र से अमर की नसें तन गयीं पर वह चुप रहा और माह भर तक सोनपुरा की ओर नहीं गया, तो उसने सोचा कि अब तक मामला ठंडा पड़ गया होगा। हर शनिवार की भाँति इस शनिवार भी सोनपुरा के सब लड़के जाने को तैयार हुए। इब्राहीम ने अमर से कहा,

"चलेगा क्या?"

अमर को भी घर की याद आ रही थी। उसने कहा— "चलो चलें!"

सोनपुरा स्टेशन पर उतरकर वहाँ से घर जाते हुए कहीं कोई घटना नहीं घटी, लेकिन घर में घुसते ही भैया और भाभी उस पर पिल पड़े। भैया तो वैसे ही अमर की अखबारबाजी से सन्तुष्ट नहीं थे, तिस पर ठाकुर सा'ब को लक्ष्य बनाकर व्यंग्य लिखने से और भी नाराज हो गये। बेचारी भाभी एक तरफ अमर के प्रति स्नेहातिरेक के चलते कुछ कह नहीं पा रही थीं और दूसरी तरफ पति की नाराजगी को भी अनदेखा नहीं कर पा रही थीं। दोनों के बीच सामंजस्य बनाते हुए वे कभी अमर को डाँटतीं और कभी प्यार से उसे समझातीं।

दूसरे दिन अमर दोपहर की गाड़ी से बिलासपुर जाने के लिए सोनपुरा स्टेशन पर पहुँचा, तो उसे समझते देर नहीं लगी कि आज कुछ होगा...। उसने ठाकुर सा'ब को स्टेशन मास्टर के कमरे के बाहर टहलते देखा। थोड़ी दूर पर उनके छोटे भाई और आसपास पाँच-छ: कारिन्दे थे। सबकी निगाहें अमर पर टिकी थीं। जैसे ही गाड़ी प्लेटफार्म पर आयी, ठाकुर के कारिन्दे बड़ी तेजी से उसकी तरफ लपके। जैसे ही उसने ट्रेन पर सवार होने के लिए दरवाजे के हैंडिल पर हाथ रखा, धनूया ने पीछे से उसका कॉलर पकड़कर जोर से खींच लिया। उसका हाथ हैंडिल पर से छूट गया और वह प्लेटफार्म पर गिरते-गिरते बचा। ठाकुर के कारिन्दों ने उसे चारों ओर से घेर लिया था... धनूया के मुँह से सामिष गालियाँ निकल रही थीं, "साले, हरामी के पिल्ले, खूब बड़ा लिक्खाड़ बनता है! सोनपुरा को सुधारने का ठेका तूने ही ले रखा

है! जिसे पूरा सोनपुरा देवता के समान पूजता है, उसे तू खलनायक बताता है! अब बेटा, आज पता चल जाएगा कि खलनायकी क्या होती है। वो पड़ेगी साले... नानी याद आ जाएगी।''

अमर चुपचाप तो खड़ा नहीं रह सकता था। उसने भी धनूया के कुर्ते का कॉलर कसकर पकड़ लिया और उसे अपनी ओर खींचकर बोला, ''सभ्य भाषा में बात करो। मैं अकेला हूँ... तुम इतने ढेर सारे लोग। जो करना है, करो... मगर कल नहीं बच पाओगे। मैंने इसकी रिपोर्ट पहले से ही कर रखी है।''

खींचतान में धनुया का कुर्ता चरऽऽ..र.ऽऽ..र.ऽ से फट गया, शायद पुराना रहा होगा। तब अमर ने उसकी बनियान को मुट्ठी में जकड़ लिया।

धनुया को जैसे बातचीत का सूत्र मिल गया, ''लिखने की स्वतन्त्रता का मतलब यह नहीं कि तुम कीचड़ उछालो... हम तुमसे मारपीट नहीं करना चाहते। थाने जाकर ठाकुर सा'ब के खिलाफ लिखवायी रिपोर्ट वापस ले लो। अन्यथा हाथ-पाँव तोड़कर लिखना तो दूर, चलने-फिरने की गुंजाइश भी खत्म कर देंगे। एक भी गवाह नहीं मिलेगा।''

ट्रेन रवाना हो चुकी थी। उतरने वाले लोगों और प्लेटफार्म पर उपस्थित कई परिचितों की भीड़ इकट्ठी हो गयी थी। कोई कुछ नहीं कह रहा था। इसी बीच न जाने किसी ने भैया को खबर कर दी। वे हड़बड़ाकर वहाँ चले आये। आते ही उन्होंने अमर को डाँटना शुरू कर दिया, ''तुम कभी मुझे शान्ति से रहने नहीं दोगे। खामखा के लफड़े पैदा कर लेते हो। मैंने मना किया था कि ठाकुर सा'ब के खिलाफ नहीं लिखना। लेकिन पता नहीं क्यों तुमको बात समझ में नहीं आती। क्या तुम्हारे लिखने मात्र से दुनिया बदल जाएगी? बेवकूफ कहीं के! जाओ... अभी... तुरन्त जाओ... और ठाकुर सा'ब के खिलाफ रिपोर्ट वापस ले लो...।''

अमर को रिपोर्ट वापस लेना सरासर गलत लगा। अपने सिद्धान्तों के खिलाफ जाकर वह रिपोर्ट वापस कैसे ले सकता है? लेकिन भीड़ के सामने यदि बड़े भैया की बातों को नहीं माना तो यह बड़े भैया का सरासर अपमान होगा। और यदि रिपोर्ट वापस ले लेता है तो अपने सिद्धान्तों की बलि चढ़ानी होगी।

तब तक आपसी गरमा-गरमी कम नहीं हुई थी। धनूया और अमर एक-दूसरे के कॉलर और बनियान को पकड़े हुए थे। एक तरफ बहस जारी थी और दूसरी तरफ अमर मन-ही-मन अपने-आपसे लड़ रहा था कि क्या करे और क्या न करे। अन्ततः मन मारकर उसने बड़े भैया की बात की लाज रखी और रिपोर्ट वापस लेने के लिए राजी हो गया। जैसे ही उसने हामी भरी, धनूया का व्यवहार अचानक बदल गया। उसने कहा, ''चलो, मैं तुम्हें अपनी साइकिल पर बैठाकर थाने ले चलता हूँ।''

दूर से ठाकुर सा'ब अपने कारिन्दों के साथ स्टेशन से बाहर जाते हुए दिखे, जैसे जंग जीतकर जा रहे हों।

रिपोर्ट वापस लेने के बाद अमर को कमजोरी महसूस होने लगी। पहली बार वह अपने द्वारा खींची गयी सैद्धान्तिक रेखाओं को अपने हाथों से मिटाकर आया था। लेकिन बड़े भैया का सम्मान भी रखना था। उसने अपने ही आपको समझाना प्रारम्भ किया। उसी समय इब्राहीम कहीं से प्रकट हुआ और फिर तीखी टिप्पणी की, ''आखिर हुआ क्या..? लौट के बुद्धू घर को आए। मैं पहले ही कहता था किसी चीज की अति ठीक नहीं। दूसरे संवाददाताओं को देखो कैसे निर्लिप्त बने रहते हैं। तुम्हीं अकेले कूद पड़ते हो, दूसरे तमाशा देखते हैं। कोई आया साथ देने...?''

अमर ने मन-ही-मन कहा, ''उस समय तुम कहाँ थे भाई, तुम भी तो नहीं आये...?''

शाम को बिलासपुर लौटकर कुछ भी अच्छा नहीं लगा। कहीं-न-कहीं बहुत कुछ हार जाने का अहसास गहरा हो गया।

गोलबाज़ार के पास नन्दलाल गुप्ता की चाल में किराये की एकरूपता थी। दुमंजिला मकान था। ट्यूबवेल लगा हुआ था, पानी की कोई दिक्कत नहीं होती थी। किसी कमरे में दो लड़के रहते तो किसी में तीन। अमर का रूम पार्टनर था सुरेश। अमर और नारायण के अलावा सभी विशुद्ध छात्र थे। नारायण फूड ऑफिस में काम करते थे और अमर अखबार में। एम.एस.सी. कर रहे बनवारी ऊपरी मंजिल पर एकदम अकेले कमरे में रहते थे। संघ से जुड़े अनुशासित सिपाही बनवारी से जब भी चर्चा होती, वे राष्ट्रीयता और हिन्दुत्व पर घंटों बात करते। बनवारी को पत्रकारिता की भी अच्छी समझ थी।

बनवारी ने अमर के उखड़े हुए मूड को शायद भाँप लिया था। उसने अमर के कमरे में आकर कहा, ''क्या बात है? चेहरा कुम्हलाया हुआ क्यों है, कोई बात हो गयी क्या..?''

अमर भीतर से भरा हुआ तो था ही, बनवारी की नेहमिश्रित पहल पर उसके भीतर का लावा फूट पड़ा। उसने विस्तार से सारी घटना बताई और कहा, ''बनवारी भाई, पहली बार मैंने अपने सिद्धान्तों के विरुद्ध जाकर वह रिपोर्ट वापस ली। न लेता तो ठाकुर सा'ब क्या कर लेते...?''

थोड़ी देर की चुप्पी के बाद बनवारी ने कहा, ''अमर, अभी तो शुरुआत है। व्यवस्था की लड़ाई बड़ी लम्बी है। तुमने तो अभी एक ठाकुर देखा है। व्यवस्था में असंख्य चेहरे हैं, जिनसे आगे चलकर तुम्हारा वास्ता पड़ेगा। इसे हार की तरह मत लो। तुम्हें पता है दार्जिलिंग की पहाड़ियों पर छोटी लाइन की गाड़ी कैसे चढ़ती है? वह कुछ दूर आगे बढ़ती है, फिर पीछे लौटती है, फिर आगे बढ़ती है। यही हमारे

जैसे लोगों की कहानी है। हार जाने से तो बात नहीं बनेगी मित्र!''

बनवारी नियमित शाखा जाते थे। उन्होंने कई बार चाहा कि अमर भी उनके साथ चले। लेकिन अमर को लगता कि शाखा न जाते हुए भी वह बनवारी के जरिए संघ के विषय में बहुत कुछ जान-समझ पा रहा है। देर से उठने के कारण सुबह समय भी नहीं निकाल पाता और शाम को फुरसत कहाँ मिलती है! सबसे बड़ी बात यह कि अभी उसने किसी खास मत या विचार के प्रति अपनी कोई धारणा नहीं बनाई थी। बनवारी ने उसे तीन पुस्तकें पढ़ने के लिए दी थीं— एक, दीनदयाल जी की 'एकात्म मानवतावाद', दूसरी सावरकर लिखित 'हिन्दुत्व' व तीसरी गोलवलकर लिखित 'बंच ऑफ थॉट' (विचार नवनीत)। बिना किसी पूर्वाग्रह के अमर ने तीनों पुस्तकें आद्योपान्त पढ़ीं। धीरे-धीरे पढ़ने में करीब पन्द्रह दिन लग गये थे। जब उसने पुस्तकें लौटाईं तो बनवारी ने पूछा था, ''क्योंऽ... क्या समझे...?''

''मेरी समझ के हिसाब से ये पुस्तकें काफी अध्ययन माँगती हैं। फिर भी मोटे तौर पर जो बात समझा, वह यह है कि गोलवलकर 'भारतीय' शब्द को नापसन्द करते थे और 'हिन्दू' शब्द पर जोर देते थे। भारतीय संविधान का विरोध और एकात्मक शासन व्यवस्था का समर्थन, तिरंगे का विरोध और उसके स्थान पर भगवा ध्वज को महत्त्व देते थे। वहीं सावरकर हिन्दू धर्म और हिन्दुत्व में फर्क करते थे। हिन्दुत्व राजनीतिक शब्दावली का हिस्सा है। संस्कृत में हिन्दू शब्द नहीं है। वेद, उपनिषद्, पुराण, गीता और रामायण में भी हिन्दुओं का उल्लेख नहीं मिलता है। यही वजह है कि हिन्दू धर्म के आदिम स्वरूप में विश्वास रखने के बावजूद सावरकर को स्वीकार करना पड़ा कि 'हिन्दू' शब्द यूनानी, ईरानी तथा अरबों के साथ अस्तित्व में आया था।

मुझे ज्यादा आधुनिक लगे दीनदयाल जी। उनकी पुस्तक अभी पूरी नहीं पढ़ पाया हूँ। जितनी पढ़ी, अभी मन उसी में उलझा हुआ है। जब मुकम्मल तौर पर बात भेजे में घुस जाएगी, तब चर्चा करूँगा।

बनवारी ने कहा, ''मैं प्रतीक्षा करूँगा।''

□□

1969 में जब स्कूल की पढ़ाई खत्म नहीं हुई थी, तभी सी.पी.आई. (एम.एल.) का गठन हुआ था। इसके बाद तीव्रता से कुछ घटनाएँ घटीं और पश्चिम बंगाल में नक्सलवाड़ी नामक जगह से एक सशस्त्र आन्दोलन की शुरुआत हुई, जिसे नक्सलबाड़ी आन्दोलन के नाम से जाना जाने लगा। प्रसिद्ध व्यक्तियों की मूर्तियों को खंडित करने का काम भी नक्सलवादियों ने किया। जगह-जगह सम्पन्न लोगों की हत्या की खबर भी आने लगी। कुल मिलाकर एक व्यवस्था विरोधी बयार चलने लगी।

गनीमत है कि उस समय यह सब कुछ प. बंगाल की सीमाओं में कैद रहा। चारु मजूमदार का नाम तभी अमर ने सुना था और पढ़ा था। साथ में कानू सान्याल का भी जिक्र होता था। प. बंगाल सरकार परेशान होने लगी थी। उसी दरम्यान प्रेसिडेंसी कॉलेज जैसे कलकत्ता के प्रसिद्ध कॉलेज के कुछ लड़के भी पढ़ाई छोड़कर नक्सलवादी आन्दोलन में कूद गये थे। यह गर्म हवा आई.टी.आई. खड़गपुर तक पहुँच चुकी थी। पूरा बंगाल एक तरह से दहशत की जिन्दगी जीने लगा था।

देश के दूसरे हिस्सों में भी छिटपुट असर के समाचार मिलते थे। बिलासपुर जैसे शहर में इक्के-दुक्के युवा घर से भाग गये थे। अमर ने इस आन्दोलन को भी समझने की कोशिश की थी। एक बिन्दु पर आकर उसकी सारी सहानुभूति समाप्त हो जाती थी और वह बिन्दु था नक्सलियों द्वारा बलात् हिंसा का प्रयोग। उसे समझ में नहीं आता कि नये सोच और नये विचारों को रोपित करने के लिए क्या दहशत का वातावरण बनाना जरूरी है?

शनिवार को जब अमर सोनपुरा गया तो शिरो दीदी ने बताया कि मामा के घर जाते हुए माधुरी अन्तिम भेंट करने आई थी। काफी दुःखी थी। जाते वक्त एक चिट्ठी और रूमाल छोड़ गयी है। अमर ने देखा एक सफेद रूमाल के किनारे में हाथ से 'अ' कढ़ा हुआ था। उसे एकदम खयाल आया कि बड़े-बूढ़े कहते हैं...

''किसी से रूमाल नहीं लेना चाहिए। जिससे रूमाल लो उससे दोबारा भेंट नहीं होती।''

यह सोचते ही अमर का मन उदास हो गया। शिरो दीदी किसी बहाने जब दूसरे कमरे में गयी, तो उसने धीरे से पत्र खोलकर पढ़ा-

''अमर, मेरी जाते वक्त भी तुमसे मुलाकात नहीं हुई। पता नहीं प्रारब्ध में क्या लिखा है! न जाने अब मुलाकात हो पाएगी या नहीं। कहीं हम नदी के दो किनारों की तरह एक-दूसरे की ओर देखते ही न रह जाएँ। तुम खूब लिखो। मेरी याद तुम्हें प्रेरणा दे... कभी टूटना नहीं। मेरे विछोह से यदि तुम टूटे तो मैं समझूँगी, मैं हार गयी। न मैं हारना चाहती हूँ.. और न तुम्हें हारते देखना चाहती हूँ। बिलासपुर के पते पर यदि पत्र भेजूँगी तो उत्तर दोगे न?

— माधुरी

□□

पृथक् छत्तीसगढ़ आन्दोलन को मजबूती प्रदान करने वाले डॉ. खूबचन्द बघेल की असामयिक मृत्यु से पृथक् छत्तीसगढ़ आन्दोलन को काफी क्षति पहुँची। रामाधारजी ने बहुत दिन तक भ्रातृ संघ की गतिविधियों को रोके रखा था। एक बड़े वटवृक्ष की छाँव तले भ्रातृ संघ ने अपनी गतिविधियाँ जारी रखी थीं। अब फिर से

अलख जगाने में काफी दिक्कतें होंगी।

डॉ. खूबचन्द बघेल के दामाद दाऊ रामचन्द्र देशमुख दुर्ग के पास के गाँव बघेरा के थे। उनकी रुचि मालगुजारी से अधिक छत्तीसगढ़ की लोक संस्कृति में थी... उसके साथ वे पागलपन की हद तक जुड़े हुए थे। डॉ. खूबचन्द बघेल ने ही उन्हें यह मन्त्र दिया था कि जब तक सांस्कृतिक ताकत नहीं बढ़ेगी, छत्तीसगढ़ आन्दोलन को अपेक्षित गति नहीं मिलेगी। देहाती कला मंडल के जरिए वे वर्षों से 'नाचा' सहित लोककला के विभिन्न रूपों को परिष्कृत करने में जुटे हुए थे। अपनी मालगुजारी की आमदनी का अधिकांश वे इसी कार्य में लगाते थे। उनके घर-परिवार से लेकर जान-पहचान के तमाम लोग इसे उनका पागलपन समझते थे। एकमात्र पत्नी उनकी इस मुहिम में हर-हमेशा उनके साथ रहीं।

डॉ. खूबचन्द बघेल की मृत्यु ने दाऊजी को विचलित कर दिया और इसी विचलन से एक नए विचार का जन्म हुआ। 'चन्दैनी गोंदा' के नाम से उन्होंने तीन घंटे की अवधि के लिए एक रचना की। मूल परिकल्पना दाऊजी की थी और पटकथा लिखी थी रामहृदय तिवारी ने। ढेर से कलाकार, बहुत बड़ा आयोजन। उस समय इसकी एक प्रस्तुति के लिए विशुद्ध रूप से पाँच-सात हजार रुपये लग जाते थे। पहली प्रस्तुति में ही करीब दस हजार लोगों की भीड़ इकट्ठी हुई।

'चन्दैनी गोंदा' में आजादी के पूर्व से लेकर आजादी के बाद तक की स्थितियों का सजीव चित्रण था। किस तरह साधन-सम्पन्न व साहूकार लोग गरीबों का शोषण करते थे, कैसे जमीन रेहन रखी जाती और बाद में हड़प ली जाती थी—इन्हीं सब अनाचारों की कथा के बीच से छत्तीसगढ़ का लोकरंग उभारा गया था। बारह महीनों में गाए जानेवाले गीतों व नृत्यों से सजा हुआ था 'चन्दैनी गोंदा'। इसी प्रस्तुति से मस्तूरी के रहने वाले छत्तीसगढ़ी गीतकार लक्ष्मण मस्तूरिया का नाम जोर-शोर से उभरा था। कार्यक्रम का संचालन सुरेश देशमुख करते थे। उनकी ओजपूर्ण आवाज़ में छत्तीसगढ़ व हिन्दी की मिश्रित बानगी से समाँ बँध जाता था।

बिलासपुर में जब 'चन्दैनी गोंदा' का आयोजन हुआ, तब अमर को पहली बार दाऊ रामचन्द्र देशमुख से मिलने का मौका मिला। दाऊजी ने पहली ही मुलाकात में अपने स्नेहिल व्यवहार से उसका मन मोह लिया। मंचन के बाद कड़कती ठंड में शॉल ओढ़कर अमर ने दाऊजी से लम्बी बातचीत की।

बटोरनलाल का किरदार निभाते थे भैया लाल हेड़ाऊ। एक साहूकार की भूमिका में वे इतना प्रभावशाली अभिनय करते थे कि दर्शकों का खून खौल जाता था। अमर ने उनसे भी अलग से बातचीत की।

अमर ने इन दोनों व्यक्तियों से बातचीत को अपने दैनिक के लिए तैयार करने के बाद उसे जरा साहित्यिक पुट देकर धर्मयुग में भी भेज दिया, जहाँ यह बड़ी

प्रमुखता से प्रकाशित हुई। 'चन्दैनी गोंदा' को लेकर 'धर्मयुग' जैसे पत्र में पहली बार लिखा गया था।

'चन्दैनी गोंदा' की रिपोर्टिंग पर बिलासपुर टाइम्स के सम्पादक/मालिक चौबेजी ने अमर को बुलवाया था और पीठ ठोंकने के बाद कहा, "तुम यहाँ कहाँ फँस गये हो... किसी बड़ी जगह जाओ! यहाँ तुम्हारी कद्र नहीं होगी। अभी छकड़े हो, कहीं भी जा सकते हो... महानगरों में जाओ, वहाँ अपने को आजमाओ...!"

शिरो दीदी के अलावा चौबेजी ही थे, जो अमर को राष्ट्रीय पत्रों में जाने की सलाह देते रहते।

चौबेजी गम्भीर प्रकृति के थे— बोलते कम और सुनते अधिक थे। उनकी गम्भीरता का कवच भेदकर अन्दर झाँक पानेवाले को पता चलता था कि उनके भीतर एक अति-संवेदनशील व्यक्ति भी रहता है। वे जिद्दी भी कम नहीं थे... अपने उसूलों के प्रति बेहद सचेत। उनके यहाँ भी बैठकें होती थीं। वहीं की एक बैठक में पहली बार अमर की मुलाकात बी.आर. यादव से हुई थी। वे तब बिलासपुर से नवभारत के ब्यूरोचीफ हुआ करते थे और काफी लोकप्रिय थे। निगेटिव समाचारों में उनकी कोई रुचि नहीं थी, इसलिए सबके बीच उनका बहुत आदर था, मन्त्रियों से भी उनके रिश्ते काफी सुदृढ़ थे।

चौबेजी के प्रेस में एक और प्रभावशाली व्यक्ति से अमर की मुलाकात हुई— कालीचरण यादव से। उस समय बिलासपुर में वामपन्थी सोच की अलख जगाने का काम जिन चन्द लोगों ने किया था, उनमें अग्रणी थे कालीचरण यादव।

प्रेस के मालिक चौबेजी और कालीचरण उनके विश्वस्त कर्मचारी थे। लेकिन दोनों के बीच सम्बन्ध मालिक व कारिन्दे का नहीं था। चौबेजी को कालीचरण की राजनैतिक प्रतिबद्धता से कोई गुरेज़ नहीं था। कालीचरण काफी मेहनती थे। अपनी स्थिति से उबरने के लिए वे स्टेट बैंक में दैनिक जमा-योजना के एजेंट भी थे। इस तरह ईमानदारी से दो पैसे की अतिरिक्त कमाई भी हो जाती थी। बाद के दिनों में म्युनिसिपल स्कूल में उन्हें शिक्षक की नौकरी भी मिली।

कालीचरण अन्तरंग क्षणों में अमर को छेड़ दिया करते, "मित्र, कब तक सड़ी हुई इस कांग्रेसी व्यवस्था की रिपोर्टिंग करते रहोगे? कुछ गरम-सा क्यों नहीं लिखते? लोगों को जगाओ... हमारी आम जनता बड़ी मुश्किल से जागती है। इन्हें लगातार हैमर करना पड़ता है। वर्ग-संघर्ष की बात तो इनकी समझ में आती ही नहीं है... पूँजीवाद की पूँजी ने सबको भरमा कर रखा है।"

अमर कहता, "मुझे यह सब समझ में नहीं आता। मैं तो बस इतना जानता हूँ कि अन्याय और अविचार के विरुद्ध जो कुछ भी किया जाए, वही सार्थक है। अनावश्यक गर्मी भी उचित-अनुचित के बीच सन्तुलन बिगाड़ देती है। मैं आपका

इशारा समझ रहा हूँ, लेकिन फिलहाल किसी भी सिद्धान्त विशेष या नीति विशेष को अपनाकर एक फ्रेम में फिट होना नहीं चाहता। एक पत्रकार को पार्टी पॉलिटिक्स से नपी-तुली दूरी बनाये रखनी चाहिए। ऐसा करने से जहाँ भी, जिस पार्टी में भी गलत होगा... वहाँ कलम चलेगी और जहाँ अच्छा काम होगा, उसकी सराहना की जाएगी।

कालीचरण हँस पड़े... "गाये जाओ बैजू... देखें कब तुम्हारी आवाज़ वहाँ तक पहुँचती है।"

□□

अमर को नवभारत टाइम्स की तरफ से एक परिचर्चा आयोजित करने का दायित्व सौंपा गया, विषय था 'आधुनिक शिक्षा पद्धति में बदलाव'। करीब छह शिक्षाविदों को परिचर्चा में शामिल करना था। अमर ने शुरुआत सोनपुरा स्कूल के प्रिंसिपल साब से की। दूसरे क्रम में वह स्नातक महाविद्यालय बिलासपुर के प्राचार्य रामनारायण शुक्ला से इंटरव्यू करने पहुँचा। शुक्लाजी ने गर्मजोशी से अमर का स्वागत किया। उन दिनों टेपरिकार्डर का उतना चलन नहीं था। अमर ने लाँग हेंड में ही बातचीत नोट की।

बातचीत समाप्त होने के बाद जब चाय का दौर चल रहा था, तब शुक्लाजी ने पूछा, "बाई-द-वे, आपने किस विषय में एम.ए. किया है?" इस सवाल से अमर हड़बड़ा-सा गया। पहली बार किसी ने उसकी शैक्षणिक योग्यता जाननी चाही थी। उसने सकुचाते हुए कहा, "मैं साइन्स का इंटरमीडिएट हूँ। बी.एस.सी. में दाखिला लिया था, लेकिन अटेंडेंस कम होने और प्रेक्टिकल पूरे न होने से मैंने इस साल ड्रॉप ले लिया है।"

शुक्लाजी ने कहा, "आपके इंटरव्यू लेने के अन्दाज से मुझे ऐसा लगा कि आप हिन्दी में पोस्टगैजुएट हैं। खैर, इससे कोई फर्क नहीं पड़ता। आप प्रतिभाशाली हैं...आपके लिए मेरा एक सुझाव था कि "आप क्यों नहीं आर्ट्स लेकर पढ़ते! मेरे यहाँ एडमिशन ले लीजिए... मैं हर तरह से आपकी मदद करूँगा।"

इस अप्रत्याशित प्रस्ताव के लिए अमर तैयार नहीं था, उसने कहा, "अखबार में काम करते हुए मुझे दौरे भी करने पड़ते हैं। ऐसे में यहाँ भी अटेंडेंस शॉर्ट होने की सम्भावना बनी रहेगी।"

"तो क्या हुआ... मैं हूँ न! जरूरत पड़ने पर प्रॉक्सी दिलवा दूँगा।"

अमर ने अन्तिम बहाना किया, "अखबार में उतने पैसे तो मिलते नहीं, फीस और पुस्तकें कहाँ से जुटाऊँगा?"

रामनारायण जी ने उत्साह से कहा, "मुझे आधी फीस माफ करने का अधिकार

है। रह गया सवाल पुस्तकों का, तो लाइब्रेरी से मैं तुम्हारे लिए पुस्तकें इश्यू करवा दूँगा।''

बहरहाल अमर ने विषय परिवर्तित कर कॉलेज में एडमिशन ले लिया और इसका पूरा श्रेय रामनारायण जी को जाता है। भरत से परिचय तो था ही। प्राण, सुमिल, नरेन्द्र, सीताराम ये सभी आहिस्ता-आहिस्ता मित्र बनते चले गये। बीच-बीच में अमर दौरे पर जाता, तो संवाद की स्थिति नहीं बन पाती थी, अन्यथा इस टोली में खूब धमा-चौकड़ी होती थी।

□□

अमर का अब सोनपुरा आना कुछ कम होने लगा। सोनपुरा सिर्फ वह भाभी के कारण आता था... न आओ तो वे परेशान हो जाती थीं। अमर ने इधर-उधर घूमना भी बन्द कर दिया था। एक तो ठाकुर सा'ब की रिपोर्ट वापस लेने के बाद से उसे महसूस होता कि लोग पीठ-पीछे उस पर हँस रहे हैं। दूसरे, माधुरी और कई दोस्तों के चले जाने के बाद सोनपुरा उसे खाली-खाली लगता था। काम का दबाव तो था ही, थोड़ी-बहुत पढ़ाई की भी चिन्ता थी। एक साल बी.एस.सी. में वह ड्रॉप ले चुका था। अब बी.ए. की पढ़ाई में मन लगाना था। साइन्स का विद्यार्थी आर्ट्स में आये, थोड़ी दिक्कत तो होती ही है। इसीलिए उसने हिन्दी और अँग्रेजी के अलावा समाजशास्त्र व मनोविज्ञान ले रखा था।

नरेन्द्र श्रीवास्तव तीन-चार बार खबर भेज चुके थे। कुछ जगह कवि सम्मेलनों में उसे साथ ले जाना चाहते थे, पर इस सब से उसका मन उचट गया था। जिस तरह मंचों पर गम्भीर रचनाओं से परहेज होने लगा था, वह उसे बर्दाश्त नहीं होता था। अखबारी लेखन के चलते उसने कविताएँ बहुत कम लिखीं। मन-ही-मन उसने मंच को प्रणाम कर लिया था। बस... अब और नहीं...!

चार

उन्हें अचानक पलाश की आवाज़ सुनाई दी।

''अरेऽऽ... धमेजा अंकल! आप कब आये?''

''सुबह की फ्लाइट से आया हूँ। मुझे कल ही मोहनजी और तिवारीजी से

खबर मिली। सुनकर अपने को रोक नहीं पाया। अचानक क्या हो गया..?''

पलाश ने घटना का विवरण सिलसिलेवार धमेजा को समझाया।

पूरा विवरण सुनते-सुनते उन्हें भी कंठस्थ-सा हो गया है। उन्हें समझ में नहीं आता कि सबके सब सविस्तार विवरण जानकर क्या करेंगे? किन्तु दुनिया की रीत को वे बदल तो नहीं सकते न...! सबके-सब अपने लोग हैं। वे भी अगर किसी और को इस हालत में देखने जाते तो यही सवाल करते। खैर, दिल्ली से धमेजा का चले आना उनके लिए एक सुखद आश्चर्य है। उसके पास समय कहाँ है?

इंटरपॅब जैसी बड़ी एजेंसी की दिल्ली शाखा को आज लगभग सत्ताईस-अट्ठाईस वर्षों से धमेजा ही देख रहे हैं। इतनी लम्बी अवधि तक दिल्ली जैसे शहर में एक ही 'एड' एजेंसी में बतौर इंचार्ज टिके रहना अपने आप में एक रिकार्ड है। इस बीच इंटरपॅब का मालिकाना भी बदल चुका। पहले यह एजेंसी वाडियाज़ के पास थी। वही वाडिया जो फिल्म भी बनाते थे। आजकल यह एजेंसी गावटी के पास है। काफी पैसे वाली पार्टी है। मुम्बई, दिल्ली, कोलकाता, जयपुर जैसे शहरों में उनकी कई-कई कोठियाँ हैं, और भी कई कारोबार हैं।

धमेजा ने कहा, ''एक सप्ताह पहले ही तो मुझसे फोन पर बात हुई थी। तबीयत के बारे में तब तो कोई बात नहीं बताई। अचानक क्या हो गया...?''

पलाश ने कहा, ''तबीयत बिल्कुल ठीक थी अंकल। आप तो जानते ही हैं कि पापा स्वयं ही अधिक देर तक टेंशन में नहीं रह सकते। हँस-बोलकर वे वातावरण को तरल कर लिया करते हैं। जो कुछ हुआ सब अप्रत्याशित है।''

उनकी इच्छा हुई कि हमेशा की तरह उठकर धमेजा को गले लगा ले... लेकिन ऐसा अब सम्भव कहाँ? क्या कभी सम्भव भी हो पाएगा? उन्हें याद है... चार-पाँच साल पहले जब वे दिल्ली से रायपुर लौट आये। बीच-बीच में दिल्ली जाने पर आधा दिन तो धमेजा के दफ्तर में ही बीत जाता। दिल्ली में वे हों तो दोपहर को धमेजा के दफ्तर में खाना खाने का एक नियम-सा बन गया था। भाभी को जैसे ही पता चलता कि वे आये हुए हैं, तो उनके दिल्ली में रहने तक धमेजा के टिफिन में उनकी ही पसन्द की सब्जियाँ होतीं।

धमेजा कभी-कभी कहते भी, ''सा'ब जी, आपके आने पर मेरा तो खानपान ही बदल जाता है। कम नमक की सब्जियाँ मुझे भी खानी पड़ती हैं। यही है भाई आपका कमाल...।''

यही सब सोचते हुए वे भीतर-ही-भीतर भींग जाते हैं। इस हालत में तो पता भी नहीं चलता कि उनकी आँखें छलछला गयी हैं या नहीं। जानने की इच्छा होती है... मोहन जी से आखिर बात क्या हुई, तिवारी जी क्या बोले? पर करें क्या..? पत्नी घर से आएँगी तब नए सिरे से फिर धमेजा को देखकर सुबकियाँ लेंगी। तीस

सालों से धमेजा और उनकी दोस्ती है, इसलिए स्वाभाविक है कि धमेजा पत्नी से मिले बिना जाएगा नहीं। उसे आज ही लौटना होगा तो शाम की फ्लाइट ही मिलेगी अन्यथा रात रुकना पड़ेगा। काम छोड़कर आया है, शायद रुकेगा नहीं।

पलाश अपने साथ धमेजा को चाय-वाय के लिए शायद बाहर ले जा रहा है। नर्स की खटर-पटर की आवाज़ के बीच वे फिर से अतीत में झाँकने का अवसर पा जाते हैं...।

□□

बिलासपुर आने के बाद अब माह में एकाध बार ही सोनपुरा जाना होता। काम की व्यस्तताएँ बढ़ गयी थीं। तीन अलग-अलग तरह से रिपोर्टिंग की आदत अमर ने डाल ली थी। दैनिक दीनबन्धु के लिए बिल्कुल अलग शैली। 'ब्लिट्ज़' के लिए दूसरे तरह से लिखना पड़ता। 'प्रतिपक्ष' का लेखन सबसे अलग था। उन दिनों 'दिनमान' का प्रभाव अमर पर बहुत था। 'दिनमान' के सम्पादक थे रघुवीर सहाय। बिलासपुर के श्रीकान्त वर्मा 'दिनमान' से जुड़े हुए थे। 'दिनमान' ने ही नये सिरे से साहित्यिक पत्रकारिता की अलख जगाई थी। 'प्रतिपक्ष' में भी आलोचनात्मक रिपोर्टों की भाषा 'दिनमान' जैसी ही थी।

उन दिनों गर्मियों में बिलासपुर जिले के पामगढ़ इलाके में जबर्दस्त सूखा पड़ा था। 'दिनमान' ने तब पामगढ़ पर अपना संवाददाता भेजकर अलग से रिपोर्टिंग करवाई थी। चूँकि सोनपुरा के पास ही था पामगढ़, अतः अमर भी साथ हो लिया। उसने भी 'प्रतिपक्ष' के लिए अलग से रिपोर्ट फाइल की थी। उन दिनों ब्लैक एंड व्हाईट में तस्वीरें छपा करती थीं। तस्वीरों के लिए ब्लॉक्स बनते थे। दो तरह के ब्लॉक होते थे। लाइन और हॉफ टोन। रोटरी मशीनों में तब इक्के-दुक्के ही लोग कलर यूनिट लगा पाते थे। अधिक-से-अधिक मैजेंटा कलर में प्रिंटिंग हो पाती थी। इससे अधिक का सामर्थ्य आंचलिक पत्र-पत्रिकाओं में नहीं होता था। सरकार द्वारा निर्धारित कागज का कोटा हुआ करता था। न्यूजप्रिंट की कीमत कम हुआ करती थी, इसलिए ब्लैक में भी बिक जाती। छोटे और मध्यम किस्म के समाचारपत्र अक्सर अपना कागज का कोटा बढ़वाकर लेते थे ताकि उपयोग के अलावा अधिक-से-अधिक कागज बाज़ार में बेचकर अखबार पर आर्थिक भार कम किया जा सके। छोटे-छोटे साप्ताहिक इसी कोटे के चक्कर में साल भर दिल्ली का चक्कर लगाते। किसी के हाथ कभी कुछ लग भी जाता तो शेष को बाज़ार की मार झेलनी पड़ती थी। साप्ताहिक पत्रों को रिक्शों और साइकिलों पर माइक लगाकर घूम-घूमकर बेचा जाता था।

साप्ताहिकों का लेखन ही अलग होता था। मोटे-मोटे चौंकाऊ शीर्षक हुआ

करते थे। जिसे माइक पर चिल्लाकर कहा जाता—

'नर्स भाग गयी...! मरीज की कौन सुने... ?'

'व्यापारी की जेब से दस हजार पार...।'

'पुलिस ने मजदूरों पर डंडे बरसाये...।'

'पढ़ें... 10 पैसे में...।'

जिसके शीर्षक ज्यादा चुटीले रहते और माइक पर बोलने वाले की अदा जितनी प्रभावशाली होती, उतने ही अखबार बिक जाते थे। साप्ताहिक अखबारों के टाइटिल भी कभी-कभी अजीब हुआ करते थे। कारण साफ है— रजिस्ट्रार ऑफ न्यूज़ पेपर्स ऑफ इंडिया, नई दिल्ली अर्थात् आरएनआई के पास जितने भी नाम रजिस्ट्र्ड होते वे चाहें वर्षों पुराने हों, चाहे अखबार बन्द हो चुके हों तो भी नाम उनकी सूची में चढ़ा रहता। इसलिए लोगों को नये अखबारों के लिए टाइटिल ढूँढ़े नहीं मिलते। एक बार में चार-पाँच नाम का विकल्प भरा जाता था, जिनमें से कभी-कभी एक भी टाइटिल नहीं मिलता। इस प्रकार टाइटिलों का टोटा पड़ जाता।

एक मज़ेदार वाकया है— ऐसे ही किसी अखबार को दो-तीन बार दस-पन्द्रह नाम देने पर भी जब टाइटिल नहीं मिला तो उसने नाराजगी में एक नाम भरा 'लतिआव।' आश्चर्यजनक है कि अन्त में यही 'लतिआव' नाम आरएनआई से पंजीबद्ध हो गया। माइक पर जब यह साप्ताहिक अखबार बेचा जाता तो अनायास लोगों के चेहरे पर मुस्कराहट फैल जाती।

मुन्ना भैया के अखबार का नाम भी ऐसे ही गुन्ताड़े में तय हुआ था 'धधकती ज्वाला।'

एक दिन अमर ने मजाक में कहा, "भैया ये नाम बदल दीजिए। यह भी कोई नाम है भला..? 'धधकती ज्वाला', 'गरजती बन्दूक।' ऐसे टाइटिल से अखबार की गम्भीरता खत्म हो जाती है।"

मुन्ना भैया कहते, "पहले आरएनआई वालों को तो सुधारो, जो बाबा आदम के जमाने के नामों को ढो रहे हैं। जो अखबार बन्द हो चुके हैं, जिनके सम्पादक, मालिक मर-मुराकर भूत हो चुके हैं, उनके टाइटिल भी अभी तक जिन्दा हैं। टाइटिल खाली हो तब न किसी को मिले...। फिर नाम में क्या रखा है...? असली बात है— क्या छापा जा रहा है, क्या नहीं? 'धधकती ज्वाला' में क्या खराबी है भाई? अखबार नहीं धधक रहा है, लोगों के मन में जो सवाल हैं वे धधक रहे हैं। यह तो गरीबों का अखबार है।"

अमर को पता है इसके बाद वे अनवरत रूप से बोलते चले जाएँगे और उनसे सहमत होने तक बोलते रहेंगे...। इसलिए अमर झट से दूसरे विषय पर कूद जाता है।

मुन्ना भैया के प्रेस में उस्ताद रामगोपाल प्रिंटर के पद पर थे। मुन्ना भैया जब भी फुरसत में होते, उस्ताद को अपने पास बुला लेते। कोई सामने नहीं होता तो उस्ताद ही उनके बेहतर श्रोता होते। उस्ताद बीच-बीच में मुन्ना भैया को एक-दो वाक्यांश बोलकर उत्प्रेरित भी करते। ट्रेडल मशीन पर छपाई होती थी। उनके पास जरूरतमन्द लड़के-लड़कियों की फौज कम्पोजिटर के बतौर काम करती थी। अक्सर जरूरतमन्द लोग जो थोड़ी बहुत कम्पोजिंग जानते, मुन्ना भैया के शरणागत हो जाते थे। मुन्ना भैया जरूरत न होने पर भी लोगों को एडजस्ट कर लिया करते। कई लड़के-लड़कियाँ तो अपनी पढ़ाई का खर्च मुन्ना भैया के यहाँ कम्पोजिंग करके निकाल लिया करते थे। कुछ अनपढ़ भी थे, जिन्हें मुन्ना भैया बाइंडिंग का काम सौंप देते। सबको भुगतान साप्ताहिक तौर पर हुआ करता था। जाहिर है अधिकांश काम करने वाले सप्ताह भर उनसे एडवांस ले लिया करते थे। मुन्ना भैया भी जितना बन पड़े, एडवांस दे दिया करते, लेकिन सप्ताह के अन्त में जब पेमेंट की बारी आती तो एडवांस बे-मुरव्वत काट लेते थे। इस कटौती से अक्सर उस्ताद हड़बड़ा जाया करते।

"भैया, काटने के बाद तो बीस रुपये भी नहीं बचे! अब हम खाएँ क्या?"

मुन्ना भैया कहते, "देखो उस्ताद, उधारी तो उधारी होती है। पहले उधारी पटाओ, फिर आगे बात होगी। नहीं तो कल हम दोनों में से कोई ऊपर पहुँच गया तो कौन किससे लेन-देन करेगा, पैसे तो पूरे कटेंगे।"

उस्ताद सिर खुजाते फिर भी खड़े रहते। मुन्ना भैया का एकालाप बदस्तूर जारी रहता... सालेऽऽ.. सब वंचित मेरे पास ही क्यों चले आते हैं? जैसे मुन्ना भैया खजाना लेकर बैठे हैं। इत्यादि... इत्यादि..।

उस्ताद उसी तरह सिर खुजाते एक अच्छे श्रोता की तरह सुनते रहते तब मुन्ना भैया कुछ पिघल जाते और फिर नए एडवांस का खाता खुल जाता। उस्ताद को मुन्ना भैया के भाषणों की आदत-सी पड़ गयी थी। उस्ताद जानते थे कि मुन्ना भैया एडवांस दे ही देंगे, नहीं देकर भी उन्हें चैन कहाँ आएगा? यों भी उस्ताद के साथ मुन्ना भैया मालिकों-सा व्यवहार कहाँ करते थे? उस्ताद तो मुन्ना भैया के अन्तरंग सखा थे।

उस्ताद किसी पत्रिका के पृष्ठ छाप रहे होते और कहीं उनके हाथों कोई कविता पड़ जाती तो वह छपाई रोक देते और बड़े ध्यान से कविता को पढ़ लेते थे। कुछ पंक्तियाँ उस्ताद को स्पर्श कर जातीं तो उस्ताद उसे लेकर काउंटर पर मुन्ना भैया के पास फिर चले जाते, "भैया देखो...! क्या चीज लिखी है..?"

"घर जले पड़ोसी का
आओ हम तापें

और ताप को
थर्मामीटर से नापें..."

"क्या बात है, भैया! मजा आ गया!!" मुन्ना भैया ध्यान से उस्ताद की बात सुनते और पूछते— "उस्ताद, आखिर मजा तुमको कहाँ पे आया?"

उस्ताद कहते, "देखो भैया... जमाना कैसे बदल गया? पड़ोसी के घर में आग लगी तो बाल्टी में पानी लेकर दौड़ने के बजाए थर्मामीटर लेकर दौड़ते आ गये।"

मुन्ना भैया गहरी नज़र से उस्ताद की ओर देखते, "वाह उस्ताद! कविता को तो तुम्हीं ने सार्थक कर दिया। लिखने वाले को यदि पता चल जाय कि हमारा उस्ताद कविताओं को भी समझता है तो यार मजा आ जाएगा।"

उस्ताद शरमा जाते, "क्या भैया, आप भी छीलने लग जाते हो। मैं तो आपको दिखाने लाया था कि कैसी-कैसी नायाब चीजें हमारे प्रेस में छपती हैं।" तब मुन्ना भैया और उदार हो जाते, "छपाने वालों को आने दो, ये कविता हम उनसे माँग लेंगे और अपने 'धधकती ज्वाला' में भी छाप देंगे। क्यों उस्ताद, अब तो खुश...।"

उस्ताद समझ जाते कि अब बातचीत खत्म, काम शुरू..। और उस्ताद अपनी ट्रेडल मशीन की ओर रवाना हो जाते...। उस्ताद और मुन्ना भैया एक-दूसरे की भाषा को बखूबी समझते।

अमर सोचता... अपने भाइयों में सबसे बड़े और सबसे फक्कड़ होने का उन्हें कोई गम नहीं। मुन्ना भैया ऐसे ही बिन्दास जिन्दगी जाने कब से जी रहे हैं। जिन्दगी से कभी शिकायत करते मैंने उन्हें नहीं सुना है। वे जितना प्रेम विवाह के हिमायती थे, उतना ही पारम्परिक विवाह में उनकी रुचि थी। दोनों के बीच सामंजस्य बिठाना बहुत कठिन था। वे बुजुर्गों के साथ अदब से पेश आते और अपने से कम उम्र के लोगों के साथ भी उनके गाढ़े रिश्ते थे। बच्चों से तो उनका जैसे दोस्ताना सम्बन्ध रहा हो। इसके बावजूद कहीं उनका अनुशासन बिगड़ता नहीं था। एक तरफ वैरागी-सा वीतराग तो दूसरी तरफ जीवन के प्रति अप्रतिम विश्वास। जाने यह सन्तुलन उन्होंने किस तरह साध रखा था?

अमर ने एक दिन बहुत अन्तरंग क्षणों में पूछा था, "मुन्ना भैया, सबके प्यार को आप पुरजोर समर्थन देते है। आपके जीवन में क्या कभी ऐसी परिस्थिति आयी है?

मुन्ना भैया अपने चिर-परिचित अन्दाज में मुस्कराये, "मैं जिन्दगी से प्यार करता हूँ यार, इससे बड़ा प्यार कोई होता है क्या?"

अमर ने कहा, "दार्शनिक बातों के सहारे सच से किनारा न कीजिए, जो पूछ रहा हूँ, वह बताइए।"

मुन्ना भैया ने उत्तर दिया, "यार! एक तो ब्राह्मण, ऊपर से व्यापारी, तिस पर सबसे बड़े भाई होने का दायित्व। इन सबके बीच प्यार के लिए जगह कहाँ बचती

है? भाई-बहनों की फौज से प्यार करता रहा, उन्हें दुलारता रहा, उन्हें शनैः शनैः बड़ा होते देखता रहा। तुम लोग भी पता नहीं प्यार को किसी एक फ्रेम में बाँधकर ही क्यों देखना चाहते हो? हरेक के लिए प्यार की प्रकृति अलग-अलग हो सकती है। सबको एक ही डंडे से कैसे हाँका जा सकता है?''

अमर को समझ में आ गया कि सीधे-सीधे मुन्ना भैया उस नाजुक प्रसंग से अपने को अलग कर रहे हैं। फिर अमर ने बात आगे नहीं बढ़ाई।

□□

सुबह-सुबह भाई बनवारी ने नींद से जगाया, ''जागोऽऽ... जागोऽऽऽ। पाकिस्तान ने हमला बोल दिया है।''

अमर हड़बड़ाकर उठा। बनवारी के हाथ में उस दिन का अखबार था।

बनवारी ने कहा, ''देखना, इस बार पाकिस्तान को मुँह की खानी पड़ेगी। याह्या खान को यह चाल उलटी पड़ेगी।''

अमर ने कहा, ''बनवारी भाई, इतने विश्वास के साथ किस बिना पर आप ऐसा कह रहे हैं? यह पैंसठ की परिस्थिति नहीं है भाई, तब हमारी सैन्य शक्ति बहुत कमजोर थी। अब तो रक्षा बजट में अच्छी-खासी रकम जाने लगी है। अब हम तैयार हैं। साम मानेकशा जैसे जनरल हमारे पास हैं। चीन ने तो हिमालय में बर्फ की आड़ ले ली थी, लेकिन पाकिस्तान के पास ऐसा कोई विकल्प नहीं है।''

जब तक युद्ध चलता रहा, स्थानीय अखबारों के डिस्पैच में भी काफी फर्क आया। जगह-जगह से राष्ट्रीय एकता को लेकर खबरें छपने लगीं। कहीं-कहीं पैसे एकत्रित कर प्रधानमन्त्री कोष में भेजने का सिलसिला प्रारम्भ हुआ और इन खबरों को प्राथमिकता मिलने लगी। हर जगह रेडियो के आसपास समाचार बुलेटिनों के समय भीड़ इकट्ठी होने लगी। अखबारों की प्रसार संख्या में भी इज़ाफा हुआ।

इधर, पाकिस्तान से युद्ध चलते-चलते बांग्लादेश में मुक्ति सेना की गतिविधियाँ तेज होने की खबर भी आने लगीं। मुजीबुर्रहमान उनके निर्विवाद नेता थे। इसी बीच पूर्वी पाकिस्तान में भारत की फौज ने प्रवेश कर लिया। मुक्ति सैनिकों के साथ मिलकर अच्छा-खासा युद्ध चलने लगा। पाकिस्तान के मजबूत पैंटन टैंक को ध्वस्त करने में भारत ने सफलता हासिल की। और अन्ततः बांग्लादेश आजाद हुआ। पाकिस्तान ने युद्ध समाप्ति की घोषणा की। पूरे देश में एक उत्सव का माहौल बना।

इन्दिरा गाँधी के 'गरीबी हटाओ' के नारे ने भी कांग्रेस में एक अलग चमक पैदा की। बैंक राष्ट्रीयकरण के चलते विदेशों से भी इन्दिरा गाँधी ने सराहना बटोरी। कांग्रेस की स्थिति बहुत मजबूत हो गयी थी। लेकिन महँगाई का ग्रॉफ उस समय भी बढ़ने लगा था। छत्तीसगढ़ तब एकीकृत म.प्र. का हिस्सा था। छत्तीसगढ़ में

विरोध की राजनीति की बिसात उतनी मजबूत नहीं थी। बावजूद इसके छत्तीसगढ़ की उपेक्षा को लेकर बातें होने लग गयी थीं।

□□

उन्हीं दिनों अमर को पीयूष दादा और यादव जी के करीब होने का अवसर मिला। पीयूष दादा तब आकाशवाणी, यूएनआई और दैनिक दीनबन्धु के सीनियर रिपोर्टर हुआ करते थे। यादव जी तत्कालीन सबसे अधिक प्रसार संख्या वाले अखबार के बिलासपुर प्रतिनिधि थे। उनके भाई ने अखबार की एजेंसी भी ले रखी थी। पीयूष दादा इकहरे बदन के बिल्कुल सीधे-सरल इनसान थे। पत्रकारों जैसे तेवर उनके थे ही नहीं। अपेक्षाकृत शान्त, कम बोलने वाले और अपने में मगन। वे तब साइकिल पर चलाया करते थे, आज भी चला रहे हैं...। यादव जी के पास स्कूटर हुआ करता था। पीयूष दादा को खबरों से ही मतलब होता था। खबरों के पीछे की राजनीति से पीयूष दादा जितने दूर भागते थे, यादव जी उतने ही उससे जुड़े होते। वे खबरों की पृष्ठभूमि में भी उतनी ही शिद्दत से उपस्थित होते थे। पीयूष दादा को अपने काम-से-काम रखने की आदत थी। न किसी से लेना, न किसी को देना...।

हर सुबह नियमित तौर पर अमर, यादव जी और पीयूष दादा हावड़ा-बॉम्बे मेल के समय स्टेशन पहुँच जाया करते। रात की खबरों के लिफाफे रायपुर जाने वाले किसी परिचित के हाथ दे दिये जाते। इस प्रकार रोजाना समाचार दोपहर तक रायपुर पहुँच जाता था। ठीक उसी तरह शाम को डाउन मेल को अटेंड करने पहुँच जाते। प्रेस से यदि कोई सूचना किसी के हाथ आती तो वह स्टेशन पर ही मिल जाती थी। उस समय संवाददाताओं के पास एक टेलीफोन कनेक्शन होना बहुत बड़ी बात हुआ करती थी। अमर को भी एक टेलीफोन मिला हुआ था। टेलीग्राम करने पर पत्रकारों को कुछ प्रतिशत छूट मिलती थी। ऑपरेटर तब पत्रकारों का बहुत सम्मान करते थे। प्रायर्टी बेसिस पर ट्रंककाल लगा दिया करते थे। कभी-कभार निःशुल्क भी बातचीत हो जाया करती थी। तब सम्बन्धों के आधार पर बहुत सारे काम हो जाया करते थे।

अखबारों के प्रतिनिधियों के बीच आपस में कोई प्रतिद्वन्द्विता नहीं थी। बल्कि किसी महत्त्वपूर्ण और बड़ी खबर पर आपस में बातचीत कर एक रणनीति तय कर लेते थे। कहीं धोखे से किसी गलत बात को प्रश्रय न मिल जाय, इसका ख्याल रखा जाता था। कोई भी व्यक्ति अखबार की ताकत का दुरुपयोग न कर ले, इस ओर से भी सब के सब सतर्क हुआ करते थे। पीटीआई के संवाददाता दुबे जी आरएसएस से जुड़े थे। बहुत संस्कारी और शान्त। उनमें सर्वाधिक चंचल थे बलराम ठाकुर, जो

सबसे पुराने अखबार के प्रतिनिधि हुआ करते थे।

बिलासपुर टाइम्स में चौबेजी के दफ्तर में प्रायः रोज बैठकें हुआ करती थीं। चौबेजी अपने जॉब वर्क के कार्यक्रम वहीं बैठे-बैठे संचालित करते थे। बैठक में चौबेजी अक्सर बोलते कम थे, सुनते अधिक। बिलासपुर से दो मन्त्री हुए— चित्रकान्तजी और श्रीधरजी। दोनों के निक नाम से लोग उन्हें याद करते थे। श्रीधरजी को चतरू बाबू के नाम से जाना जाता था। उसी तरन्नुम में चित्रकान्तजी का शॉर्टकट नाम बना लिया गया था— चितरू बाबू। चौबेजी ने अपने अखबार में दोनों के खिलाफ एक श्रृंखला शुरू की थी। व्यंग्य चित्रों सहित समाचारों के जरिये खिलाफत की मुहिम। हर सप्ताह कोई-न-कोई मुद्दा उछाला जाता। चौबे जी गम्भीर स्वभाव और जो कुछ छप रहा था उसमें कहीं कोई तारतम्य नहीं था। बिलासपुर टाइम्स की प्रतियों में इसी बहाने काफी इज़ाफा भी हुआ था।

पत्रकारों में सबसे कम उम्र होने के कारण अमर सभी जगह स्नेह का पात्र था। अमर की उपस्थिति में लोग कोई भी बात कर लेते थे। जैसे अमर को दूध-भात मिला हुआ हो। इस तरह अखबारों की भीतरी राजनीति से अमर धीरे-धीरे परिचित होता गया। बीच-बीच में हरीश भाई से मुलाकात होती रही।

आनन्द भाई के प्रयासों से स्नातक महाविद्यालय में किशन पटनायक जी का व्याख्यान फिर रखा गया। वह काफी प्रभावी व्याख्यान था। किशन जी ने समझाया था कि किस तरह एक भारतीय कृषक के द्वारा आठ आने खर्च करने पर शहर में किसी शिक्षक को रोजगार मिल सकता है? उनकी अवधारणा गाँधी के ग्राम स्वराज की अवधारणा से प्रेरित थी। उसी दौरान मधु लिमये की एक सभा की रिपोर्टिंग करने का भी अवसर अमर को मिला। मधुजी के व्याख्यान की खासियत यह थी कि वे अपने कहे गये तथ्यों के प्रमाण भी साथ लेकर चलते थे। इतनी तैयारी के साथ जनसभाओं को संबोधित करना अपने आप में एक उदाहरण था। हालाँकि उस दौर के बहुत सारे राजनीतिज्ञ इतने ही दम-खम के साथ राजनीति में उपस्थित होते थे। खासकर विरोध की राजनीति में उन दिनों काफी आब हुआ करती थी।

कामरेड मुश्ताक चौबेजी की बैठक में फिर मिल गये। अमर को देखते ही उन्होंने कहा, "अरे, सोनपुरा का रणबाँकुरा अब बिलासपुर में! अच्छा किया, यहाँ आ गये। कैसे चल रही है तुम्हारी पत्रकारिता?"

उन्हें जब अमर ने बताया, "पढ़ाई और पत्रकारिता साथ-साथ चल रही है तो कामरेड बहुत खुश हो गये। यह बहुत समझदारी का निर्णय है। कम-से-कम हर पत्रकार को ग्रेजुएट तो होना ही चाहिए।"

"और क्या पढ़ रहे हो? अभी तक तुमने मार्क्स को पढ़ा या नहीं?"

अमर ने उन्हें बताया, "मौका ही नहीं मिला।"

तपाक से वे बोले, "मेरे पास 'दास कैपिटल' का एक हिन्दी अनुवाद रखा हुआ है। तुम चाहो तो कल चौबेजी से ले जाना। मैं उन्हीं के पास छोड़ जाऊँगा। पता नहीं, तुम्हें कितना समझ में आएगा, लेकिन कुछ-न-कुछ तो भेजे में घुस ही जाएगा। मार्क्स का कुछ-न-कुछ जीवन के लिए बहुत कुछ होता है।"

अमर को लगता, यह एक अच्छी बात है कि हर कोई चाहे वह अलग-अलग विचारधारा के हों, उसे पुस्तक पढ़ने के लिए ही प्रेरित कर रहे हैं। इसी बहाने कम-से-कम विभिन्न मतादर्शों को समझने की कोशिश तो वह कर पाता है। इतना अवसर भी कितनों को हासिल हो पाता है?

□□

इसी बीच कलेक्टर ऑफिस में काम करने वाले एक भक्त मिल गये, जिन्होंने कभी अमर की ग्रामीण रिपोर्टिंग को पढ़ा था।

उन्होंने कहा, "मन करता है, आपके लिए कुछ करूँ।"

अमर ने कहा, "आप तो कलेक्टर के स्टेनो हैं। महत्त्वपूर्ण निर्णय आप ही सम्भवतः टाइप करते होंगे।"

उन्होंने कहा, "सो तो है...।"

अमर ने कहा, "यदि आप थोड़ी-सी मदद करें तो मैं वादा कर सकता हूँ कि अपने स्रोत कभी किसी को नहीं बताऊँगा और मुझे सूचनाएँ भी पहले मिल जाएँगी। हो सकता है कि हर सूचना मेरे काम की न हो पर बीच-बीच में काम की बातें निकल आ सकती हैं।"

उन्होंने पूछा, "सो, कैसे?"

अमर ने कहा, "यदि आप चाहें तो महत्त्वपूर्ण नोटिंग और पत्र फ्रेश कार्बन में टाइप करें और वह कार्बन मुझे दे दें।"

यह अमर की दूसरी या तीसरी मुलाकात थी। इतनी जल्दी किसी को विश्वास में लेना जोखिमभरा काम था। लेकिन जब उन्होंने खुद ही मदद करने की बात कही तो अमर ने भी अपना प्रस्ताव रख दिया। वह समय ऐसा था जब लेन-देन का उतना चलन नहीं था। टाइपराइटर का युग था। कार्बन देने की बात पहले-पहल उनकी समझ में नहीं आयी, "अमर ने उन्हें विस्तार से बताया।"

सब सुनकर उन्होंने कहा, "भाई साहब, यह है बड़ा जोखिम का काम। कहीं पता चल गया, तो मेरी तो नौकरी गयी...।"

अमर ने कहा, "आप पर कोई दबाव नहीं है, भाई साहब। आप स्वयं मदद करना चाहते थे, इसलिए मैंने कहा।"

इस बातचीत को पन्द्रह-बीस दिन हो गये थे। अमर उस दिन रवि जनरल

स्टोर्स में अपने बचपन में उसे अक्षर ज्ञान कराने वाले वृन्दावन जोगी से बातें कर रहा था। तब वही कलेक्ट्रेट वाले सज्जन उसे ढूँढ़ते हुए वहाँ आ गये। अमर उनके साथ दुकान के बाहर आ गया। तब उन्होंने चुपके से अपनी जेब से तह किया हुआ एक कार्बन निकाला और अमर को देते हुए कहा, "आपके लिए लाया हूँ, शायद आपके काम का हो?"

अमर ने कहा, "चाय पी कर जाइए।"

तब उन्होंने कहा, "मैं नहीं जानता कि मैं ठीक कर रहा हूँ या गलत, लेकिन आपकी कलम मुझे बहुत भाती है। बीच-बीच में ऐसे ही कार्बन लाकर देता रहूँगा। लेकिन आपके साथ बैठकर चाय नहीं पी सकता। यहाँ दो का चार होने में देर कितनी लगती है? फिर यह तो शहर का हृदयस्थल गोलबाज़ार है। यहाँ सबकी नज़र रहती है। बस, आप अच्छा लिखते रहें, यही कामना है।"

इस तरह बिलासपुर में प्रमाणित पत्रकारिता के लिए अमर ने पहला स्रोत ढूँढ़ लिया। घर जाकर टेबिल लैम्प की रोशनी में वह पहले कार्बन पर टंकित सामग्री को पढ़ लेता, फिर उसे सँभाल कर रख लेता। कार्बन के इस प्रमाण को कोर्ट में भी मान्यता थी। महीने में दो-चार ही समाचार इस स्रोत से हासिल हो पाते थे। लेकिन जो भी समाचार होता, वह काफी दमदार होता।

ऐसे ही कुछ स्रोत हो गये थे जगमल ब्लॉक के। गंगोत्री, जायसवाल, कौशल और जग्गी उसमें प्रमुख थे। ये लड़के मारपीट भी कर लिया करते थे। अमर को उनके उन कृत्यों से कोई मतलब नहीं था। उनसे प्राप्त सूचनाओं को अमर पहले छान लेता था। यदि उनमें थोड़ा भी सार मिलता तो आगे की खोज-परख वह स्वयं कर लेता था। इसी तरह कोर्ट में भी एक चक्कर लग जाया करता। सुबह-शाम स्टेशन जाने का क्रम यादव जी और पीयूष दादा के साथ जारी रहता। वहाँ से भी कुछ सूचनाएँ मिल जाती थीं।

ट्रेन आने से पहले और बाद में वे मुल्कराज के स्टेशन वाले होटल में बैठते थे। काउंटर पर सदा की तरह मुस्कराता किशन भाईजी का चेहरा हाजिर होता। उनके सौजन्य और आतिथ्य में गजब का आकर्षण था। दोनों टाइम हम यदि वहाँ चाय नहीं पीते तो किशन भाई नाराज हो जाया करते थे। हँसते-खेलते वहाँ से भी रेलवे की कुछ खबरें हाथ लग जाती थीं। कभी-कभार मूड हुआ तो रात का खाना भी अमर किशनजी के होटल में खा लिया करता। वैसे खाना खाने की नौबत बहुत कम आती थी।

अपनी चॉल में लौटते हुए अक्सर रात हो जाया करती। रूम पार्टनर सुरेश बड़बड़ाता रहता, "क्यों भई, ये कोई आने का वक्त है? रात-रात भर जागना जरूरी है क्या? न खाने का ठिकाना, न सोने का। दिनभर का समय क्या कम पड़ जाता है!

पढ़ाई-लिखाई से तो नाता ही टूट गया, ऐन परीक्षा के समय ही हड़बड़ी में पढ़ोगे, तो कितना याद रह पाएगा... ?"

सुरेश के बड़बड़ाने में स्नेह का पुट था।

अमर कोई जवाब नहीं देता। उस समय तक सिर्फ बनवारी के कमरे से रोशनी आती दिखती, शायद तब तक वे पढ़ रहे होते। बाकी सब कमरों की लाइट बुझ चुकी होती। अमर भी दिनभर की थकान के चलते जैसे-तैसे बिस्तर लगाता और लुढ़क जाता। पर नींद आते-आते डेढ़-दो बज जाते थे। सुबह सुरेश उसे चाय के साथ उठाता था। वह भी तब, जब वह घंटे भर की पढ़ाई कर चुका होता।

□□

इस सप्ताह किसी एक गाँव पर रिपोर्ट बनानी थी। ट्रेन से रायपुर आते वक्त भाटापारा के पहले का स्टेशन निपनिया अमर को जाने क्यों आकर्षित करता था। हो सकता है इस आकर्षण के पीछे स्टेशन का नाम ही हो। इस बार क्यों न निपनिया को ही कवर किया जाए।

पैसेंजर से करीब दस बजे अमर निपनिया पहुँचा। आरम्भ में स्टेशन के पास ही एक चाय के ठेले से चाय पीते हुए बातचीत की शुरुआत की। गाँव के भीतर पहुँचने में एक कि.मी. का फासला था। स्टेशन से गाँव तक इक्के-दुक्के मकान, बीच में खेतों की शृंखला। मार्च के महीने में ही धूप काफी तेज हो गयी थी। अमर गाँव के अन्दर पहुँचते-पहुँचते पसीना-पसीना हो गया। एक बुजुर्गवार से बातचीत की शुरुआत की गयी। आगे चलकर मुखिया, कोटवार और प्राइमरी स्कूल के मास्टरजी से मिला। कुछ आँकड़े इकट्ठे किये। यहाँ साप्ताहिक हाट लगता है। दो परचून की दुकानें थीं, दो चाय-नाश्ते के खोमचे लगे हुए थे। आबादी लगभग दो हजार रही होगी।

गाँव में बोरिंग नहीं थी, न कोई कुआँ। यहाँ से तीन कि.मी. दूर शिवनाथ नदी से पानी लाकर गाँव में पीने के पानी की व्यवस्था की जाती। महिलाएँ ही पानी का घड़ा सिर पर रखे यह दूरी तय करतीं। एक छोटे से तालाब से निस्तार का काम चलता था। शाम को लौटने से पहले अमर ने निपनिया नाम के पीछे की कहानी जानने के लिए कई बुजुर्गों से सम्पर्क किया लेकिन उन्हें इसका कोई माकूल जवाब नहीं मिला। रिपोर्ट लिखते वक्त गाँव के नाम की एक कहानी अमर ने स्वयं ही गढ़ ली। चूँकि यहाँ पानी की खूब किल्लत रहा करती थी। तो उसे ही आधार बनाकर अमर ने लिखा...

"तीन मील दूर नदी से सिर पर एक घड़ा पानी लेकर लौटते हुए पसीने से लथपथ किसी नवयौवना ने अपनी सखी पर खीझकर वेणी हिलाते हुए कहा

होगा...'नि:पनिया', अर्थात् पानी से शून्य। तब से यह नाम इस गाँव के साथ चस्पा हो गया था।''

जब यह रिपोर्ट छपी, तो गोलबाज़ार में द्वारिका ने पूछा था, ''निपनिया का नाम पानी की किल्लत के चलते पड़ा था, इसका कोई प्रमाण तुम्हारे पास है?''

अमर ने हँसकर कहा, ''प्रमाण तो भाई किसी के पास नहीं है! लेकिन यह नाम बिल्कुल फिट बैठता है।''

अमर को याद है, बाद के वर्षों में रायपुर और तिल्दा के बीच में एक नया स्टेशन बना। स्टेशन के निर्माण के समय नाम को लेकर गाँववालों ने विवाद खड़ा किया। स्वाभाविक है रायपुर जिले के कलेक्टर को यह विवाद मिटाना था। दरअसल स्टेशन जहाँ पर निर्धारित था वहाँ तीन गाँवों की सीमाएँ मिलती थीं बैलसरा, कुनकुरी और ठठारी। काफी माथापच्ची के बाद कलेक्टर ने ही एक हल सुझाया।

उन्होंने कहा, ''हम तीनों गाँवों के पहले अक्षर को ले लेते हैं। इस तरह बनता है 'बैकुंठ।'

यह नाम तय होने के बाद सारे विवाद निपट गये और नए स्टेशन का नाम 'बैकुंठ' रख लिया गया।

आजादी के पहले और बाद के कुछ वर्षों तक स्टेशनों के नाम अमूमन रेलवे के बड़े अधिकारी और जिला प्रशासन के लोग मिलकर रखते थे। जो भी नाम रखा गया, वह सहज स्वीकार लिया जाता था। कभी नाम बेमतलब के होते थे तो कभी व्यक्ति विशेष के नाम पर स्टेशन नामित हो जाता। जैसे रायगढ़ के सेठ किरोड़ीमल (उनके दानी स्वभाव के चलते) के नाम पर किरोड़ीमल नगर पड़ा था। उसी तरह जयराम नगर जैसे छोटे से कस्बे में जयराम बाऊ जी का काँच का कारखाना था। उन दिनों वे काफी प्रतिष्ठित थे। उनके नाम पर जयराम नगर पड़ा। इसी क्रम में ईब नदी के चलते नदी के पास ही जो स्टेशन बना, उसका नाम नदी के नाम पर 'ईब' रख दिया गया और इस प्रकार यह दक्षिण-पूर्व रेलवे का सबसे छोटे नाम वाला स्टेशन बन गया।

बिलासपुर में रहते हुए अमर को बीच-बीच में दद्दा खूब याद आते। किसी भी शहर या गाँव के नाम के बारे में उनसे पूछा जाए तो ढेर-सी जानकारियाँ मिल जाया करती थीं। रिपोर्ट फाइल करने की जल्दबाजी थी अन्यथा निपनिया नाम क्यों पड़ा, इसको लेकर दद्दा से पूछा जा सकता था। दद्दा अपने जमाने के कई संस्मरणों को कई-कई बार सुना चुके थे। अमर को जब भी कोई पुराना सन्दर्भ पता करना होता तो दद्दा से बेहतर सूचनादाता कोई नहीं था। दद्दा से पुरानी बातें पूछो तो वे खिल

जाया करते थे।

दद्दा उन भाग्यशालियों में एक थे जिनके बच्चों ने उनकी खामख्याली वाले स्वभाव को भी बहुत करीने से सहेज रखा था। वे अपने मन की चलाते थे। हाँ, जब नयी पीढ़ी के साथ टकराहट की बात आती तब दादी उग्र रूप ले लेती थीं। ऐसे समय में दद्दा की हालत देखने लायक हो जाती थी। इतनी तेज-तर्रार दद्दा दादी के सामने बिल्कुल निरीह बच्चे जैसे हो जाते थे। दादी ज्यादा नाराज होतीं या दद्दा किसी बात पर ज्यादा जिद्द करते तब दादी अपने गाँववाले घर में चले जाने की धमकी देती और दद्दा सिटपिटा जाते। बेटे-बहू उनका पूरी तरह ख्याल रखते थे। लेकिन शाम को दादी के साथ बैठकर गपियाने का जो दौर चलता था वह न चले तो दद्दा जैसे आधे हो जाते थे। दुनिया जहान की बातें उसी समय होतीं। अन्यथा दद्दा अपनी ही चलाते रहते थे। दद्दा को कोई मिल जाए तो उसे दद्दा को लम्बे समय तक झेलना पड़ता था। नए जमाने की कई-कई रीति-नीतियों से दद्दा चिढ़े रहते थे। उनका गोरा चेहरा झुर्रियों तक लाल हो जाता और ज्यादा गुस्साने पर उकड़ूँ बैठकर अपनी छड़ी को ठकठकाते रहते।

इब्राहीम को दद्दा खूब पसन्द करते क्योंकि इब्राहीम एक ओर तो दद्दा की हाँ में हाँ मिलाता और दूसरी ओर दद्दा को उत्तेजित करने वाले मुद्दे उठाता। जब उत्तेजना अपने चरम पर पहुँचती तब दद्दा को समझ में आता था कि इब्राहीम जान-बूझकर उनकी उत्तेजना को हवा दे रहा है। तब दद्दा इब्राहीम को गालियों से नवाजते। इस प्रकार दद्दा-इब्राहीम संवाद को विराम लगता था। कई बार अमर ने इब्राहीम को टोका, "क्यों, तू उन्हें उत्तेजित करता है....! कभी ऐसे में उनकी तबीयत खराब हो जाएगी तो लेने के देने पड़ जाएँगे"।

इब्राहीम कहता, "अरे यार, बुढ़ऊ को छेड़ता हूँ तो उसकी दवा भी रखता हूँ। मेरे हाथ में बैरोमीटर होता है। जैसे ही लगता है कि अब बुढ़ऊ का प्रेशर बढ़ जाएगा तो मैं खुद ही हथियार डाल देता हूँ। अब तू ही बता मैं ही तो अक्सर बुढ़ऊ को अखबार पढ़के सुनाता हूँ। अब अखबार की किसी छपी खबर पर उन्हें गुस्सा आ जाए तो मेरा क्या दोष...? मैंने तो अखबार नहीं छापा है। मैं भी मजे ले लेता हूँ। तू फिक्र मत कर। बुढ़ऊ को छेड़ते भी हैं तो उसका ख्याल भी तो हम ही रखते हैं। तुम तो साले... गाँव छोड़ के भाग गये, दद्दा को हमारे पल्ले बाँधकर।"

□□

एक अच्छी रिपोर्ट लिख लेने की खुमारी में एक-दो दिन यों ही बीत जाते थे। लेकिन तीसरे ही दिन कॉलेज से लौटते हुए इब्राहीम मिल गया। वह किसी काम से बिलासपुर आया था।

इब्राहीम ने उसे देखते ही कहा, ''तेरे लिए एक बुरी खबर है।''

अमर चौकन्ना हो गया।''

इब्राहीम ने सूचना दी, ''तुझे पता है? इसी महीने माधुरी की शादी तय हो गयी।''

अमर को लगा आसपास जैसे कोई विस्फोट हो गया हो। यद्यपि इक्के-दुक्के पत्रों में माधुरी ने भी ऐसी आशंका जताई थी। लेकिन इतनी जल्दी सबकुछ हो जाएगा, इसकी अपेक्षा नहीं थी।

थोड़ी देर तक अमर को कुछ भी नहीं सूझा।

इब्राहीम ने सहानुभूति से कन्धे पर हाथ रखा, ''मैं मानता हूँ, किसी के भी लिए यह खबर आसान नहीं है, पर अमर यह तो होना ही था। तुम्हारे प्यार को किनारा मिलना सम्भव ही नहीं था, यह तुम दोनों अच्छी तरह से जानते थे। फिर दुनिया में बमुश्किल दो या तीन प्रतिशत लोग ही होंगे जिनका पहला प्यार परिणति तक पहुँचा हो।''

इब्राहीम जाने कब तक ढेर-सी और बातें करता रहा। अमर तो जैसे नशे की-सी हालत में चले जा रहा था। दोनों नन्दलाल गुप्ता की चॉल में आ गये। इब्राहीम सुरेश की खाट पर बैठ गया और अमर अपने बिस्तर पर निढाल होकर पड़ा रहा। बड़ी देर तक इब्राहीम तरह-तरह की बातें कर अमर को सान्त्वना देने लगा।

मन तर्कों को मानता कब है? मस्तिष्क कुछ सोचना ही बन्द कर चुका है। ऐसे में मन ही उद्वेलित होता है, मन ही बिसूरता है और मन ही सबसे तीव्र गति से जाने कहाँ-कहाँ पहुँच जाता है। ठीक इसी वक्त मन माधुरी के पास पहुँच गया और उसके चेहरे पर झुका हुआ प्रतिक्रियाएँ पढ़ रहा था... ''कितनी आहत हुई होगी माधुरी, या इसका उलटा भी हो सकता है! सालभर से ऊपर हो गया उन्हें आपस में मिले हुए... अब तक तो चेहरे भी जेहन से उतर जाते हैं।''

अमर को याद आया कि लड़कियाँ लड़कों की अपेक्षा कम भावुक होती हैं। वे जिन्दगी की असलियत को जल्दी समझ जाती हैं और परिस्थितियों से शीघ्र सामंजस्य बिठा लेती हैं। यही कारण है कि प्यार के मामलों में आत्महत्याओं का औसत हमेशा लड़कों के पक्ष में ज्यादा रहता है। अमर को लगा यह सब सूखे और निष्प्राण आँकड़े हैं। इन आँकड़ों से जिन्दगी के सारे सवाल हल कहाँ होते हैं? आँकड़ों की सच्चाई एक तरफ है और मन में उठे बवंडर की दिशा-दशा दूसरी तरफ। इस मन को आखिर कौन समझाएगा?

अमर को विकास की याद आयी। विकास भी शुरू से इस सम्बन्ध का विरोध करता आया था। उसकी व्यावहारिकता ने बहुत पहले से अमर को सचेत किया था। लेकिन मन है कि मानता नहीं। इब्राहीम ने कमरे के अन्दर स्टोव जलाकर चाय भी

बनाई, अमर को पिलाई और बातों को फिर ठाकुर की ओर केन्द्रित करने की कोशिश की, ''यार, पंचायत चुनाव होने वाले हैं। फिर ठाकुर के ही गुर्गे चुने जाएँगे और लोगों का काम नहीं होगा। तुझे ही कुछ सोचना पड़ेगा।''

उसे लगा कि एक असमाप्त अध्याय के बीचों-बीच वह खड़ा है। बड़ी देर तक इब्राहीम एकतरफा बोलते-बोलते जब थक गया तो उसने भी अपनी रवानगी दर्ज करना ही बेहतर समझा। इब्राहीम के जाने के बाद अमर देर तक बिस्तर पर औंधा लेटकर सुबकता रहा।

इन्हीं मनःस्थितियों के बीच सलिलजी का पत्र आया। अब वे पूरे जिले का दायित्व अमर को सौंप रहे थे। यानी कि दौरों का क्रम और बढ़ जाना था। कार्य-व्यस्तताओं के बीच कब तक मन के साथ जूझा जा सकता था? जीवन इसी तरह है। नदी की तरह, रोज बहो... बहते रहो...। आघात-प्रतिघातों से जिन्दगी से सीखने का मौका जितना मिलता है उससे अधिक कहीं उससे जूझने की ताकत अनायास आ जाती है।

□□

उन दिनों बिलासपुर में संगठित तौर पर झगड़े होते थे। बिलासपुर में दादागिरी का खूब बोलबाला था। स्टेशन इलाके में बब्बू दादा का दबदबा था तो कचहरी के उस पार जोगिन्दर दादा का इलाका था। इधर, पुराना बस स्टैंड और जूना बिलासपुर तक श्रीप्रकाश का इलाका था। शनीचरी पडाव में मंगल दादा विराजमान थे। जगमल ब्लॉक की तरफ जग्गी, गंगोत्री और किशोर जैसे युवा लोगों की धमाचौकड़ी ज्यादा थी। इन सब के बीच तीरथ का नाम भी कम महत्त्वपूर्ण नहीं था।

कॉलेजों में छात्रसंघ के चुनाव होते थे तो इन दादाओं का हस्तक्षेप उनमें हो जाता था। दादाओं के शागिर्दों की संख्या अपेक्षाकृत ज्यादा थी और झगड़े इन्हीं शागिर्दों के बीच हो जाया करते। कभी लक्ष्मी टॉकीज में तो कभी श्याम टॉकीज में। इन सबके बीच भी एक नैतिकता बनी हुई थी। बिलासपुर के दादाओं के भी कुछ उसूल हुआ करते थे। यदि किसी दूसरे के इलाके में कोई दादा प्रवेश कर जाता, साथ में अगर कोई महिला होती तो उस पर उस दिन कोई भी हाथ नहीं उठाता था। इस नैतिकता पर अमर को आश्चर्य होता। दादा लोग अपने-अपने इलाके में जुए के अड्डे चलाते थे। ठेके पर अपराध भी हो जाया करता। पुलिस के लिए ये लोग सिरदर्द के समान तो थे ही, दूसरी ओर कमाई के साधन भी थे। स्वयं दादा किसी भी वारदात में सीधे शामिल नहीं होता था। शागिर्दों की पीठ पर ही उसका साम्राज्य टिका हुआ था। न्यायालय में भी आए दिन दादाओं के मामले चला करते थे। लाठी, चाकू, गुप्ती से हमले अधिक हुआ करते थे। बन्दूक का प्रयोग बहुत कम होता था।

आश्चर्यजनक यह भी था कि आमजनों को इन झगड़ों से कोई फर्क नहीं पड़ता था, बल्कि जिस मोहल्ले में जो दादा रहता था वह उस मोहल्ले की सुरक्षा की गारंटी हुआ करता था। उन दिनों रायपुर में भी दादागिरी होती थी। मगर संगठित दादागिरी में बिलासपुर का नाम पहले आता था।

रायपुर में बिलासपुर से बिल्कुल अलग, छात्रसंघ के पदाधिकारियों की दादागिरी ज्यादा चलती थी। ब्राह्मणपारा (आजाद चौक) एवं देशबन्धु संघ की छत्रछाया में ही छात्रसंघों की राजनीति फलती-फूलती थी। राजनीतिक पार्टियाँ खुलकर तब तक छात्र-राजनीति में भाग नहीं लेती थीं। रविशंकर विश्वविद्यालय के अन्तर्गत ही छत्तीसगढ़ के कॉलेज आया करते थे। रायपुर के ही कॉलेजों के छात्रसंघ-अध्यक्ष पूरे विश्वविद्यालय-छात्रसंघ के अध्यक्ष पद के लिए ज्यादातर सफल दावेदार रहते थे।

उन दिनों विश्वविद्यालय के छात्रसंघ-अध्यक्ष के चुनाव के समय पूरे छत्तीसगढ़ से अन्यान्य कॉलेजों के छात्रसंघों के अध्यक्षों को ऐन चुनाव के कुछ पहले अगुवा कर लिया जाता था, जिन्हें चुनाव के दिन मुक्त कर अपने-अपने प्रत्याशियों के लिए वोटिंग कराई जाती थी। इस तरह काफी गहमा-गहमी और तनाव का वक्त होता था। सत्तर से बहत्तर के बीच ही प्रकाश ने विश्वविद्यालय-छात्रसंघ के अध्यक्ष का पद हासिल किया था। ऊँचा-पूरा इकहरे बदन का प्रकाश आयुर्वेदिक कॉलेज का छात्र था। समय से पहले परिपक्व एक नौजवान। अपने समकालीनों की अपेक्षा कहीं ज्यादा प्रखर चिन्ताशील और पढ़ने-लिखने का शौकीन। अमर ने कई बार, कई मुलाकातों में प्रकाश को सचेत भी किया था, "तुम यहाँ के छात्रसंघ की राजनीति के लिए नहीं बने हो, प्रकाश। तुम्हारे अन्दर जो आग है, जो तपन है, उससे तुम्हारे बाकी साथी काफी दूर हैं। तुम पहले अपना लक्ष्य तय करो। इनकी राजनीति में रहोगे तो सड़ जाओगे।"

प्रकाश के अन्दर भी राजनैतिक मतादर्शों को लेकर एक ऊहापोह की स्थिति बनी रहती थी। कभी-कभी अमर को लगता कि प्रकाश लोहिया से अधिक प्रभावित है, तो कभी उसकी व्यवस्था के प्रति नाराजगी उसे वामपन्थ के ज्यादा करीब ले जाती। प्रकाश अक्सर अमर से कहता, "यार, जब भी रायपुर आते हो, मैं ही तुमको मिलता हूँ। चलो तुम्हीं तय कर दो कि मुझे क्या करना चाहिए?"

अमर आहिस्ते से कहता, "मुख्यधारा की राजनीति में आओ। तुम्हारे जैसे युवकों की ही जरूरत है।"

प्रकाश के पास तत्काल जवाब होता, "यानी, एक ओढ़े हुए चरित्र का व्यक्ति बन जाऊँ। पहले मुझे मेरी पढ़ाई तो पूरी करने दो, फिर सोचा जाएगा।"

संग-साथ का असर भी धीरे-धीरे प्रकाश पर छाने लगा था। बावजूद इसके पढ़ाई के अपने अन्तिम वर्षों में प्रकाश के अन्दर सोशलिस्ट विचार घर बुनने लगे थे।

बिलासपुर में छात्रसंघ की गतिविधियों से वहाँ की पारम्परिक दादागिरी प्रभावित नहीं हुई थी। वहीं पहलवान की भाँग की दुकान, वहीं से होकर बिलासपुर के दादाओं के सारे रास्ते अलग-अलग हो जाते थे।

बस स्टैंड पर पहलवान की दुकान थी। पहलवान उत्तर प्रदेश से कभी बिलासपुर आकर बस गया था। बस स्टैंड में उसकी भाँग और गाँजे की दुकान थी। अमूमन सभी दादाओं से पहलवान के अच्छे सम्बन्ध थे, आखिर नशे की सब को जरूरत थी। एकमात्र बब्बू दादा नशे के नाम पर दूरी बनाये रखते। उनको यह शौक रहा भी होगा तो वह जगजाहिर नहीं था। पहलवान इस धन्धे की आड़ में अपनी दुश्मनी भी भँजा लिया करता था। सप्ताह भर के फोकट के गाँजे और भाँग के बदले वह किसी दादा के शागिर्दों की सेवा ले लेता था और जिसे चाहे उसे पिटवा सकता था।

एक दिन पहलवान को अपने कमरे में देखकर अमर चकित रह गया, "क्या बात है पहलवान? आज मुझ पर कैसे मेहरबानी हुई।"

पहलवान ने कहा, "बाबूजी एक समाचार छापना है।"

उसने एक नाम लिया और कहा, "बहोरन एक लड़की को जबरन अपने घर में रखे हुए है। उसके खिलाफ एक खबर छपवानी है। उसका खर्चा मैं दे दूँगा।"

ऐसा कहते हुए उसने अपने कुर्ते की जेब से सौ-सौ के पाँच नोट निकाले। अमर की डेढ़ माह की तनख्वाह के बराबर थी वह राशि। अमर तैश में आ गया। आपको किसने कहा कि मैं पैसे लेकर समाचार छापता हूँ। मामला पुलिस का है, पुलिस के पास जाइए। मेरे पास क्यों?"

पहलवान ने कहा, "बाबूजी, यह पुलिस का मामला नहीं है। पुलिस ले-देकर मामला रफा-दफा कर देगी। अगली पार्टी पैसे से मजबूत है।"

"इसमें आपकी रुचि क्यों है?"

पहलवान ने सम्भवतः एक बनावटी कहानी सुना दी कि लड़की का बाप हमारे रिश्ते में है।

अमर ने फिर सवाल किया, "समाचार छपने से क्या होगा?"

पहलवान ने कहा, "बदनामी होगी और साले को उस लड़की से शादी करनी पड़ेगी।"

अमर ने कुछ तीखे स्वर में कहा, "आपकी दुकान जहाँ पर है, वहाँ तो शहर का एक दादा भी रहता है। उससे क्यों नहीं कहते।"

पहलवान थोड़ी देर तक सिर खुजाता रहा, फिर कहा...

"बाबूजी, कुछ मामले ऐसे होते हैं, जिसमें मैं दादाओं की मदद नहीं लेना चाहता। नहीं तो साले खुद और उसके चट्टे-बट्टे फोकट में महीनों मेरा माल

उड़ाते रहेंगे।''

अमर को पहलवान की व्यावसायिकता पर तरस आ गया।

अमर ने कहा, ''माफ करें पहलवान, मैं यह समाचार नहीं छाप सकता। पहले पुलिस की रिपोर्ट की कॉपी लाइए, तब समाचार बन सकता है और एक बात साफ कह दूँ कि समाचार छापने के लिए पैसे की जरूरत नहीं होती। आइन्दा कभी मुझे नोट के दर्शन न कराएँ।''

पहलवान ने बड़ी गहरी आँखों से अमर को घूरा। भाव कुछ ऐसे थे... 'देख लेंगे तुम्हें...' किन्तु अमर को इसकी परवाह नहीं थी।

पुराने बस स्टैंड का दादा श्रीप्रकाश पढ़ा-लिखा था। गठीले बदन, औसत ऊँचाई वाला गबरू जवान। वह अक्सर अपने साथ एक पालतू लकड़बग्घा लेकर रिक्शे में घूमा करता था। स्नातक महाविद्यालय में चड्डा से सम्बन्ध होने के कारण श्रीप्रकाश कॉलेज भी आ जाया करता था, यदि अमर दौरे पर न हो तो उससे मुलाकात हो जाती। अमर को श्रीप्रकाश से बात करने में मजा आता था, क्योंकि एक दादा के मुख से साम्राज्यवाद, साम्यवाद को लेकर बहस उसके लिए एक अलग अनुभव था। श्रीप्रकाश मार्क्स और लोहिया के बीच सोच के अन्तर को लेकर अमर से बहस किया करता। इन बहसों में विद्वत्ता कम, जिज्ञासाएँ ज्यादा होती थीं। अमर को श्रीप्रकाश की यही बातें बहुत पसन्द आती थीं। अमर के साथ बतियाने के बहाने उसकी बौद्धिक भूख मिटती थी। शेष समय उसे दादागिरी और वसूली से फुरसत कहाँ थी?

अमर सोनपुरा में रविवार बिताकर बिलासपुर लौटा ही था कि शाम को खबर मिली कि श्रीप्रकाश की किसी ने बस स्टैंड पर भरी दोपहरी में हत्या कर दी। जब तक अमर को खबर मिली, तब तक श्रीप्रकाश को उठाकर अस्पताल ले जाया जा चुका था, जहाँ डॉक्टरों ने उसे मृत घोषित कर दिया। उसी समय खबर मिली कि हत्या करने वाले ने अपने को पुलिस के हवाले भी कर दिया है। हत्या करने वाले का नाम सुनकर भरत और अमर दोनों चौंक गये। हत्या की थी श्यामलाल गुरुजी ने।

श्रीप्रकाश जैसे साहसी, दबंग और हृष्ट-पुष्ट व्यक्ति को श्यामलाल गुरुजी जैसे दुबले-पतले एक मास्टर ने छुरे के दो आघातों से ही मार डाला था। सबको इस बात का आश्चर्य था कि श्यामलाल गुरुजी तो सभी झंझटों से अपने को मुक्त कर वर्षों से प्राइमरी स्कूल की मास्टरी में रम गये थे, फिर अचानक क्या हुआ?

श्यामलाल गुरुजी अपने जमाने में नामी दादा हुआ करते थे। काफी वर्षों तक उनके नाम से लोग काँपते रहे। लेकिन शादी के बाद श्यामलाल गुरुजी में एकाएक परिवर्तन आ गया। मैट्रिक पास थे ही, प्राइमरी स्कूल में नौकरी मिल गयी और बहुत झटके से उन्होंने अपने को दादागिरी से अलग कर लिया था।

भरत के भाँजे नन्दकुमार ने उन्हीं दिनों कभी श्यामलाल गुरुजी को एक नक्काशी वाला छुरा सौंपा था। शौक से खरीदा था नन्दकुमार ने। गुरुजी एक-दो दिन के लिए छुरा माँगकर ले गये थे। फिर कुछ ऐसा हुआ कि वह छुरा नन्दकुमार को वापस नहीं मिला। नन्दकुमार भी अपने आप में अजीब, वह हर मुलाकात में गुरुजी को टोकता था, "क्या गुरुजी, मेरे शौक के सामान को आपने गायब कर दिया।"

सुनकर गुरुजी परेशान हो जाते थे... "कसम से महाराज, मोर से तोर छुरा ह कहीं गुम गे हे, मैं गायब नइ करें हौं। मेला-ठेला म कहिं वइसने छुरा मिल जाहि तो बिसा के ला दू हूँ।" (महाराज, तुम्हारा छुरा कहीं गुम गया है, मैंने गायब नहीं किया है, कसम से। मेले-ठेले में कहीं वैसा ही छुरा दिख गया तो खरीदकर तुम्हें वापस कर दूँगा)।

इसके बाद गुरुजी ने एक-दो छुरे लाकर नन्दकुमार को देने की कोशिश भी की। लेकिन हर बार नन्दकुमार उसे उलट-पुलट कर देखता और वापस कर देता।

"नहीं... बिल्कुल वैसा ही छुरा मुझे चाहिए।"

गुरुजी दादागिरी से काफी दूर चले गये थे, लेकिन जब भी वे गोलबाज़ार की तरफ आते और बस स्टैंड पार करते और कहीं श्रीप्रकाश वहाँ आसपास होता तो गुरुजी श्रीप्रकाश को बतौर ब्राह्मण सम्मान देते हुए प्रणाम करते, "पाँव परथौं महाराज", (प्रणाम महाराज)।

श्रीप्रकाश एक व्यंग्य भरी मुस्कान गुरुजी की ओर फेंकता और कहता, "अपने जमाने के बड़े दादा, अब सुधर गये..! लेकिन वाह रे, गुरुजी! अभी भी तुम्हारी शौर्य गाथाएँ गाई जाती हैं। एकाध दिन मुझसे भी दो-दो हाथ हो जाए।"

गुरुजी कन्नी काट जाते, "काऽऽ महाराज, अब ये उमर म का होहि। ओ दिन गय महाराज, अब तो ये छोटे से नौकरी हवय। गुजर-बसर हो जाथे। (क्या महराज, इस उम्र में मुझसे क्या होगा। वो दिन गये, अब तो बस इस छोटी-सी नौकरी से गुजर-बसर हो जाती है)।"

लेकिन श्रीप्रकाश हर मुलाकात में गुरुजी को टोंचता रहता और हर बार गुरुजी टाल जाते। पता नहीं गुरुजी का पूर्व इतिहास श्रीप्रकाश को क्यों कचोटता रहता था।

बहरहाल यह क्रम महीने-पन्द्रह दिन में हर बार दोहराया जाता रहा।

घटना के दिन गुरुजी फिर कहीं से पुराने से छुरे से मिलता-जुलता एक नक्काशीदार छुरा नन्दकुमार को वापस करने के लिए गये और जैसा कि पहले हो चुका था, उस दिन भी नन्दकुमार ने गुरुजी को छुरा वापस कर दिया और कहा, "गुरुजी, इस जनम में शायद मेरा छुरा मुझे वापस नहीं मिलेगा। इसे भी धरे रहो, जो माल गया, सो गया। अब ये बार-बार का नाटक मत करो।"

गुरुजी ने अनुग्रह पूर्वक कहा, ''महाराज, देला रख ले... न सही तोर ओरिजनल छुरा, पर यहु बढ़िहा हे, पीथमपुर मेला म खरीदे हँव। येला वापस ले जाके का करहूँ, तहिं रख ले। (महाराज, इसे रख लो। भले ही यह छुरा तुम्हारे ओरिजनल जैसा न हो पर है बहुत बढ़िया। पीथमपुर के मेले से खरीदा हूँ। मैं वापस ले जाकर क्या करूँगा, आप ही रख लो)।''

नन्दकुमार माना नहीं और इस तरह गुरुजी फिर छुरे को अपने कमर में खोंसकर वापस अपने घर की ओर मुड़ गये। जब वे बस स्टैंड पार कर रहे थे तो पहलवान की दुकान में श्रीप्रकाश खड़ा था। उस दिन भाँग की दो-चार गोली खाया था या नहीं, पता नहीं। उसने वहीं से ही गुरुजी को एक भद्‌दी गाली दी और पास बुलाया। फिर वही राग, ''साले..ऽऽ.. गुरुजी, अभी भी तेरा नाम तेरे पीठ पर सवार रहता है। बहुत दादागिरी कर चुका है। दादागिरी छोड़ देने पर भी तेरे नाम का डंका बजता रहता है। वह भी मेरे सामने। कहो तो घुसेड़ दूँ तुम्हारी दादागिरी'' और फिर एक भद्‌दी-सी गाली। फिर भी गुरुजी ने अन्तिम कोशिश की... ''महाराज, तै ह, होश म नइ हस। काबर एन-तेन गोठियात हस। गारी झन दे महराज। (महाराज, आप होश में नहीं हो, क्यों इधर-उधर की बात कर रहे हो। कम-से-कम गाली तो मत दो)।''

उस दिन श्रीप्रकाश के सिर पर भूत सवार था। श्रीप्रकाश ने दुगुने वेग से गाली दी और गुरुजी का कॉलर पकड़ लिया। दो सेकेंड में शान्त गुरुजी के भीतर जाने क्या प्रतिक्रिया हुई। उन्होंने कमर में खोंसे हुए छुरे को तेजी से बाहर निकाला और सीधे श्रीप्रकाश के पेट में घोंप दिया। श्रीप्रकाश कुछ समझ पाता इसके पहले ही वह जमीन पर गिर गया। पहलवान दुकान पर बैठे भौचक्क देखता रहा। दिन का वक्त था। बस स्टैंड में काफी चहल-पहल थी। कई लोगों ने इस दृश्य को देखा। उबलते हुए गुरुजी वहीं नहीं रुके श्रीप्रकाश का कॉलर पकड़ कर उन्होंने उसे उठाया और एक दूसरा करारा वार फिर से किया। यह वार इतना तेज था कि एक हट्‌टा-कट्‌टा जवान करीब बीस फीट दूर नाली में जा गिरा।

यही था नियति का चक्र। वर्षों पहले गुरुजी दादागिरी छोड़ चुके थे। लेकिन प्रारब्ध ने उन्हें नहीं छोड़ा।

पाँच

दिनभर की व्यस्तता में अमर अपने पहले प्यार को बिछुड़ने के दुख को भूले रहता था। अच्छी रिपोर्ट भेजना, थोड़ी-सी कॉलेज की पढ़ाई और नीलकमल में शाम की बैठकी। दौरे पर होता तो भी देर रात तक बिलासपुर लौट आता था। मारवाड़ी बासे में खाना और नन्दलाल गुप्ता की चॉल में अपने कमरे में आकर पड़े रहना। इतना थकने के बाद भी बहुत देर तक नींद नहीं आती थी। कुछ पढ़ने की कोशिश करता, लेकिन मन भटक जाया करता था। मन के किसी कोने में प्यार का जख्म जब-तब हरा होने लग जाता था। अमर अपने-आप से जूझता, स्वयं को समझाता पर मन पर किसका जोर चलता है? उन्हीं दिनों सिगरेट की लत लग गयी थी। सिगरेट के भी कॉकटेल हुआ करते थे। एक साथ दो-चार पनामा, एक-दो विल्स, एक कट्टा बीड़ी और एकाध सिगार भी। गोलबाज़ार में ही शुक्लाजी की पान की दुकान से वह सिगरेट खरीदा करता था। शुक्ला जी भी टोकते थे, "अमर भाई, सिगरेट में भी कॉकटेल! यह प्रयोग मेरी समझ में नहीं आता। ऐसा क्या गम है, जो आप अपने को इस कदर अलग-अलग तरह के धुएँ में डुबोना चाहते हो...?"

अमर कहता, "अलग-अलग ब्रांड की सिगरेटों से किसी किस्म के गम का क्या सम्बन्ध है भला..? ये तो मेरा शौक है। हो सकता है बाद में किसी एक ब्रांड पर ही ठहर जाऊँ। जब तक एक ब्रांड पर न ठहरूँ, तब तक अलग-अलग ब्रांड को आजमाने से परहेज क्यों?"

रूम पार्टनर सुरेश चिल्लाता था। उसके चाचा शहर के डॉक्टर थे। वह डॉक्टरी हिदायत अमर को भी देने लग जाता, "इस तरह तो तू अपने को तबाह कर लेगा। यह कोई तरीका है! मान लो सिगरेट तू पी भी रहा है तो कोई एक ब्रांड पी, ये क्या बीड़ी भी पी रहा है, किसम-किसम के सिगरेट भी पी रहा है और साथ में सिगार भी...!"

अमर टाल जाता, "यार, कोई दूसरे विषय में बात करें। इतना सब करने के बाद भी मुझे मजा नहीं आता। उसी मजे की तलाश में मैं किस्म-किस्म के प्रयोग करता रहता हूँ।"

"गनीमत है, दारू-वारू नहीं पीता। पता नहीं वह भी किसी दिन शुरू कर देगा। आखिर तुझको हुआ क्या है? एकाध दिन सोनपुरा जाकर तेरे भैया को बता दूँगा, तभी तू रुकेगा।"

अमर नाराज हो जाता, "ये क्या बच्चों जैसी बात करता है। मैं कोई बच्चा हूँ या तू बच्चा है? फिर ये घर में शिकायत करने वाला स्टाइल छोड़। मैं अपना भला-बुरा

समझने लायक हूँ। ज्यादा टेंऽ टेंऽ करेगा तो मैं दूसरी जगह किराये पर चला जाऊँगा।'' फिर सुरेश कुछ नहीं कहता और करवट बदलकर सो जाता। इतनी बक-झक से आती हुई नींद भाग जाती। इस तरह देर रात तक कब वह नींद के आगोश में खो जाता, उसे याद नहीं रहता और सुबह हर रोज देर से आँख खुलती।''

इन्हीं दिनों बिल्कुल ही अप्रत्याशित तौर पर दीप्ति से मुलाकात हुई। पहली मुलाकात में बातचीत का विषय ही पत्रकारिता पर केन्द्रित था। उसे यह जानकर आश्चर्य हुआ कि दीप्ति कुछ बड़े पत्रकारों के कॉलम पढ़ा करतीं थीं। उसके मस्तिष्क में पत्रकारों को लेकर बहुत बेहतरीन छवि अंकित थी, जबकि साधारणत: लड़कियों को पत्रकारिता के विषय में विशेष रुचि नहीं रहती थी। पाठ्यक्रम में पत्रकारिता कम-से-कम छत्तीसगढ़ में उस समय कहीं नहीं जुड़ा था। आंचलिक पत्रकारों के जीवन को लेकर दीप्ति के दिमाग में कोई स्पष्ट खाका नहीं था। वह उन चर्चित नामों के साथ यहाँ के पत्रकारों को भी मिलाकर देखती थी।

पहली मुलाकात में अमर को दीप्ति के इस भ्रम को तोड़ना अच्छा नहीं लगा। सोचा चलो, इसी भ्रम में ही सही कम-से-कम दीप्ति पत्रकारिता के पेशे को सम्मान की दृष्टि से तो देखती है। एक औसत कद-काठी की गोरी-सी लड़की का बिल्कुल गोल चेहरा और उस चेहरे पर बहुत गहरी दृष्टि वाली दो आँखें। उस मुलाकात के बाद अमर काफी दिनों तक दीप्ति के विषय में ही सोचता रहा। उसे एक अजीब-सा अहसास होता था, जैसे वह दीप्ति को बहुत पहले से जानता है, लेकिन पहले से जानने लायक कोई भी घटना उसे याद नहीं। फिर बारम्बार ऐसा क्यों लगता है?

बहरहाल दूसरे दिन सुबह उठकर उसने अपने आपको समझाया— 'फिर वही भावुकता, सावधान अमर... सावधान..!'

तीन-चार दिन तक अमर अपने-आप से लड़ता रहा। एक पाँव दीप्ति से मिलने की आस में उठता तो दूसरे ही पल वह अपने-आपको रोक लेता। नहीं जाना है कहीं...।

चार दिन बाद वह स्वयं के रोके नहीं रुका और फिर दीप्ति से मुलाकात ...। अमर को ऐसा लगने लगा कि जब से वह दीप्ति से मिला है, उसे पहले की तुलना में सुकून-सा महसूस होता है। कॉलेज में एक-दो लड़कियाँ जरूर अमर से काफी घुलने-मिलने की कोशिश करतीं, लेकिन अमर छिटकता ही रहता। माधुरी को लेकर जो कुछ उसके साथ घट चुका था, उससे अमर भीतर से हिल गया था। यही कारण है कि वह दूरी को बनाए रखता।

कॉलेज में सायकोलॉजी पढ़ाने आतीं थीं मैडम। जितना अच्छा पढ़ाती थीं, उतना ही अच्छा स्वभाव। जब भी अवसर मिलता, मैडम अमर को पढ़ाई के प्रति

ध्यान देने के लिए टोकतीं, क्योंकि अक्सर अमर पत्रकारिता के कार्य में क्लास छोड़ दिया करता था। मैडम को चिन्ता होती थी कि प्रैक्टिकल के वक्त क्या होगा? अमर लाख चाहता कि मैडम का पीरियड वह जरूर अटेंड कर ले, लेकिन चूक हो ही जाती थी। इस तरह कभी-कभी नोट्स लेने के लिए अमर को मैडम के घर भी जाना होता था।

□□

घर पर भैया-भाभी से लेकर मिलने-जुलने वाले सभी या तो अमर को पत्रकारिता के पेशे में न पड़ने की सलाह देते या उस काम को छोटी नज़र से देखा करते थे। ऐसा लगता था जैसे अमर ने एक ऐसा पेशा चुन लिया है जो प्रतिष्ठा तो दिला ही नहीं सकता, ज़िन्दगी भी तबाह कर देगा।

लेकिन दीप्ति ने पहली मुलाकात में ही जिस सम्मान के नजरिये से अमर की पत्रकारिता को लेकर बात की थी अमर को बहुत अच्छा लगा था। ऐसा लगना भी स्वाभाविक था। अब तक अमर को लेकर या तो सीमा से ज्यादा अपेक्षा की जाती थी या फिर उपेक्षा। दीप्ति के इसी नजरिये से प्रभावित होकर अमर का मन बार-बार उससे मिलने को करता था।

मन के किसी कोने में एक डर भी था कि कहीं फिर से वह चोट न खा जाय, लेकिन मन का क्या है? हर नई मंजिल की ओर मन उसी गति से दौड़ जाता है जैसे उस मंजिल की ओर कभी गया ही न हो। धीरे-धीरे दीप्ति के साथ मुलाकातें बढ़ती चली गयीं। अमर ने मैडम से भी एक दिन इस नये सम्बन्ध की चर्चा की तो मैडम ने तपाक से कहा, "अमर, दीप्ति को मुझसे मिलाओ। देखूँ तो सही कि ऐसी कौन-सी लड़की है जिसने हमारे अमर को इस कदर मोह लिया है...! बहुत अच्छी खबर सुनाई तुमने। देखो, शायद इस बार तुम्हारे भटके हुए मन को एक मुकम्मल पड़ाव मिल जाय।"

अमर ने कहा, "आप तो बसऽऽ! एकदम चरम पर पहुँच जाती हैं। एक मित्र की तरह मैंने आपको सब बता दिया। इसका कतई मतलब यह नहीं कि अगले छोर पर भी इसी ढंग की बात होगी। हो सकता है कि दीप्ति का नजरिया ही दूसरा हो। इस सम्बन्ध को वह इतनी गम्भीरता से न ले रही हो...!"

"ऐसा नहीं है अमर, यदि इतनी सतही बात होती तो तुम मुझे बताते नहीं। बता रहे हो, इसका अर्थ ही यह है कि तुम्हारे मन ने कुछ तो सकारात्मक ढूँढ़ ही लिया है। खैर छोड़ो इस बहस को, दीप्ति को मुझसे मिलाओ, फिर देखो मैं उसके मन की थाह कैसे लेती हूँ?"

दूसरे हफ्ते ही दीप्ति से अमर ने मैडम का जिक्र किया और बताया भी कि

मैडम मिलना चाहती हैं। दीप्ति इतनी सहजता से राजी हो जाएगी, यह अमर ने सोचा नहीं था। अत: उसी शाम कॉलेज से छूटते ही अमर दीप्ति को लेकर मैडम के घर पहुँचा।

औपचारिकताओं के बाद मैडम ने कहा, "चलो छत पर चलकर हवा भी खाएँगे, बातें भी करेंगे।"

फिर थोड़ा रुककर अमर की ओर मुखातिब होते हुए उन्होंने कहा, "अमर, तुम्हारा कोई छोटा-मोटा काम हो तो निबटाकर आ जाओ। तब तक मैं दीप्ति से कुछ देर बतिया लेती हूँ।"

अमर समझ गया कि इसी बहाने मैडम अकेले में दीप्ति का मन टटोलना चाहती हैं। मन-ही-मन यह भी डर लगा कि कहीं मैडम की कोशिश को दीप्ति अन्यथा न ले।

अमर अपनी साइकिल उठाकर अनिल के घर की ओर रवाना हो गया। करीब-करीब एक घंटे बाद अमर फिर मैडम के दरवाजे पर हाज़िर हुआ। अमर को यह देखकर बहुत सुकून मिला कि मैडम और दीप्ति हँसते हुए बातचीत करते मिले।

अमर ने कहा, "मिलाने मैं लाया था और मुझे ही आपने अलग कर दिया! यह सरासर अन्याय है।"

मैडम ने कहा, "अरे भाई, हम महिलाओं की हर बातचीत में तुम लोगों की उपस्थिति जरूरी है क्या...? कभी-कभी हमारी आपसी चर्चा में पुरुष बोर हो जाया करते हैं। जैसे कभी-कभी पुरुषों की चर्चा में साथ रहने वाली महिलाएँ। मुझे दीप्ति को अपने तरीके से जानने का एक अवसर मिला। दीप्ति ने भी मुझे जाना होगा... इसमें बुरा ही क्या है?"

दीप्ति ने कहा, "नहीं-नहीं... इसमें बुराई क्या है? मुझे तो अच्छा लगा। ऐसा लगा जैसे मैं अपनी सगी बड़ी बहन से मिल रही हूँ।" फिर बातचीत इधर-उधर के विषयों में उलझकर रह गयी।

जगमल चौक तक दीप्ति को छोड़ना था। अमर साथ चलते हुए अपने आपसे सवाल-जवाब में कुछ देर उलझा रहा। मैडम और दीप्ति के बीच जाने क्या-क्या बातें हुईं होंगी?

अमर ने दीप्ति से पूछा, "कैसे लगी, मैडम । (यह पूछने की हिम्मत नहीं हुई कि मैडम से क्या बातें हुई) ?"

"बहुत अच्छी महिला हैं। अच्छा पढ़ाती भी होंगी, क्यों...?"

अमर का संक्षिप्त उत्तर था, "हाँऽऽ... अच्छा पढ़ाती भी हैं।"

फिर कुछ पल की खामोशी... दीप्ति ने तुरन्त कुछ नहीं कहा। जबकि अमर को लग रहा था कि कुछ और सवाल जरूर उसके मन में उमड़-घुमड़ रहे होंगे? दोनों

का इस तरह चुप रहना अमर को खलने लगा। थोड़ी दूर तक और साथ चलना था।

अचानक दीप्ति ने पूछा, "क्या हर विद्यार्थी से वे इसी तरह घुल-मिल जाती हैं... जैसे तुमसे...!"

यह था तो छोटा-सा सवाल। लेकिन अमर को लगा इस सवाल के पीछे दीप्ति ने भी पारम्परिक सन्देह को उछाल दिया है। अमर थोड़ी देर के लिए झुँझला भी गया। मगर दूसरे ही पल सचेत हो गया और बोला, "अखबार के कामों में अक्सर उनका पीरियड मुझसे छूट जाता था। इसलिए खासकर प्रैक्टिकल के लिए उनसे मिल लिया करता था। मैडम के घर के लोग बहुत अच्छे हैं। रिटायर्ड पिता, माँ, एक छोटी बहन और मैडम, उनका कोई भाई नहीं है। पता नहीं क्यों मैडम के माता-पिता पहले ही दिन से इस तरह पेश आते हैं जैसे परिवार में मेरी उपस्थिति उनके बेटे की तरह है। मैडम ने बातचीत में दो-एक बार कहा भी है कि तुम्हारे घर आने से हमेशा ऐसा लगा जैसे छोटा भाई आया है।"

अँधेरा हो चुका था, इसलिए दीप्ति के चेहरे पर साफ-साफ तो कुछ दिखलाई नहीं दिया, किन्तु अमर को लगा कि इतना सुनकर दीप्ति को अपने सवाल पर पछतावा जरूर हुआ होगा... क्योंकि जिस अनाम रिश्ते की ओर अक्सर सन्देह की नोंक चुभने लगती है, वैसा कुछ उसे हासिल नहीं हुआ होगा।

दीप्ति ने कहा, "सचमुच में मैडम हैं ही वैसी। उनसे मिलकर अपनी ही बड़ी बहन से मिलने का एहसास होने लगता है। मुझसे भी यह पहली मुलाकात थी लेकिन एक क्षण के लिए भी यह नहीं लगा कि हम पहली बार मिल रहे हैं।"

□□

दूसरे दिन अमर को अखबार के कार्य से कोरबा जाना पड़ा। जसराज कोरबा के संवाददाता थे। गहरे साँवले और हृष्ट-पुष्ट जसराज छोटी-मोटी ठेकेदारी भी किया करते थे। कोरबा में राज्य का पॉवर स्टेशन तो था ही। एन.टी.पी.सी. का पॉवर प्लांट भी बनना शुरू हो चुका था। एल्युमीनियम प्लांट बाल्को में उत्पादन शुरू हो चुका था। हसदो-बराज का काम भी चालू था। कोल इंडिया की कोयला खदानें भी बड़े भाग में फैली हुई थीं। इस तरह कोरबा में औद्योगिक विकास की चहल-पहल शुरू हो चुकी थी। कोरबा में प्रायः प्रायः सभी दैनिक पत्र जो रायपुर से निकलते थे, उनके संवाददाता अच्छी हाल्रत में थे। अधिकांश संवाददाता ही अखबार के फुल टाइमर की तरह नहीं बल्कि पार्ट टाइमर की तरह काम करते थे और उनमें से प्रत्येक किसी-न-किसी व्यवसाय या ठेकेदारी से जुड़ा हुआ था। जब भी कोरबा जाना होता, अमर की आवभगत में कोई कमी नहीं होती थी। जसराज खातिरदारी में कभी पीछे नहीं रहते थे। ऐसा भी हुआ है कि कई बार लाख मना करने के बाद भी

वापसी की टिकट जसराज ही खरीद देते और कहते, "अमर भाई, रोज-रोज आप कहाँ आते हो..?"

अमर को बाद में पता चला था यहाँ तो रीत ही ऐसी है। अखबार के मुख्यालय की ओर से जो भी आता है वह संवाददाताओं के लिए बोझ ही बनकर आता है। संवाददाता उसे मुख्यालय से आरोपित बोझ की तरह ही ढोता है। उसकी सुख-सुविधाओं का ध्यान रखता है। अमर को यह व्यवस्था अच्छी नहीं लगती थी। आँचलिक पत्रों की स्थिति ही कुछ ऐसी थी। अखबार में काम करते हुए यदि कोई परिवार वाला बन जाता है तो उसके घर के खर्च अखबार के वेतन में बमुश्किल पूरे हो पाते हैं। फ्री-लांसिंग करने जैसी परिस्थिति यहाँ कभी बन नहीं पाई। साहित्यिक लेखन के लिए अखबार पारिश्रमिक नहीं देते थे, तब भी दिल्ली और बम्बई से प्रकाशित राष्ट्रीय पत्रों में लिखने से पारिश्रमिक मिल जाता था। लेकिन राष्ट्रीय पत्रों में छपने लायक सामग्री भी लिखी जाय तब न...? बहुत कम लोग ही राष्ट्रीय स्तर पर लिखने के लिए अपने को तैयार कर पाते थे। यही वजह है कि स्थानीय अखबारों की रीति-नीति के अनुकूल ही सभी लोग ढल जाया करते थे।

उन दिनों कोरबा में सबसे ज्यादा तकलीफ आवागमन को लेकर होती थी, क्योंकि सभी कल-कारखाने एक-दूसरे से पन्द्रह-सत्रह कि.मी. दूरी पर बने हुए हैं। ऐसे में निजी वाहन हो तो ठीक है अन्यथा बसों की प्रतीक्षा में बहुत-सा वक्त जाया होता था। सुबह कोरबा पहुँचते-पहुँचते दिन के दस-ग्यारह बज जाते थे, इसीलिए बिलासपुर तक वापसी में रात हो जाती थी।

कोरबा से लौटते-लौटते रात के दस बज गये थे। दिनभर की थकान के चलते अमर का मन फिर पढ़ने को नहीं हुआ। यद्यपि परीक्षा के दिन करीब आ गये थे। मन के किसी कोने में ये उत्सुकता भी बनी हुई थी कि दीप्ति से मिलने के बाद मैडम की क्या धारणा बनी? इतनी रात को तो अब वहाँ जाने का सवाल ही नहीं था। सो, सुरेश से थोड़ी देर तक बातचीत करने के बाद अमर को नींद आने लगी। खाना वह बिलासपुर उतरते ही स्टेशन की कैंटीन में खा चुका था। दूसरे दिन एक बजे तक अमर ने कोरबा पर एक डिस्पैच तैयार किया और उसे रायपुर भेजने की व्यवस्था कर लौटते वक्त मैडम के यहाँ पहुँचा।

"अरे, अमर... कल कहाँ चले गये थे...? मैंने तो सोचा था, तुम दूसरे दिन सुबह ही प्रतिक्रिया जानने के लिए आ धमकोगे?"

"कल अखबार के काम से कोरबा चला गया था।"

मैडम ने तुरन्त बातचीत शुरू नहीं की, "चलो पहले तुम्हारे लिए चाय लाती हूँ। फिर बातें करेंगे।"

चाय के आने तक अमर के मन में आँधी-सी चलती रही। पता नहीं मैडम क्या

बताएँगी... ?

चाय लेकर आते ही मैडम ने बातचीत का सिरा पकड़ा, ''अमर... सचमुच में तुम्हारे चुनाव की दाद देती हूँ। बहुत अच्छी लड़की है दीप्ति और तुम्हें यह जानकर खुशी होगी कि तुम्हारे लिए उसके मन में बहुत सम्मान है। दरअसल वह पत्रकारिता को एक नोबल प्रोफेशन समझती है। मुझे आश्चर्य है इतनी-सी उम्र में उसे कई बड़े पत्रकारों के डिस्पैच पढ़ने की आदत है। बिलासपुर में रहकर अँग्रेजी के अखबार पढ़ने वालों की संख्या ही कितनी है, फिर सेकेंड ईयर की एक लड़की अखबारों की रिपोर्टिंग को इतनी बारीकी से पढ़े, सचमुच में बहुत अच्छा लगा।''

अमर को लगा... बातचीत फिर भी पटरी पर नहीं आ रही है। सीधे तौर पर पूछने की हिम्मत भी नहीं हो रही थी कि आखिर दीप्ति क्या सोचती है... ?

मैडम ने फिर कहा, ''पहली ही मुलाकात में सीधे-सीधे सवाल करना ठीक नहीं है। लेकिन जितना मैंने टटोला है, उससे तो लगता है, जो लगाव तुम्हारा उसके प्रति है उससे कमतर नहीं हैं दीप्ति की भावनाएँ। तुम दोनों ही भाव-जगत से जुड़े हुए प्राणी हो। तुमने अपने अतीत के विषय में जो कुछ भी मुझे बताया, उससे लगता है कि तुम्हारे अन्दर एक डर-सा बैठ गया है, लेकिन अमर प्यार अपने-आप में हमेशा से ही अपने भीतर कुछ रहस्य छिपाये ही रखता है। प्यार गणित की तरह कभी नहीं होता, जिसका कोई एक निश्चित हल हो। तुम इसकी परिणति को लेकर डरे हुए रहते हो। मैंने बार-बार तुमसे कहा है— जीवन गति का नाम है। बहुत अधिक व्यावहारिकता से जिन्दगी नहीं जी जा सकती। हाँ... व्यापार किया जा सकता है।''

थोड़ा रुककर मैडम ने आगे कहा, ''मेरी ओर देखो अमर... ! मेरे साथ भी एक अतीत जुड़ा हुआ है, मैं भी छली गयी हूँ। ऐसे में अक्सर लड़कियाँ टूट जातीं हैं लेकिन मैंने जीवन से प्यार करना सीखा है। जानते हो... मेरे अप्पा से ही मैंने जीवन के प्रति सकारात्मक दृष्टि पायी है। एक बार अप्पा की नौकरी में एक झूठे मामले को लेकर व्यवधान उत्पन्न हुआ था। तब हम लोग छोटे-छोटे थे। तब भी मैंने अप्पा को देखा था। उन्होंने सच का साथ नहीं छोड़ा और लड़ते रहे। अन्त में अप्पा को न्याय मिला। उन दिनों अप्पा छोटे-से-छोटे काम को भी करने से हिचकिचाते नहीं थे, परिवार जो पालना था। इसीलिए कहती हूँ, तुम भी सकारात्मक सोच के साथ आगे बढ़ो। प्यार करना कोई अपराध नहीं, न ही उसकी अन्तिम मंजिल को पहले से ही आँककर चला जा सकता है। जीवन के जितने हिस्से में माधुरी तुम्हारे साथ थी, उसने अपनी ओर से तो तुम्हें कोई दु:ख नहीं दिया...। कुछ लड़कियाँ समाज की व्यवस्थाओं के विपरीत जा ही नहीं पातीं। परिस्थितियाँ और अवसर हमेशा अनुकूल हों, यह भी तो सम्भव नहीं। जो बीत गयी, सो बात गयी। मैं इतना जानती हूँ कि

दीप्ति इस उम्र में ही जितना सकारात्मक सोच रखती है, वह तुम्हारे साथ जितनी भी दूर चलेगी, तुम्हारे आत्म-विश्वास को बढ़ाती जाएगी।''

इतने लम्बे-चौड़े उत्तर की अपेक्षा अमर ने नहीं की थी। अमर को अच्छा भी लगा। मैडम भी अगर जीवन में कुंठाओं से प्रभावित होतीं, तो क्या इस तरह समझा पातीं... ? अमर के मन में मैडम की छवि पहले से भी अधिक गहरी हो गयी। अमर ने मन-ही-मन उनके भी जीवन को जल्द-से-जल्द सुख से भर देने की ईश्वर से प्रार्थना की।

□□

बिलासपुर के किला वार्ड में 'शेष परिवार' का एक पुश्तैनी किला था। इसीलिए इसे किला वार्ड कहा जाता है। बबनराव शेष के पिता नागोराव शेष के पास बहुत जमीन थी। उन्होंने कई चीजें दान भी दीं। बबनराव शेष उस जमाने में इतने तरक्कीपसन्द थे कि उन्होंने परिवार के विरोध की अनदेखी कर विधवा विवाह किया था। इसी परिवार में पैदा हुए थे साहित्यकार शंकर शेष।

बिलासपुर के इतिहास में यों तो कई दानी पुरुष हुए, लेकिन देवकीनन्दन दीक्षित, कुंज बिहारीलाल अग्निहोत्री और छितानी मितानी दुबे का नाम अमिट है। देवकीनन्दन दीक्षित तो उन लोगों में से थे जो साहूकारी का काम करते थे। बहुत कंजूसी से जीवन जीते थे, लेकिन व्यक्ति के जन्म से लेकर मृत्यु तक के लिए जरूरी संस्थाएँ उन्होंने अपने दान के पैसे से बनवाई थीं। यथा— प्रसूतिगृह, कन्याशाला सहित अन्य स्कूल, धर्मशाला, मुक्तिधाम आदि-आदि। अग्निहोत्रीजी ने रामकृष्ण मिशन को अपनी पूरी सम्पत्ति दान कर दी थी। छितानी मितानी दुबे ने बिलासपुर के तत्कालीन सबसे बड़े कॉलेज सी.एम.डी. (छितानी मितानी दुबे कॉलेज) की बुनियाद रखी थी।

बिलासपुर के हृदयस्थल गोलबाज़ार में खोवा लाइन के पास ही था मुन्ना भैया का विवेकानन्द प्रेस। प्रेस में ही अचानक एक दिन एक अनोखे व्यक्तित्व से अमर की मुलाकात हुई। मुन्ना भैया ने अपने अन्दाज में परिचय कराया था, ''यार अमर, यदि तुम इनसे नहीं मिले तो तुम्हारा बिलासपुर आना ही बेकार हो जाएगा। ये हैं राजा बाबू दुबे उर्फ कोटेश्वर प्रसाद। पेशे से वकील, स्वभाव से मस्त-मौला।''

राजा बाबू ने तपाक से हाथ आगे किया, ''जय-जय शंकर'' (यह उनके अभिवादन का अपना तरीका था)।

मुन्ना भैया ने फिर अमर का परिचय दिया, ''और ये हैं, अमर...। बिलासपुर के सबसे कम उम्र के पत्रकार, साहित्यकार और मेरे छोटे भाई जैसे।''

पहली मुलाकात में राजा बाबू औपचारिकता की दीवार के उस पार ही रह

गये। उस दिन ज्यादा बातें नहीं हुईं। दरअसल वे मुन्ना भैया के पास अपना पैड छपवाने आये थे। मैटर वगैरह लिख कर दे दिया और चलते बने। उनके जाने के बाद ही मुन्ना भैया ने राजा बाबू के विषय में कुछ जानकारियाँ दीं। इसके बाद तो राजा बाबू के विषय में और अधिक जानने की उत्सुकता बढ़ती चली गयी। कई सालों तक अमर के लिए राजा बाबू नित नए किस्सों के स्त्रोत बन गये।

राजा बाबू के छोटे भाई थे, प्रसिद्ध नाट्यकार सत्यदेव दुबे। वे बहुत पहले से ही अपनी नाट्य प्रतिभा को चमकाने के लिए मुम्बई चले गये थे। उन दिनों गुड़ाखू का प्रचलन खूब था। गुड़ाखू वाली दोस्ती भी अपने-आप में अनोखी हुआ करती थी। एक साथ सब दाँतों पर गुड़ाखू मल लिया करते, गुड़ाखू में हल्के नशे की गुंजाइश भी होती।

राजा बाबू वकील की हैसियत से भी काफी सक्षम माने जाते थे। पर बहुत मूडी थे। उनकी सारी दैनंदिनी उनका मूड तय किया करती थी। राजा बाबू को यदि कोई केस अपनी तरह से समझ में आ गया तो वे ताल ठोंककर उस केस में डूब जाते थे।

एक बार एक आदिवासी को हत्या के मामले में जेल हो गयी थी। राजा बाबू ने सूँघ लिया था कि हो-न-हो यह आदिवासी फँसाया गया है। बस, फिर क्या था... राजा बाबू जेल में उस आदिवासी से मिलने चले गये और उस केस को अपने हाथ में ले लिया। फिर चला लोअर कोर्ट में बहसों का सिलसिला। राजा बाबू जब बहस के लिए खड़े होते थे तो कोर्ट में सन्नाटा छा जाता था। उनकी बहस को लोग ध्यान से सुना करते थे। हिन्दी के साथ-साथ अँग्रेजी पर भी उनकी जबर्दस्त पकड़ थी। मामला फिर सेशन कोर्ट में आया। राजा बाबू ने ठान ली सो ठान ली। उस आदिवासी के पास राजा बाबू को फीस देने लायक पैसे ही नहीं थे। राजा बाबू तो मन के राजा थे, सो वे उसका केस बड़ी निष्ठा से निःशुल्क ही लड़ रहे थे। जज साहब ने अन्त में फैसला सुनाया तो सबके-सब चकित रह गये। फैसला निरीह आदिवासी के पक्ष में गया। इस तरह राजा बाबू केस जीत गये। जब फटेहाल आदिवासी राजा बाबू के घर पर उनसे मिलने पहुँचा तब राजा बाबू गुड़ाखू माँज रहे थे। साथ में उनके शागिर्द मुन्नू नाई, हरीश वर्मा भी बैठे थे।

राजा बाबू ने पूछा, "जय-जय शंकर, अब क्या इरादा है...!"

आदिवासी ने कहा, "अब तो गाँव जाना है साहब। आपके कारण जिनगी बच गयी।" और वह राजा बाबू के पाँवों से लिपट गया।" खुशी से वह रो रहा था।

राजा बाबू हड़बड़ा गये, "अरे, उठऽऽ, उठ..ऽऽ! क्या कर रहा हैऽ? सब शंकर की कृपा है।"

आदिवासी ने झिझकते हुए कहा, "आप मन के फीस बर मोर पास कुछू नइ हे, बाद में कमा के दे हूँ।"

राजा बाबू हँस पड़े... "जय-जय शंकर, फीस की छोड़!"

"...और फिर पचास का एक नोट उसे पकड़ाते हुए बोले, "इसमें आराम से तू खा-पीकर जशपुर तक पहुँच जाएगा। अभी मेरे पास इतने ही हैं। इतने से नहीं बनेगा तो शाम को आना, और दे दूँगा। अब जा भाई..., घर। तेरे अपने लोग इन्तजार कर रहे हैं।"

वो बेचारा आदिवासी फिर पाँवों में लोट गया—"तै तो भगवान हस.ऽऽ. मालिक..!"

राजा बाबू थोड़ा तैश में आ गये, "जय-जय शंकर। अबे, सबका मालिक एक है। तुझ पर भी शंकर की कृपा हो गयी। तू जीत गया। अब भाग..।"

आदिवासी ने आँसू पोंछते हुए कहा, "अबके बार आ हुँ... तो आप बर खालिस मधुरस ला हूँ...।"

राजा बाबू गद्‌गद हो गये... "बिल्कुल लाना... जरूर लाना...। अब तू जा मेरे बाप...। मुझको भी पेट-पूजा करनी है।"

राजा बाबू के गोरे चेहरे और दोहरे बदन पर उनके लम्बे झालर वाले बाल खूब सजते थे। चौड़े माथे पर चन्दन का दो-रंगा टीका लगाते थे। माथे के इस छोर से उस छोर तक।

कोर्ट जाते तो वैसा ही टीका लगाये पहुँचते थे। वहाँ भी दो-तीन दौर गुड़ाखू के हो जाते थे। कभी खूब कमाई हुई तो कभी खाली हाथ। गोलबाज़ार की कई दुकानें और मकान उनके परिवार के नाम थे। जरूरत का सारा सामान वहीं से आ जाता था। राजा बाबू का मूड हुआ तो किसी को पैसे तुरन्त दे दिये, किसी के नाम चेक काट दिये और कभी पैसे न हुए तो न भी देते। वे सचमुच में एक राजा की तरह ही ज़िन्दगी जीते थे। गुड़ाखू के अलावा गाँजा, थोड़ी-बहुत भाँग और अन्त में देसी पौवा तक से भी उन्हें कोई परहेज नहीं था।

गोलबाज़ार के पीछे की ओर हरदेवलाल मन्दिर है। यहीं पर राजा बाबू और उनके शिष्यों की मंडली बैठा करती थी। शाम उनकी अपनी होती थी। जितने भी नशे में क्यों न हो, राजा बाबू की बातचीत में अजीब-सी तुर्शी हुआ करती थी। वे जिस विषय के पीछे पड़ जाते थे, सामने वाले को अन्ततः समझाकर छोड़ते थे।

मुन्ना भैया का कहना है, "राजा बाबू, जब रामायण पर व्याख्यान देते हैं तो सुनकर ऐसा लगता है कि शायद वाल्मीकि भी अपनी रामायण को इस तरह बाँच नहीं सकते।"

अपने किस्म की झक में अपना जीवन बिताने वाले राजा बाबू खाने-पीने के भी शौकीन थे। एक बार पेंड्रा वाली दुकान में पहुँचे। उस समय सबसे बड़े भाई रूपनारायण कहीं गये हुए थे, छोटे भाई दुकान में बैठे थे। राजा बाबू का मन हुआ

कि पेंड्रा वाले के यहाँ की रबड़ी खाई जाये। वे दुकान पर पहुँचे और पचास ग्राम रबड़ी की माँग की। रबड़ी देते हुए छोटे ने कहा, "वो पिछला पैसा आपने नहीं दिया है, अंकल...!"

बस क्या था, राजा बाबू तमतमा गये, "अच्छा यह बात है। अभी आता हूँ। पैसा माँगता है...!"

राजा बाबू दस मिनट के लिए गायब हो गये। फिर वे लौटे, काउंटर पर ढेर सारा पैसा रख दिया और कहा, "इन सबकी रबड़ी चाहिए... एक साथ नहीं, अलग-अलग दोनों में।"

फिर वे एक-एक दोना लेते गये और आस-पास के कुत्तों को तू... तू... कहकर बुलाया। जब कुत्ते इकट्ठे हो गये तो राजा बाबू ने एक के बाद एक दोने उन कुत्तों के सामने परोस दिये। एक तो गोलबाज़ार, तिस पर दिन का समय। धीरे-धीरे उत्सुक लोगों की भीड़ इकट्ठी हो गयी।

किसी ने भीड़ में से पूछा भी, "क्या हो गया स्वामीजी...। कुत्तों को रबड़ी क्यों खिला रहे हो...?"

राजा बाबू ने भिन्नाते हुए कहा, "साली ये कोई रबड़ी है...? यह हमारे लिए नहीं, कुत्तों के खाने के लायक है, सो मैं कुत्तों को खिला रहा हूँ।

कोई मुस्कराया, किसी को यह लगा कि राजा बाबू बौरा गये हैं। कुछ देर बाद रूपनारायण को इस बात का पता चला तो दौड़े-दौड़े आये और राजा बाबू के सामने हाथ जोड़कर अनुरोध किया, "अरेऽऽ अरेऽऽ... राजा बाबू, जाने भी दो! छोटा भाई दुकान में नया-नया बैठा है। समझ नहीं पाया होगा। माफ कर दीजिए।"

कुछ देर तक तो राजा बाबू आग्नेय नेत्रों से पेंड्रा वाले की दुकान की तरफ देखते रहे...। फिर रूपनारायण की प्रणामबद्ध हथेलियों को अपने हाथों से दबाया...और जोर से उद्घोषणा की, "जय-जय शंकर" और घर की ओर चल दिये।

राजा बाबू को स्वामी के नाम से भी जाना जाता था। कभी-कभी उन पर प्रवचन का जुनून सवार होता था। शास्त्रों के विषय में उनके ज्ञान को चुनौती देना काफी कठिन था। राजा बाबू को लेकर कुछ कृत्रिम किस्से भी गढ़े जाते थे। गुड़ाखू करने की आदत सत्यदेव दुबे में भी थी। वे जब भी बिलासपुर आते... हाफ पैंट पहने अपने घर के सामने ही गुड़ाखू मलते थे। सत्यदेव के गुड़ाखू वाले दोस्त थे पालेश्वर शर्मा, जो कॉलेज में पढ़ाते थे। उमेश वाजपेयी और अशोक राव। बाद में अशोक राव विधायक भी चुने गये और मन्त्री भी बने।

दुबे खानदान की ढेर-सी सम्पत्ति है बिलासपुर में, एक टॉकीज भी उनके नाम हुआ करता था। राजा बाबू जैसी प्रतिभा को अन्ततः सही परिप्रेक्ष्य में देखा नहीं जा सका। उनके नशे की आदत और खाम-खयाली स्वभाव के चलते भाव-जगत् के

इस अनूठे व्यक्तित्व को परखा ही नहीं गया।

अमर को लगता है मनुष्य का स्वभाव ही कुछ ऐसा है कि जो व्यक्ति प्रचलित नियम के साँचे में ढला हुआ न हो या फिर उस व्यक्ति की तरह हममें जिन्दगी को खुलकर जीने का माद्दा न हो तो हम तरह-तरह के उलाहने देकर ऐसे व्यक्तित्व को खारिज करना चाहते हैं। हम अपनी सुविधानुसार अपनी पसन्द और नापसन्द को गढ़ लेते हैं। बाहरी वर्जनाओं को भेदकर किसी व्यक्ति को जानना-समझना शायद हमारे बस में नहीं होता। दुष्यन्त कुमार ने सम्भवत: ऐसे ही किसी क्षण में लिखा था—

''मत कहो आकाश में कोहरा घना है,
यह किसी की व्यक्तिगत आलोचना है।''

□□

गोलबाज़ार के भीतरी हिस्से में गोंडपारा, बसाहट में जितना सघन है, उतने ही तरह के व्यक्तित्वों की खान भी रहा है। हम टुँगरुस को ही ले लें। छत्तीसगढ़ के इस सेमीटान बिलासपुर के गोंड़पारा का यह आदिवासी अपने-आप में एक अनोखा चरित्र रहा है।

चित्रगुप्त धर्मशाला उसी गोंडपारा में है। धर्मशाला के परछी में टुँगरुस का ठिकाना था। पाँच-पाँच के उस स्थान में टुँगरुस सोता और आराम करता था। शेष समय वह अपने रोज के खर्चे के जुगाड़ में लगा रहता। टुँगरुस को सारे लोग एक दक्ष कुआँ साफ करने वाले के रूप में जानते थे। चाहे कुएँ का कचरा साफ कराना हो, चाहे कुएँ में गिरे हुए किसी सामान को उठाना हो, टुँगरुस के बिना काम नहीं चलता था। टुँगरुस ने एक चेला भी पाल रखा था, बन्दारू। लेकिन बन्दारू चालाकी और दक्षता में टुँगरुस से उन्नीस ही बैठता था।

बिलासपुर में उन दिनों कुएँ बहुत हुआ करते थे। बोरिंग की हैसियत वाले लोग कम थे। कुएँ का पानी श्रेष्ठ माना जाता था। लोग कुएँ की जगत पर ही बर्तन भी धो लिया करते थे। टुँगरुस अक्सर कुएँ के आसपास थोड़ी-सी दूरी बनाए मँडराता रहता था। टुँगरुस के व्यवसाय में गरीब बच्चों की टोलियाँ बहुत काम आती थीं। वह आधा आना या अधिक-से-अधिक एक आना खर्च करता था। उतने पैसों में तो बच्चों को पिपरमेंट व सस्ती मिठाई, चना-फुटैना मिल जाया करता था। टुँगरुस दूर से कुएँ की जगत पर नज़र जमाए रहता। जहाँ कोई गृहिणी कुएँ की जगत पर बर्तन धोकर सुखाने रख जाती और कुआँ थोड़ी देर के लिए सुनसान हो जाता, तब गरीब मोहल्ले के बच्चों में से किसी एक को टुँगरुस पटाता और कहता, ''दौड़ते हुए जाना और बर्तनों को कुएँ में धकेल के चले आना।''

कम बर्तन होते तो टुँगरुस आधा-आना देता और ज्यादा होते तो एक आना देता था।

इधर अपने बर्तनों की तलाश में महिलाएँ हो-हल्ला मचातीं तो टुँगरुस अपने कन्धे पर रस्सियों का बंडल थामे आवाज़ लगाते हुए वहाँ से गुजरता, "कुआँ साफ करा लो... कुआँ साफ करा लो...!"

काँसे के बर्तन तब भी काफी कीमती समझे जाते थे। उनकी री-सेल वैल्यू आज की तरह तब भी थी। स्टील के बर्तनों का चलन उतना नहीं था। अन्ततः टुँगरुस को बुलाया जाता, मिन्नतें की जातीं कि हमारे बर्तन कुएँ से निकाल दो। टुँगरुस पूछता, "कितने बर्तन हैं?"

थाली, गिलास, कटोरी की मात्रा के अनुसार वह पहले ही मोल-भाव करता।

उस जमाने में दो-तीन रुपये में बात जम जाती थी। बात तय होने पर ही टुँगरुस कुएँ में उतरने के लिए राजी होता था। वह गहरे-से-गहरे कुएँ में पलक झपकते उतर जाता था। उसे बर्तन मिल भी जाते तो भी वह देर तक कुएँ के अन्दर यह जतलाने के लिए रहता कि बर्तनों को ढूँढ़ने में उसे काफी गोते लगाने पड़े, बड़ी मुश्किल से ढूँढ़ पाया। बाहर आकर वह और रोना-रोता ताकि तय भाव से ज्यादा दो-चार आने और मिल जाएँ। पैसे मिल जाते थे तो भरपेट वह खाये या न खाये दारू के जुगाड़ का होना जरूरी था। खाने और दारू के पैसे मिल जाएँ तो फिर टुँगरुस राजाओं की तरह धर्मशाला की परछी में पड़ा रहता। उस समय अगर किसी को कुएँ में गिरी बाल्टी या और सामान निकलवाना हो तब टुँगरुस के नखरे देखने लायक होते थे। हाव-भाव कुछ ऐसे होते जैसे लोग खामखा उसके आराम में दखल डाल रहे हों। जिन्हें जरूरत होती, वे टुँगरुस की चिरौरी करते होते और उसी क्रम में टुँगरुस भी भाव बढ़ाता रहता। अन्त में दुगने पारिश्रमिक के वादे पर टुँगरुस अँगड़ाइयाँ लेता परछी से उतरता। बुलाने वाले से ही बीड़ी मँगाता और बड़े आराम से हाथी की तरह चलकर कुएँ की जगत पर पहुँचता था।

सत्यदेव दुबे ने भी इस चरित्र को अपनी लिखी हुई फिल्म 'मंडी' में कुछ बदलाव के साथ चित्रित किया था। 'मंडी' में इस भूमिका को नसीरुद्दीन शाह ने निभाया है। हालाँकि 'मंडी' के किरदार में टुँगरुस नाम का चरित्र वेश्यालय के एक दलाल के रूप में चिह्नित किया गया है। वास्तव में टुँगरुस गोंडपारा का एक ऐसा आदिवासी चरित्र था जो जंगलों से आकर बिलासपुर में बस गया था।

टुँगरुस की मौत उसके कुएँ सफाई वाले काम में ही लिखी थी। पुलिस लाइन में एक पुराने कुएँ की सफाई का ठेका टुँगरुस ने बड़े उत्साह से लिया था। लोग उसे आगाह कर चुके थे कि इस कुएँ को वर्षों से उपयोग में नहीं लाया गया है। कुएँ में कुछ भी हो सकता है, किन्तु साहस का दूसरा पर्याय था टुँगरुस। उसे तो पैसे चाहिए

थे। इस बार बोली कुछ ज्यादा लगी थी। प्रत्यक्षदर्शी बताते हैं कि दस बजे सुबह कुएँ में उतरा हुआ टुँगरुस जब चार घंटे तक बाहर नहीं आया, तब लोगों के कान खड़े हुए। पुलिस भी आई और बाद में कुएँ से टुँगरुस की फूली हुई लाश ही बाहर आई। दरअसल उस कुएँ में जहरीली गैस थी। इस तरह गोंडपारा के सबसे पुराने और एकमात्र गोंड की कहानी यहीं खत्म हो जाती है...। इसके बाद उसके चेले बन्दारू का भी कहीं अता-पता नहीं चला।

□□

चन्दूलाल जैन उन दिनों यूथ कांग्रेस में काफी सक्रिय था। अपने किस्म का एक अलग व्यक्ति। चन्दूलाल अमर से उम्र में सात-आठ साल बड़ा था। बातचीत में इतना माहिर कि गम्भीर-से-गम्भीर व्यक्ति को भी बोलने को मजबूर कर दे। जीविका के लिए चन्दूलाल जैन कई तरह के धन्धे कर लेता था। इस बीच उस पर एक नया खप्त सवार हुआ कि विभिन्न किस्म के उत्पादों में लगने वाले सेंट का धन्धा किया जाए। लखनऊ की एक कम्पनी से उसने बातचीत कर ली और पूरे म.प्र. में घूम-घूमकर उसने स्टॉकिस्ट बनाये। कम्पनी में चन्दूलाल की धाक ऐसी जम गयी कि बीच में कम्पनी के मालिक ने चन्दूलाल को घर-जमाई बनने का ऑफर दे दिया। एक ही जाति के होने के कारण यों तो कोई परेशानी नहीं थी, पर चन्दूलाल को घर-जमाई बनना पसन्द नहीं था। ऐसी स्थिति में चन्दूलाल यदि शादी से ना कर दे तो तय हुई बात थी कि उसे धन्धे से हाथ धोना पड़ता। इसलिए जैसे-तैसे चन्दूलाल ने टाल-मटोल करते हुए साल भर और खींचा और उसके बाद उसने झट से कम्पनी का काम छोड़ दिया। गाँव में खेतीबाड़ी तो थी ही। कुछ दिन तक चन्दूलाल मस्तियाये हुए घूमते रहे और यूथ कांग्रेस में अपनी सक्रियता बढ़ा ली।

मनोहर टॉकीज के सामने जो गली बस्ती के भीतर से होते हुए गुजरती थी, उसे करबला रोड कहा जाता था, उसी रोड पर चार-पाँच कम ऊँचाई वाले दरवाजों की कुछ झोपड़ीनुमा कोठरियाँ बनी हुई थीं। वह बिलासपुर का रेड लाइट इलाका कहलाता था। इनी-गिनी पाँच-सात रूपाजीवियाँ उस इलाके में धन्धा करतीं थीं। बिलासपुर के संस्कारों में करबला रोड का वह हिस्सा एक दाग की तरह था। लेकिन मोहल्ले वालों को उस स्थान को पार कर ही बाज़ार-हाट जाना पड़ता था। स्कूल के बच्चे भी उसी रास्ते से जाते थे। मोहल्ले वालों ने एक बार चन्दूलाल के पास पहुँचकर शिकायत की और बड़े उलाहना भरे शब्दों में कहा, "बड़े यूथ कांग्रेस के लीडर बनते हो...! मोहल्ले वालों के किस काम के...! कोढ़ की तरह वेश्याएँ इस मोहल्ले में धन्धा करती हैं। हमारी बहू-बेटियों को आने-जाने में असुविधा होती है। आपको यह दिखाई नहीं देता, कोई कुछ नहीं करता। पुलिसवाले भी कुछ

नहीं कहते। आखिर इसका कोई निदान है?''

चन्दूलाल को जोश आ गया, ''करने को बहुत-कुछ किया जा सकता है। लेकिन यह काम मेरे अकेले के बस की बात नहीं है। इसमें ढेर सारी कठिनाइयाँ हैं।''

''इसमें भला क्या समस्या है? सब-के-सब एकजुट हो जाएँ, आप सामने भर रहो। इन सब धन्धेवालियों को घसीटकर हम बाहर निकाल देंगे।

चन्दूलाल ने कहा, ''ऐसे कैसे बाहर निकाल देंगे...? वे भी इस देश की नागरिक हैं। सदियों से इस प्रजाति के लोग देश में रहते आये हैं। समाज ने ही वेश्याओं को पैदा किया। जीने का हक तो उन्हें भी है। यह कोई समाधान नहीं है।''

यह सुनकर एकत्रित लोग उत्तेजित हो गये, ''आपके पास बेकार चले आये। हमें आपका भाषण नहीं सुनना। बड़े आए रंडियों के उद्धारक। खुद तो छकड़े हैं, परिवार होता तो समझ में आता।''

अब झुँझलाने की बारी चन्दूलाल की थी। दूसरे ही दिन से चन्दूलाल ने वेश्या उन्मूलन के इस कार्य को अपना प्रमुख प्रोग्राम बना डाला। सबसे पहले कांग्रेस के दिग्गजों के पास वह एक प्रस्ताव लेकर पहुँचा, ''क्यों न इन रूपाजीवियों को रोजगार का एक साधन उपलब्ध कराएँ... फिर उनसे कहा जाय कि वे धन्धा छोड़ें?''

काफी सोच-विचार के बाद कांग्रेस के कुछ दिग्गज चन्दूलाल की मदद करने के लिए राजी हो गये। चन्दूलाल ने अपने साथ युवाओं को भी जोड़ा। ढेर सारे साथी इस मुहिम में साथ हो लिये। इनमें ऐसे भी लोग थे जो इस काम से नाक-भौं सिकोड़ते थे। सबको लगता था कि बदनाम गली में जाने से ही उनके ऊपर लोग फब्तियाँ कसेंगे। चन्दूलाल लाख समझाता, ''यह समाज का काम है, इसमें शर्म कैसी...? बल्कि इसे यदि रेड लाइट एरिया के नाम से न जाना जाय तो कितना अच्छा होगा। पूरे प्रदेश में बिलासपुर का नाम होगा कि यहाँ कोई रेड लाइट एरिया है ही नहीं। यह संस्कारधानी बन जाएगी।''

चन्दूलाल चाहता था कि वैकल्पिक काम की व्यवस्था पहले हो जाय। सो उन्होंने इन सबके लिए सब्जी की दुकानें खुलवाने का विचार किया। मगर इसमें पैसे लगते। चन्दूलाल ने एक मोर्चा बनाया और चन्दों की मुहिम चालू कर दी।''

अब समस्या सामने थी कि रूपाजीवियों से बात करने कौन जाय...? बड़ी मुश्किल से चार-पाँच लोगों की एक टीम तैयार हुई। जाहिर है कि चन्दूलाल ही उसके अगुवा थे। श्यामाबाई से लेकर चमेली तक के घर की चौखट में दस्तक देनी पड़ी। दिन के समय अलसाई हुई महिलाएँ उबासी लेते हुए बातचीत करती रहीं।

अधिकांश ने मुँह बनाया। मन-ही-मन गालियाँ दी होंगी पर सामने स्वर में कड़ुवाई लाकर कहा भर, "इतने सालों में तो किसी को कोई दिक्कत नहीं हुई। दिन में बड़ी-बड़ी बातें होती हैं। रात को यही लोग मुँह मारने आ जाते हैं। समाज सुधार का काम हमारे बिना नहीं चलेगा क्या...? धन्धा छोड़ देंगी तो खाएँगी क्या...?"

चन्दूलाल तो खैर बातों में सबसे आगे था। वह समझाने लग जाता, "सम्मानपूर्वक जिन्दगी जीने के लिए हम आपको सब्जी की दुकानें खोल देंगे। काम करके खट के दो पैसे पैदा करने में जो आनन्द है, ऐसे छिप-छिपाकर धन्धा करने में वो कहाँ...?"

उनमें से सबसे तेज चमेली बाई ने कहा, "ऐ बाबू, ज्यादा शराफत मत झाड़। हम छिप-छिपाकर कोई चोरी जैसा काम नहीं करती हैं। बाकायदा अपने-आप को निचोड़ती हैं, किसी के घर यहाँ आने के लिए न्यौता देने नहीं जाती हैं हम। लोग अपनी मर्जी से आते हैं। आने वाले भले ही छिपकर आते होंगे..., हमारे दरवाजे तो हमेशा खुले रहते हैं। जरा सँभाल कर बोलिये बाबू...।"

चन्दूलाल कब चुप रहने वाला था। उसने नहले पर दहला दे मारा, "अरे बहनजी, हम आपकी बात नहीं कर रहे हैं, आपकी तकलीफ को समझ रहे हैं। यह धन्धा भी क्या जीवन भर किया जा सकता है...? एक उम्र के बाद तो शरीर मिट्टी की तरह हो जाता है तब? जबकि सब्जी बेचने का धन्धा तब तक चल सकता है, जब तक हाथ-पाँव चलें। सब्जी बेचने वाले की उम्र नहीं देखी जाती। लेकिन इस धन्धे में उम्र बहुत मायने रखती है।" इस तरह कई-कई चक्कर करबला रोड के लगाने पड़े होंगे। धीर-धीरे समझाने वालों की सदस्य संख्या बढ़ती चली गयी। इस मुहिम से कई नेता भी जुड़ने लग गये। लेकिन सारा दारोमदार चन्दूलाल के ही कन्धे पर छोड़ दिया जाता। चन्दूलाल के लिए जैसे यह एकमात्र मुहिम थी और इसे किसी भी ढंग से अंजाम तक पहुँचाना था। लोगों ने फब्तियाँ तक कसने में कमी नहीं की। आरोप भी लगाए, "चन्दूलाल ने पैसे खाने का एक और उपाय ढूँढ़ लिया है। कहाँ का वेश्या-उन्मूलन...? मौका लगेगा तो ये भी हाथ धो लेगा।"

चन्दूलाल जैन अलग मिट्टी का बना हुआ था। उसका जुनून उसके साथ था। फिर तो चाहे अपने घर से पैसे लाकर उसकी आहुति दी जाय, वह पीछे हटने वाला नहीं था। अन्ततः दस-ग्यारह महीने की लगातार कोशिशों के बाद करबला से वेश्यावृत्ति को समाप्त करने में चन्दूलाल की टीम को सफलता मिली। बिलासपुर के इतिहास में यह एक अलग किस्म की रचनात्मक पहल थी। कमाल है...! शहर बढ़ता चला गया, लेकिन वहाँ करबला रोड की तरह फिर कोई रेड लाइट एरिया पनप नहीं सका। अब तो इसका स्वरूप ही बदल गया जिसे लोग जानते हैं लेकिन चर्चा नहीं करना चाहते।

बाद के दिनों में डेस्क पर काम करते हुए अमर ने बस्तर से भरत अग्रवाल की

रिपोर्ट को आधार बनाते हुए बिलासपुर की घटना पर एक रिपोर्ताज रविवारीय पृष्ठ के लिए लिखा, जिसका शीर्षक था— 'राख की ढेर में शोला है न चिंगारी।'

छह

इस तरह पड़े-पड़े कितने दिन हो गये? छह-सात दिन तो हो ही गये होंगे। अर्चना भिलाई लौट गयी है। वहाँ बच्चों को स्कूल जाने में दिक्कत हो रही थी। दामाद भला और कितने दिन छुट्टी लेकर घर पर रहता? अच्छा हुआ कि अर्चना बच्चों को लेकर नहीं आयी थी। अपने नाना को इस हालत में देखकर जाने बच्चों के मन पर क्या प्रभाव पड़ता? वे पड़े-पड़े डॉक्टरों की बातचीत सुनने की कोशिश करते। पत्नी और पलाश भी तो अस्पताल की ड्यूटी देते-देते तंग आ गये होंगे। पता नहीं और कितने दिन लगेंगे या फिर यहीं से महाप्रस्थान के लिए चले जाना होगा...!

एक साथ दो आवाज़ों की ओर उनका ध्यान जाता है...

डॉ. पाठक और डॉ. गोधेजा... दोनों की सम्मिलित आवाज़ उन्हें सुनाई देती है। दोनों इस बात की शिकायत कर रहे होते हैं कि उन्हें किसी ने खबर नहीं दी...!

पलाश ने सफाई देने की कोशिश की, "अंकल, आप समझ ही सकते हैं। ऐसी घटना घटेगी, किसे पता था। मैं भी तो एक दिन बाद ही यहाँ पहुँच पाया था। मम्मी को तो कुछ समझ में ही नहीं आ रहा था।"

डॉ. गोधेजा वर्षों से उनके पारिवारिक डॉक्टर रहे हैं तो वे जनरल प्रेक्टिशनर, लेकिन अच्छा-खासा अनुभव है। जब तक डॉक्टर गोधेजा स्वयं नहीं कहते, तब तक उनके परिवार से कोई भी सदस्य अन्य किसी स्पेशलिस्ट के यहाँ नहीं जाता, जाने की जरूरत ही नहीं पड़ती थी। आँख, कान, नाक, गला या हड्डी रोग से सम्बन्धित बीमारियों के लिए ही स्पेशलिस्ट के पास जाया जाता। आज जब शहर में डॉक्टरों की फीस ही इतनी हो गयी है कि साधारण आदमी प्राइवेट क्लीनिक की ओर जाते हुए काँप जाता है, ऐसे में डॉक्टर गोधेजा के क्लीनिक में साधारण गरीब लोगों की भीड़ लगी होती है। आज की इस महँगाई में भी अपनी फीस और दवा सहित डॉक्टर साहब यदि इंजेक्शन न लगाएँ तो चालीस-पचास रुपये में काम कर देते हैं। वे शुरू से ही प्राइवेट प्रेक्टिशनर हैं। कॉलेज से निकलते ही कुछ साल

उन्होंने सरकारी सेवा कर ली थी। वे चिल्हर पैसे अलग से एक डिब्बे में रखते। जब कोई ऐसा मरीज आता है, जो बिल्कुल ही पैसे न दे पाता हो तो डॉक्टर साहब उस चिल्हर से उसकी दवाई का बन्दोबस्त कर देते।

डॉक्टर पाठक से भी उनके सम्बन्धों को पन्द्रह वर्ष हो गये होंगे...। शुरुआती दौर में श्रीमती पाठक के जरिए ही उनसे मुलाकात हुई थी। श्रीमती पाठक तब प्रेस में उनके साथ काम करती थीं। फिर तो डॉक्टर साहब भी अच्छे-खासे मित्र बन गये। इतना सन्तुलित व्यक्तित्व बहुत कम ही देखा जाता है। डॉक्टर साहब श्रीमती पाठक का इतना ख्याल रखते हैं कि देखते ही बनता है। इसका कतई यह अर्थ नहीं कि पत्नी की सेवा में वे बिछ-से जाते हैं। उनकी अपनी व्यस्तताओं और प्रेक्टिस की दुनिया को हू-ब-हू बनाए रखते हुए सम्बन्धों की हर परिधि में भी उपस्थित रहते हुए डॉक्टर साहब को देखा जा सकता है।

दोनों डॉक्टर बड़ी देर तक पत्नी और पलाश को तरह-तरह से समझा रहे थे, "ईश्वर की प्रार्थना में बहुत शक्ति है। असम्भव भी सम्भव हो जाता है। इसलिए विश्वास न खोएँ।"

उनकी इच्छा होती वे कहें कि डॉक्टर होकर भी झूठा आश्वासन क्यों दे रहे हैं? जैसा कह रहे हैं, क्या वैसा हो पाएगा...? पहले की तरह...! लेकिन कुछ न कह पाने की लाचारी के चलते उनकी तकलीफ और बढ़ जाती। दोनों ही डॉक्टर अपने गन्तव्य की ओर रवाना हो जाते हैं।

वे अपनी पत्नी की हथेलियों का स्पर्श अपने माथे पर महसूस करते हैं और फिर... एक सुकून का एहसास उन्हें होने लगता है। वे फिर से अतीत की ओर मुड़ जाते हैं।

□□

दैनिक दीनबन्धु में हर तीन महीने में एक बड़ी मीटिंग हुआ करती थी। खासकर जिला व तहसील स्तर के और कुछ बड़े सेंटर के संवाददाता एकत्रित होते थे। दोपहर के भोजन के साथ ही मीटिंग दो-तीन बजे तक चलती थी, जिसमें व्यवस्था विभाग के लोग भी भाग लेते थे। इस मीटिंग की परम्परा को सलिलजी ने ही प्रारम्भ किया था। पारी-पारी से सब अपने-अपने हिस्से के कामकाज का जिक्र करते... सलिलजी सहित डेस्क के सभी वरिष्ठ सदस्य अपना-अपना नज़रिया रखते थे। अच्छी रिपोर्ट्स का जिक्र होता था, शाबाशी दी जाती...। उसी के समानान्तर जिनकी रिपोर्ट्स में कुछ कमियाँ होती थीं उन्हें भी स्पष्ट तौर पर चिह्नित किया जाता था।

संवाददाता भी अपने काम में आ रही दिक्कतों के विषय में बताते। कुछ

समस्याओं का हल तुरन्त कर दिया जाता था। कुछ मुद्दे ऐसे होते थे जिनके हल करने में प्रबन्धन समय माँग लेता। बड़े धैर्य से सलिलजी सभी का पक्ष सुनते थे और बीच-बीच में अपनी टिप्पणी भी देते। सबसे कम बोलते थे सम्पादक रामाश्रय उपाध्यायजी। वे गिने-चुने मुद्दों पर ही टिप्पणी किया करते थे। मिश्राजी, गुमास्ताजी मीटिंग में ज्यादा मुखर हुआ करते थे।

फिर बारी आती थी विज्ञापनों की। सम्पादकीय के हिस्से की चर्चा में अमर को कोई दिक्कत नहीं होती थी। भूले-भटके ही उसके काम को लेकर टोका-टोकी होती थी। कुछ संवाददाता मजाक भी करते थे, "अरे भाई, सलिलजी अमर का विशेष ध्यान रखते हैं। उसके कामों में गलतियाँ होती भी होंगी तो सलिलजी तो टोकने से रहे। क्या बात भाई अमर, तुम्हारी तो चाँदी ही चाँदी है।"

विज्ञापनों को लेकर बात शुरू होती तो हर जिले और तहसील का व्यक्ति अपनी-अपनी रिपोर्ट पेश करता और उन तीन महीनों में कितना विज्ञापन किसने बटोरा, इसके आँकड़े खुलकर सामने आते। मीटिंग के इस हिस्से की कमान धीरज लालजी सँभालते भले ही वे दुर्ग जिले को देखते थे, लेकिन विज्ञापन के मामले में सबसे मजबूत स्थिति में रहते थे। वही हाल प्रसार का था। उनके जिले का आँकड़ा सभी जिलों को पार कर जाता था। कहना न होगा कि वेतन के दिनों में प्रेस के सभी लोगों को धीरज लालजी के आने की प्रतीक्षा रहती थी। अधिक-से-अधिक वसूली धीरज लालजी ही लाते थे। सो, अघोषित रूप से मीटिंग के इस हिस्से की जिम्मेदारी उन्हीं पर होती थी।

विज्ञापन वाले हिस्से में आते-आते अमर अपने-आपमें सिकुड़ जाया करता, क्योंकि अमर के पास बताने के लिए इस मद में कोई भी आँकड़े नहीं होते थे। अक्सर तीन महीने में उसके द्वारा एकत्रित विज्ञापन की संख्या न के बराबर होती। भाटापारा से आये हुए मार्केटिंग प्रतिनिधि हरनारायण जो करीब-करीब पूरे बिलासपुर जिले को देखते थे, वे अमर पर सीधा आक्रमण करते रहते, "भैया, (सलिलजी) अमर को कुछ कहते ही नहीं। सिर्फ लिखने से ही काम थोड़े ही चलेगा? विज्ञापन के मद में ठन-ठन गोपाल... और उधर, बड़े-बड़े किस्से-कहानियों की चौपाल...। हमारी तो खटते-खटते जान निकल जाती है। सबसे ज्यादा सुखी अमर ही तो है।"

सुनते-सुनते अमर को तैश आ जाता था, "मैंने पहले दिन से ही भैया से कह दिया था कि विज्ञापन का काम मुझसे नहीं होता। मैं लिखने की शर्त पर ही अखबार से जुड़ा हूँ। हरनारायणजी, आप जो विज्ञापन लाते हैं, उसमें से वेतन के अलावा कमीशन भी तो आप ही लेते हैं। मैं विज्ञापन भी नहीं लाता और कमीशन भी नहीं लेता। सबसे बड़ी बात है कि आपके बताए आँकड़ों में मेरे जिले के विज्ञापन भी तो शामिल हैं। मैं तो आपको विज्ञापन बटोरने में कोई बाधा नहीं डालता।"

हरनारायण फिर भी चुप नहीं होते। वे दुगने वेग से वार करते, "पर भाई साहब, हम जैसी रिपोर्टिंग चाहते हैं, वैसी भी तो आप नहीं करते हैं। हम जहाँ से विज्ञापन लेते हैं, उनकी तारीफ भी करनी चाहिए। पर आपके डिस्पैच तो सीधे-सीधे व्यवस्था पर, सेठ-साहूकारों पर चोट करने वाले होते हैं। हम ही जानते हैं कि विज्ञापन लेने में हमें कितनी दिक्कत होती है?"

अमर कोई जवाब देता, इसके पहले ही सलिल जी हस्तक्षेप करते, "इस झगड़े को यहीं रोकिए। यदि अमर की रिपोर्टिंग से हमारे अखबार की छवि खराब नहीं हो रही है तो कोई आपत्ति नहीं होनी चाहिए। यह सच है कि अमर को बिल्कुल अलग तरह की रिपोर्टिंग के लिए ही कहा गया है। अमर को इस मामले में दूध-भात। अब चर्चा आगे बढ़ाई जाए...।"

विज्ञापन विभाग का कार्यभार सँभाले हुए भाई दिनेश इस बातचीत का मजा ले रहे होते। मीटिंग के बाद में अमर को टोंचते, "अब तो भई, दूध-भात तो मिल ही गया। इस बात पर शाम को तुम्हारी तरफ से समोसे हो जाएँ...।"

हरनारायण का चेहरा बुझ जाता, बाकी लोग दबी हुई मुस्कान उछाल देते। अन्त में प्रसार संख्या पर बात आती। और फिर दोपहर का भोजन...। भोजन के बाद बचे हुए समय में जिसे जो रिपोर्ट फाइल करनी होती थी, सम्बन्धित डेस्क में वह पहुँच जाता था।

मीटिंग के बाद अक्सर सलिलजी अपनी केबिन में अमर को बुला लेते थे और बहुत ही नर्म स्वर में समझाते, "अमर, बीच-बीच में कोशिश कर लिया करो। थोड़ा-बहुत विज्ञापन पर भी ध्यान दो। मैं ये नहीं कहता कि विज्ञापन ही बटोरना तुम्हारा काम है। लेकिन प्रेस पर जो आर्थिक दबाव है, उसे देखते हुए घर के हर सदस्य की तरह इस ओर भी ध्यान देना चाहिए।"

अमर क्या कहता? हाँऽऽ.. हूँऽऽ... कहकर केबिन के बाहर आ जाता।

□□

वापसी की ट्रेन में अभी काफी विलम्ब था। अमर अखबारों की फाइल निकालकर देखने लगा। अचानक उसकी नजर बिलासपुर की एक खबर पर पड़ी। सिंगल कॉलम में एक समाचार छपा था। शंकर राइस मिल में एक हत्या को लेकर राइस मिल के पीछे के मोहल्ले में छानबीन करने के बहाने पुलिस ने कुछ ज्यादतियाँ की थी। यहाँ तक कि पुलिस इंस्पेक्टर पर थाने में बलात्कार का आरोप लगा था। अमर ने और भी अखबारों की फाइलें देखीं। दो अखबारों में यही समाचार छपा था। कोई विस्तृत विवरण नहीं दिया गया था। पता नहीं क्यों, अमर को ऐसा लग रहा था कि इस समाचार के पीछे एक बड़ा समाचार छिपा हुआ है।

मेल से बिलासपुर लौटते हुए इसी समाचार पर ध्यान लगा रहा। बिलासपुर उतरते ही प्लेटफार्म पर यादवजी दिख गये। कुशल-क्षेम के बाद अमर ने उस समाचार के विषय में यादवजी से पूछना चाहा। यादवजी ने बड़े हल्के से लिया और कहा, "हत्या का मामला है, खोजबीन में पुलिस थर्ड डिग्री का उपयोग कर लेती है। लोग उसे बढ़ा-चढ़ाकर देख भी लेते हैं। पीयूष भी वहाँ था। हमने एक छोटा-सा समाचार बना दिया है। इससे ज्यादा की गुंजाइश नहीं बनती।"

अमर ने पूछा, "मैं इस मामले की गहराई में जाना चाहता हूँ। थोड़ी मदद करेंगे...?"

यादवजी ने टालते हुए कहा, "भई, इसमें पता नहीं तुम्हें क्या मिलेगा? ज्यादा जानकारी चाहिए तो जगमल ब्लॉक के ही गंगोत्री, जग्गी आदि से मिल लो। उसी मोहल्ले से सम्बन्धित मामला है, वे शायद तुम्हारी मदद कर सकें।"

दूसरे ही दिन सुबह-सुबह अमर गंगोत्री की तलाश में जगमल ब्लॉक पहुँच गया। थोड़ी-बहुत पहचान पहले से ही थी। गंगोत्री गुड़ाखू मलते हुए घर पर ही मिल गये। वहाँ से चाय पीकर निकले तो रास्ते में जग्गी और कौशल भी साथ हो लिये।

गंगोत्री ने बताया, "मामला गम्भीर है, चूँकि पुलिस ने स्वयं ज्यादती की है तो लोग इसकी गहराई में जाना नहीं चाह रहे हैं। एक और कारण है। आज आप पीड़ितों से बात कर लीजिए, कल उन्हीं लोगों को पुलिस पीट-पाटकर बयान बदलवा लेगी। इसीलिए यादवजी भी पीछे हट गये।"

अमर ने तुरन्त रमणीक त्रिपाठी को फोन किया। हड़बड़ी में अमर को सबसे पहले उन्हीं की याद आई। अमर ने फोन पर बताया कि एक मामले में कुछ लोगों के बयान अखबार के लिए लेने हैं। सम्भावना यह है कि बाद में इन बयानों को पुलिस डर दिखाकर या मारपीट कर बदलवा सकती है। आप कोई रास्ता बताएँ।

त्रिपाठीजी ने कहा, "पहले उनके बयान ले लो, फिर उन बयानों को कोर्ट में पाँच रुपये के स्टाम्प पेपर के ऊपर हम टाइप करा लेंगे। उन लोगों को कोर्ट लाना पड़ेगा। जज के सामने हलफनामे पर दस्तखत करवा लेंगे। जो पढ़े-लिखे नहीं होंगे वे अँगूठा लगा देंगे।"

अमर ने इसके बाद बुधवारी बाज़ार से फोटोग्राफर घोष को बुलवा लिया और तब जाकर शंकर राइस मिल के पीछे स्थित मोहल्ले की ओर गंगोत्री, जग्गी और कौशल के साथ रवाना हुआ। कुल सात लोगों ने बयान दिये कि किस तरह उन्हें पीटा गया है और हत्या के जुर्म को स्वीकार करने के लिए दबाव डाला गया है। लाठी की चोट के निशान भी उन्होंने बताये। महिलाओं ने भी मारपीट की बात स्वीकारी और चोट के निशान दिखाये। उनमें से एक महिला ने बहुत समझाने के

बाद आपबीती बताई। उम्र यही कोई बाईस-तेईस साल की थी, दो वर्ष पहले शादी हुई थी। उसके मर्द को भी पीटा गया था। उसने रोते हुए बताया कि पहले उसे पुलिस चौकी ले जाया गया और फिर लॉकअप में थानेदार ने उसके साथ मुँह काला किया।

तब तक फोटोग्राफर घोष आ गये थे। बारी-बारी से सबके जख्मों एवं बयान देते हुए फोटो खींची गयी। पूरे घटनाक्रम पर बार-बार सवाल उठाकर अमर ने आद्योपान्त घटनाओं को ब्यौरेवार लिखा। राइस मिल में रात में ड्यूटी करते हुए चौकीदार की हत्या हुई थी। हत्यारे ने कोई सुराग नहीं छोड़ा था और न यह चोरी का मामला था। पुलिस ने सन्देह के आधार पर राइस मिल के पीछे स्थित गरीबों के झोपड़ों को अपना टारगेट बनाया और अँधेरे में तीर चलाते हुए इन सात लोगों पर जुल्म ढाये। थाने पर भी इन्हें बुलाया गया था।

गंगोत्री को अलग ले जाकर अमर ने पूछा भी, ''कहीं यह गढ़ी हुई कहानी तो नहीं है?''

गंगोत्री ने कहा, ''कोई महिला झूठे तौर पर अपने साथ हुए बलात्कार की बात स्वीकार सकती है भला? आपने देखा नहीं, बहुत मुश्किल से उसने इस सच को उगला है। औरों की तरह आप भी यदि चाहें, छोटा-सा समाचार छाप कर कर्तव्य निभा लें...। इन गरीबों के साथ हमेशा यही होता रहा है।''

अमर को गंगोत्री की बात गहरे चुभ गयी। अमर ने कहा, ''मैं इस मामले को उठाऊँगा। देखें कहाँ तक इसमें सफलता मिलती है, लेकिन एक काम करना पड़ेगा। इन सबको कोर्ट ले जाना पड़ेगा। इनसे हलफिया बयान लेना है। नहीं तो कल ये बयान बदल दें तो बड़ी मुश्किल हो जाएगी।

तुरन्त गंगोत्री ने कहा, ''ये जिम्मा मैं लेता हूँ। मैं ठीक ग्यारह बजे इन्हें लेकर आ जाऊँगा।''

अमर ने कहा, ''थोड़ी सावधानी बरतनी होगी। पुलिसवालों को खबर नहीं होनी चाहिए।''

साढ़े नौ बजे तक अमर अपने कमरे में आ गया और नहा-धोकर ग्यारह बजे कोर्ट पहुँचा। रमणीक भाई को ढूँढ़ने में ज्यादा दिक्कत नहीं हुई। सभी के बयान अमर के पास कलमबद्ध थे ही। फटाफट कोर्ट के टाइपिस्ट को टाइप करने दिए गये। तब तक गंगोत्री एक ताँगे में सातों गवाहों को कोर्ट ले आये। रमणीक भाई ने जज से समय लिया और करीब तीन बजे एक-एक कर सभी गवाहों को प्रस्तुत करते हुए हलफनामे पर हस्ताक्षर लिए गये। रमणीक भाई को अमर ने जब उनकी फीस के बारे में पूछा तो वे अमर पर नाराज़ हो गये, ''हर काम की फीस नहीं होती। तुम इन गरीबों के लिए कुछ कर रहे हो। फिर फीस की बात कैसे आती

है?'' रमणीक भाई इस तरह गरीब-गुरबों के लिये बिना फीस की वकालत कर लिया करते थे। पुराने कांग्रेसी थे, पार्टी में भी उनका नाम इज्जत से लिया जाता था।

सातों लोगों को कचहरी की कैंटीन में ही चाय-नाश्ता कराकर अमर ने उन्हें विदा किया।

पुलिस के अत्याचार की इस कहानी को अमर ने बड़े मन से रात तीन बजे तक लिखकर उसकी फाइनल कॉपी बनायी। फिर करीब ग्यारह बजे दैनिक दीनबन्धु में सलिलजी को फोन किया। वादे के अनुसार किसी भी रिपोर्ट का पहला हक दीनबन्धु का बनता था। सो अमर ने फोन करके रिपोर्ट के विषय में सलिलजी से बात की। सलिलजी थोड़ी देर तक चुप रहे, फिर कहा, ''जब हम इस रिपोर्ट को छोटे रूप में पहले छाप चुके हैं तो विस्तार से छापने का क्या अर्थ है?''

अमर ने समझाने की कोशिश की, ''इतने विस्तार से यह रिपोर्ट कहीं छपी ही नहीं है। मैंने सारे बयानों को कोर्ट से पंजीबद्ध करा लिया है। पीड़ित महिला की रिपोर्ट भी है।''

सलिलजी ने कहा, ''इस लफड़े में मत पड़ो। तुम भावुक क्यों हो जाया करते हो? आजकल ऐसे मामले प्लांट भी किये जाते हैं। तुम्हें पता भी नहीं चलेगा कि लोग क्या-क्या खेल खेल जाएँगे।''

इसके बाद फिर बात आगे बढ़ाने का कोई अर्थ नहीं था। तब अमर ने अपनी लिखी रिपोर्ट हलफिया बयान और तस्वीर के साथ एक छोटी-सी टिप्पणी के साथ करंजियाजी के नाम 'ब्लिट्ज़' में भेज दी।

अमर को यह अनुमान नहीं था कि 'ब्लिट्ज़' इस मामले को किस तरह से लेगा। दूसरे सप्ताह ही शनिवार को 'ब्लिट्ज़' की प्रतियों के साथ एक टेबुलाइड साइज़ का एक पन्ने का विज्ञापन भी आया, जिसमें मोटे-मोटे अक्षर में लिखा हुआ था, ''अगले अंक में पढ़ें... पुलिस की दरिन्दगी... 'पुलिस चौकी में बलात्कार...!''

इस विज्ञापन को देखकर अमर को बहुत हैरानी हुई। उसने बड़ी बेताबी से अगले शनिवार की प्रतीक्षा शुरू कर दी। ऐसे लग रहा था जैसे दिन ही नहीं कट रहे हों...! और जब अंक आया तो अमर हतप्रभ रह गया। 'ब्लिट्ज़' के कवर पेज में अमर के नाम के साथ यह रिपोर्ट छपी थी, जिसका शेष अंश भीतर के पृष्ठों में छपा था। सभी पीड़ितों की तस्वीरों के साथ ही हलफनामों की तस्वीरें भी छपी थीं। उस समय 'ब्लिट्ज़' आठ आने में बिका करता था। न्यूज़ पेपर एजेंट एक निश्चित संख्या में ही 'ब्लिट्ज़' मँगाते थे। 'ब्लिट्ज़' की प्रतियाँ हाथों-हाथ बिकने लगीं। गनीमत है कि अमर ने अपने रिकार्ड के लिए दो कॉपी उसी समय खरीद ली थीं। शाम तक बिलासपुर में 'ब्लिट्ज़' की सभी कॉपियाँ बिक गयीं। तब स्टेशन के व्हीलर के दुकानदार ने नागपुर से जितनी सम्भव हो सकी उतनी अतिरिक्त कॉपियाँ

मँगा ली। अमर को पता चला कि अन्त में 'ब्लिट्ज़' की प्रतियाँ पाँच-पाँच रुपये में खरीदी गयीं। पुलिसवालों ने भी 'ब्लिट्ज़' की प्रतियाँ खरीदीं।

रातों-रात अमर एक चर्चित नाम हो चुका था। लेकिन मजे की बात थी कि शासकीय महकमे में अमर को कोई पहचानता नहीं था। कुछ तो स्वभाव से ही अमर व्यवस्था के लोगों से दूरी बनाये रखता था, फिर उम्र में सबसे कम होने के चलते अमर बड़े अधिकारियों से मिलने में झिझकता भी था क्योंकि वह जानता था कि लोग उसे गम्भीरता से नहीं लेंगे तब और खराब लगेगा।

दूसरे दिन ही अमर के सूत्रों ने खबर दी, "अमर भैया, कुछ दिन के लिए गायब हो जाइए।"

अमर ने पूछा, "क्यों भला...,"

तब उसे जानकारी दी गयी, "पुलिसवालों को यह आदेश हुआ है कि आपको जहाँ भी देखें इतना पीटे कि हाथ-पाँव टूट जाए। सुनकर अमर अचकचा गया। कहाँ तो वह फूले नहीं समा रहा था। एक ही रिपोर्ट में उसका नाम सबकी जुबान पर आ गया था। बिलासपुर की कोई रिपोर्ट पहली बार तत्कालीन 'ब्लिट्ज़' के मुखपृष्ठ पर आई थी, तिस पर नाम सहित। इसके पहले तक 'ब्लिट्ज़' में जितनी भी रिपोर्ट छपी उसमें अमर का नाम नहीं छपता था सिर्फ 'ब्लिट्ज़ संवाददाता' लिखा होता। इस रिपोर्ट के नशे में कुछ दिन और काटा जा सकता था। लेकिन पुलिसवालों की मुहिम को सुनकर अमर थोड़ा चौकन्ना हो गया। शाम को गंगोत्री और जग्गी अमर को ढूँढ़ते हुए उसके पास पहुँचे और कहा-

"भाई साहब, हम आपके साथ हैं..., आप अकेले कहीं नहीं जाइएगा। हमेशा एक आदमी आपके साथ रहेगा। कहना न होगा कि वह आदमी हथियारों से लैस रहेगा। आप डरिएगा नहीं। उस साले... इंस्पेक्टर का तबादला होने तक अपनी आवाज़ाही को थोड़ा सीमित कर लीजिए। रात को भी हममें से कोई पहरे पर होगा।"

गनीमत थी कि अमर को पुलिस महकमे में बहुत कम लोग पहचानते थे। एक दिन बिलासपुर में शुक्ला के पान की दुकान में अमर खड़े होकर सिगरेट पी रहा था तब दो पुलिसवाले आपस में बात कर रहे थे।

"कहाँ खोजा जाए...? आखिर वह दिखता कैसा है...?"

दूसरे ने खैनी मलते हुए कहा, "धोती पहनता है, टकला-सा है। उम्र होगी चालीस-पैंतालीस के आसपास। 'ब्लिट्ज़' का रिपोर्टर है तो लौंडा-लपाड़ा तो होगा नहीं।"

पहले ने कहा, "साला मिल भर जाए, फिर तो साले को पता चल जाएगा कि हमारे डंडे के आगे कलम के कई टुकड़े हो जाते हैं।" आँखों-ही-आँखों में

पानवाले मिश्रा ने अमर को इशारा किया और अमर पलभर में वहाँ से गायब। इस तरह करीब-करीब पन्द्रह-बीस दिनों तक गंगोत्री के चेलों ने अमर को बाकायदा अपने सुरक्षा-कवच में रखा।

इसी बीच रायपुर जाकर अमर ने सलिलजी को सारी घटना बतायी। बाबूजी भी रायपुर में थे। खाना खाने के लिए सलिलजी अपने साथ अमर को घर ले गये। खाना खाते वक्त विस्तार से पुलिसवालों की ओर से अपने ऊपर मँडराते खतरे को बताया।

बाबू जी ने कहा, ''सलिल ने तुमसे पहले भी मना किया था न, इस लफड़े में मत पड़ो। फिर क्यों पड़े...? चाहो तो कुछ दिन यहाँ रायपुर में आकर रहो। इससे अधिक इस मामले में और क्या किया जा सकता है?''

अमर को थोड़ी-सी निराशा हुई। लेकिन रायपुर आकर रहना सम्भव नहीं था। सो बिलासपुर लौटते हुए मन-ही-मन तय किया कि 'जो होगा, देखा जाएगा।'

दूसरे ही महीने कोरबा में कांग्रेस का राष्ट्रीय अधिवेशन था। देशभर के करीब साठ पत्रकार उसे कवर करने के लिए कोरबा आए थे, जिनमें अँग्रेजी पत्रों की संख्या करीब-करीब चालीस थी। सलिलजी, राजनारायण मिश्रजी और अमर कोरबा पहुँचे थे। स्थानीय संवाददाता भी साथ हो लिये...।

सबने मिलकर यह रणनीति बनाई थी कि अधिवेशन को तीन हिस्सों में कवर किया जाएगा और इन्दिरा गाँधी की जनसभा को दो हिस्सों में बाँटकर कवर किया जाएगा। तब सारी रिपोर्टिंग टेलीग्राम से करने की व्यवस्था थी। टेलीग्राम पर देशभर के साठ पत्रकारों के उपस्थित रहते हुए समय पर रिपोर्ट को भेजना कठिनतम कार्य था। इसीलिए सबसे पहले जाकर पहले हिस्से की रिपोर्ट को कतार में पहले लगा देना था ताकि उसके जाने तक दूसरी खेप कतार में लग जाए और इस तरह से शेष लोगों को धता बताकर दीनबन्धु की रिपोर्ट ही सबसे पहले रायपुर कार्यालय पहुँच जाए। इस तरह से रात को ही रणनीति तय कर ली गयी।

दूसरे दिन इन्दिरा गाँधी के आने के कुछ पहले तत्कालीन मुख्यमन्त्री प्रकाशचन्द सेठी हेलिकॉप्टर से कोरबा आए। कोरबा में उस स्थान पर तब इंस्पेक्टर कतलम भी एस.पी. भार्गव के साथ उपस्थित थे। मुख्यमन्त्री का हेलिकॉप्टर आने के कुछ क्षण पहले ही पता नहीं मिश्राजी को क्या सूझा... उन्होंने पास ही खड़े कतलम से अमर का परिचय कराया। जैसे ही मिश्राजी ने नाम लिया।

चौंककर अमर से हाथ मिलाते हुए कतलम ने कहा, ''वही 'ब्लिट्ज़' वाले...?''

मिश्राजी ठठाकर हँस पड़े, ''अरे भाई, पहले यह दीनबन्धु वाले हैं, बाद में किसी और के... 'ब्लिट्ज़' तो खुरचन है खुरचन...। मैं तो तुम्हें असली माल से मिला रहा हूँ।''

हँसी-मजाक के दौर के बीच सेठी जी का हेलीकॉप्टर दिखाई देने लगा। सेठी

जी की अगवानी के लिए कांग्रेस के स्थानीय नेता सतपाल वासन के साथ माला लेकर खड़े थे। लेकिन सबसे पहले एस.पी. भार्गव ने सेल्यूट से सेठीजी का स्वागत किया। सेठीजी की काँख में एक अखबार दबा हुआ था। जैसे ही भार्गव सेल्यूट करके एक कदम पीछे हटे, तमतमाए हुए सेठीजी ने काँख वाले अखबार को भार्गव के मुँह पर दे मारा, और गुस्से में कहा, ''यह सब क्या है...? उस इंस्पेक्टर को अभी तक गोद में क्यों बिठाये हुए हो...? कोई एक्शन क्यों नहीं हुआ?''

एस.पी. भार्गव को काटो तो खून नहीं...।

अमर ने देखा, यह वही 'ब्लिट्ज़' था, जिसमें थाने में बलात्कार वाली खबर छपी थी। इसका मतलब था कि सेठीजी इसे भोपाल से ही सँभाल कर रखे थे।

इसके बाद उस थानेदार को सस्पेंड किया गया और सस्पेंशन के साथ ही पहले लाइन अटैच किया गया, तब जाकर अमर को थोड़ी-सी राहत महसूस हुई और गंगोत्री ने भी अपने आदमी वापस बुला लिये। इतने दिनों तक उठते-बैठते हर जगह साथ-साथ कोई बॉडीगार्ड की तरह हो तो अजीब-सी स्थिति होती है। कम-से-कम उससे अमर को अब मुक्ति मिल गयी थी।

□□

सोनपुरा गये बहुत दिन हो गये थे, सो अमर ने इस रविवार को सोनपुरा जाने का निर्णय लिया। घर में प्रवेश करने के साथ ही भाभी खुश भी हुईं और नाराज भी, ''इतने दिन बाद साहबजादे को घर याद आया! ऐसी भी कौन-सी नौकरी है कि महीनों घर की याद ही नहीं आये?''

अमर ने सारी घटनाओं को विस्तार से बताया... सुनकर भाभी और चिन्तित हो गयीं, ''इतने जोखिम भरे काम क्यों करता है? तू कोई और नौकरी ढूँढ़ ले। तेरी परीक्षा का क्या हुआ? ठीक से पेपर दिये या नहीं। मैं नहीं जानती, ठीक से पास होना पड़ेगा नहीं तो जग-हँसाई होगी। तेरे भैया और अधिक नाराज हो जाएँगे, सो अलग।''

अमर ने समझाया, ''ऐसी कोई बात नहीं है। मैं परीक्षा में अच्छे नम्बर लाऊँगा। रह गया सवाल इस नौकरी का...! तुम नहीं जानती हो, इसमें कितनी प्रतिष्ठा है। पता है, 'ब्लिट्ज़' वाली इस एक रिपोर्ट से मुझे कितना नाम मिला है। इस पोजिशन को पाने में वर्षों लग जाते हैं।''

भाभी की चिन्ता फिर भी दूर नहीं हुई ''ऐसे नाम का क्या करना, जिसमें पुलिसवाले ही मारने को खोजते रहें। तू जल्दी से कोई दूसरा काम ढूँढ़, मैं कुछ नहीं जानती... बस!''

अब भाभी को इस विषय से अलग हटाने का एक ही रास्ता था।

अमर ने कहा, "होटल में खाते-खाते बोर हो गया हूँ। आज यदि मेथी की भाजी, अरहर की दाल और छिलके वाले छोटे आलू की सब्जी बन जाए तो मजा आ जाए...।"

भाभी को जैसे कुछ भूला हुआ याद आ गया। वे हड़बड़ा गयीं, "अरे, मैं तो भूल ही गयी। महीने भर से तू घास-फूस खा रहा है। पहले गरमा-गरम पराठे का नाश्ता हो जाए, फिर खाने की तैयारी करते हैं। जा, जल्दी से बाज़ार से मेथी की भाजी ले आ...। बाकी सब घर में है।"

अमर इसी अवसर की तलाश में था। उसने माल गोदाम के हमाल मंगलू के हाथों मेथी भाजी खरीदकर घर भिजवाई और सोनपुरा की परिक्रमा में निकल पड़ा। दोपहर तक बहुत सारे लोगों से मिलना हो जाएगा।

सबसे पहले इब्राहीम को ढूँढ़ना है। काफी दिनों से सोनपुरा के हालचाल उस तक नहीं पहुँचे थे। लगे हाथ उसने दैनिक दीनबन्धु के सोनपुरा संवाददाता से भी मिलने का फैसला कर लिया।

घर पर ही मिल गया इब्राहीम। देखते ही उसने फब्तियाँ कसीं, "भाई साहब, आजकल बड़े आदमी हो गये...! अब तो 'ब्लिट्ज़' के कवर पेज में भी छप जाते हैं। क्या जलवे हैं...? ऐसे में भला सोनपुरा के इस बेचारे की याद क्यों आएगी?"

अमर ने इब्राहीम की पीठ पर धौल जमाते हुए कहा, "फालतू बातें मत किया कर, मैं कहाँ से बड़ा आदमी हो गया...? भला साढ़े तीन सौ रुपये की तनख्वाह पाने वाला बड़ा आदमी होता है...? खैर, तूने रिपोर्ट पढ़ ली थी...?"

इब्राहीम ने कहा, "अरे, सोनपुरा में तो दस कॉपियाँ ही आती हैं। आते ही बिक गयीं। मैं तो बाद में चम्पा से जुगाड़ करके दो कॉपियाँ लाया...। एक अपने अड्डे पर यानी रमाकान्त के यहाँ रखी और एक मेरे पास है। सचमुच में बड़ा मजा आ गया। पहली बार लगा कि तूने अच्छा पेशा ढूँढ़ा है। लेकिन डर भी लगता है कि कहीं तुझको भी बीमारियाँ न लग जाएँ।"

अमर ने पूछा, "कौन-सी बीमारियाँ, भाई?"

अपनी आदत के अनुसार इब्राहीम ने तुरन्त जवाब दिया, "पहली— भयादोहन, दूसरी— दारू..! बस यही दो बड़ी बीमारियाँ हैं, बाकी तो इनके साइड इफेक्ट्स...।"

अमर ने कहा, "तुझे मुझ पर भरोसा है या नहीं? मेरे साथ ऐसा होगा, तेरा मन क्या कहता है? अरे, इस खतरे से तो बड़ा खतरा झेलकर आ रहा हूँ।"

अमर ने विस्तार से इस रिपोर्ट के छपने के बाद की पूरी परिस्थितियों को बताया कि किस तरह पुलिसवाले ही उसे मारने के लिए पीछे पड़ गये थे। गनीमत यह थी कि पुलिस महकमे में उसे नाम से कोई जानता नहीं था। यों भी मोहल्ले के दादाओं ने काफी सुरक्षा प्रदान कर रखी थी। मुख्यमन्त्री के हस्तक्षेप से अन्ततः जब उस

इंस्पेक्टर की रवानगी वहाँ से हुई, तब जाकर राहत मिली।''

इब्राहीम ने कहा, ''बहुत खूब मेरे शेर, चलो जिन्दगी में कोई एडवेंचर हुआ तो...! आगे बढ़ते रहो... खतरों से खेलो। तुम्हें मदद की जरूरत है तो हमें बुला लो।'' फिर दोनों सोनपुरा के विभिन्न समाचारों के आदान-प्रदान में खो गये।''

सोनपुरा आना हो और ठाकुर सम्बन्धी बात न हो, ऐसा हो ही नहीं सकता। इब्राहीम ने ही बताया कि ठाकुर पर अन्ततः पार्टी का दबाव इतना पड़ा है कि वह सीमेंट कारखाने का विरोध अब छिपे तौर पर ही करता है। इससे एक बात तो तय हो गयी कि कारखाना खुल जाएगा।

अमर ने पूछा, ''परीक्षा कैसी गयी...।''

इब्राहीम ने कहा, ''यार, हम सब विज्ञान के विद्यार्थी थे और अन्ततः हमने विषय बदल लिया। पढ़ाई थोड़ी नीरस तो लगती है, लेकिन पढ़ना तो है ही। पेपर अच्छे गये हैं।''

इब्राहीम को साथ लेकर अमर फिर रमाकान्त के अड्डे पर पहुँचा। वहीं बाकी लोगों से मुलाकात हो गयी। अब देर तक गप मारने का सिलसिला चला। बातचीत में पता ही नहीं चला कब दो बज गये। अमर को जब भूख-सी लगी, तब ख्याल आया कि भाभी तो खाना पकाकर गुस्से से भरी हुई उसकी प्रतीक्षा कर रही होंगी।

अमर ने तकरीबन भागते-भागते दोस्तों से कहा, ''शाम को मिलता हूँ। बड़ी देर हो गयी। खाना खाने से पहले भाभी की डाँट खानी पड़ेगी। अभी तक तो नहाना भी नहीं हुआ है।''

शाम को शिरो दीदी के यहाँ जाते ही वही शिकायत सुनने को मिली, ''इधर का रास्ता भूल गये क्या अमर? इतने लम्बे अन्तराल के बाद आ रहे हो..! सुना है आजकल तुम्हारी रिपोर्ट की काफी चर्चा है। अच्छा है, पर भाई हम लोगों को भूल जाना भी इतना आसान कहाँ है?''

अमर ने फिर उन्हीं बातों को दोहराया, ''चाय के साथ कुछ वाय भी लेना पड़ा।''

शिरो दीदी ने थोड़ी-सी बातचीत के बाद अमर से पूछा, ''अमर, तुम्हें याद है मद्रास वाले लक्ष्मीकान्त सरस की? जो 'अंकन' के सम्पादक भी हैं?''

अमर ने कहा, ''उन्हें कैसे भूल सकता हूँ! उन्हीं के साथ तो मैं कवि सम्मेलन में राउरकेला गया था। बहुत प्यारे इंसान हैं।''

शिरो दीदी ने बिना भूमिका के एक अप्रत्याशित-सा प्रश्न उछाल दिया, ''मान लो अमर, सरसजी के साथ मेरा भी नाम जीवन भर के लिए जुड़ जाए तो कैसा रहेगा?'' यह कहते हुए अमर ने दीदी के चेहरे पर उभर आई शर्म की हल्की-सी डोरियों को पढ़ लिया था।

अमर ने इशारा समझा, "ऐसा हो जाए तो इससे अच्छी बात क्या होगी? लेकिन अभी से मुझे एक दूसरी चिन्ता होने लगी कि आपको फिर मद्रास चले जाना पड़ेगा और इस तरह से आप हम सबसे दूर हो जाएँगी।"

"धत्त पगले..! अभी देर है, अभी तो घर वालों को ही तैयार करने में मुश्किल होगी। दरअसल सरस जी बनारस के मिश्रा हैं और हम ईसाई। इस विजातीय शादी में तकलीफ तो आनी ही है।"

अमर को दीदी की दृढ़ता पर विश्वास भी है। दीदी इस सामाजिक जंग को अवश्य जीत जाएँगी।

अमर की इच्छा हुई कि शिरो दीदी को दीप्ति की बात बताए, पर दूसरे ही पल उसे लगा कि यह जल्दबाजी होगी।

□□

सोनपुरा आओ और दद्दा से न मिलो तो लगता है जैसे सोनपुरा की परिक्रमा पूरी नहीं हुई है। यद्यपि यह समय दद्दा और दादी की एकान्त बैठकी का होता था। लेकिन एक चांस लेने में क्या नुकसान है? यही सोचकर अमर दद्दा के घर की ओर मुड़ा।

अमर को देखते ही दद्दा आश्चर्यजनक ढंग से पुलकित हो गये। दादी को उन्होंने आदेश दिया, "जाओ भई, हमारे चेले के लिए गरमा-गरम चाय और कुछ चिखौना ले आओ। बड़े दिन बाद आया है ये।"

फिर अमर से सम्बोधित कर कहा, "इतने दिन कहाँ रह गये थे। माना कि तुम बड़े पत्रकार हो गये हो, मगर गाँव-घर को इस कदर भुलाया नहीं जा सकता बरखुरदार...! आया करो...।"

अमर ने दद्दा के स्वास्थ्य के विषय में खोज-खबर ली, तो दद्दा ने कहा, "हमारा क्या है हम तो ठूँठ हैं, न हरियाते हैं न सूखते हैं। तुम अपनी कहो... शादी-वादी करोगे कि नहीं...? कि चुपचाप बिलासपुर में ही सब निपटा लोगे, हमें पता भी नहीं चलेगा? नए जमाने के लोग हो, कुछ भी हो सकता है।"

अमर अपने में सिकुड़ गया, "ऐसा नहीं होगा दद्दा, आपका आशीर्वाद पहले लूँगा।"

दद्दा ने कहा, "यह बताओ कि तुम्हारे अखबारों को हो क्या रहा है...? शहर-ही-शहर बोलता है तुम्हारे अखबार में...! तुम यहाँ से क्या गये अब तो सोनपुरा की कोई सुध ही नहीं लेता। तुम्हारी जगह में जो यहाँ संवाददाता है, उसे तो जैसे लगता ही नहीं कि सोनपुरा में भी खबर हो सकती है। ठाकुर की ज्यादतियाँ भी बढ़ीं है। अब तो कोई उस तरफ ध्यान ही नहीं देता। सब को जैसे साँप सूँघ

गया। सब धन्धे में लगे हैं। इतनी तेजी से पैसे वाले बन रहे हैं कि हमें आश्चर्य होता है। साधारण संवाददाता कहाँ से इतने पैसे पाते हैं...? तुम तो बताते हो कि बहुत कम पैसे मिलते हैं। फिर ये कहाँ से कमा लेते हैं...?''

अमर क्या कहता? अमर ने बातचीत की दिशा मोड़ने के लिए दद्दा का ध्यान तत्कालीन राजनीतिक परिदृश्यों की ओर मोड़ दिया और पूछा...

''दद्दा, इन्दिरा गाँधी बहुमत से सत्ता पर काबिज हैं, पर चारों ओर अस्थिरता बढ़ रही है, इसका क्या मतलब है?''

दद्दा ने व्यंग्यात्मक हँसी के साथ कहा, ''महारानी को अपने ताज से मतलब है, जनता से नहीं। ऐसा होने पर ही न धीरे-धीरे प्याज के छिलके उतरते हैं। तब आँखों में पानी आता है। पनीली आँखों से ही दूसरे का दर्द देखा जा सकता है, समझे बचवा...। हम सब जिस आजादी के लिए घर-द्वार छोड़कर कूद पड़े थे, यह वह आजादी कतई नहीं है। हम नये सिरे से आजाद-गुलाम हो गये हैं। देखते जाओ, पानी कब सर तक चढ़ता है।''

इतने में दादी गरमा-गरम पकौड़े और चाय लेकर आ गयीं। दद्दा के कप में एक अलग से चम्मच रखी हुई थी, अर्थात् दद्दा वाला कप बिना चीनी वाली चाय का था। उन्हें मधुमेह की बीमारी ने छू लिया था, पर दादी बहुत सावधान थी। अक्सर शिकायत करतीं कि दद्दा बच्चों से मँगवाकर, छिप-छिपाकर कभी-कभी मीठा खा लेते हैं।

भैया के मालधक्के से लौटने के पहले ही अमर घर आ गया। उसे मालूम है भैया को जैसे ही पता चलेगा कि अमर घर आया हुआ है और घर से नदारद है तो फिर उनका गुस्सा आसमान पर होगा। वे कहेंगे तो कुछ नहीं, लेकिन उनके मौन में ही इतनी तीव्र अभिव्यक्तियाँ होती हैं कि भाभी और वह दोनों ही उनसे परेशान हो जाते हैं। भैया के घर लौटने पर दो-चार इधर-उधर की बातों के बाद भैया ने पढ़ाई के विषय में कुछ सवाल किये और जवाब पाकर सन्तुष्ट हो गये।

पहली बार अमर को लगा इतने दिन बाद घर लौटने से भैया भी भीतर से कुछ पिघल गये थे।

बड़े मूड में उन्होंने भाभी से कहा, ''बड़े दिन हो गये, रामायण पढ़ी ही नहीं। अमर आज आया है, आज सुन्दरकांड का पाठ किया जाए।'' हमेशा की तरह भाभी के साथ अमर भी रामायण पाठ में शामिल हो गया।

□□

सोमवार सुबह की गाड़ी से अमर बिलासपुर लौटा। भाभी ने एक डिब्बे में ढेर सारे नारियल के लड्डू रातों-रात बनाकर दे दिये। अमर को मालूम था भाभी सोच

रही होंगी कि माह भर तक अमर ये लड्डू खा सकेगा। लेकिन जैसे ही अमर नन्दलाल गुप्ता वाली चॉल में पहुँचेगा, चौदह के चौदह मित्र उसके बैग की तलाशी ले डालेंगे और बड़ी मुश्किल से अमर के हिस्से में दो-चार लड्डू आएँगे और बाकी आनन-फानन में हजम हो जाएँगे। मगर इससे क्या फर्क पड़ता है। भाभी को भी लड्डू बनाकर जो तृप्ति मिलनी थी सो मिल गयी और मित्रों को भी लड्डू खाकर जो तृप्ति मिलेगी उसी में आनन्द है।

सुबह-सुबह एक पैसेंजर ट्रेन ही बिलासपुर जाती थी। सोलह सीटर डिब्बे में ही अमर बैठ गया था। कोटमीसोनार स्टेशन के पार होते ही अमर ने ख्याल किया कि उसके बगल में बाबाराम आकर बैठ गया है। ऊँचे पूरे कद और गठीले बदन का बाबाराम मूलतः पान बेचा करता था। लेकिन अमर ने सुन रखा था कि आजकल वह अफीम और गाँजे का धन्धा भी छिप-छिपाकर करता है और थोड़ी-बहुत दादागिरी भी। अमर अपने में मशगूल उस दिन के अखबार में आँख गड़ाए हुए था। अचानक देशी दारू के भभके का आभास हुआ और बाबाराम ने अखबार को झपटते हुए कहा...

''क्यों, बहुत बड़े पत्रकार बनते हो...! हम ही मिले थे पत्रकारिता झाड़ने के लिए?'' इतना कहते ही उसने अपने जेब से एक बड़ा-सा रामपुरी चाकू निकाला... खट्ऽऽ... से आवाज़ आई और चाकू के चमचमाते हुए फलक को अमर के पेट पर टिका दिया। पहले-पहल तो अमर के पूरे शरीर में एक सिरहन-सी दौड़ गयी। नशे में आदमी क्या नहीं कर लेता है।

फिर भी अमर ने हिम्मत करके पूछा, ''बात क्या है?''

बाबाराम ने घुड़कते हुए कहा, ''इतने भोले मत बनो बाबू...! दो दिन पहले तुम्हारे अखबार में सोनपुरा से मेरे खिलाफ एक खबर छपी है कि मैं गाँजे और अफीम की तस्करी करता हूँ। यह खबर कैसे छपी, क्या प्रमाण है? आज ही सारी पत्रकारिता घुसेड़ दूँगा। उसके बाद जो करना है, कर लेना।''

अमर ने कहा, ''इस खबर के साथ मेरा क्या सम्बन्ध है?''

बाबाराम ने नशे की झोंक में कहा, ''क्या मतलब बाबू, पूरा जिला तुम्हारे अंडर में आता है। तुम्हारी निगाहों से ही सारा समाचार गुजरता है। जब स्कूल में पढ़ते थे तब से तुमको जानता हूँ। माल बाबू के भाई हो, सोचा नहीं था कि तुम मेरे खिलाफ समाचार छपवाओगे। खैर, मैं अब किसी का लिहाज नहीं करता। आज तो समझो तुम्हारा काम तमाम। घुसेड़ के ही दम लूँगा मैं...।''

बाबाराम को बातों में उलझाये रखने के सिवाय अमर को कोई रास्ता नहीं सूझ रहा था।

उसने फिर समझाने की कोशिश की, ''बाबाराम, हर जगह का संवाददाता मेरे

जरिये समाचार नहीं भेजता है। सभी समाचार सीधे रायपुर भेजे जाते हैं। हाँ... कोई विशेष खोजबीन करनी हो तब रायपुर से मेरे पास हिदायत आती है और तब मैं उस मामले में हस्तक्षेप करता हूँ। मेरा सोनपुरा के संवाददाता के भेजे हुए समाचार से कोई वास्ता नहीं है। बाकी यदि मुझको कुछ लिखना होता है तो या तो वह मेरे नाम से जाता है या फिर जिला प्रतिनिधि के नाम से छपता है। तुम्हें जरूर कोई गलतफहमी हो गयी है।''

बाबाराम ने एक भद्दी-सी गाली दी, मगर चाकू को अमर के पेट से ही अड़ाये रहा। अत्यधिक नशे के कारण उसके हाथ थोड़े काँप भी रहे थे। बदबू से परेशानी हो रही थी सो अलग। उस छोटे-से रेल के डिब्बे में बाकी सब लोग चुपचाप माज़रा देख रहे थे। बाबाराम की कद-काठी को देखकर शायद इतने डरे हुए थे कि किसी की हिम्मत नहीं हो रही थी कि बीच-बचाव करे। यों भी छत्तीसगढ़ के आम लोग शहरी लोगों के झगड़े में तब तक नहीं पड़ते थे जब तक उन्हें अपने अनुकूल वातावरण न मिले। गाँवों की देहरी पर यदि ऐसा हो, तब भले ही वे हस्तक्षेप कर लेते हैं। फिर इस दादा किस्म के आदमी से जो नशे में भी है उलझने की परिस्थिति में कोई नहीं था।

अमर को बार-बार लगता रहा कि नशे में यह आदमी सचमुच में छुरा चला सकता है। तब भला वह क्या कर लेगा? कुछ देर तक बाबाराम और भी बहुत-सारी बातें बड़बड़ाता रहा।

बात-ही-बात में उसने यह भी कहा, ''तुम्हारी इतनी हिम्मत है, तुमने ठाकुर साहब के खिलाफ भी खूब लिखा है, पर बाबू मेरा नाम बाबाराम है, मैं किसी को कुछ नहीं समझता। मान लो कि मैं गाँजे और अफीम का कारोबार करता हूँ तो क्या हुआ? तुम्हारा उसमें नुकसान कहाँ है? मैं अपने बल पर कारोबार कर रहा तो... तुम्हें क्यों खुजली हो रही है?''

अमर ने फिर एक कोशिश की, ''देखो बाबाराम, तुम नशे में हो, तुम्हें मेरी बात समझ में नहीं आ रही है। गाँजा और अफीम बेचना गैरकानूनी है। कभी पकड़े गये तो पुलिस के चक्कर में पड़ जाओगे। सबसे बड़ी बात है कि स्थानीय खबरों को मैं सीधे नहीं देखता हूँ। इसलिए भी मुझ पर इस तरह से बरसने का कोई मतलब नहीं। और मान लो, तुमने मुझे मार दिया उसके बाद भी समाचार तुम्हारे खिलाफ छपेंगे, फिर तुम क्या कर लोगे।''

पता नहीं क्या असर हुआ कि बाबाराम थोड़ी देर तक चुप रहा... लेकिन उसने चाकू वाले हाथ को हटाया नहीं। थोड़ी देर तक मन-ही-मन बड़बड़ाता रहा। इसी बीच ट्रेन गतोरा पार करते हुए बिलासपुर के आउटर तक पहुँच चुकी थी।

अमर ने अन्तिम बार कोशिश की, ''बाबाराम, तुम जो अभी कर रहे हो, वह

भी गलत कर रहे हो। बिलासपुर आते ही यदि तुम पर पुलिस की नज़र पड़ गयी तो तुम फिर फँस सकते हो।''

बाबाराम पर जादू-सा असर हुआ। उसने छुरे को फिर से समेटकर अपनी जेब में रख लिया। फिर उसने कोई बात नहीं की और जैसे ही बिलासपुर स्टेशन आया वह तकरीबन प्लेटफार्म पर कूद गया और सीधा गेट के बाहर...। अमर को लगा जैसे एक अँधेरी गुफा से अभी-अभी वह बाहर निकल पाया है। यदि सचमुच में नशे की हालत में बाबाराम ने चाकू चला ही दिया होता तो अमर क्या कर लेता?

□□

रात के अँधेरे में करवटें बदलते-बदलते बार-बार अतीत के घाव खुजलाने लगते। अमर लाख कोशिश करता कि वह पिछली यादों को बिल्कुल धो-पोंछकर अलग कर ले, लेकिन ऐसा हो नहीं पाता था। दीप्ति की ओर मन को जितनी बार लौटाने की कोशिश करता, हर बार लगता कि कहीं दीप्ति ने उसे बैरंग लौटा दिया तो...? एक अच्छी मित्रता के बीच उसकी अपेक्षाएँ कहीं सीमा पार तो नहीं कर जा रही हैं? यदि कोई सकारात्मक इंगित मिलता भी हो तो क्या अमर माधुरी से जुड़ीं सभी बातें दीप्ति को बता पाएगा? यदि नहीं बताता है तब भी तो यह गलत होगा। इस मुद्दे को लेकर वह किसी से कुछ नहीं कहना चाहता था। कुछ निर्णय निहायत व्यक्तिगत होते हैं।

पिछले एक माह में जो-जो घटनाएँ उसके साथ घटीं, उस आपाधापी में दीप्ति से मिलना भी नहीं हुआ। उसने निर्णय लिया... कल ही वह दीप्ति से मिलेगा। अब इस अकेलेपन और अपनी उच्छृंखल जिन्दगी से अमर को डर-सा लगने लगा। यदि यही रवैया चलता रहा तो निश्चित रूप से वह बीमार पड़ जाएगा।

दीप्ति ने मिलते ही शिकायत की, ''अमर, मैं तो समझी थी तुम इधर का रास्ता ही भूल गये हो...। तुम ठहरे व्यस्ततम पत्रकार। इन दिनों 'ब्लिट्ज़' की खबर के चलते तुम तो हीरो बन गये हो। हमें लगा... अब इस नाचीज़ की याद तुम्हें कहाँ आएगी...?''

मन-ही-मन अमर को दीप्ति का उलाहना अच्छा लगा। इसका मतलब है दीप्ति को इतने दिनों का न मिलना खल रहा था।

अमर ने कहा, ''मुझ पर क्या-क्या गुजरी, वह पता है...?''

''भला, मुझे कैसे पता चलेगा, कौन बताएगा...? —एक बार इच्छा हुई थी कि तुम्हारी मैडम के पास पहुँचूँ और पता करूँ कि आखिर तुम कहाँ गायब हो गये...? फिर लगा, भला वह क्या सोचेंगी...?''

अमर ने कहा, ''मैं उनसे भी नहीं मिला हूँ।'' फिर उसने सिलसिलेवार पूरी

घटना का जिक्र किया कि किस तरह पुलिसवाले ही उसे मारने के लिए पीछे पड़ गये थे और परसों बाबाराम नामक गुंडे ने उसके पेट में चाकू अड़ा दिया था। पूरा वृत्तान्त सुनने के बाद दीप्ति के चेहरे पर चिन्ता की रेखाएँ उभरने लगीं।

''अरे बाप रे...! इतना सब हो गया और हमें पता ही नहीं चला। कम-से-कम एक बार मिल तो लिये होते।''

अमर ने कहा, ''मैं भी तो चौबीस घंटे सुरक्षा घेरे में था। उन दिनों अपनी मर्जी से घूम-फिर भी कहाँ पा रहा था।''

दीप्ति ने कहा, ''चलो, आज हमारे घर चलो...।''

अमर ने आश्चर्य से पूछा, ''घर...!''

दीप्ति ने कहा, ''हाँऽऽ... घर...! वहीं चलकर चाय पीएँगे। माँ तुमसे मिलेंगी तो खुश हो जाएँगी क्योंकि तुम्हारे बारे में मैंने माँ से ढेर-सी बातें की हैं।''

अमर मन-ही-मन घबराया, जाने क्या बताया होगा...?

अमर ने हिम्मत करके पूछा, ''और पिताजी...''

दीप्ति हँस पड़ी... ''इतना डरते क्यों हो...? पिताजी को आते-आते काफी रात हो जाती है और मेरे घर के लोग रुढ़िवादी नहीं हैं... अमर। उन्हें अपनी बेटी पर पूरा भरोसा है। घर चलकर बहुत-सारी बातें करेंगे। तुम्हें पता है कि इस एक महीने में मन-ही-मन मैंने कैसी-कैसी बातें सोच ली थीं। इतने लम्बे समय तक न मिलने से सबको चिन्ता होती है।''

सचमुच में दीप्ति की माँ से मिलकर अमर को बहुत अच्छा लगा। किसी की भी माँ से जब अमर मिलता था तो जाने क्यों उसे अपने जीवन में माँ के अभाव की बात नये सिरे से खटकने लगती थी। माँ को लेकर कहीं भी भावुकतापूर्ण बातचीत होती या अमर किसी फिल्म में माँ के भावपूर्ण दृश्य देखता तो उसकी आँखें भर आती थीं। कई बार ऐसे दृश्यों के समय वह थोड़ी देर के लिए आँख बन्द कर लेता या अवसर होता तो सिनेमा हॉल से बाहर आ जाता। दीप्ति की माँ के ममत्व-भरे व्यवहार से अमर के भीतर एकबारगी उथल-पुथल मच गयी। तरह-तरह की बातें होती रहीं। अमर कुछ देर का एकान्त चाहता था। पता नहीं दीप्ति ने इस बात को कैसे ताड़ लिया। दूसरे ही पल उसने कहा, ''चलो, हम लोग सामने वाले बरामदे में चलते हैं। मैं वहीं बैठकर अपनी पढ़ाई करती हूँ।''

अमर को जैसे मुँहमाँगी मुराद मिल गयी।

बरामदे में आने के बाद दीप्ति ने कहा, ''क्या बात है अमर, मैं ख्याल कर रही थी तुम माँ के सामने अजीब किस्म से अपने-आप में सिकुड़ गये थे। ऐसा लग रहा था जैसे अनईज़ी महसूस कर रहे थे।''

''नहीं...-नहीं... ऐसा कुछ नहीं। दरअसल तुम्हें मैंने कभी बताया नहीं। मेरी

माँ ने मुझे छह माह की उम्र में ही भाभी की गोद में सौंप दिया था। तब से जाने क्यों मेरे भीतर एक ग्रन्थि ने जन्म ले लिया। माँ के प्यार की तड़प के चलते मैं बहुत भावुक हो जाता हूँ। इसका यह अर्थ नहीं है कि भाभी ने मुझे प्यार नहीं दिया या मुझे पालने में कोई त्रुटि हुई है पर कुछ है, जो मुझे बहुत परेशान करता है।''

दीप्ति कुछ गम्भीर हो गयी। अमर उसी रौ में बहते हुए दीप्ति को अपने अतीत से जुड़ी जानकारी देता चला गया। अपनी बात करते हुए अमर को यह ध्यान ही नहीं रहा कि दीप्ति पर उसकी क्या प्रतिक्रियाएँ हो रही हैं। वह तो जैसे दर्द की घाटियों में फिसलता-सा गहरे और गहरे उतरता चला गया। पत्रकारिता के पेशे के प्रति घर के लोगों का विरोध। उसके बाद मेडिकल में एडमिशन न होने पर भैया का आगे का खर्च न दे पाने की विवशता और फिर माधुरी का पहला प्यार...। अमर सर झुकाये बोले जा रहा था, उसके भीतर जैसे एक बवंडर-सा उठ रहा था। वह जैसे आज अपने आप को पूरी तरह रिक्त कर देना चाहता था। इतने दिनों से उसके भीतर जैसे बहुत कुछ जम-सा गया था और अचानक स्नेह के स्पर्श से वह तेजी से पिघलने लगा। बताने के क्रम में उससे कुछ नहीं छूटा। छोटे-छोटे डिटेल्स भी देता रहा, उसी तरह अपने नख को दूसरी उँगली के नख से लगातार कुतरते हुए।

कुछ अन्तराल के बाद अमर को एहसास हुआऽऽ... अरे...! वह तो लगातार एकतरफा बोले जा रहा है। इस बीच दीप्ति ने हाँ... हूँ... भी नहीं की। उसे बड़ा अपराध-बोध-सा हुआ। अमर ने जब सर उठाया तो देखा...

दीप्ति एकटक उसकी ओर देखे जा रही थी और उसकी आँखें पनीली हो गयीं थी, वह मूर्तिवत् बैठी रही। अचानक घर के भीतर से दीप्ति की माँ ने आवाज़ दी, ''बहुत देर हो गयी बेटा, एक कप चाय और पीनी है...?''

एकाएक जैसे दोनों की तन्द्रा टूटी और दीप्ति अभी आई माँऽऽऽ... कहते हुए घर के भीतर की ओर चली गयी।

अमर मूर्तिवत् बैठा हुआ सोचता रहा। अभी तक वह किस प्रेरणा से एकतरफा बोले जा रहा था...? उसने तो अपना सब कुछ उगल दिया है। पता नहीं दीप्ति की आँखों में किस बात के आँसू थे? कहीं क्षोभ के आँसू तो नहीं थे? या फिर अमर की तरह वो भी दर्द के घनत्व में कुछ देर के लिए डूब गयी थी?

मनुष्य जब अपने दुःख के विषय में सोचता है तो उसे लगता है कि उससे अधिक कोई दुःखी नहीं होगा। लेकिन बहुत कम लोग ही सोच पाते हैं कि यह पूरा संसार ही दुःखों से भरा हुआ है। सुख का स्थायी पड़ाव कितनी देर तक के लिए हमारे जीवन में होता है...? दीप्ति के पास भी तो कहने को कुछ होगा...? उसे तो अमर ने अवसर ही नहीं दिया। यही सब सोचते हुए अमर को अपराधबोध-सा होने लगा।

इतनी देर में चाय लेकर दीप्ति ने बरामदे में प्रवेश किया...।

अमर ने नज़र चुरानी चाही...।

दीप्ति ने कहा, "फिर तुम सिकुड़ गये...!"

"मैं पता नहीं कितनी देर तक सिर्फ अपने ही बारे में बातें करता रहा... स्वार्थी की तरह।"

दीप्ति ने कहा, "नहीं अमर, जब भीतर वर्षों से बहुत-कुछ जमा होता है तो उसे बाहर आना ही चाहिए। किसी भी बहाने वह जब बाहर निकल जाता है तो एक अजीब-सी मुक्ति का एहसास होता है। तुम्हें भी ही ऐसा लग रहा होगा...। मैं तो तुम्हारी जिन्दगी की कहानी में डूब गयी थी। हालाँकि तुमने अभी तक मुझे अपनी जितनी कहानियाँ पढ़ने को दी थीं, उन्हें पढ़कर मुझको कुछ-कुछ समझ में आने लगा था। तुम्हारी पहली कहानी 'आईना टूट गया' और 'हारी हुई जिन्दगी' ने तो मुझे रुला ही दिया था। मैं बहुत दिनों से प्रतीक्षा में थी कि तुम पूरी तरह खुलते हो या नहीं, या दूसरे कई पुरुषों की तरह अपना अतीत छिपा ले जाते हो।"

अमर को जाने क्या सूझा... उसके मुख से अनायास निकला, "दीप्ति, मैं अपने-आपसे डरने लगा हूँ। मेरी दिनचर्या बहुत अस्त-व्यस्त, एक तरह से उच्छृंखल हो गयी है। एक ऐसा पेशा मैंने अपना लिया है कि अब किसी दूसरे पेशे की ओर मुड़ना भी कठिन है। ऐसे में मैं अपने आपको सँभाल नहीं पा रहा हूँ। मुझे बन्धन चाहिए। ऐसा कोई, जो मुझे बाँध ले...।"

दीप्ति के होठों पर एक हँसी फैल गयी, "अरे... अरे...! तुम आम पुरुषों की तरह कहाँ बोल रहे हो...? यह तो उल्टी बात हो गयी। पुरुष तो स्वभावतः ही मुक्त जीवन चाहता है। तुम हो कि उल्टे बँधना चाहते हो...!"

अमर थोड़ी देर के लिए शरमा-सा गया... "मैं शायद कुछ अधिक बोल गया। दरअसल मैं जो कहना चाह रहा हूँ, वह कह नहीं पा रहा हूँ।"

"नहीं अमर, तुम बहुत स्पष्टवादी हो। लाग-लपेट तुम्हें आता नहीं। तुम जो कहना चाहते हो, वह मैं समझ रही हूँ। इसमें परेशानी क्या है...? बँधना चाहते हो तो बँध जाओ।"

अमर को लगा, यही एक मौका है। उसने तुरन्त कहा, "कौन बाँधेगा मुझे ...?"

अप्रत्याशित तौर पर अचानक दीप्ति के मुँह से निकला, "कोई नहीं मिला... तो मैं हूँ न, बाँध लूँगी...।"

एकबारगी अमर को लगा जैसे पूरा आसमान उसकी बाँहों में उतर आया है और एकाएक वह अपनी दोनों हथेलियों से इस सारे आकाश को उठा नहीं पा रहा है और पसीना-पसीना हो रहा है।

दीप्ति जोर से हँस पड़ी— ''अरे...! तुम्हें तो सचमुच में पसीना आने लगा।''

पेशे से बोल्ड पत्रकार हो और इतना ज्यादा घबरा गये...।''

इतने दिनों में पहली बार अमर ने भरपूर नज़र से दीप्ति को देखा। दीप्ति के चेहरे पर उसे एक चमक-सी दिखाई दी। 'आत्म-विश्वास की चमक।'

अमर ने धीरे-से कहा, ''तुम सोच-समझकर बोल रही हो ना...!''

दीप्ति ने नाटकीय ढंग से कहा, ''मैं इस पुस्तक पर हाथ रखकर कह रही हूँ... कि मैंने जो कुछ भी कहा सच कहा... सच के अलावा और कुछ नहीं कहा... आगे भी सच ही कहती रहूँगी।''

फिर अमर भी हँस पड़ा। काफी देर हो गयी थी। अमर का मन उठने को तो नहीं कर रहा था, लेकिन इस तरह बहुत देर तक दीप्ति के घर में रहना भी ठीक नहीं लगा। उसने कहा, ''मैं बहुत जल्द ही तुमसे फिर मिल रहा हूँ। अब तो मिले बिना चैन नहीं रहेगा।''

फिर से दीप्ति ने चुटकी ली, ''क्यों, जब नहीं मिल रहे थे तो क्या खूब चैन से रहते थे... ?''

अमर ने इसका कोई जवाब नहीं दिया। वह जाने के लिए उठा तो दीप्ति ने कहा, ''एक मिनट ठहरो...!''

भीतर से दीप्ति एक पुस्तक उठा लाई। साथ में माँ भी थीं। पुस्तक को देते हुए दीप्ति ने कहा, ''यह निमाई भट्टाचार्य की प्रसिद्ध पुस्तक 'मेम साहब' का हिन्दी अनुवाद है। इसे जरूर पढ़ना। यह भी एक पत्रकार के जीवन की कहानी है। तुम्हें अच्छी लगेगी। फिर...।''

अमर ने दीप्ति की माँ को प्रणाम किया। दीप्ति की माँ ने कहा, ''घर से बाहर रहते हो, होटल में खाना खाते हो...। बीच-बीच में जब घर का खाना खाने का मन हो तो बेहिचक आ जाया करो... बेटा..! मुझे अच्छा लगेगा, दीप्ति को भी...।''

रात को नीलकमल के अड्डे से होते हुए जब अपने कमरे में लौटा तब अमर के होठों पर गुलजार के लिखे गीत की पंक्तियाँ थीं...

''हमने देखी हैऽऽ... उन आँखों की महकती खुशबू...।

हाथ से छू के उसे रिश्तों का इल्जाम न दो...

सिर्फ एहसास है...ऽऽ... रूह से महसूस करो...

प्यार...ऽऽ... को प्यार ही रहने दो, कोई नाम न दो...ऽऽ...''

सुरेश कमरे में कोर्स की कोई पुस्तक पढ़ रहा था। पहले-पहल उसके आने पर आम दिनों की तरह नोटिस ही नहीं लिया, लेकिन जैसे ही अमर ने साइकिल की चाबी और सिगरेट का पैकेट टेबिल पर रखा, तो सुरेश की नजर टेबिल पर पड़ी... ''अरे वाह...! क्या बात है, आज सिगरेट का कॉकटेल नहीं हो रहा है...। एक ही

ब्रांड का सिगरेट लेकर आ रहा है। ऊपर से गाना भी गुनगुना रहा है। आज मित्र को कोई खजाना हाथ लग गया क्या... या कोई पुरस्कार। क्या बात है बन्धु...?''

अमर ने कहा, ''कोई बात नहीं, मैंने तेरा कहना मान लिया है। अब एक ही ब्रांड का सिगरेट पीऊँगा...। तुम साले मुझे सुधारने में जो लगे हुए हो।''

देर रात जब सुरेश सो गया तब अमर ने टेबल लैम्प जलाकर दीप्ति के नाम पत्र लिखना शुरू किया।

सात

परीक्षा के परिणाम आ चुके थे। थोड़े से नम्बरों के लिए प्रथम श्रेणी नहीं मिली। दीप्ति भी फाइनल ईयर में आ चुकी थी। प्रथम श्रेणी न आने का गिला दोनों को था।

अमर ने प्राचार्य रामनारायण शुक्लजी के घर जाकर उनसे आशीर्वाद लिया और कहा, ''सर, आपकी मदद के बिना मेरा ग्रेजुएट होना सम्भव नहीं था। मैं जीवन भर आपके इस अहसान को नहीं भूलूँगा। दूसरा कोई होता तो इतनी कम अटेंडेंस होने पर परीक्षा की अनुमति ही नहीं मिलती।''

रामनारायणजी ने कहा, ''अमर, मेहनत तुम्हारी है। मैंने तो केवल तुम्हें उत्साहित ही किया है, जो सुविधाएँ मैं दे सकता था, वही तो तुम्हें दी हैं। इसमें अहसान कैसा?''

उन्होंने कहा, ''फिर, आगे क्या करना है?''

अमर ने कहा, ''चाहता तो था, क्लीनिकल साइकोलॉजी में एम.ए. करना पर यह विषय विश्वविद्यालय में है ही नहीं। रह गया सवाल हिन्दी में एम.ए. करने का। सो, मेरा मन नहीं है। अब बचा केवल समाजशास्त्र। दिक्कत यह है कि काम करते हुए, बिना रेगुलर हुए, किसी कॉलेज से डिग्री लेना सम्भव नहीं। प्राइवेट में करने का मन है।''

रामनारायणजी ने कहा, ''बिल्कुल नया सब्जेक्ट है, प्राइवेट की अनुमति रविशंकर विश्वविद्यालय के यूटीडी से ही मिल सकती है। मेरे ख्याल से इसके लिए साक्षात्कार भी होंगे।''

अमर एवं दत्ता ने प्राइवेट में एम.ए. करने का निर्णय लिया। निर्णय लेने मात्र से

क्या होता है? प्राइवेट के लिए भी विश्वविद्यालय में जाकर इंटरव्यू देना था, जुलाई में इंटरव्यू की तिथि तय हुई। अमर का क्रम आते-आते रात के आठ बज गये थे। विभागाध्यक्ष थे डॉ. इन्द्रदेव। उन्होंने ही साक्षात्कार लिया था। एडमिशन इस शर्त पर हुआ कि बीच-बीच में प्राइवेट छात्रों को भी काउंसलिंग के लिए यूटीडी में आना पड़ेगा। मन मसोस कर शर्तें माननी पड़ीं। इस तरह हर माह रायपुर आने का क्रम बन गया।

अमर और दत्ता इस बीच दो-तीन बार समाजशास्त्र की मॉनिटरिंग कक्षा में बिलासपुर से रायपुर आ चुके थे। अब चड्डा, अनिल, नरेन्द्र से कम मुलाकात होती थी। भरत से मुलाकात अवश्य हो जाती। एक तरह से अमर, दत्ता और भरत की तिकड़ी ही ऐसी थी कि वे नियमित तौर पर मिल लिया करते थे। भरत अपने गाँव की खेती में ज्यादा ध्यान देने लगा था। भरत भी काफी पढ़ा करता था। 'बाणभट्ट की आत्मकथा' उसकी प्रिय पुस्तकों में से थी। उन दिनों भरत एलेक्जेंडर सोल्जेनित्सिन की पुस्तक 'गुलाग...' पढ़ रहा था। पढ़ने के बाद वह अमर के साथ पढ़े हुए कई-कई चैप्टर पर लम्बी बातचीत करता। सामाजिक समस्याओं पर भरत की टिप्पणी काफी तीखी हुआ करती थी। वह गाँवों को साहित्यकारों के द्वारा महिमामंडित करने की चेष्टाओं से चिढ़ा रहता। उसका तर्क था कि "ये सारे लोग गाँव को उसी तर्ज पर देखते हैं जैसे लोग आदिवासियों को देखा करते हैं। आदिवासियों को लंगोटी में ही चित्रित किया जाता है जबकि यथार्थ यह है कि आजादी के बाद विकास की धारा में, कम ही सही, आदिवासी भी शामिल हुए हैं। उन्हें भी विकास में हिस्सेदारी का उतना ही हक है। पर ये साहित्यकार उन्हें उसी आदिम रूप में क्यों देखना चाहते हैं...? ठीक इसी तर्ज पर गाँव को भी ये प्रगति की दौड़ में शामिल कहाँ करते हैं? एक अजीब तरह का नॉस्टेलजिया (अतीतप्रेम) इन्हें परेशान ही किये रहता है, जिसे ये पाठकों पर थोपते रहते हैं।"

अमर पूरी तरह से इस बात से सहमत नहीं होता था, "ऐसा नहीं है, तुम इतना जरूर कह सकते हो कि सन्तुलित दृष्टि का अभाव है, लेकिन गाँव के प्रति जो एक नरम दृष्टि है, उसे मनुष्य की भीतरी चाहत के साथ मिलाकर तुम्हें देखना चाहिए। आधुनिकता वैज्ञानिक अवश्य है लेकिन आधुनिकता के चलते हम अपनी मूल्यगत चीजों को भूल भी तो नहीं सकते।" बहस काफी लम्बी हो जाती, तब दत्ता उसे दूसरी ओर मोड़ने की कोशिश करता और पुराने फिल्मी गीतों के ऊपर बात मुड़ जाती।

उसी बीच यह बात भी चर्चा में आई कि भारत के पास परमाणु शक्ति है या नहीं।

अमर का तर्क था, "अभी जिस तरह से महँगाई बढ़ी है, योजना आयोग ने

किसी बड़ी योजना पर पैसे भी खर्च नहीं किये हैं, फिर देश का रेवेन्यू किस मद में जा रहा है, जिसके चलते इस कदर महँगाई बढ़ रही है।''

भरत का कहना था, ''इसका क्या मतलब, क्या सारे पैसे परमाणु के ईंधन खरीदने में लगे...?''

अमर कहता, ''निश्चित रूप से यही बात होगी।

हमारे देश में परमाणु बम हो जाए, तब तो बात ही कुछ और होगी। फिर ये विकसित देश हम पर इतनी दादागिरी भी नहीं कर सकेंगे।''

अमर ने कहा, ''प्रतीक्षा करो... जल्द ही सच सामने आ ही जाएगा।''

इस बातचीत को दो ही महीने हुए थे। दत्ता और अमर क्लास अटेंड करने रायपुर आये थे। दोपहर के वक्त यूनिवर्सिटी टीचिंग डिपार्टमेंट में खबर फैली कि भारत ने पहला परमाणु परीक्षण कर लिया है। वह तारीख थी— अट्ठारह मई उन्नीस सौ चौहत्तर।

अमर और दत्ता दोनों ही इस बात से उत्तेजित थे कि इस परमाणु विस्फोट की चर्चा पहले कहीं नहीं हुई और उस विषय पर दो माह पहले ही वे चर्चा कर चुके थे— जैसा अनुमान था, वैसा ही हुआ। इस मौके पर कुछ हो जाए वाले उत्सवी मूड में बिलासपुर लौटने से पहले दोनों ने जमकर मीठा और समोसे खाये। याद ही नहीं रहा कि बस से लौटने के पैसे हैं या नहीं। जब दोनों बस स्टैंड पहुँचे तो अपनी-अपनी जेब से बची-खुची राशि निकालकर गिनने पर पता चला कि बस का किराया कम पड़ जाएगा। दत्ता ने सुझाव दिया कि भिलाई लौट चलते हैं। बहन के यहाँ से पैसे ले लेंगे। अमर का मन लौटने को नहीं था।

अमर ने कहा, ''कुछ देर रुको भई, हो सकता है कोई दिख जाए और हमारा काम बन जाए।''

चारों ओर नज़र दौड़ाने पर पहले तो कोई नहीं दिखा, लेकिन थोड़ी देर बाद अमर ने देखा कि बस स्टैंड के किनारे एक पेड़ के नीचे पवन दीवान अपने चार-पाँच चेलों के साथ बैठे बतिया रहे थे।

अमर ने दत्ता से कहा, ''यार लगता है, काम बन जाएगा।''

दत्ता चौंका, ''कैसे...?''

अमर ने कहा, ''दो मिनट रुको, मैं आता हूँ।''

अमर तेज कदमों से पवन दीवान की ओर आगे बढ़ा। अमर को देखते ही आदत के अनुसार पवन दीवान ठठाकर हँसे। ''वाहऽऽ.. वाह...ऽऽ बड़े दिनों बाद मुलाकात हो रही है। कहाँ जा रही है सवारी?''

अमर ने कहा, ''यूनिवर्सिटी आये थे, बिलासपुर लौट रहे हैं।''

पवन दीवान ने कहा, ''बिलासपुर क्या जाओगे यार, वहीं रहते हो, वहाँ जाने

की इतनी जल्दी क्या है? चलो, मेरे साथ राजिम चलो''।

अमर ने कहा, ''पहले अपने झोले में हाथ डालो और जो निकलता है, निकालो।''

पवन दीवान ने फिर एक ठहाका लगाया— ''मैं समझ गया... फक्कड़ पत्रकार...! जरूर बस के किराये में कुछ खंग (कम पड़) गया होगा। फिर पवन ने अपने नारंगी रंग के झोले में हाथ डाला और हाथ बाहर निकाला तो उनके हाथ में एक बीस का नोट था।''

अमर का चेहरा खिल गया, ''बहुत है। आपका अनुमान सही है। बस के किराये में कम पड़ गया था।''

पवन दीवान ने कहा, ''अब जल्दी से भागो, नहीं तो तुम्हारी बस छूट जाएगी।''

अमर बस की ओर जाने से पहले पवन दीवान से सटकर खड़ा हो गया और उनके कान में फुसफुसाकर कहा, ''देखा, नंग-धड़ंग सन्तों से भी मैंने कुछ वसूल ही लिया...!''

पवन दीवान ने कृत्रिम तौर पर आँखें तरेरी और कहा, ''भागो यहाँ से, नहीं तो दो-चार पड़ जाएँगे।''

अमर मुस्कराते हुए पवन दीवान को नमस्कार कहकर बस की ओर लौटा। पवन दीवान को घेरे चेलों को कोई बात समझ में नहीं आयी। वे सोचते रह गये होंगे कि कौन है, जो सन्त कवि से भी पैसे ऐंठ कर चला गया..!

दत्ता दूर से यह सब देख रहा था अमर के पास आने पर उसने पूछा, ''ये साहब कौन हैं..? लगते तो साधू जैसे हैं, उनसे भला पैसे कैसे ले आये...?''

अमर ने परिचय दिया, ''ये सन्त कवि पवन दीवान हैं... हमारे मित्र पहले हैं, बाद में कवि हैं और उसके बाद सन्त।''

पवन दीवान पृथक् छत्तीसगढ़ आन्दोलन के ज्यादा सुने जाने वाले प्रवक्ता बन गये थे। पवन के पास दो ताकतें प्रमुख थीं...। एक तो वे बहुत अच्छा कथा-वाचन करते थे। दूसरे उनकी कविताओं का ओज भी काफी पसन्द किया जाता। उन्हें सन्त-कवि पवन दीवान के नाम से सब जानते थे। एक नारा भी उछला—

''पवन नहीं यह आँधी है,
छत्तीसगढ़ का गाँधी है...''

□□

केन्द्र में इन्दिरा गाँधी की सरकार बड़ी निश्चिन्तता से चल रही थी। उस समय के सांसदों में पीलू मोदी, मधु लिमये की खूब चर्चा होती थी। रायबरेली से चुनाव

हार चुके राजनारायण जगह-जगह जनसभाएँ लेने लगे थे। उन्होंने इन्दिरा गाँधी के खिलाफ चुनाव में सरकारी साधनों के दुरुपयोग को लेकर इन्दिरा गाँधी के विरुद्ध याचिका दायर कर दी थी। जनसभाओं में इस बात का उल्लेख वे करते जाते थे।

एकीकृत म.प्र. आकार में बहुत बड़ा था। उस समय म.प्र. में करीब 45 जिले थे। छत्तीसगढ़ के हिस्से में केवल 16 जिले आते थे। छत्तीसगढ़ का क्षेत्र प्रगति की आहट से अक्सर वंचित रहता था। गनीमत थी कि म.प्र. के प्रथम मुख्यमन्त्री पं. रविशंकर शुक्ल हुए, जो रायपुर से थे। उनके चलते भिलाई इस्पात संयन्त्र छत्तीसगढ़ को मिला था। कुछ विकास के कार्य भी हुए। बाद के वर्षों में उनके दो बेटे श्यामाचरण शुक्ल और विद्याचरण शुक्ल ने उनकी राजनीतिक विरासत को सँभाला। श्यामाचरण ने म.प्र. की राजनीति में अपनी पैठ बनाई, मुख्यमन्त्री पद तक पहुँचे। विद्याचरण सांसद के रूप में केन्द्रीय राजनीति में आये और एकाधिक बार मन्त्री बने। विद्याचरण शुक्ल के चलते छत्तीसगढ़ में कुछ बड़ी संस्थाएँ आयीं। म.प्र. में पहला टी.वी. टॉवर भी रायपुर में स्थापित हुआ। वैगन रिपेयर शॉप भी रायपुर में आया। रायपुर, बिलासपुर, कोरबा, भिलाई में कुछ कल-कारखाने भी आने लगे। इस तरह इन शहरों में औद्योगिक क्षेत्र का निर्माण हुआ।

केन्द्र में चाहे जितनी भी चमक रही हो, धीरे-धीरे महँगाई का ग्राफ ऊपर जा रहा था। छत्तीसगढ़ में अधिकांश जगहों पर एक ही फसल हुआ करती थी। सिंचाई के साधन सीमित थे। नहरों का जाल नहीं बिछा था। वर्षा पर आधारित खेती के कई खतरे थे। जिस वर्ष वर्षा कम होती, उस वर्ष ही कुछ हिस्से में अकाल की परिस्थिति बन जाती थी। इसके विपरीत कभी-कभी अधिक वर्षा के कारण पनिया अकाल पड़ जाता था। बावजूद इसके चावल के उत्पादन में छत्तीसगढ़ अग्रणी राज्यों में से माना जाता था। वर्षों इस अंचल को धान के कटोरे के नाम से जाना जाता था। मुख्यतः यहाँ दुबराज, लुचाई, विष्णुभोग, गुरमटिया और सफरी-सत्रह का उत्पादन प्रचुर मात्रा में होता था। इसमें से दुबराज और विष्णुभोग बाहर के राज्यों में एवं विदेशों में भी भेजा जाता था। लुचाई मध्यम वर्ग में ज्यादा चर्चित था। गुरमटिया और सफरी-सत्रह गरीबों का चावल कहलाता था। इस अंचल में राइस मिल भी काफी संख्या में रहे। चावल की बड़े आढ़तों में रायगढ़, सक्ती, बाराद्वार, चाँपा, बिलासपुर, भाटापारा, रायपुर और राजनाँदगाँव की गिनती होती थी। मरवाही और लैलुंगा इलाके में विष्णुभोग का काफी बोलबाला था। धान के कटोरे के साथ ही राइस किंग के रूप में म.प्र. के बाहर भी नेमीचन्द श्रीमाल की शोहरत चावल के सबसे बड़े व्यापारी (राइस किंग) के रूप में थी। वे इतने ताकतवर थे कि छत्तीसगढ़ की राजनीति में प्रत्यक्ष दखल न होने पर भी उनका प्रभाव काफी था।

एक फसल होने के कारण यहाँ के कृषि-मजदूर अक्सर नवम्बर के बाद बड़ी

मात्रा में देश के विभिन्न हिस्सों में काम की तलाश में चले जाते थे। इसे राजनीति की भाषा में पलायन कहकर चिह्नित किया जाता। धान कटाई के बाद के पाँच महीनों का इनका अन्तर्राज्यीय प्रवास हुआ करता था, क्योंकि उस समय खेतिहर मजदूरों के हाथों काम नहीं होता था। लेकिन पेट समझौता करे भी तो कैसे...? अत: रोजी-रोटी की तलाश में ये मजदूर कलकत्ता, श्रीनगर, पंजाब के कुछ जिलों में उत्तरप्रदेश के कई शहरों यथा इलाहाबाद, कानपुर, रायबरेली इत्यादि में विभिन्न तरह के काम के लिए जाते थे, ईंट भट्ठे के काम से लेकर खेती के काम तक और कुछ कल-कारखानों में काम के लिए। गर्मी के दिनों में सरकार की ओर से राहत कार्य के अन्तर्गत काम होता अवश्य था, लेकिन म.प्र. जैसे बड़े राज्य में बजट बँटकर छत्तीसगढ़ अंचल में जब आता था तो बहुत कम प्रतिशत मजदूरों को काम मिल पाता था।

आमतौर पर कहा जाता है कि यहाँ के मजदूर बहुत आत्म-सन्तोषी होते हैं और एक टाइम के खाने की व्यवस्था हो जाए तो ये निश्चिन्तता की नींद सोना पसन्द करते हैं। लेकिन इन्हीं मजदूरों को दूसरे प्रान्तों में खटते देखकर यह धारणा टूट जाती थी। पंजाब के गाँवों में तो छत्तीसगढ़ के मजदूरों की ज्यादा माँग हुआ करती थी। उन्हें बिहारी मजदूरों से ज्यादा बेहतर समझा जाता था। सम्भव है इसके पीछे छत्तीसगढ़ के गरीब-गुरबों का सहज और सरल स्वभाव ही ज्यादा मायने रखता हो। मेहनती तो ये हैं ही। ठंड के दिनों में यहाँ से विभिन्न दिशाओं में जाने वाली यात्री गाड़ियों में बेजा भीड़ हुआ करती थी। खासकर रायगढ़, सक्ती, बाराद्वार, चाँपा, अकलतरा, बिलासपुर, पेंड्रा, कटनी, भाटापारा, रायपुर, दुर्ग, राजनाँदगाँव और डोंगरगढ़ से मजदूर विभिन्न दिशाओं, विभिन्न यात्री गाड़ियों में जाया करते थे।

छत्तीसगढ़ के मजदूरों को यहाँ से ले जाने के लिए अन्य प्रान्तों से मजदूरों के दलाल भी आया करते थे। वे समूह में मजदूरों से बात करते, उन्हें एक साथ यहाँ से ट्रेन के जरिए ले जाते। ट्रेन में टिकिट के पैसे कम लगते थे। ज्यादा-से-ज्यादा लोगों को एक साथ ढोया जाता था। ये मजदूर समूह में ही अपने को सुरक्षित महसूस करते थे। इसलिए अन्य साधनों से इन्हें बाहर ले जाना महँगा पड़ता था। वैसे अन्य साधनों से इतने सारे लोग एक साथ जा नहीं सकते थे। ये मजदूर अपने साथ बर्तन-भांडे भी ले जाते और कभी-कभी कुछ दिन तक चलने गुजारे अनाज भी...। छोटे बच्चों को भी ये साथ कर लिया करते थे। छत्तीसगढ़ की महिलाएँ ज्यादा मेहनतकश हुआ करती थीं। इसलिए पति के साथ उतना ही और कभी-कभी उससे भी अधिक परिश्रमी हाथ साथ हो जाया करते। ये पाँच महीने काम करने के बाद इतना जोड़ लेते थे कि वापस आने के बाद कुछ दिन तक उनकी गृहस्थी सँवर जाती थी।

'ब्लिट्ज़' की ओर से छत्तीसगढ़ के मजदूरों के पलायन पर एक बड़ी स्टोरी

बनाने का एसाइनमेंट मिला। बड़े भाई जैसे मित्र विष्णु सिन्हा ने बात ही बात में बताया, ''रायबरेली में ढेर सारे मजदूर ईंट-भट्ठों में काम करने जाते हैं। वहाँ एक बड़ा ठेकेदार है, जो जालिम भी है। सुनते हैं, वह काफी जुल्म ढाता है और छत्तीसगढ़ के मजदूरों को बन्धुआ मजदूर बना लेता है, जो सालों वहाँ से लौट नहीं पाते। यहाँ बैठकर स्टोरी लिखना तो बहुत आसान है। बाहर भी जाकर पता तो करना चाहिए।''

अमर ने कहा, ''मेरी जो तनख्वाह है, उसमें बाहर जाने के खर्चे बहुत भारी पड़ेंगे। दूसरी तरफ, अभी मेरे सूत्र या मेरी दोस्ती-यारी अन्य राज्यों के संवाददाताओं से हुई नहीं हैं। आने-जाने पर ही न मित्रता बनती है।''

विष्णुजी ने तुरन्त कहा, ''तुम यदि मेरे लिए भी रिपोर्ट बना दो तो आने-जाने का किराया मैं दे सकता हूँ। शेष तुम्हें वहन करना पड़ेगा।''

अमर वहीं बैठे-बैठे हिसाब लगाता रहा। अचानक याद आया कि बहुत पहले किसी कहानी को लेकर रायबरेली से स्वतन्त्र चौहान और डी.के. शर्मा से काफी पत्र-व्यवहार हुआ था। यदि कोई पत्र मिल जाए, जिसमें दोनों में से किसी एक का भी पता हो तो शायद वहाँ ठहरने का प्रबन्ध हो जाएगा। अमर मन से तैयार हो गया। बिलासपुर आकर उसने पते ढूँढ़े तो डी.के. शर्मा का पता मिल गया। विष्णुजी से फोन पर बात हुई कि पैसे भिजवा दें। बिलासपुर से ही कटनी-इलाहाबाद होते हुए रायबरेली जाना था। शायद डी.के. को अमर का पत्र मिल चुका था इसलिए स्टेशन पर ही डी.के. मिल गया।

ऊँचा-पूरा गोरे रंग का डी.के. शर्मा दरअसल ईसाई था। बाद में उसने बताया था कि उसके पूर्वजों की तीसरी पीढ़ी जाने किन कारणों के चलते ब्राह्मण से धर्मान्तरण कर ईसाई बन गयी थी। डी.के. खुले विचारों वाला युवक था। रायबरेली में छोटी-बड़ी मारपीट में भी पहले डी.के. का नाम आ जाया करता था। जब से उसे इंडियन टेलीफोन इंडस्ट्रीज की रायबरेली यूनिट में नौकरी मिल गयी तब से उसने मारपीट से तौबा कर ली थी। जितना वह ऊँचा-पूरा था और जिस तेजी से तैश में आ जाता था उसकी तुलना में उसका मन बच्चों जैसा था, बिल्कुल थोड़े में पिघल जाता।

रायबरेली में अमर को पाकर डी.के. बहुत खुश था, उसने कहा, ''बॉस, मजा आ गया। कभी सोचा भी नहीं था कि एक-दो बार की चिट्ठी-पत्री मुलाकात में बदल जाएगी और आप इतनी दूर से रायबरेली आएँगे...? भले ही आपको यहाँ भी काम है, पर मेरे लिए तो यह मुलाकात ही लॉटरी जैसी है।''

अमर ने विस्तार से रायबरेली आने के कारणों को बताया।

डी.के. ने तुरन्त कहा, ''बॉस, मैं यह मानता हूँ कि इस इलाके का एक नामी गुंडा है, खून-खराबा जिसके लिए आसान काम है। उसकी राजनीतिक पहुँच भी

है। पुलिस को भी चन्दा देता है। काफी धाक है उसकी। लेकिन यह ईंट-भट्ठे वाली बात मेरी जानकारी में नहीं है। खैर, आप आ गये हैं तो किसी-न-किसी तरह से पता तो चल ही जाएगा। भाई स्वतन्त्र चौहान भी मिल जाएँगे। वे तो मजदूर-राजनीति में भी दखल रखते हैं, उनसे भी मदद मिल जाएगी।''

अमर ने किसी छोटे-मोटे होटल के लिए कहा, लेकिन डी.के. अड़ गये, ''जितने दिन रहेंगे, मेरे ही घर पर रहेंगे। मेरे रहते आप होटल में रह ही नहीं सकते।'' (मन-ही-मन अमर इस बात से खुश था कि डी.के. ने ठहरने की समस्या हल कर दी, क्योंकि अमर के पास थोड़े ही पैसे थे)।

वह रविवार का दिन था, खाना खाने के बाद अमर ने कहा, ''यहाँ का ऐसा बाज़ार बताओ, जहाँ पर गरीब तबके के लोग भी काफी संख्या में आते-जाते हैं। जैसे हाट लगता है उसी तरह का।''

डी.के. ने आश्चर्य व्यक्त किया, ''आपको कौन-सा सामान चाहिए...?''

अमर ने कहा, ''अरे भाई, मुझे कुछ नहीं खरीदना है। मैं बाज़ार सिर्फ इसलिए जाना चाहता हूँ कि जहाँ भी छत्तीसगढ़ के मजदूर रहते हैं वे अपना खाना स्वयं बनाते हैं। वे इकट्ठे सामान भी नहीं खरीदते हैं। ज्यादा हुआ तो सप्ताह भर का राशन खरीद लिया। सब्जी-भाजी अपनी हैसियत के अनुसार बीच-बीच में खरीद लेते हैं। खासकर हरी मिर्च, धनियापत्ती, टमाटर आदि खरीदते रहते हैं। ठंड पड़ने लगी है, भाजियों का यह मौसम है। मैं बाज़ार घूमकर देखना चाहता हूँ। हो सकता है भूले-भटके कोई हमारे यहाँ का मजदूर मिल जाए...?''

डी.के. ने पूछा, ''इससे क्या होगा...?''

अमर ने कहा, ''जब मजदूर प्रवास पर दूसरी जगह जाते हैं तो समूह में रहने का प्रयास करते हैं। अपने इलाके के मजदूरों के साथ सतत् सम्पर्क बनाये रखते हैं। यदि काम के स्थल की दूरी दोनों के बीच अधिक हो तो उनके मिलने की जगह बाज़ार ही हुआ करती है। इस प्रकार अपनी रिपोर्ट की खोज-खबर की शुरुआत मैं यहीं से करना चाहता हूँ।''

डी.के. ने कहा, ''बॉस, मुझको भी समझ में आ रहा है कि पत्रकारों के काम करने का तरीका ही कुछ अलग होता है। रायबरेली में भी दो-चार हैं, लेकिन सब प्रेस-विज्ञप्ति के आधार पर पत्रकारिता करते हैं।''

अमर ने टोका, ''ऐसा नहीं है डी.के., हम उनसे भी मिलेंगे। देखना उनके पास से भी काफी सूचनाएँ मिल जाएँगी। बेचारे छोटी जगह में रहते हैं। उन्हें रोज-रोज समाचार कहाँ से मिलेगा... ? पत्रकारिता में विशेष छोटा-बड़ा कोई नहीं होता। समाचार भी खदान-खुदाई जैसा है... जितना खोदो उतना ही कुछ-न-कुछ निकल जाता है।''

शाम को अमर को लेकर डी.के. रायबरेली के मुख्य बाज़ार में पहुँचा, जो घंटाघर से पश्चिम की तरफ पड़ता है। रायबरेली के घंटाघर की एक खासियत थी— वहाँ गधों का हुजूम इकट्ठा रहता था।

अमर ने डी.के. से मजाक भी किया, ''अरे यार, यहाँ तो गधे-ही-गधे हैं।''

डी.के. ने चुटकी ली, ''ऐसे ही नहीं बॉस ये इन्दिरा गाँधी का चुनाव क्षेत्र है। यहाँ फिरोज गाँधी के नाम से एक कॉलेज भी है। यहाँ हर तीसरा व्यक्ति सीधे दिल्ली से कनेक्शन रखता है। अब आप इन सबको गधों में गिन रहे हो तो मुझे कुछ नहीं कहना है।''

अमर ने सफाई दी, ''अरे भाई, मैं गधों की संख्या के बारे में बात कर रहा था।'' खैर, बात आयी-गयी हो गयी और वे बाज़ार पहुँचे। बाज़ार के भीतर काफी देर तक निरुद्देश्य घूमते हुए जब वे भाजियों वाली कतार से गुजर रहे थे तो अचानक अमर ठिठक गया।

''भाजी का भाव दिये परोसी...?'' यह सम्बोधन एक क्रेता का विक्रेता को था।

अमर के पाँव वहीं रुक गये। उसने क्रेता के चेहरे की ओर देखा तो उसे ऐसा लगा जैसे यह छत्तीसगढ़ का ही आदमी होगा...?

उसने तुरन्त पूछा, ''कौन गाँव के हस गा...?''

उसे भी रायबरेली में छत्तीसगढ़ी सुनकर अच्छा लगा।

उसने कहा, ''अकलतरा पामगढ़ के हौं...।''

अमर ने पूछा, ''अऊ संगी मन आये हे के नहीं...।''

''आये हे ना... ये दे, समारु ह मोर संग खड़े हे, ये हर चाँपा के हे...। अऊ दो झन संगी बाराद्वार के हवय।''

अमर ने उनको अपनी नजरों के घेरे में रखकर पहले तो उनको खरीदारी करने दी। फिर उन्हें चाय के बहाने एक दुकान में लाकर बातचीत करनी शुरू की। उनमें से तीन मजदूर एक चर्चित ईंट-भट्ठे में काम करते थे और दो साथी थोड़ी दूर किसी अन्य ईंट-भट्ठे में काम करते थे। समारु ने बताया कि उनमें से कुछ लोग सटे हुए गाँव में एक कारखाने के निर्माण-कार्य में मजदूरी करते हैं। विस्तार से वहाँ कई बातें हुईं...।

अमर को दूसरे दिन डी.के. अपने दफ्तर आई.टी.आई. ले गया। वहाँ उसने अपने बॉस डोभाल से मुलाकात कराई। वहीं हिन्दी स्टेनो रामनरेश वर्मा से मुलाकात हुई। बहुत मजेदार चरित्र। उतनी देर की बातचीत में ही रामनरेश का डोभाल के प्रति आन्तरिक गुस्सा इस बात में उभर गया कि उसने डोभाल को तृतीय श्रेणी का अफसर बताया। बाद में डी.के. ने इसका तर्जुमा किया कि डोभाल साहब अफसरों

में ग्रेड-श्री में हैं। इसी से अमर को पता चल गया कि डोभाल की छवि अपने मातहतों के बीच में बड़ी नकारात्मक है।

डी.के. ने डोभाल से अनुमति लेकर अमर को स्थानीय पत्रकारों से मिलवाया। उन्होंने भी प्रान्तों से आये मजदूरों से सम्बन्धित ढेर सारी बातें बताईं।

अमर ने अन्त में कहा, "यदि आप लोगों की मदद से धुन्नी सिंह से थोड़ी बातचीत हो जाए तो मेरा यहाँ आने का मकसद पूरा हो जाएगा।"

दैनिक जागरण के संवाददाता ने दूसरे दिन के लिए धुन्नी सिंह से मिलाने का जिम्मा ले लिया। शेष बचे हुए समय में डी.के. ने रिक्शे पर रायबरेली की परिक्रमा करा दी। शहर बड़ा नहीं था, लेकिन नाम बड़ा था, क्योंकि इन्दिरा गाँधी यहीं से चुनाव लड़ा करती थीं।

डी.के. ने बात-ही-बात में कहा, "बॉस, राजनारायण ने इसी चुनाव में रिट-पिटीशन दायर किया है इन्दिरा के खिलाफ। सुनवाई चल रही है, सालों चलेगी लेकिन आरोप बहुत तगड़े हैं।"

अमर ने कहा, "होना-जाना कुछ नहीं है। इन्दिराजी जिस ढंग से आगे बढ़ रही हैं, वह तानाशाह की चाल-ढाल है।"

दूसरे दिन धुन्नी सिंह के अड्डे पर अमर की संक्षिप्त-सी मुलाकात हुई। धुन्नी सिंह ने बातचीत में छत्तीसगढ़ के मजदूरों की मेहनत करने के मामले में काफी प्रशंसा की। फिर उसने अपनी जीप में ईंट-भट्ठों की परिक्रमा करा दी, जहाँ अमर ने अपने बॉक्स कैमरे से छत्तीसगढ़ के मजदूरों के रहने वाले झोपड़ों की, खाना बनाते हुए और काम करते मजदूरों की तस्वीरें लीं। इस प्रकार यह मिशन पूरा हुआ।

रायपुर लौटकर कोई ऋणात्मक रिपोर्ट बन नहीं पाई। रिपोर्ट से यही ध्वनि निकलती रही कि छत्तीसगढ़ के प्रवासी मजदूर जो रायबरेली में काम करते हैं, वे वहाँ उन चार-पाँच महीनों में खा-पीकर भी छह-सात सौ रुपये (सन् चौहत्तर में) जमा करके ले आते थे। धुन्नी सिंह अपने मजदूरों को काफी जतन से रखता था। इसका कतई यह अर्थ नहीं कि वह पारिश्रमिक ज्यादा देता था, लेकिन धुन्नी सिंह के दबदबे के कारण छत्तीसगढ़ के इन मजदूरों की बस्ती में कोई गुंडा-मवाली झाँक भी नहीं सकता था। इतने सुरक्षित थे ये मजदूर, जबकि दूसरे ईंट-भट्ठों में थोड़ी-बहुत शिकायत थी।

अमर ने लौटकर उसी रिपोर्ट को एक-दूसरे तरह से लिखकर विष्णु सिन्हा को भी दिया और कहा, "आपके पैसे पूरे पानी में तो नहीं गये, लेकिन जैसा चाहते थे रिपोर्ट वैसी नहीं मिली। चाहता तो इसे रबर की तरह खींच सकता था, झूठ भर सकता था। पर वह अपने पेशे के साथ बेईमानी होती।"

□□

अविभाजित म.प्र. और उड़ीसा में बड़ी मात्रा में पूर्वी पाकिस्तान (बांग्लादेश) के शरणार्थियों को बसाया गया था। दोनों ही राज्यों में शरणार्थियों को सुदूर वनांचलों में बसाने की योजना बनी। म.प्र. में छत्तीसगढ़ के तत्कालीन बस्तर जिले के पखांजूर के 133 गाँवों में उन शरणार्थियों को बसाया गया। इसी तरह उड़ीसा में मलकानगिरी के क्षेत्र में शरणार्थियों को शरण मिली थी। आज पखांजूर के शरणार्थीबहुल 133 गाँवों को परलकोट जिले के नाम से जाना जाता है। पहले-पहल दण्डकारण्य प्रोजेक्ट के तहत इन्हें रायपुर के पास माना कैम्प (जहाँ छत्तीसगढ़ की राजधानी का हवाई अड्डा है) में प्राथमिक रूप से बसाया गया। इसे अस्थायी कैम्प कहा जाता था। यहीं से फिर इन्हें पखांजूर के 133 गाँवों में भेजा गया। माना में भी कुछ लोग स्थायी ढंग से बस गये। बस्तर के आदिवासी बहुल क्षेत्र में गैरआदिवासियों को बसाने की यह सबसे बड़ी पहल थी। शुरुआती दौर में इन शरणार्थियों को भी जिजीविषा की लड़ाई लड़नी पड़ी। एक तो छत्तीसगढ़ ही विकास के लिए तरस रहा था। तिस पर इतने शरणार्थियों का बोझ।

दीनबन्धु की ओर से अमर को हल्की-सी खबर मिली थी कि माना कैम्प में डायरिया से बहुत अधिक संख्या में शरणार्थी बच्चों की मौत हुई है। अमर ने सलिलजी से फोन पर माना जाने की अनुमति माँगी। अनुमति मिलते ही अमर रवाना हो गया। विकास तब रायपुर मेडिकल कॉलेज में था। अमर ने विकास को भी अपने साथ ले लिया। साथ में एक बॉक्स कैमरा तो था ही। कैम्प में जाते ही अव्यवस्था का आलम दिखाई दिया। मिलिट्री के पुराने परित्यक्त बैरकों में और कुछ नए शेड्स के भीतर कई परिवार समाये हुए थे। साफ-सफाई शायद लम्बे समय तक नहीं होती थी। चारों ओर कचरा फैला था। पुलिस की उपस्थिति तगड़ी थी। दो-एक लोगों से बात करने की कोशिश की, तो उनकी आँखों में दर्द और डर के भाव दिखे। पुलिसवाले सूँघकर उधर ही चले आते।

अमर ने विकास से कहा, ''यार, कुछ तो गड़बड़ है..? सरकार ने तथ्य छिपाने के गुंताड़े ढूँढ़ लिये हैं।''

विकास ने कहा, ''ऐसे में कैसे पता चल पाएगा...?''

अमर ने कहा, ''थोड़ा धैर्य धरो बन्धु, कोई-न-कोई सुराग मिल ही जाएगा।''

अमर कैम्प की परिधि से बाहर आया तो करीब एक फर्लांग की दूरी पर उसे एक टैंट लगा हुआ दिखाई दिया, जहाँ दूर से कुछ पुलिसवाले बैठे दिखाई दिये। वह भाठा जमीन थी, बिल्कुल उजाड़। अमर को सन्देह हुआ।

उसने विकास से कहा, ''विकास हो न हो, उस टैंट के भीतर बच्चों की लाशें हो सकती हैं।''

विकास ने चौंकते हुए कहा, ''ये कैसे हो सकता है...? हो सकता है कि

पुलिसवाले ही वहाँ रहते हों... यह उनका अस्थायी तम्बू होगा..! तुझे ऐसा क्यों सूझ रहा है?''

अमर ने कहा, ''पता नहीं यार, मुझे तो दाल में कुछ काला नज़र आता है। जब मन में यह बात आ ही गयी है तो पता लगाये बिना तो मैं यहाँ से हिलूँगा ही नहीं।''

थोड़ी देर तक तो अमर कुछ सोचता रहा। विकास ने भी तब कोई टिप्पणी नहीं की।

एकाएक अमर ने विकास से कहा, ''एक मदद करनी पड़ेगी। उस जगह तक तेज दौड़ लगानी पड़ेगी। दौड़ने की आदत अभी भी बनी हुई है कि नहीं?'' विकास हँसा... ''अरे यार, मेडिकल की पढ़ाई में दौड़ने की फुर्सत कहाँ होती है...? लेकिन एक फर्लांग की दौड़ में कुछ नहीं रखा है, दौड़ जाऊँगा।''

अमर ने कहा, ''मैं भी दौड़ूँगा...! हम दोनों यहाँ से एक साथ दौड़ते-दौड़ते उस तम्बू के पास जाएँगे। हम हाँफने का अभिनय करेंगे, उसके बाद जो कुछ कहना है, मैं कहूँगा।''

योजना के अनुसार अमर और विकास उस तम्बू की तरफ दौड़ पड़े। जैसे ही वे पुलिसवालों के पास पहुँचे हाँफते हुए उन्होंने कहा, ''अरे भाई... कैम्प में उधर बलवा हो गया है। शरणार्थी आपस में ही खून-खराबे में लग गये हैं। आग लगाने की भी कोशिश हो रही है और आप लोग यहाँ बैठे हैं...।''

दरअसल उन दिनों कैम्प में खूब झगड़े भी हुआ करते थे। अभाव व्यक्ति को अपराधी की मन:स्थिति में भी ले आता है। इसलिए कैम्प में मारपीट, झगड़े, पुलिस का हस्तक्षेप कोई नयी बात नहीं थी। पुलिस के लोगों पर जाने क्या असर हुआ... वे पाँच के पाँच कैम्प की ओर बन्दूक उठाकर दौड़ पड़े। अमर ने तुरन्त विकास को इशारा किया और वे तम्बू के भीतर झाँकने लगे। भीतर का नजारा देखकर दोनों हतप्रभ रह गये। कम-से-कम आठ से दस विभिन्न उम्र के बच्चों की लाशें वहाँ रखी हुई थीं।'' अमर ने विकास से कहा, ''कुछ लाशों को बाहर खींच लिया जाए।''

एक मेडिकल छात्र के लिए लाशों को खींचने में कोई विशेष दिक्कत नहीं हुई। लेकिन कुछ बदबू तो आने ही लगी थी। दोपहर के तीन बज रहे थे। धूप भी काफी तेज थी। अमर ने अपने बॉक्स कैमरे से धड़ाधड़ तस्वीरें खींची। तम्बू के भीतर जहाँ तक थोड़ी-सी रोशनी जा रही थी, वहाँ तक का भी दृश्य आ गया। अब इन फिल्मों की धुलाई के बाद तस्वीरें कैसी आती हैं इसका अनुमान नहीं लगाया जा सकता था। बहरहाल इतना सब करने में अमर ने पाँच मिनट से ज्यादा समय नहीं लगाया और फिर दोनों ने आनन-फानन में कैम्प के विपरीत मुख्य सड़क की ओर लम्बी दौड़

लगाई। बीच में रुकने का सवाल ही नहीं था। साँस उखड़ने लगी तब जाकर उन्हें रायपुर की ओर जाती हुई एक बस मिली। दोनों उस पर सवार हो गये। शाम को ही बसन्त दीवान की मदद से अमर ने वह फिल्म धुलवाई। ब्लैक ऐंड व्हाइट का जमाना था। फिर भी तस्वीरें काम-चलाऊ आ गयी थीं।

दूसरे दिन अमर ने विभिन्न स्रोतों से कुछ और तथ्य एकत्रित किए। एक विस्तृत रिपोर्ट बनी। अमर ने यह रिपोर्ट डेस्क पर रम्मू भैया को दे दी। रम्मू भैया ने उस रिपोर्ट पर एक संक्षिप्त-सी टिप्पणी लिखी और प्रकाशनार्थ दे दी। सलिलजी से मिलकर अमर शाम को ही बिलासपुर लौट आया। दूसरे दिन के अखबार दैनिक दीनबन्धु में इस बड़ी खबर के छपते ही सरकारी महकमा हरकत में आया।

□□

रायपुर में फूलचौक से आगे लोहिया मार्केट बना है, वहीं बसन्त दीवान का स्टूडियो था। रायपुर आते-जाते अमर का परिचय साहित्यिक मित्रों के जरिये ही बसन्त दीवान से हुआ। बसन्त उन दिनों कवि सम्मेलन में भी जाने लगे थे। कवि के रूप में मंचों पर बसन्त दीवान अपनी भारी और बुलन्द आवाज़ और तेजस्विता के लिए चर्चित हुआ करते थे। बसन्त बहुत अच्छे फोटोग्राफर थे। बम्बई में जे.जे. आर्ट्स से भी.कुछ दिन तक जुड़े रहे। रायपुर के अब्बन तब शिल्प बोर्ड में नौकरी पा चुके थे। बसन्त के मुफलिसी के दौर में अब्बन ने बम्बई में उन्हें काफी सहारा दिया था। रायपुर में बसन्त दीवान का स्टूडियो उस समय रायपुर आने वाले स्थानीय साहित्यकारों के लिए एक स्थायी अड्डा था। तब के कवियों, साहित्यकारों की टोलियों में होटलों में ठहरने की कूवत बहुत कम लोगों में हुआ करती थी।

धमतरी, महासमुन्द, आरंग, भिलाई, राजनाँदगाँव से आने वाले मित्र साहित्यकारों को रात रुकना हो तो बसन्त के स्टूडियो में ही चादर बिछाकर सोने का इन्तजाम हो जाया करता था। रात आठ बजे के बाद बसन्त तीन चौथाई शटर गिरा देते थे और उनकी रोज की खुराक यानी शराब का एक पौव्वा उनकी टेबिल पर होता। साथ में किसी को पीना होता तो वह अपने हिस्से की दारू उसमें जोड़ लेता था। चिखौना (मिक्स्चर) लाने का जिम्मा बसन्त का ही होता था। बड़े समाजवादी तरीके से बसन्त का काम चलता था। बसन्त कभी-कभी अखबारों के लिए भी तस्वीर मुहैया कर देते थे। रायपुर के प्राय: सभी पत्रकारों से बसन्त के गाढ़े रिश्ते थे। अतिथि-सत्कार से लेकर बीमारों की सेवा में भी बसन्त सबसे आगे रहते थे।

उन दिनों रायपुर में प्राइवेट नर्सिंग होम की परम्परा विकसित नहीं हुई थी, न ही चिकित्सा को लेकर घनघोर व्यावसायिकता को पर लगे थे। इसलिए सरकारी डी.के. अस्पताल (दाऊ कल्याण सिंह अस्पताल) में ही लोग भर्ती होते थे। इक्के-

दुक्के नर्सिंग होम थे भी तो वहाँ धनाढ्य लोग ही आते-जाते थे। बाकी जगह प्रसूतिगृह हुआ करता था। यदि कोई मित्र या कोई परिचित अस्पताल में भर्ती हो तो रात-दिन बसन्त की हाजिरी नियमित रूप से वहाँ लगती थी। चूँकि बसन्त बम्बई में तीन-चार साल काट चुके थे इसलिए यदि किसी मित्र, परिजनों के यहाँ किसी को कैंसर के इलाज या जाँच के लिए बम्बई टाटा मेमोरियल में जाना होता तो बसन्त भाई स्वयं ही आगे आ जाते। चाहे दुकान का कितना भी नुकसान हो, बसन्त दीवान चले बम्बई मरीज की सेवा करने।

विभु कुमार का घर तात्यापारा में ही सड़क के किनारे था। वे दुर्गा आर्ट्स कॉलेज में हिन्दी पढ़ाते थे। विभु भी दीवान स्टूडियो की बैठकों में अक्सर शामिल हो जाया करते थे। शिरो दीदी के घर पर ही विभु कुमार से अमर की पहचान हुई थी।

विभु कुमार जब बसन्त भाई की बैठकी में होते तो पीने-पिलाने के दौर में अक्सर वातावरण गरम हो जाता। विभु कुमार को चढ़ती बहुत जल्दी थी और जैसे ही चढ़ती थी, वे नाक सुड़कने लगते और छींकों का दौर शुरू हो जाता। बसन्त भाई चिढ़ जाते। यहीं तक आकर नहीं रुकते थे विभु कुमार। यों भी स्वाभाविक स्थिति में रहते विभु कुमार कुछ ज्यादा ही स्पष्ट बोलते थे और सामान्यत: उनके हर वाक्यांश में शरीर विज्ञान की एक अच्छी-सी गाली होती। इन आदतों के चलते विभु कुमार को ठीक से न जानने वाले बुरा भी मान जाते। इसकी परवाह विभु को नहीं रहती थी। विभु को एहसास ही नहीं हुआ कि वे हिन्दी के प्राध्यापक हैं और उनकी छवि पर इन बातों का असर पड़ सकता है। सचमुच में बाहर उनकी छवि जो भी हो, पर अपनी क्लास में हिन्दी पढ़ाते हुए विभु कुमार को देखना एक पृथक् अनुभव होता। छात्रों के बीच विभु की अच्छी पैठ थी। लड़कों से एक अभिभावक जैसा बर्ताव उसने कभी नहीं रखा। पढ़ाते वक्त वे छात्रों का ही एक हिस्सा बन जाया करते थे। अपनी तरह की बिन्दास जिन्दगी वह जीते थे। कई-कई बार दीवान के स्टूडियो पर गरमा-गरम बातचीत के चलते दीवान अपनी बुलन्द आवाज़ के चलते विभु को चुप करा देते और कभी अनबोला ठान लेते। उनके बीच की यह कुट्टी बच्चों जैसी होती थी। न दीवान भाई को विभु की अनुपस्थिति रास आती थी और न विभु कुमार ज्यादा दिनों तक दीवान से छिटककर रह सकते थे। अन्ततः किसी शाम विभु टहलते हुए दीवान की बैठक में हाजिर होते और पहला ही सम्भाषण गालियों से शुरू होता, "साले ऐसा दिखावा करते हैं, जैसे दोस्तों के बिना बड़े आराम से जी लेंगे।"

बसन्त दीवान को हँसी आ जाती।

विभु भी अमर पर अपनी उम्र का धौंस जमाते थे, "अबे, तू तो बच्चा है। पहले

तय कर साहित्य से जुड़ा रहेगा या पत्रकारिता से...। 'दो नावों में पाँव' वाली बात मेरी समझ में नहीं आती।''

बसन्त हस्तक्षेप करते, ''देखो यार, विभु...! जब देखो तब तुम किसी के भी पीछे पड़ जाते हो। अमर अपने निर्णय खुद ले सकता है। साहित्य और पत्रकारिता को एक साथ यदि वह निर्वाह कर पा रहा है तो क्या आपत्ति है...?''

विभु कहते, ''आपत्ति कुछ नहीं, पूर्णता का सवाल है। किसी भी एक मोर्चे पर यदि आदमी आगे बढ़ता रहे तो उसे मंजिल मिल जाती है, नहीं तो सब कुछ आधे-अधूरे रह जाते हैं।''

बसन्त दहला फेंकते, ''अरे यार, उसने अभी तो शुरू ही किया है। कुछ दूर तो उसे चलने दो...! फिर वह स्वयं रास्ता ढूँढ़ लेगा। अभी से तुम उसके पीछे मास्टरी का डंडा मत चलाओ।''

अमर रायपुर आता तो शाम दीवान की बैठक में शामिल नहीं हो पाता, क्योंकि उसे बिलासपुर लौटना ही होता था। प्रकाश शुक्ला ने छत्तीसगढ़ के दस-पन्द्रह मुद्दों को लेकर एक बड़े छात्र आन्दोलन की शुरुआत कर दी थी। लेकिन अमर इस आन्दोलन में शरीक होने के लिए रात नहीं रुक पाता था।

प्रकाश शुक्ला से इस बीच मुलाकातें बढ़ गयी थीं। प्रकाश के भीतर कांग्रेसी व्यवस्था को लेकर एक असन्तोष पनपने लगा था। प्रकाश को शंकर गुहा नियोगी की राजनैतिक लाइन पसन्द आने लगी थी। प्रकाश को शंकर गुहा नियोगी की कार्यपद्धति बहुत प्रिय थी। शंकर गुहा नियोगी भी डौंडीलोहारा से जब भी रायपुर आते तो प्रकाश से जरूर मिल लेते थे। शंकर गुहा नियोगी ने भिलाई से जो आन्दोलन प्रारम्भ किया था वह डौंडीलोहारा में जाकर परवान चढ़ा। शंकर भिलाई में एक साधारण कर्मचारी की हैसियत से कार्यरत थे और उसी समय से वे कर्मचारियों को संगठित करने में लगे थे। छत्तीसगढ़ मुक्ति मोर्चा के गठन के बाद शंकर के उठान का एक लम्बा इतिहास है। शंकर गुहा नियोगी ने आदिवासियों के बीच रहकर न केवल आदिवासियों की तरह ही जीवन जिया, बल्कि एक आदिवासी लड़की आशा से बाकायदा शादी भी की। गृहस्थी बसाने के बाद भी शंकर की मजदूर राजनीति में कोई फर्क नहीं आया। शंकर हमेशा परिणामोन्मुख आन्दोलन करने में विश्वास रखते थे। इसीलिए वे 'अनमनीय' भी माने जाते थे। शंकर का यह एक चेहरा था तो दूसरा चेहरा मजदूरों के बीच से बुराइयों को जड़ से मिटा देने का भी था। पूरे भारत में शंकर अकेले उदाहरण हैं, जिसने अपने दस हजार मजदूर साथियों को शराब की लत छोड़ने के लिए मजबूर किया, उनके खाते खुलवाये और बचत योजनाओं के लिए उन्हें प्रेरित किया। बाद में चलकर शंकर ने मजदूरों के सहयोग से डौंडीलोहारा में एक अस्पताल भी खोलने में सफलता पाई।

रायपुर के आजाद चौक पर ही विश्वविद्यालय छात्रसंघ की ओर से एक मंच बना था, जहाँ महँगाई और बेरोजगारी का मामला भी एजेंडा में शामिल था। उसी के साथ ही पृथक् छत्तीसगढ़ को लेकर भी एक माँग रखी गयी थी। कुल मिलाकर पहले यह आभास ही नहीं हुआ था कि यह लड़ाई लम्बी चलेगी। इस आन्दोलन की चर्चा इसलिए भी हो रही थी कि छात्रों ने पूरे छत्तीसगढ़ की समस्याओं को अपने मंच पर इस तरह पहली बार तवज्ज़ो दी थी। प्रारम्भिक स्थिति में प्रशासन ने भी इसे गम्भीरता से नहीं लिया, लेकिन धीरे-धीरे तमाम महाविद्यालयों के छात्र इससे जुड़ते चले गये और रायपुर को केन्द्र बनाकर एक उत्तेजना फैलने लग गयी। बाद में पुलिस ने काफी कोहराम मचाया। गिरफ्तारियाँ हुईं और अन्त में कर्फ्यू तक लगाना पड़ा। बसन्त दीवान इस आन्दोलन में भी अप्रत्यक्ष रूप से उनसे जो भी बनता सहयोग कर रहे थे। इस आन्दोलन से कांग्रेसी नेतृत्व, जो अपने को अपरिहार्य मानने लगे थे, उनके माथे पर भी बल पड़ गये।

प्रकाश की नेतृत्व क्षमता पर और विश्वास बढ़ गया। लेकिन प्रकाश अपने को प्रोजेक्ट करने में काफी पीछे रह जाता था। उसकी तुलना में सुभाष शर्मा, अश्विनी, अम्बर, गंगाराम काफी मुखर हुआ करते थे और अपने को प्रोजेक्ट करना जानते थे। एकमात्र भूपेन्द्र शर्मा ही प्रकाश की तरह विचारों के प्रति पूर्ण समर्पित होकर प्रकाश से जुड़ा रहता था।

अमर ने फिर टोका था, ''प्रकाश, तुम अग्रिम पंक्ति में होते हुए भी अपने हक की बात करने में हिचक क्यों जाते हो? जो लोग तुमसे उन्नीस हैं वे आगे बढ़कर राजनैतिक लाभ उठा रहे हैं।''

प्रकाश कहता, ''यार, कैसी बात करते हो... यह आगे-पीछे क्या होता है...? मैं स्वयं को क्यों प्रोजेक्ट करूँ? सब-के-सब तो मेरे अपने हैं। जब ऐसा वक्त आएगा मेरे लोग क्या मुझे अकेला छोड़ देंगे...?''

अमर समझाता... ''यार, मैं तुम्हें कैसे समझाऊँ...? राजनीति में एक अंडरकरेंट भी होता है, जिसे हम अपनी हिन्दी में धीमी आँच की खिचड़ी कहते हैं। उसका ज्ञान तो होना चाहिए भाई...। तुम्हारे अन्दर जो भावुकता है वह लाख छिपाने के बावजूद भी उभर कर सामने आ जाती है। यहीं दूसरों को मौका मिल जाता है। वे तुम्हारी भावुकता की जमीन पर अपना स्वार्थ कब रोप देते हैं, तुम्हें पता ही नहीं चलता।''

प्रकाश उत्तेजित हो जाता, ''यार, मैं समझ नहीं पाता। तुम मुझे ही क्यों समझाते रहते हो...?''

अमर कहता, ''तुमसे अधिक मेरा अपना यहाँ और कोई है भी तो नहीं। मैं अपने प्रकाश को सर्वाधिक प्रकाशित देखना चाहता हूँ।''

प्रकाश बातचीत पर पूर्ण–विराम लगाने की गरज से कहता, ''अच्छा बाबा, ठीक है, मेरे भाग्य में होगा तो तू उजाले से नहा लेना... बस...'' और बात आई-गयी हो जाती।

□□

चौबेजी की बैठक में उस दिन बी.आर. यादव, पीयूष भाई, रमणिक त्रिपाठी भी मौजूद थे। ठंड पड़ने लगी थी। बिलासपुर में पन्द्रह डिग्री सेल्सियस की ठंड कम नहीं थी। बैठक के बीच कामरेड मुश्ताक अपना प्रसिद्ध लांग कोट पहनकर हाजिर हो गये। कामरेड के अनुभवी चेहरे पर उनकी मुस्कान बड़ी खिलती थी। यह और बात है कि उसी मुस्कान में कभी–कभी एक हल्का–सा श्लेष भी उभर जाता था।

कामरेड की नज़र जैसे ही अमर पर पड़ी, तुरन्त उन्होंने सवाल उछाल दिया, ''कहो यंगमैन, कैपिटल पढ़ा या अभी भी अनछुआ पड़ा हुआ है। तुम्हारी तरह ही कई लोग होते हैं, जो पुस्तक को सेतते रहते हैं और वापस करते वक्त कह भर देते हैं कि पढ़ा है, पर जैसे ही कुछ पूछो तो एक छद्‌म ओढ़कर कहते हैं—

कभी फुर्सत से इस पर चर्चा करेंगे।''

अमर ने कहा, ''चाचा, मैंने ईमानदारी से पढ़ना शुरू किया है। पहली रीडिंग में मुझे कई बातें पल्ले ही नहीं पड़ीं। अभी दूसरी रीडिंग दे रहा हूँ। काम भी इतना रहता है कि दिनभर तो मैं पढ़ नहीं पाता। रात को जो थोड़ा वक्त मिलता है, तब पढ़ता हूँ।''

कामरेड ने तुरन्त दूसरा प्रश्न दागा, ''जो पढ़ा है, उसी से बताओ क्या समझे... क्या नहीं समझे...?''

अमर ने बड़ी संजीदगी से कहा, ''चाचा, आपने पहले ही बड़े साइज का काढ़ा मुझे दे दिया है। जरा हौले–हौले बात भेजे में घुसेगी। जो समझा, उस पर बात करने का माहौल यह नहीं है। बाकी लोग बोर हो जाएँगे। जो नहीं समझा उसका एक नमूना आपको बता सकता हूँ।''

फिर कुछ ठहरकर अमर ने आगे कहा, ''मार्क्स ने 'पूँजी' के तीसरे खंड में लिखा है कि यह काल्पनिक पूँजी सट्‌टेबाजी को जन्म देती है। इतना ही नहीं, वह वास्तविक पूँजी से अपना नाता तोड़कर स्वयं ही सट्‌टेबाजी का अन्तः क्षेत्र बन जाती है। सट्‌टेबाज इसी काल्पनिक पूँजी के आधार पर बड़े–बड़े सट्‌टे लगाते हैं। वे जिन चीजों पर सट्‌टा लगाते हैं, उनकी कीमतें वास्तविक अर्थव्यवस्था में बढ़ती हैं, तो उन्हें लाभ होता है और यदि वहाँ वह कम हो जाती हैं, तो सट्‌टा बाजार का भट्‌ठा बैठ जाता है और सटोरिये बर्बाद हो जाते हैं।''

“चचा, इस बात को सरल रूप से कोई उदाहरण देकर मुझे समझाइये।”

कामरेड ने कहा, “लगता है, वाकई में तुमने पढ़ने की मेहनत की है। इसका उदाहरण भी देता हूँ।”

“यह तो हम सबको पता है कि पूरे विश्व को अपनी अर्थ-नीति के नियन्त्रण में लेना चाहता है अमरीका। प्रारम्भ से ही वह पूँजीवादियों के हक में अपनी अर्थ-व्यवस्था को बुन चुका है। बीच-बीच में पूरे विश्व में जो आर्थिक संकट पैदा होता है वह अमरीका से शुरू होकर सारी दुनिया में फैल जाता है। इसका कारण है अमरीकी प्रतिभूतियों (हुंडियों या काल्पनिक पूँजीवाले कागजों) का व्यापार खूब पनपता है और वास्तविक बैंक की व्यवस्था की जगह ‘शैडो बैंकिंग’ अर्थात् छाया बैंक व्यवस्था पनपने लगती है, जिससे कई तरह की वित्तीय समस्याएँ भी पैदा होती हैं और काल्पनिक पूँजी के कागजों का व्यापार दुनियाभर में फैलने लग जाता है, जिसकी अन्तिम परिणति आर्थिक संकट के रूप में सामने आती है। जबकि यह सच है कि मुक्त बाजार पूँजीवाद की देन है और यह आर्थिक सन्तुलन कभी भी कायम नहीं कर सकता।”

अमर को फिर भी सन्तुष्टि नहीं हुई। दरअसल अभी भी अमर को पूँजी के व्यापार को ठीक से समझना था। इसके लिए खूब पढ़ना भी पड़ेगा। सो अमर ने कहा, “चचा, हम फिर से इस पर चर्चा करेंगे। मुझे थोड़ा और वक्त दीजिए।”

बहुत कम बोलने वाले डी.पी. चौबे ने हस्तक्षेप किया, “कामरेड, क्यों इस बच्चे के पीछे पड़े हो... ? आप तो यहाँ क्लास ही लेने लग गये। अरे, उसके हँसने-खेलने के दिन हैं, अभी से उस पर इतना बोझ क्यों लाद रहे हो... वह भी अपने किस्म का पागल है। भिड़ गया तो मार्क्स को छान डालेगा। फिर उसके अखबार का मालिक उसकी ऐसी-तैसी कर देगा। इतनी-सी उमर में तो जिला सँभाल रहा है, रहम करो, कामरेड...।”

फिर उन्होंने चाय का आर्डर दिया। मन-ही-मन अमर ने चौबेजी को धन्यवाद दिया और कहा, “जान बची, लाखों पाये...।”

चौबेजी के यहाँ से अमर निकला तो कामरेड मुश्ताक ने भी आवाज़ दी, “यंग-मैन, मैं भी कुछ दूर तुम्हारे साथ चलूँगा। चतरू बाबू के घर तक।”

अमर ने मन-ही-मन सोचा, कामरेड फिर से मार्क्स की चर्चा न छेड़ दें। लेकिन हुआ इसके विपरीत। कामरेड बिल्कुल ही हल्के मूड में आ गये, “और क्या चल रहा है यंगमैन, अभी तक कोई प्यार-व्यार किया कि नहीं?”

अमर ने कहा, “अभी तो जिन्दगी की शुरुआत है चचा। आगे-आगे देखिए, होता है क्या... ?”

अमर ने साहस करके फिर पूछा, “यदि आप अनुमति दें तो इसी सन्दर्भ में एक

सवाल आपसे पूछ सकता हूँ?''

चचा हँस पड़े... ''यहाँ छिपाने को क्या है, जो छिप जाए। हमारा इश्क तो मॉरिश कॉलेज में पढ़ते हुए अपनी पार्टी से हो गया था। दिमाग खाली ही नहीं होता था, आन्दोलन और आन्दोलन..। इसका मतलब यह कतई नहीं है कि मैं प्यार के खिलाफ हूँ। हमारी जिन्दगी में भी कोई आता तो क्या मैं उसे भगा देता। अरे नहीं... यंगमैन, न कोई आया, न कोई गया। लेकिन ईमानदारी से एक बात तुमसे कहता हूँ... अगले जन्म में मैं कोई साधारण मजदूर बनकर पैदा होना चाहता हूँ, तब गृहस्थी बसाऊँगा।''

अमर ने पूछा, ''आप मजदूर का ही जन्म क्यों लेना चाहते हैं?''

चचा का भी कोई जवाब नहीं था। उन्होंने कहा, ''इसलिए यंगमैन कि मजदूरों की जमात में अधिकारों को लेकर कोई फर्क नहीं होता। दोनों समान होते हैं। दोनों एक साथ खटते हैं, लड़ते हैं, फिर सुलह कर लेते हैं, पीते भी हैं तो एक साथ। माना कि संघर्ष उनके जीवन में बहुत है पर बिना संघर्ष के जिन्दगी में मजा भी क्या है...?''

इतने में चतरू बाबू का घर आ गया। चचा ने पीठ पर हाथ रखते हुए कहा, ''फिर मिलेंगे दोस्त...! अबकी बार मिलोगे तो मार्क्स की दूसरी पुस्तक दूँगा...'' और वे चतरू बाबू की दहलीज की सीढ़ियाँ चढ़ने लगे।

कार्य की व्यस्तता और तरह-तरह की परेशानियों के बीच हर शाम दीप्ति से मिलने का समय अमर निकाल ही लेता। सोनपुरा जाने पर मुलाकात नहीं हो पाती थी। लेकिन मन का एक कोना न मिल पाने के लिए टीसता रहता था। उसने बड़े कायदें से भाभी के कान में यह खबर दे दी थी। पहले तो भाभी थोड़ी उखड़ गयी थी, लेकिन बाद में उनके भाव कुछ ऐसे थे जैसे वे इस रिश्ते को मान ही जाएँगी। वे मान गयीं तो भैया भी मान जाएँगे। शादी को लेकर आपस में लम्बी बहसों के बाद अन्ततः तय हो गया कि इसी गर्मी में उन्हें शादी करनी है। इसके लिए दोनों ही अपने-अपने घरों में अनुकूल माहौल बनाएँगे। यह विजातीय शादी तो थी नहीं इसलिए दोनों को भरोसा था।

□□

आठ

डॉक्टर आते, जाँच की औपचारिकता पूरी कर लौट जाते... नर्सें आतीं, सलाइन चढ़ातीं, इंजेक्शन देती और चली जातीं। उन्हें हल्का-सा आभास होता था... बस, और कोई प्रतिक्रिया नहीं होती थी। शरीर शून्य-का-शून्य रहता। जब पलाश साथ होता तो पत्नी घर-गृहस्थी पर आये इस संकट पर उसके हाथ गम्भीरता से चर्चा करतीं। ऐसी चर्चाओं के दौरान कभी-कभी पलाश की आवाज़ तन जाती, ''क्या माँ, क्यों निगेटिव सोचती हो...! अभी तक जब हालात स्टेबल हैं तब तक उम्मीद क्यों छोड़ें...!''

उन्हें अहसास होता कि पत्नी की हथेली उनके मस्तक को सहलाने लग जाती। उँगलियों के स्पर्श मात्र से उनका मन भी भीतर-ही-भीतर पसीज जाता। कभी-कभी अतीत को खँगालने का भी मन नहीं होता। ऐसा लगता कि खँगालने से क्या होता है...? काश...! मैं इसे लिख पाता। कितने-कितने चरित्र हैं, कितने लोग हैं, जिनके बारे में लिख पाने से ऋण उतारने जैसा सुख मिल सकता था। लेकिन अब, इस लाचारी में सिवाय स्मृति को मथने के और कुछ भी नहीं किया जा सकता। अस्पताल का खर्च भी तो है। पता नहीं... कहाँ से कैसे पत्नी यह सब जुगाड़ कर रही होगी। जरूर पलाश ने भी पैसे दिये होंगे...!

गनीमत है कि उन्होंने अपना मकान पहले ही बना लिया था। अन्यथा आज की तिथि में राजधानी में मकान बना पाना उनके जैसे सामर्थ्य वाले व्यक्ति के लिए अकल्पनीय है।

एक साथ कई परिचित आवाज़ों ने उन्हें चौंकाया, एक आवाज़ बिल्कुल अलग है...ये अभयानन्दजी हैं। बागबाहरा से आये होंगे...! क्यों खामखा आ गये...? उनको अभी-अभी तीसरा हार्ट अटैक हुआ था। शेष आवाज़ें सतीश वर्मा, राय दादा, शमीम और सुधीर खंडेलवाल की हैं। इन्हीं आवाज़ों में बिल्कुल अलग से पहचान में आ रही है... नथमल शर्मा की आवाज़...''अचानक इतने दिनों बाद ये सब कैसे आए...?'' मन-ही-मन अपने ही सवाल पर वे खुद झुंझला जाते हैं। आखिर वे किससे पूछ रहे हैं? कौन जवाब देगा...? साधारण दिनों में इन सबकी याद ही आती है। यह अपनी व्यस्तताओं के बीच समय निकालकर मिलने भी कहाँ आ पाते थे...?''

बड़ी देर तक सब-के-सब वहाँ उपस्थित रहे। अस्पताल के पैरा-मेडिकल स्टॉफ को इस तरह से भीड़ करना पसन्द नहीं। लेकिन वे भी कुछ नहीं कर पाते। उनके जैसे मरीज को इस भीड़ के होने से भी क्या... और न होने से भी क्या...? अँग्रेजी में इस हालत को वेजिटेबल स्टेटस कहते हैं। हालाँकि इसका हिन्दी

अनुवाद सुनने में उतना बेहतर नहीं लगता। 'साग-सब्जी जैसी स्थिति।'

"ऊ..हूँ... इससे तो बेहतर है मृतप्राय कहना। दरअसल हमारे संस्कार ऐसा कहने के लिए हमें रोकते होंगे, पर सच्चाई तो यही है। अच्छा लगा...।"

कुछ देर के अन्तराल में एक-एक कर सब चले जाते हैं। रह जाता है फिर वही शून्य...। पत्नी का स्पर्श, पलाश की छुटपुट बातें और यादें... सिर्फ यादें...।

इसी बीच बड़ी तेजी से कई-कई घटनाएँ एक साथ घटीं। शिरो दीदी ने अन्ततः लक्ष्मीकान्त सरस से शादी की और मद्रास चली गयीं। अमर और दीप्ति ने शादी कर ली। थोड़ा-बहुत विरोध हुआ, पर दोनों की जिद के आगे अन्ततः सबने हथियार डाल दिये। गीतकार भगवान स्वरूप ने अपनी पहली पत्नी के होते हुए अपने विभाग की ही एक लड़की से शादी कर ली। तीनों घटनाएँ इतनी तेजी से घटीं कि अमर को आगे-पीछे सोचने का अवसर ही नहीं मिला।

शिरो दीदी की विदाई के समय अमर सोनपुरा गया। वह एक उदास शाम थी। दीदी का इस तरह से अचानक चले जाना अमर को काफी खल गया। इस बात की खुशी भी थी कि शिरो दीदी को उनके मन के अनुकूल जीवन साथी मिला। सरस भाई थे तो बनारस के, लेकिन सालों से मद्रास में जम गये थे। हिन्दी की मशाल लेकर वे मद्रास में अलख जगाये हुए थे। सरस भाई को डॉ. धर्मवीर भारती बहुत चाहते थे। दक्षिण से कई महत्त्वपूर्ण रिपोर्ताज़ और रिपोर्ट सरस भाई भेजा करते थे। पेरियार स्वामी नायकर पर सरस भाई ने एक तीखी रिपोर्ट धर्मयुग में लिखी थी। उसके परिणामस्वरूप उनके खिलाफ मद्रास में वातावरण बन गया था। तब सरस भाई कुछ दिनों के लिए सोनपुरा चले आये थे। माह भर वे सोनपुरा में ही डटे रहे। जब माहौल कुछ ठंडा हुआ, तब वे मद्रास लौटे।

अमर ने भी बहुत सादगी से अपना विवाह निपटाया। दोनों ने पहले से ही तय कर लिया था कि कोई तामझाम नहीं करेंगे। एक छोटी-सी पार्टी दी थी, जिसमें साहित्य एवं पत्रकारिता से जुड़े खास लोग ही आये थे। अमर ने एक शर्त रखी थी कि पार्टी में कोई भी उपहार लेकर नहीं आएगा। कुछ-एक को यह बात नागवार गुजरी थी। कुछ ने कहा भी, "अमर भाई, यह तो नेग है, इसे ना नहीं कहना चाहिए।"

अमर का तर्क था... "किसी भी अवसर पर खुशियाँ मनाने के लिए उपहार आदि की जरूरत क्या है? हम अपनी खुशियों को किसी सामान में कैसे समेट सकते हैं...? हम पहल नहीं करेंगे तो कौन करेगा?"

गृहस्थी की समझ दोनों को नहीं थी। दूसरे ही दिन मैडम ने खुद आकर दीप्ति को साथ में बाज़ार चलने को कहा और खाना पकाने के लिए जरूरी सभी सामान दोनों मिलकर खरीद लाये। उस दिन शाम तक मैडम अमर की गृहस्थी ही सजाती

रहीं। अमर को तो आभास भी नहीं हुआ कि किस तरह उनका छोटा-सा किराए का घर रहने लायक बन गया था। सलिलजी की ओर से राजनारायण मिश्र और दिनेश भाई पार्टी में आये थे। उन्होंने फरमान जारी किया कि जितनी जल्दी हो सके, रायपुर पहुँचा जाए। सलिलजी का आदेश था कि बहू पहले रायपुर आएगी, फिर कहीं और जाएगी। गृहस्थ जीवन के आरम्भ में ही सलिलजी का यह स्नेह अमर को भीतर तक छू गया।

भगवान स्वरूप का सावित्री जी के होते हुए भी दूसरे विवाह का निर्णय अमर को झिंझोड़ गया। जब वे पामगढ़ में थे, तब अमर कई बार उनके घर जा चुका था। सावित्री जी को साहित्य की अच्छी-खासी समझ थी। वे भी थोड़ा बहुत लिख-लाख लेती थीं। मध्यम कद की गेहुएँ रंग की सावित्रीजी को कोई अति खूबसूरत न कहे, लेकिन कमोबेश सुन्दर कहा जा सकता था। स्वभाव में नर्म और मिलनसार, उनकी कोई सन्तान नहीं थी, बस यही बात उनके जीवन में अधूरेपन को जाहिर करती थी। सावित्री जी नि:सन्तान होने के दर्द को तरह-तरह से भूलने की कोशिश करतीं। सिलाई-कढ़ाई से लेकर अड़ोस-पड़ोस के यहाँ किसी भी संकट में सावित्री जी हाथ बटाने चली जातीं। भगवान स्वरूप भी उनके प्रति समर्पित नहीं थे, ऐसा भी नहीं कहा जा सकता।

दफ्तर में कैसे और कब एक नये रिश्ते की बुनियाद पड़ी यह तो वे ही जानें, लेकिन जब अमर को इस बात की खबर मिली तो अमर हतप्रभ रह गया। यह जानकर और आश्चर्य हुआ कि सावित्री जी ने कोई भी विरोध नहीं किया। वे एक प्राइमरी स्कूल में पढ़ातीं थीं, इसलिए उनके अकेले जीवन के लिए उन्होंने पति से कोई सहयोग या हरजाना नहीं माँगा। यह घटना इतनी आकस्मिक और मन को मथने वाली थी कि अमर से रहा नहीं गया। अमर दीप्ति को लेकर दूसरे ही दिन सावित्री जी से मिलने चला गया।

चौखट पर कदम रखते ही अमर की आँखें भर आईं। समझ में नहीं आया कि बात कहाँ से शुरू करे? सावित्री जी ने ही शुरुआत की, ''कैसे आये... भैया, तुम्हारे भाई साहब तो अब यहाँ नहीं रहते...!''

अमर ने बड़ी मुश्किल से कहा, ''वही सुनकर तो दौड़ा आया हूँ भाभी।''

सावित्री जी ने बात को दूसरी ओर मोड़ते हुए कहा, ''ऐसे समय तुम बहू को साथ लाये हो भैया कि मैं ठीक से स्वागत भी नहीं कर सकती। भैया, तुम्हारी पसन्द तो बहुत अच्छी है। अच्छा किया आ गये। नहीं तो मैं नयी बहू से कैसे मिल पाती।''

अमर ने तपाक् से पूछा, ''आखिर ऐसा क्या हो गया था भाभी...! यह सब अचानक तो नहीं हुआ होगा। आपको पता कैसे नहीं चला कि भीतर-ही-भीतर यह

सब चल रहा है, आपने अपना हक यों ही कैसे छोड़ दिया?''

सावित्री जी ने कहा, ''आहिस्ते भैया! आहिस्ते, इतने ढेर सारे सवाल एक साथ...!''

कुछ देर तक भाभी अपनी उँगलियों के नख को कुरेदती रहीं, फिर कहा, ''नहीं, सब कुछ अचानक नहीं था। बच्चे की ललक उन्हें मुझसे भी ज्यादा हो गयी थी। मैंने कई बार कहा कि हम एक बच्चे को गोद ले लेते हैं, पर वे माने नहीं। उन्हें अपना खून चाहिए था। वे कब अपना टेस्ट करवा चुके थे यह मुझे पता ही नहीं चला। एक दिन चरम क्षणों में उन्होंने कहा, 'सावित्री, तुम बाँझ हो...!' इस शब्द मात्र से मैं भीतर तक हिल गयी...। उस दिन के बाद मैं जाने कैसे बदल-सी गयी। मुझे कुछ भी अच्छा नहीं लगता था। वैसे मैंने भी छिप-छिपाकर अपना मेडिकल टेस्ट करवा लिया था। भैया, तुम्हें आश्चर्य होगा कि डॉक्टर के अनुसार मुझमें कोई कमी नहीं थी। किसी कारणवश शायद बच्चा ठहर नहीं पा रहा था। मैंने भी इस बात का जिक्र उनसे नहीं किया। इस बाँझ शब्द को मैं बार-बार अपने और उनके बीच में एक दीवार की तरह पाती थी। उनके दफ्तर की बातें भी मेरे कानों में पहुँच चुकी थीं...। भैया, मैं बिल्कुल शिकायत नहीं कर रही हूँ, औरत जब एक बार टूट जाती है और उसके मातृत्व को जब उसके ही पति द्वारा बाँझ की संज्ञा दे दी जाती है तो औरत के भीतर बहुत कुछ खत्म हो जाता है। मैं भी रीत गयी थी भैया... अपना हक किससे माँगूँ, उस हक को लेकर मैं करूँ भी क्या? जीवन में जितने दिन का साथ था, वह अच्छा ही बीता। बच्चों को पढ़ाऊँगी, लोगों की सेवा कर लूँगी, बस यह जीवन कट जाएगा।''

दीप्ति की सिसकियों से सावित्री जी की तन्द्रा टूटी— ''अरे...! छिऽऽ.. छि.ऽऽ., नयी बहू को मैंने रुला दिया। तुम भी अमर किस बात को ले बैठे...? चलो, यहाँ से उठो, अन्दर के कमरे में चलते हैं, आज कोई स्पेशल डिश बनाते हैं, अपनी बहू के स्वागत में। जब से वे इस घर से गये हैं, घर में अच्छा खाना भी नहीं बना है। आज तुम दोनों यहीं ठहर जाओ... खूब मस्ती करेंगे।''

अमर ने मन-ही-मन कहा, ''धन्य हैं आप... जिन्दगी की इतनी बड़ी घटना को इतनी जल्दी इतना सहज कैसे बना लेतीं हैं आप?''

रात सावित्रीजी के यहाँ रुकना हुआ, लेकिन भूलकर भी अमर या दीप्ति ने उनके पुराने घाव को नहीं कुरेदा। बस लौटते वक्त अमर ने एक वादा लिया कि जब भी कभी कोई भी संकट आये तो इस भाई को जरूर याद कर लीजिएगा...।

बस से वापस आते हुए दीप्ति ने कहा, ''तुम्हारे ये भाई साहब बहुत कमजोर चरित्र के आदमी हैं। पता नहीं वे तुम्हारे इतने करीब कैसे हो गये...? ऊपर से तुम कहते हो कि वे छत्तीसगढ़ के सबसे श्रेष्ठ नव-गीतकार हैं। कवि तो सबसे अधिक

संवेदनशील होता है। आखिर सावित्री जी के दर्द को वे इस तरह अनदेखा कैसे कर सके?''

अमर को एकाएक जवाब ही नहीं सूझा। भगवान स्वरूप के एक नव-गीत की पंक्ति अनायास उसके ज़ेहन में उभरी...

''टूटे यह रात का भरम,
सन्नाटा कुछ तो हो कम।''

अमर ने कहा, ''उनसे मिले बिना इस सवाल का हल नहीं ढूँढ़ा जा सकता। देखना देर-सवेर वे आएँगे जरूर, क्योंकि उन्हें मालूम है कि मेरे मन में उनके लिए अभी तक काफी सम्मान का भाव है। उन्हें मिलने दो, तब पता चलेगा, यह सब क्या है? सावित्री जी के साथ जो हुआ, वह बहुत बुरा है। लेकिन जीवन के किस मोड़ पर कहाँ, कौन-सी परिस्थितियाँ हमसे क्या करवा लेती हैं इसे हम नहीं जान पाते हैं।''

दीप्ति कुछ नाराज हो गयी, ''तुम पुरुषों का क्या ठिकाना..? कब, कहाँ, किसे अपने तर्क से सही ठहराओगे... किसे गलत, यह तुम्हीं जानो। मैं तो अपने लिए भी एक खतरा देख रही हूँ... कहीं तुम बीच रास्ते में ऐसे ही मेरे लिए कोई बहाना ढूँढ़ लो तो...?''

अमर दीप्ति का चेहरा देखता ही रह गया। गोल चेहरा जैसे गरम तवे की तरह भभकने लगा था।

''तुमने ऐसा सोच कैसे लिया। हर धान बाईस पसेरी नहीं होता। अतृप्तियों का बोझ लेकर जो जीते हैं उनसे ही ऐसी गलतियाँ होती हैं। हमारी बात बीच में क्यों आ गयी। हटाओ इस बात को...!''

गनीमत थी कि बस की घरघराहट में कोई दूसरा उनकी बातचीत को नहीं सुन पा रहा था। नहीं तो खामखा कई-कई नज़रों का सामना करना पड़ता।

उसी सप्ताह दीप्ति को लेकर रायपुर सलिलजी के घर आना पड़ा। उनका फरमान जो था। अमर को अच्छा भी लगा। बिल्कुल घर की तरह ही सलिलजी के यहाँ दीप्ति का घर की नयी बहू की तरह स्वागत हुआ। कुछ रस्म-अदायगी भी हुई। खाना खाते वक्त बाबूजी भी साथ बैठे। शाम को कपड़े-लत्तों के उपहार के साथ नयी बहू की तरह ही विदा किया गया। अमर और दीप्ति सीधे रायपुर से सोनपुरा आ गये। घर पर भैया ने एक सोने की अँगूठी निकाली और दीप्ति को दे दी। भाभी ने सिन्दूरदान से स्वागत किया।

भैया थोड़े नाराज तो थे लेकिन दीप्ति के सामने उन्होंने नाराजगी नहीं जतलाई, बल्कि उन्होंने कहा, ''आज शाम का खाना दीप्ति बनाएँगी।''

इस तरह उन्होंने अपनी नयी बहू को स्वीकृति दे दी और कहा, ''नयी बहू का

रसोई में प्रवेश ही मुकम्मल तौर पर उसके गृह-प्रवेश की निशानी है।''

आनन-फानन में रेलवे कॉलोनी के एक-दूसरे से सटे हुए घरों में खबर फैल गयी कि अमर नयी बहू के साथ घर आया है। फिर तो आने वालों का ताँता लग गया और इसी बीच अमर को मौका मिला... वह शीघ्रातिशीघ्र अपने अड्डे पर अर्थात् रमाकान्त के यहाँ पहुँच गया।

रमाकान्त के यहाँ पहुँचते ही मिनटों में उस दिन सोनपुरा में जितने दोस्त हाजिर थे, वहाँ इकट्ठे हो गये। सबने मिलकर अमर को बधाई दी। ''अब तो खिलाना पड़ेगा दोस्त...।''

उस दिन के लिए एक खारे और एक मीठे से अमर का पिंड छूटा...। इब्राहीम ने वातावरण में गम्भीरता ला दी, ''यार अमर, तूने तो गृहस्थी बसा ली, अब सामने पंचायत का चुनाव है। इस बार फिर ठाकुर के ही लोग पंचायत में काबिज हो जाएँगे। तू तो बिलासपुर चला गया, हम सब रह गये ठाकुर की ताहुददारी को झेलने।''

थोड़ी देर तक सब चुप रहे। अमर ने चुप्पी तोड़ी, ''ऐसा कर यार इब्राहीम, तू हमारे वार्ड नं. तीन से निर्दलीय प्रत्याशी के रूप में खड़े हो जा।''

इब्राहीम ने तमककर कहा, ''आज सुबह-सुबह मैं ही मिला था क्या...? 'आगे नाथ न पीछे पगहा' मिल गया तुझको इब्राहीम नाम का गदहा।''

अमर ने कहा, ''ऐसी बात नहीं है। तेरे बहाने हम एक प्रतीकात्मक लड़ाई लड़ेंगे। एक तरह से यह सूचना होगी कि दिन बदल रहे हैं। तानाशाही के दिन लद गये हैं।''

इब्राहीम ने कहा, ''मेरी तो जमानत जब्त हो जाएगी, मेरी खिल्ली उड़ाई जाएगी सो अलग। यही सब चाहता है तू...!''

अमर ने कहा, ''कतई नहीं, तू देखना मैं किस तरह की योजना बनाता हूँ। भले हम हार जाएँ पर ठाकुर के एकक्षत्र राज में दरार तो पड़ ही जाएगी। हो सकता है बहुत सारे लोगों के मन में ये बात आएगी कि अब सहने के दिन लद गये। सामने आना पड़ेगा। कितनी बार लोहियाजी नेहरू के खिलाफ चुनाव में खड़े हुए, हारे भी... पर लोहियाजी का कहना था, ''दीवार भले ही न तोड़ सका हूँ, लेकिन दीवार पर दरार तो ला ही दी न...। यह हमारा प्रतीकात्मक युद्ध होगा''।

इब्राहीम ने अन्तिम हथियार फेंका, ''तेरी फिर भी एक नौकरी है। हम ठहरे 'ठलहाराम...!' वार्ड के चुनाव में पैसे तो लगते ही हैं, पैसे कौन देगा?''

अमर ने कहा, ''हम पैसों से चुनाव नहीं लड़ रहे हैं। आपस में चन्दा करेंगे... थोड़े-बहुत बैनर व पोस्टर छपवाएँगे, घर-घर जाएँगे, अपनी बात समझाएँगे। याद रखना कि जीतना हमारा मकसद नहीं है। मकसद है लोगों को जगाना... उनके

अधिकारों के प्रति, उनके हक के प्रति।''

इब्राहीम ने फिर कहा, ''तू तो बिलासपुर चल देगा। फिर रोज नयी योजना कौन बनाएगा...?''

अमर ने कहा, ''मैं सप्ताह में तीन दिन यहाँ रहूँगा, बाकी तुम लोग मिलकर सँभाल नहीं लोगे...?''

मोबिन, रमाकान्त, विजय चन्द्रमोहन सबने इस बात के लिए हाँ कह दी। अब बेचारा इब्राहीम फँस गया। तय हुआ कि चुनाव-चिह्न मिलने तक अभी हम कोई भी रणनीति नहीं बनाएँगे। पहले चुनाव चिह्न मिल जाए। आवेदन तो कर ही देना चाहिए।

यह फैसला हो जाने के बाद अमर को दद्दा की याद आ गयी। अमर जब दद्दा के पास पहुँचा तो दद्दा तखत पर नहीं आरामकुर्सी पर बैठकर आँख मूँदे कुछ सोच रहे थे।

अमर ने कहा, ''दद्दा प्रणाम...!''

दद्दा ने आँखें खोली, ''अरे बचवा, सुना है तुमने शादी कर ली। न कोई हो-हल्ला, न कोई निमन्त्रण।''

अमर ने कहा, ''ये एक पत्रकार की शादी है दद्दा। रोज की रिपोर्ट की तरह झपाक से हो गयी। आप कैसे हैं दद्दा...?''

दद्दा ने कहा, ''पहले तो तेरा मुँह मीठा करूँ, फिर बताऊँ, कैसा हूँ।''

उन्होंने वहाँ बैठे-बैठे ही आवाज़ लगाई... फिर अमर की ओर मुखातिब हुए, ''बचवा', ये बताओ कि तुम्हारे अखबार में महँगाई पर कोई चर्चा क्यों नहीं होती? सूदखोरी पर मैंने कोई समाचार महीनों से नहीं पढ़ा है। आखिर तुम लोग समाज शब्द का अर्थ क्या समझते हो...? वे बड़े लोग जो समाचार में रहते हैं, वे कभी महँगाई पर भी बात करते हैं? तुम्हारे अखबार का एक महीने का औसत मैं निकालूँ तो पूरे हिन्दुस्तान में ज्यादा-से-ज्यादा डेढ़ सौ लोगों की तस्वीरें छपती हैं, जिसमें अस्सी प्रतिशत नेताओं की होती हैं। किसी साधारण किसान, मजदूर की सुध तुम लोगों को आती है...?''

अमर को लगा दद्दा बहुत दिनों से कड़ुवाए हुए हैं। उसने मुहूर्त ही गलत चुना। आज दद्दा की कुछ गालियाँ ही नसीब में हैं। फिर भी अमर ने बचाव के लिए कहा, ''ऐसी बात नहीं है दद्दा...! अखबार तो सूचनाओं का तन्त्र है। त्वरित घटनाएँ अखबार में जगह तुरन्त बना लेती हैं। दर्द टीसता है, थोड़ा वक्त लेता है। अभी भी तमाम पत्रकार शहरों की ओर मुँह कर ज्यादा गाना गाते हैं। उनसे गली-कूचे और गाँव छूट जाते हैं। इसका मतलब कतई यह नहीं है कि साधारण आदमी समाचार में रहता ही नहीं। साधारण आदमी की पीठ पर ही तो ये नेता अपने

वक्तव्य की छाप डाल देते हैं। सामाजिक दायित्व सिर्फ पत्रकारों का नहीं, पूरे समाज का है।''

दद्दा खलबला गये, ''देखो बच्चा, मुझे गच्चा देने की कोशिश मत करो। सरकार जब ताम्रपत्र बाँट रही थी न, तब मैंने उसे वापस करते हुए कहा था कि इस ताम्रपत्र के लिए हमने कोई लड़ाई नहीं लड़ी। हमने 'समतावादी समाज' के लिए लड़ाई लड़ी थी। लेकिन ये सरकार...! इसने गाँधी को तो भुलाया ही, खादी को तिलांजलि भी दी और अब गरीबों को रहने नहीं देगी। ये गरीबी हटाओ का नारा क्या है...? क्या सचमुच ये गरीबी हटाएँगे? नहीं बरखुरदार! ये गरीब को ही हटा देंगे। लोहिया ठीक कहते हैं कि गाँधी के तीन चेले थे, एक मठी हो गया यानी विनोबा भावे, जो दूसरों की जमीन बाँट-बाँटकर स्वयं भू-दानी हो गया। दूसरा राजा यानी नेहरू, तीसरा कुजात अर्थात् स्वयं लोहिया, जिसे जात में ही शामिल नहीं किया गया। ऐसी आजादी और ऐसा दायित्व-बोध। ऐसे में तुम्हारा अखबार कौन-सी क्रान्ति ला देगा...?''

अमर को लगा कि दद्दा के हाँ में हाँ मिलाई जाए, नहीं तो थोड़ी ही देर में दद्दा के हाथ में छड़ी आ जाएगी और दद्दा तखत पर उकड़ूँ बैठ जाएँगे, घंटों उन्हें इस आसन से डिगाने में समय लग जाएगा। तब तक और लोगों से मिलने का कार्यक्रम चौपट हो जाएगा। परोसे गये दो मीठे अमर ने गपा-गप निगले और पानी पीकर बहाना बनाया, ''दद्दा, एक जरूरी काम याद आ गया। मैं कल तक हूँ, आपसे फिर मिलूँगा।'' और अमर यह गया... वह गया...।

□□

अमर और दीप्ति बिलासपुर लौटे तो घर के सामने एक ठेले में डबलबेड एक पलंग लेकर गाँव का आदमी खड़ा था। उसके हाथ में एक पर्ची थी। उसमें अमर का नाम और घर का पता लिखा हुआ था। उसने बताया कि वह एक घंटे से यहाँ खड़ा है। अड़ोस-पड़ोस वाले बता रहे थे कि आप आसपास कहीं गये हैं... आप ही के इन्तजार में खड़ा था।

अमर ने आश्चर्य से पूछा, ''मेरा इन्तजार क्यों...?''

उसने कहा, ''भरत महाराज ने पलंग, गद्दा और तकिये आपके लिए भेजे हैं।''

अमर ने कुछ नहीं कहा— ठेले वाले और उस व्यक्ति ने मिलकर घर के अन्दर पलंग रखा और एक चिट्ठी दी।

चिट्ठी में लिखा था, ''साले... आदर्शवादी, यह पलंग मैं भाभी के लिए भिजवा रहा हूँ। तेरा आदर्श आड़े आये तो खबरदार इस पर सोना नहीं। नीचे ही

सोते रहो। मेरी बला से...। तुम्हारा भरत।'' ऐसा ही था भरत...!

शाम चौबेजी के बैठक में अमर पहुँचा तो चौबेजी ने बताया कि एक मेडिको लीगल केस है। तुम चाहो तो कवर कर सकते हो। तकलीफ करनी पड़ेगी।

सरकारी अस्पताल में एक बच्चे की मृत्यु हो गयी थी। यह एक मेडिको लीगल केस था। कायदे से बच्चे की मृत्यु की खबर पुलिस को देनी थी। लेकिन अस्पताल प्रशासन ने जाने क्यों ऐसा नहीं किया और बच्चे की लाश को अस्पताल की छत पर एक बॉक्स के अन्दर यों ही रख दिया था। इस घटना को सप्ताह भर होने जा रहा था। शाम के पाँच बज रहे थे। अमर ने प्रताप को कैमरा लेकर आने को कहा। प्रताप अपने स्टूडियो से कैमरा लेकर पहुँच गया। अब समस्या थी अस्पताल की छत पर कैसे पहुँचा जाय। वहाँ तो ताला जड़ा हुआ था।

प्रताप ने कहा, ''आप कहें तो मैं पाइप के सहारे छत पर पहुँच जाता हूँ।''

अमर ने मना किया, ''यह सब नहीं करना है। ऐसा करो कि अस्पताल का जो स्वीपर है, उसका पता लगाओ। वह अस्पताल के पीछे ही कहीं रहता है, वहाँ स्वीपरों की ही बस्ती है। यदि मिल जाए तो उसे बुलाकर मेरे पास लाओ।'' पन्द्रह-बीस मिनट में प्रताप एक मध्यम आयु, साँवले रंग के खिचड़ी बालवाले एक व्यक्ति को बुला लाया।

''अमर भैया यही है यहाँ का स्वीपर।''

अमर ने पूछा, ''ऊपर छत की चाबी तुम्हारे पास है... ?''

उसने कहा, ''है तो जरूर पर बात क्या है?''

अमर ने जवाब में जेब से पाँच का एक नोट निकाला और स्वीपर को देते हुए कहा, ''कुछ नहीं, ऊपर का ताला खोलो और हमें ले चलो। पाँच मिनट का काम है। हम कोई नुकसान नहीं पहुँचाएँगे। एक तस्वीर लेनी है और चले आएँगे।''

स्वीपर ने कहा, ''बड़े साहब को पता चलेगा तो मेरी खाल उधेड़ लेंगे। बहुत कड़क हैं।''

अमर ने कहा, ''तुम्हें कोई पूछे तो यही कहना कि तुम साफ-सफाई के लिए ही ताला खोल रहे हो। हम वहाँ जाएँगे, तस्वीर लेंगे और चले आएँगे, किसी को पता नहीं चलेगा। ये पैसे भी तुम्हें क्या खामखा दे रहे हैं? बस, पाँच मिनट लगेगा।'' ले-देकर वह स्वीपर राजी हुआ। ऊपर पहुँचने पर स्वीपर झाड़ू लगाने लगा और अमर उस बच्चे की लाश को तलाशता रहा।

प्रताप की नज़र ही पहले पड़ी, ''यह रहा....!'' लाश करीब-करीब गल चुकी थी। बच्चे की उम्र साल भर की भी नहीं रही होगी। हड्डियाँ दिख रही थीं, उसी हालत में दो-तीन तस्वीरें जल्दी-जल्दी खींची गयीं और फिर स्वीपर को धन्यवाद देते हुए अमर तेजी से प्रताप के साथ चला आया। दूसरे दिन सुबह

छानबीन की पारी थी। छानबीन करने पर पूरा मामला सामने आ गया। सी.एस. से बात की तो उन्होंने इस पूरे मामले से अपने को अलग करते हुए 'मुझे नहीं मालूम' का जुमला कस दिया। लेकिन रिपोर्ट के लिए काफी तथ्य एकत्रित हो गये थे। यह मामला भी प्रकाशित होने के बाद खूब चर्चित हुआ और इसके बाद तो प्रताप ठाकुर अमर का स्थाई फोटोग्राफर बन गया।

□□

आँचलिक अखबारों में महँगाई के चलते आर्थिक परेशानियाँ बढ़ने लग गयी थीं। जाहिर है कि विज्ञापन को लेकर सभी प्रतिनिधियों पर दबाव बढ़ने लगा था। अखबारों में विज्ञापन के लिए पृथक् नियुक्तियाँ शुरू होने लगी थीं। बावजूद इसके समाचार प्रतिनिधियों से भी विज्ञापन की अपेक्षा की जाती थी। जो सक्षम थे, वे विज्ञापन का भी काम कर लेते थे। इसमें नुकसान तो था नहीं, उन्हें कमीशन मिल जाता था। कहीं पन्द्रह प्रतिशत तो कहीं बीस...।

अबकी त्रैमासिक मीटिंग में हरनारायण ने अमर पर बहुत तीखा हमला किया। सलिलजी को अमर का पक्ष लेते नहीं बना। सभी जिला प्रतिनिधि अपनी-अपनी उपलब्धियों का ब्यौरा दे रहे थे। अमर के पास सिवाय रिपोर्टिंग के, कहने के लिए कुछ भी नहीं था। सलिलजी को बाध्य होकर अमर के लिए भी अगले तीन महीने के लिए विज्ञापन का टारगेट देना पड़ा। मीटिंग के बाद अमर अलग से सलिलजी से मिला भी। उसने अपना पक्ष रखा, लेकिन सलिलजी इस बार मानने को तैयार नहीं थे। उन्होंने कहा, ''अमर, तुम्हें मैं अलग से ट्रीट नहीं कर सकता। अब तुम जिला प्रतिनिधि हो। सभी जिला प्रतिनिधि यदि विज्ञापन को लेकर कुछ-न-कुछ रिजल्ट दे रहे हैं तो तुम पीछे क्यों रहोगे। अकेले तुम्हारे लिए मैं सबको नाराज नहीं कर सकता। मेरी मजबूरी को समझो। देख ही रहे हो प्रेस के खर्चे कितने बढ़ गये हैं, कागज के रोल कितने महँगे हो गये हैं। ऊपर से बैंक के कर्ज, इस संकट का सामना हम सब मिलकर नहीं करेंगे तो कैसे चलेगा? हम कोई धन्ना सेठ तो हैं नहीं। तुम्हारे कमीशन भी तो बनेंगे। भिलाई के शेषनारायण को देखो, उसने कमीशन के पैसे से कितना कुछ कर लिया।''

इस बार रायपुर गया था तो अमर को राजनारायण मिश्रा के विषय में ढेर सारी जानकारी मिली। यही कि मिश्राजी रोज पीते हैं। उनके लिए दिन और रात में कोई भेद नहीं। यहाँ के कुछ बार ऐसे हैं जहाँ मिश्राजी खड़े हो जाएँ तो बिना कोई सवाल किये उन्हें एक पैग नि:शुल्क पिलाया जाता है। मिश्राजी के भक्त भी बहुत थे। वे प्रेस आते, थोड़ी देर बैठते और मिश्राजी को साथ लेकर निकल जाते। मिश्राजी पी-पाकर फिर प्रेस में आ जाते। आश्चर्य यह था कि उसी हालत में वे काम भी निपटाते

थे। सलिलजी को सब_पता था। लेकिन मिश्राजी की कलम की धार और उनकी लोकप्रियता को भी सलिलजी जानते थे। यों भी सलिलजी की व्यक्तिगत समस्याओं में भी मिश्राजी की अनिवार्य उपस्थिति रहती थी। कभी-कभी बाबूजी और सलिलजी के बीच संवादहीनता की स्थिति में वे संवाद का पुल भी बन जाते थे। मन-ही-मन अमर को मिश्राजी का इस तरह पीना अच्छा नहीं लगता था।

बाद में कई मुलाकातों में अमर ने मिश्राजी को बिना पिये हालत में देखा तब अमर को लगा कि लोग बढ़ा-चढ़ाकर बातें करते हैं। पर काफी दिनों बाद अमर को पता चला कि जाने क्यों मिश्राजी जब पिये हालत में हों... तब अमर के सामने होते ही नहीं हैं। । ऐसी हालत में वे हों और अमर दिख जाय तो वे अपने को छिपा लिया करते थे। ऐसा क्यों है...? इसका जवाब मिश्राजी ने अपने किसी खास मित्र को दिया था... "पता नहीं इस लड़के की आँखों में मुझे ऐसा कुछ दिख जाता है कि अपने पीने पर खुद गुस्सा आता है। घर-परिवार कहीं पर भी मैं पिये हुए चला जाता हूँ, लेकिन इस लड़के के सामने आने में मुझे इसकी पनीली आँखें दिखाई देती हैं और मैं लाचार हो जाता हूँ।"

रात घर लौटा तो मन बहुत भारी था। दीप्ति के पूछने पर उसने सारी बात बताई।

दीप्ति ने कहा, "इसीलिए तो कहती हूँ... इस दड़बे से बाहर निकलो। तुम्हारे पास कलम है, लिखने की शैली है। स्थानीय अखबारों में यह दबाव तो रहेगा ही। इसका मतलब यह तो नहीं कि यहीं की शर्तों पर तुम जीवन काट दोगे। हिम्मत करो, सब ठीक हो जाएगा।"

अमर को यह सुझाव अच्छा लगा। लेकिन अभी तक बाहर न जाने की वजह से एक डर-सा भी लगा रहता। जाने बाहर वह एडजस्ट कर पाएगा भी या नहीं। उसे लगता था... अपने लोगों की एक दुनिया यहाँ उसने बसा ली है। इन सबसे छिटककर अजनबी बनकर रहना क्या बन पड़ेगा...?

इन्हीं बातों में वह कुछ देर तक उलझा रहा लेकिन थोड़ी ही देर में दीप्ति ने माहौल को तरल कर लिया था और वे तनावमुक्त होकर साहित्य-चर्चा में लग गये थे। दीप्ति को खाना बनाने की आदत नहीं थी। एक-एक सब्जी प्रयोगात्मक ढंग से बनती। कभी बिगड़ भी जाती। लेकिन दोनों बड़े मजे से खाते। इस तरह मीटिंग की कड़ुवाहट दो-चार दिन में धुल गयी।

□□

वादे के अनुसार अगले सप्ताह तीन-चार बड़ी रिपोर्ट्स एडवांस में बनाकर दीप्ति सहित दो-तीन दिनों के लिए अमर सोनपुरा चला आया। उसे सूचना मिल

गयी थी कि इब्राहीम को वार्ड नं. तीन से प्रतीक-चिह्न 'चिड़िया' मिल गया था। सभी साथी अमर की ही बाट जोह रहे थे।

अमर ने सबसे पहले एक पोस्टर की रूपरेखा बनाई। यह एक अजीबोगरीब पोस्टर था। मज़मून कुछ इस प्रकार... 'वार्ड नं. तीन से एक चिड़िया ने नन्हे पंखों से सारा आकाश छान मारने के लिए पंचायत-चुनाव में हिम्मत की है। इस हिम्मत से ही चील-कौए, गीदड़ घबरा गये हैं।'

प्रश्न— रात भर क्यों करवटें बदलते रहे वे...

उत्तर— वार्ड नं. तीन से चिड़िया छाप में इब्राहीम खान जैसे युवा लड़ रहे हैं, अब हमारा क्या होगा।

प्रश्न— मेरी भैंस को डंडा क्यों मारा?

उत्तर— जनता के हक का चारा खाने की यही सजा है।

इत्यादि-इत्यादि...।'

इस पोस्टर की छपाई कराकर पूरे सोनपुरा में रातों-रात चिपका दिया गया। साथ में एक परचा भी छपवाया गया जिसमें एक चिड़िया की तरफ से सम्बोधन था। पोस्टर के चलते खूब हलचल मची। सोनपुरा जैसे छोटे से कस्बे में कई दिनों तक इस पोस्टर की चर्चा होती रही। बाद में पता चला कि ठाकुर सा'ब ने जिले के एस.पी. से सम्पर्क साधा था। उन्होंने बड़े जतन से एक पोस्टर को दीवार से उखड़वाकर नमूने के बतौर अपनी शिकायत के साथ एस.पी. को देते हुए कहा था, "साहब, देखिए ये नक्सलवादी गतिविधि यहाँ भी होने लगीं।"

एस.पी. उस पोस्टर को जितनी बार पढ़ते तो नये सिरे से मुस्कराते। उन्होंने ठाकुर सा'ब को समझाया। यह कोई मामला नहीं बनता ठाकुर सा'ब। यह तो विशुद्ध मजाकबाजी है। न किसी के खिलाफ अनर्गल गाली-गलौज है, न मानहानि। बाकायदा प्रेस का नाम लिखा हुआ है और प्रत्याशी का भी जिक्र है। इसे आपत्तिजनक नहीं कहा जा सकता। ये लड़कों की विशुद्ध चुहलबाजी है। इसमें आप जैसे व्यक्ति को ध्यान ही नहीं देना चाहिए।

अमर ने फिर पाँच-सात लड़कों का एक ग्रुप बनाया, जो वार्ड के हर घर में जाएगा और कहेगा कि "इस बार कुछ नया करें... यह सिर्फ वार्ड नं. तीन का सवाल नहीं है। यह पूरे सोनपुरा को जगाने का सवाल है। आप एक बार हिम्मत करें तो बड़ा काम होगा। जनता जागेगी, आपके बच्चे कॉलेज में पढ़ पाएँगे, कारखाना खुलेगा तो रोजगार के अवसर मिलेंगे। उसने कहा कि इतना सब करने में एक सप्ताह बीत जाएगा, तब मैं फिर आऊँगा। तब तक कुछ पैसे और जुगाड़ हो जाएँगे। फिर हम एक जुलूस निकालेंगे।"

इब्राहीम ने कहा, "जमानत तो जब्त नहीं होगी न...।"

अमर ने कहा, "हम जमानत के लिए नहीं लड़ रहे हैं, अपनी प्रतिष्ठा के लिए लड़ रहे हैं। हमें यहाँ की जड़ता तोड़नी है। यह तेरे बहाने हो सकेगा। कौन-सा जीतना है हमें। जीतेंगे वे जो इस व्यवस्था के अंग बन चुके हैं, जीतेंगे वे जो ठाकुर की जी-हुजूरी करते हैं। हम तो सिर्फ इसलिए लड़ रहे हैं कि इनके दिमाग पर जोर पड़े, लोग सोचने लग जाएँ कि लड़के विद्रोह कर सकते हैं तो हम क्यों नहीं...? हर बदलाव की शुरुआत इसी तरह होती है, समझे...!"

इब्राहीम हथियार डाल देता है, "जो हुकुम मेरे आका... अब ओखली में तुमने सिर तो डलवा ही दिया। जमानत तो मेरी जब्त होगी, मेरी ही भद्द होगी और क्रान्ति तू करेगा... कर मेरे बाप...! तेरे लिए यह भी सही।"

दूसरे दिन इब्राहीम फिर मिला, अबकी उसके तेवर बदले हुए थे। रेलवे कॉलोनी के मैदान में ही बातचीत हो रही थी। बिना सन्दर्भ के इब्राहीम ने कहा, "यह सब तो चलता रहेगा गुरु...। यह बता कि तूने अभी तक कोई माल-वाल बनाया या नहीं। अब तो तेरी गृहस्थी भी बस गयी। तीन सौ पचास रुपये में क्या ओढ़ेगा और क्या बिछाएगा। इसके बाद बच्चे होंगे, खर्च बढ़ेगा... कुछ सोचा है...? तेरे जाने के बाद सोनपुरा के संवाददाता ने इतनी तेजी से कमाया कि आज उसके पास बजाज का एक स्कूटर है। तुम सालेऽऽ... साइकिल छाप ही रहोगे।"

इस अप्रत्याशित हमले से अमर हड़बड़ा गया— "ये क्या कह रहा है... ऊपरी पैसे कैसे कमाए जाते हैं..? मेरा काम बस लिखना है और लिखने के एवज में प्रेस से वेतन मिलता है। विज्ञापन बटोरना मुझसे होता नहीं। बटोरता तो कमीशन के कुछ पैसे बन जाते। मुझसे यह सब नहीं होता।"

इब्राहीम ने झल्लाते हुए कहा, "बेटा... ऐसे ही रहोगे..! दुनियादारी आएगी नहीं। साले... दोस्तों की मदद करने लायक भी नहीं बन सकते तुम। इतनी तेज-तर्रार कलम है और साले... तुमको सिखाना पड़ेगा कि पैसे कैसे कमाये जाते हैं...? अमरऽऽ... दूसरों की चेतना की बात करता है, तू कब चैतन्य होगा...?"

अमर ने फिर कहा, "आज तुझको हो क्या गया है? इलेक्शन में खड़े होते ही तुझे पैसे की सुध आ गयी न...? यही तो बीमारी है। कोई भी इस जड़ता को तोड़ने के लिए तैयार नहीं है। आज तुझे मेरी ईमानदारी खटक रही है। कल को तू कहेगा कि ठाकुर जो कर रहा है वही दुनियादारी है और एक दिन इसी दुनियादारी में तू भी गुम हो जाएगा।"

इब्राहीम के ऊपर तो आज जैसे भूत ही सवार था... "अमर के बच्चे...! मैं यह सब अपने लिए नहीं कह रहा हूँ। मैंने तेरे भीतर एक आग को तपते पाया है। इस आग में तू खुद ही जल जाएगा तो क्या कर लेगा...? समाज में उसी की लोग सुनते हैं, जो अपने को टिकाये रख सकता है। आज गाँधीजी फिर आ जाएँ तो वे भी अब

की स्थिति में अपने को लाचार पाएँगे। और फिर गाँधीजी के पीछे यदि बिड़ला नहीं होते तो..? वे स्वयं नंगे बदन रह गये थे, पर उनके अनुयायी नंगे बदन नहीं हैं। तेरे साथ दिक्कत यह है कि भारी-भरकम पुस्तकों ने तेरा दिमाग खराब कर दिया है। रही-सही कसर तेरे उस लोहिया ने निकाल ली है। तू अपना भला कब समझेगा भाई...?''

अमर को लगा... आज इब्राहीम कुछ बौरा गया है। अमर ने बातचीत को फिर से चुनाव की ओर जान-बूझकर मोड़ दिया। उसने कहा, ''इब्राहीम यार, इस बात पर हम फिर से चर्चा कर लेंगे। अभी तो चुनाव के बारे में सोचना है। तू ऐसा कर। छोटे मियाँ को कहीं से ढूँढ़ के ला...।''

इब्राहीम ने कहा, ''वही चूहा मार दवाई बेचने वाला...? वो भला क्या कर लेगा? चुनाव में भला उसका उपयोग कैसे होगा...?''

अमर ने कहा, ''तू बुला कर तो ला भाई! पहले बात करेंगे, फिर न समझ में आएगा।''

छोटे मियाँ को पकड़ना आसान नहीं था। पता नहीं कहाँ वह अपना चोंगा लगाए चूहा मार दवाई बेचता होगा? इब्राहीम ने उसके घर पर खबर छोड़ दी थी। रात सात बजे छोटे मियाँ कहीं से प्रकट हुए...''कहो बिगड़े शहजादों... मेरी याद कैसे आ गयी?''

अमर ने कहा, ''छोटे मियाँ, आज आपकी मदद की हमें जरूरत है। आपको तो पता ही होगा कि वार्ड नं. तीन से इस बार के चुनाव में इब्राहीम को हमने खड़ा किया है। इनके लिए आपको प्रचार करना है।''

छोटे मियाँ ने कहा, ''मेरी दवाई कौन बेचेगा...? तुम लोग बेच लोगे...! बाबू, ये काम तुम लोगों से नहीं होगा। किसी ने कसम दिया है क्या कि चुनाव लड़ जाओ। पढ़ाई-लिखाई के दिन हैं, पढ़ो-लिखो, काम-काज करो, अपना जीवन बनाओ। ये पॉलिटिक्स-वॉलिटिक्स तुम लोगों के लिए नहीं है। ये तो चूहे-बिल्ली का खेल है।''

अमर ने कहा, ''ये सब बड़ी बात बाद में करना छोटे मियाँ। हम कहाँ आपको दवा बेचने से मना कर रहे हैं। दवा भी बेचो और हमारा काम भी करो। हम सब चन्दा करके चुनाव लड़ रहे हैं। आपसे चन्दा नहीं माँग रहे हैं, बल्कि चन्दे में से थोड़ा-बहुत हम आपके लिए भी बचा लेंगे।''

पैसे की बात आई तो छोटे मियाँ कुछ उत्साहित हुए, ''देखो भाई, एक बात हम साफ बता देते हैं... ठाकुर सा'ब के किसी भी प्रत्याशी के खिलाफ हम कुछ नहीं बोलेंगे।''

इब्राहीम ने बीच में टोका, ''फिर हमारी मदद कैसे होगी...?''

अमर ने हस्तक्षेप किया... "ठीक है, आप उनके प्रत्याशी के खिलाफ कुछ मत बोलिए। हमारे प्रत्याशी के लिए तो कुछ कह सकते हैं?"

छोटे मियाँ थोड़ी देर के लिए अपनी दाढ़ी को सहलाने लगे। जैसे दुनियाभर की चिन्ताएँ उनकी दाढ़ी में समा गयी हों और दाढ़ी में से उन समस्याओं का हल निकलेगा। छोटे मियाँ ने फिर कहा, "मैं पढ़ा-लिखा नहीं हूँ, मुझे जो कुछ आता है उसी में कुछ जोड़-जाड़ लूँगा।"

अमर ने कहा, "वही सही, बस हमारे वार्ड में आपको घूमना है और दवाई बेचते हुए थोड़ा प्रचार हमारा भी करना है। छोटे मियाँ को मुश्किल से पाँच मिनट लगे होंगे। वे अचानक झन्नाकर उठे, अपना चोंगा उठाया और शुरू हो गये...

"धूम... धड़ाक... धिन्न...!
चन्दुवा रे भइसा, मुँदरिया रे सिंग
जीत जाहि चिड़िया, त भाग जाहि निन्द
जागे-जागे सोना नहीं, सब-कुछ लुटाके रोना नहीं
चूहा भगाओ, इब्राहीम ल लाओ"

सब-के-सब हँस पड़े, मगर इब्राहीम गम्भीर हो गया। ऐसे प्रचार से तो रहा-सहा भी चल देगा।

अमर ने फिर समझाया... "सचमुच में यह चुनाव नींद तोड़ने के लिए है। सब-के-सब जाग जाएँगे, ऐसा एकबारगी नहीं होगा। हमारे पास पैसे की ताकत नहीं है, पर तरह-तरह के उपाय हैं। एक ही उद्देश्य। साधनहीन लोगों का प्रचार भी साधनहीन लोग करेंगे। वे अपनी भाषा में बात करेंगे। लोगों के मस्तिष्क में बीज तो पड़ेंगे न...। बस यही एकमात्र उपाय तो नहीं है। और भी उपाय ढूँढ़े जाएँगे।"

छोटे मियाँ अपनी धुन के पक्के थे। आनन-फानन में कुछ पर्चे और छपवाये गये और छोटे मियाँ को दे दिए गये कि कोशिश करें... हर घर में एक पर्चा जरूर डल जाए। इस तरह साधनहीन होते हुए भी प्रचार-सामग्री घर-घर पहुँचाने का एक यह तरीका ढूँढ़ा गया।

□□

चुनाव की तिथि को दो-तीन दिन ही बाकी थे। तभी सुबह-शाम वार्ड में एक-एक घर में जाने का प्रोग्राम बना। इब्राहीम हाथ जोड़े सभी घरों के मुखियाओं या बड़ों के पास पहुँचता और कहता, "वोट डालने जरूर जाइएगा। ढेर सारे प्रत्याशी आपका वोट खरीदने आएँगे आप सबको आश्वासन दे दीजिए। मैं तो आपके बीच का हूँ, इसलिए आपको मैं कोई प्रलोभन नहीं देता। मैं सिर्फ काम करने का वादा करता हूँ। अपना बच्चा समझें, जीत गया तो भी आपका, हार गया तब भी

आपका... ।''

शाम को खबर मिली कि छोटे मियाँ को ठाकुर के गुर्गों ने पीट दिया है। आनन-फानन में अमर अपना टेपरिकॉर्डर लेकर छोटे मियाँ से जा मिला। उसने एक एफ.आई.आर. दर्ज करवायी और छोटे मियाँ से प्रचार के लिए कहे गये वाक्य को फिर से टेपरिकॉर्डर में रिकॉर्ड किया और उस कैसेट को शिकायत-पत्र के साथ कलेक्टर के पास उसी दिन भिजवाने की व्यवस्था की। इसके बाद पीयूष दादा को बिलासपुर में फोन कर अनुरोध किया कि वे कलेक्टर से मिलें और पूछें कि प्रचार के लिए कहे गये शब्द में कहाँ, कौन-सी आपत्तिजनक बात थी? ठाकुर ने ये हमले क्यों करवाए...?

जैसा कि होता है, चुनाव के वक्त की शिकायतों पर फैसला आते-आते चुनाव सम्पन्न हो जाते हैं। लेकिन इस शिकायत की बात सोनपुरा में फैल गयी और फिर छोटे मियाँ को किसी ने तंग नहीं किया। पिटाई के बाद छोटे मियाँ अपने-आप ही विद्रोही बन गये। दूसरे दिन आराम करना छोड़ वे फिर अपना चोंगा उठाकर जोर-जोर से अपना दोहा कहने लग गये। अमर के साथियों का यह देखकर उत्साह दुगुना हो गया, पर होना तो वही था, जो अपेक्षित था।

इस तरह करीब चार दिन में पूरे वार्ड के घरों में दस्तकें दी गयीं। जहाँ-जहाँ लोग मिले नहीं, उन घरों को अलग से नोट किया गया और फिर से दो राउंड लगाकर उन-उन घरों में भी हाजिरी दर्ज की गयी। चुनाव का रिजल्ट आने पर जैसी उम्मीद थी वैसा हुआ। इब्राहीम की जमानत तो बच गयी, लेकिन चुनाव में हार ही मिली। इब्राहीम का मन-मिजाज बिगड़ा हुआ था... ''यह सब अमर के कारण हुआ। मुझे मालूम था सब-के-सब ठाकुर के पिट्ठू हैं। ये मुझे क्या वोट देते? सब की घिग्गी बँधी हुई थी। खामखा मेरी ऐसी-तैसी हो गयी।''

अमर ने कहा, ''गलत सोचते हो। पहले से ही हमने यह मान लिया था कि हम चुनाव जीतने के लिए नहीं लड़ रहे हैं। तुम्हें पता ही नहीं है कि उस छोर पर क्या-क्या बातें हो रही हैं।''

इब्राहीम चिढ़ गया, ''जैसे तुम उनकी गद्दी में कान लगा के रखे थे, और तुम्हें यहाँ बैठे-बैठे पता चल गया कि वहाँ खलबली मची हुई है। किस बात की खलबली...? हमेशा की तरह उसी के गुर्गे जीते हैं, फिर उन्हें किस बात की चिन्ता...?''

अमर ने कहा, ''तेरा बल्ब जरा देर से जलता है, इसलिए तुझे समझ में नहीं आता। तेरी जमानत बची कि नहीं, ये क्या जाहिर करता है? जितने प्रतिशत लोगों ने तुझे वोट दिया, उतने लोगों ने अपनी सहमति जताई कि नहीं? उतने लोग मन से ठाकुर के गुर्गों के खिलाफ हुए या नहीं? कोई भी परिवर्तन एक दिन में नहीं आता

इब्राहीम। हर युग में परिवर्तनों के लिए समय लगता है। कभी-कभी तो पीढ़ियाँ गुजर जाती हैं, तब जाकर जनता को अपनी आकांक्षा पूरी होती दिखाई देती है। यह तो कुछ भी नहीं है। सुगबुगाहट शुरू हो चुकी है। तुम देखना बहुत जल्दी ही सोनपुरा में कुछ-न-कुछ बदलाव आएगा।''

बाकी साथियों ने भी अमर की बात पर हामी भरी। इब्राहीम थोड़ी देर तक उसी तरह नाराज रहा। लेकिन ज्यादा देर तक उसकी नाराजगी नहीं ठहरी। तब अमर ने कहा, ''अभी भी काम खत्म नहीं हुआ है।''

साथियों ने पूछा, ''अब क्या बचा है...?''

''जिस तरह वोट माँगने गये थे, उसी तरह अब धन्यवाद देने के लिए हर घर में दस्तक देनी होगी। हमें क्या पता किसने हमें वोट दिया और किसने नहीं, किन्तु धन्यवाद पर सबका हक है। धन्यवाद भी अलग तरीके से देंगे।''

इब्राहीम ने तकरीबन चीखते हुए कहा, ''हार जाने के बाद, फिर उनके दरवाजे क्यों जाएँ...? ऐसा तो गाँधीजी ने भी नहीं किया होगा। ये तुम्हारे विचित्र प्रयोग मेरी समझ में नहीं आते और ये सारे प्रयोग मेरे पर ही क्यों...?''

अमर अब धैर्य खोने लगा, ''मैं यह सबकुछ न अपने लिए कर रहा हूँ न ही हम दोस्तों के लिए। यह पूरे सोनपुरा के हक में हमारी छोटी सी कोशिश है, ताकि धीरे-धीरे ही सही लोगों के भीतर सुप्त आग को हवा दी जाए। लोग अपने अधिकारों को समझें और अन्याय-अविचार के खिलाफ खड़े हों। कोई तो आगे आएगा इब्राहीम...! कल को इस सोनपुरा में कुछ बदलाव आता है तो हमें कितनी खुशी होगी? यह याद रखना कि हर युग में हर परिवर्तन के पीछे ऐसे ही कुछ लोग थे।''

साथियों ने कहा, ''आखिर करना क्या है...?''

अमर ने कहा, ''हम सबको इब्राहीम को साथ लेकर हर घर में जाना है और कहना है कि आपने यदि हमें वोट दिया है तो धन्यवाद, हम आपके साथ हैं और यदि नहीं दिया है, उन्हीं पुराने चेहरों को आप फिर से देखना चाहते हैं, वैसी ही ज्यादतियों को सहना चाहते हैं, तो भी हम आपके साथ हैं। हर हाल में हमें आपके साथ रहना है।''

यह कहते हुए हमें सबसे मिल लेना है। देखना हमारा यह कहना उन्हें थोड़ी देर के लिए सोचने को मजबूर कर देगा और जब सचमुच में जुल्म होंगे तो एक बार तो वे सोचेंगे न कि उनसे गलती हो गयी। थोड़ी देर तक आपस में विचार-विमर्श हुआ फिर सब मान गये कि ऐसा करना ठीक रहेगा। सबकी हाँ होने पर इब्राहीम भी फिर से चार्ज हो गया। उसी पुराने उत्साह के साथ...।

□□

सात-आठ महीने बहुत तेजी से गुजरे। इसी बीच बाराद्वार पर एक बड़ी रिपोर्ट प्रकाशित हुई। अमर ने बाराद्वार के गल्ले के व्यापार में लगातार आ रही गिरावट और दो जिलों के बीच अपने अस्तित्व के लिए संघर्ष कर रहे इस छोटे-से कस्बे की नियति को लेकर ढेर सारे मुद्दे उठाये। डोलामाइट खदान में भी यूनियनबाजी और मजदूरों के तंग हालात को लेकर भी काफी खोजबीन की थी। जाहिर है इस रिपोर्ट को तैयार करने में मनीराम का भरपूर सहयोग मिला। रिपोर्ट के छपने के बाद मनीराम का लम्बा पत्र आया। मनीराम ने लिखा था कि बाराद्वार पर इतनी विस्तृत रिपोर्ट इसके पहले कभी नहीं छपी थी, यहाँ तक कि उनका अखबार जो इतने अधिक प्रचार-प्रसार वाला है, वहाँ भी कभी बाराद्वार को इतनी तवज्ज़ो नहीं मिली थी।

साथ रहते हुए अब दीप्ति को स्थानीय अखबारों की तासीर के विषय में काफी-कुछ समझ में आने लगा था। अखबारों की दुनिया ही ऐसी है। बाहर का ग्लैमर भीतर झाँकने ही नहीं देता। लेकिन जो लोग आद्योपान्त जुड़े होते हैं, उन्हें आन्तरिक दुनिया इस तरह से जकड़ लेती है कि वे बाहर नहीं झाँक पाते। ऐसे लोगों की संख्या उँगलियों पर गिनी जा सकती है, जो अखबारों के इस मायाजाल से छिटककर बाहर जा सकें।

इब्राहीम के शब्दों में अखबारनवीशी वह मीठा जहर है, जो एक बार चढ़ा तो उतरने का नाम ही नहीं लेता। साधारण लोग इसे अखबार के कीड़े का काटना कहते हैं।

गृहस्थी की गाड़ी में अब खर्च को लेकर थोड़ी-बहुत दिक्कत आने लगी थी। लेकिन बीच-बीच में बाहर के पत्रों से पारिश्रमिक के चेक आ जाते तो जश्न जैसा माहौल बन जाता। 'प्रतिपक्ष' से पचहत्तर रुपये के हिसाब से चेक आते जरूर थे लेकिन हर माह उसे आने में काफी विलम्ब हो जाता था। कभी-कभी दो-दो माह के अन्तराल में चेक आता। यह सोशलिस्ट पार्टी का अखबार था। अमर जैसे चन्द ही लोग थे, जिन्हें पारिश्रमिक मिला करता था अन्यथा बाकी लोग इसमें श्रमदान ही करते थे। इसी बीच घर में एक अतिरिक्त प्राणी के आने की आहट की खबर लगी। अमर बहुत खुश हो गया। लेकिन दीप्ति को थोड़ी-सी चिन्ता भी हुई। वो भी गृहस्थी के खर्च को लेकर। खैर, खुशी के आगे इस चिन्ता को ज्यादा देर ठहरने की गुंजाइश नहीं मिली। बड़े मजे से दिन कट रहे थे।

अचानक एक धमाका हुआ, रायपुर से सलिलजी का एक पत्र आया जिसमें उन्होंने साफ लिखा था कि अब अमर को रायपुर आकर डेस्क पर काम करना है। अमर समझ गया यह निश्चित रूप से हरनारायण अग्रवाल के दबाव का परिणाम है।

हरनारायण बिलासपुर जिले की व्यवस्था देखते और विज्ञापन बटोरते थे। वह हमेशा त्रैमासिक मीटिंग में अमर की शिकायत करते कि अमर के विज्ञापन का रेशो शून्य है। वे समाचार में भी अपना दखल चाहते थे। अप्रत्यक्ष तौर पर वे बिलासपुर के जिला प्रतिनिधि बनना चाहते थे।

सलिलजी को इतनी-सी बात नहीं समझ में आ रही थी, ऐसा नहीं है। लेकिन उन्हें तो सबके साथ एक जैसा व्यवहार करना था न। कई-कई मीटिंगों में उन्होंने अमर का पक्ष लिया था। लेकिन हो सकता है लगातार एक ही बिन्दु पर दबाव पड़ने पर सलिलजी भी लाचार हो गये होंगे।

अमर ने मन-ही-मन सोचा कि वह यदि वस्तुस्थिति को बताये, कुछ माह का समय माँगे, तो निश्चित रूप से सलिलजी मान जाएँगे। फिर रायपुर जाने में कोई दिक्कत नहीं थी। प्रसिद्ध स्त्रीरोग विशेषज्ञ डॉ. राजेन्द्र पाठक ने अमर को चेताया भी था, "अभी भाभी को कहीं भी मूवमेंट नहीं कराना है। पहली प्रेग्नेंसी है, मामला थोड़ा-सा कॉम्प्लिकेटेड है। मेरे देखरेख में ही तुम्हें पहला बच्चा मिलना चाहिए।"

इन सारी स्थितियों का जिक्र करते हुए अमर ने लिखा कि जैसे ही सब ठीक-ठाक हो जाएगा, वह रायपुर आ जाएगा। लेकिन लौटती डाक से सलिलजी का एक ऐसा पत्र आया, जो अमर को भीतर तक आहत कर गया। पता नहीं किस रौ में सलिलजी ने लिखा था कि यह बहानेबाजी नहीं चलेगी, तुम्हें जल्द-से-जल्द रायपुर ऑफिस ज्वाइन करना है।

दीप्ति ने पूरी बात सुनने के बाद कहा, "कह रहे हैं तो चलो...! जो होगा, देखा जाएगा...।"

अमर का मन तैयार नहीं हुआ। अमर को इतनी जानकारी तो अवश्य थी कि पहले बच्चे का होना माँ और बच्चे दोनों के लिए बहुत ही संवेदनशील मामला है। जच्चा-बच्चा के जान पर भी आ सकती है। यह सब जानकारी एकाएक अमर को नहीं हुई थी। इस दौरान उसने और दीप्ति ने मिलकर पहले प्रेग्नेंसी और शिशु के जन्म लेने के पहले और बाद की सावधानी के विषय में विभिन्न पुस्तकों को पढ़ लिया था। डॉ. पाठक ने भी एक-दो पुस्तकें दी थीं। पता नहीं पहले ही दिन से डॉ. पाठक ने किस नजर से देखा था कि वे अमर से काफी स्नेह करने लगे थे। जाँच के बाद वे कहते, "अमर, भाभी को घर भेज दो और तुम मेरे पास बैठो।"

काफी देर तक गप्प मारते। एम.आर. आते और दवाई का सेम्पल देकर, दवाई के विषय में समझाकर चले जाते। अन्त में डॉ. साहब, अपनी लिखी हुई दवाइयों में से जितनी दवाइयाँ सेम्पल में मिल जाती उन्हें इकट्ठे कर अमर के हवाले करते और कहते, "बाकी दवाइयाँ बाज़ार से खरीद लेना। अस्पताल की दवाई दूँगा तो वह बेअसर हो जाएगी। तुम्हें तो मालूम ही है न... यहाँ की स्थिति क्या है? अपनी जाँच

की फीस तो लेते ही नहीं थे। यथासम्भव वे दवाइयों की मदद भी इसी तरह से कर देते थे।''

उनसे भी अमर ने अपने ट्रांसफर के विषय में चर्चा की तो उन्होंने स्पष्ट कहा, ''अमर, ऐसी हालत में भाभी का यहाँ-वहाँ जाना, शिफ्टिंग के समय में सामान को इधर-उधर करना, भारी चीजें उठाना, यह सब घातक सिद्ध होगा। यह पहला बच्चा है। तुम दोनों के लिए और आने वाले प्राणी के लिए यही वह समय है, जो पूरे जीवन को प्रभावित करेगा। मैं तुम्हें जाने के लिए कहूँगा ही नहीं, तुम अपने रिस्क पर यह निर्णय लो!''

अमर ने भरत से भी इस विषय पर विस्तार से चर्चा की। भरत ने भी कहा, ''यदि ऐसा ही है तो छोड़ दे नौकरी। जो होगा, देखा जाएगा।''

उन दिनों अखबारों में नौकरियाँ छोड़ने और पकड़ने का रिवाज नहीं था। उतनी गुंजाइश भी नहीं थी। अखबार में इतने दिन तक रमने के बाद दूसरे काम को अपनाना भी कठिन था।

दीप्ति कहतीं, ''एक बार हिम्मत करो। वहाँ भी तो डॉक्टर होंगे...! नौकरी कैसे छोड़ दोगे?''

अमर हाँ... हूँ... कहता और अपनी सोच में डूबा रहता। अमर ने मुन्ना भैया से भी इस समस्या पर बातचीत की।

अन्ततः मुन्ना भैया ने कहा, ''नौकरी छोड़ देगा तो क्या दूसरी नहीं मिलेगी? दुनिया इतनी छोटी भी नहीं है अमर। डॉक्टर की सलाह के विपरीत मैं भी तुम्हें जाने की अनुमति नहीं दे सकता। रह गया सवाल कुछ दिनों की तकलीफ का तो थोड़ा-बहुत सहयोग मैं भी कर सकता हूँ। मेरे प्रेस में चले आना। दोनों भाई कुछ-न-कुछ तो कर ही लेंगे।''

और अन्ततः अमर ने दैनिक दीनबन्धु से नाता तोड़ लिया। लेकिन कोशिश की कि सम्बन्ध बने रहें। अब 'ब्लिट्ज़' और 'प्रतिपक्ष' के लिए नियमित तौर पर लिखना था। पर इतने से गृहस्थी के खर्च चलने वाले नहीं थे। अमर को अपराध-बोध-सा होने लगा। शादी के बाद इतनी जल्दी एक भयावह आर्थिक संकट से वह घिर जाएगा इसकी उसने कल्पना तक नहीं की थी। दीप्ति भी सोचती होगी... कितना गलत निर्णय था! इसके विपरीत दीप्ति ने एक क्षण के लिए भी किसी तरह के अभाव को लेकर कोई शिकायत नहीं की। अमर चाहता तो सोनपुरा में दीप्ति को रखकर आ सकता था। लेकिन इस हालत में सोनपुरा में रखना भी उसे ठीक न लगा। डॉ. पाठक की देखरेख में विघ्न पड़ जाता। उधर, भैया को नौकरी न रहने की खबर लगती तो फिर से पुराना रिकार्ड बजने लग जाता। वे निश्चित रूप से कहते कि जिस काम में इतनी अनिश्चितता है वैसा काम करना ही क्यों?

बहुत सोचने के बाद अमर ने सोनपुरा न जाने का ही निर्णय लिया।

मध्यप्रदेश में रहकर उन दिनों स्वतन्त्र पत्रकारिता की गुंजाइश न के बराबर थी। रायपुर में मधुकर खेर ही अकेले उदाहरण थे। वह भी इसलिए कि वे तीन-चार अँग्रेजी पत्रों में भी लिखते थे। अब की तरह तब भी अँग्रेजी पत्रों में पारिश्रमिक की दरें हिन्दी पत्रों की अपेक्षा ज्यादा थीं।

जीवन में पहली बार उधारी की तरफ पाँव बढ़े। राशन-दुकानदार पुराना परिचित था, सो वहाँ से उधारी में कोई तकलीफ नहीं हुई। रोज के खर्चे में जरूर खींचतान होती थी। मुन्ना भैया के प्रेस में भी एक-दो घंटे बीतने लगे। मुन्ना भैया जेब खर्च दे दिया करते, फिर भी कोई नियमित आय का साधन नहीं बना।

दैनिक पत्रों में ज्यादा दिन तक रिपोर्ट न छपे तो धीरे-धीरे लोगों की स्मृतियों से बातें धूमिल होने लग जातीं। इस बात का भी अहसास पहली बार हुआ। प्रेस की प्राथमिकता की सुविधा का अहसास भी अमर को पहली बार हुआ। अब हर कार्यक्रम की सूचना भी नहीं मिलती थी। खालीपन का अहसास भी बढ़ता चला गया। यह तो गनीमत थी कि मुन्ना भैया के पास बैठने पर वे बातचीत के जरिये उत्साह भर देते थे, समझाते थे, "यही तो समय है, अपने को जानने और परखने का। ईश्वर ऐसे हालात पैदा कर हमारे धैर्य की परीक्षा करता है। इतनी जल्दी हार कैसे मान जाओगे। सब ठीक हो जाएगा। जो आएगा, वह अपने साथ अपना भाग्य भी लेकर आएगा। कभी-कभी बच्चों के भाग्य से माता-पिता के भाग्य में प्राप्ति के योग बन जाते हैं। तुझे भूखा तो मरने नहीं देंगे यार...।"

रायपुर में तब विद्याचरण शुक्ल ने राइस किंग नेमीचन्द श्रीमाल के बेटे स्वरूपचन्द जैन के जिम्मे अँग्रेजी 'हितवाद' का रायपुर संस्करण निकलवाया था। रम्मू भैया की उसमें मुख्य भूमिका थी। बाद में बोधनकर सम्पादक बने। रम्मू भैया को पता था कि अमर ने किन परिस्थितियों में दीनबन्धु छोड़ा है। उन्हें अमर की चिन्ता थी। इसलिए रम्मू भैया ने ही खबर भिजवाई कि कामचलाऊ अँग्रेजी तो तुम लिख लेते होगे। बिलासपुर के प्रतिनिधि बन जाओ। कुछ तो राहत मिलेगी।

दीप्ति ने कहा, "यह एक अच्छा अवसर है। अँग्रेजी में भी थोड़ी कलम सध जाएगी, तुम ना नहीं करना।"

अमर ने तुरन्त ही रम्मू भैया को अपनी स्वीकृति भेज दी। अब आदेश की प्रतीक्षा थी अर्थात् एक नया दायित्व और भाषा भी अपनी नहीं।

□□

सुबह गोलबाज़ार में उधारी वाली राशन-दुकान में न जाकर खोवा मंडी के पास वाली एक दुकान से अमर ने एक किलो चावल और आधा पाव अरहर दाल

खरीदी। अचानक पीछे से कन्धे पर हाथ पड़ा। अमर मुड़ा तो देखा भरत था। "क्या बात है, आज एक किलो चावल और आधा पाव दाल क्यों खरीदी जा रही है? कोई स्पेशल बन रहा है क्या...?"

अमर ने कहा, "नहीं, आज की जरूरत इतनी ही है।"

भरत हँसा "बड़ा मजा आ गया। परिवार वाला आदमी एक किलो चावल खरीद रहा है। अबे, कल क्या करेगा...?"

अमर को गुस्सा आ गया, "कल की कल देखी जाएगी। तू साले... मेरी दुर्दशा पर हँस रहा है...!"

भरत ने कहा, "हँसू नहीं तो क्या रोऊँ..? रोने से चावल की मात्रा बढ़ जाएगी क्या...? खैर छोड़, घर चलने पर चाय तो पिलाएगा न... कि चाय पत्ती भी खरीदनी पड़ेगी?"

अमर ने कहा, "बकवास बन्द करो, और चलो... घर चलते हैं।"

दूसरे दिन आठ या नौ बजे होंगे। अमर के घर पर किसी ने दस्तक दी। दरवाजा खोलने पर एक रिक्शावाला सामने खड़ा था। उसके एक हाथ में एक टिन था और एक हाथ में एक चुंगड़ी।

अमर ने पूछा, "यह क्या है...?"

रिक्शावाले ने कहा, "राशन के सामान हे ग..., चावल अउ आटा हर रिक्शा म हवय, ओ हू ल ला थौं...।"

(यह राशन का सामान है, चावल और आटा रिक्शे में है उसे भी ले आता हूँ।)

अमर ने पूछा, "मैंने तो नहीं मँगाया है, किसने भेजा...? तू गलती से यहाँ ले आया होगा।"

रिक्शेवाले ने कहा, "तोर घर एकर पहिले भी भरत महराज ल ले के आय हवं, भरत महराज ह भेजिस हे।"

(आपके घर पहले भी भरत महाराज को लेकर आ चुका हूँ। यह सामान भी भरत महाराज ने ही भेजा है)।

अमर झल्लाया, "वापस ले जाओ... मुझे नहीं चाहिए।"

रिक्शावाले ने रोनी सूरत बनाकर कहा, "एला अब मे हर कहाँ ले जा हू बाबू...? भरत महराज तो सामान ल लदवाइस, इहाँ पहुँचाए के किराया दिस अऊ टेम्पो म अपन गाँव चल दे हे, अब मैं का करवं।"

(इसे अब मैं कहाँ ले जाऊँ बाबू? भरत महाराज ने तो सामान रिक्शे में लदवाया, मुझे किराया दिया और टेम्पो में चढ़कर अपने गाँव चले गये। अब मैं क्या करूँ...)।

तब तक दीप्ति सामने आ गयी थी। दीप्ति ने कहा, "इस बेचारे रिक्शेवाले पर क्यों भड़क रहे हो, भरत भाई तो गये गाँव। इसे सामान यहाँ रखने को बोल दो।" करीब तीस किलो चावल, पन्द्रह किलो आटा, एक टिन सरसों का तेल और एक दाल की चुंगड़ी जो कम-से-कम पन्द्रह किलो की रही ही होगी।

अमर को समझ में आ गया था, कल भरत ने उसे एक किलो चावल खरीदते देख लिया था। यह उसी की प्रतिक्रिया है। दरअसल भरत को दुनियादारी का उतना ज्ञान नहीं था। उसे मालूम था पैसे अमर लेगा नहीं, उसकी खुद्दारी आड़े आ जाएगी। इसलिए अपनी अनुपस्थिति में ही उसने राशन भिजवा दिया।

चौथे दिन मुस्कराता हुआ भरत मिला और अमर के कुछ बोलने के पहले ही उसने अपनी कड़क आवाज़ में कहा, "साले... आदर्शवादी, मैं तुझे कोई घूस दे रहा हूँ... ? जिस दुकान में मैं अपना धान बेचता हूँ, वहीं से बदले में मैं राशन लाता हूँ। समझ ले कि मैं अपने यहाँ की फसल को तुझे चखने दिया हूँ। तू कौन होता है बे.. अकेले मना करने वाला। साले... रिक्शेवाले पर रौब झाड़ रहा था! यह सब भाभी के लिए भेजा हूँ। तुझे नहीं खाना हो तो साले.. उपवास रख लेना.. देखता हूँ कितने दिन रहेगा... ?"

अमर ने कुछ नहीं कहा— उसकी आँखें छलछला गयीं। भरत ने कन्धे पर हाथ रखा, "अरे यार, हम सब किसी-न-किसी समय ऐसी परिस्थितियों का सामना करते हैं। हारते नहीं। किसान, मजदूर और मध्यम वर्ग की नियति यही है। खाने-पीने का सामान इसलिए भेजा कि खा-पीकर इस व्यवस्था से लड़ा जाए। भूखे पेट कोई लड़ाई नहीं लड़ी जाती।"

नौ

'दैनिक हितवाद' में दो प्रमुख समाचार एजेंसियों के टेलीप्रिंटर लगे थे— यूएनआई और पीटीआई। हिन्दी के दैनिक अखबारों में टेलीप्रिंटर के अँग्रेजी के समाचार को हिन्दी में अनुवाद करके दिया जाता था। 'हितवाद' में अनुवाद की आवश्यकता नहीं थी। ज्यादा-से-ज्यादा टेलीप्रिंटर के अँग्रेजी समाचारों का थोड़ा-बहुत सम्पादन होता था। रायपुर में अँग्रेजी में काम करने वाले पत्रकारों की कमी थी। शुरू-शुरू में अँग्रेजी के कुछ रिटायर्ड शिक्षक फुल-टाइम और पार्ट टाइम में डेस्क

पर काम करते थे। कुछ और नये लड़के भी साथ में थे जो हिन्दी में समाचार बनाते थे, डेस्क के लोग जिनका अँग्रेजी में अनुवाद कर लेते थे।

'हितवाद' नागपुर और भोपाल से भी निकलता था। लेकिन वहाँ पर लोग अँग्रेजी पत्रों के अनुकूल तैयार हो गये थे। यह बात रायपुर में नहीं थी। पहले-पहल एक-दो संवाददाता जो बाहर से आये थे, वे अँग्रेजी में ही रिपोर्ट फाइल करते थे। बिलासपुर, रायगढ़, राजनाँदगाँव, जगदलपुर आदि जिलों की खबरें भी हिन्दी में आती थी, जिन्हें अँग्रेजी में अनुवाद कर दिया जाता था। इस अनुवाद के चक्कर में अँग्रेजी अखबार पढ़ने वालों को 'हितवाद' पढ़कर मजा नहीं आता था। टेलीप्रिंटर में कभी-कभी जो खबर बारह बजे आयी होती, उसमें से एकाध खबर को शाम या देर रात को वापस ले लिया जाता था। ऐसी घटना यूएनआई के साथ ही ज्यादा होती थी। ऐसी खबरों के लिए पहले टेलीप्रिंटर में अन्य खबरों के साथ आइटम नम्बर का उल्लेख करते हुए अटेंशन की सूचना आती थी और बाद में आइटम नम्बर देकर उसे 'किल' करने की सूचना आती थी। हिन्दी के अखबार बड़े ध्यान से ऐसी खबरों को अलग कर लिया करते थे क्योंकि अनुवाद करते वक्त उनका ध्यान चला ही जाता था। मगर 'हितवाद' में कई बार सम्पादकीय डेस्क की लापरवाही के चलते 'किल' शब्द भी छप जाया करता। समाचार 'किल' क्यों किये जाते थे, उन कारणों का पता अमर को सालों बाद चला।

अमर ने शुरू-शुरू में दो-चार समाचार काफी मेहनत-मशक्कत कर अँग्रेजी में ही लिखकर भेजे थे। लेकिन जब वे समाचार प्रकाशित हुए तो अमर को काफी कोफ़्त हुई। आधे से अधिक समाचार सम्पादित हो गये रहते। अमर को सम्पादन की यह शैली समझ में नहीं आई। अँग्रेजी के पाठक भी कम थे। अमर ने अभी तक हिन्दी की रोटी खाई थी और हिन्दी पाठक ही अमर की कलम से परिचित थे। 'हितवाद' में आने के बाद किसी खबर को लेकर पहले की तरह बहुत कम लोग ही बातचीत करते थे। समाचारों की कटौती का दुःख भी अमर को होने लगा था। अमर पर विज्ञापनों का दबाव भी बढ़ गया था, जो दीनबन्धु के समय भी था लेकिन इस कदर नहीं।

अमर अपनी शिकायतें लेकर रायपुर पहुँचा तो परिचित चेहरे नाममात्र को ही मिले। रम्मू भैया अक्सर शहर में ही घूमते रहते, इसलिए उनसे मुलाकात भी दिनभर में हो नहीं पाती थी।

दीपक नियोगी से मुलाकात हुई। दीपक बाहर से आया हुआ था। उसकी कलम सधी हुई थी। दीपक के पास एक कत्थई रंग की मोटरसाइकिल थी। उतने अल्प समय में दीपक तेज मोटरसाइकिल चलाने के लिए रायपुर में विख्यात हो गया था। उसकी गाड़ी कहीं से भी गुजरती तो लोग आँख मूँदकर कहते कि 'हितवाद'

वाले रिपोर्टर की गाड़ी है। छरहरे बदन का बहुत उत्साही युवक था दीपक। बहुत तेजी से बात करता था। जैसे हिन्दी में वैसे ही अँग्रेजी में। बहुत कम समय में ही अमर की दोस्ती उससे हो गयी। अमर ने जब अपना रोना रोया तो दीपक के चेहरे पर मुस्कराहट आ गयी।

"बॉस...! यह तो रायपुर है, यहाँ अभी भी डेस्क की पॉलिटिक्स उतनी जबर्दस्त नहीं है। यू.पी. के अखबार में होते या किसी राष्ट्रीय अखबार में होते तो पता चलता कि हमारी जमात भी केकड़े की जमात से कम नहीं। सबको दूसरों की पड़ी रहती है लेकिन माल छानने में सब अकेले-अकेले ही माल छानते हैं। तुम ठहरे हिन्दी के रिपोर्टर, तुम्हारी अँग्रेजी की लिखी रिपोर्ट यदि अच्छी हो तो डेस्क के इन मास्टरों को लगता है कि "साला पिद्दी अँग्रेजी बघार रहा है। इसको अपने कद का एहसास करा दो।" और तुरन्त कलम चल जाती है। मैटर को ठीक से पढ़कर सम्पादित कोई नहीं करता। आँख मूँदकर बीच के कुछ हिस्से और अन्त के हिस्से को काट दिया जाता है। तुम खामखा मेहनत क्यों करते हो? भेजो हिन्दी में ही...! इन रिटायर्ड मास्टरों को अनुवाद करने दो। तुम हिन्दी वालों की बड़ी खराब आदत है। लिखते वक्त भी सोचते हो क्लासिक लिखा जाय। बॉस, ये हिन्दुस्तानी अँग्रेजी है...। अच्छी अँग्रेजी लिखो तो कोई पूछने वाला नहीं, ऐसी अँग्रेजी लिखो जो हिन्दी की तरह पढ़ी जाए। फिर तुम मैदान जीत जाओगे। जैसा देश, वैसा भेष। ये दुःखी-वुखी मत रहा करो बॉस।"

इतने लम्बे भाषण में दीपक ने वह सबकुछ कह दिया था, जो शायद महीनों यहाँ डटे रहने पर भी अमर को पता नहीं चलता। उस दिन रम्मू भैया से मुलाकात हुई ही नहीं, क्योंकि अमर को मेल से वापस आ जाना था। तब तक वे प्रेस नहीं आए थे। दीपक अपनी मोटरसाइकिल से स्टेशन तक अमर को छोड़ने भी आया।

जाते-जाते उसने कहा, "बॉस, मैं तो यहाँ समय काट रहा हूँ। जितने दिन यहाँ का पानी लिखा है, उतने दिन तो रहना ही पड़ेगा। अपुन अपनी जिन्दगी अपनी तरह से जीते हैं। अपने को चेलापति राव नहीं बनना है। दीपक नियोगी ही बने रहना है। इसलिए दुःखी मत होना। जैसा बने, काम निपटाओ और मस्त रहो। बिलासपुर आने पर खूब गप्प मारेंगे।"

घर लौटकर अमर ने रायपुर में हुए अपने अनुभव के विषय में दीप्ति को विस्तार से बताया। दीप्ति ने कहा, "बिल्कुल ठीक कहते हैं, दीपक भाई...! अपनी भाषा में ही हम सपने देख सकते हैं। अपनी भाषा की अभिव्यक्ति जितनी बेहतर हो सकती है, उतनी किसी दूसरी भाषा में नहीं। तुम अभी खाली थे। यहाँ जितने दिन बनता है, रहो। ईश्वर तुम्हें अपने मनोकूल काम जरूर दिलाएगा। इतनी जल्दी तुम ऊबने लग जाते हो, यह अच्छी बात नहीं। समय है, कट जाएगा।"

'हितवाद' में मात्र अढ़ाई सौ रुपये ही वेतन था। विज्ञापनों के कमीशन में बीस प्रतिशत मान्य था। विज्ञापन बटोरने का काम अमर को कभी नहीं भाया। मन मार कर इधर-उधर विज्ञापन जुगाड़ करना पड़ता था। अमर अपने हमपेशा लोगों को देखता था वे विज्ञापन के लिए समाचार का दबाव बनाते थे। अमर को यह अनैतिक लगता था। यदि विज्ञापन का काम न करे तो प्रेस से भी चिट्ठियाँ मिलने लग जाती थीं और माह के खर्च को भी निपटाना मुश्किल हो जाता था। दूसरी कमजोरी थी हिसाब-किताब की। अमर व्यवस्थित ढंग से विज्ञापनों के आवक-जावक को रख नहीं पाता था, जिसके चलते प्रेस में अमर के नाम से 'आउट स्टैंडिंग' की राशि चढ़ा दी जाती थी। कमीशन का हिसाब वे नहीं करते थे। अमर को समझ में नहीं आता था कि वह मार्केटिंग का आदमी है या सम्पादकीय का...! किसके पास वह रोना रोये। सभी आँचलिक अखबारों की यही स्थिति थी।

रविवार को सोनपुरा जाने पर पहली मुलाकात इब्राहीम से हुई। मिलते ही इब्राहीम ने उसे टोंचना शुरू कर दिया "चले साहब, अँग्रेजी की पत्रकारिता करने...! यहाँ कौन अँग्रेजी पढ़ता है बे...। तेरे समाचार को जो लोग रुचि के साथ पढ़ते थे उनमें से कोई 'हितवाद' नहीं पढ़ता। जितने दिन की मेहनत से तुमने अपना एक नाम पैदा किया था उसे अँग्रेजी का अखबार चन्द दिनों में ही धो-पोंछकर रख देगा। क्या हर्ज था रायपुर चले जाने में...। किस बल पर तू अकड़ रहा है। तुझसे दूसरी कोई नौकरी करते नहीं बनेगी, फिर जब पत्रकारिता में ही रहना है तो पत्र-मालिक की इच्छा के अनुसार ढलना पड़ेगा, नहीं तो लम्बी उड़ान मारो और चले जाओ महानगरों में। वह भी तेरे से बनेगा नहीं। तुझे छत्तीसगढ़ में ही मरना है। मेरी समझ में बिल्कुल नहीं आता कि आखिर तू चाहता क्या है...?"

अमर ने समझाने की कोशिश की, "दीप्ति को इस हालत में शिफ्ट नहीं किया जा सकता है यार... नहीं तो मुझे रायपुर जाने में कोई दिक्कत नहीं है। मैंने ना कहाँ कहा था...? मैं तो डिलीवरी तक ही रुकना चाहता था। उसके लिए भी जब वे नहीं माने तो अखबार छोड़ने के अलावा मेरे पास रास्ता क्या था...?"

इब्राहीम ने पूछा, "'हितवाद' से तू क्यों असन्तुष्ट है...?"

अमर ने विस्तार से उसे सारी बातें बतायीं...। फिर भी इब्राहीम नरम नहीं पड़ा बोला, "तेरे साथ यही तो दिक्कत है। तू अपनी शर्तों पर जिन्दगी जीना चाहता है। नेमीचन्द श्रीमाल अपने पैसे लगाकर 'हितवाद' को लाया। वह क्या पराड़कर और गणेशंकर विद्यार्थी बनना चाहता है? वह राइस किंग है बेटा...! बिना लाभ के वह अखबार तो क्या, एक पर्चा भी नहीं छापेगा। फिर तू विज्ञापन क्यों नहीं लाएगा? आखिर उसमें कमीशन तो मिलता ही है न...। तुझे भी तो चार पैसे मिलेंगे। अब घर में बच्चा आने वाला है। उसे क्या खिलाएगा...? साले... जब देखो... तब अपनी ही

झाड़ता रहता है।''

अमर को समझ में आ गया, इब्राहीम से बहस करने का कोई फायदा नहीं है। स्वभाव से ही वह घनघोर व्यावहारिक था। मुफ़लिसी ने उसे दुनियादारी पूरी तरह से समझा दी थी। ऐसा नहीं कि वह कठोर था, लेकिन उसकी भावुकता अपने अनुपात में ही रहती थी। यहीं पर अमर चूक जाता था।

इब्राहीम ने बताया कि बाल्को-कोरबा में जो इंटरव्यू देकर आया था, उसमें उसे सफलता मिल गयी। बहुत जल्दी ही नियुक्ति पत्र मिल जाएगा। एक-एक कर सभी दोस्त सोनपुरा से बाहर निकले जा रहे थे। विकास यानी चुन्ना, चन्द्रमोहन, विजय, व्यास, मोबिन सब-के-सब। केवल रमाकान्त सोनपुरा में रह गया था। सुरेश बिलासपुर से लौटकर सोनपुरा आ गया था। उनका पारिवारिक व्यापार था, उसी में जुड़ गया।

भाभी ने बताया, ''सुना है तुम्हारे भैया का तबादला रायपुर हो सकता है, पाँच-छह महीने में भी हो सकता है और साल भर भी लग सकता है।''

इसका मतलब था... कि अब आहिस्ते-आहिस्ते सोनपुरा में आना-जाना कम हो जाएगा। भैया ही यहाँ नहीं रहेंगे तो अमर किस आकर्षण से बार-बार सोनपुरा आएगा... ?''

सीमेंट कारखाने के निर्माण की सुगबुगाहट बढ़ने लग गयी थी। कॉलेज खोलने के लिए अन्ततः ठाकुर सा'ब राजी हो गये थे। सोनपुरा हायर सेकेंडरी स्कूल की बिल्डिंग में कुछ और इज़ाफा हुआ। बैडमिंटन का एक इनडोर कोर्ट भी बन गया। बताते हैं, कि अब ठाकुर सा'ब पहले की तुलना में काफी पॉजिटिव हो चुके हैं। इसका साफ मतलब था कि नयी पीढ़ी के सोच का उन पर असर पड़ने लगा था। उनके बच्चे भी अब किशोर अवस्था को पार करने लगे थे। वातावरण का प्रभाव तो हर किसी पर पड़ता है न।

□□

दीप्ति को घर पर अकेले छोड़कर अमर कहीं भी जाए वापस जरूर आ जाता। जिस घर में वह किराये से रहता था, उसके मकान-मालिक यू.पी. के थे। निम्न-मध्यमवर्गीय परिवार ले-देकर एक घर बनवा लिया था। फलों की एक छोटी-सी दुकान थी। उसी से उनकी गृहस्थी चलती थी। मकान मालकिन की उम्र भाभी की उम्र के बराबर थी। इसलिए अमर ने पहले से ही उन्हें अम्मा कहना शुरू कर दिया था। जब भी दिनभर के लिए अमर को घर से बाहर निकलना होता, तो अम्मा के भरोसे ही वह दीप्ति को छोड़ आता था। आठवाँ महीना चल रहा था। इसलिए सावधानी ज्यादा जरूरी थी। घर पर फोन था ही। अमर दिन में दो-तीन बार घर पर

फोन कर खोज-खबर ले लिया करता था। जब कभी अमर को दौरे पर निकलना होता तो वह अम्मा को चेता कर आता था।

अचानक एक दिन गोलबाज़ार में अमर को बजरंग केडिया मिले। वे बिल्कुल अपरिचित तो नहीं थे। मूलत: वे भी सोनपुरा के ही थे। भाई बजरंग ने मिलते ही शिकायत की, "हम दोनों ही अब बिलासपुर में रहते हैं, मगर कभी मिलते ही नहीं..! अरे भाई, मैं भी आजकल चौबेजी की संगत में कुछ लिखने-पढ़ने लगा हूँ। बिलासपुर टाइम्स में व्यापार वाले पेज में सप्ताह में चार-पाँच बार तो लिख ही लेता हूँ। तुम तो बहुत जल्दी ही आगे बढ़ गये, पर हम दोनों ही सोनपुरा से हैं और हममें आपस में कोई मेल-मुलाकात न हो... भला बताओ, यह कोई अच्छी बात है...?"

सच कह रहे थे बजरंग। दरअसल बजरंग जिस आढ़त में बैठते थे वह गोलबाज़ार के खोवा मंडीवाले हिस्से में आती थी। ठीक हरदेवलाल मन्दिर के सामने। उस तरफ अमर कम ही जाता था। इसलिए शायद बजरंग भाई से मुलाकात नहीं होती थी।

बातचीत जब चल निकली तो फिर उम्र के सारे फासले भी धीरे-धीरे खत्म होते गये। बजरंग भाई कम-से-कम पन्द्रह-सोलह साल बड़े थे, लेकिन अमर को दूसरों की तरह कभी नहीं लगा कि वे अपनी उम्र की धौंस जमा रहे हैं। बल्कि चर्चा में बजरंग भाई बिल्कुल हमउम्र की बातचीत में उतर आते हैं।

इस तरह मुलाकातों का सिलसिला चल निकला। बजरंग भाई का आज निश्चित रूप से उनके कल की तुलना में बिल्कुल विपरीत था। सोनपुरा के बड़े राइस मिल वालों की पंक्तियों में उनके परिवार का नाम आता था। कभी-कभी अमर सोचता कि मनुष्य की तकदीर कब क्या करवट ले... कोई नहीं बता सकता।

स्कूल के दिनों तक जिस बजरंग भाई की जेबों में काजू-किसमिस भरे रहते थे, उन्हीं की जेब आज महज चन्द रेजगारी से सन्तुष्ट रहती। माता-पिता के एकमात्र पुत्र होने के चलते उनका बचपन आम लड़कों की अपेक्षा काफी सम्पन्नता में बीता था। ग्रेजुएशन तक उनके पिता ने घर की माली हालत को उन्हें महसूस ही नहीं होने दिया। राइस मिल हाथ से निकल गयी। परिवार की आर्थिक साख एकदम से गिर गयी। यहाँ तक कि स्नातक की परीक्षा देने के बाद बजरंग भाई काम की तलाश में बम्बई चले गये।

बहरहाल, तकलीफ के दिनों की परिभाषा अलग-अलग वर्गों में अलग-अलग हो सकती है, लेकिन संघर्ष और संघर्ष के दिनों के एहसास में शायद फर्क नहीं होता। यही कारण है कि माह-दो-माह बाद जब अमर और बजरंग भाई जब एक-दूसरे के सामने खुले तो छिपाने के लिए कुछ नहीं बचा था, अब उन्हें न मिलने की शिकायत नहीं रही।

अमर ने दो ऐसे व्यक्तियों को देखा जो व्यवसायी घराने से थे लेकिन उनकी अभिरुचि और जीवन की दृष्टि बिल्कुल बुद्धिजीवियों की तरह थी। एक थे बजरंग भाई और दूसरे थे राम बाबू सोनथलिया। जैसे बजरंग भाई से कीट्स, बायरन, वर्ड्सवर्थ, शेक्सपियर आदि पर घंटों चर्चा हो सकती थी, ठीक वैसे ही रामबाबू जब अपनी पढ़ी हुई पुस्तकों के पात्रों का जिक्र करते तो 'ओथेलो' से लेकर 'ओलिवर ट्विस्ट' तक चर्चा कब पहुँच जाती, पता ही नहीं चलता। अँग्रेजी की तरह हिन्दी साहित्य पर भी वे घंटों बातें कर सकते थे।

बड़े भाई बाहर की खरीद-फरोख्त का काम देखते थे और दुकान पर बैठकी होती थी रामबाबू की। उन दिनों बिलासपुर में साहित्यिक गतिविधियों की पृष्ठभूमि में एक संवेदनशील सहायक की तरह उपस्थित रहते थे रामबाबू। श्रीकान्त वर्मा से एक जमाने में उनकी दोस्ती इतनी गाढ़ी थी कि वह श्रीकान्त के अन्तिम दिनों तक गहराती चली गयी। रामबाबू अँग्रेजी में एम.ए. थे। लेकिन उनमें जरा भी दर्प नहीं था। दुकान में नौकर के न आने पर खुद सामान तौलते, पैसे का हिसाब करते और उनकी बातों में इतनी मिठास थी कि शहर के सरकारी बड़े अमले भी उनके स्थायी ग्राहक बन गये थे।

बजरंग भाई को अखबार के कीड़े ने कुछ ज्यादा ही काट लिया था इसलिए बम्बई से लौटने के बाद चावल की आढ़त सँभालते हुए भी वे बिलासपुर टाइम्स की बैठक में अवश्य एक-दो घंटे बैठ आया करते। सोनपुरा को लेकर उन्हें काफी गर्व था। बातचीत में वे यह जतलाना नहीं भूलते थे कि बिलासपुर में जितने लोग क्रिएटिव कामों में लगे हुए हैं उनमें से काफी लोग सोनपुरा से हैं। लोग इस बात को लेकर उन्हें चिढ़ाते भी थे, उन्हें देखते ही फब्तियाँ कसी जातीं कि "लो एक और आ गया... सोनपुरा का झंडा उठाए।"

बजरंग भाई को पता था कि लोग इस बात की हँसी उड़ाते हैं, पर उनके गर्व के भाव में कहीं कोई कमी नहीं आती थी। दोहरे एवं कुछ ज्यादा भारी बजरंग भाई के ताम्बई गोल चेहरे में उनकी मुस्कराहट गजब की थी। अमर तो अक्सर कहा करता, "आप जब भी मुस्कराते हो तो सामने वाला यों ही पचास प्रतिशत आपसे प्रभावित हो जाता है, शेष आप बातचीत में पूरा कर लेते हैं।

बजरंग भाई अचानक दार्शनिक हो जाते हैं और कहते, "क्या बताएँ... ? पुरानी सम्पन्नता के आसमान से जब यथार्थ की धरती पर गिरे, तब भी साली यही मुस्कराहट हमसे चिपकी हुई थी। शायद इसीलिए ऊपर से गिरने का एहसास कभी इतना गहराया नहीं कि हम हारकर पीछे हट जाएँ।"

बजरंग भाई को पुराने गीत और छठें सातवें दशक के उपन्यास जितने भाते थे उतने ही वे जासूसी उपन्यासों के नियमित पाठक रहे हैं। संगीत में रागों की समझ

भी उनमें खूब थी। पुराने गाने सुनते थे तो बता भी देते थे कि यह पूरा गाना राग भैरवी में है। कभी कहते कि मालकोस में बँधे हुए गीत बड़े लाजवाब होते हैं। संगीत पर जितनी पकड़ उनकी थी उतने ही बेढब आवाज़ थी उनकी। अपने को रोक वे नहीं पाते और कभी-कभी दो-चार पंक्तियाँ गा भी लेते थे। ऐसे में उन्हें झेलना कठिन हो जाता था। चना-चबैना के बेहद शौकीन और ऐसा ही कुछ घंटों फाँकने को मिल जाए तो वे और गहराई से खुलते थे। तब बातचीत ज्यादा सघन होने लगती, वे गहरे उतरते चले जाते।

अमर कहता, ''एक व्यवसायी बात-बात में दर्शन कैसे झाड़ता है।''

बजरंग कहते, ''यही तो मेरी समझ में नहीं आता कि तुम भी मुझे व्यवसायी का ही दर्जा देते हो। कभी तो मेरी कलम को भी पहचान लेते, कोई नाम देते तो मैं निहाल हो जाता।''

ऐसे में अमर अपने को सँभालते हुए कहता, ''नहीं... नहीं... आपसे थोड़ा-सा मजाक कर लेता हूँ। कितनी अच्छी बात है कि आप अक्षरों के संसार से जुड़े हैं। एक बार जो इस संसार से जुड़ जाता है वह अक्षरों के स्वाभिमान को समझता है और संवेदना को भी। यह तो हम लोगों के लिए बोनस है।''

थोड़ी देर के लिए बजरंग खुश हो जाते।

अमर के वर्तमान को लेकर बजरंग भी चिन्ता करते...

''समाचार जगत में बहुत तेजी से बदलाव आ रहा है, गुरु। अब धीरे-धीरे पत्रकारिता मिशन से कुछ अलग हट रही है। व्यावसायिकता की ओर इसके कदम बढ़ चुके हैं। तुम्हारे जैसे महज लिखने वाले लोगों को अब वक्त के साथ बदलना पड़ेगा। छोटे और मध्यम किस्म के अखबारों की यही नियति है। तुम यदि हॉकरों से पूछताछ करो तो तुम्हें पता चलेगा कि महीने भर के बिल में कुछ लोग दो-चार दिन के अखबारों के शुल्क की जबरन कटौती भी कर लेते हैं। अखबार का हॉकर चाहे लाख तर्क दे दे, वे नहीं मानते। इस तरह हॉकरों के पेट पर भी लात पड़ती है। पहले हस्तलिखित पत्र भी लोग खरीदकर पढ़ लेते थे। अब तो एक अखबार के पीछे दस से अधिक पाठक हैं। एक तरफ यह अच्छे संकेत हैं कि पाठकों में अखबार पढ़ने की रुचि बढ़ रही है, दूसरी ओर खरीदकर न पढ़ने वालों की संख्या भी बढ़ रही है। ऐसे में प्रतियाँ बेचकर अखबार लाभ की स्थिति में नहीं रह पाते। एजेंटों से अनसोल्ड प्रतियों की वापसी, उसके हिसाब को लेकर अक्सर झगड़े हो जाते हैं। कुल मिलाकर यह तन्त्र अब तेजी से बदल रहा है। ऐसे में सब पर असर पड़ेगा। तुम तो इतने पक चुके हो, तुम्हें अब आँचलिक पत्रों से उबर जाना चाहिए। राष्ट्रीय पत्रों में छलाँग मारो... तुम्हारी जगह वहीं है।'' अमर ने कहा, ''कुछ मामलों में 'होमसिक' हूँ। मुझे छत्तीसगढ़ से बाहर जाने का मन ही नहीं करता। सप्ताह भर भी

तो मैं बम्बई या दिल्ली में बिता नहीं पाता हूँ।''

अमर ने विस्तार से 'हितवाद' को लेकर परेशानी भी बताई। दैनिक दीनबन्धु छोड़ने का कारण भी समझाया।

बजरंग भाई ने कहा, ''आखिर कितने अच्छे तरीके से तुम दैनिक दीनबन्धु का काम सँभाल रहे थे, पर हुआ क्या...? व्यवसाय देखने वाले हरनारायण के चलते ही न तुम खो गये। यही बात तो समझने की है कि आँचलिक पत्रों में वही पत्रकार टिक सकता है जो डेस्क से सीधा जुड़ा हो। छोटे-बड़े शहरों में संवाददाता बनने पर विज्ञापन का बोझ तो ढोना ही पड़ेगा। वैसे सलिलजी ने ठीक ही सोचा था। तुम्हारी जगह डेस्क पर ही है। अभी भी डेस्क में काम करने के लिए अच्छे लिखने-पढ़ने वाले लोगों की जरूरत है।''

अमर ने कहा, ''मैं तो तैयार था, बस कुछ महीनों की मोहलत माँग रहा था। डॉ. पाठक ने दीप्ति को कहीं भी मूव करने के लिए मना किया है तो आखिर मैं क्या करता...? डिलीवरी तक ही तो रुकना चाहता था, पर सलिलजी नहीं माने।'' अमर की चिन्ता से समरस होते हुए बजरंग भाई भी चिन्तित हो गये। ''आखिर क्या रास्ता है..? फिलहाल तो 'हितवाद' से ही जुड़े रहो। 'ब्लिट्ज़' और 'प्रतिपक्ष' भी तुम्हारे पास ही है न...!''

अमर ने अपनी विवशता बताई, ''ब्लिट्ज़' राष्ट्रीय साप्ताहिक है। हर सप्ताह यहाँ से उठाने लायक समाचार होते ही नहीं। 'प्रतिपक्ष' की रिपोर्टिंग दूसरे तरीके से होती है और उसका पारिश्रमिक तय है मात्र पचहत्तर रुपये। किराये का घर। बिजली, पानी, टेलीफोन के कुल मिलाकर खर्च चलाना मुश्किल है। तिस पर 'हितवाद' के व्यवसाय का पूरा बोझ मुझसे सँभलता नहीं। समझ में नहीं आता कि समाचार पत्र विक्रेताओं का हिसाब कैसे रखा जाए...? मेरे खाते में ढेर सारी राशि हर महीने चढ़ा दी जाती है। ऐसे में मुझे कुछ नहीं सूझ रहा है कि मैं क्या करूँ...? उधर, शायद अगले ही माह दीप्ति की डिलीवरी हो सकती है।''

उन्होंने कहा, ''यार, बीच का रास्ता तो निकालना ही पड़ेगा।'' इसी बीच बजरंग भाई बिलासपुर टाइम्स में नियमित बैठने लग गये। उन्हें तब पता ही नहीं चला होगा कि उनकी व्यावसायिकता पर पत्रकारिता धीरे-धीरे हावी होते जा रही है। उनकी खासियत यह थी कि अच्छा पढ़ने की आदत तो बचपन से थी, बोनस के तौर पर अखबार के प्रबन्धन का कार्य भी उनकी समझ में आ गया था। बम्बई के प्रवास ने उन्हें काफी व्यावहारिक भी बना दिया था। संवेदना और भाव पक्ष की वे व्यावहारिकता के साथ अच्छी तरह से ब्लैंडिंग कर लेते थे।

बात-बात में उन्होंने एक दिन कहा, ''अमर, आँसू बहाकर दुःख को जो लोग कम कर लेते हैं, दरअसल ईश्वर उन्हें एक अतिरिक्त क्षमता सौंपता है। वे दुःख के

घनत्व को बहा देने की कला को साध लेते हैं। जो ठीक से रो नहीं पाते हैं, उनका दु:ख देर तक न पिघलने वाले ठोस बर्फ में तब्दील हो जाता है। आँसू के रूप में जो पिघलते जरूर हैं लेकिन आँखों तक आते-आते एहसास की गर्मी में सूख भी जाते हैं। जो बिल्कुल रो ही नहीं सकते वे अपने दर्द को नुकीला कर लेना जानते हैं। तुम्हें ऐसा नहीं लगता...!''

अमर कुछ देर तक अपलक बजरंग भाई की ओर देखते रह गया। जिस व्यक्ति को पूरा शहर बिल्कुल हल्के से लेता है, उस व्यक्ति के भीतर अनुभव और संवेदना की इतनी बड़ी दुनिया कैसे छिपी हुई रहती है...?

आगे चलकर बजरंग बिलासपुर से प्रकाशित पहले दैनिक पत्र 'लोकस्वर' का प्रबन्धन सँभालने लगे। ठीक उसी दिन से उम्र के तीसरे पड़ाव में प्रवेश करते-करते बजरंग भाई को अखबारी कीड़े ने पूरी तरह से काट लिया था।

□□

रायपुर से एक एकाउंटेंट को भेज दिया गया और अमर से कहा गया कि अभी तक का सारा हिसाब समझाया जाए। अमर ने दो दिन लगाकर जहाँ तक हो सका, हिसाब दिए। लेकिन एकाउंटेंट के लौटने के बाद रायपुर से 'हितवाद' के मैनेजर का पत्र आया तो उसमें अमर के ऊपर बीस हजार का बकाया दर्शा दिया गया। अमर ने तुरन्त फोन लगाकर समझाने की कोशिश की तो वहाँ से उत्तर मिला, ''हमारे एकाउंटेंट ने जो हिसाब किया है, वही फाइनल है। दीपावली आ रही है आप चाहें तो लाख-डेढ़ लाख का विज्ञापन बटोरें, उसकी वसूली करें और अपने कमीशन में से इस पैसे को एडजस्ट कर दें।''

दीप्ति ने पत्र को देखा और दुखी हो गयीं, ''देख रहे हो... ईमानदारी से काम करने का क्या फल मिलता है...? यह तो एकतरफा व्यवहार है। ऐसे में कैसे करोगे? बीस हजार रुपये यदि हमारे पास होते तो हम कितने निश्चिन्त होते। हमारे पास तो यह पैसे नहीं हैं, हम कोई शानो-शौकत से रहते नहीं हैं, फिर पैसे को क्या पंख लग गये...?'' लेकिन विकल्प कहीं कुछ नहीं था। इस मन:स्थिति में 'ब्लिट्ज़' और 'प्रतिपक्ष' का काम भी प्रभावित होने लगा। उधारी का ग्राफ दिनों-दिन बढ़ रहा था। किसी एक के पैसे पटाता तो दूसरे का बिल बढ़ जाता। मकान-मालकिन अम्मा स्वभाव की बहुत अच्छी थी। दो-दो, तीन-तीन माह का किराया बाकी रह जाता लेकिन वह तकादा नहीं करती थी।

भरत, बजरंग भाई और चौबेजी से भी इस सन्दर्भ में अमर ने बात की। किसी के पास भी इन स्थितियों का कोई समाधान नहीं था। अन्ततः अमर ने 'हितवाद' से भी नाता तोड़ लिया और बेकारी का दौर फिर से शुरू हो गया। इस बीच इब्राहीम

मिला तो उसने एक सुझाव रखा, ''क्यों न भैया को सारी स्थिति बताकर उनसे कुछ पैसे ले लेता? अमर को इब्राहीम का यह प्रस्ताव ठीक नहीं लगा। बोला, ''तुझे मालूम है कि उन्हें मेरा पत्रकारिता में आना कभी सही नहीं लगा। मैंने तो कह ही रखा था कि उनसे मैं कभी कोई पैसे नहीं माँगूँगा, अपना खर्च खुद चलाऊँगा। अब मुझसे पैसे माँगते नहीं बनेगा।''

इब्राहीम ने कहा, ''सारी दुनिया विज्ञापन की बदौलत कमीशन बटोर रही है। तुम्हारे साथ-साथ जो लोग पत्रकारिता में आये उनकी ओर देखो... कहाँ-से-कहाँ पहुँच गये..? जमाने के अनुसार नहीं चलोगे तो यही हाल होगा। अब तुम जानो और तुम्हारा काम...। ज्यादा-से-ज्यादा मैं अपने वेतन में से एक चौथाई तुमको दे सकता हूँ।''

अमर भीतर-ही-भीतर दो तरह की प्रतिक्रियाओं से घिर गया। एक तरफ था तीख़ा और मुँहफट इब्राहीम तो दूसरी तरफ अपने वेतन का एक चौथाई देने की पहल करने वाला एक संवेदनशील मित्र। अमर उस हालत में भी हँस पड़ा। ''चलो कोई-न-कोई रास्ता निकाल ही लेंगे। जिस दिन तेरे वेतन में से पैसे लेने की जरूरत होगी उस दिन तुझे भी आजमा लूँगा। इससे भी गाढ़े वक्त के लिए तू उस पैसे को जमा कर रखना।''

इब्राहीम की ट्रेन का वक्त होने लगा। उसने रुँधे हुए गले से कहा, ''मैं तो ऐसा ही हूँ यार, जो मन में आये बक जाता हूँ। पर तू अपने को सँभाल। ज्यादा तकलीफ होने से बताना जरूर। तुझे मेरी कसम।''

शायद इन्हीं मित्रों के उत्साह और हौसले से अमर के मन ने ठान लिया, आगे की देखी जाएगी।

□□

चौबेजी को अमर के हालात का पता था। एक दिन शाम की बैठक में जब और कोई नहीं पहुँचा था तब चौबेजी ने बिना किसी भूमिका के कहा, ''मेरे साप्ताहिक के लिए हर अंक में कुछ-न-कुछ दो..। हमारा पत्र छोटा-सा है फिर भी 'पत्रम्, पुष्पम्' ...थोड़ी पॉकेटमनी तो मैं दे ही दूँगा।''

उधर एक-दो घंटे अमर मुन्ना भैया के प्रेस में भी बिताता था, जिसके एवज में थोड़े-बहुत पैसे मुन्ना भैया भी दे देते। इस तरह बेकारी के दिनों को काटने लायक रसद मिल जाता था। अमर अपने से कहता... ''शायद ईश्वर ऐसा ही चाहता है... मैं ठाठ से भले ही न रहूँ पर जिन्दगी चल ही जाएगी। जाने, भविष्य के गर्त में क्या है... ?''

डॉ. पाठक से दीप्ति का चेकअप कराकर अमर लौटने लगा तो डॉ. पाठक ने

कहा, "अमर भाई, बिल्कुल चिन्ता मत करना। इसी महीने तुम्हारे घर में किलकारी गूँजेगी। रात-बिरात भी दर्द उठे तो मुझे जगाने से हिचकना नहीं। ईश्वर सबका ख्याल रखता है। क्या पता कि इस बच्चे के आते ही तुम्हारी सारी परेशानी दूर हो जाए।"

हमेशा की तरह उस दिन भी डॉ. पाठक ने सेम्पल की दवाइयाँ पकड़ा दीं और यह ख्याल रखा कि बाहर से कोई भी अतिरिक्त दवाइयाँ खरीदनी न पड़ें। दूसरे दिन ही 'ब्लिट्ज़' के लिए हरिजनों पर पुलिस की ज्यादती को लेकर एक समाचार मिला। अमर ने सुबह से बापूनगर पहुँचकर सारे तथ्यों को एकत्रित किया। प्रभावित लोगों की प्रताप से फोटो खिंचवा ली और उसी दिन शाम को रिपोर्ट को रवाना कर दिया। अरसे बाद अमर को एक अच्छा 'स्कोप' मिला था, हालाँकि इसके पैसे आने में माह भर लग जाते। इसी बीच 'साप्ताहिक हिन्दुस्तान' के लिए आसपास के भ्रष्टाचार को लेकर अमर ने एक व्यंग्य भेजा था, जिसकी स्वीकृति भी उसी दिन मिली।

बिलासपुर आने के पहले तक हरीश भाई से जितनी मुलाकातें हो जाती थी, बिलासपुर आने के बाद उनमें मुलाकातों में कमी आ गयी। बजरंग भाई के ही जरिये हरीश के विषय में काफी जानकारियाँ मिलीं। हरीश, आनन्द और शरद यादव जबलपुर की मानी हुई तिकड़ी थी। छात्र आन्दोलन में इन तीनों ने अपनी एक अलग पहचान बनाई थी। सोशलिस्ट पार्टी के कार्यकर्ता तो थे ही, अतिवादी छात्रनेता के रूप में भी इनकी पहचान बन चुकी थी। इसीलिए जब आनन्द एग्रीकल्चर में एम.एस सी. और हरीश मैकेनिकल इंजीनियरिंग की डिग्री लेकर लौटे तो दोनों ने ही नौकरी नहीं करने की ठान ली थी। किन्तु जीविका के लिए कुछ-न-कुछ करना तो था। हरीश भाई ने प्लास्टिक के कारखाने की बुनियाद रखी और आनन्द हमेशा की तरह खेती से जुड़कर ही कुछ करना चाहते थे, इसलिए उन्होंने भी उन्नत किस्म की खेती के लिए बैंक से ऋण लिया। दोनों ने नौकरी न करने का निर्णय ले ही लिया था। रघु ठाकुर भी जबलपुर से ही हरीश और आनन्द से जुड़ गये थे। शरद यादव तब जबलपुर में ही रह गये थे और उन्होंने बड़ी तेजतर्रार राजनीति की शुरुआत कर दी थी।

कांग्रेस के शासन में एकनायकत्व के चलते व्यवस्था में सड़ाँध तो आने ही लगी थी। जयप्रकाशजी के आन्दोलन ने जोर पकड़ लिया था। शरद पूरी तरह से उसमें इनवॉल्व हो गये थे।

दस दिसम्बर चौहत्तर को मीसा में शरद यादव की गिरफ्तारी हो गयी और वे बिलासपुर जेल भेज दिए गये। बिलासपुर जेल में मीसा में बन्द रहते हुए ही शरद यादव ने चुनाव लड़ा था। इस चुनाव में कांग्रेस से गोविन्ददास के नाती चन्द्रमोहन

के खिलाफ शरद यादव खड़े हुए थे। शरद को खड़ा करने के लिए जानेश्वर मिश्र, अटल बिहारी वाजपेयी, मधु लिमये ने सामूहिक रूप से पैरवी की थी। अन्तत: ग्यारह जनवरी उन्नीस सौ पचहत्तर को शरद यादव चौरासी हजार वोटों से चुनाव जीत गये। यह शरद यादव का संसदीय राजनीति में पहला प्रवेश था। शरद यादव के इस चुनाव में हरीश और आनन्द पूरी तरह से सक्रिय थे।

हरीश के घर में भी माली हालत बहुत अच्छी नहीं थी। उनके परिवार के सभी सदस्यों की अपेक्षाओं का दबाव भी हरीश पर बहुत अधिक था। व्यवसायी परिवार से आने के नाते उनका इस तरह राजनीति में पूरी तरह से शामिल हो जाना तकरीबन कठिन था। लेकिन लोहिया के प्रभाव-क्षेत्र में रहते हुए इससे वे अपने को अलग भी नहीं कर सकते थे। भीतर-ही-भीतर उनके मन:संसार में एक अलग संघर्ष चल ही रहा था। किन्तु अपनी परेशानियों का उन्होंने राजनैतिक प्रोग्राम पर प्रभाव नहीं पड़ने दिया। यह सामंजस्य वे कैसे बिठाते थे, वे ही जानें...। भले ही मिलना कम होता हो, लेकिन अमर के विषय में पूरी जानकारी हरीश भाई को थी। एक दिन अचानक रास्ते में मुलाकात होने पर हरीश भाई ने कहा, ''कैसी चल रही है तुम्हारी पत्रकारिता...?''

अमर ने संक्षेप में आद्योपान्त सारी कहानी कह सुनाई। हरीश भाई ने कहा, ''बहुत कम ही लोग हैं, जिन्हें प्रतिपक्ष से पैसे मिलते हैं। हर जगह आर्थिक तंगी है। इससे ज्यादा तो वे दे नहीं पाएँगे। मैं सलिलजी से बात करूँगा। तुमने अखबार छोड़कर गलती की है।''

अमर ने जब दीप्ति के विषय में डॉक्टर की चेतावनी को बताया तब हरीश भाई ने कहा, ''ठीक है, डिलीवरी के बाद हम बात करेंगे। रायपुर तुम्हें चले ही जाना चाहिए। क्या रखा है बिलासपुर में...? अभी तो तुम्हारी उम्र कम है। अभी से ही बड़े सपने नहीं देखोगे तो यहीं पड़े रह जाओगे।'' हरीश भाई ने लोहियाजी की तीन-चार पुस्तकें तुरन्त उपलब्ध कराईं और कहा, ''यदि गाँधी को समझना है तो लोहिया को पढ़ना जरूरी है। तुमने गाँधी का 'हिन्द स्वराज' पढ़ा है या नहीं... नहीं पढ़ा है तो पढ़ लो। उसके बाद 'सत्य के प्रयोग' को पढ़ लेना।''

अमर ने कहा, ''सत्य का प्रयोग' मैं पढ़ रहा हूँ, लेकिन अभी तक 'हिन्द स्वराज' नहीं पढ़ा।''

हरीश भाई ने कहा, ''पढ़ लो... पढ़ लो... जीवन से जूझने के लिए जरूरी है कि हम अपनी भीतरी चेतना को जागृत रखें। हमारी भीतरी चेतना ही तो हमारे संघर्ष की बुनियाद है।''

□□

महासमुन्द में अनिवार्य लेव्ही को लेकर किसानों का एक बड़ा आन्दोलन शुरू हुआ। एक तो किसान अपनी परेशानियों से जूझ ही रहे थे कि सरकार ने अचानक किसानों से सीधे सरकारी मूल्य पर लेव्ही वसूलने की घोषणा की। पुरुषोत्तमलाल कौशिक के नेतृत्व में इस लेव्ही के खिलाफ आन्दोलन जोर पकड़ने लगा। उसी बीच आरंग में विद्याचरण शुक्ल की सभा में धरना दे रहे किसान बड़ी संख्या में विरोध करने पहुँच गये। नेतृत्व कर रहे थे जीवनलाल साव और गनपतलाल साव इतनी जबर्दस्त गहमा-गहमी हुई कि अन्ततः प्रशासन ने लाठी चार्ज किया। उस समय अश्विनी दुबे और सुभाष शर्मा के नेतृत्व में रायपुर बन्द का आह्वान किया गया और यह एक सफल बन्द के रूप में रायपुर के इतिहास में दर्ज हुआ। इस समय हुई गिरफ्तारियों में भी आनन्द भाई को अढ़ाई महीने जेल की सजा हुई थी।

अक्टूबर आधा बीत चुका था। ठंड की रातों में नींद बहुत गहरी होती है। रात के चार-साढ़े चार बजे होंगे दीप्ति ने अमर को जगाया। उसे पेट में बहुत दर्द होने लगा था। दोनों के लिए ही यह नया अनुभव था। अमर ने तुरन्त मकान मालकिन (अम्मा) को नींद से जगाया और उन्हें घर बुला लिया।

अम्मा ने कहा, ''बेटा, इन्हें तुरन्त अस्पताल ले जाना पड़ेगा।''

उस दिन ड्यूटी पर सीनियर नर्स थीं, जिन्होंने कहा, ''डॉक्टर साहब को इतनी रात जगाने से क्या फायदा...? मैं सब सँभाल लूँगी।''

अमर को भी लगा कि इस समय डॉक्टर साहब को नहीं जगाना चाहिए। वह कॉरिडोर में टहलने लगा। अम्मा दीप्ति के साथ ही रह गयी। सुबह छह बजे तक दीप्ति की हालत वैसी ही रही। उसे ग्लूकोज़ चढ़ा दिया गया था। जब छह बज गये, तब अमर अस्पताल परिसर में ही डॉक्टर पाठक के घर पहुँचा। अमर को इतनी सुबह आये देख डॉक्टर तुरन्त समझ गये। जब अमर ने बताया कि चार बजे सुबह ही उसने दीप्ति को एडमिट कर दिया है, तो डॉक्टर साहब बहुत नाराज़ हुए कि अमर ने उसी समय क्यों नहीं जगाया।

डॉक्टर साहब ने कहा, ''इतनी सावधानी से मैं आज तक तुम्हारी पत्नी की देखरेख करता रहा। अब अन्तिम समय में ऐसा रिस्क तुमने कैसे लिया! नर्सेस तो ऐसा कहती ही हैं। चलो कोई बात नहीं... तुम अस्पताल पहुँचो, मैं तुरन्त आया, ज्यादा-से-ज्यादा बीस-पच्चीस मिनट लगेंगे।''

सात बजे से कुछ पहले ही डॉक्टर साहब आ गये। अमर बाहर कॉरिडोर में चहल-कदमी करता रहा। उसे बार-बार लगता था कि जल्द-से-जल्द जो होना है हो जाए। कम-से-कम दीप्ति को इस असहनीय दर्द से छुटकारा तो मिले।

दो घंटे यों ही बीत गये। करीब सवा नौ बजे डॉक्टर साहब बाहर आये और उन्होंने अमर को बधाई देते हुए कहा, ''अमर, तुम्हें ईश्वर ने एक खूबसूरत लड़की

प्रदान कर दी। जच्चा-बच्चा दोनों स्वस्थ हैं। ऑपरेशन नहीं करना पड़ा है, बिल्कुल नार्मल डिलीवरी हुई है।

थोड़ी देर बाद ही अमर को अन्दर जाने की इजाजत मिली। स्पेशल वार्ड में दीप्ति को शिफ्ट कर दिया गया था।''

अमर ने डॉक्टर साहब से कहा, ''स्पेशल वार्ड में तो खर्च बहुत आएगा डॉक्टर साहब और आप मेरी हालत जानते ही हैं।''

डॉक्टर पाठक ने कहा, ''तुम्हें पता है..! कल ही सांसद भगतराम मनहर को भी बिटिया हुई है। उसे भी मैंने स्पेशल वार्ड में रखा है, साथ में तुम्हारी पत्नी को। मेरे लिए सांसद से कम बड़ा वी.आई.पी. नहीं है पत्रकार। ये तो मेरे अधिकार क्षेत्र में है। इसको लेकर तुम्हें चिन्ता नहीं करनी है।''

यह था डॉक्टर पाठक का बड़प्पन।

अमर ने पहली बार किसी नवजात शिशु को इतने करीब से देखा। दीप्ति आधी बेहोशी में मुस्करा रही थी। बच्ची के सर पर घने बाल थे। वो टुकुर-टुकुर देख भी रही थी।

बाहर आकर अमर ने अपनी जेबें टटोलीं तो उसके हाथ में एक रुपये का एक नोट ही आया। उस जमाने में एक रुपये में एक पाव रोटी के साथ-साथ दो कप चाय मिल जाया करती थी। दीप्ति को उसने एक कप चाय और पाव रोटी खिलाई और खुद भी एक कप चाय पी ली। अम्मा उसके पहले ही रिक्शे से घर लौट गयी थी। बेचारी अल-सुबह से पाँच घंटे तक यहाँ बैठी रहीं। अपनी माँ होती तो वह भी इसी तरह बैठी रहती।

अम्मा ने माँ की ही भूमिका निभाई थी। करीब ग्यारह बजे अमर अस्पताल से निकला। घर पहुँचते ही ढेर-सी डाक उसकी प्रतीक्षा में थी। जल्दी-जल्दी उसने डाक देखी तो उसमें साप्ताहिक हिन्दुस्तान का एक लिफाफा मिला, जिसमें पिछले माह छपे व्यंग्य का पारिश्रमिक पचहत्तर रुपये का चेक था।

अमर की बाँछें खिल गयीं। वह जल्दी से नहाकर पहले बैंक पहुँचा। पाँच रुपये कटवाकर चैक का डीडी परचेज करवाया और सत्तर रुपये नकद ले लिये। उस जमाने में उसी सत्तर रुपये में अमर ने सबसे पहले तो नवजात शिशु के लिए बेबी सेट खरीदा, जिसमें छोटे तकिए, नेपकिन, फ्रॉक, अंडरवियर सभी होते हैं और बच्चों की एक मच्छरदानी भी। इतना सबकुछ खरीदने के बाद भी बचे हुए पैसे से वह सब सामान भी खरीदा जो अम्मा ने इस अवधि में दीप्ति के खाने के लिए विशेष प्रकार के लड्डू बनाने के लिए बताया था।

अमर को लगा कि बच्ची का आना शुभ ही है। आते ही उसे चेक मिल गया। पुनः जब अम्मा के बनाये हुए टिफिन को लेकर दोपहर को अमर अस्पताल पहुँचा

तो नवजात शिशु के लिए सारा सामान देखकर दीप्ति ने पूछा, ''तुम्हारे पास तो पैसे ही नहीं थे। किसी से फिर उधारी माँग ली क्या...?''

अमर ने हँसते हुए कहा, ''बिल्कुल नहीं मैडम, इस बच्ची ने अपने खर्च का जुगाड़ खुद कर लिया।''

दीप्ति ने आश्चर्य से पूछा, ''कैसे...?''

अमर ने कहा, ''आज ही साप्ताहिक हिन्दुस्तान से पचहत्तर रुपये का चेक आया, जिसे तुरन्त मैंने भुनाकर पैसे ले लिए। इसमें सबकुछ आ गया। यह सामान भी और तुम्हारे खाने के लिये लड्डू का सामान भी...। अम्मा तुम्हारे लिए लड्डू बना रही है।'' सुनकर दीप्ति की आँखें छलछला आईं। अब तो बच्ची के खर्च भी जुड़ गये। कैसे करोगे अमर...?''

अमर ने कहा, ''सब ठीक हो जाएगा। तुम बस खुश रहो। कोई-न-कोई रास्ता निकल ही आएगा।''

अमर ने मुन्ना भैया को भी खबर दी। भरत को खबर मिलते ही वह स्वयं ही आ पहुँचा। मुन्ना भैया और भरत ने जोर-जबर्दस्ती उसकी जेब में कुछ नोट ठूँस दिए और कहा, ''यह हमारी गुड़िया के लिए भेंट है...। इसमें तुम्हारी खुद्दारी आड़े नहीं आएगी। गुड़िया के भाग्य का है यह, और बाकी तो तुम्हें ही करना है भाई। पालने-पोसने के लिए तो ऊपर वाला है ही।''

□□

सुबह-सुबह किसी ने जोर से दरवाजा खटखटाया।

''अमर हैं क्या...?''

दरवाजे पर भगवान स्वरूप खड़े थे। साथ में उनकी नयी पत्नी, गोद में एक बच्चा भी। अमर ने बड़े आदर के साथ भगवान स्वरूप को आमन्त्रित किया। सामने बैठक में दोनों बैठे तो अमर ने दीप्ति को आवाज़ दी, ''देखो कौन आया है...? मैं कहता था न... वे आएँगे जरूर।'' दीप्ति शायद आटा गूँथ रही थी। उसी हालत में वह किचन से बाहर आ गयी। अमर ने परिचय कराया, ''यही हैं प्रसिद्ध गीतकार भगवान स्वरूप... और साथ में इनकी पत्नी और बच्चा। दीप्ति को तुरन्त बात समझ में आ गयी, क्योंकि सावित्री जी से तो वह मिल ही चुकी थीं। दीप्ति के चेहरे में एक बनावटी मुस्कान तैर गयी। वह अपनी खीझ को छुपा नहीं पा रही थी।

औपचारिकता के दौर के बाद वह फिर किचन में चली गयी। भगवान स्वरूप की नयी पत्नी अपने बच्चे को साथ में लिये हुए अपने स्थान से उठीं और दीप्ति के पीछे-पीछे चली गयीं। बैठक में अमर और भगवान स्वरूप ही रह गये। अन्दर दीप्ति भगवान स्वरूप की नयी पत्नी के साथ क्या बर्ताव कर रही थी, इसका

अन्दाजा बैठक में बैठे-बैठे नहीं लगाया जा सकता था। दीप्ति है ही ऐसी। वह भले ही अपने मनोभाव को प्रकट नहीं होने देगी, लेकिन भीतर ही भीतर उबलती रहेगी और बाद में अमर से अपनी प्रतिक्रिया बाँट लेगी।

भगवान स्वरूप कुछ देर तक इधर-उधर की बातें करते रहे, लेकिन बहुत देर तक मुद्दे की बात से अलग नहीं रह सके। दीप्ति ने चाय और पोहा फटाफट बना लिया था। सब-के-सब टेबल के चारों ओर बैठ गये दोनों बच्चे भीतर के कमरे में सो रहे थे। अमर ने ही बात शुरू की। सात-आठ माह पहले जैसे ही मैंने आपकी दूसरी शादी की बात सुनी, दीप्ति को लेकर मैं पामगढ़ गया था।

भगवान स्वरूप ने कहा, "मुझे पता चला है।" भगवान स्वरूप की नयी पत्नी का चेहरा बुझ-सा गया।

भगवान स्वरूप ने कहा, "बच्चे को तो तुमने देख ही लिया न...! यही हमारी दूसरी शादी का कारण है।"

भगवान स्वरूप अपनी सफाई में निरन्तर बोलते चले गये— अमर, तुम्हें मैंने सदा ही अपने छोटे भाई की तरह समझा। आज भी उसी अधिकार से तुम्हारे यहाँ चला आया। बहुत दिनों से तुम्हारे पास आने का मैं एक बहाना ढूँढ़ रहा था। जब पता चला... तुम भी पिता बन गये हो तो मैं हिम्मत करके यहाँ चला आया। ये भी मेरी साथ चली आयीं। लगा हम दोनों मिलकर अपनी सफाई तुम्हें दे सकते हैं।

तुम्हें पता ही है कि बच्चे की चाह ने मुझे पागल-सा बना दिया था। इनके साथ दफ्तर में मैं अपना दु:ख शेयर कर लेता था। हम दोनों एक साथ दौरे पर चले जाते थे। ऐसे ही किसी अन्तरंग क्षण में मैं अपने को सँभाल नहीं सका और इन्होंने भी कोई आपत्ति नहीं की। इस तरह हम दो से एक हो गये और दूसरे ही महीने इन्होंने बच्चे के आने की खबर मुझे दी। मैंने सावित्री जी से अपनी बातें साफ-साफ कही और पूछा कि इन हालात में क्या किया जाए..? सावित्री स्वयं सरकारी नौकरी करती है। उसे पता है सरकारी नौकरी के नियम-कायदे क्या हैं...? इसलिए सावित्री जी ने स्वयं ही मुझे मुक्त किया और बड़े खुले मन से इस शादी की स्वीकृति दे दी। दफ्तर के रिकार्ड में आज भी सावित्री ही मेरी पत्नी है। बच्चे की देखरेख में कहीं कोई त्रुटि न हो, इसलिए मेरे आग्रह पर इन्होंने अपनी नौकरी छोड़ दी। इतनी-सी कहानी है।

एक लम्बी चुप्पी के बाद दीप्ति ने तो एक शब्द नहीं कहा, लेकिन अमर ने कहा, "भाई साहब, यह कहानी इतनी-सी नहीं है। आपके जीवन के दो छोरों पर अब दो सवाल खड़े हो गये हैं। कोई भी सवाल अपने कद में छोटा नहीं है। किसी भी सवाल के वजूद को हम यों ही नज़रअन्दाज़ नहीं कर सकते। रह गया सवाल आपका...! तो आप कटघरे में तब तक खड़े रहेंगे, जब तक दोनों छोर के सवाल

एक मुकम्मल हल को तलाश न ले।''

भगवान स्वरूप ने कहा, ''इस तरह इशारे में बातें मत करो अमर, तुमसे मैं इस तरह की बात की अपेक्षा नहीं रखता। मुझे तो लगता है एक तुम्हीं हो जो मुझे समझ सकते हो। हम लिखने-पढ़ने वाले एकदम स्वाभाविक होते कहाँ हैं...? कुछ-न-कुछ त्रुटियाँ तो हमारे भीतर रह ही जाती हैं। शायद ईश्वर इसी तरह अच्छाई और बुराई के बीच में एक सामंजस्य स्थापित कर देते हैं। मैं मानता हूँ कि सावित्री के रहते हुए मुझे ऐसा नहीं करना चाहिए था। लेकिन एक बच्चे की चाह में मैं अपनी सुध-बुध खो बैठा।''

अमर ने बीच में टोका, ''क्यों...? बच्चे गोद भी तो लिये जा सकते हैं...! आजकल तो टेस्टट्यूब बेबी का भी चलन हो गया है। चलो मान लिया कि आपने सावित्रीजी की सहमति से यह सब किया, लेकिन कभी सावित्री जी के मन को पढ़ने की आपने कोशिश की...? आपको शायद पता नहीं है कि सावित्री जी ने भी अपना मेडिकल टेस्ट कराया है और डॉक्टर ने उन्हें गर्भधारण के योग्य पाया। कुछ तकनीकी वजह से इतने दिन तक गर्भ ठहर नहीं पाया।''

अब चौंकने के बारी थी भगवान स्वरूप की, ''विश्वास करो अमर, मुझे इस बात का पता ही नहीं था। मैं तुम्हारे ही मुँह से पहली बार सुन रहा हूँ। सावित्री ने मुझे तो कभी नहीं बताया। मुझे बता देतीं तो क्या बिगड़ जाता...।''

भगवान स्वरूप कुछ-कुछ तैश में आ गये थे।

अमर ने कहा, ''यह तब की बात है जब आपने उन्हें बाँझ कहा। आपने जब अपना टेस्ट करवाया, तब आपके मन में क्यों नहीं आया कि सावित्री जी का भी टेस्ट करवा लें। आपको डॉक्टर ने जब बच्चा पैदा करने के लिए सक्षम बताया, तब आपने कैसे मान लिया कि सावित्रीजी बाँझ है...! और होतीं तो भी अपने पति के मुँह से 'बाँझ' शब्द सुनने के बाद कोई भी स्वाभिमानी महिला क्या करे...? दिल पर पत्थर रखकर उन्होंने प्रचलित नियमों के विपरीत जाकर आपको पूर्णतः मुक्त करने का निर्णय लिया। अब आप जिन्दगी भर महसूस करते रहेंगे कि कोई महिला अपने पति को बाँधकर भी कैसे मुक्त कर देती है। यही मुक्ति आपको जीवन भर सालती रहेगी।''

कुछ पल चुप रहकर अमर ने अपने को सँभाला और कहा, ''मैं नयी भाभी की ओर से भी आपको ही दोषी मानता हूँ। किसी भी औरत के भावुकता के संसार में प्रवेश करने के पहले अपनी स्थिति की जाँच हर पुरुष को कर लेनी चाहिए। वहाँ आप चूक कैसे गये? फिर दूसरी गलती यह है कि आपने इनकी नौकरी भी छुड़ा दी। इस कदम को आप कैसे सही ठहराएँगे? क्या नौकरीपेशा महिलाएँ बच्चे नहीं पाल सकतीं...?''

इस बीच दीप्ति पूरी तरह से चुप्पी साधे रही।

भगवान स्वरूप की नयी पत्नी ने हस्तक्षेप किया, ''अमर भाई, अब माफ भी कर दीजिए। ये जब तक आपसे मिले नहीं थे, हर रोज आपकी चर्चा करते थे। सचमुच आपके लिए इनके मन में छोटे भाई से भी ज्यादा स्नेह है। गुण-दोषों की चर्चा करें तो हम दोनों ही दोषी हैं। मुझे भी तो अपने स्त्रीत्व की मर्यादा में रहना था, मैं भी तो भूल गयी थी। सचमुच सावित्री जी के त्याग के पीछे हम अपने बौनेपन को छिपा नहीं पा रहे हैं। अब गुस्सा थूक दीजिए और हमारे अकेलेपन में कुछ तो सांत्वना की जगह छोड़ दें।''

अब दीप्ति ने चुप्पी तोड़ी, ''देखो...! बहुत कुछ कह दिया है तुमने, बातें सुनाने मात्र से सारी गड़बड़ियाँ सही हो जाती है क्या...? हमारे लिए तो जैसी सावित्रीजी वैसे ही ये...। छोड़ो अब, हाँ भाई साहब, आपको नॉनवेज चलता है, या सादा खाना खाएँगे।''

भगवान स्वरूप की ओर से उनकी पत्नी ने कहा, ''नहीं नहीं, हम सादा ही खाएँगे। आपकी बच्ची भी छोटी है। आप अकेली रसोई में नहीं जाएँगी। मुझे भी रसोई में आने की इजाजत दीजिए।''

इस तरह माहौल कुछ बदला और धीरे-धीरे शाम ढलते-ढलते कड़ुवाहट पिघलकर विलीन हो चुकी थी। भगवान स्वरूप ने उनकी अभी की मन:स्थिति पर एक सुन्दर-सा नवगीत सुनाया... और साढ़े सात की बस से वे फिर पलारी लौट गये।

अमर ने उसी समय मन-ही-मन ठान लिया कि कल ही वह सावित्री जी को विस्तार से एक पत्र लिखेगा...।

दस

इस बीच डॉक्टर राउंड पर आ चुके थे। उन्हें महसूस हुआ कि डॉक्टर उनके हाथ-पाँव को छूकर और नब्ज़ को देखकर नर्स को कुछ नोट करा रहे हैं। फिर उन्होंने पत्नी से कहा ''सबकुछ पहले जैसा ही है। ईश्वर से प्रार्थना कीजिए। इनके शरीर में जब भी थोड़ी-सी हरकत हो तो मुझे अवश्य खबर दीजिएगा।''

काश! वे कुछ बोल पाते तो डॉक्टर को बताते कि कल तक वे जितना सुन पा

रहे थे, आज श्रवणशक्ति अपेक्षाकृत कम हो गयी लग रही है। पर वे बता कैसे पाएँगे..? डाक्टर के चले जाने के बाद पत्नी ने उनके सर पर हाथ फेरा तभी उन्हें लगा जैसे उनके चेहरे पर आँसू की बूँदें टपक रही हैं।

उफ... ये फिर रो रही हैं। अभी तक इन्हें परिस्थिति से समझौता कर लेना था और मन को कड़ा कर लेना था। वे यदि कह पाते, तो सम्भव है वे नाराज भी हो जाते। वे सोचने लगे...

...अब शायद ही वे पूर्व की स्थिति में लौट पाएँगे...! अब तो धीरे-धीरे सुनाई भी कम दे रहा है। वे इस बात को सोचते हैं तो भीतर से हिल जाते हैं कि जब सुनाई ही देना बन्द हो जाएगा तब वे इन स्मृतियों के सहारे क्या करेंगे...? अभी तक तो लोगों की अभिव्यक्तियाँ उनकी श्रवण इन्द्रियों के जरिये उन तक पहुँच रही हैं। लेकिन जब कुछ सुनाई ही नहीं देगा तो वे बाहरी जगत से पूर्णत: कट जाएँगे। तब उनके होने और न होने से क्या फर्क पड़ता है...?

उन्होंने अपने-आप को समझाने का प्रयास किया... ऐसा तो रोज हर व्यक्ति के साथ सोते समय हो जाता है। लेकिन जैसे ही नींद खुलती है, व्यक्ति अपने को महसूस कर लेता है। उनकी नींद ऐसी है जिससे बाहरी जगत को कोई वास्ता नहीं। बाहरी जगत के लिए तो वे उसी दिन से सो रहे हैं, जिस दिन अस्पताल में दाखिल हुए थे। अब ये बर्दाश्त नहीं हो रहा है।

हे ईश्वर... या तो तू सारी इन्द्रियों को सक्रिय कर या मुझे पूरी तरह सो जाने दे। लेकिन ऐसा चाहने मात्र से क्या होता है? उनकी स्मृतियाँ फिर उन्हें खींचकर अतीत की ओर ले जाती हैं। वे सोचते हैं चलो यही सही...।

□□

छब्बीस जून उन्नीस सौ पचहत्तर, यह तारीख शायद अमर को जीवन भर याद रहेगी।

अमर भरत के गाँव सकर्रा में रात बिताकर भरत के साथ ही बिलासपुर लौट रहा था। भरत के चाचा भुवनेश्वर से गुरुवाइन डबरी कांड (जिसमें करीब दो सौ हरिजनों की हत्या हुई थी) के समय की घटनाओं की पूरी जानकारी लेनी थी। उस समय की कुछ तस्वीरें और विवरण लेकर अमर लौट रहा था। शाम चार बजे जब दोनों गोलबाज़ार पहुँचे तो वहाँ चर्चा जोरों पर ही थी कि इमरजेंसी लगा दी गयी है।

इमरजेंसी को लेकर तब तक कोई स्पष्ट धारणा किसी के पास नहीं थी। चौबीस जून को ही आनन्द और हरीश भाई ने मधु लिमिये को बिलासपुर बुलवाया था। उस सभा को कवर करने के बाद ही अमर और भरत सकर्रा गये थे। उस दिन भी मधुजी ने बहुत तीखी भाषा में इन्दिरा गाँधी और तत्कालीन सरकार की करतूतों

पर विस्तार से बातें की थीं। तब भी किसी को आभास नहीं था कि इमरजेंसी लग जाएगी, क्योंकि तब तक भी ऐसा लगता नहीं था कि इन्दिरा गाँधी सबसे बड़े लोकतन्त्र में इतनी बड़ी अलोकतान्त्रिक भूमिका में उतर आएगी।

पच्चीस जून को रमेश वर्ल्यानी ने रायपुर में मधुजी की सभा का आयोजन किया था। रमेश वर्ल्यानी मधुजी को बिलासपुर से सुबह-सुबह ही ट्रेन से रायपुर ले जा रहे थे। जैसे ही रमेश वर्ल्यानी कार से मधुजी को लेकर सर्किट हाउस पहुँचे तो मधुकर खेर साहब और गोविन्दलाल वोरा दोनों वरिष्ठ पत्रकार सर्किट हाउस गेट पर ही मिल गये। उन्होंने सूचना दी कि इमरजेंसी लग गयी है और मधुजी की गिरफ्तारी हो सकती है...? इसलिए तुरन्त इन्हें प्रेस क्लब ले चलें। खेर साहब ने मना किया कि कार से न जाएँ। तब रमेश वर्ल्यानी ने मधुजी को अपने स्कूटर पर बिठाया और शॉर्टकट रास्ते से प्रेस क्लब ले गये। प्रेस क्लब में प्रेस वालों के साथ मधुजी ने इन्दिराजी के तानाशाही रवैये की खुलकर आलोचना की। पुलिस वाले प्रेस क्लब के आसपास मँडराते रहे। उन्होंने वोराजी से सम्पर्क साधा मगर वोराजी ने कह दिया कि प्रेस क्लब से मधुजी की गिरफ्तारी नहीं होने देंगे। पुलिस प्रेस से पँगा नहीं लेना चाह रही थी।

प्रेस कांफ्रेंस के बाद मधुजी ने पुलिसवालों को बुलाया और पूछा, "किस बिना पर वे उन्हें गिरफ्तार करना चाह रहे हैं? क्या उनके पास वारंट है...?"

लाजवाब पुलिसवालों ने बताया कि धारा एक सौ इक्यावन के तहत उन्हें गिरफ्तार किया जाएगा।

मधुजी ने पुलिसवालों को डाँटकर कहा, "एक सांसद के विशेषाधिकार के तहत उन्हें धारा एक सौ इक्यावन में गिरफ्तार नहीं कर सकते। आज तक उन्होंने धारा एक सौ इक्यावन के तहत अपनी गिरफ्तारी नहीं दी है।" इसके बाद ही मधुजी ने तात्यापारा कुर्मी बोर्डिंग में सोशलिस्ट पार्टी के कार्यकर्ताओं की मीटिंग ली और परिस्थिति का विवरण देते हुए हिम्मत न हारने की सलाह दी और कहा कि अपना मनोबल बनाये रखें। इसके बाद वे कार से महासमुन्द निकल गये। पीछे-पीछे पुलिसवाले भी महासमुन्द रवाना हुए।

रामसेवक मिश्रा ने महासमुन्द में उनकी मीटिंग की व्यवस्था कर रखी थी। वहाँ पर उन्होंने आपातकाल के विरोध में सभा की। उसके बाद इमरजेंसी के विरोध में महासमुन्द बन्द का एलान हुआ। वहीं पर मधुजी को वारंट सहित गिरफ्तार किया गया। गिरफ्तारी के बाद उन्हें रायपुर जेल लाया गया।

रमेश वर्ल्यानी को डीआईआर के तहत रायपुर में ही गिरफ्तार कर लिया गया था। रमेश वर्ल्यानी तब अट्ठाइस साल के युवा थे। चार साल पहले ही उनकी शादी हुई थी और आपातकाल के दौरान ही छब्बीस जनवरी उन्नीस सौ छिहत्तर में वे

पिता बने। रमेश भी मध्यमवर्ग के ही थे। उस समय अपने परिवार के वे एकमात्र उपार्जन करने वाले सदस्य थे। उनके जेल जाने से एकाएक घर में आर्थिक चिन्ताएँ भी प्रवेश कर गयीं। गनीमत है कि उनकी पत्नी ने जीवन के हर मोड़ पर उनका साथ दिया। पिता भी उनकी राजनैतिक गतिविधियों से उतने अधिक नाराज नहीं थे। मधुजी के साथ ही जेल में रहना था। घर वाले इसी बात से बहुत आश्वस्त थे।

उस समय रायपुर में रजनी उपासने, सरदारी लाल गुप्ता, कुरूद वाले सोम प्रकाश गिरी, डॉ. रमेश अग्रवाल, बालू भाई पटेल, ए.व्ही. नारवानी, पुरुषोत्तम कौशिक, विद्याभूषण ठाकुर, रामसेवक मिश्र, जी.डी. सुन्दरानी, जीवनलाल साव, बृजलाल वर्मा, महेश तिवारी, मदन तिवारी, दरबारा सिंह ठाकुर, मणिशंकर सोनी जैसे विपक्ष के जमीनी स्तर के नेताओं की भी गिरफ्तारी हुई। जनसंघ प्रभावित अखबार 'युगधर्म' के सम्पादक बबन मिश्रा पर भी इंटेलिजेंस की नजर थी। लेकिन अन्ततः वे उन्हें गिरफ्तार नहीं कर पाये।

इतनी जानकारी शाम तक अमर को बिलासपुर में ही हासिल हो गयी थी और तब समझ में आने लगा था कि इमरजेंसी में क्या हो सकता है? रात को भरत सकर्रा लौट गया था।

करीब आठ बजे रात को डी.एस.पी. इंटेलिजेंस बरुआ ने अमर को फोन किया और बड़ी धीमी आवाज़ में उन्होंने कहा—

"अमर सतर्क रहना, देर रात को गिरफ्तारियाँ होंगी। दुर्भाग्यवश गिरफ्तारी की पहली लिस्ट में तुम्हारा नाम भी है। मुझे मालूम है कि तुम किसी भी पार्टी से संबद्ध नहीं हो लेकिन पुलिस तुमसे तुम्हारी तीखी रिपोर्टों के कारण नाराज है। एस.पी. भार्गव ने 'ब्लिट्ज़' वाली उस रिपोर्ट की खुन्नस अब जाकर निकाली है। कलेक्टर को बोलकर तुम्हारा नाम भी जुड़वाया गया है। मैं कोशिश में हूँ कि कलेक्टर साहब को समझा सकूँ। जो भी हो, तुम्हें अंडरग्राउंड होना है तो हो जाओ या फिर अपने सोशलिस्ट मित्रों की तरह गिरफ्तारी दो। मुझे मालूम है तुम माफी नहीं माँगोगे।"

अमर ने दीप्ति को हालात के विषय में जानकारी दी और कहा, "यदि ऐसी स्थिति आती है और मुझे गिरफ्तार होना ही पड़ जाए तो तुम सोनपुरा भैया-भाभी के पास चली जाना। पहली बात तो यह है कि मैं अपनी गिरफ्तारी नहीं दूँगा, मैं अंडरग्राउंड हो जाऊँगा। तुम बस हिम्मत नहीं हारना। हमारी बच्ची आठ माह की ही है।"

दीप्ति ने कहा, "अभी बच्ची छोटी है, इसी को लेकर मुझे ज्यादा चिन्ता है। बाकी मुझे कोई घबराहट नहीं है।"

□□

पच्चीस जून की रात को बिलासपुर से ढेर-सी गिरफ्तारियाँ हुईं, जिनमें अमर की पहचान वाले नाम थे— झुनमुन पांडे, के.एन. अंसारी, आनन्द भाई, हरीश केडिया, शोभालाल प्रजापति, प्रमोद शुक्ला, एस.सी. मोइत्रा, डॉ. पूर्णेन्दु घोष, अमल घोष, जमुनाप्रसाद वर्मा, किशन तुलस्यान, भरतलाल शुक्ला, बद्रीधर दीवान, निरंजन केशरवानी, रेवतीरमण मिश्रा, मुरितराम साहू, दिवाकर तिवारी आदि।

गिरफ्तारियाँ लगातार चल रही थीं, रोज दो-चार नाम सामने आ जाते। पहले पन्द्रह दिनों में गिरफ्तारियाँ रात अढ़ाई बजे से लेकर पाँच बजे तक होती थीं। अधसोये लोगों को उठा लिया जाता था। अमर को लगा कि अलेक्जेंडर सोल्जेनित्सीन के उपन्यास 'गुलाग द्वीपसमूह' के प्रारम्भिक अंशों में जैसा लिखा है ठीक उसी तरह आपातकाल में पुलिस का बर्ताव हो रहा था। यह आश्चर्यजनक समानता थी।

प्रदेश के हर हिस्से में सीपीआई, एमएल, जनसंघ, राष्ट्रीय स्वयं सेवक संघ, सोशलिस्ट पार्टी के साथ-साथ जिनका भी स्वर व्यवस्था-विरोधी था, वे सब चपेट में आ रहे थे। अधिकारियों की बन आई थी। कुछ निरपराध लोगों को भी डीआईआर (राष्ट्रीय सुरक्षा अधिनियम) में धर लिया जाता था।

आपातकाल में सबकुछ ऋणात्मक था, ऐसा भी नहीं है। दस से पन्द्रह प्रतिशत प्रशासनिक कसावट अवश्य आ गयी थी। आतंक का एक व्यापक असर दिखाई दे रहा था, जो राजनैतिक कार्यकर्ताओं तक ही सीमित नहीं रहा। अपराधियों में भी कुछ डर व्यापा। सरकारी तन्त्र में कहीं-कहीं कसावट दिखी। लेकिन इमरजेंसी का जबर्दस्त फायदा भी उठाया गया। परपीड़क किस्म के कांग्रेसी नेता एवं बड़े अधिकारियों ने बदले भी भुनाये।

भारतीय रेलवे में उसी दौरान करीब तीस हजार कर्मचारी बिना कोई कारण बताये सीधे नौकरी से निकाल दिए गये। कारण भी ऐसे दर्शाए गये जिनको प्रमाणित करने के लिए समय नहीं दिया गया। शुरू-शुरू में डी.आई.आर. में जो गिरफ्तारियाँ हुईं, वे लोग न्यायालय का दरवाजा खटखटा सकते थे, लेकिन मीसाबन्दियों के लिए जमानत होना भी लगभग असम्भव था। जमानत भी पैसे ले-देकर और पहुँच के आधार पर मिलती थी। रेलवे में किस तरह की दमन नीति चल रही थी उसका एक उदाहरण रायपुर के करीब माँढर में देखने को मिला।

माँढर सीमेंट फैक्टरी में रेलवे की साइडिंग भी थी, जहाँ रेलवे के कुछ स्टाफ की पोस्टिंग रेलवे द्वारा कर दी गयी थी। कच्चे माल के वैगनों की डिलीवरी देर से होने पर उसमें रेलवे द्वारा डेमरेज लगाया जाता था। सीमेंट कम्पनी डेमरेज बचाना चाहती थी, इसलिए वह रेलवे के स्टाफ को पटाया करती थी। उसमें से एक गुड्स क्लर्क थे मनोज चक्रवर्ती, जिनके दस-बारह साल के दो बच्चे थे। मनोज को पटाने की कोशिश की गयी, लेकिन वे नहीं पटे। इस बात को लेकर माँढर सीमेंट फैक्टरी

के जनरल मैनेजर को पहले से ही नाराजगी था। जैसे ही इमरजेंसी लगी, वैसे ही मांढर फैक्टरी के मैनेजर ने तत्कालीन बिलासपुर डिवीजन के डीआरएम श्री खन्ना (जो सीमेंट वाले जीएम के दोस्त थे) को समझाया कि इमरजेंसी की आड़ लेकर रेलवे की धारा 14/2 को आधार बनाकर क्यों न मनोज चक्रवर्ती को एक दूसरे मामले का आरोप लगाकर नौकरी से बाहर कर दिया जाए। बाकी लोग पटे हुए हैं। इस तरह से हमारा डेमरेज बच जाएगा। नतीजा यह कि मनोज चक्रवर्ती रातों-रात पक्की नौकरी से बाहर कर दिए गये। तब की महँगाई के बीच किसी दो बच्चे के पिता की नौकरी एकाएक चली जाए तो उसकी हालत क्या हो सकती है... इसका अन्दाजा लगाया जा सकता है।

यह मामला बाद में अमर के सामने आया। अमर ने श्रीमती मनोज से सीधे इन्दिरा गाँधी के नाम एक पत्र लिखवाया कि यदि उनके पति दोषी पाये जा रहे हैं तो उन्हें जेल में डालिए। नौकरी से निकालना कोई हल नहीं, न्याय कीजिए।

अमर की जानकारी में यह पहला मौका था कि एक साधारण चिट्‌ठी पर तेजी से कार्यवाही हुई। पत्र श्रीमती गाँधी ने खुद रिसीव किया था और भाग्यवश वह विद्याचरण शुक्ल को इसलिए दिया गया कि विद्याचरण शुक्ल रायपुर के थे और रेलवे के बिलासपुर डिवीजन के अन्तर्गत ही रायपुर आता था।

विद्याचरण ने डीआरएम खन्ना को बुलवाया और सीधे शब्दों में कहा कि इस आदमी के खिलाफ यदि कोई मामला है, जो इतना गम्भीर है कि नौकरी से निकाला जा सके तो उसके प्रमाण मुझे दिखायें अन्यथा इसे बहाल करें। प्रमाण तो कुछ था नहीं अन्ततः मनोज की तेरह महीनों बाद बहाली हुई। अमर की जानकारी में देशभर में ऐसे चन्द ही उदाहरण थे, जो तानाशाही के दौरान भी कुछ धनात्मक उदाहरण प्रस्तुत कर रहे थे। अमर की जानकारी में एक और मामला आया।

□□

डॉ. राजेन्द्र दुबे उस समय रायपुर जिले के महासमुन्द के सरकारी अस्पताल में पदस्थ थे। अमर उन्हें इसलिए भी जानता था कि वे सोनपुरा के शिवाधीन परिवार के थे और संघ से गहरे जुड़े हुए थे। यह बात सरायपाली के कांग्रेसी नेता जयदेव सतपथी को पता थी। जयदेव सतपथी महासमुन्द के तत्कालीन एसडीएम यू.डी. मिश्रा पर बार-बार दबाव डाल रहे थे कि डॉ. साहब का गहरा सम्बन्ध राष्ट्रीय स्वयं सेवक संघ से है, इसलिए उन्हें भी गिरफ्तार किया जाए।

एसडीएम ने कहा, ''किसी भी गजेटेड अफसर को मैं अपने अधिकारों के तहत गिरफ्तार नहीं कर सकता। उन्हें गिरफ्तार करना है तो कलेक्टर से या मुख्यमन्त्री से आदेश दिलवा दें।''

डॉ. दुबे सरायपाली में काफी लोकप्रिय थे। एक चिकित्सक की हैसियत से और एक अच्छे इनसान के रूप में भी। एसडीएम ने रात को फोन पर डॉ. दुबे को सारी बातें बताईं। यह भी संयोग है कि डॉ. दुबे का ट्रांसफर उसी समय मैनपाट हुआ था। डॉ. दुबे ने पलभर की देर नहीं की, दूसरे दिन ही चार्ज दिया और मैनपाट (सरगुजा) के लिए रवाना हो गये। अब जयदेव सतपथी से उनका पिंड छूट गया और इस तरह वे गिरफ्तारी से बच गये। वे मैनपाट में तेरह माह रहे और जैसे ही सरकार बनी, वे पुनः अपना ट्रांसफर सरायपाली में करवाने में सफल हो गये। बाद में डॉ. दुबे ने नौकरी भी छोड़ दी और पूरी तरह संघ को अपना जीवन अर्पित कर दिया। जीवन भर अविवाहित रहने का प्रण वे ले चुके थे। एक संन्यासी का ही जीवन वे तब से जीते आ रहे थे।

बहरहाल उन काली रातों में अमर को यह एहसास तो हो ही गया कि अँग्रेजों के जमाने में अँग्रेज किस तरह राजनैतिक बन्दियों के साथ पेश आते रहे होंगे। हालाँकि अँग्रेजों की तरह उतनी क्रूरता नहीं हुई, लेकिन पुलिस को अपना तांडव दिखाने का अच्छा बहाना मिल गया था। ढेर सारी घटनाएँ इन्दिरा गाँधी तक पहुँचती ही नहीं थीं, एक तरह से पहुँचने नहीं दी जाती थीं। प्रशासन इसी तरह से अन्धा हो गया था। कभी-कभी सूचनाओं का सही सम्प्रेषण न होना भी प्रशासनिक अन्धत्व को बढ़ाता है। आपातकाल इसका सबसे बड़ा उदाहरण बन गया।

अमर ने मित्रों के साथ मिलकर ठीक दो महीने पहले ही एक पत्रिका 'आकांक्षा' निकाली थी, जो राजनैतिक चेतना पर केन्द्रित पत्रिका थी। यद्यपि उसमें साहित्य भी समाहित था। उसका पहला लेख ही अमर ने 'कुमार अरुण' के नाम से स्वयं लिखा था, जो इन्दिरा गाँधी के तत्कालीन तानाशाही रवैये और देश में फैल रही अराजकता पर केन्द्रित था। लेख की भाषा ही काफी तेवर वाली थी।

स्वराज प्रसाद त्रिवेदी उस समय बिलासपुर में राज्य के सम्भागीय जनसम्पर्क कार्यालय में पदस्थ थे। उन्होंने अमर को फोन से बुलवाकर कहा, "अमर, तुम्हारा नाम जार्ज फर्नांडीज के अखबार 'प्रतिपक्ष' के संवाददाता के रूप में यहाँ सूची में है और तुम्हारी पत्रिका 'आकांक्षा' तो पूरी तरह से सरकार विरोधी है। अब बताओ मैं क्या करूँ?"

बहुत देर की माथापच्ची के बाद त्रिवेदीजी ने खुद ही कहा, "प्रतिपक्ष के संवाददाता की हैसियत से तुम्हारा नाम मैं यहाँ की सूची से गायब कर दे रहा हूँ। तुम एक काम करो कि तुम्हारे पास 'आकांक्षा' की जितनी भी प्रतियाँ हैं उन्हें किसी भी हालत में नष्ट कर दो।"

अमर ने कहा, "मैं तो सिर्फ दो सौ प्रतियाँ ही बाँट पाया था। हजार प्रतियाँ अभी विभिन्न जगह पर भेजनी हैं।"

त्रिवेदीजी ने कहा, "कल को यदि तुम्हारे घर पर छापा पड़े और वहाँ से प्रतियाँ बरामद हों तो तुम बच ही नहीं पाओगे।"

अमर भरे मन से वहाँ से लौटा। तमाम बची हुई प्रतियों के अलग-अलग बंडल बाँधे और फिर घर के पीछे रहने वाले नत्थूलाल सहारे को बुलवा भेजा। नत्थूलाल को हिदायत दी कि यदि छिपा सकते हो तो इन प्रतियों को छिपा लो अन्यथा अपने खेत में ले जाकर आग लगा दो।

नत्थूलाल ने कहा, "बाबू साहब, आज के दिन में तो यह पत्रिका आग है आग। इसे आग के हवाले ही कर दीजिए। मैं कहाँ छिपाऊँगा..? मैं ठहरा एक अदना-सा हॉकर। कहीं मेरे यहाँ छापा पड़ गया तो मैं तो गया बारह के भाव।" आखिरकार अमर की मेहनत और प्रत्याशा को खेत में ले जाकर आग लगा दी गयी।

□□

'सारिका' का जुलाई अंक जब आया तो सारे पाठकों को एक सदमा-सा लगा। सेंसर के दबाव के चलते कमलेश्वरजी की सम्पादकीय टिप्पणी सहित कई-कई जगहों पर काला पोतकर सेंसर किये हुए अंशों को छिपा दिया गया था। इससे सारे पाठकों को यह बात समझ में आ गयी कि सरकार अपने विरुद्ध साहित्यिक लेखन को भी बर्दाश्त नहीं कर पा रही है। इस तरह 'सारिका' का वह अंक ऐतिहासिक अंक बन गया। इसके बाद तो कमलेश्वरजी को भी काफी प्रताड़नाएँ झेलनी पड़ीं। देश भर में सेंसर की ज्यादतियों के कई-कई प्रकरण सामने आने लगे। ऐसे वक्त पर सेंसर से बचने के लिए और सूचनाओं के आदान-प्रदान के लिए विज्ञापनों को भी माध्यम बनाया गया। किसी भी प्रॉडक्ट के विज्ञापनों में बीच-बीच में राजनैतिक कार्यकर्ताओं के लिए कुछ सूचनाएँ बड़े कायदे से प्रकाशित की जाने लगीं।

बहुत बाद में जाकर सरकारी अधिकारी जो सेंसर के काम में लगे हुए थे उन्हें यह चालाकी समझ में आई। तब तक इस तौर-तरीके का भरपूर उपयोग किया जा चुका था। सम्पादक के नाम पत्र में भी मीसाबन्दियों के घर वालों के लिए कुछ सूचनाएँ इसी तरीके से छप जाया करती थीं। 'इंडियन एक्सप्रेस' ने तो तमाम विरोधों के बावजूद भी बीच-बीच में अपने तेवर दिखा ही दिए थे। सेंसर लागू होने से सबसे ज्यादा नुकसान हो रहा था स्वयं इन्दिरा गाँधी को। वह देश की जरूरी सूचनाओं से वंचित हो रही थी। यह बात गुप्तचर विभाग को पता थी, पर वे डर के मारे इन्दिरा गाँधी तक यह सूचना नहीं पहुँचाते थे क्योंकि इन्दिरा गाँधी के अहं का कवच इतना कठोर हो चुका था कि वे सिर्फ अपनी प्रशंसा की ही बात सुनना पसन्द करतीं थीं। इसका खमियाजा भी उन्हें इमरजेंसी के बाद भुगतना पड़ा।

पूरे देश में दो तरह की प्रतिक्रियाएँ हो रही थीं। गैर-राजनीतिक समझ वाले

लोग इमरजेंसी से प्रभावित नहीं थे। उन्हें इसी में सन्तोष था कि यात्री गाड़ियाँ समय पर चल रही हैं। प्रशासन में थोड़ी-सी चुस्ती आ गयी है, किन्तु राजनैतिक चेतना से सम्पन्न लाखों लोग परेशान थे। जो सीधे जुड़े हुए थे उनके घरों में आतंक का साया था। मीसाबन्दियों के परिवारजनों को ऐसा लगता था कि यह एक अन्तहीन सिलसिला है, जाने कब उनके परिजन जेल से बाहर आएँगे... ?

आरम्भ के सात-आठ महीनों में जो मुक्त हुए सो हुए, शेष राजनीतिक बन्दियों ने जिस तरह से जेल जीवन को अपना लिया था, वहाँ निश्चिन्तता अधिक थी। वे आपस में भी बातचीत करते वक्त यह साफ-साफ कहने लगे थे कि अब चाहे जितने दिन भी जेल में रहना पड़े, लेकिन इन्दिरा गाँधी के राज में कोई क्षमा-वमा नहीं माँगेगा। इसे सुनकर कमजोर मनोबल वाले काफी प्रभावित हो जाते थे।

रायपुर जेल में मधु लिमये के साथ रमेश वर्ल्यानी और मणिशंकर सोनी भी एक ही सेल में बन्द थे। दोनों ने अपने-अपने बिस्तर मधुजी के अगल-बगल लगा लिये थे। इसलिए मधुजी से रात-दिन चर्चा होती थी। इन चर्चाओं से रमेश वर्ल्यानी इतने प्रभावित हुए कि उनके शेष जीवन में राजनीति में टिके रहने की ऊर्जा वहीं से एकत्रित हो गयी थी। मधुजी सुबह और शाम एक-दो घंटे की जेल में ही विचार-गोष्ठी का आयोजन करते थे, जिसमें सभी दलों के राजनैतिक बन्दी भाग लेते थे। विभिन्न विषयों पर वे जानकारी देते थे। लोगों का मनोबल बनाये रखने के लिए उन्हें कई तरह से उत्प्रेरित करते थे। यह उनका रोज का क्रम था। वे सात-आठ महीने रायपुर जेल में रहे। इसके बाद उनका तबादला बेगमगंज की जेल में कर दिया गया था। शरद यादव भी बाद में बिलासपुर से बेगमगंज भेज दिए गये थे।

इसी बीच इन्दिरा गाँधी ने संसद सदस्यों के कार्यकाल को एक साल के लिए और बढ़ा दिया। यह एक ऐतिहासिक फैसला था। एक तरह से लोकतान्त्रिक तरीकों को ताक में रखकर ये फैसला लिया गया था। जनता सांसदों को पाँच साल के लिए चुनती है, उसमें एक साल की वृद्धि जनता ही देती तो और बात होती। खबर मिलते ही रायपुर जेल से मधुजी ने देशभर के राजनैतिक बन्दियों के मध्य कई तरह से सूचनाएँ भिजवाईं कि इस बात का विरोध करते हुए हमें संसद से इस्तीफा दे देना चाहिए। खेदजनक बात यह थी कि सिर्फ मधुजी और शरद यादव ने ही अपने सांसद पद से इस्तीफा दिया। यद्यपि तत्कालीन एकमात्र कांग्रेसी संसद सदस्य मोहन धारिया थे जिन्होंने कई-कई मामलों में खुलकर अपना विरोध प्रकट किया था और हाथ उठाने वालों की भीड़ में शामिल नहीं हुए थे।

रायपुर की तरह ही बिलासपुर जेल में भी इन्दिरा गाँधी के पुतले जलाए गये थे। बिलासपुर जेल एक उदाहरण बन गया था जहाँ इन कृत्यों के लिए राजनैतिक बन्दियों पर लाठी चार्ज नहीं हुए थे। अन्यथा पूरे देश में जगह-जगह इन्दिरा के

पुतले जलाने के कारण बन्दियों को लाठी खानी पड़ी थी। मीसाबन्दियों के मामले जमानत के लिए कोर्ट में जा ही नहीं पाते थे। पेरोल के आवेदनों पर विचार नहीं होते थे। किसी-किसी मामले में तो प्रशासन हृदयहीन हो जाता था। बिलासपुर में पाटनवारजी के पिता की मृत्यु के समय भी उन्हें पेरोल में जाने की अनुमति बड़ी मुश्किल से मिली। बाटवे साहब की पत्नी भी बीमार चल रही थीं। उस समय भी उन्हें काफी दिक्कतों का सामना करना पड़ा। पेरोल लेने के लिए पैसे के लेन-देन भी खूब हुए। बिलासपुर जेल में आनन्द ने व्यंग्य और श्लेष का एक अच्छा वातावरण बना लिया था। इन्दिरा गाँधी के पुतले को न जलाने देने के लिए जब जेल की पुलिस पिल पड़ी तो आनन्द ने समवेत स्वर में चिल्लाकर कहा, ''तुम्हारे पूर्वजों की अर्थी है... इसे कन्धे पर उठाकर ले जाओ'', और ''इन्दिरा तेरी तानाशाही नहीं चलेगी'' के नारों से जेल परिसर गूँज उठा था। जेल की एकरसता तोड़ने के लिए मनोरंजन के साधन ढूँढ़ लिये जाते, कभी हल्के फुल्के मजाक भी किए जाते।''

□□

बाहर की दुनिया में क्या हो रहा है, यह पता करना बड़ा कठिन हो गया था। राजनैतिक बन्दियों के नाम आने वाले पत्रों और अपने सगे-सम्बन्धियों को भेजे जाने वाले पत्रों को सेंसर किया जाता था। जो सूचनाएँ बन्दियों को न देने लायक लगती, उन पर स्याही पोत दी जाती थी। कभी-कभी ब्लेड से खुरच दिया जाता था। ऐसे में जरूरी सूचनाओं के लिए फिर वही साधारण कैदी वाली प्रक्रिया अपनाई जाती। पैसे का लेन-देन सिपाहियों के साथ होता और कुछ-कुछ सूचनाएँ आती भी थीं और जाती भी थीं।

आनन्द भाई ने जीवन में पहली बार तमाम धार्मिक पुस्तकों का अध्ययन बिलासपुर जेल में ही रहकर किया। सोलह-सत्रह घंटे पढ़ने में बीत जाते, फिर व्यायाम भी होता। कैदियों को पढ़ने के लिए समाचारपत्र जरूर दिए जाते थे लेकिन जैसे बच्चे खेल-खेल में समाचारपत्रों को काट-पीटकर बराबर कर देते हैं, ठीक उसी तरह जगह-जगह से समाचार सेंसर के तहत काट लिये जाते और उन कटे हुए अखबारों को ही पढ़ने के लिए दिया जाता। इसका आशय यह कि कैदी उन राजनैतिक समाचारों को न पढ़ सकें। रावण के पुतले के बहाने इन्दिरा गाँधी का पुतला जलाने की चर्चा सारे देश में हो चुकी थी। इस खबर को लाख कोशिशों के बावजूद प्रशासन दबा नहीं पाया था।

आनन्द भाई ने बाद में बताया कि जेल अपने-आप में ऐसी जगह है, जहाँ अकेलेपन और अनिश्चित भविष्य की चिन्ताएँ व्यक्ति को तोड़ने लग जाती हैं। लोग बच्चों जैसा व्यवहार करने लग जाते हैं। उसी तरह से लड़ाई-झगड़े, एक-

दूसरे से मन-मुटाव, बात-बात में भड़क जाना और बात-बात में रोने लग जाना आम बात होती। ऐसे माहौल को बदलने के लिए कुछ समझदार राजनीतिक कैदियों ने आपस में गपशप, बौद्धिक चर्चाएँ और कई तरह के खेलों और व्यायाम के लिए समय बौट लिया था। जेल में सचमुच का आनन्द ढूँढ़ना कठिन तो जरूर है, लेकिन असम्भव नहीं। अन्य कैदियों की तुलना में राजनैतिक बन्दियों को काफी सुविधाएँ मिल जाती हैं। यही कारण है कि उस समय, समय काटने के लिए इस तरह की गतिविधियों को सब-के-सब ने अंजाम दिया था।

जिन लोगों ने माफी माँगी थी उनको लेकर कई-कई तरह से लोग आलोचनात्मक बातें करते थे, किन्तु जिन पर बीतती थी वे ही इसके कारण को समझ सकते हैं। कहीं गिरफ्तार होने वाला परिवार का एकमात्र उपार्जन करने वाला व्यक्ति था तो कहीं इस खबर मात्र से पिता या माता मरणासन्न स्थिति में आ चुके थे। हर व्यक्ति के पास अपनी-अपनी परिस्थितियाँ और विवशताएँ थीं। किसे फुर्सत है कि गहराई से किसी व्यक्ति की परिस्थितियों को समझे? यही कारण है कि हम ढेर सारी प्रतिक्रियाएँ बहुत हल्के रूप से दे देते हैं।

अमर को याद आया कि वर्षों पहले उन्नीस सौ आठ में छत्तीसगढ़ के प्रखर पत्रकार माधवराव सप्रे की एक रचना पर तत्कालीन सरकार ने देशद्रोह का मामला बनाया था। किसी भी पत्रकार के विरुद्ध देशद्रोह का वह पहला मामला था। माधवराव सप्रे अपने सिद्धान्तों के प्रति अविचल रहने वाले व्यक्ति थे। लेकिन उस समय परिस्थितियाँ ऐसी बन गयी थीं कि उनके भाई जो सरकारी नौकरी में थे, उनकी नौकरी चली जाती। ऐसे में परिवार की स्थितियों को समझते हुए माधव राव सप्रे ने विवशता के चलते माफी माँग ली थी।

□□

चूँकि गिरफ्तारी रात को होती थी, इसलिए अमर जल्दी से खाना खाकर दीप्ति को सारी बातें समझाकर रोज रात को सोने के लिए नारायण के पास नन्दलाल गुप्ता की चॉल में चला जाता था। दीप्ति को अमर ने नारायण का नम्बर दे रखा था। यदि कहीं रात को पुलिस का धावा होता है तो दीप्ति चुपके से यह खबर उस फोन नम्बर पर अमर को दे देती। नारायण के यहाँ जाकर भी अमर को देर रात तक नींद नहीं आती थी। इसलिए सुबह घर लौटने में आठ-नौ बज जाते थे।

छठें दिन बरुआ साहब ग्यारह बजे के करीब घर आ गये। उन्होंने बताया, ''बड़ी मुश्किल से कलेक्टर साहब को तरह-तरह के तर्कों के बाद समझाने में मैंने सफलता पाई और अन्ततः पहली सूची में से तुम्हारा नाम कटवा पाया। फिलहाल तो खतरा टल गया है, लेकिन तुम अपनी गतिविधियाँ सीमित कर लो। कुछ दिन

तक पुलिस के खिलाफ तुम्हारा जहर उगलना बन्द हो जाना चाहिए। इसका मतलब कतई यह नहीं कि तुम दूसरे समाचार मत भेजो...! पर हर काम सोच-समझकर करो।''

''दूसरा महत्त्वपूर्ण सुझाव यह है कि जितनी जल्दी हो सके, बिलासपुर छोड़ दो। यहाँ रहोगे तो फिर कोई-न-कोई ऊँगली करेगा। आजकल तो ऐसी हालत है कि कांग्रेसी नेता अपनी व्यक्तिगत दुश्मनी भी निकालने के लिए किसी को भी राष्ट्रद्रोही बता देते हैं। समय बहुत खराब चल रहा है।''

कुछ देर चुप रहकर उन्होंने दीप्ति को आवाज़ दी, ''बहू... जरा सुनना...!''

दीप्ति चाय बना ही रही थी। वह चाय और बिस्किट के साथ बैठक में चली आयी।

बरुआ साहब ने कहा, ''देखो बहू... इस पगले को सारी स्थिति समझा दी है। फिलहाल तो गिरफ्तारी से मैंने बचा लिया है, लेकिन आगे के लिए मैंने कुछ सुझाव दिए हैं। तुम्हें इसलिए बता रहा हूँ कि इसे समझाओ। हर वक्त अपने मन की करने की कोई जरूरत नहीं। जब हवा अपने विपरीत हो तो उसकी ओर पीठ कर लेनी चाहिए। तुम्हीं इसे ठीक से समझा सकती हो।''

दीप्ति ने कहा, ''नहीं अंकल, आपका कहना भी ये मानेंगे। आपका खूब सम्मान करते हैं।''

दीप्ति की गोद से उन्होंने बच्ची को अपने पास ले लिया और थोड़ी देर तक चाय पीते हुए बच्ची के साथ रम गये।

बरुआ साहब के जाते ही अमर को आगे की चिन्ता होने लगी। बिलासपुर छोड़े, तो जाए कहाँ..? सबसे बड़ी बात है रोजगार भी तो चाहिए।

दीप्ति ने कहा, ''सलिलजी से बात कर सकते हो। तुमने सम्बन्ध तो नहीं बिगाड़े हैं। उस समय रायपुर न जाने के पीछे ठोस कारण थे। मेरी मानो, तुम सलिल जी से जाकर मिलो। वे इतने कठोर नहीं हैं, कहो तो मैं भी तुम्हारे साथ चल सकती हूँ।''

अमर को एकबारगी यह प्रस्ताव रुचिकर नहीं लगा। सलिलजी परिस्थितियों को तब भी तो समझ सकते थे। यदि समझते तो इतने लम्बे समय तक की मुफ़लिसी से बचा जा सकता था। उनके पास जाने पर फिर कहीं उन्होंने ना कर दिया तब क्या होगा...? दीप्ति यदि साथ जाएगी और सलिलजी ठीक से पेश नहीं आये, तो खामखा उसे भी बुरा लगेगा।

बहुत देर तक आपस में बातचीत करने के बाद अमर ने तय किया कि हड़बड़ाहट में नहीं, कुछ दिनों के बाद वह जाएगा। इस बीच 'ब्लिट्ज़' और 'प्रतिपक्ष' के काम के सम्बन्ध में भी दोनों जगह से बातचीत करनी पड़ेगी। क्या पता

वे रायपुर से अमर की सेवाएँ लेना चाहेंगे या नहीं? यदि वे राजी भी हो जाते हैं तो क्या पता सलिलजी राजी होते हैं कि नहीं...!

जुलाई के अन्तिम सप्ताह में अमर सलिलजी के पास रायपुर पहुँचा। सलिलजी ने मिलते के साथ ही अपनी अप्रसन्नता जताई। वे इस बात से घनघोर रूप से नाराज़ थे कि अमर ने अपना इस्तीफा भेज दिया, आकर बात नहीं की। उनका कहना था यदि आकर तुम बात करते तो हो सकता था कि मैं मान जाता। लेकिन तुमने वैसा ही व्यवहार किया जैसा पराये करते हैं।

अमर को उनकी नाराजगी में भी छिपी आत्मीयता ने मोह लिया और वह चुपचाप सलिलजी की डाँट सुनता रहा। कुछ देर बाद सलिलजी बिल्कुल शान्त हो गये। उन्होंने कहा, ‘‘जाने से पहले बाबूजी से मिलते जाना, बाबूजी भी तुमसे नाराज़ हो गये हैं। मैं अपना निर्णय तुम्हें बाद में बताऊँगा।’’

रात को बिलासपुर लौटने पर दीप्ति ने उत्सुकता से पूछा, ‘‘क्या हुआ...?’’

अमर ने विस्तार से सारी बातें बतायी, फिर कहा, ‘‘व्यवहार से तो लगा कि बात बन जाएगी मगर सलिलजी आखिर सलिलजी ठहरे। वे कब क्या करेंगे, इसे तो वे स्वयं भी नहीं जानते। अत्यन्त अभिमानी, गुस्सैल और मूडी भी तो हैं।’’

दीप्ति ने पूछा, ‘‘बाबूजी ने क्या कहा?’’

अमर ने बताया, ‘‘पहले तो बाबूजी भी सलिलजी की तरह नाराज हुए, फिर उन्होंने हालचाल पूछा। तुम्हारे और बच्ची के विषय में बात की और कहा कि सलिल को ही निर्णय लेना है, जो भी होगा तुम्हें जल्द ही बता दिया जाएगा।’’

दीप्ति ने कहा, ‘‘बड़े लोगों का हाँ कहने का तरीका ही ऐसा होता है। वे सीधे-सीधे हाँ कहाँ कहते हैं...? और सीधे-सीधे हाँ कह दें तो फिर इतने बड़े प्रेस को चलाना कठिन हो जाएगा। थोड़ी-बहुत बिजनेस पॉलिसी तो रखनी ही पड़ती है।’’

□□

भरत सकर्रा से एक दिन अलस्सुबह घर पर आ धमका। आते ही उसने कहा, ‘‘अरे...! हमारे बहादुर अभी तक गिरफ्तार नहीं हुए...? मैंने तो सोचा था कि घर पर ताला बन्द मिलेगा, भाभी सोनपुरा में होगी और तुम जेल में...!’’

अमर चिढ़ गया... ‘‘साले... मैं जेल चला जाता तो तुझे मजा आ जाता...! जिन पर खतरा मँडराता हो, उस तनाव को वे ही जानते हैं। पाँच रातें मैं अधजगा रहा। दीप्ति की भी वही हालत थी और तेरे को मजाक सूझ रहा है।’’

दीप्ति ने हस्तक्षेप किया... ‘‘तुम भी बच्चों जैसी बात करते हो...! भरत भाई तो तुम्हें सीधे-सीधे छेड़ रहे हैं। तुम मजाक को भी सीरियसली क्यों ले लेते हो...?

भरत भाई, बैठिये, आपके पसन्द के आलू के भजिए बना रही हूँ।''

भरत ने फिर छेड़ा, ''भाभी, मुझे ही देना...। इस साले को भजिए के बदले गुस्सा ही खाने दो। बेटा... गुस्से को तला नहीं जाता। उसे रॉ ही खाना पड़ता है।''

फिर देर तक वे इमरजेंसी पर बात करते रहे।

भरत ने याद दिलाया... ''देखा, शोल्जेनित्सीन ने कितने पहले 'गुलाग' लिख लिया था। जैसा-जैसा लिखा गया था, ठीक उसी ढंग से यहाँ गिरफ्तारियाँ हुईं। इसका मतलब साफ है कि दुनिया के किसी भी कोने में हो, तानाशाही का चेहरा एक जैसा होता है। गालियाँ एवं गलत, अलग-अलग भाषा में क्यों न हो, उसका आशय एक जैसा ही होता है।''

अमर ने विस्तार से बरुआ साहब के प्रयासों का जिक्र किया और उनके द्वारा दी गयी हिदायत के विषय में बताया।

भरत ने तुरन्त कहा, ''यदि सलिलजी खबर भेजते हैं तो तुरन्त चले जाना। बिल्कुल देर नहीं करना, यह बहुत अच्छा निर्णय होगा।''

अमर ने कहा, ''इतने सालों से बिलासपुर में हूँ। इस तरह बिलासपुर से चले जाना मुझे तो बुरा लग रहा है। क्या तुझे अच्छा लगेगा?''

भरत कुछ गम्भीर हो गया, ''यार अमर, हम अपनी जिन्दगी अपने अनुसार कहाँ जी पाते हैं? हमारी सभी इच्छाएँ पूरी कहाँ होती हैं... लेकिन जिन्दगी को तो चलते ही रहना है भाई...! परिस्थिति जैसी हो, वैसा निर्णय लेना ही पड़ेगा। अब तू अकेला नहीं है...। रह गया सवाल मेरा, तो क्या फर्क पड़ता है? मैं गाँव से बिलासपुर की जगह रायपुर पहुँच जाया करूँगा। दोस्ती मन से होती है, किलोमीटर वाली दूरियों से नहीं। फिर भैया भी तो रायपुर शिफ्ट होने वाले थे...? क्या पता इसी बीच उनका ट्रांसफर भी हो जाए।''

भरत और अमर के बीच बातचीत चल ही रही थी कि टेलीफोन की घंटी बजी। उस तरफ से भैया की आवाज़ आयी...। उन्होंने हालचाल पूछने के बाद सूचना दी कि उनका ट्रांसफर आर्डर आ गया। वे गुड्स सुपरिटेंडेंट के पद पर रायपुर जाएँगे।

भैया ने कहा, ''हो सके तो तुम बहू को लेकर एक बार आ जाओ, सम्भव है एक सप्ताह के अन्दर मैं सोनपुरा से रिलीव हो जाऊँगा।''

यह खबर सुनते के साथ ही भरत प्रसन्न हो गया ''देखा... ईश्वर भी तुम्हारे साथ है। देखना, सलिलजी की ओर से सकारात्मक खबर आ ही जाएगी।

बहुत देर तक भरत और अमर गप्प मारते रहे। इसके बाद दोनों ही साथ-साथ गोलबाज़ार की ओर निकल गये।

भरत ने सुझाव दिया, ''बहुत दिन हो गये यार, चिपड़ेजी से मिले हुए।''

हाँ भाई, चिपड़ेजी की भविष्यवाणियाँ तो काफी सटीक निकलती हैं। उनके जैसा पवित्र आदमी भी मिलना मुश्किल है। हाथ देखते हैं, पर पैसे या उपहार नहीं लेते। उनसे बीच-बीच में यों ही हमें मिलना चाहिए, क्योंकि संघ से जुड़े होने के कारण उन पर भी कुछ मुसीबतें आई हैं, ऐसा मुझे मुन्ना भैया ने बताया था।

भरत और अमर आधे घंटे में सरकंडा में चिपड़ेजी के घर पहुँचे। चिपड़ेजी तब स्कूल से लौटे ही थे। अमर और भरत को देखकर चिपड़ेजी बहुत प्रसन्न हुए "आओ... आओ, काफी दिनों बाद आये...! खैरियत तो है...?"

अमर ने कहा, "मुन्ना भैया बता रहे थे कि इमरजेंसी में आपको भी लपेटने की कोशिश हुई है?"

चिपड़ेजी मुस्कराये... "पूरा देश परेशान है भाई, मुझे भी थोड़ी-सी परेशानी होनी थी। हम पर भी लोग तरह-तरह के आरोप लगाते रहे। एक स्कूल का प्रिंसिपल भला देशद्रोही भी हो सकता है..? खैर, ढेर सारे लोगों ने मेरी गिरफ्तारी की खिलाफ़त की। मेरे छात्र रह चुके ऐसे ढेर सारे लोग प्रशासन में भी हैं। उन्होंने भी कलेक्टर को समझाया होगा।"

अमर ने तब अपने विषय में भी चिपड़ेजी को जानकारी दी। फिर धीरे से अपनी हथेली आगे कर दी "गुरुदेव..! अब बताइए आगे क्या होगा...?"

चिपड़ेजी ने ध्यान से हाथ की रेखाओं को देखा और तुरन्त कहा, "चिन्ता मत करो, एक हफ्ते में तुम्हें रायपुर बुला लिया जाएगा। तुम चले ही जाना, अभी फिलहाल तुम्हें थोड़ी राहत मिल जाएगी। लेकिन संघर्ष के दिन इतने जल्दी समाप्त नहीं होंगे। तुम अपने भाग्य में लिखा कर आये हो। बावजूद इसके मैं इतना कह सकता हूँ कि तुम्हारी रेखाएँ ऐसी हैं कि तुम किसी हालत में हार नहीं मानोगे। आगे बढ़ते रहोगे।"

भरत ने भी अपना हाथ दिखाया और चाय पीने के बाद दोनों चिपड़ेजी के यहाँ से लौटे। भरत गाँव जाने के लिए बस स्टैंड की ओर चला गया और अमर घर आ गया। आते ही उसने दीप्ति को चिपड़ेजी की भविष्यवाणी के विषय में बताया।

आश्चर्यजनक बात यह थी कि ठीक एक सप्ताह पूरा होते ही सचमुच में सलिलजी की चिट्ठी आ गयी—"जितनी जल्दी हो सके, रायपुर आओ और डेस्क पर काम करने लगो। वेतन उतना ही मिलेगा, जितना पहले मिलता था।"

अमर और दीप्ति ने राहत की साँस ली। लेकिन उसी पल स्थानान्तरण के लिए खर्चे को लेकर चिन्ता होने लगी। राशन-दुकानदार के यहाँ उधारी हो चुकी थी। अम्मा को दो-तीन महीने का घर किराया भी देना था। अमर के पास पैसे नहीं थे।

अब क्या करें... दीप्ति ने तुरन्त एक ऐसा हल सुझाया जिसे स्वीकारने में अमर को बड़ी तकलीफ हुई। लेकिन और कोई रास्ता भी तो नहीं था। गहनों के नाम पर

दीप्ति के गले में सोने की एक चेन थी, हाथ में दो चूड़ियाँ और उँगली में भैया की दी हुई अँगूठी।

दीप्ति ने अपने गले से सोने की चेन को उतारकर देते हुए कहा, ''इसे बेच दो, इस पैसे से फिलहाल समस्या मिट जाएगी। कुछ पैसे हाथ में रह भी जाएँगे। दिन फिरेंगे तो पुनः बनवा लेंगे।''

अमर ने कहा कुछ नहीं, लेकिन मन-ही-मन अपनी विवशताओं पर उसे रोना आ रहा था।

□□

सोनपुरा जाने पर पता चला कि पाँचवें दिन ही भैया रायपुर के लिए रवाना हो रहे हैं। रेलवे की ओर से सामान शिफ्ट करने के लिए उन्हें एक वैगन भी दिया जा रहा था। उसी वैगन में सारा सामान भी लोड करना था। अमर ने सलिलजी को खबर भिजवाई कि वह ठीक सप्ताह भर बाद ज्वाइन कर लेगा।

सोनपुरा में भी बदलाव की आहट सुनाई देने लगी थी। ठाकुर सा'ब के तेवर में भी परिवर्तन आने लगा था। अब उनके गुर्गे भी काम-धन्धे में लग गये थे। कॉलेज खुलने की सुगबुगाहट शुरू हो चुकी थी। रमाकान्त के यहाँ अड्डे पर जाने पर सिर्फ दो लोगों से ही मुलाकात हो पाई... स्वयं रमाकान्त से और चन्द्रमोहन से। इस बार इब्राहीम का सोनपुरा में न होना अमर को अखर गया।

दद्दा के पास गया तो वे पहले से ही अपना मूड खराब किये हुए बैठे थे।

अमर को देखते ही उन्होंने कहा, ''बचवा, आजकल तुम्हारे अखबार को पढ़ने में मजा ही नहीं आ रहा है। सेंसर किये हुए समाचारों में सच होता कहाँ है? वही छपता है, जो ससुरी सरकार चाहती है। बताओ भला...! जिस नेहरू खानदान ने शुरू से कम-से-कम सत्तर के दशक तक अपनी देशसेवा के बदले में कुछ नहीं लिया था, वहाँ भी अब दाग-धब्बों के प्रवेश की सूचनाएँ मिलने लगी हैं। इस नेहरू की बेटी ने तो हद कर दी। उसके छोटे बेटे ने तो जैसे सारी नैतिकता को ही ताक पर रख दिया। दुनिया के सबसे बड़े लोकतन्त्र में आपातकाल को थोपने की जरूरत ही इसीलिए पड़ी कि इन्दिरा गाँधी इलाहाबाद हाईकोर्ट में मुकदमा हार गयी। वे चुपचाप यदि पद से इस्तीफा दे देतीं तो भी देश उन्हें माफ कर देता। पूरे देश पर आपातकाल अपने स्वार्थ के लिए थोपना... छी... छी... यह तो हद हो गयी। ...बरखुरदार, जब पत्रकारिता की गुंजाइश ही खत्म हो गयी तो तुम लोग कर क्या रहे हो? सिर्फ सरकारी विज्ञप्तियाँ ही छापना तुम्हारा काम है...?''

अमर ने कहा, ''दद्दा, आपकी नाराजगी जायज है। प्रजातन्त्र के इस चौथे खम्भे को ही सेंसर के बहाने नपुंसक बना दिया गया हो तो कोई क्या करें?''

दद्दा उत्तेजना और गुस्से के मारे उकड़ूँ बैठ गये थे। तखत पर अपनी छड़ी ठोंकते हुए वे बरस पड़े, "बचवा, यह नहीं हो सकता क्या कि सारे समाचारपत्र विरोध में अनिश्चितकाल के लिए अखबार निकालना ही बन्द कर दें? पूरी दुनिया में हलचल मच जाएगी। इन्दिरा गाँधी पर दबाव बढ़ेगा।"

अमर मुस्कराया— "दद्दा, आप खामखा अपना खून जला रहे हैं। अखबार निकालना पहले की तरह मिशन तो है ही नहीं। 'घर फूँक तमाशा देख' जैसे अखबार मालिक ढूँढ़े नहीं मिलेंगे। मझौले किस्म के एक दैनिक अखबार में कम-से-कम साठ-सत्तर लोगों का पेट पलता है। इतने लोगों की रोजी अचानक चली जाएगी। अखबार की निरन्तरता यदि एक बार रुकती है और वह भी अनिश्चितकाल के लिए तो दुबारा उसी स्थिति में लौटना कठिन हो जाता है। भले ही शाकाहारी समाचार परोसते रहें, लेकिन अखबारों का छपना बहुत जरूरी है। बन्द करने पर मालिक की रोटी पर तो घी लग ही जाएगा पर ढेरों कर्मचारियों को भूखे सोना पड़ेगा। कोई इन्दिरा गाँधी उनके पेट भरने की गारंटी नहीं लेगी, तब...?"

दद्दा कुछ ठंडाए, "बरखुरदार, यह तो तुम सच कह रहे हो। इस ढंग से सोचो तो यह कठिन लगता है। लेकिन आजादी के बाद ही ऐसी स्थिति बनती तो यह सम्भव हो सकता था।"

सोनपुरा में भैया के सामान को एलॉटिड वैगन में लोड करने के बाद अमर दीप्ति और बच्ची को साथ लेकर बिलासपुर आ गया ताकि बिलासपुर की गृहस्थी को समेटा जा सके। सामान उतना अधिक नहीं था इसलिए अमर ने रेलवे से ही बुकिंग करवाई। रायपुर में भैया को क्वार्टर एलॉट हो चुका था। वहीं अमर ने भी अपना सामान रख दिया।

रायपुर पहुँचने के बाद काफी दिनों तक बिलासपुर की यादें अमर के मन-मस्तिष्क पर छाई रहीं। कॉलेज के दिनों से लेकर अब तक सात-आठ वर्षों की स्मृतियाँ थीं, जिनके धुँधलाने में अभी वक्त लगेगा। अमर को इस बात का बहुत सुकून मिला कि कम-से-कम डेस्क पर रहने से विज्ञापन का दबाव तो नहीं रहेगा...।

□□

रायपुर आने के बाद सलिलजी ने अमर को, जैसा तय था, प्रान्तीय पृष्ठों का भार सौंप दिया। साथ ही रविवारीय का दायित्व भी। अमर के रायपुर आने से पहले रविवारीय का पृष्ठ गिरजाशंकर देखा करता था। गिरजा उस समय एल.आई.सी. का कारिन्दा था। पार्टटाइम के रूप में दीनबन्धु का रविवारीय देखा करता था। जैसे ही गिरजा को पता चला कि सलिलजी ने अब रविवारीय का दायित्व अमर को दे दिया

है, उसने प्रेस आना बन्द कर दिया।

उन दिनों गिरजा पर नाटकों का जुनून सवार था। अपने समय में उसने रायपुर में कई-कई सार्थक आयोजन करवाये थे। एलआईसी की नौकरी उसे ज्यादा दिनों तक रास नहीं आई। सालभर बाद वह फिर सलिलजी के पास पत्रकारिता में पूर्ण रूप से शामिल होने के उद्देश्य से आया। सलिलजी ने भी उसकी ऊर्जा और उत्साह को देखते हुए हाँ कहने में देर नहीं की। इस प्रकार गिरजा का प्रवेश दैनिक दीनबन्धु में नियमित तौर पर हो गया।

आरम्भ के दो-चार महीने सिटी में घूम-घामकर कोई समाचार लाना, कभी किसी डेस्क पर सहयोगी की तरह बैठना, यह सब करते-करते बहुत जल्दी ही गिरजा सिटी डेस्क का जरूरी अंग बन गया। शुरू-शुरू में अमर से वह खिंचा रहता था, लेकिन फिर धीरे-धीरे उनके बीच की दूरी घटती गयी। फिर तो गिरजा के साथ अमर की गहरी छनने लगी।

उन्हीं दिनों अमर ने एक अलग नाट्य संस्था 'रचना' के साथ अपने को जोड़ लिया। उस नाट्य संस्था की रीढ़ की हड्डी के रूप में आनन्द चौबे उपस्थित थे। निदेशक का दायित्व अशोक मिश्र पर था। जयन्त देशमुख, राजकमल नायक, सोमेश अग्रवाल आदि सक्रियता से नाट्य संस्था से जुड़े हुए थे। बसन्त भाई और विभु कुमार भी इस संस्था के नेपथ्य में थे। 'रचना' के बुलावे पर प्रसिद्ध रंगकर्मी अलखनन्दन भी जबलपुर से आ जाते थे।

इमरजेंसी का गुस्सा सब पर व्याप्त था, लेकिन अमर, अशोक, जयन्त, सोमेश रोज रात को दो-दो बजे तक मालवीय रोड की बन्द दुकानों की सीढ़ियों पर क्या करें... क्या न करें... की आलोचना में डूबे रहते...। रात को पुलिसवालों की गश्त बड़ी कड़ी होती थी। पहले-पहल उन्होंने इस चौकड़ी को पूछताछ के लिए रोका भी, पर जब उन्हें लगा कि ये सब नाटक के पगलाये हुए युवक हैं तो फिर उन्होंने कुछ कहना छोड़ दिया। जिन दिनों अमर की नाइट ड्यूटी रहती, वह इस बैठक में आ नहीं पाता था। लेकिन जैसे ही दिन की ड्यूटी लगती, रातों की मटरगश्ती फिर शुरू हो जाती।

इसी विचार-विमर्श से निर्णय लिया गया कि तीन छोटी एकांकियाँ खेली जाएँगी— भारतेन्दु हरिशचन्द्र लिखित 'अन्धेर नगरी चौपट राजा', और मुक्तिबोध की कविता 'अँधेरे में' के अलावा अमर ने एक 'मूकाभिनय' की स्क्रिप्ट लिखी। चूँकि इमरजेंसी लगी हुई थी। इसलिए इस एकांकी में कोई संवाद ही नहीं था। मूक अभिनय के जरिये अभिव्यक्तियाँ दी गयी थीं। जान-बूझकर ऐसे प्रसंग उठाए गये थे, जिनमें आपातकाल का विरोध उभर सके। चूँकि इसमें संवाद नहीं थे, इसलिए प्रशासन को इस पर कार्रवाई करने का कोई रास्ता नहीं सूझ सकता था।

इसी तारतम्य में 'अन्धेर नगरी, चौपट राजा' के संवादों को बड़ी सावधानी से सँवारा गया ताकि आपातकाल की परिधि में कोई बात आ न सके और हम अपना भी विरोध प्रकट कर सकें। 'अँधेरे में' की कविता को बदलने का कोई प्रश्न ही नहीं था। यह आयोजन बड़ी सफलता से रंगमन्दिर में सम्पन्न हुआ। कलेक्टर, कमिश्नर, डीआईजी सहित बड़ी संख्या में सरकारी अमला भी उपस्थित था। सब के समझ में बात आ रही थी, लेकिन कार्रवाई की कोई गुंजाइश नहीं थी। सभी साथियों को इस आयोजन के चलते आपातकाल की घुटन से सामयिक तौर पर छुटकारा मिला। अन्यथा भीतर-ही-भीतर एक दबा हुआ आक्रोश अनजाने में सबको कुंठित करने लगा था।

रायपुर में भैया के साथ ही रेलवे क्वार्टर में रहने के कारण भैया को अमर की गतिविधियों का पता चलता रहता और अक्सर भैया भुनभुनाते— किसी भी दिन इसकी भी गिरफ्तारी हो जाएगी, तब पता चलेगा दाल-आटे का भाव। लेकिन दीप्ति की सहमति बनी हुई थी। अत: अमर की गतिविधियाँ जारी रहीं।

आनन्द चौबे अपनी संस्था के लिए कुछ भी करने को तैयार था। उसे जो भी रोल दिया जाता, वह उसे निष्ठा से पूरी करता। कभी उसने किसी से कोई शिकायत नहीं की। सारा अर्थतन्त्र आनन्द ही सँभाला करता था। इसके लिए जाने कितने पापड़ उसे बेलने पड़ते थे। आनन्द की नौकरी सेलटैक्स में लग गयी तो संस्था के सभी सदस्यों को लगा कि ऑक्सीजन का बड़ा सिलेंडर उनके हाथ लग गया है। आनन्द व्यवसायियों को जितना प्रभावित करते बनता, करता और उनसे चन्दा वसूल लेता था। इस तरह से 'रचना' के आयोजन पैसे के अभाव में कभी नहीं रुके। आनन्द को 'रचना' के जरिये ही शायद जीवन का सबसे बड़ा आनन्द आता था।

दूसरे सेलटैक्स के इंस्पेक्टर उसे समझाते भी थे, "क्या यार, सारी ऊर्जा तुम अपनी नाट्य संस्था के पीछे ही गँवा देते हो...! तुम्हें क्या लगता है... इससे समाज में बहुत बड़ा बदलाव आ जाएगा? नाटकों का प्रभाव जीवन में कितनी देर तक होता है?"

आनन्द हँसता तो उसकी थुलथुल देह में एक तरंग-सी दौड़ जाती थी। उसका पूरा बदन हँसने लग जाता था।

वह कहता, "भाई साहब, रामकृष्ण परमहंस कितने बड़े सन्त थे? लेकिन उन्होंने अपने जीवित रहते तक उस समय के नाट्यकार गिरीश घोष को हमेशा संरक्षण दिया। मानसिक तौर पर गिरीश का मनोबल बढ़ाते रहे। टिकिट काटकर स्वयं परमहंस गिरीश का नाटक देखने जाते थे। ऐसा भी समय आया कि शराब के नशे में गिरीश घोष ने परमहंसजी को ऊटपटांग कुछ कह भी दिया था। लेकिन परमहंस ने अनदेखा किया और कहा कि—गिरीश, तू बस नाटक किया कर। इससे

लोक शिक्षण होता है।''

इस संवाद के बाद आनन्द यह कहना नहीं छोड़ते थे, ''भैया, उस समय तुम्हारे जैसे सेलटैक्स के इंस्पेक्टर तो नहीं थे न, जो रामकृष्ण या गिरीश घोष को समझाते। तब से लेकर आज तक नाटक चल ही रहा है, उसे दर्शक भी मिल रहे हैं। तुम जैसे चन्द लोगों के विपरीत सोचने से नाटक की सेहत को कोई फरक नहीं पड़ता और मेरी भी सेहत में फर्क नहीं पड़ता। देख नहीं रहे हो, मेरा भी वजन दिनोंदिन बढ़ता चला जा रहा है।''

'रचना' की लम्बी यात्रा सम्भव हुई तो सिर्फ आनन्द के बल पर। इसीलिए जब आनन्द अचानक इस दुनिया से चल बसा तो न सिर्फ सभी साथियों की आँखों से आँसू बहे, बल्कि धीरे-धीरे 'रचना' संस्था ही उन आँसुओं में पूरी तरह डूब गयी...। बाद में 'रचना' की ऊर्जा लिये हुए अशोक, सोमेश, जयन्त फिल्मों में चले गये। जयन्त आर्ट डायरेक्टर बन गया और रायपुर में अभी अलख जगाने का जिम्मा उठाया राजकमल नायक ने।

उन्हीं दिनों 'महाकौशल' के सम्पादक गुरुदेव कश्यप और 'आशीष प्रेस' के हरि ठाकुर से अमर की मुलाकात हुई। दोनों ही अपने-अपने क्षेत्र में मील के पत्थर थे। हरि ठाकुर छत्तीसगढ़ी में भी रचनाएँ लिखते थे। गुरुदेव कश्यप तीखे और सुलझे हुए लेखों के लिए दिग्गज माने जाते थे। दूसरी तरफ उनकी लिखी कविताएँ भी महत्त्वपूर्ण हुआ करती थीं। गुरुदेव जब लिखते होते तो ध्यान की मुद्रा में होते। उस समय सामने कोई भी बैठा रहे, वे अपनी धुन में लिखते चले जाते थे। सामने वाले को भ्रम हो जाता था कि गुरुदेव अपने अहम् के कवच में बन्द हैं, जबकि ऐसा नहीं था! हरि ठाकुर के मन में छत्तीसगढ़ और यहाँ के आदिवासियों को लेकर घनघोर पीड़ा थी। उन्हें जब भी मौका मिलता, वे पृथक छत्तीसगढ़ के संघर्ष की आँच को बनाये रखने का प्रयास करते थे, वह भी बिना हो-हल्ले के। नेतृत्व की भूख से कहीं ज्यादा बड़ी थी उनकी रचनात्मकता। ये दोनों ही व्यक्ति अपने 'स्व' को लेकर कभी भी मुखरित नहीं रहे।

रायपुर आने के बाद ही राजनारायण मिश्र को करीब से देखने-जानने का अवसर मिला। राजनारायण मिश्र को 'दा' के नाम से जाना जाने लगा था। यह नाम दरअसल सलिलजी के कारण ही लोकप्रिय हुआ। सलिलजी के जीवन में बांग्ला का प्रभाव अधिक था। इस प्रभाव के पीछे एक भावात्मक सम्बन्ध की उपस्थिति थी। इसीलिए वे बांग्ला साहित्य और बांग्ला के संस्कारों से काफी प्रभावित थे सलिलजी। बंगाली लोग 'दादा' (भैया) एवं 'दीदी' (बड़ी बहन) का संक्षिप्तीकरण नाम के साथ 'दा' और 'दी' लगाकर कर लेते हैं। उसी तर्ज पर सलिलजी ने मिश्राजी को 'दा' का सम्बोधन देना प्रारम्भ किया। लोगों ने इसे सहज ही ग्रहण

इसीलिए कर लिया कि इससे छोटा पोर्टेबल सम्बोधन किसी का हो ही नहीं सकता। 'दा' का नाम दैनिक दीनबन्धु के इतिहास के साथ जुड़ा हुआ है। पत्रकार होते हुए 'दा' ने व्यवस्थागत कार्य में भी दैनिक दीनबन्धु के लिए अपने को झोंककर काम किया। फिर चाहे वह कागज के वैगनों पर लगने वाले रेलवे के डेमरेज को कम कराना हो, चाहे कागज के वैगन किसी दूरदराज अंचल के साइडिंग में पड़े हों या उन्हें मेन ट्रैक में ले आना हो।

'दा' को रायपुर से लेकर भोपाल तक एक विराट मित्रता का संसार मिला हुआ था। ऐसा नहीं कि 'दा' में कमियाँ नहीं थीं। उनके पीने की आदत को लेकर घर-बाहर हर-हमेशा उनकी आलोचना की जाती थी। जीवन भर जब तक 'दा' ने शारीरिक कारणों के चलते पीना छोड़ नहीं दिया तब तक उनके चाहने वाले उतनी ही श्रद्धा से उन्हें पिलाते रहे, जितनी श्रद्धा से लोग बाबा भैरव को प्रसादी चढ़ाते हैं, यह एक अजीब माजरा था। 'दा' के जीवन में अर्थसंकट हमेशा बना रहा, लेकिन उनके मिजाज के राजा ने कभी सर नहीं झुकाया। वे अपने अभाव का जिक्र किसी से नहीं करते। लोगों को 'दा' से काम करवाना खूब आता था। ऐसे-ऐसे काम जो अन्य लोग बड़ी राशि खर्च करवाने के बाद करते हैं, उसे 'दा' सहज ही निपटा दिया करते थे। उनके रागात्मक सम्बन्धों को लेकर भी तरह-तरह की कहानियाँ प्रचलित थीं। अमर को लगता कि इतनी अव्यवस्थित जिन्दगी जीने वाला व्यक्ति कभी भी किसी की निगाह में अनादर का कारण नहीं बना, यह भी सम्भवतः बहुत कम लोगों को नसीब होता है। उनकी कलम भी उन्हीं की तरह बेबाक और आकर्षक थी। फिर चाहे वह राजहरा गोलीकांड पर उनकी रिपोर्ट हो या फिर शहर की राजनीति पर उनकी टिप्पणी।

□□

आपातकाल को लेकर देश की लोकतान्त्रिक व्यवस्था चरमरा रही थी, दुनिया के दूसरे देश भी इस सबसे बड़े लोकतन्त्र पर मँडराती काली छाया को गम्भीरता से देख रहे थे। इन्दिरा गाँधी अपनी अन्तरराष्ट्रीय छवि को लेकर चिन्तित होने लगी थीं। कांग्रेस के ही वे नेता जो कालिख से अपने आपको बचाये हुए थे उन्होंने भी इशारे से अपनी चिन्ता व्यक्त कर दी थी। अमरीका, रूस, फ्रांस और जर्मनी ने स्पष्ट कर दिया था कि वे भारत के आपातकाल को पसन्द नहीं कर रहे हैं। इन्दिरा गाँधी को अपनी छवि को लेकर यथास्थिति का आभास होने लगा था। उनका गुप्तचर तन्त्र खुलकर देशव्यापी प्रतिक्रियाओं को व्यक्त करने में झिझकता रहा। किन्तु इन्दिरा के कुछ निजी स्त्रोतों ने साहस के साथ इसे बताया। कुछ वरिष्ठ पत्रकार, जो इन्दिरा के आन्तरिक वलय में थे, उन्होंने भी बहुत सहिष्णुता के साथ अपनी प्रतिक्रिया व्यक्त

कर दी थी, बावजूद इसके चन्द्रशेखर, मोहन धारिया जैसा साहस बहुत कम नेताओं में था। यह सब गतिविधियाँ छिहत्तर के अन्तिम सप्ताह में हो रही थीं। इसका व्यापक असर हुआ।

उन्नीस जनवरी सतहत्तर, मौनी अमावस्या के दिन जिस समय प्रयाग का महाकुम्भ चल रहा था, रात को इन्दिरा गाँधी ने आम चुनाव की घोषणा की। उसी समय यह भी कहा गया कि चुनाव लड़ने की सुविधा देने के लिए राजनैतिक बन्दियों को क्रम से रिहा किया जाएगा। सेंसरशिप ढीली की गयी और सेंसरशिप के ढीले होने के बाद ही जब इन्दिरा गाँधी को खुलकर देश भर से प्रतिक्रियाएँ मिलीं तब उन्हें आभास हुआ कि आपातकाल की आड़ में प्रशासन ने कितनी-कितनी ज्यादतियाँ की थीं। जयप्रकाश नारायण और जार्ज फर्नांडीज़ जैसे बड़े कद के चन्द ऐसे विरोधी जिनसे सीधे तौर पर इन्दिरा गाँधी घबराती थीं, उनके मामले में शिथिलता नहीं बरती गयी, लेकिन बाकी बन्दी बहुत तेजी से रिहा हुए।

आचार्य कृपलानी और जयप्रकाश नारायण के संयुक्त प्रयास से प्रमुख रूप से भारतीय क्रान्ति दल, समाजवादी पार्टी, भारतीय जनसंघ एवं स्वतन्त्र पार्टी ने संयुक्त रूप से सर्वदलीय बैठक का आह्वान किया और जनवरी के ही अन्तिम सप्ताह में जनता दल का गठन हुआ।

इमरजेंसी के दौरान देश में जो अजीब-सा मौन व्याप्त हो गया था, वह एकाएक मुखर हुआ। लोगों की दबी हुई नाराजगी एकाएक उभरकर सामने आने लगी। इसी नाराजगी का रचनात्मक परिणाम था जनता दल के गठन में आम सहमति। इन्दिरा गाँधी को तब भी समझ में नहीं आया कि वर्षों की कांग्रेस की बिसात पर अब गहरी चोट पड़ने वाली है। बाद में सभी पार्टियों ने अपनी-अपनी पहचान को एक धारा में तिरोहित कर दिया। इस प्रकार वर्षों पुराने भारतीय जनसंघ का विलय भी एक ऐतिहासिक घटना थी।

देशभर में अमर जैसे पत्रकार, जो किसी-न-किसी रूप में आपातकाल से प्रभावित थे, वे अपने-अपने स्तर पर जनता दल शासन के लिए उतावले से हो गये। उन्हें लगा कि लोकतन्त्र में तानाशाही को सबक सिखाने का यह सुनहरा अवसर है। इसके बाद ऐसे अवसर हाथ नहीं आएँगे। पत्रकारिता की भाषा में आजादी के दिनों वाले तेवर लौट आये थे। समाचार पत्रों की प्रसार संख्या में भी इज़ाफा होने लगा। कुल मिलाकर आजादी के बाद जन-जागरण का यह अनोखा अवसर था। एक अँधेरे युग के अवसान की पदचाप सुनाई देने लगी थी।

ग्यारह

दैनिक दीनबन्धु में डेस्क पर काम करते हुए अमर को पहले की तुलना में ज्यादा सुकून मिला। काम के अलावा भी दिनेश, रमेश शर्मा, परमानन्द, नथमल शर्मा से घरोबा जैसा हो गया। शाम को सबको भूख लगती थी। किसी के भी जेब में इतने पैसे नहीं रहते थे कि कोई लजीज-सी चीज मँगाकर खा सकें। आपस में चन्दा कर चने-मुरमुरे मँगाए जाते और दिनेश की टेबल पर पेपर बिछाकर पहाड़ जैसा ढेर बनाया जाता और उसके चारों ओर बैठकर शाम की भूख को सहने लायक बनाया जाता। बीच-बीच में सलिलजी भी अपनी केबिन से बाहर आ जाते और चने-मुरमुरे का मजा लेते।

रमेश भाई यों तो विज्ञापन विभाग में काम करते थे, लेकिन वे एक अच्छे कलाकार थे। उनके स्कैचेज़ बहुत सुन्दर हुआ करते। उस दौरान अमर ने रविवारीय के लिए लगातार रमेश भाई से कई-कई स्कैचेज़ बनवाए।

प्रान्तीय पृष्ठों का दायित्व मिलने पर अमर को लगा कि दूरदराज के छोटे-छोटे गाँवों, कस्बों से जो समाचार आते हैं उनकी भाषा ठीक नहीं रहती। वे बेचारे करते भी क्या? सभी संवाददाता ज्यादा पढ़े-लिखे नहीं होते थे। सिर्फ जिला केन्द्रों के संवाददाता ही जो रिपोर्ट भेजते थे, उसमें सुधार की गुंजाइश कम रहती। कभी कभी तो ढेर सारी रिपोर्ट्स को अमर री-राइट कर देता था। 'दा' मजाक भी करते, "मैंने तो वर्षों कोशिश की कि ये संवाददाता थोड़ा बेहतर लिखने लगे लेकिन ससुरे संवाददाता भी 'हम नहीं सुधरेंगे' वाली कसम खा चुके हैं। हमारे द्वारा एडिटेड रिपोर्ट को भी वे ध्यान से नहीं पढ़ते हैं ताकि भविष्य में वे अपनी गलतियों को सुधार लें। उन्हें लगता है, डेस्क के लोग तो सुधारने के लिए ही बैठे हैं, इसलिए हम क्यों सुधरें?"

प्रान्तीय डेस्क पर काम करते हुए एक और अनुभव अमर के लिए बिल्कुल नया था। संवाददाता जब भी रायपुर आते वे प्रान्तीय डेस्क के लोगों को बड़े सम्मान के साथ कुछ देर के लिए प्रेस के बाहर ले जाते और डटकर नाश्ता कराते। उनका आशय सिर्फ यही रहता था कि उनके भेजे गये समाचार यथावत् छपें, बड़ी हेडिंग डी.सी. (डबल कॉलम) और टी.सी. (तीन कॉलम) में लगे, भले ही समाचार में कोई दम न हो। सिंगल कॉलम के समाचार से संवाददाता बहुत चिढ़ते थे। ऐसा भी होता था कि संवाददाता उत्साह में (कभी-कभी जानबूझकर) आरोप-प्रत्यारोप के समाचार भेज देते तब डेस्क के लोगों का दायित्व बढ़ जाता, क्योंकि गलत समाचार

छपने पर एक तो खंडन छापना पड़ता, दूसरा प्रेस पर कानूनी कार्रवाई भी की जा सकती थी। कोई भी प्रेस का मालिक कानूनी कार्रवाई होने को अच्छा नहीं मानता था। संवाददाताओं की नासमझी का सबको ख्याल रखना पड़ता था।

सबसे अधिक परेशानी होती थी जब शाम को कोई संवाददाता टेलीफोन पर लम्बे-लम्बे समाचार भेजता। उन्हें कोई फर्क नहीं पड़ता था कि एस.टी.डी. में पैसे कितने लग रहे हैं। परेशानी यह होती कि हाथ का काम छोड़कर टेलीफोन अटैंड करना पड़ता था और पूरा समाचार लिखने के बाद पता चलता... यह कोई इतना जरूरी समाचार नहीं था जो टेलीफोन से भेजा जाए। जितना समय इन समाचारों को नोट करने में लगता, अन्ततः उतना ही छोटा समाचार सम्पादित होकर बनता था। इस बात का अमर त्रैमासिक बैठकों में अलग से उल्लेख करता रहा। लेकिन वाह रे संवाददाताओं...! उन्हें न सुधरना था, न वे सुधरते थे।

बिलासपुर से दैनिक दीनबन्धु के डेस्क पर आने के बाद अमर को लगा था कि अब जिन्दगी पटरी पर आ जाएगी...! लेकिन ऐसा नहीं हुआ। पता नहीं अमर से हरनारायण की किस बात को लेकर इतनी खुन्नस थी कि उन्होंने सलिलजी के कान भर दिए। अमर को इन सबसे कोई मतलब नहीं था। अमर बेफिक्र था कि सलिलजी तो उसे अच्छी तरह समझते हैं। हरनारायण की उलूल-जलूल हरकतों से उसे क्या लेना-देना है? पर हुआ इसका उलटा ही, गुस्से से फनफनाते हुए सलिलजी ने अमर को ऐसी बात कही जो अमर को सीधे चुभ गयी और अमर अपनी डायरी उठाकर सड़क पर...। वह एक अलिखित इस्तीफा था। बाद में रम्मू भैया और 'दा' अमर से बाहर मिले। उन्होंने समझाया भी कि वे सलिलजी से फिर बात करेंगे, मगर अमर नहीं माना।

इस बार भी अमर ने ऐसा कुछ भी नहीं किया जिससे सलिलजी से व्यक्तिगत सम्बन्धों में कोई खरोंच आये। अमर को यह अच्छी तरह पता था कि सलिलजी जब नाराज होते हैं तो वे विवेक का साथ छोड़ देते हैं, भले ही बाद में वे इसको महसूस करते हों। लेकिन इसका कतई यह अर्थ नहीं था कि अमर अपनी वापसी की बाट जोह रहा था। उसे लगा कि दूसरी बार जहाँ से वह टूटा है, वहाँ अब नहीं जुड़ेगा। मन पर बहुत बड़ी चोट पहुँची थी। यदि सलिलजी के परिवार के साथ वह मन से नहीं जुड़ा होता तो शायद इतना आघात भी नहीं लगता। यही जुड़ाव ही तो है कि दूसरी जगह काम करते हुए भी अमर जब भी अवसर मिलता तो सलिलजी से जरूर मिल लिया करता था। अमर हर हालत में सम्बन्धों को जीना चाहता था।

दीप्ति ने कहा भी, "जहाँ व्यक्ति नौकरी करता है, वहाँ सम्बन्ध नहीं बुने जाते। ऐसा करने पर दुगनी चोट लगती है। 'दा' को पता था कि अमर अपने वेतन के सहारे ही जिन्दगी जीता है, इसलिए नौकरी छोड़ते ही तकलीफ में आ जाएगा।

'दा' ने कई बार आग्रह किया था कि वे स्वयं अमर की ओर से सलिलजी से बात कर लेंगे पर किसी भी कीमत पर अमर राजी नहीं हुआ।

फिर से वही आर्थिक अभाव और बेचैनी। गनीमत थी कि अब की बार भैया के साथ रहना हो रहा था इसलिए बेकारी का पहला महीना उतना अखरा नहीं। लेकिन दूसरे माह से ही बच्ची के दूध, सिगरेट के खर्चे और छोटी-मोटी जरूरत की चीजों के लिए भैया से पैसे माँगना उसे अच्छा नहीं लगता था।

□□

इधर चुनाव घोषित हो चुके थे। रायपुर संसदीय सीट से विद्याचरण शुक्ल कांग्रेस के प्रत्याशी थे और उधर पुरुषोत्तमलाल कौशिक जनता दल के। दो ही प्रत्याशी टक्कर के थे। सीपीआई के कामरेड सुधीर मुखर्जी कौशिक जी को साथ दे रहे थे। आपातकाल से अमर इतना नाराज था कि उसने भी अपनी ओर से कौशिकजी के लिए प्रकाश शुक्ला के साथ मिलकर काम करना प्रारम्भ किया। चुनाव कार्यालय में नियमित जाना और योजनाओं में सक्रिय रूप से भाग लेना। अभी की तरह तब तक चुनाव में पैसे का बोलबाला नहीं था। स्वत:स्फूर्त होकर भी लोग कौशिकजी के साथ थे।

विद्याचरणजी की जड़ें बहुत गहरी थीं। कांग्रेस के पार्टी फंड का जोर भी अधिक था। वे एक लम्बे समय से केन्द्रीय मन्त्री रहे। रायपुर के लिए उनका योगदान भी बहुत था, किन्तु आपातकाल से नाराजगी की हवा भी गर्म थी। यही एक बात कौशिकजी के पक्ष में जा रही थी।

चुनाव के तीन दिन बाकी थे। रायपुर जनता दल के चुनाव कार्यालय में कार्यकर्ता उत्साहित जरूर थे, किन्तु आश्वस्त नहीं हो पा रहे थे। जिस दिन चुनाव-प्रचार बन्द हुआ, उस दिन रात को 10 बजे के करीब अमर स्टेशन चौक पर ही श्याम कोल ड्रिंक्स के पास खड़ा बालमुकुन्द वर्मा से चर्चा कर रहा था। उसी समय खबर मिली कि दैनिक दीनबन्धु जाने के रास्ते में नहरपारा चौक के पास ही कौशिकजी और कामरेड सुधीर मुखर्जी पर हमला बोल दिया गया है। अमर तुरन्त घटनास्थल की ओर दौड़ा। कौशिकजी को ज्यादा चोट नहीं आई थी, पर कामरेड सुधीर मुखर्जी को दो-चार जगह चोट आई थी और थोड़ा-बहुत खून रिस रहा था। तुरन्त उन्हें रिक्शे में बिठाकर स्टेशन चौक लाया गया। बालमुकुन्द वर्मा तब होटल मानसरोवर में बैठा करते थे। उन्होंने तुरन्त ही पानी की व्यवस्था की, एम्बुलेंस बुलाई गयी और उन्हें सरकारी अस्पताल रवाना किया गया। आनन-फानन में यह खबर आग की तरह पूरे शहर में फैल गयी।

गोविन्दलाल वोरा तब दैनिक नवभारत के सम्पादक-प्रबन्धक थे। वोराजी ने

तुरन्त इस खबर को विस्तार में पता किया। उन्हें ज्यादा वक्त भी नहीं लगा, क्योंकि घटनास्थल से प्रेस की दूरी मात्र एक फर्लांग की थी। तब तक प्रथम संस्करण करीब-करीब छप चुका था। इसलिए यह खबर दूसरे संस्करण में लग रही थी। सेंसरशिप पूरी तरह से तो हटी नहीं थी, अत: कलेक्टर अपने दल-बल सहित तब के सभी दैनिकों में घूम-घूमकर इस समाचार को रोकने की कोशिश करने लगे।

चूँकि दैनिक नवभारत तत्कालीन सर्वाधिक प्रसार संख्या वाला अखबार था, इसलिए स्वयं वी.सी. शुक्ल एडीएम के साथ नवभारत प्रेस पहुँच गये। सौजन्यता के सम्बन्ध तो वोराजी के साथ विद्याचरण शुक्ल के थे ही, उन्होंने पहले नरमी के साथ इस खबर को न देने के लिए गुजारिश की, लेकिन वोराजी नहीं माने। इस पर विद्याचरण शुक्ल ने कानूनी कार्रवाई का भय दिखाया और दबाव बनाने लगे। इन सब कार्यवाहियों के चलते रात के साढ़े बारह बज गये थे। सेकेंड एडिशन के डाक वाले संस्करण की छपाई शुरू हो चुकी थी, जिसमें घटना की हूबहू रिर्पोटिंग छप चुकी थी। चार-पाँच सौ कॉपी छपने के बाद प्रशासन द्वारा बलात् मशीन रोक दी गयी।

इधर वोराजी बातचीत करते ही रहे। प्रेस में कोई गम्भीर घटना हो और वोराजी के मित्र उस समय के माने हुए फ्रीलांस पत्रकार मधुकर खेर यानी वोराजी के घनिष्ठ मित्र उपस्थित न हों, ऐसा सम्भव नहीं था। वे भी उस समय प्रेस में आ चुके थे। कलेक्टर साहब, विद्याचरण शुक्ल, वोराजी, खेर साहब एवं रायपुर जनसम्पर्क के धगड़ साहब मिलकर विचार-विमर्श करते रहे। एक तरफ वोराजी अड़े हुए थे तो दूसरी तरफ विद्याचरण शुक्ल। अन्तत: वोराजी ने लिखित समाचार को विद्याचरण शुक्ल को दे दिया और कहा कि इसमें जितनी पंक्तियाँ अवांछित लगती हैं, आप काट दीजिए। बाकी छपेगी ही। इस प्रकार प्रभात के संस्करण में सेंसर किया हुआ समाचार छपा।

इसी बीच अमर, प्रकाश शुक्ला, सुभाष शर्मा, अश्विनी, गंगाराम आदि ने मिलकर दूसरे संस्करण की जो तीन-चार सौ कॉपी छप चुकी थी उन्हें मशीन रूम से वोराजी की जानकारी में अपने कब्जे में ले लिया। उस समय जो भी यात्री गाड़ी अप एवं डाउन दिशा की ओर जाने वाली मिली, उसमें सवार पहचान वाले यात्रियों के जरिये रायपुर संसदीय क्षेत्र में पड़ने वाले रेल स्टेशनों की बुक स्टॉलों में कुछ प्रतियाँ डालने के लिए कहा गया। कुछ कार्यकर्ता मोटरसाइकिल से, बसों से उन प्रतियों को लेकर पूरे चुनाव क्षेत्र में रातों-रात फैल गये।

सुबह होते ही अमर और प्रकाश ने मिलकर इस बात का पता कर लिया था कि करीब-करीब पूरे चुनावक्षेत्र के मतदाताओं के बीच उक्त घटना का हूबहू चित्रण पहुँच चुका था। बाद में संशोधित और सेंसर किए हुए छपे समाचार का असर नहीं

हुआ।

उसी दिन ही वोट पड़े और पूरे सम्भागीय क्षेत्र में वोटों का प्रतिशत पिछले चुनाव से कहीं ज्यादा था। इसी प्रतिशत को देखकर सभी कार्यकर्ता यह अनुमान लगाने लग गये कि जीत सुनिश्चित है।

चुनाव के परिणाम जैसे-जैसे आते गये, जश्न जैसा माहौल बनता चला गया। लोग उसी तरह से गले मिल रहे थे जैसे उनके ही परिवार में कोई जीत गया हो। एक साथ पूरे देश ने आपातकाल के विरुद्ध आक्रोश व्यक्त किया था।

अमर ने जब उन्नीस सौ बहत्तर में कलकत्ता के नक्सलवादी केन्द्रों की रिपोर्टिंग की थी, उसी समय बरुन दा (बरुन सेनगुप्ता) से अमर की मुलाकात हुई थी। बरुन सेनगुप्ता आनन्द बाज़ार के वरिष्ठतम संवाददाता थे और एक कॉलम लिखते थे— 'राज्य की राजनीति।' उनकी अपनी रिपोर्टिंग और यह कॉलम उस समय आनन्द बाज़ार के पाँच लाख पाठकों के द्वारा पढ़े और सराहे जाते थे। बरुन सेनगुप्ता तृणमूल स्तर से उस ऊँचाई तक पहुँचे थे। यद्यपि वे बांग्ला में लिखते थे लेकिन राष्ट्रीय स्तर पर भी लोग उन्हें जानते थे।

बरुन दा ने रायबरेली और उससे लगे संसदीय क्षेत्र अमेठी में रिपोर्टिंग की थी। अमर को याद है उन्होंने साफ-साफ शब्दों में लिख दिया था कि रायबरेली से इन्दिरा गाँधी और अमेठी से संजय गाँधी चुनाव हार रहे हैं। इतने साहस के साथ इस बात को लिखना तब सचमुच जोखिम का काम था। अमर ने इन दोनों रिपोर्ट्स को सालों अपने पास सहेजकर रखा था।

कौशिकजी रायपुर से करीब पचास हजार से अधिक वोटों से विजयी हुए थे। जब विजय-जुलूस निकल रहा था तब अमर आराम से बसन्त के स्टूडियो में बैठकर कॉफी पी रहा था। बसन्त भाई ने कहा भी, "यार, जिनके चुनाव के लिए तुमने रात-दिन एक किया, आज वे कौशिकजी जीत गये हैं, तब विजय जुलूस में तो तुम्हें जाना चाहिए था..!"

अमर ने कहा, "हमने चुनाव में मेहनत अपने लिए की थी बसन्त भाई, आपातकाल से व्यक्तिगत तौर पर हम नाराज थे, इसलिए चाहते थे कि कोई बदलाव हो। अब हमारी भूमिका खत्म हो गयी। गैर-कांग्रेसवाद में सरकार कैसे चलती है... देखना यही है।"

अमर को फिर से जीविका की चिन्ता होने लगी। तब महाकौशल की व्यवस्था भी सामयिक तौर पर वोराजी को सौंपी गयी थी। यह आग्रह श्यामाचरण शुक्ल का था, वोराजी मान गये। वोराजी ने ही भोपाल से कमल दीक्षित को महाकौशल के सम्पादक के रूप में रायपुर बुलाया था। कमल दीक्षित को रायपुर में एक ही परिचित नाम का स्मरण हुआ। वे आते ही सबसे पहले रमेश नैयर से मिले। नैयरजी ने ही

बाद में सभी से उनका परिचय कराया। ढूँढ़ते-ढाँढ़ते एक दिन अमर से दीक्षितजी की मुलाकात हो गयी। तब दीक्षितजी ने सीधे-सीधे कहा, "अमर, मुझे तुम्हारी जरूरत है।"

इस तरह अमर पुन: डेस्क पर आ गया। आते ही अमर ने अनुरोध किया, "जब से रायपुर आया, तब से सोनपुरा जाना ही नहीं हो पाया। आप यदि कहें, तो एक दिन के लिए सोनपुरा हो आता हूँ।"

दीक्षितजी ने कहा, "फिर एक दिन क्यों...? दो दिन के लिए हो आओ। बिलासपुर में एक दिन और सोनपुरा में एक दिन। मुझे चुनाव के बाद के परिवेश पर बिलासपुर से एक रिपोर्ट बना देना। इस तरह तुम्हारा जाना भी सार्थक हो जाएगा।"

अमर को जल्दी-जल्दी ढेर सारे लोगों से मिलना था। जब अमर दद्दा के पास पहुँचा तो दद्दा अलसाये-से आरामकुर्सी में पसरे हुए थे। अमर को देखते ही उन्हें जोश आ गया। वे उठकर फिर तखत पर आ गये। औपचारिक कुशल-क्षेम के बाद दद्दा अपने फार्म में आ गये, "बचवा, प्रेस की आजादी लौट आयी, पर तुम्हें नहीं लगता कि केन्द्र में सरकार बनते समय जो नाटक हुए और जैसा उनका पटाक्षेप हुआ, वह अपेक्षित नहीं था...? जे.पी. की स्थिति गाँधीजी जैसी बनती चली जा रही है, ऐसा मुझे आभास होता है। तुम्हें क्या लगता है...? अभी जो विधानसभा चुनाव में टिकटों का बँटवारा हुआ, उसमें भी सन्तुलन कहाँ रहा...? अब तो जनता पार्टी में ऐसे भाव आ गये कि खम्भे को भी टिकट दे दी जाए तो वह जीत जाएगा। भइये, तुम्हारा चौथा खम्भा क्या कह रहा है...? क्या जनता को सुराज मिलेगा? या फिर, फिर से खम्भे नोचे जाएँगे।"

अमर को दद्दा की बातें इस बार रास नहीं आईं। उसने कुछ नाराजगी के साथ कहा, "दद्दा, आप हमेशा निराशावादी बात करते हैं। अभी तो शुरुआत है, अभी से आप ऐसा कैसे कह सकते हैं? संसद के चुनाव दो महीने पहले ही हुए हैं। विधानसभा के चुनाव होने वाले हैं। कम-से-कम एक साल का समय तो दीजिए। इतने वर्षों बाद एक बड़े परिवर्तन के दौर से हम गुजर रहे हैं। आप पूर्वाग्रहग्रसित क्यों हो जाते हैं? दरअसल आजादी के बाद आप लोगों के सपनों पर जो चोट पहुँची है, उस घाव को सहलाते हुए आप बेहतर कल की अपेक्षा ही नहीं कर पा रहे हैं...! यही तो पीढ़ियों का अन्तर है।"

दद्दा अपनी छड़ी को उठाकर तखत पर ठोंकते हुए अपने चिर-परिचित उकड़ूँ मुद्रा में बैठकर शुरू हो गये, "लगता है बचवा, तुम समय से पहले ज्यादा पक गये हो। मेरी बातें अब तुम्हें पीढ़ियों का अन्तर लगने लगी हैं। ऐसा ही होता है। एक उम्र होती है, 'गधा पच्चीसी की,' उस समय सब हरा-ही-हरा लगता है। तुम्हें लगा होगा कि आजादी के दिनों वाला जज़्बा लौट आया है। बरखुरदार, तुम भूल

गये, आजादी की लड़ाई में जो आहुतियाँ दी गयीं वे किसी व्यक्तिगत प्राप्ति के लिए नहीं थीं। जब सरकार बनी तो केवल तीन लोगों के बीच सत्ता की भूख विविध मुखौटों में उपस्थित थी— नेहरू, जिन्ना और पटेल। न कोई भीड़भाड़ थी, न ही प्राप्ति के लिए एड़ी-चोटी का जोर लगाने का गुन्ताड़ा। अभी जो कुछ भी देखने को मिल रहा है, वह आजादी के दिनों की याद कतई नहीं दिलाता। बल्कि आने वाला कल आपस की खींचतान की ओर प्रच्छन्न रूप से इंगित कर रहा है। रहो मुगालते में तुम, हमारा क्या है...? चार दिन तो शेष हैं। आपस की भौं-भौं देखकर छड़ी घुमाते रहेंगे। खैर, छोड़ो...! आने वाले कल की प्रतीक्षा में हम दोनों ही रह लेंगे। तब तुम्हें पता चलेगा कि यह बूढ़ी पीढ़ी... केवल धूप में ही ये हड्डियाँ नहीं तपी हैं...! समझे मेरे खबरबिज्जू...।''

अमर ने विषय को दूसरी ओर मोड़ने के उद्देश्य से पूछा, ''इस नये सम्बोधन खबरबिज्जू का अर्थ क्या है?''

दद्दा की नाराजगी तो कम हुई नहीं थी, उसी कड़ुवाहट में उन्होंने कहा, ''एक नेवले जैसा प्राणी होता है कबरबिज्जू, जो ताजी-ताजी कब्र को खोद डालता है। ठीक वैसे ही तुम लोग खबरों को खोद डालते हो। इसलिए तुम्हें खबरबिज्जू कह रहा हूँ।''

अमर को लगा कि आज दद्दा बिल्कुल गलत ट्रैक पर चले गये हैं। चाय-पानी की औपचारिकता तक रुकना यानी और गालियाँ खाना। सो अमर ने दद्दा को प्रणाम किया और 'बहुत जगह जाना है' के बहाने वहाँ से भागा।

बिना इब्राहीम से मिले सोनपुरा आना व्यर्थ हो जाता, सो अमर सीधे इब्राहीम के घर पहुँचा। इब्राहीम के अब्बू उसे दरवाजे पर ही मिल गये। उन्होंने पूछा, ''अरे, अमर बेटा...! बहुत दिनों बाद आ रहे हो...। कोई बाल-गोपाल हुआ या नहीं?''

अमर ने कहा, ''हाँ चचा, एक बच्ची है।''

उन्होंने फिर पूछा, ''बड़े भैया राजी-खुशी हैं कि नहीं...?''

अमर ने उन्हें पूरी जानकारी दी...। तब तक इब्राहीम बाहर आ गया।

उसने आते ही पूछा, ''क्यों पत्रकार, कैसी चल रही है...?''

अमर ने फिर दैनिक दीनबन्धु छोड़ने की कहानी दोहराई और बोला— फिलहाल महाकौशल में हूँ। एक दिन की छुट्टी लेकर यहाँ आया हुआ हूँ। कल बिलासपुर जाना है, फिर रायपुर। तुम्हारी कैसे चल रही है...?''

''अपन तो यार अब छह दिन कोरबा में रहते हैं। शनिवार रात को ही सोनपुरा आ जाते हैं, फिर सोमवार सुबह को चले जाते हैं। शायद दो महीने बाद ही बहन की शादी के बाद मेरा नम्बर लगेगा। साले उस समय नहीं आया तो तेरी खाल खींच लूँगा। कोई बहाना नहीं चलेगा। भाभी के साथ आना... अन्यथा 'नो एंट्री।''

बहुत देर तक वे आपस में अपने-अपने अनुभव बाँटते रहे।

इब्राहीम ने पूछा, "इस पत्रकारिता के पीछे तेरे साहित्य की ऐसी-तैसी हो गयी या नहीं...?"

अमर ने कहा, "कैसी बात कर रहा है? पत्रकारिता तो मेरी रोजी-रोटी है और साहित्य मेरा सुकून। इतना जरूर है कि साहित्यिक लेखन कम अवश्य हो गया है, पर उसे जिलाये रखा है।"

अचानक इब्राहीम ने एक ऐसी बात कह दी कि अमर भीतर से तिलमिला गया। उसने कहा, "अभी भी वक्त है अमर, तू सोच ले। क्या पत्रकारिता ही तेरे जीवन का उद्देश्य है... या फिर लेखन...? ये दो नावों में पाँव तुझे किसी क्षेत्र में मुकम्मल पहचान नहीं दिला सकेगा। बच्चू, अन्त में अपने गलत निर्णयों को कोसते हुए अपना बुढ़ापा खराब करोगे।"

अमर ने कोई उत्तर नहीं दिया। वह कुछ अनमना हो गया। इसके बाद बातचीत बहुत लम्बी नहीं खिंची और अमर रमाकान्त की ओर रवाना हो गया। दोपहर का भोजन रमाकान्त के यहाँ ही था।

□□

चुनाव परिणाम अधिकांशतः जनता पार्टी के उम्मीदवारों के समर्थन में गया। मध्यप्रदेश में भी वर्षों बाद गैर कांग्रेसी सरकार बनीं। इस चुनाव के बाद से ही अर्जुन सिंह ने छत्तीसगढ़ की राजनीति में काफी रुचि दिखाना प्रारम्भ कर दिया। वे शुक्ल बन्धुओं के गढ़ को तोड़ने की कूटनीति में पूरे दमखम से उतर गये।

रायपुर के इतिहास में अपनी उपस्थिति दर्ज करने वाले पत्र 'अग्रदूत' के सम्पादकीय/प्रबन्धकीय दायित्व को विष्णु सिन्हा ने पूरे दमखम से सँभाल लिया था। आरम्भ से ही विष्णु कबीर की तरह जस-की-तस 'धर दीनी चदरिया' की मानसिकता को लेकर चल रहे थे। खरी-खरी बोलना और उसी के अनुकूल अपने पत्र के तेवर को भी बनाया। आरम्भिक वर्षों में विज्ञापन को लेकर थोड़ी-बहुत चिन्ता जरूर थी, लेकिन अन्यों से उनकी रणनीति बिल्कुल अलग थी। सरकारी विज्ञापनों के लिए लोग भोपाल की यात्रा करते थे। अक्सर लोगों की बैठकी वहाँ जनसम्पर्क विभाग में ही ज्यादा होती थी। जिन मन्त्रियों के पास जनसम्पर्क विभाग रहता, उनसे मिल लिया जाता। चार-छह दिन के लिए रायपुर के दैनिक समाचारपत्रों से भोपाल पहुँचने वाले लोग इससे अधिक मेल-मिलाप नहीं कर पाते थे। लेकिन विष्णु सिन्हा आरम्भ से ही सिवाय मुख्यमन्त्री के कहीं नहीं जाते थे। शेष कार्य वे पत्र लिखकर ही निपटा लेते थे। धीरे-धीरे उन्होंने अपने आसपास मित्र-मंडलियों को भी सीमित करना शुरू कर दिया, जिसे गरज हो, वे आयें और जिसे न हो वे न

आयें, अपनी बला से।

अपने कॉलम 'सोच की लकीरें' जब से उन्होंने लिखना चालू किया उनका एक खास पाठक वर्ग भी बना। जिस तरह से कभी राजनारायण मिश्रा का कॉलम 'घूमता आईना' या रामाश्रय उपाध्याय का कॉलम 'एक दिन की बात' बिना पढ़े पाठकों को चैन नहीं आता था ठीक उसी तरह विष्णु सिन्हा को भी पढ़ा जाता। 'सोच की लकीरों' में पाठक खो जाते। किन्तु जो विष्णु सिन्हा उस कॉलम में पाठकों के रू-ब-रू होते वही व्यक्तिगत मुलाकात में कवच में बन्द मिलते।

इन्हीं कॉलमों की तरह ही प्रसिद्ध थी गोविन्दलाल वोरा और मधुकर खेर की दोस्ती। यह दोस्ती मधुकर खेर के देहावसान तक बिल्कुल एक जैसी लय में जारी रही। वोराजी के पास एक पुराने मॉडल की फिएट थी। लोग सुबह-शाम यदि ड्राइविंग सीट पर वोराजी को देखते तो साथ वाली सीट पर मधुकर खेर का चेहरा अवश्य दिख जाता। कार्य-अवधि में कुछ घंटों के लिए सुबह और कुछ घंटों के लिए शाम को खेर साहब अपने टाइपराइटर के साथ अपने दफ्तर में मिलते। शेष समय यह जोड़ी रायपुर और आसपास के क्षेत्र में एक साथ दिखाई देती थी। वोराजी प्रेस में होते तो अपने कार्य में लगे होते। खेर साहब बगल में बैठकर भले ही अखबार में डूब जाते हों, लेकिन दोनों के बीच मौन भी अपनी तरह से मुखरित होता था। इसीलिए अचानक खेर साहब बोल पड़ते थे, "हाँ, गोविन्द, कुछ कह रहे थे", आश्चर्य की बात है कि अक्सर ऐसे समय वोराजी तुरन्त जवाब देते, "हाँ खेर साहब, मैं कह रहा था"— दोनों के बीच उपस्थित तीसरा व्यक्ति चौंक जाता कि दोनों ही अपने-अपने ख्यालों में डूबे होने के बावजूद कैसे समझ जाते हैं कि अगले ने कुछ कहा...! इस जोड़ी पर कुछ नौजवान पत्रकारों को हमेशा मजाक सूझ जाता था। कोई-न-कोई रेडीमेड लतीफा सच के नाम पर उनके साथ जड़ दिया जाता, जिसमें सच्चाई कम लेकिन जाने-अनजाने उनके दोस्ती के घनत्व को अवश्य उजागर कर दिया जाता था।

इस तरह एक-दूसरे का पर्याय बनी 'दोस्ती' प्रेस जगत में फिर दूसरी नहीं हुई। खेर साहब और वोराजी दोनों से ही अमर समान रूप से जुड़ा हुआ था। अमर को यह दोस्ती हमेशा आकर्षित करती रही। खेर साहब के चले जाने के बाद इस जोड़ी को देखने वाली अभ्यस्त आँखों को भी बहुत दिनों तक उनका जाना अखरता रहा।

दोस्ती के नाम पर कप्पू उर्फ निर्भीक वर्मा की यादों से अमर चाहकर भी कभी उबर नहीं सका। कप्पू पेशे से पत्रकार थे। लेकिन सबसे बढ़कर एक बेहतर मनुष्य थे। यद्यपि पीने की आदत ने कप्पू को कभी भी सुकून से रहने नहीं दिया। एक तो आँचलिक पत्रकार, कम वेतन, तिस पर रोज पीने की आदत। इससे और कुछ हो न हो, स्वास्थ्य और आर्थिक स्थितियाँ तो खराब होती ही हैं। कप्पू को मित्रों से या

जिन पर कप्पू की श्रद्धा थी, उनसे पैसे उधार माँगने में कभी कोई हिचक नहीं हुई। इस सूची से हिन्दी के प्रसिद्ध व्यंग्यकार हरिशंकर परसाई भी बाहर नहीं थे। जबलपुर में कई बार कप्पू ने परसाईजी से भी पैसे वसूल लिये। एक बार तो अमर के सामने ही कप्पू ने कहा, ''गुरुजी, आप तो जहाँ भी, जो भी लिख देते हो उसका पारिश्रमिक धड़ाक से आपको मिल जाता है। हम जैसों को कौन पूछता है...? आज के पौव्वे का जुगाड़ नहीं हो पाया। देखें आपकी जेब में चालीस-पचास रुपये तो पड़े ही होंगे....?''

परसाईजी ने कहा, ''तुम्हारा पौव्वा तो दस-पन्द्रह रुपये में आ जाता है। ज्यादा महँगी तो तुम पीते नहीं होगे, फिर पचास क्यों चाहिए?''

कप्पू का सपाट तर्क था, ''ऐसा है गुरुजी, अकेले-अकेले खाना-पीना मुझे पसन्द नहीं है, साथ में एक-आध साथी भी होगा। पौव्वा हजम करने के लिए थोड़ा लजीज खाना भी तो पड़ता है। जब आप 'दानी' बन ही रहे हैं, तो 'महादानी' क्यों नहीं...?'' परसाईजी को भी हँसी आ गयी।

उनकी हँसी दुर्लभ हुआ करती थी।

फिर क्या था... न कप्पू पचास से कम में टलने वाले थे और न परसाईजी अपने इस प्रिय चेले का मन दुखाना चाहते थे। अमर ने बाद में कहा भी, ''यार कप्पू, परसाईजी से तो माँगना नहीं था न...!''

कप्पू का फौरी जवाब हाजिर था, ''यदि पहले बताते कि तुम देने की स्थिति में हो, तो नहीं माँगता।''

इसके बाद तो कुछ कहने को शेष नहीं बचता...! हमेशा के हाजिरजवाब कप्पू सलिलजी से रूठकर भोपाल चले गये। कुछ ऐसा संयोग हुआ कि पिता की मृत्यु के बाद उन्हें बँटवारे में कुछ पैसे मिल गये। ऐसे में कप्पू का मिजाज राजाओं से कम नहीं था। कप्पू ने एक मिठाई वाली दुकान खोल ली। दुकान में जलेबी भी बनती थी।

एक दिन कप्पू से मिलने उनका एक ऐसा दोस्त आया जो कप्पू को कभी-कभार पिलाता भी था और उसके बीड़ी के शौक को भी पूरा करता था। कप्पू भाई उस समय अपने प्रिय कुत्ते (कहना न होगा सड़क छाप) को दोने में जलेबी लेकर खिला रहे थे। दोस्त को आते कप्पू ने देख लिया था। कप्पू का पूरा ध्यान प्यार से अपने कुत्ते को जलेबी खिलाने की ओर था। उसने हल्के-फुल्के ढंग से अपने नौकर को आदेश दिया, ''अरे देख यार, भैया आये हैं। इन्हें एक कड़क चाय पिलाओ।''

और वह फिर कुत्ते के साथ मगन हो गये। दोस्त को यह बात बड़ी अखरी। खैर, दोस्त चाय पीकर चले भी गये।

कप्पू से दुकानदारी कब होने वाली थी...? उन दिनों खुद की दुकान की

मिठाई खाने का दौर भी खूब चला जिससे कप्पू का वजन भी कुछ बढ़ा। उधारी खूब देता था और कहता, "यार, हमने खूब उधारी ली है तो हम उधारी क्यों न दें...! अब लौटाये, चाहे न लौटाये... हमने कब किसकी लौटाई है...!"

इन हालातों में दुकान का बन्द होना तय था, हुआ भी वही।

कप्पू पुनः लौट आये थे हमेशा की तरह गर्दिश में। उसी मित्र से जब उन्होंने बीड़ी माँगी तो दोस्त ने कहा, "साले... कुत्ते को जलेबी और मित्र को चाय, अब किस मुँह से बीड़ी माँग रहा है?"

ऐसी स्थिति में भला कितने दिन रहा जा सकता है, सो कप्पू ने सलिलजी को एक चिट्‌ठी लिखी, "मुझे यदि आपने रायपुर वापस नहीं बुलाया तो मैं भोपाल के ताल में कूदकर जान दे दूँगा।"

विस्तार से पत्र लिखने की आदत कप्पू की कभी नहीं रही। सो, इस संक्षिप्त पत्र के बाद जाहिर है कप्पू की वापसी दैनिक दीनबन्धु में हो गयी। ऐसी असंख्य घटनाएँ हैं जो कप्पू की जिन्दादिली, फाका-मस्ती और अड्‌डेबाजी के किस्से बयान करती हैं। लेकिन जीवन का अन्तिम हिस्सा एक सच्चे इन्सान और उसके साथ हुए अन्याय का वृत्तान्त बनकर रह गया।

कप्पू जिस तंग गलियों वाले मुहल्ले में रहते थे, वहाँ इक्के-दुक्के शरणार्थी परिवार भी रहते थे। एक शरणार्थी परिवार की जवान लड़की को कुछ मनचलों ने छेड़ा और गलत मकसद से दौड़ाया भी। वह लड़की घबराहट में कप्पू के घर में दरवाजा खुला पाकर घुस गयी। गनीमत है कि कप्पू तब घर पर ही थे। उन्होंने लड़की से पूरा वृत्तान्त सुना, लड़की को उसके घर पहुँचाया। घर के हालात देखकर कप्पू परेशान हो गये। दूसरों के दु:ख से एक झटके में द्रवित होने वालों में अव्वल थे वे। इसी लड़की को अचानक अप्रत्याशित रूप से कप्पू ने विवाह का प्रस्ताव दिया। गरीब माँ को इससे अच्छा कोई प्रस्ताव नहीं सूझा और आनन-फानन में कप्पू ने पंडित बुलवाकर अपनी शादी रचा ली। गवाह थे 'दा'।

बच्चों से कप्पू का खूब लगाव था। जब अकेले रहते, तब अड़ोस-पड़ोस के बच्चों को अक्सर चॉकलेट लाकर दिया करते थे। शादी को एक साल भी नहीं गुजरा होगा, उन्हें अपने बच्चे की चाह ने ऐसा परेशान किया कि वे आनन-फानन में अपनी और अपने पत्नी की जाँच करवा आये, तब उन्हें पता चला कि उनके भाग्य में बच्चे का सुख नहीं है। कुछ माह की चुप्पी के बाद एक दिन अचानक कप्पू एक नवजात शिशु को लेकर घर आ गये। बाद में पता चला कि अस्पताल के सूत्रों से उन्हें इस नवजात शिशु के अनाथ होने की सूचना मिली थी। कप्पू न केवल उसे बाकायदा कानूनी कार्यवाही से लाये, बल्कि बड़े कायदे से सबको मिठाई बाँटकर बताया कि वे बाप बन गये हैं। कप्पू के अपने स्वभाव में भी वही फक्कड़ी थी इसलिए उन्होंने

बेटे का नाम रखा 'कबीर।' वह अक्सर कहते थे-

"इसका कोई जाति-धर्म नहीं है, यह सिर्फ मनुष्य बनेगा।"

बच्चे के जन्म का वृत्तान्त उजागर न हो जाए इसलिए कप्पू ने अपना घर बदल दिया। उनके बिखरे जीवन में एक व्यवस्थित ठहराव आने लगा था। लेकिन प्रारब्ध ने शायद कुछ और लिख रखा था।

एक दिन अचानक खबर मिली कि कप्पू ने जहर खाकर आत्महत्या कर ली।

पत्रकारों ने आपस में चर्चा करके इस मामले को रफा-दफा किया। जीवन के प्रति गहरी आस्था रखने वाले कप्पू कभी कायरों की तरह दुनिया छोड़ सकते हैं, इस पर अमर को विश्वास ही नहीं था। वह तो अपनी मुफ़लिसी में भी जीने के बहाने ढूँढ़ लेता था।

मुक्तिबोध के तीसरे नम्बर के बेटे दिवाकर से भी कप्पू गहरे जुड़े हुए थे। बस, उन्हें एक शिकायत थी तो यही कि मुक्तिबोध का बेटा होते हुए दिवाकर साहित्य की दुनिया से इतनी दूर कैसे रहा...? उसे खुशी होती थी कि मुक्तिबोध अपने जीते-जी अपना घर और सुकून की जिन्दगी नहीं पा सके पर आज मुक्तिबोध के बेटों के पास अपना घर है। सभी बच्चे नौकरी-चाकरी में लग गये और दिवाकर ने आहिस्ते-आहिस्ते पत्रकारिता में अपनी एक पहचान बनाने में सफलता हासिल की।

अमर के हिस्से में दिवाकर की मित्रता भी रायपुर आने के बाद आयी। वैसे दिवाकर ने शुरुआत की थी शिक्षक के रूप में और अधिकांश लोगों की तरह ही उसकी भी पत्रकारिता की पाठशाला दैनिक दीनबन्धु ही रही। न सही साहित्यिक लेखन, पर दिवाकर ने भी छत्तीसगढ़ की पत्रकारिता में अपनी एक जगह बनाने में सफलता पाई। अमर ने दिवाकर से दोस्ती को कप्पू की स्मृति में बनाये रखा।

□□

अमर की छोटी बहन की शादी तय हुई। गाँव में होनी थी शादी। बड़े भैया के साथ अमर को भी अपनी हैसियत के अनुसार बहन की शादी में योगदान देना था। लेकिन करे तो करे क्या? वेतन के पैसे में से कुछ बचता ही नहीं था। 'दा' को जब पता चला तो 'दा' ने सुझाव दिया, "जरूरी है नकद पैसे दो...! साड़ी-घड़ी आदि की जरूरत तो पड़ती ही है न! चलो तरुण के पास चलते हैं।"

तरुण कांग्रेस की नेतागिरी करते थे, तब तक विधायक और मन्त्री नहीं बने थे, इसलिए जमीन से जुड़े हुए थे।

'दा' ने अमर का परिचय कराया और कहा, "तरुण भाई, ये संकट में हैं। इसे बहन की शादी के लिए कुछ कपड़े और एक जेंट्स और एक लेडीज़ घड़ी दिलवा दो। दान में नहीं, उधारी में। जैसे बैंक पत्रकारों को लोन नहीं देती, हमें तो उधारी

कोई देगा नहीं। इसलिए आप मदद करो।''

तरुण दादा बात मान गये। उन्होंने एक दुकान से साड़ी और कपड़े दिलवाए और घड़ी की दुकान से एच.एम.टी. की घड़ी दिलवाई। अब अमर के पास सवाल आया कि कुछ तो नकदी चाहिए ही, वह कहाँ से आएगी? तब अमर के एक मित्र जो अखबारनवीस नहीं थे, एक गिरवी रखने वाले का ठिकाना बताया।

रायपुर के सदर बाज़ार में उनकी दुकान थी। अमर के पास गिरवी रखने लायक कुछ भी नहीं था। पत्नी के पास एक चेन थी, जो बिलासपुर में बेच आया था। अब क्या...? अचानक अमर को सूझा क्यों न साइकिल ही गिरवी रख दी जाए। शादी के लिए रवाना होने में दो दिन बचे थे।

अमर सदर बाज़ार में ढूँढ़-ढाँढ़कर उस साहूकार के पास पहुँचा। कद में लम्बे और दुबले-पतले साहूकार को देखकर ही अमर को लगा कि पहली बार वह किसी कठोर चेहरे वाले से मिल रहा है। जितनी देर तक अमर वहाँ रहा, उसने उस व्यक्ति को हल्के से भी मुस्कराते नहीं देखा। उसके चेहरे पर एक अजीब-सी कठोरता थी।

अमर क्षण भर को भूल गया कि वह पत्रकार भी है। उसे भीतर-ही-भीतर एक डर-सा लग रहा था। बड़ी धीमी आवाज़ में उसने कहा, ''सेठजी, मुझे अपनी साइकिल गिरवी रखनी है।''

वह चार साल पुरानी हरक्युलिस साइकिल थी।

सेठ जी ने कहा, ''तो...''

उसने कहा, ''मुझे पैसे की बहुत जरूरत है, इसलिए साइकिल गिरवी रखना चाहता हूँ। मैंने सुना है, आप सामान गिरवी रखते हैं।'' किसी प्रकार के संवेग से अप्रभावित रहते हुए सेठ ने अपने नौकर को आवाज़ दी...

''जरा इनकी साइकिल दिखाना।''

नौकर ने साइकिल सेठ जी के सामने रख दी।

सेठ की पारखी नजरों ने साइकिल में जाने क्या देखा और कहा, ''इसके चार सौ रुपये दूँगा। चार महीने में छुड़ाना पड़ेगा। ब्याज पाँच प्रतिशत। साइकिल यदि चार महीने में नहीं छुड़वाई गयी तो जब्त भी हो सकती है। लिखा-पढ़ी में दस्तखत कर दो।''

अमर ने झिझकते हुए कहा, ''सेठ जी, पाँच सौ रुपये देते तो अच्छा रहता।''

सेठजी ने कोई जवाब नहीं दिया। सीधे नौकर को आदेश दिया कि इनकी साइकिल नीचे उतार दे। फिर वे अमर की ओर मुखातिब हुए कहा, ''देखिए, इसका चार सौ रुपये लेना हो तो लीजिए, नहीं तो मेरा समय बरबाद न कीजिए।''

अगत्या, अमर क्या करता? उसने हामी भरी। सेठजी ने लिखा-पढ़ी शुरू कर

दी। फिर रजिस्टर पर एक जगह दस्तखत करवाये और सौ-सौ के चार नोट दे दिए। अमर सदर बाज़ार से पैदल स्टेशन में भैया के क्वार्टर तक आया, पर उसे हल्का भी लग रहा था कि चलो, फिलहाल तो समस्या मिटी। चार महीने का समय है, देखा जाएगा।

भैया को उसने साइकिल गिरवी रखने के सम्बन्ध में कुछ नहीं बताया। सिर्फ दीप्ति को पता था। खैर, सपरिवार नियत तारीख को अमर, दीप्ति, बच्ची और भैया-भाभी गाँव के लिए रवाना हो गये।

बहन की शादी के बाद वापस आकर पैदल इधर-उधर जाने में बड़ी दिक्कत होती थी। लेकिन क्या किया जाए? तिस पर चार महीने में साइकिल छुड़वाने की जुगत भी करनी थी, यानी अपने खर्चे में और कटौती। ब्याज की रकम अलग से। ले-देकर चार महीने में साढ़े तीन सौ रुपये जुगाड़ हुए, फिर भी पचहत्तर रुपये विभु कुमार से उधार लेने पड़े। अमर पैसों के साथ उस साहूकार के पास फिर सदर बाज़ार पहुँचा। अमर को अब कोई डर नहीं लग रहा था। उसके जेब में पैसे थे और अपनी प्रिय साइकिल को छुड़वाना था।

बिना किसी औपचारिकता के वह सीधे उनसे सम्बोधित हुआ।

''सेठजी, ये ब्याज सहित पैसे रखिए। मैं नियत तारीख को साइकिल छुड़ाने आया हूँ।''

सेठजी के पास तो दिनभर ऐसे ग्राहक आते ही रहते थे। सेठ ने सर उठाकर गहरी नजर से अमर को देखा, फिर जैसे उन्हें कुछ याद आ गया। अबकी बार सेठ का बर्ताव बिल्कुल बदल गया था। उसने बड़ी नरमी से कहा, ''बैठिए, बैठिए।''

आश्चर्य से अमर सेठजी की ओर देखता रहा कि आखिर सेठजी की जुबान अचानक इतनी बदली हुई क्यों है?

एक आश्चर्य से उबरा ही था कि सेठजी ने अपने नौकर कहा, ''बाबूजी के लिए एक कप चाय लेकर आओ।''

अब तो अमर हैरान होने लगा। बात क्या है? तब धीरे से सेठजी ने अपनी तिजोरी खोली और उसमें से एक अखबार की कतरन निकालकर अमर की ओर बढ़ाते हुए कहा, ''ये आपने लिखी है?''

अमर ने उस कतरन को ठीक से देखा। साइकिल गिरवी रखने के बाद उसने एक व्यंग्य लिखा था 'पैसा बोलता है।' यह उसी की कतरन थी। अब अमर की परेशानी और बढ़ गयी कि आखिर ऐसा क्या गलत लिख दिया, जो यह साहूकार उस बाबत पूछ रहा है?

अमर ने कहा, ''हाँ, मैंने लिखा है। पर बात क्या है सेठजी...!''

सेठजी ने उसी नरमी के साथ उत्तर दिया, ''आप पत्रकार हैं, उस समय क्यों

नहीं बताया?"

अमर ने कहा, "बताता तो आप ज्यादा पैसे दे देते क्या?"

सेठजी ने कहा, "आप शर्मिन्दा कर रहे हैं। पैसों की जरूरत सबको पड़ती है। बताते तो शायद मैं कुछ और आगे बढ़ता।"

अमर ने कहा, "इसका उल्टा भी तो हो सकता था। पत्रकारों को तो यों ही लोग उधार देने से डरते हैं।"

सेठजी ने कहा, "जाने दीजिए।"

फिर उन्होंने अपने नौकर को आदेश दिया, "साइकिल को पोंछ-पाँछकर, हवा वगैरह भरकर देना।"

अचानक अमर को सूझा कि सेठजी को कैसे पता चला कि गिरवी रखने वाला और व्यंग्य लिखने वाला एक ही आदमी है? पूछने पर सेठजी ने बताया, "आपके जाने के दूसरे दिन एक गुलाटी नामक सज्जन आए थे। उन्होंने ही यह कतरन दी और मुझे आपके विषय में बताया।

इसके बाद सेठ ने चार सौ रुपये रख लिये और ब्याज के पैसे वापस कर दिये और कहा, "बाबू साहब, मेरा तो धन्धा है, मैं तो कमा ही लूँगा, लेकिन आप जैसे आदमी से ब्याज न लूँगा। आप ना नहीं करें।" अमर सेठ की ओर हैरत से देखता ही रह गया...।

इस घटना का जिक्र जब नथमल शर्मा से अमर ने किया तो हमउम्र नथमल ने कहा, "अमर भाई, यह तो एक तरह से आपको पत्रकारिता का पुरस्कार मिल गया। बस, देखने का नजरिया अलग होना चाहिए। कितनी बड़ी बात है कि एक साहूकार ने आपका लिखा पढ़कर ब्याज के पैसे छोड़ दिए। ये पुरस्कार नहीं तो क्या है...?"

अमर ने कहा, "वह सब तो छोड़ो, आपकी इस दृष्टि का मैं कायल हो गया। विज्ञापन विभाग से जुड़े एक मित्र के मुँह से इस तरह की बात सुनना मेरे लिए नया अनुभव है। इससे साफ झलकता है कि आपको विज्ञापन में नहीं, सम्पादकीय में होना चाहिए।

नथमल थोड़ा हड़बड़ा गये, "यह अजीब संयोग है! पिछले हफ्ते ही मैंने सलिलजी से अनुरोध किया है कि मुझे सम्पादकीय में जाने का मौका दें और ठीक वही बात आप कर रहे हैं।"

अमर ने पूछा, "क्या कहा सलिलजी ने?"

नथमल ने उत्तर दिया— "सलिलजी मुझे बिलासपुर का कार्यभार सँभालने को बोल रहे हैं। ...वे बिलासपुर का पूरा दायित्व मुझे देना चाहते हैं।"

अमर ने कहा, "यह तो अच्छी बात है। स्वतन्त्र रूप से कोई प्रभार मिले तो तुरन्त उसे लपक लेना चाहिए। हमारे समय की बात अलग थी। अब तो अखबार

की स्थिति पहले की तुलना में काफी सुधर गयी है।''

इस बातचीत के करीब माहभर बाद ही नथमल शर्मा बिलासपुर के लिए रवाना हो गये और करीब-करीब यहीं से नथमल ने भी अमर की मित्रता की सूची में एक स्थायी जगह बना ली। बाद के वर्षों में पत्रों और मुलाकातों के जरिये दोनों के बीच संवाद की निरन्तरता बनी रही।

इस मित्रता के बीच कमल ठाकुर की उपस्थिति उल्लेखनीय बनी रही। कमल ठाकुर भी पत्रकारिता की दुनिया से पैसों की कमी के चलते ही बाल्को के जनसम्पर्क विभाग में चले गये थे। लेकिन डेढ़-दो साल में ही उनका भ्रम टूटा कि वे पत्रकारिता के अलावा कहीं भी सुखी नहीं रह पाएँगे और अन्ततः बिलासपुर टाइम्स में ज्वाइन करते हुए उन्होंने पत्रकारिता से कुछ दिनों की दूरी को हमेशा के लिए पाट लिया।

□□

आपातकाल के समय चार प्रमुख समाचार एजेंसियों— हिन्दुस्तान समाचार, समाचार भारती, पी.टी.आई. और यू.एन.आई. का विलयन हुआ और एक प्रमुख एजेंसी बनी 'समाचार।' इन चारों न्यूज़ एजेंसियों में सबसे ज्यादा खस्ता हालत थी समाचार भारती की, महीनों वेतन नहीं मिल पाता था। हिन्दुस्तान समाचार के पास स्टॉफर से अधिक स्टिंगर हुआ करते थे। 'समाचार' बनने के बाद अचानक वेतन में इज़ाफा हुआ। इस इजाफे का असर धीरे-धीरे प्रान्तीय अखबारों पर भी पड़ने लगा।

आपातकाल के बाद के भारतीय समाचार जगत में चमक लौटी। उन्नीस सौ पचहत्तर से लेकर उन्नीस सौ उन्यासी तक अखबारों ने अपनी स्थिति काफी सुदृढ़ कर ली थी। एक ही अखबार में वर्षों टिक कर काम करने वाली निष्ठा में दरारों का पड़ना शुरू हो गया। ज्यादा वेतन, ज्यादा सुविधा। राष्ट्रीय अखबारों ने अपने कलेवर में परिवर्तन लाना शुरू कर दिया था। 'हिन्दू' जैसे पत्र के पास सेटेलाइट संस्करण हो गये थे। रंगीन पृष्ठों का आरम्भ भी इक्के-दुक्के लोग करने लगे थे।

अमर को भी अब आर्थिक किल्लत से उबरने की इच्छा होने लगी थी। कुछ साल तो अमर ने स्वतन्त्र पत्रकारिता भी कर ली। नवभारत में वोराजी को कुछ राजनैतिक डिस्पैच बनाकर देना प्रारम्भ किया था। 'ब्लिट्ज़' से जुड़ाव खत्म नहीं हुआ था। इधर सांस्कृतिक कार्यक्रमों की रिपोर्टिंग भी अलग से राष्ट्रीय पत्र-पत्रिकाओं के लिये उसने खूब की। 'धर्मयुग' से अच्छा भुगतान होता था। आकाशवाणी के लिए भी कुछ चिन्तन, कविताओं और कहानियों का सिलसिला भी उसने शुरू किया।

तकनीकी तौर पर प्रिंटिंग टेक्नोलॉजी में होने वाले बदलाव को आँचलिक पत्रों

में ज्यादा दिनों तक टाला नहीं जा सकता था। अतः ऑफसेट प्रिंटिंग में आहिस्ता-आहिस्ता सभी अखबारों को जाना पड़ा। तुरत-फुरत हैंड कम्पोजिंग बन्द करने की स्थिति में अखबार नहीं थे, तो कुछ कम्पोजिंग मोनो-लाइनों से हो जाती थी। लेकिन सेलोफिन पेपर का उपयोग शुरू हो गया था। इंक को सुखाने के लिए तब गोल्डन पाउडर लगाया जाता था। पेस्टिंग रूम का काम प्रारम्भ हो गया था। एल्युमीनियम की प्लेट्स बनती थी। टाइप सेटिंग के लिए कम्प्यूटर से जुड़ा हुआ रहता था वैरीटाइपर। पहले इनपुट कैसेट में सारी फिल्म लोड होती थी, फिर वह आउटपुट में जाती थी। यह टेक्नोलॉजी काफी महँगी साबित हो रही थी। उस समय हर प्रेस को डार्क-रूम भी रखना पड़ता था। इस प्रक्रिया को भी बदलने में तीन-चार वर्ष से अधिक समय नहीं लगा और फिर उन्नीस सौ बयासी के बाद तो प्रेस का कलेवर ही बदल गया। पूरे कम्प्यूटर आ गये। प्रायः बम्बई से टेक्नीशियन आते और प्रेस में पुराने काम करने वाले लोगों को नयी तकनीक का प्रशिक्षण देते। इस तरह एक या दो प्रतिशत बाहर के विशेषज्ञों के साथ स्थानीय लोगों को प्रशिक्षित कर लिया जाता था।

रोटरी मशीन पर एक्सपर्ट समझे जाने वाले छोटेलाल और परमानन्द जैसे लोग शुरू में तो इस नयी तकनीक से घबरा से गये थे। लेकिन आठ-दस दिन की ट्रेनिंग से ही उनमें आत्मविश्वास जग गया। अमर को याद है, शुरू-शुरू में प्लेट बनाने की प्रक्रिया को समझने और देखने के लिए सलिलजी खुद प्लेट रूम में आ जाते और तकनीशियनों से अनुरोध करते कि वे एक-दो प्लेट उन्हें भी बनाने दें। अखबार के सम्पादक और मालिक की हैसियत रखने वाले व्यक्ति का इस तरह अपने मातहतों के साथ कन्धे-से-कन्धा मिलाकर काम करना भी एक अलग अनुभव था।

उन्हीं दिनों सोहन अग्रवाल ने प्रिंटिंग टेक्नोलॉजी के अपने ज्ञान से रायपुर में अपने लिए एक प्रतिष्ठा की जगह बनायी थी। बाद में सोहन ने काफी प्रगति कर ली। प्रदीप साहू ने उन्हीं दिनों फोटोग्राफी में डिप्लोमा कर प्रेस की देहरी पर कदम रखा था। कुरुद के पास भरदा गाँव के रहने वाले इस साधारण युवक ने बाद में प्राइवेट परीक्षा देकर ही दो-दो विषयों में एम.ए. किया और फोटोग्राफी को अपना पेशा बना लिया। आरम्भ में डार्क-रूम में काम करते रहे और वैरीटाइपर से निकली हुई फिल्मों को एक्सपोज़ करते, फोटो भी बनाते थे। उस समय से ही कलर फोटो के लिए अलग-अलग कलर के लिए अलग-अलग प्लेटें बननी शुरू हो गयीं थीं।

एक तरह से प्रिंटिंग टेक्नोलॉजी में एक अभूतपूर्व परिवर्तन आया, जिसका सीधा असर अखबारों की वित्तीय व्यवस्था पर पड़ा। विज्ञापनों का औसत उसी समय अखबार में एकाएक बढ़ गया। विज्ञापन के लिए ज्यादा लोगों को नियुक्त किया जाने लगा, जो सिर्फ विज्ञापन का काम देखने लगे। पहले की तुलना में अब

के अखबारों की व्यवस्था कई गुना महँगी हो गयी, लेकिन दूसरी ओर अखबारों के दाम बढ़ाने में पसीना आने लगा।

एक दशक के अन्तराल में अखबार की दुनिया में परिवर्तन की तेज बयार बही। जाहिर है इससे कुछ मूल्य भी घटे। अखबारों में एक-दूसरे से आगे बढ़ने की प्रतिद्वन्द्विता काफी बढ़ गयी। एक अखबार से दूसरे अखबार में जाने में अब ज्यादा सोचना नहीं पड़ता था। जो ज्यादा दाम दे, वहीं चलो। इस किस्म की विचारधारा ने पत्रकारों की माली हालत को भी सुधारा। इसी बीच पहली बार पत्रकारों के वेतन के लिए आयोग गठित हुआ। 'पालेकर' के नाम पर 'पालेकर आयोग' बना और नये वेतनमान की घोषणा हुई। अखबारों के ग्रेड उनकी प्रसार संख्या और कद के अनुरूप तय किए गये। अलग-अलग श्रेणियाँ बनाई गयीं। ग्रेड के अनुसार उन श्रेणियों का वेतनमान तय हुआ।

अखबार-मालिकों के लिए यह सर्वथा नया अनुभव था। लगभग इसी समय से अखबार-मालिकों ने भी तिकड़म अपनानी शुरू की। जो अखबार नियमतः जिस ग्रेड में आता था, उसने अपने को उससे निचले ग्रेड में होना दर्शाया। अखबारों पर सरकारी नियन्त्रण तो था नहीं, इसलिए इन मामलों में पत्रकारों के पास लड़ने के कोई विशेष उपाय नहीं थे। बावजूद इन सब गुन्ताड़ों के पत्रकारों के वेतन में इजाफा हुआ। चाहे पत्र-मालिक इसे मजबूरी में कर रहे थे, पर उन्हें परिवर्तन की इस हवा को एक अनुपात में स्वीकार करना पड़ा। अमर ने भी इसी बीच एक-दो अखबार और बदल लिये। इस तरह धीरे-धीरे अमर मुख्य सह-सम्पादक के पद तक पहुँचा।

□□

'धर्मयुग' में सह-सम्पादक के रिक्त स्थानों के लिए विज्ञापन छपा। हरीश भाई ने अमर को प्रेरित किया कि वह आवेदन दे दे। दीप्ति ने भी प्रोत्साहित किया। लगभग उसी समय अमर ने एक साहित्यिक शृंखला लिखी। दाम्पत्य के टूटन को लेकर सच्ची घटनाओं पर आधारित थी यह शृंखला। 'धर्मयुग' के सम्पादक डॉ. धर्मवीर भारती का स्वीकृति-पत्र एक सप्ताह में ही आ गया। इसी के बाद अमर ने सह-सम्पादक के लिए आवेदन किया था।

करीब दो माह बाद साक्षात्कार का पत्र मिला। संयोग है कि जिस दिन साक्षात्कार की तिथि तय हुई थी, उस समय अमर की शृंखला की दूसरी किस्त छप रही थी। दो दिनों तक साक्षात्कार था, पहले दिन करीब अढ़ाई घंटे की लिखित परीक्षा हुई और दूसरे दिन मैरिट के आधार पर व्यक्तिगत साक्षात्कार हुआ। तब तक अमर की हिन्दी के किसी भी बड़े लेखक से कोई मुलाकात नहीं थी। पैसे की

किल्लत इतनी थी कि रायपुर से बाहर जाने की हिम्मत नहीं होती थी।

लिखित परीक्षा में अमर ने टॉप किया था। दूसरे दिन व्यक्तिगत साक्षात्कार के समय पहली बार अमर ने भारतीजी को देखा। ऊँचा कद, ताम्बई रंग, लम्बा चेहरा और चमकती हुई आँखें। इंटरव्यू में चार सदस्य और थे। करीब पच्चीस मिनट तक तरह-तरह के सवाल किए गये। सभी प्रत्याशियों से कहा गया था कि वे इंटरव्यू के बाद कुछ देर रुकें।

प्रकाश हिन्दुस्तानी, अशोक कुमार, अजन्ता चौधरी, राजीव शुक्ला आदि करीब दस लोग देश के विभिन्न राज्यों से साक्षात्कार हेतु चुने गये थे। इंटरव्यू के बाद भारतीजी से मुलाकात हुई। भारतीजी ने मिलते ही कहा, ''तुम्हारी लेखनी से मेरा अन्दाज था कि तुम कम-से-कम चालीस के आसपास के होगे। तुम्हें देखकर मेरा भ्रम टूटा। दाम्पत्य पर तुम्हारे काम और तुम्हारी उम्र में कहीं कोई तालमेल नहीं है। फिर उन्होंने बताया कि इंटरव्यू बोर्ड ने तुम्हें चुन लिया है, बधाई।''

अमर ने बड़ी शालीनता से अपनी बात रखी, ''सर, बम्बई में किराये के मकान में बहुत पैसे लगते हैं। मेरा परिवार मेरी पीठ पर ही रहता है अर्थात् मैं पत्नी व बच्चों को कहीं भी कुछ महीनों के लिए छोड़ नहीं सकता। न ससुराल से मजबूत हूँ, न ही मेरे परिवार में ऐसी स्थिति है। ऐसे में वेतन के अतिरिक्त कुछ राशि दिलवाएँ तो मुझे दिक्कत नहीं होगी।''

अमर ने फिर तर्क दिया, ''छत्तीसगढ़ के बाहर पहली बार निकलूँगा। बाहर के खर्च के विषय में मुझे कोई अन्दाज नहीं। वहाँ मैं जितना कमा लेता हूँ, उससे गुजारा हो रहा है। पहली बार मुम्बई जैसे महानगर में आऊँगा तो लिखकर की गयी कमाई अनिश्चित होगी। ऐसे में मैं भला क्या कर सकता हूँ।''

भारतीजी ने काफी देर तक तरह-तरह से समझाने की कोशिश की। इसके अलावा भी दीगर चर्चाएँ हुईं। अमर ने भारतीजी की ही लिखी 'कनुप्रिया' का एक अंश उन्हें पढ़कर सुनाया। वे बहुत पुलकित हो गये। उन्होंने कहा, ''बहुत दिनों बाद बिल्कुल अलहदा शैली में मैंने 'कनुप्रिया' का पाठ सुना। लौटकर एक कैसेट में इसे रिकार्ड कराकर मुझे भेजो। जब-जब मन होगा, सुनता रहूँगा। यहाँ ज्वाइन जरूर करो, मुझे तुम्हारे जैसे लोग चाहिए।''

मुम्बई से लौटकर सारा वृत्तान्त सुनने के बाद दीप्ति ने जरूर कहा, ''यह एक बहुत अच्छा मौका है, तुम्हें जाना चाहिए।''

अमर का तर्क था, ''मुम्बई एक महानगर है, वहाँ यदि हम किसी दिक्कत में पड़ेंगे तो मदद कौन करेगा? यह उत्साह में लेने लायक निर्णय नहीं है, काफी सोच-समझकर निर्णय लेना पड़ेगा।''

नियुक्तिपत्र भी दस दिन के अन्दर आ गया। बहुतों से चर्चा हुई, सलाह-

मशविरा हुआ, लेकिन अमर को इतना अच्छा प्रस्ताव भी आकर्षित नहीं कर रहा था। शायद इतने दिनों की तंगी भी इसका एक कारण रही हो। उसे एक तरह से महानगर का डर सता रहा था।

इसी दौरान अमर को 'आवाज़' नामक दैनिक से जो धनबाद से प्रकाशित होता था, एक ऑफर मिला। पिछले महीने ही उसने वहाँ भी एक आवेदन कर दिया था। अमर को लगा, मुम्बई जाने पर जितना वेतन मिलेगा, उतना ही धनबाद में मिल रहा था। धनबाद में घर दिलाने के लिए भी दो-चार परिचित थे ही। सबसे बड़ा आकर्षण था वहाँ अजय मिश्रा थे। अजय को एक पत्रकार और साहित्यकार के रूप में अमर पहले से ही जानता था। अन्ततः धनबाद जाने का ही निर्णय लिया गया।

□□

यह भी एक संयोग था कि दैनिक 'आवाज़' से जब बुलावा आया तो अमर के परिवार में दूसरी सन्तान की आमद के दिन करीब थे। इस स्थिति में तुरन्त ज्वाइनिंग सम्भव नहीं थी। अमर ने अजय मिश्रा के जरिये 'आवाज़' में कहलवाया कि आने में दो-तीन माह की देरी हो सकती है। एक सप्ताह के भीतर ही पत्र द्वारा 'आवाज़' ने सूचित कर दिया कि वे प्रतीक्षा करेंगे।

नियत तिथि के आसपास ही अमर और दीप्ति को दूसरी सन्तान की प्राप्ति हुई। सरकारी अस्पताल में बच्चे का जन्म हुआ। और तो कोई दिक्कत नहीं थी, बस यही कि इस छोटे बच्चे के साथ धनबाद जाना था। रायपुर में भैया-भाभी थे, एक तरह की निश्चिन्तता थी। अब सबकुछ अकेले झेलना था। दीप्ति ने उस समय काफी साहस दिखाया और कहा, "हमेशा थोड़ी-सी तकलीफ की सोचकर तुम अपना अवसर गँवा देते हो। अब ऐसा मत करो। हम ही नहीं, ढेर सारे लोग हैं जो इकाई परिवार में सारी दिक्कतें झेल जाते हैं, फिर हम क्यों नहीं...।"

पन्द्रह दिन बाद ही धनबाद जाने की तैयारी शुरू हो चुकी थी, तभी एक पत्र आया। पत्र सावित्री भाभी का था। पत्र पढ़ने के पहले अमर को लगा बहुत दिनों बाद सावित्री भाभी ने याद किया। जैसे-जैसे पत्र पढ़ता गया, अमर की आँखें भीग गयीं।

सावित्री भाभी ने सूचना दी थी कि भगवान स्वरूप की मृत्यु के बाद उनकी दूसरी पत्नी बिल्कुल बेसहारा हो गयी। इस स्थिति में वह कहाँ जाती? इसलिए उन्होंने उसे भी अपने पास बुला लिया। अब बच्चा बहुत बड़ा हो गया है। इसी के साथ उन्होंने आग्रह किया था कि एक बार सपरिवार अमर उनके पास जरूर आयें। भगवान स्वरूपजी ने अपनी अप्रकाशित पांडुलिपि अमर को देने के लिए रख छोड़ी थी। यदि उसकी सद्गति हो सके तो की जाए। भगवान स्वरूप से गलती हुई या नहीं, इसके विश्लेषण का अब कोई अर्थ नहीं था। सावित्री भाभी का कद अमर की

निगाहों में पहले से कहीं और अधिक ऊँचा हो गया।

इस पत्र के पाने के बाद अमर और दीप्ति ऊहापोह की स्थिति में फँस गये। धनबाद जाने की तिथि निश्चित हो चुकी थी। ऐसे में सावित्री भाभी के पास तुरन्त पहुँचना कठिन था। अन्ततः अमर ने भरे मन से क्षमा माँगते हुए सावित्री भाभी को एक पत्र लिखा और तुरन्त ना आने की विवशता बताई। साथ ही अमर ने यह आश्वासन भी दिया कि जैसे ही धनबाद में व्यवस्थित हो जाएगा, वह जरूर आएगा।

बारह

धनबाद जाने के दो रेलमार्ग थे— या तो सीधे कलकत्ता से जाया जाए या फिर चक्रधरपुर उतरकर दूसरी ट्रेन गोमो पैसेंजर से झरिया पहुँचा जाए और फिर सड़क मार्ग से। तय हुआ कि पहले चक्रधरपुर पहुँचा जाए फिर गोमो पैसेंजर से बाकी की यात्रा की जाए। अमर ने गृहस्थी का सामान ट्रेन से सीधे बुक कर दिया था। अजय मिश्रा ने गाँधीनगर में चार सौ रुपये पर एक किराये का मकान ढूँढ़ लिया था।

धनबाद पहुँचते-पहुँचते शाम हो गयी थी। दोनों बच्चे गर्मी से लस्त-पस्त थे। पूछते-पाछते जब टेम्पो से वे गाँधीनगर पहुँचे तो मकान-मालिक के लड़के ने तुरन्त कमरा खुलवाया और चाय-बिस्किट की व्यवस्था कर दी। अमर के लिए किसी मकान-मालिक के द्वारा ऐसे स्वागत का पहला अनुभव था। अनेजा परिवार ने करीब पाँच—छह हजार स्क्वेर फीट की इस जगह को एक कालोनी का स्वरूप दे दिया था। कुल मिलाकर सात-आठ घर थे, जो उस अहाते में थे और मुख्य सड़क की एक गली से यह अहाता जुड़ा हुआ था। इन्हीं सात-आठ मकानों को समवेत रूप में अनेजा कालोनी का नाम दिया गया था, जहाँ अनेजा परिवार का भी अपना मकान था। बीच में एक बड़ी-सी जगह को सामूहिक औगन के रूप में खुला छोड़ दिया गया था। छोटे बच्चे वहीं खेला करते थे। गली के मुहाने पर डेली नीड्स की उनकी दुकान भी थी। वहीं पर सब्जियों की एक दुकान भी लगा करती थी। दीप्ति के लिए यह जगह बहुत सुविधाजनक थी।

कुल मिलाकर अजय ने अपनी ओर से बहुत बेहतर मकान ढूँढ़ दिया था। दीप्ति को यह जगह पसन्द आई। यद्यपि किराया कुछ ज्यादा था। वेतन का एक

चौथाई हिस्सा किराये में ही निकल जाना था। फिर भी इस बात का सन्तोष था कि दीप्ति सारी व्यवस्थाओं को खुद सँभाल सकती थी। कालोनी के आठ घरों में पंजाबी, बंगाली, उत्तर प्रदेशी और स्थानीय बिहार के परिवारों का अनोखा सम्मिश्रण था। अमर के बगल में ही एक सरदार रहते थे। जब अमर और दीप्ति ने मिलकर घर की सारी चीजों को व्यवस्थित करने लगे, तब तबले की थापों की गूँज की ओर अमर का ध्यान गया। बाद में पता चला कि ठीक सरदारजी के घर के बगल से जो घर था, वह दत्ता साहब का घर था। वर्षों पहले वे बंगाल से यहाँ आ गये थे। शिक्षा विभाग में नौकरी करते हैं। छुट्टियों के दिन तो सुबह-शाम दोनों बेला में तबले पर रियाज़ करते थे। शेष दिनों शाम को उनकी धुनी रमी रहती। अमर के घर के ठीक सामने एक बिहारी परिवार रहता था। पति किसी प्राइवेट फर्म में इंजीनियर थे। उनका घर नबादा के पास किसी गाँव में था।

अनेजा परिवार भी कम बड़ा नहीं था। कई कमरों वाले मकान में सभी भाइयों के बच्चों को मिलाकर अच्छी-खासी जनसंख्या थी। इस तरह अनेजा कालोनी अपने-आप में एक अनोखी-सी, छोटी-सी दुनिया थी। दीप्ति को सम्बन्धों की बिसात पर भी यह जगह काफी पसन्द आ गयी थी।

दूसरे दिन बारह बजे के आसपास अजय घर आ गये। अमर उन्हीं के स्कूटर पर दफ्तर के लिए निकल पड़ा। उनका अपना सेकेंडहैंड स्कूटर लेम्ब्रेटा अभी पहुँची नहीं था।

'आवाज़' के दफ्तर में उस समय तक केवल सम्पादक ब्रह्मदेव शर्मा उर्फ गुरुजी ही पहुँचे थे। झक सफेद बाल और गहरा साँवला रंग, औसत कद के गुरुजी। अजय ने बताया कि पत्रकारिता में आने से पहले ब्रह्मदेव शर्मा शिक्षक थे। जाहिर है कि शिक्षक के रूप में भी उन्होंने काफी ख्याति अर्जित की थी। इसलिए उनके नाम के साथ गुरुजी सम्बोधन उपनाम की तरह जुड़ गया है।

शिक्षक के रूप में वर्षों सेवाएँ देने के बाद 15 अगस्त 1947 से गुरुजी ने 'साप्ताहिक आवाज़' को प्रारम्भ किया। 1975 की 10 जुलाई से 'आवाज़' दैनिक हो गया, तब से ही वे सम्पादक का भार सँभालते आ रहे हैं। जून 1969 में धनबाद के तत्कालीन एस.पी. जगदीश राज के विरुद्ध एक सम्पादकीय के कारण उन्हें गिरफ्तार कर लिया गया। इस गिरफ्तारी ने गुरुजी को अखिल भारतीय स्तर पर चर्चित बना दिया। स्वभाव से बेहद सहिष्णु गुरुजी अपनी पर आ जाएँ तो फिर उन्हें मनाना बहुत कठिन हो जाता था।

अजय ने परिचय कराया तो गुरुजी झट अपनी कुर्सी से उठकर खड़े हो गये और गले लगा लिया— "आइये..., 'आवाज़' परिवार में आपका स्वागत है।"

धनबाद आने के बाद गर्मजोशी से स्वागत की यह दूसरी कड़ी थी।

गुरुजी अजय की ओर मुखातिब होकर बोले, "भाई अजय, आप ही की बदौलत 'आवाज़' को ऐसा व्यक्ति मिला। इसलिए बधाई के पात्र आप भी हैं।"

अजय की स्वाभाविक रूप से तनी हुई ग्रीवा कुछ और तन गयी, "गुरुजी, आपके आकर्षण से ही तो 'आवाज़' है, और 'आवाज़' की प्रसिद्धि है। मेरा क्या है, मैं तो एक पुल की तरह आप दोनों के बीच में कड़ी बन गया। आगे आपको सँभालना है और अमर को अपने को साबित करना है।"

यों तो अमर को जब नियुक्ति पत्र दिया गया तो उसमें मुख्य सहायक सम्पादक का पदनाम दिया गया था। प्रारम्भिक बात में ही गुरुजी ने यह स्पष्ट कर दिया कि अमर गुरुजी के साथ ही बैठेंगे और करीब-करीब सलाहकार सम्पादक की ही भूमिका में। पूरा पेज बन जाने के बाद अमर उसमें अन्तिम तौर पर अपनी राय देंगे, फिर गुरुजी उसे देखेंगे। सुबह की मीटिंग भी अमर ही लेंगे और मीटिंग के विषय में पूरी जानकारी बाद में गुरुजी को देंगे। इस तरह अमर को अप्रत्यक्ष रूप से गुरुजी के बाद सम्पादकीय की पूरी जिम्मेदारी सँभालने का दायित्व सौंपा गया।

अजय ने औपचारिक मुलाकात कराने के बाद जाना चाहा, तभी 'आवाज़' के दूसरे निदेशक बंकिम बाबू पहुँच गये। ऊँचे-पूरे भरे बदन के और चौड़ा माथा, चौकोर चेहरा, ताम्बई रंग। उनकी बातचीत के बीच-बीच में एक पॉज़ हुआ करता था। लेकिन आश्चर्य है, जब वे उत्तेजित हो जाते और किसी कर्मचारी पर भड़कते तो अनायास वह पॉज़ गायब हो जाया करता था। सीधे शब्दों में साधारणत: वे रुक-रुककर बोलते थे, लेकिन नाराजगी के वक्त फर्राटे से शरीर-विज्ञान की गालियाँ भी दे जाते।

बंकिम बाबू के भी स्वागत का भाव गुरुजी की तरह ही था। लेकिन कुछ ज्यादा खुला-खुला और रट-पट। उन्होंने पहले ही वाक्य में कहा, "अमर भाई, हो तो आप गुरुजी के पाले में, लेकिन हम लोगों से भी पाला पड़ता रहेगा। वैसे तो दोस्ती के लिए हम कोई खराब आदमी नहीं हैं। हमारी जबान-भर खराब है। इसे भी खराब मत कहिए। ऐसा है कि बिहारी पर बंगाल की मिठास का असर तो है, लेकिन दोनों के मिश्रण से एक अजीब-सी खरखराहट आ गयी है। सुनते-सुनते आपको आदत पड़ जाएगी। फिर मिठास को आप अपने पास रखिए, खरखराहट आप मुझे दे दीजिएगा।"

अमर को लगा, अपने-आप में यह व्यक्तित्व भी अनोखा है। लगता है आगे खूब जमेगी। बंकिम बाबू ही अमर को अपने साथ सम्पादकीय के कमरे में ले गये। सबसे पहले दुबले-से झा जी मिले। कलम की मजूरी की रेखाएँ उनके चेहरे पर स्पष्ट हो चुकी थीं। फिर मिले पलाश विश्वास। बिल्कुल युवा, खौलते हुए विचारों के साथ। विद्याधर मिश्र भी अपने पुराने अनुभवों के साथ वहाँ पार्ट-टाइम करते थे।

करीब आठ लोगों का सम्पादकीय विभाग 'आवाज़' को अपना श्रमदान करता था। एकाउंट्स में अजय मेहता थे, हँसमुख, तेजतर्रार और मिलनसार। सबसे कम उम्र के थे ब्रजभूषण उर्फ छोटकू, सिटी रिपोर्टर।

पहला दिन मेल-मुलाकात और कुछ पुरानी फाइलों को उलटते-पुलटते ही बीत गया। 'दैनिक आवाज़' इस कोयलांचल का प्रमुख पत्र है। 'आवाज़' ने अपनी विश्वसनीयता खूब बनाई। 'आवाज़' की वित्तीय स्थिति भी काफी अच्छी थी। यह प्रतिष्ठा गुरुजी के कारण अधिक हासिल हुई थी। गुरुजी यों तो अनमनीय थे। समाचार के मामले में बिल्कुल निष्पक्ष और निडर। लेकिन अखबार की सेहत के लिए कभी-कभी लचीला होना भी वे जानते थे। यह लचीलापन भी वे अपने तरीके से लाते थे ताकि अखबार की सेहत पर ज्यादा प्रभाव न पड़े। तीन निदेशकों में बंकिम बाबू की व्यावहारिकता गुरुजी को अच्छी लगती थी। लेकिन अन्य दो डायरेक्टर पल्टन बाबू और सिन्हाजी अखबार के स्वरूप को बदलने के लिए उतावले हो जाते थे, जबकि गुरुजी का मानना था कि कोई भी अखबार यदि रातों-रात अपने कलेवर को बदलता है तो उसके सामने पाठकों के द्वारा बदले हुए स्वरूप को हजम न करने का सवाल सबसे बड़ा हो जाता है। इसीलिए एक प्रक्रिया के तहत ही यह बदलाव आना चाहिए।

ऑफसेट के युग में भी अभी तक 'आवाज़' लेटर-प्रेस में ही छपा करता था। दरअसल ऑफसेट का अनुभव तीनों डायरेक्टरों को नहीं था। अमर के आते ही बंकिम बाबू का आग्रह हुआ कि अमर धीरे-धीरे ऑफसेट के लिए तैयारियाँ शुरू करवा दें और अमर के अनुभव का लाभ 'आवाज़' को मिले। अमर को ऊपरी तौर पर ही ऑफसेट का तकनीकी ज्ञान था, लेकिन 'आवाज़' के पारिवारिक वातावरण से प्रभावित होकर अमर ने इस जिम्मेदारी को भी लेना स्वीकार कर लिया। बातचीत में गुरुजी को अमर ने अपने पुराने दिनों की चर्चा की और बताया कि किस तरह छत्तीसगढ़ के स्थानीय अखबारों में विज्ञापन का बोझ भी सम्पादकीय के लोगों को उठाना पड़ता है। गुरुजी ने तो बहुत अच्छा विश्लेषण प्रस्तुत किया और बताया, "'आवाज़' में भी वही परिस्थिति बन सकती थी। बनी नहीं, उसका कारण है कि 'आवाज़' के पाठकों ने इस पत्र को उसी तरह से अपने मन में बसा लिया है जैसाकि बांग्ला के पाठकों ने 'आनन्द बाज़ार पत्रिका' को। तुमको यह जानकर आश्चर्य होगा कि 'आवाज़' जितना छपता है, उसकी अस्सी प्रतिशत वसूली पाई-टू-पाई हो जाती है। बीस प्रतिशत में 15 प्रतिशत तक उधारी भी वसूली हो जाती है। शेष पाँच प्रतिशत सौजन्य-प्रति के रूप में इधर-उधर जाती हैं। जहाँ तक विज्ञापन का सवाल है, मात्र दो व्यक्ति बाजार में घूमते हैं। हमारा सबसे बड़ा विज्ञापनदाता है भारत कोकिंग कोल लिमिटेड (बीसीसीएल)। वहाँ के प्रायः-प्रायः सभी टेण्डर 'आवाज़'

में छपते हैं। थोड़ी-बहुत दिक्कत होती है तो विज्ञापनों की वसूली की। वह भी ले-देकर वसूल हो ही जाते हैं। हमारे यहाँ सम्पादकीय वालों पर विज्ञापन का दबाव कतई नहीं है। हम समाचारों पर ही ज्यादा जोर देते हैं। विरोध में समाचार हों, यह कतई जरूरी नहीं। सूचनाएँ छूटनी नहीं चाहिए। यही हमारा लक्ष्य है। इतना फैला हुआ कोयले का प्रक्षेत्र है कि कोयला क्षेत्र के समाचारों से ही हमारा तीन-चौथाई अखबार भर जाता है। जहाँ तक सवाल कर्मचारियों का है, हमारे यहाँ एक निश्चित तारीख को वेतन मिल जाता है। साल में समय पर वेतन-वृद्धि दे दी जाती है। पी.एफ. बाकायदा काट लिया जाता है और वह समय पर जमा भी होता है। कभी किसी माह में वेतन के लिए वसूली के पैसे कम पड़ जाएँ तो तीनों डायरेक्टर वेतन के पैसों की व्यवस्था समय पर कर लेते हैं। यही सब बातें 'दैनिक आवाज़' को बनाये रखने के लिए प्रमुख कारक हैं।''

बीसीसीएल (भारत कोकिंग कोल लिमिटेड)की बात निकली तो गुरुजी ने मुस्कराते हुए द्विवेदी का भी जिक्र किया। द्विवेदी बीसीसीएल के पी.आर.ओ. थे। वे बंकिम बाबू के ज्यादा करीब थे। गुरुजी से थोड़ी दूरी बनाए रखते थे। गुरुजी ने कहा—

''यहाँ रहते हुए तुम्हारा पाला इस द्विवेदी नामक प्राणी के साथ भी पड़ेगा, क्योंकि बीसीसीएल के खिलाफ कोई भी समाचार छप भर जाए। द्विवेदी दौड़े आ जाएँगे और जब तक उस समाचार का खंडन-मंडन नहीं हो जाता तब तक चैन नहीं लेंगे। तुम्हें बंकिम बाबू विस्तार से द्विवेदी के विषय में पूरी जानकारी दे देंगे। क्योंकि द्विवेदी उन्हें ही ज्यादा परेशान करते हैं और पटा भी लेते हैं।''

पास ही बंकिम बाबू बैठे थे, उन्होंने बातों को लपक लिया, ''अरे ऐसा नहीं है अमर भाई, द्विवेदी तिकड़मी पी.आर.ओ. है। उसका अस्तित्व ही समाचार को रोकने के लिए है। उस समय बड़ी दिक्कत होती है जब कम्पनी के खिलाफ सही-सही तथ्य सामने आ जाते हैं और द्विवेदी को छपने से पहले ही पता चल जाता है तो द्विवेदी उसे रोकने के लिए आसमान सर पे उठा लेता है। कई-कई बार तो हमारे बीच तना-तनी-सी हो जाती है। द्विवेदी प्रच्छन्न रूप से बीसीसीएल के विज्ञापन बन्द होने की धमकी भी दे जाता है। बड़ी मुश्किल से साधना पड़ता है।''

गुरुजी ने बातचीत के बीच में हस्तक्षेप किया— ''ऐसा भी नहीं है कि उसकी धमकी से हम झुक जाते हैं। एक बार तो हमने कह ही दिया था कि आपका बस चले तो विज्ञापन बन्द करवा दीजिए। ये कहना भर था कि द्विवेदी ने अपने सम्बन्धों का वास्ता देना शुरू कर दिया। फिर अपने पेट को बजाते हुए कहा कि मेरी सेहत पर इस समाचार से क्या असर पड़ना है, लेकिन मेरा पेट इस समाचार से जुड़ गया है, उसका ख्याल कीजिए गुरुजी।

फिर बंकिम बाबू और पल्टन के समवेत प्रयास से बात सँभाल ली जाती है। समाचार छपता जरूर है लेकिन उसके डंक को कम कर दिया जाता है और द्विवेदी अपनी नौकरी की शर्तों को पूरा करते हुए लौट जाता है। हमारे माथे से भी बोझ उतरता है।''

अचानक बंकिम बाबू ने कहा, ''अमर भाई, यह सब हम आपको इसलिए बता रहे हैं कि आप इस द्विवेदी नामक चरित्र को समझें। एक सन्तुलन तो बनाना ही पड़ेगा न.... अखबार में छोटे-बड़े करीब डेढ़ सौ कर्मचारी काम करते हैं। यह अखबार उनकी रोजी-रोटी है। हम सिद्धान्तों पर से भी न डिगें लेकिन थोड़ा-बहुत सामंजस्य हमें भी स्थापित करना पड़ेगा। इस मूल तथ्य को यदि दिमाग में रखें तो द्विवेदी से निपटना कोई कठिन काम नहीं है। अभी-अभी तो द्विवेदी से जूनियर एक और पी.आर.ओ. ने वहाँ ज्वाइन किया है। सुनते हैं वह ज्यादा प्रोफेशनल है, मगर द्विवेदी की तिकड़मों के आगे डमी बनकर रह गया है। आपने कहीं भूल से जूनियर पी.आर.ओ. को तवज्ज़ो दे दी, तो आपको तो द्विवेदी कुछ नहीं बोलेंगे, पर उस बेचारे जूनियर को तंग कर डालेंगे।''

एक दौर चाय का और चला, तब बंकिम बाबू ने पूछा, ''दफ्तर आये कैसे?''

''अजय के स्कूटर से, क्योंकि मेरा स्कूटर अभी पहुँचा नहीं है।''

''ऐसा करें, कल से मेरी गाड़ी आपको बारह बजे ले आया करेगी और छोड़ भी दिया करेगी। जब आपका स्कूटर आ जाएगा, तब आप स्कूटर से आ जाना।''

गुरुजी ने कहा, ''आज पहला दिन है, आज तो लौट जाओ। कल-परसों से धीरे-धीरे समय को समायोजित कर लेना।''

बंकिम बाबू की गाड़ी से अमर गाँधीनगर लौट आया।

बंकिम बाबू ने ही बिटिया का दाखिला पिस्तोदेवी गर्ल्स स्कूल में करवा दिया। बेटे को प्ले स्कूल जाने में अभी देर थी। सप्ताहभर में गृहस्थी जम गयी। स्कूटर भी आ गया।

□□

भारत के करीब आठ राज्यों में कोयला खदानें हैं। लेकिन धनबाद क्षेत्र में आने पर लगता है कि कोयले की दुनिया का असली चेहरा धनबाद ने ही अख्तियार कर लिया है। करीब सत्तर प्रतिशत आबादी कोयले से ही जुड़ी हुई है। 180 किलोमीटर की परिधि में फैले कोयलांचल में यदि कुछ लोग बीसीसीएल के सीधे कर्मचारी हैं तो कुछ अप्रत्यक्ष रूप से श्रमदान कर रहे हैं। छोटे और बड़े व्यवसायियों का एक बहुत बड़ा नेटवर्क है, जिनका आधार ही कोयला है। बराकर नदी के इस पार धनबाद का कोयलांचल है तो उस पार आसनसोल का कोयलांचल ईस्टर्न कोल

फील्ड्स लिमिटेड के अन्तर्गत है।

धनबाद को मोटे तौर पर तीन प्राकृतिक खंडों में विभाजित किया जा सकता है। पहला है उत्तर-पश्चिम में स्थित पारसनाथ पहाड़ियों की शृंखला, जिन्हें तोपचांची टुण्डी की पहाड़ियाँ कहा जाता है। पहाड़ियों की यह शृंखला पूरे जिले में करीब 84 वर्गमील में फैली हुई है। दूसरा भाग है वह क्षेत्र जिसमें कोयला खानें स्थित हैं। यह क्षेत्र लगभग 180 वर्गमील में फैला हुआ है। तीसरा क्षेत्र इन दोनों के बीच का वह पठारी भाग है जिसमें खेती होती है। धनबाद एक उद्योग-प्रधान जिला है। कोयला-उत्खनन इस जिले का प्रधान उद्योग है। देश में कुल कोयला उत्पादन का तीन-चौथाई रानीगंज तथा झरिया कोयलांचलों से प्राप्त होता है। देश के कुल कोयला भंडार का लगभग 20 प्रतिशत झरिया कोयलांचल में संचित है। धनबाद में प्रदूषण बहुत था। कोयला खदान के अलावा ढेर सारे कोयला आधारित निजी उद्योगों का जाल-सा बिछा था। झरिया में तो एक बहुत बड़े क्षेत्र में भूमिगत आग लगी हुई थी। जमीन की सतह के ऊपर पूरे शहर की बसाहट और सतह के नीचे धधकती आग। जान-माल का खतरा सो अलग। लेकिन लोग चेतावनी के बाद भी अपनी जड़ों को छोड़ना नहीं चाहते थे। प्रशासन ने पुनर्वास के आश्वासन दिए, पर लोग टस-से-मस नहीं हुए। अभी तक समस्या बनी हुई है। यह आग सालभर में कई-कई बार मीडिया के लिए एक बेहतर विषय हुआ करती है।

अमर को माहभर में ही 'आवाज़' की कार्यशैली और समाचारों के चरित्र की बखूबी जानकारी हो गयी। अब इसमें कुछ परिवर्तन भी लाना था अन्यथा वर्षों से समाचारों में एक स्थायी भाव आ चुका था। अमर ने बंकिम बाबू से कहकर संवाददाताओं की एक मीटिंग बुलाई थी, जिसमें 1973 से पहले जब कोयला उद्योग का राष्ट्रीयकरण नहीं हुआ था तब के शोषण के चित्र और राष्ट्रीयकरण के बाद कोल इंडिया के गठन और विभिन्न इकाइयों में बँटे कोयला कम्पनियों की कार्यपद्धतियों में आये बदलाव, कामगारों की माली हालत में पड़े फर्क, सूदखोरी का बदलता चेहरा एवं सामाजिक बदलाव को लेकर एक शृंखला प्रकाशित करने की योजना बनी।

बंकिम बाबू और गुरुजी ने इस योजना का स्वागत किया। गुरुजी का कहना था कि आने वाले कल में पत्रकारिता का स्वरूप बदलेगा और बहुत तेजी से बदलेगा। इसकी तैयारी के लिए हमें भी अपने चाल-चलन में बदलाव लाना होगा। बड़े कठिन दिन आने वाले हैं। इसी के साथ ही हमें ऑफसेट के लिए तैयारियों में तेजी लानी है।

□□

धनबाद के समाचार-जगत में रहते हुए यदि कोयला माफिया के बारे में जानकारी न हो तो पत्रकारिता का वृत्त पूरा नहीं होता है। इधर-उधर के पुराने अंकों और कुछ पुस्तकों के अध्ययन से इस बीच अमर को काफी कुछ पता चल गया। अमर को इस इतिहास को जानने के बाद बहुत दुःख हुआ। भारत के एक बड़े श्रमिक आन्दोलन की निरन्तरता को किस तरह माफियाओं ने उदरस्थ कर लिया, यह अपने-आप में एक भयानक उदाहरण है। अन्यथा धनबाद का श्रमिक आन्दोलन दत्ता सामन्त, दत्तोपन्त ठेंगड़ी, सीटू और इंटक से कम उपलब्धियों वाला साबित नहीं होता।

1931 में कोयला उद्योग में मन्दी आने के कारण खान-मालिक मजदूरों की छँटनी करने लगे और मजदूरी घटाने लगे थे। खान-मालिकों की इस धाँधली को रोकने के लिए सुभाषचन्द्र बोस के नेतृत्व में स्थानीय कार्यकर्ताओं ने झरिया के इर्द-गिर्द कोलियरियों में कई यूनियनों की स्थापना की। टाटा की जामाडोबा कोलियरी में मजदूरी घटाने के कारण 1932 में हड़ताल की नौबत आ गयी। सुभाषचन्द्र बोस की यूनियन ने हड़ताल करा दी, जिसमें करीब तीन हजार मजदूरों ने भाग लिया। हड़ताल पूरे एक महीने तक चली। श्री बोस अन्य जिम्मेदारियों के कारण अधिकतर बाहर रहते और हड़ताल के संचालन में पूरा समय नहीं दे पाते थे। इसलिए हड़ताल में खास सफलता नहीं मिली।

1941 को मुँगेर से एक पढ़ा-लिखा नवयुवक बी.पी. सिन्हा धनबाद आया था। उन दिनों पढ़े-लिखे लोगों को नौकरी की इतनी किल्लत नहीं होती थी। धनबाद में जिस रिश्तेदार के यहाँ बी.पी. सिन्हा आये थे, उन्होंने रेलवे में सिन्हा की नौकरी लगा दी। कुछ वर्षों के अन्तराल में सिन्हा ने महसूस किया कि इतने विशाल कोयला-क्षेत्र में मजदूरों का संगठन मजबूत नहीं है। यहीं से बी.पी. सिन्हा की मजदूरों की राजनीति आरम्भ हुई और लगभग उसी समय से मजदूर आन्दोलनों के इतिहास में कालिख का प्रवेश प्रारम्भ हुआ। चन्दे की वसूली के लिए इतने बड़े क्षेत्र को कवर करना अकेले के बस की बात नहीं रह गयी, सो सिन्हा ने कुछ लठैत बिहार एवं उत्तर प्रदेश के जिलों से बुलवाए। उसी समय बलिया से एक नौजवान पहलवान आया, जिसका नाम था सूरजदेव सिंह। धीरे-धीरे सूरजदेव सिंह अपनी पहलवानी और आतंक के बल पर बी.पी. सिन्हा का दायाँ हाथ बन गया। इन्दिरा गाँधी ने बैंकों के राष्ट्रीयकरण के समय ही कोयला उद्योग का भी राष्ट्रीयकरण कर दिया। अन्दरूनी तौर पर निजी खदान मालिकों के एकछत्र राज पर गाज गिरी। एक अफरातफरी-सी मची।

1977 के चुनाव में सूरजदेव सिंह ने नामांकन भर दिया। उसे टिकिट दिलाया चन्द्रशेखर ने। दोनों ही बलिया के थे और बचपन के दोस्त थे। दोस्ती परवान चढ़ी

और सूरजदेव सिंह जैसे माफिया को टिकिट मिल गयी। जनता पार्टी की लहर में सूरजदेव सिंह जीता भी। एम.एल.ए. बन जाने के बाद महत्त्वाकांक्षाएँ हिलोरे लेने लगीं। इधर बी.पी. सिन्हा अपने किंग-मेकर होने के गुरूर में देख ही नहीं पाये कि होने क्या जा रहा है?

यूनियन की बिखरती बिसात को फिर से सँभाल लेने का बी.पी. सिन्हा को भरोसा हो चला था। किन्तु होनी को कुछ और मंजूर था। अगले दिन गाँधीनगर वाले घर के अहाते में ही सिन्हा की गोली मारकर हत्या कर दी गयी, जबकि गाँधीनगर वाले घर में बी.पी. सिन्हा बहुत कम ही जाया करते थे। पुलिस की कार्यवाही अपनी गति से चलती रही, कोई भी नाम सामने नहीं आया। इसी के बाद ही सूरजदेव सिंह निर्विवादित रूप से कोयला-क्षेत्र के सबसे बड़े माफिया के पद पर आरूढ़ हो गया।

सूरजदेव सिंह का जमाना बी.पी. सिन्हा से कुछ अलग हटकर था। बचपन से चन्द्रशेखर के साथ रहते हुए सूरजदेव सिंह को राजनीति की अच्छी समझ हो गयी थी। व्यक्तिगत तौर पर भी सूरजदेव सिंह को नशेखोर के रूप में कोई नहीं जानता। उसका एक और पक्ष बहुत उजला था और वह था औरतों के प्रति उसका दृष्टिकोण। सूरजदेव सिंह के खिलाफ महिलाओं के विषय में एक भी ऋणात्मक घटना कहीं भी दर्ज नहीं है। बल्कि कई-कई मामले हैं, जहाँ सूरजदेव सिंह के चलते गरीब लड़कियों की शादी हुई। उसने अपहृत लड़कियों का उद्धार किया और अपने मातहतों को भी सेक्स स्कैंडल से दूर रहने की हिदायत दी। इसके विपरीत जहाँ तक पैसों का मामला हो, भयादोहन का मामला हो और ठेकों से उगाही का मामला हो, वहाँ सूरजदेव सिंह के नाम से लोगों की कँपकँपी छूटती थी। पता नहीं सामंजस्य का वह कौन-सा बिन्दु था जो इस कोयला-माफिया को वर्षों सँभाले रहा।

जब प्रधानमन्त्री के रूप में चन्द्रशेखर का धनबाद आगमन हुआ, धनबाद में राजकीय आतिथ्य को परे ठेलकर सूरजदेव सिंह के निवास 'सिंह मेंशन' में ही उन्होंने अपना डेरा डाला। यह एक अजीब संयोग था कि शासकीय अधिकारी जो विभिन्न मामलों में सूरजदेव सिंह से दस हाथ दूर ही रहते थे, वे 'सिंह मेंशन' में जाकर प्रधानमन्त्री से मीटिंग कर रहे थे। इस घटना के सम्बन्ध में इसके जायज-नाजायज पक्ष को लेकर देशभर के अखबारों ने टिप्पणी की थी। उस समय प्रधानमन्त्री की हैसियत से चन्द्रशेखर ने बयान जारी करके कहा था कि "कोयला-माफिया सूरजदेव सिंह से उनका कोई सम्बन्ध नहीं। वे तो अपने बचपन के मित्र सूरजदेव के पास आये थे। धनबाद आकर यदि सूरजदेव के पास वे नहीं आते तो एक तरह से दोस्ती के बीच प्रधानमन्त्री का पद आ जाता।" चन्द्रशेखर के इस वक्तव्य पर दो तरह की टिप्पणी हुई— कुछ लोग इसे चन्द्रशेखर का बड़प्पन बता रहे थे तो

कुछ को यह घटना प्रोटोकॉल की धज्जियाँ उड़ाने वाली प्रतीत हो रही थी।

□□

धनबाद आने के बाद उस पूरे इलाके को समझने में गुरुजी, बंकिम बाबू और अजय की महत्त्वपूर्ण भूमिका रही। अजय भी अपने आपमें एक अनोखा व्यक्तित्व था। मूलत: बनारस के रहने वाले अजय मिश्रा के पिता साहित्यकार थे। अत: साहित्य और पत्रकारिता की युगलबन्दी विरासत में उन्हें मिली थी। धनबाद में वे बड़े भाई के साथ मिलकर विभिन्न उपकरणों की सप्लाई का काम करते थे। दुकान का नाम 'रेड हर्ट' रखा गया था। जाहिर है कि कोयला-खदानों में ही ये उपकरण लगते थे और वहीं इनकी खपत थी। उनके बड़े भाई और स्वयं अजय व्यवसाय में भी सिद्धान्त की बागडोर पकड़े हुए थे। अत: जिन्हें कमीशनखोरी की आदत नहीं थी, वे ही रेड हर्ट के ग्राहक थे। इसलिए खूब चलने वाली दुकान रेड हर्ट नहीं थी। बावजूद इसके बाज़ार में रेड हर्ट की अपनी एक साख थी।

अजय अपने व्यवसाय में जितने सिद्धान्तवादी रहे, उतने ही नीतिवाचक अपनी पत्रकारिता में रहे। टेलीग्राफ में उनकी जब रपट छपती थी तो उस पर खंडन की कोई गुंजाइश नहीं रहती थी। धनबाद में बीसीसीएल का मुख्यालय कोयलानगर में था। एक विशाल से झक सफेद भवन का नाम था कोयला भवन। यही मुख्यालय था। बीसीसीएल के जनसम्पर्क विभाग में जब भी अजय मिश्रा किसी खबर को सूँघते हुए पहुँचते, तो द्विवेदी तनाव में आ जाते थे। द्विवेदी की कोशिश रहती थी कि अजय मिश्रा कोयलाभवन में कम-से-कम समय तक रुके और जल्दी से दफा हो जाए। द्विवेदी के इस तनाव को अजय मिश्रा खूब समझते थे। इसलिए जानबूझकर वे द्विवेदी से तरह-तरह की सूचनाएँ माँगते थे, जिनमें कई सूचनाएँ तो गैर-जरूरी भी हुआ करती थीं।

इसके बावजूद अजय दफ्तर से जाते नहीं थे बल्कि द्विवेदी से दो ग्रेड नीचे एक युवा पी.आर.ओ. परिमल के चेम्बर में वे चले आते थे। परिमल के साथ अजय की चर्चा का मुख्य विषय साहित्य हुआ करता था। लेकिन द्विवेदी को लगता जाने क्या बातें हो रही हैं। द्विवेदी अपने स्टेनो गुराई को या फिर ठाकुर को थोड़े-थोड़े देर के अन्तराल से परिमल के चेम्बर में यह सूँघने भेजते थे कि अजय मिश्रा और परिमल किस सन्दर्भ में बातचीत कर रहे हैं। कभी-कभी तो उनसे रहा नहीं जाता था तो वे खुद परिमल के कमरे में आ जाते थे। अजय को तब और मजा आता। द्विवेदी को देखकर अजय विषय बदल दिया करते थे और बातचीत को ऐसी दिशा में मोड़ देते थे जो समाचारों से सीधे न जुड़ी रहकर भी बीसीसीएल से सम्बन्धित हो। उधर, द्विवेदी का मानसिक तनाव बढ़ता और इधर अजय की मुस्कराहट दो-ढाई इंच की

हो जाती थी। अजय में बनारसी तेवर भी खूब है। मुँहफट और दृढ़। इसका कतई यह मतलब नहीं कि अजय नीरस हो। होली पर तो अजय इस तरह होलियाये रहते कि सभी को मजा आ जाता। बनारसी रस का संचार उनकी बातचीत और व्यवहार में बना ही रहता। फिर भी ढेर सारे लोग थे जो अजय की अक्खड़ता से चाहे चिढ़कर, चाहे जलन से दूरी बनाए रखते। लेकिन जो पास आते थे वो फिर अजय के होकर रह जाते थे। इन्हीं पास आने वालों में शामिल हो गया अमर।

यदि अमर धनबाद नहीं आता तो एक अनोखे सम्पादक से मुलाकात से वंचित रह जाता। 'अमृतवर्षा' नामक एक दैनिक पत्र पहले बोकारो से शुरू हुआ, फिर उसका धनबाद संस्करण भी निकलने लगा। इसके सम्पादक थे पारसनाथ तिवारी। धनबाद में भी उनका अपना घर था। पारसनाथजी विचारों से लोहियावादी थे। उनका 'अमृतवर्षा' भले ही बहुप्रचारित अखबार न हो, लेकिन वे चर्चा में हमेशा बने रहते थे। ठिगने कद के गोरे-चिट्टे, चमकीली आँखों और खड़े बाल वाले पारसनाथ धोती-कुर्ता पहनने वाले और निरक्षर थे। भारत के सम्भवत: वे पहले निरक्षर सम्पादक थे, जिन्होंने बाद में हस्ताक्षर करना सीख लिया था। अमर को इस अनोखे व्यक्तित्व से मिलने की तीव्र इच्छा हुई। दफ्तर में छोटकू से इस बात का जिक्र किया तो छोटकू ने पारसनाथजी को फोन करके अमर से मिलने की व्यवस्था तय की।

पारसनाथजी मिले तो ऐसे, जैसे वे अमर को बहुत दिनों से जानते हैं। बिल्कुल अनौपचारिक और बिन्दास। उन्होंने मिलते ही कहा, ''मैं आपको जानता हूँ, लेकिन मैं यह भी जानता हूँ कि आप मुझे इसके पहले जानते नहीं थे। लोगों ने बताया होगा आपको कि यहाँ एक सम्पादक 'निरक्षर' है। इसलिए आप मुझसे मिलने चले आये।''

अब अमर के शरमाने की बारी थी। अमर अचकचा गया। कुछ क्षणों के पश्चात् उसने कहा, ''यह बात तो सच है कि लोगों ने आपके विषय में कुछ इसी तरह से जानकारी दी, लेकिन मेरा आग्रह दूसरे कारणों से है। मैं इस बात से हैरान हूँ कि आपने समाचारपत्र की परिकल्पना कैसे की, अपने अधीन स्टाफ कैसे जुटाया होगा? मैं उस जद्दोजहद से परिचित होना चाहता हूँ।''

पारसनाथजी की चमकती आँखों में और चमक बढ़ गयी, ''अमर भाई, हम तब कच्ची उम्र में लोहियाजी का भाषण सुन रहे थे, उन्होंने कहा था— 'गाँव का किसान प्रमाणपत्रों के सन्दर्भों में निरक्षर होता है। लेकिन वह ज्ञानी नहीं है, ऐसा कहना बेवकूफी है। बीज के प्रकार, बीज की गुणवत्ता, मौसम की जानकारी, खेती-किसानी की बारीक बातें क्या वह किसी स्कूल से सीखकर आता है? पंचायतों में बड़े-बड़े फैसले करने वाले गाँव के लोग किस स्कूल से पढ़कर आते हैं? यह बात

मेरे मन में घर कर गयी। बाद के वर्षों में जब समाजवादी नेताओं के साथ कार्यकर्ता के रूप में खूब घूमा, तभी मन में एक अखबार निकालने की इच्छा जागी। मेरे विचारों और सोच को अक्षरों में तब्दील करने के लिए पढ़े-लिखे लड़के मैंने चुन लिये और अखबार निकल गया। अब मैं थोड़ी-बहुत कोशिश करके अपना अखबार पढ़ने का प्रयास कर लेता हूँ। मुझे अपने निरक्षर होने का अफसोस है, पर सम्पादक के रूप में मैं अपने को अक्षम नहीं पाता। जो सम्पादक डिक्टेशन देते हैं, लिखते नहीं, उनमें और मेरे में क्या फर्क है?''

इसके बाद तो ढेर-सी बातें होती रहीं और तिवारीजी इतने अन्तरंग हो गये कि उन्होंने दोपहर का भोजन भी खूब प्यार से खिलाया और बार-बार मिलने के वादे के साथ अमर को विदा किया।

धनबाद की आबादी में बिहार के मूल निवासी खासकर भूमिहार, कुर्मी, महतो, ग्वाला, मुसलमान जितने थे उस अनुपात में लगभग तीस से पैंतीस प्रतिशत जनसंख्या बंगालियों की थी। दरअसल पहले यह वृहत्तर बंगाल के हिस्से में आता था। प्रादेशिक बँटवारे में धनबाद बिहार में चला आया, लेकिन बंगाली बहुलता घटते-घटते काफी प्रतिशत में बनी रही। धनबदिया बोली में बांग्ला के शब्द और वाक्यांश घुल-मिल गये हैं। कोयला उद्योग के जोखिम भरे काम में मजदूर स्तर पर भले ही बंगालियों की संख्या कम हो, लेकिन बाबुओं में बंगालियों की संख्या बहुत है। 'आवाज़' का प्रेस भी धनबाद के बंगाली-बहुल क्षेत्र हीरापुर में स्थित है। यहाँ बहिरागत वाली भावना ज्यादा महत्त्व नहीं पा सकी। शिबू सोरेन के जंगल के आन्दोलनों में अवश्य ही बहिरागत को लेकर खूब तनाव बढ़े, लेकिन वह प्रभाव बोकारो तक आते-आते समाप्त हो गया।

अमर फुर्सत के क्षणों में कभी कोयला भवन भी हो आता था। कुछ समान विचारधारा के लोगों से उसकी पहचान हो चुकी थी। जनसम्पर्क विभाग में भी परिमल, गराई, ठाकुर एवं के.बी. के साथ सम्बन्ध काफी गहरा गया था। बातचीत के क्रम में द्विवेदी का जिक्र न हो, ऐसा होता न था। द्विवेदी एक मीडियाकर किस्म का व्यक्ति था।

बातचीत में परिमल ने एक दिन बताया, ''अमर भाई, लगता नहीं है कि यहाँ मैं ज्यादा दिनों तक टिक पाऊँगा। द्विवेदी को मेरे वजूद से ही चिढ़ होने लगती है, जबकि मैं अपने हिस्से के कार्य को चुपचाप अंजाम देता रहता हूँ। उनके किसी भी कार्य में बाधा नहीं डालता, फिर भी जाने क्यों वे मेरे पीछे ही पड़े रहते हैं।''

के.बी. ने स्पष्ट किया था, ''दरअसल परिमलजी की ईमानदारी से इनके बॉस को डर लगता है। कहीं खाओ-पियो वाले उनके क्षेत्र की खबर परिमलजी को लग न जाए। अमरजी से आपकी नजदीकी भी उन्हें बर्दाश्त नहीं है। हम सबको सख्त

हिदायत है कि किसी पत्रकार से हम अपनापन नहीं रखें। उन्हें लगता है कि कम्पनी की खबरें लीक हो जाएँगी। अमरजी से आपकी घनिष्ठता उनके लिए सबसे ज्यादा चिढ़ का विषय है।''

परिमल अनमने हो गये। अमर ने बातचीत का रुख मोड़ते हुए कहा, ''छोड़िये इन सब बातों को, आपका यह कोयले का संसार ऐसी ही कालिख-कथाओं से भरा हुआ है। इसे डूबकर देखिए और बन पड़े तो नोट्स लेते जाइए। इन अनुभवों पर बाद में काफी कुछ लिखा जा सकता है। यहाँ से चले जाएँगे तो फिर इस अनुभव से भी तो वंचित हो जाएँगे। आपको नौकरी करनी है, चुपचाप करते रहिए और अनुभव बटोरते रहिए।''

परिमल ने भी अब इस विषय पर अधिक बात करना उचित नहीं समझा। उन्होंने भी कहा, ''आप ठीक कहते हैं।'' फिर विषय बदलने के लिए बोले, ''आजकल आप रोजमर्रा की पत्रकारिता के अलावा और क्या लिख रहे हैं?''

अमर ने तपाक से कहा, ''रविवार को घर आइए, दोपहर का भोजन कीजिए, तब वहाँ साहित्यिक बातें होंगी। यहाँ तो ज्यादा देर बैठो तो द्विवेदीजी के पेट में ऐंठन शुरू हो जाती है।''

अमर को अक्सर परिमल के अन्दर अपनी छाया दिखाई देती है। शायद इसीलिए परिमल के सुख-दुःख और तकलीफों से वह गहरे जुड़ जाया करता था।

ऐसे ही मिलने-मिलाने के क्रम में वनखंडी मिश्र के विषय में जानकारी मिली। अपने आप में वनखंडी बेहद निर्भीक और दृढ़ इच्छाशक्ति वाले पत्रकार थे। उन्होंने कई समाचारपत्रों में काम किया, कई पत्र निकाले। उनके द्वारा निकाले गये एक अखबार 'चुनौती' की याद वर्षों तक धनबाद के पाठकों के बीच बनी रहेगी।

□□

दीप्ति का मन कॉलोनी में रम गया था। पहली बार दीप्ति को घर के आसपास सम्बन्धों की खुशबू महसूस होने लगी थी। अमर की दिनभर की अनुपस्थिति से अब वह पहले की तरह चिढ़ती नहीं थी। धनबाद में पानी की दिक्कत खूब थी। गर्मी के दिनों में कॉवर में दो-दो पीपे पानी 20 और 25 रुपये में खरीदने पड़ते थे। हर घर में पानी की छोटी-छोटी टंकियाँ बनी हुई थीं। लोग उसी टंकी में अपनी हैसियत के अनुसार नहाने-धोने और निस्तार के लायक पानी जमा कर रखते थे। पीने का पानी बोरिंग या नल से बमुश्किल एक-दो बाल्टी ही मिल पाता था। इसके विपरीत दूध की सुविधा खूब थी। गली-मोहल्लों में छोटे-बड़े खटाल हुआ करते थे, जहाँ गाय और भैंस पाले जाते थे और अधिकांश लोग वहीं जाकर अपने सामने दूध दुहाकर ले आते थे। 1985 तक वहाँ रहते हुए अमर को सपरिवार दूध के मामले

में काफी राहत थी। दीप्ति अक्सर कहा करती, ''अब तो यहाँ जम गये हो, कुछ दिन की छुट्टी लेकर चलो सोनपुरा, रायपुर, बिलासपुर घूम आयें, मूड फ्रेश हो जाएगा।''

अमर कहता, ''क्यों नहीं, मगर बिटिया की पढ़ाई का नुकसान भी तो देखना पड़ेगा। छुट्टियों में ही योजना बनाई जाए।'' इस प्रकार तय हुआ कि आगामी गर्मी की छुट्टी में हम रायपुर का दौरा करेंगे। पहले साल-दो साल में हम बाहर घूमने जाया करते थे। अब परिस्थितियाँ बदल गयी हैं। अपने जन्म-स्थान और अपने लोगों से दूर रहते हुए लगता है— रायपुर-बिलासपुर ही तीर्थस्थान है, वहाँ जाते ही मन की अशान्ति दूर हो जाएगी, जबकि ऐसा कुछ भी नहीं था। अपने सम्बन्धों से जब दूर रहते हैं तो हमें लगता है कि वहाँ जाने पर जो गर्माहट मिलेगी, वह हर तरह के अवसाद को पिघला देगी। वास्तव में जब हम अपने उसी पुराने परिवेश में होते हैं तो एक-दो दिन के बाद फिर वही ऊब और एकरस जिन्दगी हमें काटने लगती है। ऐसे में अमर को मुकीम भारती की पंक्तियाँ याद आती हैं—

''वीराना है तो वीराना, घर में हो तो घर काटे...''

प्रेस में ऑफसेट की तैयारी अमर ने शुरू करवा दी थी। कलकत्ता में एक कम्पनी जॉब वर्क के लिए बहुत मशहूर थी। उसके मालिक से अमर का पहले से ही परिचय निकल आया था। एक दिन अमर राय साहब के पास कलकत्ता पहुँचा और उनसे सीधे बात की ''प्लेट, मशीन और फोटोटाइप-सेटर एक-एक व्यक्ति तीन महीने के लिए 'आवाज़' धनबाद भेजें, उन तीन व्यक्तियों का रहने-खाने का खर्च 'आवाज़' वहन करेगा।'' बड़े सोच-विचार के बाद राय साहब मान गये और उन्होंने तीन व्यक्ति अमर के हवाले कर दिए। अमर को कलकत्ता दो दिन और रहना पड़ा ताकि इन लोगों को साथ लेकर ही अमर धनबाद आ सके। वापस आकर बंकिम बाबू को साथ लेकर अमर ने 'आवाज़' में उपलब्ध कर्मचारियों में से आठ लोगों को ऑफसेट प्रिंटिंग की व्यवस्था हेतु चुना, जिन्हें कलकत्ते से आये तीन लोग तीन महीने तक ट्रेंड करते। नयी मशीन का ऑर्डर जा चुका था। वर्तमान मशीनरूम में उसी के अनुसार कुछ रद्दोबदल भी कर लिया गया था।

सुबह की मीटिंग लेने के बाद रोज की रणनीति तैयार हो जाती। उसके बाद तत्सम्बन्धी तैयारी के विषय में गुरुजी से चर्चा होने के पश्चात् अमर ऑफसेट से सम्बन्धित कार्यों में जुट जाता था। ऑफसेट में रोज लगने वाले केमिकल, स्याही, प्लेट को लेकर अलग-अलग पार्टियों से रेट-नेगोसिएशन का दायित्व भी अमर पर ही था। यह सब अमर के लिए नया अनुभव तो था ही, तिस पर 'आवाज़' के तीनों डायरेक्टरों की अपेक्षाओं पर खरे उतरने का जोखिम भी। तीन बजे टिफिन कर लेने के पश्चात् पुनः सम्पादकीय के कार्यों में लगना पड़ता था। रात आठ बजे घर लौटने

तक शरीर थक जाता था लेकिन मन में उत्साह बना रहता था। इसे अमर अपनी भाषा में रचनात्मक आनन्द कहता था। घर लौटता तो दोनों बच्चों के साथ कुछ समय बिताता, दीप्ति के साथ विभिन्न तरह की बातचीत होती। फिर कुछ पढ़ने की इच्छा होती। लिखना होता था तो टेबल लैम्प की रोशनी में देर रात को ही कुछ लिखने की गुंजाइश बनती थी। हल्का-फुल्का लिखना हो तो अमर प्रेस में ही तीन से पाँच के बीच गुंजाइश निकाल लेता था।

बंकिम बाबू, गुरुजी, छोटकू, अजय, गराई, परिमल, घोष बाबू इन सबके द्वारा बातचीत और चर्चाओं के जरिये अमर धनबाद में कुछ जल्दी ही एक जाना-पहचाना नाम बन गया। प्रेस से बाहर जाने के मौके बहुत कम मिलते, लेकिन लोग नाम से एवं नियमित लिखे जाने वाले कॉलम के जरिये जानने लगे थे।

अचानक एक दिन प्रेस में सत्येन्द्र के साथ एक व्यक्ति पहुँचा। पोशाक से वे नेता किस्म के आदमी थे। खद्दर की धोती और सफेद कुर्ता पहने, अच्छी-खासी लम्बाई, चेहरे पर बड़ी-सी मूँछ और अन्दर धसी हुई आँखें।

औपचारिक बातचीत के बाद उन्होंने धीरे से कहा, "बाबू सा'ब आपकी लेखनी से काफी प्रभावित हैं।"

अमर को याद आया कि धनबाद में अधिकांश लोग सूरजदेव सिंह को बाबू सा'ब के नाम से जानते हैं।

अमर को आश्चर्य हुआ, "अच्छा, यह जानकर अच्छा लगा कि वे पढ़ने में रुचि रखते हैं।"

कुछ औपचारिक बातचीत होने के बाद उन सज्जन ने झिझकते हुए कहा, "बाबू सा'ब चाहते हैं कि उनके लिए कुछ भाषण तैयार कर दें। इसके लिए आपको उनसे मिलना पड़ेगा। उन्होंने मेरे जरिये आपको निमन्त्रण भी भेजा है।"

अमर थोड़ी देर के लिए चुप रहा, फिर उसने साफ कहा, "देखिए, आपके बाबू सा'ब शायद इस बात को समझेंगे कि मैं हिंदी का एक अदना-सा पत्रकार-लेखक हूँ। मैं गाँधी और लोहिया के प्रभाव से मुक्त नहीं हो पाया हूँ। साध्य और साधन की शुचिता पर आज भी बहुत सचेत हूँ। व्यावहारिक तौर पर उनसे मुझे कोई शिकायत नहीं है, लेकिन उनके काम से मैं सहमत नहीं हूँ। उनके लिए लिखने का मतलब एक माफिया के लिए लिखना होगा और ईश्वर की दया से मैंने अपनी कलम आज तक ऐसे किसी व्यक्ति के लिए नहीं चलाई है। उन्हें कहें, उनसे मिलने में मुझे कोई गुरेज नहीं है, लेकिन मैं उनके लिए लिख नहीं पाऊँगा।"

वह सज्जन अमर का मुँह देखने लग गये। थोड़ी देर की चुप्पी के बाद उन्होंने कहा, "थोड़ा और चिन्तन-मनन कर लेते, मैं कह नहीं सकता आपके इस 'ना' को बाबू सा'ब किस अर्थ में लेंगे?"

अमर ने छूटते ही कहा, "देखिए, जो कुछ कहना था, मैंने कह दिया है। आप कष्ट अवश्य करें कि मैंने जो कहा है उसे हू-ब-हू बाबू सा'ब को कहें। अपनी तरफ से पूर्वाग्रहग्रसित होकर कोई वाक्य न जोड़ें। इतनी अपेक्षा तो आपसे मैं कर सकता हूँ न... ?"

बमुश्किल मुस्कराने के कारण उन सज्जन की मूँछों में हरकत हुई। उन्होंने अमर की हथेलियों को अपने हाथ में लेकर कहा, "आप जैसे स्पष्ट लोग मिलते कहाँ हैं, मैं अवश्य हू-ब-हू वही कहूँगा, जो आपने मुझसे कहा।"

थोड़ी देर गपशप के बाद और फिर मिलने का वादा करते हुए सत्येन्द्र को लेकर वे चले गये।

शाम को जब इस बात का जिक्र बंकिम बाबू और गुरुजी के सामने अमर ने किया तो बंकिम बाबू के चेहरे पर चिन्ता की रेखाएँ गहरा गयीं। उस समय हमें बुला लेना था, मैं भी समझा देता। फिर अमर, भाषण-वाषण लिखना तो तुम्हारे बाएँ हाथ का खेल है, लिख ही देते तो क्या हो जाता? हालाँकि सूरजदेव सिंह से हम भी बात कर सकते हैं। खैर, बात बिगड़ेगी तो सँभाल लेंगे, लेकिन खामखा एक माफिया को अपनी ओर ध्यान देने का अवसर देना ही क्यों।

गुरुजी ने अमर का साथ दिया, "अमरजी ने बिल्कुल सही स्टैंड लिया है। आगे की आगे देखी जाएगी।"

उस घटना को छह-सात दिन हो गये थे। अमर घर लौटने की तैयारी में था। अचानक फिर वही सज्जन अमर के चेम्बर तक आये। मन हुआ कि बंकिम बाबू को भी बुला लिया जाए। मगर बंकिम बाबू नाश्ता करने घर चले गये थे। सो उनके बिना ही बातचीत प्रारम्भ हुई। अमर मन-ही-मन ऊहापोह की स्थिति में था कि पता नहीं सूरजदेव सिंह का यह कारिन्दा क्या खबर लेकर आया है?

प्रत्याशा के बिल्कुल विपरीत उस सज्जन ने बातचीत शुरू की, "अमरजी, बाबू सा'ब ने आपके विषय में जो कुछ कहा, वह सुनकर हम भी हैरत में हैं। पता नहीं बाबू सा'ब आपके विषय में इतनी जानकारी कहाँ से रखते हैं। उन्होंने कहा— अमरजी ने कुछ गलत नहीं कहा। वे सचमुच में एक सिद्धान्तवादी आदमी हैं। मुझसे ही गलती हुई। चन्द्रशेखर जी के भी कई लेखक-मित्र हैं, लेकिन चन्द्रशेखर जी कभी उनका अपनी राजनीति के लिए उपयोग नहीं करते। बल्कि उन लेखक-मित्रों को कभी मदद की जरूरत हुई तो चन्द्रशेखर जी कर दिया करते हैं। समझे बचवा, जाकर अमर जी को कहो— हम उनसे यों ही मिलना चाहते हैं, आभार व्यक्त करने के लिए।"

यह सुनते ही अमर के मन के किसी कोने में छिपा हुआ दबाव तो कम हुआ ही और सूरजदेव सिंह के व्यक्तित्व के एक और पक्ष की जानकारी हुई। अमर के

लिए यह एक नया अनुभव था कि धनबाद के एक कुख्यात माफिया के मन में कलमकारों को लेकर कुछ धारणाएँ बड़ी स्पष्ट हैं।

□□

ऑफसेट की मशीन आ चुकी थी। अभी फिलहाल तीन यूनिट की मशीन आ गयी थी। इसमें कलर के दो पेज ही छप सकते थे। मशीन का आना अर्थात् 10-15 दिन में ही ऑफसेट पर छपाई शुरू करने का दबाव बढ़ गया था। कलकत्ते की टीम को पुराने कर्मचारियों में से 8 लोगों को प्रशिक्षण देते एक माह हो चुका था। अब शेष 15 दिनों में काम शुरू करना था।

अमर दिन में दो बार सभी के साथ बैठक करने लगा। तय हुआ कि सातवें दिन पहला ट्रायल किया जाएगा। अमर ने रायपुर से भी प्लेट विभाग के एक कर्मचारी को बुलवा लिया था। वह माहभर की छुट्टी लेकर धनबाद पहुँचा था। पीटीएस के लिए धनबाद के ही छह ऑपरेटरों को प्रारम्भिक तौर पर ट्रेंड कर लिया गया था। अमर सुबह प्रेस आता तो लौटते-लौटते रात 11-12 बज जाते थे। दोपहर का भोजन वह साथ ले आता। सम्पादकीय में बैठकर सामूहिक तौर पर भोजन किया जाता। एक-दूसरे से सब्जियाँ बाँटते हुए भोजन का मजा ही दुगुना हो जाता था।

दीप्ति को रोज शिकायत रहने लग गयी, क्योंकि थोड़ा-बहुत घर का काम और रविवार इधर-उधर घूमने जाने का प्रोग्राम बन ही नहीं पाता था। प्रेस का दायित्व इतना था कि दीप्ति उसे महसूस तो करती थी, मगर वह भी क्या करे? दिनभर गृहस्थी के बोझ से थकी-हारी उसे भी तो थोड़ी राहत चाहिए।

अमर समझाता, ''बस ये ऑफसेट का काम सध जाए, फिर धीरे-धीरे दिनचर्या पुराने ढर्रे पर आ जाएगी। फिर पहले की तरह ही समय पर लौटूँगा। जरा सोचो, कितनी बड़ी जिम्मेदारी है मुझ पर, भरोसा भी...।''

अनमने भाव से दीप्ति परिस्थितियों को स्वीकार लेती थी।

अन्ततः मंगलवार का दिन ट्रायल के लिए चुना गया। चार पेज के अखबार की तैयारी पहले ही कर ली गयी थी। शाम तक मशीन में प्लेट चढ़ाने थे। अमर ने ट्रायल के लिए सेंसेडाइज़्ड प्लेट मँगवा लिये थे। अमर का तर्क था कि आरम्भ के 15 दिन हम ग्रेनिंग वाली प्लेट उपयोग में नहीं लाएँगे अन्यथा रिजल्ट का अनुमान ठीक से लगा पाना कठिन हो जाएगा। बाद में सब सेट हो जाने के बाद ग्रेनिंग वाले प्लेट उपयोग में लाये जाएँगे। करीब 8 बजे चार पेज जब निकले तो बंकिम बाबू, पल्टन बाबू, गुरुजी और सिन्हा को काफी निराशा हुई। क्योंकि सारे पेज में काले-काले धब्बे आ गये थे। अमर इस घटना से प्रभावित नहीं था, क्योंकि पहले ट्रायल में ऐसा होना अस्वाभाविक नहीं था। केमिकल के अनुपात से लेकर प्लेट की घिसाई

और निगेटिव तक सभी प्रक्रियाओं में लोग अभ्यस्त नहीं होते हैं। इसलिए ट्रायल के पहले एक-दो दिन ऐसी छपाई का आना कोई आश्चर्यजनक बात नहीं थी।

अमर ने डायरेक्टरों को समझाया और कहा, ''चार दिन तक ट्रायल चलता रहेगा। आप धीरज के साथ अखबार की छपाई में आती हुई सफाई को देखेंगे। सातवें दिन आपको फाइनल का रिजल्ट मिल जाएगा, तब आप समझ जाएँगे कि प्रारम्भिक ट्रायल में ऐसी छपाई होती ही है। अन्यथा ट्रायल शब्द का उपयोग ही नहीं किया जाता।''

अमर ने ऑफसेट पर सातवें दिन पूरे आठ पेज की छपाई करने का निश्चय कर लिया। नारियल, अगरबत्ती लाई गयी। डाक एडिशन 10 बजे छपना था और सिटी एडिशन रात को दो बजे। तय हुआ कि अमर डाक एडिशन निकालेगा और यदि सब ठीक-ठाक रहा तो डाक एडिशन के बाद अमर घर चला जाएगा। बंकिम बाबू सिटी एडिशन तक रुकेंगे। उस दिन तमाम कर्मचारियों के लिए रात के भोजन की व्यवस्था भी की गयी, मिठाई अलग से। धुकपुकाते हुए 9.55 को नारियल फोड़कर मशीन प्रारम्भ की गयी। पहले आठ पेज जब छपकर निकले तो अमर ने राहत की साँस ली। अपेक्षा से अधिक अच्छी छपाई आई थी और एक अभियान को परिणति तक पहुँचाने में अमर को सफलता मिली। गुरुजी सहित सभी निदेशकों ने अमर को बधाई दी। अमर ने सभी तकनीशियनों को गले लगाया। फिर भी एहतियातन अमर ने कलकत्ते की टीम और रायपुर से आये हुए व्यक्ति को और चार दिन के लिए रोक लिया। बंकिम बाबू ने सभी ट्रेनरों के लिए सूट का कपड़ा और मिठाई की व्यवस्था कर दी। इस प्रकार 'दैनिक आवाज़' धनबाद से प्रकाशित पहला ऑफसेट का अखबार बना।

चन्द वर्ष पहले यू.डी. रावल और सतीशचन्द्र ने मिलकर धनबाद से ही एक और 'दैनिक जनमत' का प्रकाशन प्रारम्भ किया था। यों भी पत्र-पत्रिकाओं के पाठक अन्य हिंदीभाषी राज्यों की तुलना में बिहार में ज्यादा हैं। 'जनमत' को भी ठीक-ठाक पाठक संख्या मिल गयी। लेकिन 'आवाज़' की तुलना में उसे अभी काफी दूरी तय करनी थी। 'आवाज़' के ऑफसेट पर हो जाने के चलते अब 'जनमत' पर भी नये कलेवर में आने का दबाव बढ़ गया था।

सबसे मजेदार टिप्पणी हुआ करती थी बीसीसीएल के जनसम्पर्क अधिकारी नं. दो परिमल साहब की। द्विवेदी तो खैर अपनी पटाऊ आदत के चलते दोनों प्रतिद्वन्द्वी अखबारों के विषय में साफ-साफ कोई मत व्यक्त नहीं करते थे, बल्कि चाहते थे कि दोनों अखबार ही उनकी जेबों में पड़े रहें। कभी कुनमुनाये भी नहीं। लेकिन परिमल खुले-खुले से थे। वे कहते थे, ''दोनों अखबार, दो समधियों की तरह हैं, बड़ा समधी और छोटा समधी। बड़े ने यदि मूँछों पर फिक्सर लगाया तो दूसरा गोंद

लगाकर आ जाएगा।"

इधर कुछ दिनों से द्विवेदी का 'आवाज़' में आना बढ़ गया था। झकाझक छपाई के आकर्षण ने द्विवेदी को कुछ और सक्रिय बना दिया था। द्विवेदी जब देखो तब कोयले पर धनात्मक फीचर ठेलने के चक्कर में रहता। गुरुजी को भी बार-बार कोयले पर लेख छापना पसन्द नहीं था। अमर को तो यह ज्यादती लगती ही थी। लेकिन बंकिम बाबू के चलते द्विवेदी अन्ततः अपने मुहिम में सफल हो जाता था। कई बार अमर सैद्धान्तिक पक्ष को लेकर द्विवेदी से सीधे-सीधे टकराया भी, लेकिन कोई फायदा नहीं हुआ। अन्ततः द्विवेदी बंकिम बाबू को अपनी ओर कर लेता। गुरुजी को बंकिम बाबू से दो-चार बात कहना अच्छा नहीं लगता था। वर्षों से एक तालमेल बनाकर ही 'आवाज़' में अभी तक कोई आपसी खींचतान नहीं हुई थी, इसलिए गुरुजी बातों को टाल जाते थे।

इसी बीच अजय, अमर को सचेत करते रहे। अजय का कहना था, "भीतर-ही-भीतर डायरेक्टरों के बीच कुछ खटर-पटर शुरू हो चुकी है। अभी मामला सतह पर नहीं आया है, इसलिए तुम्हें दिखाई नहीं दे रहा है। गुरुजी के परिवार से दो सदस्य जयप्रकाश और ब्रजभूषण (छोटकू) प्रेस में हैं ही। छोटकू की भूमिका दिन-ब-दिन बढ़ रही है। गुरुजी अपने-आप में एक संस्था हैं। उधर बंकिम बाबू की मैनेजरी भी कम महत्त्वपूर्ण नहीं है। वे अन्य डायरेक्टरों की अपेक्षा प्रेस में ज्यादा समय देते हैं। उस तुलना में पल्टन बाबू और सिन्हाजी समय कम दे पाते हैं। उनकी सक्रियता भी कम है। एक-दूसरे के कम-ज्यादा योगदान पर बहुत दिनों से धीमी आँच पर नाराजगी पक रही है। इस बीच बीसीसीएल के विज्ञापन और द्विवेदी के बढ़ते हस्तक्षेप को लेकर भी आपस में ढेर सारी असहमतियाँ भी हैं।"

इन बातों को लेकर अमर घर पर दीप्ति से चर्चा करता तो दीप्ति बड़े सधे हुए ढंग से उत्तर देती थी, "तुम्हें इन सब से क्या लेना-देना। तुम्हें तो इन लोगों ने काफी मान-सम्मान के साथ रखा है। वेतन भी ठीक-ठाक ही दे रहे हैं, फिर तुम्हें क्या चिन्ता... ?"

अमर का तर्क होता, "मुझे प्रेस के निदेशकों के सम्बन्धों से सचमुच में कोई लेना-देना नहीं है। सबके सब मेरे साथ बहुत ठीक हैं। गुरुजी तो पितृतुल्य व्यवहार करते हैं, किन्तु यह जो बाहरी तत्त्व द्विवेदी है, यह जिस तरह से हमारी आन्तरिक व्यवस्था में हस्तक्षेप करता है वह मुझे बर्दाश्त नहीं होता। इधर तो मैं सुनता हूँ कि उसके अधीन जो अच्छा पढ़ा-लिखा, समझदार एक और पी.आर.ओ. परिमल है, जो हमारे यहाँ भी आ चुका है, उसके भी पीछे पड़ जाता है द्विवेदीजी। वह एक ईमानदार और योग्य व्यक्ति है। द्विवेदी को न उसकी योग्यता पसन्द है और न ईमानदारी। सुनता हूँ वह भीतर-ही-भीतर परिमल को नुकसान पहुँचाने की योजना

भी बना रहा है। एक अच्छे आदमी के साथ खामखा कोई बुराई करे तो कहाँ तक बर्दाश्त किया जा सकता है?''

दीप्ति ने कहा, ''मेरी समझ में नहीं आता कि बीसीसीएल का एक सीनियर अफसर अपने मातहत जूनियर अफसर को तंग कर रहा है, इसमें तुम भला क्या कर सकते हो? यह खामखा का सरदर्द नहीं है क्या...! हाँ, तुम यदि सीधे-सीधे कहीं से जुड़े होते, या 'आवाज़' का अन्दरूनी मामला होता तो यह अलग बात थी। यह हर जगह तुम्हारा अस्वीकृति में हाथ उठाना मेरी समझ से बाहर है।''

इतना सुनकर अमर अन्दर-ही-अन्दर तिलमिला जाता, उसे लगता दीप्ति भी उसे कभी-कभी पूरी तरह समझ नहीं पाती। अन्याय चाहे घर हो या बाहर अन्याय का स्वरूप बदल जाता है क्या?

□□

31 अक्टूबर, 1984। प्रेस जाने से पहले ही इन्दिरा गाँधी की हत्या की खबर फैल गयी। यह इतनी अप्रत्याशित और बड़ी घटना थी कि साधारण जनता भी भोचक्क रह गयी। 12 बजते-न-बजते विस्तारित खबर आने लग गयी। तब तक अमर प्रेस पहुँच गया था। राजीव गाँधी उस समय बंगाल के दौरे पर थे। प्रणव मुखर्जी के साथ राजीव दिल्ली के लिए रवाना हुए। टी.वी. देखने वालों ने देखा कि जुलूस की शक्ल में कुछ लोग चीख-चिल्ला रहे थे और सिक्ख विरोधी नारे लगा रहे थे।

चूँकि इन्दिरा गाँधी के सुरक्षाकर्मी एक सरदार ने गोली मारी थी, अत: इस तरह के नारे हवा में उछले थे। कुछ जगहों में ही उस समय मारपीट और नाराजगी ने दंगों का स्वरूप ले लिया था। राष्ट्रपति के पद पर उस समय ज्ञानी जैलसिंह थे। वे स्वयं सरदार थे। तत्कालीन घटनाक्रमों को देखने से पता चलता है कि पार्टी की अन्दरूनी बैठक के बिना ही आनन-फानन में राजीव गाँधी को प्रधानमन्त्री पद की शपथ दिलाई गयी। कहा जाता है कि इसमें ज्ञानी जैलसिंह की महत्त्वपूर्ण भूमिका थी। 1 नवम्बर तक पूरे देश में भयावह सिक्ख विरोधी दंगे फैल गये।

सुबह नौ बजे के आसपास अमर गाँधी नगर चौक पर ब्रेड लेने पहुँचा था। सामने एक विदेशी शराब की दुकान थी। अमर के सामने ही एक हुजूम शराब की दुकान पर पहुँचा और शटर के ताले तोड़कर पहले दुकान खोली और फिर शराब की बोतलों की लूट प्रारम्भ हो गयी। पहले इत्मीनान से दुकान लूटी गयी और उसके बाद उसमें आग लगा दी गयी। जाहिर है वह दुकान किसी सरदार की थी।

अमर का माथा ठनका। ब्रेड की दुकान भी बन्द हो रही थी। अमर ने आनन-फानन में ब्रेड ली और तेजी से अनेजा कॉलोनी में आया। अमर के बगल में रहने

वाले सरदारजी अपने दोनों बच्चों को सामने के कुएँ में नहला रहे थे। अमर ने स्कूटर खड़ी करने के बाद सरदारजी से कहा, "प्राजी, जल्दी से घर के अन्दर जाइए और बच्चों और भाभीजी को लेकर मेरे घर पे आइए और अपने घर पर ताला लगा दीजिए।"

सरदारजी को अमर के इस अप्रत्याशित प्रस्ताव का मतलब समझ में नहीं आया। अमर ने संक्षेप में बताया, "दंगे शुरू हो गये हैं, जगह-जगह आग लगाई जा रही है। आप और कुछ मत पूछिए। जल्दी से अपने घर में ताला बन्दकर हमारे घर में आइए।"

दीप्ति को बहुत संक्षेप में अमर ने बात समझा दी और तकरीबन खींचते हुए सरदारजी को अपने घर ले आए। दो ही बेडरूम थे, उनमें से एक बेडरूम में सरदारजी के पूरे परिवार को अमर ने ठूँसा और चुपचाप रहने का निर्देश देते हुए बाहर आकर मोहल्ले के सभी जवान लड़कों को साथ आने को कहा। अमर सभी लड़कों को एकत्रित कर गली के मुहाने पर खड़ा हो गया। पहले तो लड़के कुछ समझ नहीं पाए, फिर अमर ने कहा, "आग लगाने वाले दंगाई हुजूम में इस तरफ आएँगे जरूर। किसी-न-किसी को पता होगा कि हमारी कालोनी में एक सरदार रहते हैं और वे अन्दर जाने की कोशिश करेंगे। तुम सब मेरी हाँ में हाँ मिलाना, मैं दंगाइयों से बात करूँगा।"

अनुमान सच निकला। करीब घंटे-भर की प्रतीक्षा के बाद जुलूस की शक्ल में दिन के समय मशाल जलाकर दंगाई अनेजा कालोनी की ओर आ रहे थे। सामने सब्जी वाला टेनिया घबराकर अपनी दुकान समेटने लगा। जुलूस पास आने पर अमर सामने आया तब जुलूस से तेज आवाज़ आयी, "इस गली में भी एक सरदार रहता है।"

अमर ने उतने ही तीखे स्वर में कहा, "अवश्य रहते हैं, लेकिन वे अभी अपने घर पर नहीं हैं। कल शाम को ही कहीं चले गये हैं।" भीड़ में से आवाज़ आयी, "सरदार के घर को राख कर देंगे।"

अमर ने कहा, "कालोनी में हमारे घर भी सरदार के घर से सटे हुए हैं। एक घर में आग लगने से हमारे घर में भी आग लग जाएगी। हम ऐसा कैसे करने देंगे?" सात-आठ लड़के साथ तो थे ही। सबके चेहरे पर आक्रोश उभरा। फिर भीड़ में से आवाज़ आयी, "आप झूठ बोल रहे हैं। हम स्वयं जाकर देखेंगे।"

अमर ने कहा, "अवश्य देखिए, लेकिन हम पूरे जुलूस को अन्दर नहीं जाने देंगे। आप में से कोई जिम्मेदार व्यक्ति अन्दर कालोनी में जाए और सरदारजी का घर देख कर आये, लेकिन मशाल लेकर नहीं जाने दूँगा।" थोड़ी-सी बतरस के बाद एक व्यक्ति खाली हाथ कालोनी के दो लड़कों के साथ गया और सरदार के घर पर

ताला देखकर उसे विश्वास हो गया कि वहाँ कोई नहीं है। फिर उसने वापस आकर भीड़ को अपनी रिपोर्ट दी। उसके बाद ही भीड़ नारे लगाते हुए आगे बढ़ गयी। कालोनी के लड़के सन्तुष्ट हो गये। अब वे कालोनी के अन्दर लौटना चाह रहे थे, तब अमर ने सबको फिर से सचेत किया, ''यह जुलूस फिर लौटेगा, उस समय भी ठीक ऐसे ही वे भीतर आना चाहेंगे। इसलिए अभी कुछ देर और रुको। जैसा सोचा गया, वैसा ही हुआ। घंटे भर बाद जुलूस फिर उसी राह लौटा। साथ में कुछ लूट का सामान भी था। फिर वही बकझक हुई। लेकिन पहले की तुलना में कुछ कम और इस तरह दोबारा जुलूस लौट गया।

सरदारजी के परिवार का दोपहर का खाना भी अमर के घर पर ही हुआ। शाम छह बजे के आसपास धनबाद में कर्फ्यू की घोषणा हो गयी और उसके बाद ही अमर ने सरदारजी को उनके घर जाने की अनुमति दी।

इस ऊहापोह की स्थिति में अमर प्रेस नहीं जा सका। फोन पर ही अमर ने सारी स्थितियों की जानकारी प्रेस को दी थी। शाम तक जगह-जगह से रिपोर्ट्स आने लग गयी कि एक नवम्बर शाम तक धनबाद का पूरा कोयला क्षेत्र भयानक दंगे के चंगुल में था। कई सरदारों की जानें गयीं, घर जले, गाड़ी और मोटरसाइकिल भी जलाई गयीं। राजीव गाँधी के मर्मस्पर्शी बयान के बाद ही देशभर में दंगों का क्रम रुका। इन दंगों के पीछे की राजनीति पर बाद के वर्षों में भी घाव कुरेदे जाते रहे।

तेरह

पलाश के स्वर में उन्हें आज ज्यादा उत्साह महसूस हुआ। पलाश डॉक्टर को बता रहा था, ''आज पापा की दो उँगलियों तर्जनी और मध्यमा में देर तक थिरकन महसूस हुई है।''

डाक्टर सा'ब ने तुरन्त उँगलियों को स्पर्श किया। उन्होंने उँगलियों पर हल्की-सी चोट भी की। बहुत देर तक वे जाँच करते रहे। डाक्टर सा'ब ने कहा, ''सचमुच उँगलियों में थोड़ा स्पंदन है। ईश्वर आपके साथ है, हो सकता है आपके पापा कोमा से लौट आयें। आगे की प्रगति से मुझे अवगत कराते रहिए।''

थोड़ी देर बाद पत्नी की आवाज़ भी सुनाई दी। पलाश डॉक्टर से हुई बातचीत को अपनी माँ के सामने दोहरा रहा था। शायद वह अभी-अभी घर से लौटी है।

सिरहाने की टेबल पर कुछ रखने की आवाज़ आई। शायद वह थर्मस में कुछ ले आई है।

वे सोचते हैं... ''क्या सचमुच वे चेतन स्थिति में लौटने लगे हैं? उन्हें फिलहाल तो ऐसा नहीं लगता। इसके विपरीत उन्हें पहले की अपेक्षा कम सुनाई दे रहा है, क्या यह सिर्फ उनका भ्रम है, या सचमुच स्थितियाँ सुधर रही हैं! इतने दिनों से एक ही स्थिति में पड़े-पड़े हो सकता है कि ध्वनियों के मामले में उनकी श्रवण-इन्द्रियाँ एकरस स्थिति में ध्वनि के तीव्र और मध्यम होने के मापदंड को ठीक से समझ न पा रही हों...।''

मित्रों-परिचितों का आना भी अब कम हो गया। कोई आकर करेगा भी क्या? उनकी हालत तो एक जिन्दा लाश जैसी है, न हिलना-डुलना, न देख पाना, न बात करना, ऐसे मरीज से मिलकर भी होगा क्या? उन्हें याद है चार-पाँच साल पहले दिल्ली में रहते राममनोहर लोहिया अस्पताल जाने पर उन्हें किसी ने एक मरीज की ओर इशारा कर बताया था कि लगातार सालभर से यह मरीज कोमा में है। परिजन कभी-कभी आते हैं, खोज-खबर लेते हैं, फिर चले जाते हैं। कोमा से लौटने की उम्मीद में कम और मृत्यु की प्रतीक्षा में अधिक। उनका मन भारी हो आया। आखिर इस मन्थन से भी क्या निकल आता है। ढेर-से लोग, ढेर-सी स्मृतियाँ। मन में आता है कि स्वयं से सवाल करें।

काल्पनिक सवाल-जवाब के क्रम में वे अपनी ओर से अनुमान लगाने की कोशिश करते हैं— 'क्या पत्नी अभी भी यह सोच रही हैं कि वे ठीक हो जाएँगे? पलाश अपना काम-धाम छोड़कर यहाँ जो टिका हुआ है, वह क्या सोचता होगा? बेटी अर्चना की याद आते ही उनके भीतर एक नर्म-सा एहसास जाग जाता है। अर्चना शायद हर हाल में पिता को स्वाभाविक स्थिति में देखना पसन्द करती है। उसने आज तक अपने पापा को इतनी असहाय हालत में देखा ही नहीं। इसलिए वह पापा को हमेशा की तरह हँसते-हँसाते देखना चाहती है।'

जीवन की सार्थकता की विवेचना से वे अपने को अलग कर लेते हैं, सोचते हैं बीते हुए दिनों में डुबकियाँ लगाना इससे ज्यादा सहज़ है। चलचित्र-सा अतीत फिर मन में उमड़ने-घुमड़ने लग जाता है...।

□□

अचानक एक ऐसी घटना हुई कि अमर भौचक्क हो गया। परिमलजी को उनकी बर्खास्तगी का पत्र थमा दिया गया था। सरकारी नौकरी में बिना कारण ऐसा होना एक आश्चर्यजनक घटना थी। बर्खास्तगी के पत्र में लिखा गया था, ''प्रोबेशन (परीवीक्षा) अवधि में उनका कार्य सन्तोषजनक नहीं है, इसलिए उन्हें बर्खास्त

किया किया जा रहा है।''

पता चला कि प्रोबेशन की अवधि को समाप्त हुए तीन महीने हो गये थे। इस बीच प्रबन्धन ने प्रोबेशन की अवधि बढ़ाने की सूचना भी नहीं दी थी। फिर प्रोबेशन की अवधि सन्तोषजनक न होने का सवाल कहाँ से पैदा हुआ? इन तात्विक प्रश्नों से अब क्या फायदा था। कार्रवाई तो हो चुकी थी। इस घटना से अमर के साथ-साथ ही अजय भी काफी आहत हो गये। एक निरपराध व्यक्ति को फाँसी हो जाने जैसी बात थी। अजय मिश्र उसी दिन से इस मामले की तह में जाने के लिए उतावले हो गये। मामले को खोदते-खोदते पता चला कि इस बर्खास्तगी के पीछे एक षड्यन्त्र है, जिसमें सीधे-सीधे द्विवेदी, कोल इंडिया के जनसम्पर्क प्रमुख भार्गव और पर्सनल विभाग का कोई अफसर शामिल था।

हुआ यह था कि परिमल के आने के पहले जनसम्पर्क विभाग में कोई अधिकारी नहीं था। द्विवेदी का एकछत्र राज था। परिमल की साहित्यिक रुचि और ईमानदारी से द्विवेदी चिढ़-सा गया था। एक-दो मामलों में परिमल का 'ना' कह देना भी द्विवेदी को चुभने लगा था। इसी बीच परिमल की अपनी ख्याति भी कम्पनी में बढ़ती चली गयी। खासकर सांस्कृतिक कार्यक्रमों में परिमल की उपस्थिति से कम्पनी के सीएमडी और डायरेक्टर पर्सोनेल काफी प्रभावित थे। अन्य अधिकारियों के बीच भी परिमल ने अपनी पैठ बना ली थी। लेकिन कोई व्यक्ति किसी से इस सीमा तक चिढ़े कि उसकी नौकरी खा जाने का उपक्रम करे, यह सचमुच अमानवीय था।

अजय मिश्रा से यह भी पता लगा कि उन दिनों एम.एस. गुजराल जो रेलवे बोर्ड के चेयरमेन रहे, कोल इंडिया के चेयरमेन बनकर आये थे। वे अपनी कड़ी प्रशासनिक छवि के चलते काफी प्रसिद्ध हो गये थे। भार्गव ने आते ही गुजराल पर अपना प्रभाव जमा लिया था। यों भी जनसम्पर्क प्रमुख को संस्था प्रमुख से काफी वास्ता पड़ता है। द्विवेदी ने भार्गव को अपने लेन-देन वाले सम्बन्धों का वास्ता देकर कहा, ''इस नए रंगरूट को कोयले से विदा करो भाई...।''

महीनों के सोच-विचार के पश्चात् उन्होंने रणनीति बनाई, जिसमें पर्सोनेल के व्यक्ति ने सुझाव दिया, ''प्रोबेशन अवधि की आड़ लेकर यह काम किया जा सकता है, बशर्ते चेयरमैन बर्खास्तगी के आर्डर पर हस्ताक्षर कर दे।''

प्रोबेशन के आधार पर ही आरम्भिक नोटशीट बनाई गयी और उसे हाथों-हाथ भार्गव के पास कलकत्ता लेकर गये। भार्गव ने उस पर टिप्पणी लिखी और पर्सनल विभाग के उस पटाये हुए अधिकारी के पास भेजी। फिर वह नोटशीट भार्गव के पास लौटी। भार्गव ने हस्ताक्षर कराने के लिए ढेर सारे नोटशीटों के बीच में परिमल की बर्खास्तगी वाली नोटशीट भी रख ली। चेयरमेन गुजराल विश्वास में धड़ाधड़

उस पर हस्ताक्षर करने लगे। नोटशीटों के बीच में बिना पढ़े परिमल की बर्खास्तगी के नोटशीट पर भी हस्ताक्षर हो गये। गुजराल को पता ही नहीं चला कि उनके एक हस्ताक्षर से एक निरपराध की नौकरी चली गयी।

विश्वासपात्र अधीनस्थ कर्मचारी कभी-कभी ऐसा करवा लेते हैं— यह भी उसी का नमूना था। जबकि परिमल प्रोबेशन अवधि में खराब काम कर रहे हैं— ऐसा साबित करने के लिए न कोई चार्जशीट थी और न ही कोई मेमो। यह सरासर षड्यन्त्र था। पर कुछ नहीं किया जा सका।

बीसीसीएल के अफसरों ने इसे दमनात्मक कार्यवाही समझा और हाईकोर्ट में परिमल की ओर से एक मामला दायर किया। इधर अजय मिश्रा कलकत्ता रवाना हुए। अजय ने कोल इंडिया दफ्तर में जाकर भार्गव पर सीधी चढ़ाई की।

"भार्गव... पंजाबी होकर भी तुम एक डरपोक और नपुंसक हो। एक ईमानदार और योग्य आदमी के खिलाफ षड्यन्त्र करते तुम्हें शर्म नहीं आई! मेरे हाथ में कागजात आ जाएँ, तुम्हारी ऐसी-तैसी नहीं की, तो मेरा नाम अजय नहीं। आज तक मैंने तुम्हारे जैसा कायर इनसान नहीं देखा। द्विवेदी जैसे तिकड़मी और भ्रष्ट अधिकारी के साथ मिलकर तुमने षड्यन्त्र किया है, कोर्ट में मामला हार जाओगे, यह लिखकर ले लो। सच आखिर सच होता है।"

परिमल ने किसी से कोई सहयोग नहीं लिया। अपने गृहनगर लौट गया। हुनरमन्द तो वह था ही, सुनते हैं वहीं किसी अखबार में अपनी सेवाएँ देने लगा। इधर कलकत्ता हाईकोर्ट में केस चल ही रहा था। बीसीसीएल के अफसरों ने इस मामले को अपनी आन के साथ जोड़ लिया था।

□□

माफियाराज के चलते धनबाद का कोयला उद्योग बेहद दबाव में था। बिहार के राजनेता भी गाहे-बगाहे कोयले की काली कमाई में अपने हाथ धो लिया करते थे। बिना घूस के काम आसान नहीं था।

'दैनिक आवाज़' में ब्रजभूषण उर्फ छोटकू के जरिये धनबाद के समाचार-जगत की राजनीति का भी ज्ञान अमर को होने लगा था। अमर की नाक के नीचे से कुछ समाचारों के बिक जाने का एहसास भी अमर को होने लगा था। कभी-कभी तो विज्ञापन के विषय में भी सौदे हो जाते थे। उस समय बीस हजार की रकम कोई छोटी रकम नहीं थी। लेकिन कई ईंट भट्ठे और स्पंज आयरन के कारखाने बीस हजार नगद दे देते थे, मगर विज्ञापन छापने से मना करते थे ताकि उन विज्ञापनों पर दूसरे अखबार वालों की नजर न पड़े और टैक्स की भी बचत हो जाए।

अमर ने कई बार गुरुजी से इन तमाम गलत कार्यों का जिक्र किया। गुरुजी

दु:खी होते थे, लेकिन सीधे-सीधे हस्तक्षेप करना नहीं चाहते थे। उनका कहना था, ''अमरजी, आप और हम प्रेस की दुनिया में आ रही इस गिरावट को नहीं रोक पाएँगे। यह और बढ़ती चली जाएगी। आप क्यों नहीं समझते कि सिर्फ इसी क्षेत्र के नहीं बल्कि जीवन के सभी क्षेत्रों के मूल्यों में गिरावट आई है। इस गिरावट को रोकने के लिए बहुत बड़े परिवर्तन की जरूरत है। आपने जे.पी. के आन्दोलन को भी दम तोड़ते देखा होगा। अब बताइए... हम और आप इसे कैसे रोक सकते हैं?''

घर पर इस विषय में दीप्ति से बात होती तो दीप्ति भी उसे समझाने लगतीं, ''ले-देकर तो गृहस्थी सँभली है और फिर से तुम्हारे मन का फितूर जाग गया। तुम्हारे मस्तिष्क में यह कौन-सा कीड़ा है जो रह-रहकर तुम्हें काटता रहता है। तुम्हारे जैसे व्यक्ति को तो शादी ही नहीं करनी थी। लोटा-कम्बल लेकर घूमते रहते... आज यहाँ... तो कल वहाँ...।''

अमर यदि उदास होने लगता तो दीप्ति फिर अपने वक्तव्य में बदलाव लाती— ''देखो... मेरा आशय कतई तुम्हें हर्ट करने का नहीं है। अपने को पहले व्यवस्थित कर लेना जरूरी है। अब तुम्हीं बताओ कहाँ नहीं है ऐसी व्यवस्थागत त्रुटियाँ? तुम्हें त्रुटिहीन संस्था आज कहाँ मिलेगी? जब तक तुम्हारे मनोनुकूल कोई संस्था तुम्हें नहीं मिल जाती या फिर तुम स्वयं ही कुछ करने नहीं लग जाते, तब तक सामंजस्य तो स्थापित करना ही पड़ेगा। मैं नहीं कहती कि तुम बदल जाओ, बल्कि मैं तो चाहती हूँ कि अपनी नाराजगी को आने वाले कल की किसी रचनात्मकता के लिए जिलाये रखो।''

इसी तरह कुछ असन्तोष, काम में डूबे रहने का सुख और मित्रता के घेरे में देखते-देखते पाँच साल और बीत गये। बिटिया हायर सेकेण्ड्री में आ गयी और बेटा मिडिल स्कूल की दहलीज पर। पारिवारिक जिम्मेदारियाँ भी बढ़ रही थीं। अब जीवन में स्थायित्व आना चाहिए था। स्थायित्व का जब भी सवाल उठता है, अमर को अपनी ही खामख्याली से डर लगने लग जाता है। इसके अलावा प्रारब्ध तो है ही। पता नहीं कल फिर किसी नये दिगन्त की ओर कदम उठ जाएँ। ऐसी किसी मन:स्थिति में अमर ने अपना बायोडाटा बनाया तो उसके अन्त में लिखा है— ''स्थायित्व का कोई दावा नहीं, फिलहाल डाकिया निम्न पते पर पत्र डाल जाता है।''

अमर शाम को प्रेस से जल्दी लौट आया तो घर पर 'साप्ताहिक रविवार' से उदयन शर्मा की चिट्ठी उसकी प्रतीक्षा कर रही थी। दीप्ति ने पत्र अमर को थमाया तो प्रेषक का नाम देखते ही अमर को बड़ी खुशी हुई। लिफाफा फाड़कर पत्र पढ़ते के साथ ही अमर उछल गया, ''देखो, उदयनजी का पत्र आया है। पत्र नहीं बल्कि सीधे रविवार ज्वाइन करने का निमन्त्रण। मजा आ गया।''

अमर ने पत्र दीप्ति की ओर बढ़ा दिया। उदयनजी का संक्षिप्त-सा पत्र था, ''प्रिय अमर, बहुत दिनों से तुम्हारी खबर नहीं मिली। अजय से तुम्हारा पता मिला। यदि ज्यादा दिक्कत न हो तो 'रविवार' के डेस्क में काम कर सकते हो। लौटती डाक से सूचना दो। तुम्हारा उदयन...''

अमर हतप्रभ रह गया कि घर आने से ठीक पहले वह मन-ही-मन स्थायित्व और स्थानान्तरण पर ही सोच रहा था और फिर प्रारब्ध उसे तेज कदम राहों में ले जा रहा है।

दीप्ति भी खुश हो गयीं, ''चलो, भगवान ने तुम्हारी सुन ली। तुम्हारे पाँव में जो भँवरी है, वह तुम्हें फिर नयी जगह ले जाएगी। लेकिन अब हम बहुत सोच-समझकर कदम उठाएँगे।''

अमर को घबराहट हुई, ''कहीं इसका मतलब यह तो नहीं कि तुम 'रविवार' जाने से मुझे रोक लो।''

दीप्ति ने तमककर कहा, ''भला तुमने ऐसा सोचा कैसे? 'रविवार' जैसे पत्र से जुड़ने के लिए मैं तुम्हें मना करूँगी...? बल्कि मैं कुछ दूसरा ही सोच रही थी। बिटिया अब हायर सेकेंडरी में है। इस साल से लड़का भी आठवीं में जाएगा। अतः कहीं एक जगह स्थायी रूप से रहकर इन्हें पढ़ाया जाए, इस सवाल पर हमें सोचना है। 'रविवार' में वेतन भी अच्छा मिल जाएगा।''

अमर ने कहा, ''माफ करना, पहले मैं समझ नहीं पाया। हम अवश्य ही इस विषय पर कल-परसों तक कोई रास्ता निकालेंगे। अभी तो फिलहाल 'आवाज़' से ही अलग होने में दिक्कत आएगी। देखें, कैसे रिएक्ट करते हैं ये लोग...।''

जैसा सोचा था, ठीक वैसा ही हुआ। 'आवाज़' के तीनों निदेशकों और गुरुजी को अमर का 'रविवार' में जाना कतई पसन्द नहीं आया। बंकिम बाबू तो पहले समझाते रहे, फिर उन्होंने दिन के शेष हिस्सों में अमर से बातचीत ही बन्द कर दी। अमर को काफी समझाना पड़ा, एक बड़े प्लेटफार्म का वास्ता देकर। अन्ततः तय हुआ कि पूरा-का-पूरा महीना 'आवाज़' में रहना पड़ेगा। अगले माह ही अमर 'रविवार' के लिए प्रस्थान कर सकता है।

दीप्ति ने कहा, ''स्कूल की छुट्टी है, क्यों न माह भर के लिए मायके हो आऊँ।''

अमर ने हामी भर दी। तय हुआ कि दीप्ति को मायके छोड़कर चार-पाँच दिन के लिए अमर सोनपुरा और रायपुर होकर आ जाएगा।

□□

दो-तीन वर्ष बाद सोनपुरा आने पर लगा जैसे सोनपुरा काफी बदल गया है।

कई नयी इमारतें बन गयी हैं। रमाकान्त से पता चला कि अब उसके यहाँ बैठकें भी कम होने लगीं। सब अपने-अपने काम-धन्धे से लग गये। अमर जब सोनपुरा पहुँचा था तो शाम के छह बजे थे। शुक्ल पक्ष की रात थी। अमर की इच्छा हुई स्कूल बिल्डिंग को देखा जाए। रमाकान्त हँस पड़ा... "भला रात में स्कूल जाने का क्या अर्थ है, पागल हो गया है क्या...?"

अमर ने जिद की, "रात है तो क्या हुआ, छिटकी हुई चाँदनी है, स्कूल बिल्डिंग और भव्य दिखेगी। पाँच-सात मिनट तो लगेंगे, चलो देख आयें..."

अनमने ढंग से रमाकान्त ने अपना स्कूटर निकाला और कहा, "चल भाई, कर ले अपने मन की।"

स्कूल का मैदान ठीक वैसा ही था। गनीमत है अवैध कब्जों के चलते अभी तक मैदान बचा हुआ था। स्कूल के दोनों गेट बन्द थे। गश्त लगाता हुआ चौकीदार बाहर ही मिल गया था। करीब जाने पर वह पहचान गया। बहुत अच्छा लगा। अमर ने स्कूल के अहाते को स्पर्श किया जैसे वह अपनी स्मृतियों को टटोलना चाह रहा हो। रमाकान्त मुस्कराता रहा। वह अमर की तन्द्रा को भंग नहीं करना चाहता था।

बड़ी देर तक दोनों चुप रहे। फिर अमर ने कहा, "चलो... अब चलते हैं...।"

रमाकान्त के घर पर ही रात रुकना हुआ। इस बार किसी अन्य मित्र से मुलाकात नहीं हुई। रमाकान्त ने बताया कि इब्राहीम शनिवार शाम तक पहुँचता है, रविवार यहीं रहता है। सीमेंट कारखाना खुल चुका था। कुछ नये लोगों की आवाज़ाही शुरू हो चुकी थी। नयी कालोनी की बसाहट भी हो चुकी थी।

अमर को देखते ही दद्दा के जीर्ण शरीर में जैसे उत्साह का संचार हो गया। वे अपने कुर्सी पर सीधे बैठ गये— "अरे...! अमर, कब आये?"

"कल शाम को ही आया था दद्दा। आप पहले से काफी दुबले हो गये हैं।

दद्दा ने कहा, "बुढ़ापा अमर, बुढ़ापा। इसका अपना धर्म है। उसी के अनुसार शरीर ढलता है, मन अकुलाता है। स्मृतियाँ कद से बड़ी हो जाती हैं और मिलने वालों की संख्या घटती चली जाती है।"

अमर ने तुरन्त विषय बदला, "अब भी कोई रोज अखबार पढ़कर सुनाता है या नहीं।"

दद्दा अब जाकर थोड़े रौ में आये, "कभी तुम्हारे इस रमाकान्त से, रविवार को इब्राहीम से और कभी अपने नाती से खबरें सुन लेता हूँ। खबरें भी क्या हैं? मूल्यों का पतन, हत्याएँ, बलात्कार और राजनेताओं की वक्तव्यबाजी। डाक से तुम्हारा अखबार भी आ जाता था। दूसरे प्रदेश के एक दैनिक को पढ़ने से पता चला सभी जगह एक ही स्थिति है। कोयला-माफिया को लेकर तुम्हारा लिखा हुआ भी पढ़ा। कैसा लगता है वहाँ?"

दद्दा इस बार काफी थके हुए और अनमने लगे। हालचाल पूछने-पाछने के बाद चाय पीकर जब हम निकलने लगे तो रमाकान्त ने बताया, "इस बीच एक हादसा और हो गया बीच में दद्दा बीमार पड़े और करीब-करीब उसी समय दादी भी बीमार पड़ गयीं। दोनों को अस्पताल में भर्ती करना पड़ा था। दद्दा तो खैर पन्द्रह-बीस दिन में ठीक हो गये। मगर दादी अस्पताल से नहीं लौट पायीं। दद्दा के साथ दादी का जुड़ाव इतना था कि दद्दा को बताया ही नहीं गया कि दादी चल बसी हैं। तुमने देखा होगा दद्दा अब भीतर के कमरे में बैठते हैं और हर-हमेशा उनके पास कोई-न-कोई रहता है, ताकि भूल से भी दादी के विषय में उन्हें पता न चल जाए।"

अमर ने पूछा, "दादी की अनुपस्थिति पर दद्दा सवाल नहीं करते?"

"करते हैं। तब उन्हें बता दिया जाता है कि दादी गाँव गयी हुई हैं।"

ठठारी के पास का गाँव ही दादी का गाँव है। दद्दा बड़बड़ाते हैं, "ससुरी गाँव में मरने क्यों चली गयी? खबर भेजो, जल्दी आ जाए।"

अमर ने कहा, "यह कब तक चलता रहेगा?"

"जब तक चल सके। इतना तय है कि दद्दा दादी की मृत्यु की खबर को शायद ही सह पायें। देखते नहीं थे दादी चुपचाप ही सही, हर-हमेशा दद्दा के पास बैठी रहती थीं। दोनों के बीच सम्बन्धों के तन्तु इतने घने और मजबूत थे कि एक का जाना दूसरे के लिए भारी पड़ सकता है।"

अमर ने कहा, "इसलिए आज दद्दा मूड में नहीं थे, अन्यथा दो-चार फब्तियाँ और गालियाँ न दें, ऐसा कहाँ होता है।"

कुल-मिलाकर सोनपुरा से लौटते हुए अमर उदास हो चुका था।

अमर बिलासपुर आया। उसे लगा यहाँ शायद पुराने लोगों से मिलने पर मन कुछ प्रफुल्लित हो जाएगा। शाम को दत्ता, चड्ढा, नरेन्द्र से मिलकर सन्तोष लॉज में लौटा ही था कि दत्ता दौड़े हुए आए, "गजब हो गया... अमर। भरत भाई नहीं रहे। यह सुनते ही जैसे अमर पर गाज गिर गयी। "अरे नहीं... शाम को ही तो उनके यहाँ बैठक थी। कोई और भरत की खबर मिली होगी।"

दत्ता ने भीगे हुए स्वर में कहा, "नहीं यार, हमारा भरत।"

अमर गिरते-गिरते बचा। दत्ता ने सँभाल लिया। दोनों उसी समय भरत के गाँव की ओर निकले। नरेन्द्र और प्राण भी साथ हो लिये। सकर्रा पहुँचने तक अमर को लग रहा था उसकी पसलियों के बीच में जगह खाली हो गयी— एक शून्य...। वह दत्ता और नरेन्द्र के बीच में बैठा था, नहीं तो शायद रास्ते में गिर भी सकता था, भरत के घर की चौखट पर पहुँचते-पहुँचते हिम्मत जवाब दे गयी। अमर वहीं बैठ गया। दत्ता ने उसे खींचकर उठाया। अन्दर जाते ही भरत के लम्बे-चौड़े शरीर को

बिल्कुल नि:स्तब्ध पड़े हुए देखा तो अमर को जोरों से रुलाई आ गयी। लगा जैसे अभी उठकर वह अपनी शैली में गाली देगा, "सालेऽऽऽ... रोने के दिनों में नहीं रोया, अब रोता है।" अब कौन उसे बात-बात में छीलेगा और छीलने के बाद ममत्व से दुलारेगा? कितने सारे लोग उसके सहारे से वंचित हो गये। तीन छोटे-छोटे नासमझ बच्चे। भला ऐसे भी कोई जाता है?

भरत के करीबी शिव महाराज ने बताया, "भरत की पीठ में बहुत दर्द हो रहा था। उसके बाद उसी दर्द की हालत में वह मुझे बस स्टैंड तक स्कूटर से छोड़ने भी गया। आने के बाद अचानक एक जोर-सी हूक उठी... और बस, साँसें थम गयीं।"

अमर को याद है पिछली बार पूरा चेकअप कराने के लिए अमर ने कितनी जिद की थी, लेकिन भरत को अपने स्वास्थ्य पर अत्यधिक भरोसा था, जबकि बीच-बीच में उसकी तकलीफ को देखकर अमर को सन्देह होता था कि उसे ब्लड प्रेशर है। लेकिन भरत मानता ही नहीं था। भरत, अमर से पाँच साल ही तो बड़ा था।

दो दिनों तक किसी से मिलने-जुलने की इच्छा ही नहीं हुई। एक अजीब-सा खालीपन घेरे रहा उसे। भरत की मृत्यु का समाचार दीप्ति को भी भेज दिया। रात को नींद नहीं आई। तब सुबह उठकर उसने एक संस्मरण लिखा, जिसका शीर्षक था 'भरत शर्मा जिसे दर्द के बिस्तर पर नींद आती थी' और स्थानीय नवभारत में उसे प्रकाशनार्थ भेज दिया।

घर-बार सँभालने का पूरा दायित्व अब भरत की माँ और उसकी पत्नी प्रतिभाजी पर आ गया था। धनबाद से आते वक्त अमर ने बहुत-कुछ सोचा था। अभी ढेर-से लोगों से मिलना बाकी था, पर मिलने की मन:स्थिति नहीं बन पा रही थी। अमर के मित्रों की एक बड़ी दुनिया में एक अकेला भरत था, जो अमर को सर्वाधिक समझता था। जरूरत पड़ने पर सहायता भी करता था और छीलता भी खूब था। ऐसे मित्र बिरले ही होते हैं। अमर को लगा अब शेष छुट्टियाँ बिलासपुर में नहीं बिताई जा सकतीं। दिन भर भरत की यादें उसे मथती रहीं। अन्तत: उसने बिलासपुर से ही धनबाद होकर कोलकाता जाने का निर्णय लिया।

□□

एक धड़कता हुआ महानगर कोलकाता। लगभग 300 वर्ष पहले इस नगरी की परिकल्पना की थी जॉब चार्नक ने। अमर कई बार कोलकाता आ चुका है। मगर इस महानगर की धड़कनों में जाने क्यों वह शामिल नहीं हो सका। कहते हैं, यह शहर गरीबों और अमीरों में भेदभाव नहीं करता है। दोनों के लिए जीने की गुंजाइश यहाँ बन जाती है। आँकड़े बताते हैं कि कोलकाता में रोज नये दस हजार लोग प्रवेश करते हैं, लेकिन पूरे-के-पूरे लोग लौटते नहीं। कुछ बस ही जाते हैं। इस तरह

आबादी का दबाव इस महानगर पर बढ़ता चला जा रहा है। महानगर ही क्यों, उपनगरीय इलाकों में भी आबादी काफी सघन हो गयी है। मजेदार बात यह है कि महानगर से जुड़े उपनगरों में जाओ तो ऐसा लगता है जैसे सम्पन्न गाँवों में आप लौट आये हैं। जितने पेड़-पौधे व तालाब, उतनी ही ऊँची इमारतें झकास बाज़ार-हाट।

अमर को लगा शंकर लिखित 'चौरंगी' की पृष्ठभूमि में यही महानगर है। इसी महानगर के किसी पाँचसितारा होटल में सैटा बोस काम कर रहे थे। उसी होटल के फ्लोर पर कनि-द-वूमन के पाँव थिरकते थे, पर उसका भीतरी संसार झँझावतों से भरा हुआ था। 'चौरंगी' की याद आते ही अमर को राजकमल चौधरी की याद आती हैं। उन्होंने अगर 'चौरंगी' का अनुवाद बेहतर टकसाली हिन्दी में नहीं किया होता तो बांग्ला के इस प्रसिद्ध उपन्यास को हिन्दी के पाठक इतने रस के साथ नहीं पढ़ पाते।

सत्रह, प्रफुल्ल सरकार स्ट्रीट। यहीं पर है आनन्द बाज़ार पत्रिका समूह का विशाल भवन, जहाँ करीब पन्द्रह साल पहले आग लगी थी तो पूरे बंगाल ने स्वःस्फूर्त चन्दा भेजा था जबकि समूह को पैसे की जरूरत नहीं थी। मगर एक समाचार संस्थान को पाठकों का प्यार इस कदर मिल सकता है, यह उसका उदाहरण है। इनका प्रमुख प्रकाशन है— बांग्ला दैनिक 'आनन्द बाज़ार पत्रिका', जो आजादी के पहले से प्रकाशित हो रहा है। विदेशों में रहने वाले बंगाली भी इसके पाठक हैं। पिछले कई वर्षों से अखिल भारतीय स्तर पर भाषाई पत्रों में किसी एक जगह से प्रकाशित दैनिकों में इसे प्रथम स्थान मिलता आ रहा है। प्रसार संख्या नौ लाख से अधिक है। इस प्रकाशन समूह के एकमात्र हिन्दी साप्ताहिक 'रविवार' का प्रकाशन 1977 से प्रारम्भ हुआ।

इसके पहले भी अमर 'रविवार' के दफ्तर में एक-दो बार आ चुका था। उस समय सम्पादक थे सुरेन्द्र प्रताप सिंह। बातचीत में लोग उन्हें 'एस.पी.' के नाम से ही सम्बोधित करते थे। 'रविवार' को शिखर तक पहुँचाने में एस.पी. की मेहनत और परिकल्पना का ही योगदान था। एस.पी. खुद बहुत अच्छा लिखते थे ऐसा नहीं था पर उनकी कार्य योजना बहुत सफल रहा करती थी। एस.पी. ने कभी किसी की कलम नहीं पकड़ी, किसी के लिखने पर हस्तक्षेप नहीं किया। नीलम जैन हत्याकांड के समय 'रविवार' में छपी रिपोर्ट पर काफी बवाल हुआ। कलकत्ते का मारवाड़ी समाज उद्वेलित हो गया। रिपोर्ट अनिलजी ने तैयार की थी। एस.पी. ने रिपोर्ट में कही गयी कुछ बातों से असहमत होते हुए भी कोई रोक-टोक नहीं की। बाद में उन्होंने अनिलजी को कहा कि कुछ बातें नहीं जाती तो अच्छा था। यह थी एस.पी. की सहिष्णुता और यही उनका हथियार भी था। 'टाइम्स ग्रुप' में वापस जाते हुए भी एस.पी. के तेवर ने उन्हें 'एस.पी.' बनाए रखा। उसके बाद तो 'आज तक' में उनकी

भूमिका को सारा देश जानता है। यह तमाम जानकारी अमर को टुकड़ों-टुकड़ों में पहले ही हो चुकी थी।

अमर ने जिस दिन एक स्टाफर के रूप में 'रविवार' में कदम रखा, मन के किसी कोने में थोड़ी-सी घबराहट थी। आंचलिक पत्रों से होकर पहली बार किसी बड़ी संस्था में आने की धुकपुकाहट थी। 'रविवार' का दफ्तर दूसरी मंजिल पर था। दफ्तर में कदम रखते ही करीब-करीब सभी अजनबी लगे। वैसे नाम से तो अमर कइयों से परिचित था। दफ्तर के एक कोने में छोटी-सी केबिन बनी हुई थी। वहीं उदयन बैठते थे। केबिन में घुसते के साथ ही उदयन ने बड़े जोश के साथ स्वागत किया, "आओ अमर, आने में बड़ी देर कर दी। मैं तो कब से तुम्हारी प्रतीक्षा कर रहा था। घर पर सब ठीक-ठाक तो है न।"

कुशल-क्षेम की औपचारिकताओं के बाद बाकी स्टॉफ से परिचय कराने के लिए उदयन केबिन से बाहर निकले। सबसे पहले लल्लाजी से मिलाया गया। मोटे चश्मे से झाँकती लल्लाजी की आँखों में अमर को एक भावहीनता नजर आई। खैर, सारी कॉपियों की फाइनल एडिटिंग लल्लाजी ही करते थे। तकरीबन हेडमास्टर की भूमिका में। भाषा पर दो लोगों के दखल की चर्चा अमर ने पहले ही सुन रखी थी। एक राजकमल प्रकाशन के मोहन गुप्त और दूसरे योगेन्द्र कुमार लल्ला। इसीलिए कई बार कापी एडिट करते वक्त लल्लाजी की डाँट बहुतों को खानी पड़ती थी। स्टाफ में कई लोग इसी बात पर लल्लाजी से उखड़े हुए भी रहते थे। हरिवंश, जयशंकर, असीम, नकवी, अमलेन्दु, राजकिशोर और अनिल ठाकुर। कृपाशंकर तब तक 'रविवार' से जा चुके थे।

सबसे मुलाकात अच्छी हुई। लेकिन सबसे अधिक प्रभावित किया अनिलजी और जयशंकर ने।

अमर ने परिवार रायपुर में ही रखने का निर्णय लिया। भैया की सेवानिवृत्ति के बाद किराये के मकान में अमर ने अपनी गृहस्थी को रखा। रायपुर में भी पढ़ाई-लिखाई की सुविधाएँ अब ठीक-ठाक हो गयी थीं। बेटी ने कालेज में दाखिला ले लिया और लड़के को भी एक अच्छे स्कूल में दाखिला मिल गया। दीप्ति ने पास के ही एक प्राइवेट स्कूल में नौकरी कर ली। दीप्ति का कहना था, "अब धीरे-धीरे इस यायावरी को विराम देना पड़ेगा और कहीं अपने लिए भी एक घर तो होना ही चाहिए न। घर के नाम से अभी से ही कुछ-कुछ पैसे जमा करने होंगे, तब जाकर कुछ सालों में हम अपना घर बना सकते हैं। पत्रकारों को सरकार की ओर से जमीन मिलने का प्रावधान है। पिछली बार रायपुर की सूची में तुम्हारा नाम था लेकिन तुम धनबाद चले गये और वह मौका हाथ से चला गया। जगह-जगह बदलते रहने से ऐसा ही खामियाजा भुगतना पड़ता है।"

अमर को रहने और खाने के लिए ज्यादा दिक्कतों का सामना नहीं करना पड़ा। कोलकाता की उपनगरी बारासात में बड़ी बहन रहती थी। फिलहाल अमर लोकल से आना-जाना करने लगा। प्रेस से छूटते ही वह पैदल अली-गली होकर सियालदह स्टेशन पहुँच जाता था। वहाँ से लोकल में बारासात। हर पाँच-दस मिनट की आड़ में कोई-न-कोई लोकल मिल जाया करती थी। अक्सर बनगाँव लोकल ही मिलती थी, जो कि सियालदह तक जाती थी। सियालदह से बनगाँव लोकल में करीब साढ़े चार से पाँच घंटे लगते थे। लोग उतनी दूरी से भी नित्य यात्रा करते थे। शुरू के दो दिन अमर को रास्ता पूछपाछ कर सियालदह पहुँचना पड़ा। इसके बाद 'रविवार' के ही एक टाइपिस्ट अमरेन्द्र मिल गये, जो खुद बारासात के रूट पर 'बिराटी' तक जाते थे। उनके साथ होने से अब रास्ता लम्बा नहीं लगता था। धीरे-धीरे अमरेन्द्र के साथ घनिष्ठता बढ़ती चली गयी। दफ्तर में तो पद की दूरी थी। लेकिन सड़क पर यह दूरी खत्म हो जाती थी। दोनों घनिष्ठ मित्र बन जाते थे। टैक्सी से सियालदह जाना अमर को खर्चीला लगा। भीड़ से अमर को परहेज था, इसलिए बसों की आदत अमर को नहीं थी। इसलिए वह बसों से भी नहीं जाता था।

यों ही कोलकाता में यदि पाँव-पाँव चलने की आदत न हो तो रोज आने-जाने वालों को भारी पड़ता था। पहले-पहल अमर को दो कि.मी. की यह दूरी कष्टदायक लगती थी। लेकिन बाद में यह स्वाभाविक छन्द में शामिल हो गया। अब कोई तकलीफ नहीं होती थी।

प्रफुल्ल सरकार स्ट्रीट स्थित दफ्तर से सौ मीटर चलकर सेंट्रल एवेन्यू आना होता था, फिर गणेशचन्द्र एवेन्यू की क्रॉसिंग पर आकर बाएँ तरफ जाने से इंडियन एयरलाइंस का एक बड़ा-सा दफ्तर योगा-योग भवन है। वहाँ से बोऊ बाजार होकर सीधे सियालदह पहुँचा जा सकता था। दोनों ओर सोने-चाँदी की बड़ी और छोटी दुकानों की कतारें और बीच से सड़क। सियालदह मेन स्टेशन तक जाते-जाते अमरेन्द्र के साथ दुनिया-जहाँ की बातें हो जाया करती थीं।

अमरेन्द्र आज से आठ साल पहले ग्रेजुएशन के बाद कोलकाता आया था। गया से उसे यहाँ के एक चर्चित पत्रकार साधनदा के नाम पिताजी ने पत्र दिया था। महानगर में अमरेन्द्र का वह पहला पदार्पण था। पूछपाछ कर अन्तत: शाम को साधनदा मिले। पत्र पढ़ने के पहले तक साधनदा के व्यवहार में काफी रुखाई थी। लेकिन जैसे ही पत्र पढ़ा वे एकाएक पिघल गये थे। उसके बाद अन्त तक अमरेन्द्र उनके छोटे भाई की तरह ही बना रहा। यह सब बातें दफ्तर से सियालदह आने-जाने के बीच ही धीरे-धीरे स्पष्ट होती चली गयीं।

माहभर के अन्दर ही अमर को यह समझने में देर नहीं लगी कि आनन्द बाज़ार समूह अपने बांग्ला एवं अँग्रेजी प्रकाशनों पर ज्यादा तवज्ज़ो देता है। 'रविवार' उनके

लिए अन्तिम प्राथमिकता होती थी। 'रविवार' के अंक जब तैयार होकर प्रोडक्शन में जाते थे तो दीगर प्रकाशनों के बाद मशीन पर 'रविवार' जाता था। ऐसी हालत में प्रत्येक सप्ताह 'रविवार' के अंक विलम्बित हो जाते थे। कभी-कभी इतना विलम्ब हो जाता था कि उस अंक को बाज़ार में लाने का कोई अर्थ ही नहीं रह जाता था। ऐसे में माह-दो-माह में एकाध बार अंक ड्रॉप करने की नौबत आ जाती थी। 'रविवार' में काम करने वालों की एक टीम बन चुकी थी, जो थोड़ी-बहुत आपसी राजनीति के बावजूद काफी समर्पित टीम थी। अंक ड्रॉप होने पर सबको तकलीफ होती थी। पूर्व सम्पादक एस.पी. तो एकदम से विचलित हो जाते थे। उन्होंने मैनेजमेंट के दो शिखर पुरुष अभिक सरकार और अरूप सरकार से भी इस सम्बन्ध में कई-कई बार बात की पर पूरे समूह में हिन्दी को लेकर कोई सहानुभूति थी ही नहीं।

स्वातन्त्र्योत्तर पत्रकारिता में पाठकों के बदलते मिजाज और समसामयिकता के दबाव को शिद्दत से समझकर 'दिनमान' निकाला गया था। साहित्यिक पत्रकारिता के उस दौर में नये पाठकवर्ग की अभिरुचि और आकांक्षाओं को समझा गया। समय के अन्तराल में उसके बाद ही 'रविवार' ने फिर उसी बदलाव की नब्ज़ को पकड़ा। इस नये तेवर से युवा पाठकों में 'रविवार' की पैठ मजबूत हुई। एस.पी. की कल्पनाओं में नित नये परिवर्तन होते रहे। लेकिन साधनहीनता के कारण और बांग्ला प्रकाशन समूह की उपेक्षा के चलते एस.पी. अपने मनोनुकूल प्रतिफल नहीं पा रहे थे। 'रविवार' के खाते में पृथक् रूप से मार्केटिंग के लिए कोई टीम रखी ही नहीं गयी। इसलिए विज्ञापन के क्षेत्र में 'रविवार' इतने बड़े समाचार समूह का सदस्य होते हुए भी गरीबी को झेलता रहा। पता नहीं प्रबन्धन के मन में क्या था। जबकि एमजे अकबर ने 'दैनिक टेलीग्राफ' में जितनी और जैसी चाहीं, प्रबन्धन से उतनी सुविधाएँ ले लीं।

एस.पी. को यही सब सहते हुए 'रविवार' की प्रतिष्ठा को बनाए रखना पड़ा। एस.पी. भीतर-ही-भीतर नाराज थे। एक ऐसी नाराजगी जो किसी पर व्यक्त करने से भी उसका कोई प्रतिफल नहीं मिल सकता था। उनकी शिकायतें प्रबन्धन द्वारा अनसुनी रह जाती थी। ऐसी ही मनःस्थिति में एस.पी. ने 'रविवार' छोड़ने का मन बनाया था। अमर को यही बात अखरती थी कि कुछ पहले यदि 'रविवार' में आना होता तो एस.पी. के साथ काम करने का भी अवसर उसे मिल जाता। यद्यपि एस.पी. से मुलाकातें थीं, मगर टीम के सदस्य के रूप में काम करने का मजा ही कुछ और है। प्रबन्धन से बाकायदा एस.पी. ने 'रविवार' छोड़ने की अपनी इच्छा जाहिर कर दी थी। साथ-ही-साथ उन्होंने सम्पादक के रूप में उदयन के नाम की चर्चा कर ली थी।

उदयनजी को 'रविवार' की आन्तरिक हालत और प्रबन्धन की उपेक्षा के विषय में पता चल चुका था। उदयनजी ने बिल्कुल अलग पासा फेंका। उन्होंने अभिक सरकार से मिलकर अपने गहरे राजनीतिक सम्बन्धों के विषय में चर्चा की और अपने ज्वाइनिंग के आसपास एक बड़ा कार्यक्रम रखा, जिसमें उन्होंने मध्यप्रदेश, बिहार, राजस्थान, यूपी तथा दिल्ली से मन्त्री-सन्त्रियों की एक फौज इकट्ठी कर ली। दिल्ली ब्यूरो रहे राजीव शुक्ला ने एस.पी. के दाएँ हाथ होने का प्रमाण दिया और स्वयं भी राजनैतिक लोगों से रिश्ते मजबूत किये। इस कार्यक्रम के जरिए उदयन ने आनन्द बाज़ार समूह के शिखर पुरुषों को मोह लिया और अपनी शर्तें मनवा लीं। एकाएक 'रविवार' का कलेवर बदला। पूरी तरह से यह रंगीन पत्रिका बन गयी। पृष्ठ संख्या बढ़ा ली गयी और हर प्रदेश में संवाददाता नियुक्त कर दिए गये। प्रसार संख्या में वृद्धि हुई। पहले-पहल इस बदले हुए तेवर ने 'रविवार' को काफी मजबूती प्रदान की। प्रबन्धन अब अपेक्षाकृत कम उपेक्षा करने लगा और अंक सही समय पर निकलने लगे।

एस.पी. और उदयन की सोच के फर्क को उन दिनों अच्छे से पढ़ा जा सकता था। एस.पी. समाज पर राजनीति को हावी होते देखना पसन्द नहीं करते थे। इसके विपरीत उदयनजी के मन में राजनीति का वलय काफी महत्त्वपूर्ण स्थान रखता था। लेकिन उदयन के संवेदनशील मन और बहुत जल्दी ही किसी पर विश्वास करने की आदत ने उन्हें नुकसान भी पहुँचाया। उदयन हमेशा शिखर पुरुषों के वलय में तैरना चाहते थे।

उन्हीं दिनों उदयन ने बम्बई के डॉन हाजी मस्तान का एक इंटरव्यू लिया और पहली बार पूरे देश के सामने हाजी मस्तान को एक डॉन की जगह बिल्डर के रूप में स्थापित किया गया। यह चौंकाने वाली रिपोर्ट तो थी ही। इसके बावजूद सैद्धान्तिक पत्रकारिता के प्रतिमानों को इस रिपोर्ट से काफी धक्का पहुँचा। पत्रिका को इस रिपोर्ट से कोई फायदा हो न हो, लेकिन उदयन अपने में प्रसन्न थे। इस रिपोर्ट के कुछ दिनों बाद धनबाद के कोयला माफिया सूरजदेव सिंह पर उन्होंने दूसरा इंटरव्यू प्रकाशित किया। 'सूरजदेव सिंह का दूसरा चेहरा।' इस साक्षात्कार में सूरजदेव सिंह के संवेदनशील और मानवीय चेहरे पर बातचीत ज्यादा की गयी। इस बातचीत में सूरजदेव सिंह के कोयला-माफिया होने का असर नगण्य-सा था। प्रसिद्ध फोटोग्राफर कृष्ण मुरारी किशन ने इस इंटरव्यू की फोटोग्राफी की थी। इस मुलाकात के जरिये सूरजदेव सिंह के प्रति कोयला क्षेत्र में सहानुभूति उभरी या नहीं उभरी, पर पत्रकारिता के पूरे वलय में इस इंटरव्यू को बहुत ऋणात्मक दृष्टि से देखा गया।

'रविवार' में पुनः एक ऐसी रिपोर्ट छपी जिससे देशभर में तहलका मच गया।

रिपोर्ट का शीर्षक था— 'राजा बेईमान।' इस रिपोर्ट में वी.पी. सिंह के दहिया ट्रस्ट को लेकर आरोप लगाए गये थे जो काफी गम्भीर किस्म के थे। रिपोर्ट के परिणाम के विषय में जैसा सोचा गया था, वैसा नहीं हुआ। वीपी सिंह विचलित नहीं हुए, बल्कि इस रिपोर्ट को उन्होंने बहुत गम्भीरता से लिया और मानहानि का मुकदमा दायर करने की तैयारी शुरू कर दी कि यह रिपोर्ट आधारहीन और झूठी है। उदयनजी को जब मामले के दूसरे चेहरे का आभास मिला तो राजीव को साथ लेकर वीपी सिंह से मुलाकात की गयी। पहले तो वीपी सिंह अड़े रहे। बहुत समझाइश के बाद वीपी सिंह ने मानहानि का दावा नहीं करने का मन बनाया। साथ-ही-साथ उदयनजी को अपने कॉलम 'प्रथम पुरुष' में वीपी सिंह की प्रशंसा करनी पड़ी। कहा जाता है कि इस पूरी कहानी की पृष्ठभूमि में रिलायन्स ग्रुप कहीं-न-कहीं उपस्थित था।

पाठकों को तो इन सब से कोई मतलब नहीं था पर प्रबन्धन को यह समझने में देर नहीं लगी कि 'रविवार' को इसका फायदा नहीं मिल रहा है। खर्चे काफी बढ़ा लिये गये थे, उस तुलना में विज्ञापन कम हो गये थे। उदयन इसके बाद राजीव गाँधी के प्रेम में पड़ गये। 'रविवार' के पृष्ठों में पूरा-का-पूरा पृष्ठ राजीव गाँधी को समर्पित होने लगा। कभी-कभी गुलाम नबी आजाद भी इस वृत्त में समा जाने लगे। एन.डी. तिवारी का साथ तो चोली-दामन जैसा था। लेकिन राजीव गाँधी की इकतरफा तारीफ की श्रृंखला से पाठक भी उबने लगे थे। प्रसार संख्या में लगातार कमी आ रही थी। पचासी और नब्बे हजार प्रतियों के उफान के बाद धीरे-धीरे यह संख्या साठ के आसपास पहुँच चुकी थी। इसके विपरीत एमजे अकबर ने अपने टेलीग्राफ को उस ऊँचाई तक पहुँचा दिया था कि वर्षों से जमा 'स्टेट्समैन' काफी पीछे छूट गया था। अमर, उदयनजी से उम्र में छोटा होने के कारण ढेर सारी बातों को कह नहीं पाता था, फिर भी उसने सूरजदेव सिंह वाली रिपोर्ट पर उदयन से बात की थी।

अमर को तकलीफ होती जब कोई उदयनजी की आलोचना करता था। मगर वह करता क्या? उदयनजी जहाँ पर स्थापित थे वहाँ का वातावरण ही शायद वैसा हो चुका था। एड़ियों के बल उचककर भी अमर उन स्थितियों को पा नहीं सकता था। ऐसे समय में जो थोड़ा-बहुत गपियाने का समय मिलता, अनिलजी ही अमर के विचारों से सहमत होते। अनिलजी स्वभाव से बिल्कुल निर्लिप्त थे। वे विश्लेषण बहुत अच्छा करते थे, लेकिन अगले पक्ष से समाधान का उनका आग्रह नहीं रहता था। वे इस बात को समझते थे कि समाधान तो व्यक्ति अपने अनुकूल ढूँढ़ता है न...।

□□

उस दिन अमरेन्द्र के साथ प्रेस से सियालदह की ओर निकलते वक्त बदली छाई हुई थी। पत्रिका की छपाई वाले दिन काम बहुत हल्का रहता है। नये अंक की प्लानिंग होती है। उसी दिन प्रेस से जल्दी निकलते बनता है। अमरेन्द्र ने रास्ते में कहा, "आज फिर दुर्गा भाभी ने खबर भिजवाई है। आपको यदि आपत्ति न हो तो थोड़ी देर के लिए दुर्गा भाभी के यहाँ से होकर चलें। आधे घंटे से ज्यादा समय नहीं लगेगा। उनका घर रास्ते में ही बोऊ बाज़ार के समीप है।"

अमर ने कोई आपत्ति नहीं की। अमरेन्द्र जिन साधनदा की बात करता रहा है, दुर्गा भाभी उन्हीं की पत्नी हैं। सेनको ज्वेलर्स के पीछे की गली से होते हुए वे पुराने-से छोटे मकान में पहुँचे। वहाँ ऐसे ही मकानों की शृंखला बनी हुई थी। आते-आते अमर ने गली के दोनों छोरों पर सजी-सँवरी स्त्रियों को इधर-उधर घूमते देखा। अमर को लगा स्त्रियाँ उसे घूर रहीं हैं। कुछेक स्त्रियों की मुद्राएँ भी अमर को संदेहास्पद लगीं। अमर ने अमरेन्द्र से पूछा, "यह जगह मुझे ठीक नहीं लग रही है, अमरेन्द्र।"

अमरेन्द्र के चेहरे पर नाराजगी उभर आयी, "पहले इस गली में ये रूपाजीवियाँ नहीं थीं। इससे दो गली उस पार ही उनका बाज़ार है। पिछले साल से देख रहा हूँ इक्की-दुक्की इस गली में भी आ गयी हैं। सामाजिक कोढ़ से निजात का कोई रास्ता नहीं। दुर्गा भाभी ने जब यह जगह ली थी तब यहाँ कोई ऐसी बात नहीं थी। यों भी बोऊ बाज़ार में काफी तादाद में सभ्य लोग रहते हैं।"

जिस घर के समीप पहुँच चुके थे, वहाँ एक बहुत पुराने नेम प्लेट पर साधनदा का नाम लिखा था।

अमरेन्द्र ने कहा, "अमरजी, लौटते वक्त मैं आपको पूरी कहानी बताऊँगा। अभी कुछ मत पूछिए।"

अमर भीतर-ही-भीतर उद्वेलित हो गया। अमरेन्द्र ने कॉलबेल बजायी। कुछ देर बाद दरवाजे पर एक स्त्री चेहरा उभरा। यही कोई पैंतीस-छत्तीस के आसपास उम्र होगी। गोरा रंग, गोल चेहरा, बड़ी-बड़ी आँखें। चेहरे के पीछे छिपी हुई उदासी। इतना निष्पाप सौन्दर्य बहुत कम ही देखने को मिलता है।

अमरेन्द्र ने परिचय कराया, "यह हमारी दुर्गा भाभी हैं। साधनदा की पत्नी।"

अमर की ओर मुड़कर उसने दुर्गा भाभी को बताया, "ये अमरजी हैं। हाल ही में हमारे रविवार से जुड़े हैं। बहुत अच्छा लिखते हैं। जब से ये आये हैं, हम साथ-साथ शाम को सियालदह जाते हैं। मैं बिराटी में रहता हूँ और ये बारासात में। इसीलिए आते-आते मैं इन्हें भी साथ ले आया। ये स्वयं भी साधनदा से मिलना चाह रहे थे।"

नमस्कार-विनिमय के समय अमर को लगा कि अमर का अमरेन्द्र के साथ इस

तरह आना शायद दुर्गा भाभी को ठीक नहीं लग रहा था। यह अमर का भ्रम भी हो सकता है। आँगन को पार करने के बाद एक जर्जर-सा बेडरूम मिला, जिसमें शायद वर्षों से पोताई नहीं हुई थी। कमरे में सीलन की एक अजीब-सी गन्ध आ रही थी। वहीं बिस्तर पर एक लम्बे, दुबले-पतले व्यक्ति लेटे हुए थे। बीमारी से लड़ते-लड़ते जैसे थक-से गये हों। लेकिन आँखों में अब भी एक धधक का अहसास होता था।

साधनदा से परिचय होने के बाद अमर को उनकी स्थिति देखकर मन-ही-मन बहुत पीड़ा हुई। एक समय के प्रखर और तेवर वाले पत्रकार समझे जाते थे साधनदा। दो-दो बीमारियों से लड़ते-लड़ते आज वे इस स्थिति तक पहुँचे। शरीर का दायाँ हिस्सा पक्षाघात से पूर्णतः आक्रान्त था। चेहरे पर भी पक्षाघात का प्रभाव था, लेकिन ईश्वर की कृपा से साधन दा धीरे-धीरे बातचीत कर लेते थे।

साधनदा ने कहा, "अमरजी, मैं आपको पढ़ता रहा हूँ। हिन्दी मुझे थोड़ी-बहुत आती है। अमरेन्द्र के जरिये मुझे हिन्दी पत्र-पत्रिकाओं को पढ़ने का मौका मिलता रहा है। मैं तो बांग्ला का पत्रकार रहा हूँ। कुछ दिन अवश्य अँग्रेजी में भी काम किया है। इन दिनों अमरेन्द्र ही एकमात्र व्यक्ति है, जो इस थके-हारे पत्रकार से मिलने आता रहता है। पहले के मित्र-परिजन उतने आते नहीं हैं। एक लाचार आदमी के पास भला कौन आएगा? आप आये, मुझे बहुत अच्छा लगा।"

इतने बड़े वाक्य के बाद साधनदा हाँफने लग गये थे। ढेर सारी बातें करने की इच्छा थी, मगर साधनदा की स्थिति को देखकर अमर ने अपने को रोक कर लिया।

दुर्गा भाभी ने इसी बीच चाय की व्यवस्था कर ली थी। चाय के दौरान ही उन्होंने अमरेन्द्र को बताया, "भैया, आपको इसलिए खबर भेजी थी कि तुम्हारे साधनदा ने अपने समय में एक पी.पी.एफ. का एकाउंट खोला था, जो पिछले महीने ही मेच्योर हुआ। उसमें कुछ पैसे जमा हैं, उसके विड्रॉल के तौर-तरीके और फार्म लाना है। मुझे तो इस बारे में कुछ भी पता नहीं।"

अमरेन्द्र ने कागजात ले लिये और तेजी से समस्या के निराकरण के लिए आश्वस्त किया। कुछ देर और बातचीत करने के बाद वे सियालदह के लिए निकल पड़े। तब तक अँधेरा हो चुका था। सौंदर्य प्रसाधन से लिपटी महिलाएँ सड़क पर ज्यादा मुखर हो गयी थीं।

साधनदा के घर से लौटते हुए अमर को लगा कि घर के भीतर अपने समय के एक प्रखर पत्रकार से मिलकर लौटते हुए घर के बाहर के इस वातावरण से गुजरना कितना त्रासद है। कई-कई प्रश्न अमर को मथ रहे थे।

जैसे ही वे मेन रोड पर आये, अमर ने बेसब्री से अमरेन्द्र से पूछा, "अब बताओ, बात क्या है?"

किसी व्यक्ति विशेष की यन्त्रणा के इतिहास को जब हम किसी के मुख से सुनते हैं तो उसके घनत्व में कमी आ जाती है। इस तरह हम अपनी लाख कोशिशों के बावजूद व्यक्ति की उन यातनाओं से भला कितना प्रतिशत रू-ब-रू हो पाते हैं? अमरेन्द्र ने हालाँकि बड़ी गम्भीरता से साधनदा के विषय में जानकारी दी।

साधनदा अपने समय के बड़े निर्भीक और सिद्धान्तवादी पत्रकार समझे जाते थे। राज्य की राजनीति पर लिखी उनकी साप्ताहिक डायरी को पूरा बंगाल बहुत चाव से पढ़ता था। यहाँ तक कि लोग सप्ताह भर उनके कॉलम की प्रतीक्षा करते थे। साधनदा द्वारा फाइल की गयी रिपोर्ट कभी-कभी इतनी धारदार और सच के करीब होती थी कि लोग साधनदा के अखबार की विश्वसनीयता पर आँख मूँदकर कसमें खाते थे। बमुश्किल दस साल की पत्रकारिता-यात्रा में साधनदा ने प्रदेश में अपने लिए एक जगह बना ली थी। कुछ दिनों के लिए वे एक अँग्रेजी पत्र से भी जुड़े, लेकिन अपनी भाषा में काम करने का आनन्द कुछ और था। साधनदा बमुश्किल दो वर्ष ही वहाँ रहे और फिर बांग्ला पत्र में पुनः आ गये। उम्र के चालीसवें साल में अचानक साधन दा के लीवर में समस्या आ गयी। समस्या इतनी बड़ी थी कि इलाज में बहुत पैसे लग गये। साधनदा के पास उतने पैसे नहीं थे। स्वभाव से इतने खुद्दार कि उन्होंने किसी से मदद भी नहीं ली। पत्रकार मित्रों ने मिलकर ऑपरेशन की व्यवस्था सरकार की ओर से करवाई। जैसे-तैसे लीवर की बीमारी से उभरे ही थे कि पक्षाघात हो गया। इस बार तो सहायता के हाथ भी अपने आप सिकुड़ गये।

साधनदा पहले बांगूर में रहते थे। यह कलकत्ते के अभिजात इलाकों में गिना जाता है। उस समय साधनदा की स्थिति ऐसी थी कि किसी को वे कुछ कह देते तो वह काम हो जाता था। इस तरह बांगूर में उन्हें किराए का मकान भी सस्ते में मिला।

दुर्गा भाभी विवाह से पहले ही साधनदा के लेखन पर इस कदर फिदा थीं कि उन्होंने अन्ततः साधनदा से विवाह कर ही लिया। साधनदा की बेतरतीब और बिखरी हुई दिनचर्या को दुर्गा भाभी ही समेटती थीं। यहाँ तक कि उनके अत्यधिक पीने की आदत को भी काफी मात्रा में कम करवाने का श्रेय भी उन्हीं को जाता है। लेकिन तब तक लीवर पर असर पड़ चुका था और उसके बाद प्रेस से मिले पीएफ और ग्रेच्युटी भी कब समाप्त हो गये, यह पता ही नहीं चला। दवाइयों का खर्च और जीवनयापन दोनों ही कठिन लगने लगे।

अमर ने पूछा, "ठीक है, कम किराये के घर के लिए उपनगरीय हिस्से में भी तो घर ढूँढ़ा जा सकता था। उस गन्दे माहौल में रहने की क्या मजबूरी है?"

अमरेन्द्र ने बहुत देर तक कोई जवाब नहीं दिया। बड़ी देर बाद उसने कहा, "इस प्रश्न का जवाब देना बहुत कठिन है अमरजी। मैं जवाब न दूँ तो भी गलत हो जाएगा। आप जाने क्या-क्या सोचने लग जाएँ। आपने ख्याल किया होगा, आपके

वहाँ जाने पर साधनदा तो प्रसन्न थे, लेकिन दुर्गा भाभी के चेहरे में एक खीझ थी।''

अमर ने कहा, ''हाँ, ऐसा मुझे भी महसूस हुआ।''

अमरेन्द्र ने बताया, ''साधनदा के मित्र-परिजन नहीं आते, ऐसा नहीं है। दुर्गा भाभी ने ही एक-एक कर सबको मना कर दिया है।''

अमर ने पूछा, ''भला, ऐसा क्यों,''

अमरेन्द्र ने कहा, ''यही वह इतिहास है, जो बहुत कम लोगों को पता है।''

एक चर्चित पत्रकार जब लम्बे समय तक अस्वस्थ हो तो बड़े-से-बड़ा समूह भी कहाँ साथ दे पाता है? साधनदा के पीएफ और ग्रेच्युटी के पूरे पैसे खर्च हो चुके थे। यहाँ तक कि दुर्गा भाभी ने अपने गहने भी बेच दिए थे और अब....।

साधनदा की स्थिति जब तुंग पर थी तब बड़ा बाज़ार के कई व्यापारी किसी-न-किसी काम के बहाने उनसे मिलते रहते थे। उन्हीं में से एक सेठ थे त्रिलोकचन्द। विधुर थे, कपड़े का थोक व्यापार था। एक बार इंकमटैक्स के घेरे में बुरी तरह फँस गये थे। साधनदा ने पहले तो ना कर दिया, लेकिन जब त्रिलोकचन्द ने यह विश्वास दिलाया कि वे सच बता रहे हैं, उन्होंने कहीं कोई धोखा नहीं किया है। इंकमटैक्स के कुछ अफसर पहले से चिढ़े हुए थे, उन्होंने ही फँसाया गया है। तब जाकर साधनदा ने उस मामले में हाथ डाला था। तब से त्रिलोकचन्द साधनदा को मानता था।

साधनदा की स्थिति ऐसी नहीं थी कि बांगूर के घर का किराया वे झेल सकें। उन्होंने त्रिलोकचन्द को खबर भिजवाई थी। सारी स्थिति को समझने के बाद त्रिलोकचन्द ने अपने ही बड़े और आलीशान मकान के एक छोटे हिस्से में साधनदा को रहने के लिए आमन्त्रित कर लिया। ऐसी स्थिति में साधनदा के लिए यह बहुत बड़ी राहत थी।

मगर, ईश्वर को कुछ और मंजूर था। जब से विधुर त्रिलोकचन्द ने दुर्गा भाभी को देखा था तब से ही उसके मन में चोर घुस आया था। आये दिन किसी-न-किसी बहाने सुबह-शाम त्रिलोकचन्द साधनदा के पास आने लगे। धीरे-धीरे वे साधनदा से न मिलकर दुर्गा भाभी से ही बात करने के बहाने ढूँढ़ लेते। यह क्रम बढ़ता चला गया। उसके बाद वही सब स्थितियाँ बनीं, जो ऐसे मामले में बनती हैं। दुर्गा भाभी परेशान हो गयीं। अन्ततः दुर्गा भाभी को साधनदा को बताना ही पड़ गया कि त्रिलोकचन्द इस हद तक पहुँच गये हैं कि कल उन्होंने विवाह का प्रस्ताव भी रख दिया और साधनदा के विषय में बड़ी बेशर्मी से कहा ऐसे ही पड़े रहेंगे एक कोने में... हमें कोई फर्क नहीं पड़ेगा।''

सुनते ही साधनदा उत्तेजित हो गये थे। लेकिन पक्षाघात की स्थिति में वे कर भी क्या सकते थे। उनकी आँखों से आँसू बह निकले। दुर्गा भाभी ने इतनी लाचारी

में कभी साधनदा को नहीं देखा था। दोनों घंटों रोते-बिलखते रहे। फिर दुर्गा भाभी ने अपने को सँभाला।

अब नई जगह पर जाना मजबूरी हो गयी थी। वहाँ रहते तो त्रिलोकचन्द की गन्दी मंशा का शिकार होना पड़ता। अब करें तो क्या करें...? दुर्गा भाभी ने कई जगह काम तलाशने की कोशिश की। दो-एक जगह काम मिले भी लेकिन वहाँ भी उनका सौन्दर्य उनके लिए मुश्किलें खड़ी कर देता था। उनकी साधनदा के प्रति निष्ठा, समर्पण, प्यार और दूसरी ओर जमाने की गन्दी सोच। अब तो बर्तन-भांड़े बेचने की स्थिति भी आ गयी थी। ऐसे क्षणों में दुर्गा भाभी ने अपने मन के साथ एक लम्बी लड़ाई लड़ी। अपने आपको खूब समझाया, प्रताड़नाएँ दीं लेकिन यथार्थ को भी नकारना बहुत कठिन था।

रिपोर्टिंग के समय कई बार वे इस इलाके से गुजर चुके थे तब से उन्हें पता है यह इलाका कितना बदनाम है? दुर्गा भाभी को उन्होंने टोका भी था। ''सस्ते में घर क्या उपनगर के इलाके में मिल नहीं सकता था। अमरेन्द्र को बोलती तो वह भी ढूँढ़ देता।'' दुर्गा भाभी ने पहले तो कोई उत्तर ही नहीं दिया। देर तक सुबकती रहीं। फिर कहा, ''मैं थक गयी हूँ, कहीं कोई रास्ता नहीं। उपनगर में रहने से तुम्हारी चिकित्सा के लिए असुविधाएँ होती। तुम्हारे चेकअप के लिए अपोलो जाना पड़ता है उसमें कितनी परेशानी होती है। मैं अकेली क्या-क्या करती?''

साधनदा ने फिर पूछा, ''चलो ठीक है, पर घर खर्च कैसे चलेगा? गनीमत है, मैं कुछ बोल पा रहा हूँ। तुम ऐसा करो, कुछ मुख्य अखबारों को मँगाने लग जाओ और मैं दो-तीन स्थानों पर कॉलम लिखने लग जाता हूँ। कुछ तो पैसे आएँगे! मैं बोलता जाऊँगा, तुम लिखती जाना... फिर तुम्हीं उन्हें पहुँचा आना। मेरे अपने अखबार में तो कॉलम छप ही जाएगा। कुछ जगहों में छद्‌म नामों से भी लिखा जा सकता है।''

दुर्गा भाभी ने कहा, ''इस हालत में तुमसे इतनी मेहनत होगी?''

साधनदा ने कहा, ''दुर्गा, किसी भी हालत में मेहनत तो करनी ही पड़ेगी। हम यों ही तो पड़े-पड़े मर नहीं सकते न..? ईश्वर ने जीवन दिया है, तकलीफें भी दी हैं, पर उनसे निजात पाने के पूरे रास्ते तो बन्द नहीं किए हैं न...।''

दुर्गा भाभी ने कहा, ''लोग तरह-तरह से जीने का उपक्रम कर लेते हैं। मैं भी कर लूँगी। बस तुम ठीक हो जाओ, उसके बाद मुझे क्या चिन्ता है?''

प्राइवेट कम्पनियों में शोषण अधिक है, पारिश्रमिक कम। ऊपर से उनका यह सौंदर्य हर जगह एक समस्या खड़ी कर देता है। पहले सुनती थीं कि सौन्दर्य की पवित्रता को लोग सराहते हैं, मगर यहाँ तो सारी अवधारणाएँ उलट-पुलट गयी हैं। हर नजर पर एक गुर्राता हुआ भेड़िया नजर आता है। घर पर मिलने जो पत्रकार आते

थे, उनमें से भी कुछ की नजरों में ऐसे ही भाव पढ़ लेती थीं दुर्गा भाभी। कभी-कभी आइने के सामने खड़ी होकर वह अपने सौंदर्य को कोसती भी थी, ईश्वर लोगों को सौन्दर्य देता है तो लोग विभोर हो जाते हैं। एक मैं अभागन हूँ, जिसका सौन्दर्य ही उसका दुश्मन बन गया है। फिर भी उन्हें कुछ-न-कुछ करना है साधनदा के लिए। उनका कहना था, ''साधन दा हैं, तभी वे भी हैं। साधनदा के बिना वे कुछ भी नहीं हैं।''

बैठे-बैठे एक दिन उपाय सूझा, दो गली के उस पार मोहल्ले की रूपाजीवियाँ रहती हैं। उनके भी बच्चे हैं जो शनैः-शनैः बड़े हो रहे हैं। क्यों न घर पर ही उन बच्चों के लिए ट्यूशन की क्लास खोल ली जाए। कुछ उपार्जन तो वहाँ से होगा ही, समाजसेवा भी होगी।

अमरेन्द्र ने कहा, ''बावजूद इस अच्छे काम के उस मोहल्ले में आते हुए साधन दा के पुराने मित्र के मन में कहीं-न-कहीं दुर्गा भाभी को लेकर भी सन्देह होने लगता। उनकी आँखों में उभर आये लोलुपता के डोरे भी अनायास पढ़ने को मिल जाते थे। ऐसे में दुर्गा भाभी और आहत हो जातीं। यही कारण है कि धीरे-धीरे सभी दोस्त यारों और परिजनों का यहाँ आना दुर्गा भाभी ने तकरीबन बन्द करवा दिया था।

लेकिन अमरेन्द्र की स्थिति जस-की-तस बनी हुई थी।

लोगों के बर्ताव को लेकर दुर्गा भाभी ने सोचा— इस हाड़-मांस के पुरुष-शरीर की तब कोई कीमत नहीं है जब अस्वस्थ हो। जबकि मन और शरीर से टूटी हुई स्त्री भी लोलुपता के लिए काम की चीज बन जाती है।

अमरेन्द्र को खास हिदायत है कि वह अपने साथ किसी को भी भाभी के घर न ले जाए। पर उस दिन अमरेन्द्र को लगा कि बहुत दिनों से साधनदा किसी से मिले ही नहीं और अमरजी से इन दिनों घने जुड़ने के कारण अमरेन्द्र ने दुर्गा भाभी से नाराजगी मोल ले ली। अमरेन्द्र जानता है कि इसके बाद जब भी दुर्गा भाभी से मुलाकात होगी, तो भाभी उन्हें खूब फटकारेंगी।

बारासात स्टेशन पर उतरकर पैदल बड़ी बहन के यहाँ जाते हुए अमर का मन-मस्तिष्क दुर्गा भाभी की करुण कहानी पर ही लगा रहा। अपने प्यार को जीवित रखने के लिए कोई स्त्री कहाँ तक सहती है, फिर भी हार नहीं मानती। मन-ही-मन अमर ने दुर्गा भाभी और साधनदा के लिए ईश्वर से प्रार्थना की।

कई दिनों तक अमरेन्द्र के साथ दुर्गा भाभी को लेकर बात होती रही। अचानक एक दिन अमरेन्द्र ने कहा, ''अमरजी, दुर्गा भाभी जैसी असंख्य स्त्रियाँ हैं जो मजबूरीवश ऐसी यन्त्रणा को सह नहीं पाती हैं। लेकिन उनको क्या कहेंगे जो अपनी देह की बिसात पर ऐशो-आराम खरीद रही हैं। आप एक महिला को स्वयं जानते हैं।''

अमर चौंका— हमारे आसपास ऐसी कौन सी महिला है?'' अमरेन्द्र ने आगे बताया, ''हमारे दफ्तर में प्रायः आने वाली मार्केटिंग एक्जीक्यूटिव रीटा को आप नहीं जानते...?'' अब चौंकने की बारी अमर की थी— ऐसा, ऐसा ही छद्म कलकत्ते में भरा पड़ा है। अक्षरों की दुनिया के कुछ बड़े लोग भी इस दुनिया में कभी-कभी डुबकियाँ लगा लेते हैं। खैर छोड़िये अमर भाई, इस प्रसंग पर बात न ही करें तो ही अच्छा है।

□□

कलकत्ते में उपनगरीय इलाके से बड़ी संख्या में लोग लोकल हावड़ा और सियालदह की ओर दिनभर कई-कई चक्कर लगाते हैं। बांग्लादेश के बॉर्डर में स्थित बनगाँव से लेकर सियालदह तक और उधर खड़गपुर से लेकर हावड़ा तक। वैसे कई रूटों के नित्य यात्रियों के समूहों में ऐसे कई लोग थे जो लोकल से चार-चार, पाँच-पाँच घंटे की दूरी से आते थे। दिनभर के कार्यकलाप में आठ से दस घंटे तो यात्रा में ही गुजर जाते थे।

लोकल के नित्य-यात्री अपनी-अपनी यात्रा को अपने-अपने तरीके से सहज और सहने योग्य बना लेते थे। अमर बारासात स्टेशन से कभी दत्तापुकुर लोकल तो कभी बनगाँव लोकल से सियालदह आता तो देखता कि ठीक उसी बोगी में एक व्यक्ति अक्सर चढ़ता और किसी सीट पर नहीं बैठता, बल्कि बीचों-बीच खड़ा हो जाता था। उनके आते ही भीड़ में से तीन-चार लोग और भी प्रकट हो जाते थे। वह व्यक्ति अपने बैग में से ताश की गड्डी निकालता था। उन पाँचों में से कोई एक अपनी दोनों हथेलियों को फैलाकर जोड़ लेता। एक तरह से फैली हुई अँजुरी की तरह रख लेता और चार लोग उस फैली हुई हथेली पर ताश खेलते थे। यह खड़े ताश का खेल खड़ी बोली की तरह ही उन्हें सहज-सरल लगता था। जिसकी हथेलियों पर ताश खेला जाता था, सियालदह उतरकर उसे बाकी चार लोग नाश्ता कराते थे। ऐसे ही फिर आते वक्त उन्हीं में से एक दूसरे व्यक्ति की ड्यूटी रहती हथेली पसारकर रखने की।

लोकल के पाँच-सात डिब्बों में दो-तीन डिब्बे ऐसे होते थे, जहाँ से ढोलक, झाँझ, मँजीरे बजने की आवाज़ आती थी। नित्य-यात्रियों में से कोई लोक कलाकार होता तो कोई भजन गायक। साथ में संगत के लोग बीच के स्टेशनों में जुड़ते चले जाते। उनका समय बहुत अच्छा कटता था। वे सियालदह उतरते तो स्टेशन से बाहर एक चायवाली गुमटी में अपना ढोल-मँजीरा रख देते थे। बदले में वहाँ सारी मंडली चाय पी लिया करती। इस प्रकार चायवाले को सुबह-शाम के नियमित ग्राहक मिल गये थे और ढोल-मँजीरा वालों को उसे लेकर ऑफिस नहीं जाना पड़ता था।

कलकत्ते का फुटबाल-प्रेम सर्वविदित है। इसलिए किसी-किसी डिब्बे में शाम को एक व्यक्ति चढ़ता था और उस दिन जो भी बड़े मैच हुए हों, उनकी पूरी कमेंट्री अपने गन्तव्य तक पहुँचते-पहुँचते वह सुना दिया करता था। यहाँ तक कि विभिन्न तरह के हाजमे वाली आयुर्वेदिक दवाइयाँ, चॉकलेट, लॉजेंस बेचने वाले भी तरह-तरह के गीतों, हास्य-व्यंग्य के जरिए अपना धन्धा करते थे। एक व्यक्ति तो बाकायदा पाँव में घुँघरू बाँधकर बाउल का नाच नाचते हुए पीपरमेंट बेचा करता था। वापसी के लोकल में लोग ऊँघते ज्यादा थे।

अमर ने कुछ लोगों को बोगी के दरवाजे के सामने हैंडल पकड़े हुए खड़े-खड़े सोते देखा। वह इतना खतरनाक था कि कहीं से भी धक्का लगने पर आदमी सीधे रेलपान्त पर हो सकता है। वापसी की लोकल में घर में काम आने वाले कुछ और सामान बिकते थे। हॉकरों को यह पता था कि नित्य-यात्रियों को सप्ताह में छुट्टी के समय ही घर-गृहस्थी की खरीदारी के लिए समय मिलता था। इसलिए घर-गृहस्थी का कुछ सामान लोकल में ही मुहैया कर दिया जाता। लोग ले भी लेते। कितने जोड़ों को मेल-मुलाकात के लिए भी लोकल ने अपने आपको सौंप रखा था।

लोकल की भीड़ अपने आप में एक अलग कहानी है। चढ़ते और उतरते वक्त बैठने की जगह पाने की होड़ में भीड़ का सैलाब आपको धकेलते हुए आगे ले जाएगा। आपको स्वयं जाना नहीं पड़ेगा। अमर वही करता था। सियालदह आते-आते वह दरवाजे के थोड़ी दूरी पर खड़ा हो जाता था। सियालदह आने पर भीड़ उसे धकेलते हुए प्लेटफार्म पर उतार देती थी। लोकल में चलो तो आपके नाक को सुगन्ध और दुर्गन्ध में फर्क करना छोड़ना पड़ेगा। पसीने की तरह-तरह की गन्ध अच्छे-से-अच्छे परफ्यूम की ऐसी-तैसी के लिए काफी थी। दो-दो, चार-चार लोकल एक साथ जब सियालदह पहुँचतीं तो स्टेशन के बाहर का दृश्य देखकर ऐसा लगता जैसे ढेर-सी चींटियाँ अपने बिल से एक साथ निकलकर आ रही हों।

□□

प्रेस के पते पर इब्राहीम की चिट्ठी मिली।

''प्रिय अमर,

रमाकान्त से सुना था कि इस बीच तुम सोनपुरा आए थे। मुझसे मुलाकात नहीं हो पाई, अखर गया।

तुम्हें दो-दो दुःखद समाचार भेज रहा हूँ। दद्दा और छोटे मियाँ नहीं रहे। यद्यपि सोनपुरा के जीवन में छोटे मियाँ की उपस्थिति और अनुपस्थिति का उतना फर्क नहीं पड़ता, मगर हम लोगों की टोली के लिए तो छोटे मियाँ एक महत्त्वपूर्ण कड़ी थे। दद्दा के विषय में तुम्हें रमाकान्त ने बता ही दिया था कि दादी की मृत्यु

को दद्दा से यह कहकर छिपाया गया था कि दादी गाँव गयी हैं। लेकिन बहुत दिनों तक जब दादी की कोई खोज-खबर नहीं मिली तो दद्दा ने नौकर को दादी को लिवा लाने के लिए भेजना चाहा, तब लड़कों को मजबूरन बताना पड़ा कि दादी चल बसी हैं। इस खबर के पाते ही दद्दा ने जो बिस्तर पकड़ा तो वह उनके प्राण जाने के बाद ही छूटा।

इतने दिनों बाद मैं पत्र लिख भी रहा हूँ तो इस दुःखद समाचार के साथ।

रायपुर गया था, भाभी से मुलाकात हुई थी। तुम्हारे बारे में सारी जानकारी मिली।

सालेऽऽ... अब तो सुधर जा! कब तक सिद्धान्तों का ढोल पीटता रहेगा। तुझे पता है, तेरे बनाये हुए छोटे-छोटे संवाददाताओं ने बड़ी-बड़ी बिल्डिंगें तान दी हैं। अब तो तू एक प्रतिष्ठित जगह में है, कुछ कर यार...। एकाध घर बन जाए, गाड़ी-वाड़ी हो जाए तो हमें भी कहते बनेगा, सालेऽऽ... फकिड्डे के फकिड्डे रहोगे तो क्या हासिल होगा?

भाभी यहाँ और तुम वहाँ? खूब धिंगड़ाई कर रहे होगे? सालेऽऽ... देखना कभी गलती से पाँव न फिसल जाए। सुनते हैं वहाँ भी काफी रंगीनियत है।

यहाँ शेष कुशल है, कुछ दिन की छुट्टी लेकर आ जाओ तो मिलना हो जाएगा।

— तुम्हारा इब्राहीम''

पत्र पढ़ने के बाद देर तक अमर अपने में डूबा रहा। छोटे मियाँ की छोटी-बड़ी बातें, उनकी चूहामार दवाई बेचने की अजीब-सी शैली। कुल मिलाकर एक आम आदमी के भीतर छिपा सन्तोष और भोलापन। बार-बार याद आने लगी दद्दा की नाराजगी, राजनीतिज्ञों को दी जाने वाली गालियाँ... और अखबार के गिरते मूल्यों पर गहरी चिन्ता।

कितने गहरे जुड़े हुए थे दद्दा दादी से। दादी के चले जाने का सदमा वे बर्दाश्त नहीं कर सके। वैसे ऊपरी तौर पर उनके जुड़ाव का पता कहाँ चलता था। बकबक करते हुए दद्दा और पास बैठीं शान्त-सी दादी। यही चित्र जैसे आँखों में बार-बार झूलने लगा।

आप चाहे किसी भी मनःस्थिति में हों, दैनन्दिन काम तो आखिर काम है। फिल्मों के कॉलम देखने वाले असीम और जयशंकर ने टोका भी— "क्या बात है? कोई दिक्कत है क्या...?"

अमर क्या बताता, उसने संक्षेप में बता दिया— "दो अजीज लोगों के मृत्यु का समाचार आया है।"

कभी बातों-ही-बातों में अनिलजी से भी अमर ने दद्दा की चर्चा की थी।

इसलिए अनिल जी को जब पता चला तो अनिल जी भी अमर से दद्दा के विषय में बातें करने लगे।

अनिलजी ने कहा, ''सचमुच अमर, ऐसे बुजुर्ग हमारे घर-परिवार के न भी हों मगर सामाजिक दायरे में इनका होना काफी मायने रखता है। जैसा आप बताते रहे, जिस तरह वे जीवन के मूल्यों को लेकर हमेशा सतर्क रहते थे वह आने वाली पीढ़ी के लिए एक सन्देश था। यह और बात है कि कितनों ने उन्हें समझा और कितनों ने नहीं।''

दद्दा का चले जाना वाकई अमर के लिए एक अपूरणीय क्षति थी।

उदयनजी और असीम की जिद पर एक 'देवयानी चौबल' के कॉलम की शुरुआत हुई। देवयानी चौबल 'स्टार डस्ट' में एक चर्चित फिल्मी कॉलम लिखती थीं। अँग्रेजी के पाठकों को यह फिल्मी गपशप का कॉलम बहुत रुचता था। लल्लाजी ने समझाने की कोशिश भी की कि यह कॉलम हिन्दी के पाठकों को उतना रुचिकर नहीं लगेगा। हिन्दी के पाठकों के संस्कार अलग हैं। वे उसे हजम नहीं कर पाएँगे। इसके बावजूद यह कॉलम प्रारम्भ हुआ। मुश्किल से सात-आठ सप्ताह के अन्दर ही पाठकों के ढेर से पत्र देवयानी चौबल के उस कॉलम के खिलाफ आने लगे। उदयनजी को उनकी मित्र-मंडली ने भी दिल्ली और बम्बई से फोन भी किया कि यह रविवार के तेवर के अनुकूल नहीं है। थक-हारकर अन्ततः यह कॉलम बन्द हुआ।

हालाँकि यह कोई बहुत बड़ी उल्लेखनीय घटना नहीं थी, लेकिन अनिलजी और अमर को लगता था यह भी एक उदाहरण है हिन्दी के पाठकों के अपने संस्कार का। शायद इसे ही न समझने की नादानी का खमियाजा हिन्दी के कई प्रकाशन जाने-अनजाने भुगतते हैं। पाठकों की नब्ज़ पकड़ने का दायित्व भी किसी भी पत्र के लिए बहुत जरूरी होता है। पहले के दिनों में दस-दस साल तक पत्रिका का स्वरूप एक जैसा रह जाता था। लेकिन अब हर चार-पाँच साल में यदि उसमें बदलाव न आये तो उसका सीधा असर पाठकों की पसन्द-नापसन्द पर पड़ता है।

'रविवार' अपनी तीखी और सच्ची रिपोर्ट्स के कारण ज्यादा चर्चित रहा है। उदयनजी ने पता नहीं क्या सोचा कि धीरे-धीरे पत्रिका प्रो-कांग्रेस होती चली गयी। इस तरह उदयन जी जैसे सधे हुए पत्रकार भी आहिस्ते-आहिस्ते राजनैतिक महत्त्वाकांक्षाओं के घेरे में आने लग गये।

इसी बीच दो दिनों के लिए अमर रायपुर आ गया। आने पर पता चला कि दीप्ति को अकेले गृहस्थी सँभालने में दिक्कत हो रही है। पहली बार अमर और दीप्ति अलग-अलग रह रहे थे। इस दूरी के चलते अमर को महसूस हुआ कि दीप्ति में थोड़ी-सी चिड़चिड़ाहट भी आ गयी है। दाम्पत्य में इस उम्र का अलगाव

निश्चित ही एक अजीब-से शून्य को जन्म देता है, जहाँ शंकाएँ भी होती हैं, आत्मविश्वास में कमी आ जाती है और बात-बात पर अनावश्यक गुस्सा भी। अमर को इन सबसे थोड़ी चिन्ता हुई। मित्रों से भी इस सम्बन्ध में बातचीत हुई।

लौटते वक्त अमर के मन में भविष्य को लेकर काफी द्वन्द्व था। यों भी अब 'रविवार' से उसे ऊब होने लगी थी। अपने ही स्वभाव से अमर स्वयं भी परेशान रहा है। परिवेशगंत कारणों से भी अमर को परेशानी हो रही थी। हिन्दी भाषी क्षेत्र में जन्म लेने और रचने-बसने के बाद उसे बंगाल का माहौल ही अच्छा नहीं लगता था। दफ्तर में रहते तक तो वह हिन्दी के वातावरण में रहता था, लेकिन जैसे ही दफ्तर से बाहर आते थे, तो पूरे बांग्ला भाषा के वलय और उनके चाल-चलन के अनुरूप ही ढलना पड़ता था।

लौटने के बाद एक दिन मौका देखकर अमर ने अपनी चिन्ता, चाहत और परिस्थितियों का जिक्र उदयनजी से किया। उदयनजी के स्नेह का दबाव अमर ने हमेशा महसूस किया। लेकिन अपने-आप से परेशान अमर ने उदयनजी को अन्ततः अपने मन की बात कह ही दी।

उदयनजी ने सुना, देर तक सोचते रहे। फिर कहा, ''देखो अमर, तुमने काफी संघर्ष कर लिया है। अब तुम्हें व्यवस्थित जिन्दगी में आ जाना चाहिए। यहाँ वेतन अच्छा है, और मेरे रहते तुम्हें और कोई परेशानी भी नहीं होगी। सोच-समझकर निर्णय लो।''

अमर का मन फिर भी शान्त नहीं हुआ। पन्द्रह दिन बाद अमर ने फिर बात उठाई। अमर को लगा कि इसी बीच उदयनजी ने कुछ और सोच रखा था। इसलिए इस बार बातचीत उठाते ही उदयन जी ने कहा, ''एक और रास्ता है अमर, आर्थिक नुकसान न होते हुए भी तुम्हें सुकून मिल सकता है।''

अमर ने उत्सुकता से उदयन की ओर देखा। उदयनजी ने फिर कहा, ''तुम ऐसा करो, रायपुर को हेडक्वार्टर बना लो और भोपाल के स्वामी त्रिवेदी की तरह तुम छत्तीसगढ़, उड़ीसा और महाराष्ट्र का वह हिस्सा देखो जो छत्तीसगढ़ से जुड़ा हुआ हो। ऐसे में वेतन तो वही मिलेगा, ऊपर से यात्रा-भत्ता और अन्य सुविधाएँ उपलब्ध हो जाएँगी और तुम मुझसे जुड़े भी रहोगे।''

इस प्रस्ताव को सुनकर अमर को बड़ी प्रसन्नता हुई। सबसे बड़ी राहत की बात थी कि वह अब बच्चों के साथ रह पाएगा। दीप्ति को भी काफी राहत मिलेगी।

उदयन के पास से आकर सबसे पहले अमर ने इस बात की चर्चा अनिल जी से की। तो अनिलजी बहुत खुश हुए, ''चलो आपको यहाँ की कचकच से मुक्ति मिल गयी। लेकिन व्यक्तिगत तौर पर मुझको तो तकलीफ होगी ही।''

अमर ने तुरन्त दीप्ति को पत्र लिखा और सारी बातें विस्तार से बतायीं।

यह मन भी बड़ा अजीब है। अब तक कलकत्ते से उसे ऊब हो गयी थी और जब रायपुर वापसी की नौबत आ रही है तो अमर का मन इस महानगर के लिए भी उदास होने लगा। यहाँ की सांस्कृतिक गर्माहट को इतने दिनों में उसने महसूस कर लिया था। पुस्तक मेले की भीड़ और पुस्तकें खरीदने का जुनून उसने और कहीं नहीं देखा था। इसी तरह नाटकों के लिए एक पूरा-का-पूरा मोहल्ला बस गया हो, ऐसा भी देश के किसी और हिस्से में नहीं है। चितपुर रोड को थियेटरपारा कहा जाता है, जहाँ चर्चित थियेटर के सभागार हैं जैसे— स्टार, मिनरवा, रंगना, गिरीश मंच इत्यादि। समय के अन्तराल में जब नाटकों से अधिक यात्रा-नाटक (जात्रा) को ज्यादा तवज्ज़ो मिलने लगी तो यहाँ नियमित तौर पर सिनेमा की तरह टिकिट के आधार पर यात्रा-नाटक की भीड़ लगी रहती थी। बीच-बीच में नाटक भी होते रहे। यहाँ से चले जाने के बाद अब इस सुख से वंचित हो जाना पड़ेगा। यह एक जुनून का शहर है। राजनीति से लेकर खेल-कूद तक इस जुनून को हर जगह देखा-परखा जा सकता है। यह सब छूट जाएगा।

मगर घर-वापसी की खुशी भी कम नहीं थी, और इसी उत्तेजना में कलकत्ते से वापसी का दिन भी कब आ गया, पता ही नहीं चला।

चौदह

एक लम्बे अन्तराल के बाद रायपुर के समाचार-जगत से फिर जुड़ना हुआ। स्थानीय पत्रों का परिवेश ऐसा है कि जब तक आप यहाँ रहें, तब तक आपकी एक पहचान बनती जाती है। जैसे ही आप स्थानीयता से दूर हुए, तो आपके साथ बाहरी होने का ठप्पा लग जाता है। समाचार के स्थानीय सूत्र छूट जाते हैं। व्यवहार में बदलाव आ जाता है। इन सब व्यावहारिक दिक्कतों के बावजूद अमर को घर लौट आने की खुशी थी। सबसे ज्यादा सुकून मिल रहा था दीप्ति और बच्चों को। लड़का हायर सेकेंडरी पास कर चुका है। बच्ची एम.एस.सी. फाइनल में है।

राष्ट्रीय साप्ताहिक पत्रों में स्थानीय समाचार भेजना एक अलग मशक्कत का काम है। रोज दम तोड़ देने वाले समाचार राष्ट्रीय पत्रों में जा नहीं सकते थे। कम-से-कम पन्द्रह दिन तक प्रभाव छोड़ने वाली घटनाओं को ही चुना जा सकता था या फिर राजनैतिक उठा-पटक और गतिविधियों को लेकर रिपोर्ट तैयार करनी पड़ती थी।

अमर की कोशिश होती कि छत्तीसगढ़ के दूर-दराज अंचलों में कोई खास घटना को लिया जाए जिसके लिए दौरे भी करने पड़ते। इस प्रकार माह में कम-से-कम चार से छह दमदार रिपोर्ट भेजनी पड़ती थीं। छत्तीसगढ़ से लगे हुए महाराष्ट्र के हिस्से में भी अमर दौरा कर लेता था। उड़ीसा की यात्रा तकलीफदेह होती थी, क्योंकि वहाँ यातायात के साधनों को लेकर दिक्कतें थीं। अमर को लगा कि डेस्क पर काम करना फील्ड में काम करने से ज्यादा आसान है।

इब्राहीम रायपुर में आकर अमर से मिला था। आदत के अनुसार उसने अमर से कहा, ''बेटा ! उल्टी बात कर रहे हो, डेस्क पर काम करने में मजा कहाँ? फील्ड में ही काम करने वालों की पूछ-परख होती है। तुम भी अजीब हो, तुम्हारी शर्तें भी अजीब हैं। जितने लोगों ने कम समय में अपने लिए काफी कुछ जोड़ लिया है वे सब फील्ड के लोग हैं। फील्ड में मलाई है, मलाई निकालने के लिए उँगली टेढ़ी करनी पड़ती है। उँगली टेढ़ी करना कोई अनुचित काम नहीं है। इसमें उँगली का स्वास्थ्य बना रहता है, उसका लचीलापन बना रहता है और वक्त पड़े तो मुट्ठी की कसावट भी जबर्दस्त बनी रहती है। लेकिन साले, तुम्हारे सामने यह सब बात करने का क्या मतलब है? मैं तो भैंस के आगे बीन ही बजा रहा हूँ और तुम साले अपनी ही शर्तों को पगुराये जा रहे हो। सामने जिम्मेदारी आ रही है, बिटिया की शादी करनी है। कुछ माल-पानी इकट्ठा किया या ऐसे ही है।''

अमर को हँसी आ जाती, ''जितने लोग गलत हथकंडे नहीं अपनाते, क्या उनकी बच्चियों की शादियाँ नहीं होतीं? क्या वे घर का बोझ नहीं उठाते? तू भी तो नौकरी कर रहा है। क्या तू भी अपनी कम्पनी में गलत काम करके पैसे कमा रहा है?''

इब्राहीम भड़क गया, ''अबे, मेरे यहाँ तो पैसे खाने की गुंजाइश ही नहीं है। होती तो तुझे बताता। नौकरियों में पैसे खाने पर व्यक्तित्व में एक खास तरह की लिजलिजाहट आ जाती है। लेकिन तुम लोगों के क्षेत्र में पैसे खाने से और इज्जत बढ़ती है। बेटे फकिड्ढे, मेरे घर में तो मेरी नौकरी के अलावा भी माँ-बाप ने कुछ जोड़ रखा है, अपना घर है, थोड़ी-सी खेती है, तेरे पास क्या है? एक अदद कलम! अच्छा-खासा राष्ट्रीय पत्र में चला गया था। वहीं रहता, अपना कद बढ़ाता वह तो हुआ नहीं, साला जहाज के पंछी की तरह बार-बार यहीं मरने के लिए लौट आता है। तिस पर तुर्रा यह कि यहाँ के लोग तुझे बाहरी समझते हैं, और बाहर के लोग तुझे रायपुर का समझते हैं। ऐसे में तेरा वजूद ही कहाँ बन पा रहा है। थोड़ा-बहुत साहित्य में लोग पहचानने लगे हैं, उससे तो भाई पेट नहीं चलता। मैं तो समझाता रहूँगा। साले तू समझे चाहे न समझे, भाड़ में जा...।''

अमर की इच्छा होती है कि इब्राहीम से पूछे कि क्या भाड़ में जाने का कोई

अनुभव उनके पास है? क्या भाड़ आज की सामाजिक परिस्थितियों से बेहतर है, या इससे बदतर।

ऐसा ही था इब्राहीम। उसकी गालियों में भी उसका प्यार छिपा होता था।

इब्राहीम के लौटने के बाद अमर घंटों सोचता रहा— सचमुच भागते रहने से बात नहीं बनती है और जीवन में स्थायित्व भी नहीं आता है। दीप्ति भी बारम्बार इसी ओर इंगित करती है।

इधर, पत्रकारिता में काफी कुछ बदलाव आ रहा था। अब छोटे-मोटे भ्रष्टाचार की खबरों से न तो भ्रष्टाचार करने वालों की सेहत पर कोई असर होता था और न पढ़ने वाले उद्वेलित होते थे। ऐसा लगता था कि सहने की सीमा में अब भ्रष्टाचार भी धीरे-धीरे स्वाभाविक होता जा रहा है। जो लेन-देन में माहिर थे उन्हें तकलीफ नहीं थी। तकलीफ उन्हें थी जो लेन-देन के लिए सही माध्यम तलाश नहीं पाते थे। किसको कितना देने से काम निकल जाएगा, यह यदि आपको नहीं मालूम है तो आपका काम हो ही नहीं सकता।

इस बदलते माहौल में भी अमर किसी-न-किसी तरह से राष्ट्रीय खबरें ढूँढ़ लेता था। दो-एक समाचार-फीचर भी बनाये जो काफी पसन्द किए गये।

स्थानीय पत्रों में जगह तलाशने के लिए अमर ने कोशिश भी की थी। जगह बन सकती थी, लेकिन वेतनमान इतना कम था कि अब उस वेतनमान पर काम करने का कोई सवाल ही नहीं उठता था। हालाँकि मित्रों का मानना था कि 'रविवार' से ही जुड़े रहो और फिर किसी महानगर में अच्छी गुंजाइश खोजकर चले जाओ।

इसी बीच एक अप्रत्याशित घटना घटी। 'रविवार' का प्रबन्धन उदयनजी के रवैये से नाखुश था। विज्ञापन तो आ ही नहीं रहे थे, बल्कि प्रसार-संख्या चालीस हजार तक पहुँच गयी। अभिक सरकार ने मन कड़ा कर लिया और हिन्दी प्रकाशन से हाथ खींच लेने का निर्णय ले लिया। नवम्बर 1989 में अन्ततः उदयनजी चले गये दिल्ली की राजनीति में और 'रविवार' बन्द हो गया।

'दिनमान' और 'धर्मयुग' के बाद 'रविवार' का बन्द हो जाना हिन्दी के पाठकों और लेखकों के लिए एक बहुत बड़ा झटका था। राष्ट्रीय स्तर पर अखबार जगत में एक बड़े परिवर्तन की सुगबुगाहट शुरू हो चुकी थी। स्थानीय अखबारों को अभी तक इस परिवर्तन की हवा तक नहीं लगी थी। इसलिए व्यवस्थाएँ वैसी ही थीं जैसे चल रही थीं।

राष्ट्रीय स्तर पर कम्प्यूटर का प्रयोग शुरू हो चुका था। अब सम्पादकीय पर प्रबन्धन की नकेल कसने लगी थी। सम्पादकीय के साथ-साथ अब व्यापार को भी शामिल कर लिया गया था अर्थात् सम्पादक की जिम्मेदारियों में बिजनेस को शामिल कर लिया गया। यदि विज्ञापन घटता है और प्रसार-संख्या घटती है तो जिम्मेदारी

का एक हिस्सा सम्पादकीय पर भी आता था। 'टाइम्स ऑफ इंडिया' ने अखबार पर आर्थिक बोझ कम करने के लिए छँटनी का नायाब तरीका निकाल लिया था। वॉलेन्टरी रिटायरमेंट स्कीम की शुरुआत हो चुकी थी। सन् 2000 तक आते-आते इलेक्ट्रॉनिक मीडिया का वर्चस्व प्रारम्भ हो चुका था। इक्के-दुक्के समाचार चैनलों ने अपना काम प्रारम्भ कर दिया था।

'रविवार' बन्द होने से एकमुश्त कुछ पैसे अमर को मिले। अमर ने इन पैसों को बिटिया की शादी के लिए सुरक्षित रख दिया। अब फिर से जीविका की चिन्ता होने लगी। रायपुर के सभी अखबारों में सम्पादकों की जगह भरी हुई थी। ऐसे ही तनाव के समय वोराजी से मुलाकात हुई। वोराजी अपना स्वयं का समाचारपत्र प्रारम्भ कर चुके थे। वोराजी ने ससम्मान वरिष्ठता के क्रम में अमर को जगह दी। लेकिन 'रविवार' की तुलना में पारिश्रमिक कम था। अमर के पास लाचारी थी।

□□

केन्द्र में भाजपा सरकार ने अचानक तीन नये राज्यों की घोषणा कर दी— छत्तीसगढ़, झारखंड और उत्तरांचल। रायपुर को छत्तीसगढ़ की राजधानी का दर्जा मिला। यद्यपि पृथक छत्तीसगढ़ राज्य की एक लम्बी लड़ाई लड़ी गयी थी, लेकिन इस समय किसी आन्दोलन की कोई हवा ही नहीं चली। अप्रत्याशित रूप से राज्य की घोषणा हुई। प्रथम मुख्यमन्त्री के रूप में अजीत जोगी ने पदभार सँभाला। अजीत जोगी आई.ए.एस. रह चुके थे। वे रायपुर के कलेक्टर भी रहे, इसलिए छत्तीसगढ़ की नब्ज को पहचानते थे। छत्तीसगढ़ की प्रत्याशाएँ भी काफी थीं। लेकिन सालभर बीतते-न-बीतते अजीत जोगी जनआकांक्षा के अनुरुप साबित नहीं हो रहे थे। समाचार के लिए गुंजाइश बनती गयी। जोगी लालू यादव की तरह अपने खिलाफ समाचार को बर्दाश्त नहीं कर पाते थे।

वरिष्ठ पत्रकार राजनारायण मिश्र (दा) को एक ऐसे ही मामले में गिरफ्तार कर लिया गया। इस समय पूरे छत्तीसगढ़ के पत्रकार लामबन्द हुए और जबर्दस्त विरोध हुआ। राजनारायण मिश्र की जेल से रिहाई हुई, लेकिन मामला खत्म नहीं किया गया।

जोगी की जाति का मामला भी उठा और अन्ततः न्यायालय पहुँचा। विकास के कार्यों के नाम पर करोड़ों खर्च हुए। एक खुशहाल राज्य की प्रत्याशा में एक आस बँधी, लेकिन कालान्तर में देखा गया कि जोगी ने पूरे राज्य के कामकाज को केन्द्रीयकृत कर लिया। यहाँ तक कि मन्त्री भी स्वतन्त्र रूप से काम नहीं कर पा रहे थे। अमला आधारित राजनीति भी चल रही थी। कहते हैं कि उनके समय में कलेक्टर और एस.पी. भी पार्टी का काम करते थे, जिसके चलते पार्टी कार्यकर्ताओं

में असन्तोष बढ़ने लगा था। चुनाव की घोषणा हो चुकी थी। तब तक जोगी के कार्यकाल के तीन साल पूरे होने वाले थे।

लगभग उसी के आसपास जे.पी. से अमर की अप्रत्याशित मुलाकात हुई। जे.पी. बिलासपुर से अमर को जानते थे और अमर को पसन्द भी करते थे। जे.पी. ने बात-बात में कहा, ''अमर भाई, कोई बड़ा काम क्यों नहीं कर लेते?''

अमर ने कहा, ''बड़े काम से आपका आशय क्या है...''

जे.पी. ने स्पष्ट किया, ''एक अखबार क्यों नहीं निकाल लेते?

अमर को हँसी आ गयी, ''आज की तिथि में अखबार निकालना आसान है क्या... ?''

जे.पी. ने पूछा, ''कठिन क्यों है?''

अमर ने समझाया, ''पैसे खूब लगते हैं, आरम्भ करने के लिए ही दो से तीन करोड़ रुपये लगेंगे। पैसे की वापसी की कोई गारंटी नहीं। धीरे-धीरे अखबार जब जमेगा तब थोड़ी-बहुत आवक प्रारम्भ होगी।''

जे.पी. ने कहा, ''यदि पैसे का जुगाड़ हो जाए, तो आप निकाल लेंगे?''

अमर ने कहा, ''अवश्य।''

जे.पी. खुश हुए, ''फिर क्या बात है, शुरू हो जाइए।''

अमर ने पूछा, ''पैसे कौन देगा?''

''हम देंगे अमर भाई। सोचिए कि बस, आप कल से अखबार के मालिक बन गये। मैं तो नेपथ्य में रहूँगा, पता नहीं क्यों मुझे आप पर इतना भरोसा है कि आप अखबार चला लेंगे। मुझे तो बस यही खुशी होगी कि मेरा एक भाई राष्ट्रीय स्तर का अखबार निकाल रहा है। मेरा रुतबा ऐसे ही बढ़ जाएगा। लेकिन मैं शुरू में दो ही करोड़ लगाऊँगा, शेष कुछ महीने बाद।''

सबसे पहले अमर ने दीप्ति से जे.पी. के साथ हुई बातचीत का जिक्र किया। सुनते ही दीप्ति भड़क गयी, ''तुम किसी मुगालते में मत रहो। एक फाइनेंसर ने वादा भर किया है, उतने में तुम पिघल गये। सब छोड़-छाड़कर दिल्ली से एक पत्र निकालना क्या आसान काम है? हाँ, यदि यहाँ से निकालने की बात हो तो एक बार सोचा जा सकता है।''

अमर का तर्क था, ''एक पूरे अखबार को अपने अनुकूल निकालने का दमखम यदि मुझमे हैं तो फिर रायपुर और दिल्ली में क्या फर्क है? दिल्ली से निकालने में एक अलग पहचान बनती है। यदि ईश्वर ने चाहा तो हम सफल भी हो सकते हैं। जहाँ तक सवाल पैसे का है, एक ज्वाइंट एकाउंट में पैसे पहले जमा करवा लिये जाएँगे। फिर जे.पी. भले आदमी हैं। उन्होंने यदि जबान दी है तो उससे परे नहीं हटेंगे।''

दीप्ति ने कहा, "हड़बड़ी क्या है? कुछ दिन और देखो। यदि यह जे.पी. का आवेग मात्र है तो महीने-दो-महीने में ठंडा हो जाएगा। उसके बाद भी यदि उनका उत्साह बना रहा तो फिर सोचा जाएगा। अभी तुम अपना काम करते रहो। यह बड़ा जोखिम वाला निर्णय है अमर, इस बात का हमेशा ख्याल रखना कि एक राष्ट्रीय पत्र में सर्वेसर्वा होकर रहने के बाद फिर यदि कोई गड़बड़ी हुई तो हमेशा तुम्हें उसी के समानान्तर जगह तलाशनी होगी और यदि नहीं मिली तो कुंठित हो जाओगे। सबसे बड़ी बात है कि जल्द-से-जल्द बिटिया की शादी कर देनी है, तब जाकर हम थोड़ा-बहुत जोखिम उठा सकते हैं। घर के कंस्ट्रक्शन में इस बीच और तेजी लाओ, फिर सोचा जाएगा।"

इसके बाद जे.पी. बीच-बीच में मिलते रहे। उसी उत्साह और उमंग के साथ। किसी-न-किसी बहाने अमर उन्हें टालता रहा। कभी अखबार के रजिस्ट्रेशन के नाम पर तो कभी दिल्ली में दफ्तर के नाम पर और नहीं तो बिटिया की शादी की व्यवस्थाओं के नाम पर। जे.पी. ने अन्त में यहाँ तक कह दिया, "कुछ-एक लाख रुपये तो मैं आपकी व्यवस्थाओं के लिए दे सकता हूँ, ताकि आप घर की तरफ से निश्चिन्त हो जाएँ।"

मित्रों की मंडली में विष्णु, भास्करन, थापर साहब, सतीश, शमीम, नथमल सबने समझाने की कोशिश की कि यह बहुत बड़ा रिस्क है। यदि फाइनेंसर बीच रास्ते में गड़बड़ाया तो आप कहीं के नहीं रहेंगे। लेकिन अमर के ऊपर तो जुनून सवार था। उसे ऐसा लगता था कि ईश्वर सबको ऐसे अवसर कहाँ उपलब्ध कराता है। एक निम्न-मध्यमवर्गीय खाली हाथ व्यक्ति की पीठ पर एक व्यक्ति दो करोड़ रुपये निःस्वार्थ भाव से लगा रहा है और वह है कि अपने सुरक्षित भविष्य के चक्कर में अवसर ही गँवाने पर तुला है... ?

घर पर तकरीबन रोज दीप्ति से इस मुद्दे पर तर्क-वितर्क होता और अन्ततः दीप्ति ने थककर हामी भरी, एक ही शर्त पर कि चाहे दो महीने लगें या तीन, दो काम हो जाए तभी आप दिल्ली जा सकते हैं— एक बच्ची की शादी और दूसरा, घर पूरी तरह से रहने लायक बन जाए।

□□

मित्रों को जे.पी. का इस तरह किसी पत्र को निकालने के लिए सामने आना, तिस पर इतनी बड़ी राशि लगाना— यह अजीब लगता था। सबको लगता है कि इसके पीछे जरूर कोई और बात है जो छिपाई जा रही है, जबकि अमर को पता है कि जे.पी. ने अभी तक इसके पीछे कोई और मंशा होने का जिक्र ही नहीं किया है। जे.पी. ने तो पत्र की प्रिंटलाइन में सम्पादक, प्रकाशक, मुद्रक में अमर का नाम देने

का ही प्रस्ताव रखा है। इतनी राशि लगाने वाला मालिक कभी इस तरह का प्रस्ताव नहीं देता।

इस बातचीत के चलते कई बार जे.पी. के दफ्तर जाना हुआ। जे.पी. का पूरा स्टाफ व्यवहार-कुशल और मेहनती था। उनके काम को देखने वाले प्रमुख थे नारायण बाबू। जैसे जे.पी. वैसे वे भी। अमर को कभी भी जे.पी. या उनके मातहतों के व्यवहार में एक रत्ती भी फर्क नजर नहीं आया। मित्रों-परिचितों का समझाना जारी था। सब इसे एक बहुत बड़ा जोखिमभरा काम मान रहे थे। अनिश्चितता का वास्ता भी लोग देने लगे थे। सब का तर्क था कि बँधे-बँधाए वेतन वाली नौकरी ही अच्छी है। इसी उधेड़बुन में दो माह और बीत गये। जितना समय बीतता जाता, जे.पी. का उत्साह उतना ही बढ़ रहा था। उन्होंने तीसरे महीने में दिल्ली जाकर पूसा रोड स्थित राजेन्द्र प्लेस में दो बड़े ऑफिस खरीद लिये। फिर आकर बताया कि ऑफिस खरीदा जा चुका है, जरूरत के हिसाब से पूरा रि-मॉडल करने का ठेका भी वे दे आये हैं। अब अमर के पास निर्णय से पीछे हटने का कोई बहाना न था।

यह संयोग ही था कि बेटी के विवाह का प्रस्ताव भी उसी समय आया। सिर्फ दो लड़के ही देखे थे, जिसमें से भिलाई वाले लड़के के साथ बात तय हो गयी। दीप्ति ने सालों से कुछ पैसे अलग़ से जमा कर रखे थे। हर साल एक छोटा-मोटा गहना वह खरीद कर रखती जा रही थी। इस तरह सादे ढंग से बिटिया की शादी का जुगाड़ तो हो गया। अब रह गया था घर, जो अमर के पी.एफ. और ग्रेच्युटी के पैसे के साथ लोन के पैसे मिलाकर जैसे-तैसे बन ही जाना था। अमर को सारी व्यवस्थाएँ करने के लिए दिल्ली रवाना होना था। तय हुआ कि मशीन आदि खरीदने की व्यवस्था बाद में की जाएगी। अभी तो बाहर से पत्र छपवाया जाएगा। सबसे पहले तकनीकी हिस्से की तैयारी करनी है। कम्प्यूटर से लेकर सर्वर तक।

पहले दैनिक निकालने की योजना थी। अमर ने जब दिल्ली जाकर सारी परिस्थितियों का आकलन किया तब अमर को लगा कि दैनिक में और खर्च होंगे। पहले पैसों का जो अनुमान लगाया गया था, वह स्थानीय पत्र के रूप में सही था। लेकिन दिल्ली से यदि दैनिक पत्र निकालना था तो उसकी शुरुआत पाँच-छह करोड़ से कम में नहीं होने वाली थी। जे.पी. से तुरन्त बात की गयी। जे.पी. ने इतने पैसे पास नहीं होने का जिक्र किया। अन्ततः एक पाक्षिक की योजना बनी। तैयारियाँ उसी ढंग से करने की शुरुआत की गयी। टाइटल के लिए जब सोच-विचार होने लगा तो एक ख्याल आया क्यों न 'रविवार' के टाइटल को ही खरीद लिया जाए? तदनुसार अमर कलकत्ता गया। आनन्द बाजार समूह के मालिकों से लगातार तीन बैठकें हुईं, लेकिन बात बनी नहीं। वे सिर्फ टाइटल के लिए ही दो करोड़ रुपये की माँग कर रहे थे। यह माँग बिल्कुल नाजायज थी। एक बन्द पड़ी पत्रिका की इतनी

कीमत नहीं हो सकती थी। आखिर अमर को 'रविवार' वाली भावुकता को त्यागना पड़ा। मोहनजी ने समझाया भी कि नाम से कोई फर्क नहीं पड़ता। जब 'धर्मयुग' का प्रकाशन शुरू हुआ तो लगा था धार्मिक समुदाय-विशेष का मुखपत्र होगा, लेकिन आहिस्ता-आहिस्ता धर्मयुग की सामग्री ने उसके नाम को एक साप्ताहिक पत्रिका के रूप में स्थापित कर दिया।

दिल्ली में बहुमंजिले दफ्तरों में लिफ्ट से सामान लाना-ले-जाना बड़े झंझट का काम है। वह तो गनीमत थी कि चौथे माले में इंटर पॅब का दफ्तर था। धमेजा वर्षों पुराने मित्र थे जो उस दफ्तर के इंचार्ज भी थे। उन्हीं के सहयोग से दफ्तर समय पर तैयार हुआ। सारी खरीदारी हुई। मोहनजी की मदद से करीब पन्द्रह लोगों का चयन किया गया। मैनेजर के पद पर आर.एन. तिवारीजी का चयन अमर ने पहले ही कर रखा था। चयन के समय तिवारी भास्कर में काम कर रहे थे। तिवारीजी में एक खासियत थी कि वे पूरे देश के समाचारपत्र-विक्रेताओं को जानते थे। माया में काम करते वक्त प्रसार विभाग से ही वे जुड़े हुए थे और लगातार दौरों के दौरान उन्होंने सभी समाचारपत्र-विक्रेताओं से गहरी दोस्ती कर रखी थी। ए.एच. व्हीलर के इलाहाबाद मुख्यालय में भी तिवारीजी के परिचय का दायरा बहुत बड़ा था।

हिन्दी पत्रकारिता में एक लम्बी पारी खेलने के बाद अमर ने अपने अनुभव से जाना था कि जब तक युवा पाठकों को जोड़ा नहीं जाएगा, तब तक कोई भी पत्र अपना स्थान बना नहीं सकता। या तो व्यवस्था का विरोध हो या फिर मांसल चीजें छापी जाएँ। आदर्श का आग्रह हो भी तो वह अप्रत्यक्ष रहे। मूल्यों की बात भी बहुत ही महीन रूप से साथ चले। उसने अपने पाठक वर्ग की कल्पना दो तरह से की—एक युवा, दूसरे पचास की उम्र के आसपास के वयस्क। अमर का सोचना था कि युवा समाज की नयी करवटों को समझ रहे हैं और उसी के आसपास प्रत्याशाएँ भी हैं। वयस्क लोगों को अपना टारगेट बनाने के पीछे अमर की सोच थी कि वयस्क पाठकों में आदर्श और मूल्यों के प्रति अभी भी जो आस्था बची हुई है उसे भी अपने पत्र में शामिल करना चाहिए। पॉलिसी को लेकर जे.पी. से कोई चर्चा नहीं होती थी। जे.पी. को इन सबसे कोई वास्ता नहीं था। वे बस इतना चाहते थे कि दिल्ली में अमर जम जाए और पत्र भी अपना स्थान बना ले। एक अजीब मिट्टी से बने थे जे.पी.। एक चेहरा था विशुद्ध व्यवसायी का तो दूसरा चेहरा बिरले, संवेदनशील व्यक्ति का। वे अपने स्टाफ के सुख-दुःख का बहुत ख्याल रखते थे। यही कारण है कि निजी क्षेत्र में जहाँ साल-दो-साल में स्टाफ बदलते रहते हैं, वहीं जे.पी. के यहाँ वर्षों से लोग टिके हुए हैं।

वैसे जे.पी. की मूल जड़ें धनबाद में हैं। पिताजी ने वहीं कोलियरी का काम किया था। जब सभी भाई वयस्क हुए तो पिता ने सबको अलग-अलग व्यवसाय

करने के लिए पूँजी मुहैया की और सब अलग-अलग क्षेत्रों में पाँव जमाने लगे। जे.पी. तब बिलासपुर चले आये और तब से उपकरण सप्लाई का बड़ा काम हाथ में लिया। छोटे कद के गोरे-चिट्टे इकहरे बदन के जे.पी. हर-हमेशा बिल्कुल टिप-टॉप दिखते हैं। सबसे बड़ी बात है कि उन्हें कभी भी अमर ने उत्तेजित होते हुए या नाराज होते हुए नहीं देखा। कभी अधिक नाराज होते तो चुप्पी साध लेते।

थोड़े दिन साथ रहकर फिर से घर से अलग रहने की नौबत आ गयी। इस बात को लेकर दीप्ति को घनघोर असन्तोष था। एक तो बिटिया की शादी हो गयी तो दीप्ति को लगा कि घर में एक मित्र से वह बिछुड़ गयी। ऐसे में घर में सिर्फ पुत्र और दीप्ति ही रह गयी। अमर ने प्रस्ताव रखा था कि दिल्ली में सब एक साथ रहें। पहले-पहल किराये पर उसी हिसाब से एक फ्लैट भी मयूर विहार में देखा गया। छोटी-सी गृहस्थी के हिसाब से अमर ने वहाँ सारी व्यवस्था कर रखी थी। जाहिर है कि जे.पी. ने ही उस फ्लैट को सजाने-सँवारने का जिम्मा लिया था। जिस दिन मुकम्मल तौर पर अमर दिल्ली गया तो उसके आश्चर्य का ठिकाना नहीं रहा। नयी चमचमाती उसी दिन शो-रूम से निकाली गयी टाटा इंडिका अमर को लेने नयी दिल्ली स्टेशन पहुँची। यह थी जे.पी. की व्यवस्थाएँ। लेकिन दीप्ति को पाँच-सात दिन दिल्ली में रहने के बाद भी दिल्ली रास नहीं आयी। तय हुआ कि अमर ही सप्ताह भर के लिए हर माह रायपुर आ जाया करेगा। रायपुर वाले अपने घर में ही दीप्ति ने स्थायी तौर पर रहने का निर्णय लिया।

□□

मोहनजी जब राजकमल में कार्यरत थे उसी समय से अमर मोहन जी को जानने लगा था। एक तरह से राजकमल से जो भी पुस्तक प्रकाशित होती थी वह पूरी तरह मोहनजी की देखरेख में होती थी। कई बड़े लेखकों की पांडुलिपियों को एक हेडमास्टर की तरह उसकी भाषा, वाक्य-विन्यास को वे इतनी बारीकी से देखते थे कि राजकमल से प्रकाशित पुस्तकों में त्रुटियाँ न के बराबर होती थीं। भाषा के मामले में मोहनजी किसी तरह का समझौता नहीं करते थे।

इसलिए जब नये पत्र की तैयारी शुरू हुई तो अमर ने मोहनजी को ही प्रोडक्शन का पूरा दायित्व सौंपा। दिल्ली में जब-जब कोई नई पत्र-पत्रिका के प्रारम्भ होने की खबर फैलती है तो ढेर सारे लोग काम के लिए सम्पर्क करते हैं। बायोडाटा देखकर ही किसी की योग्यता का पता नहीं चलता। स्थापित नामों के साथ कई तरह की शर्तें भी जुड़ी होती हैं।

अमर के मन में अजय मिश्रा को भी जोड़ने की इच्छा थी। उसने अजय को धनबाद पत्र लिखा और फोन पर बात की। अजय तैयार हो गये।

उस समय अनिलजी भास्कर दिल्ली में थे।

अमर ने फोन पर मिलने का समय लिया और अनिलजी के पास पहुँचा। अमर के मन में इच्छा थी कि रविवार के दिनों की तरह अनिलजी साथ रहें। जाहिर है कि प्रकाशित होने वाले पत्र में अनिलजी का स्थान सीनियोरिटी में अमर के बाद सबसे आगे होता। अनिलजी पसोपेश में पड़ गये। भास्कर में उन्हें कोई तकलीफ नहीं थी। वे दैनिक जागरण से भास्कर में आये थे। सुधीरजी (मालिक) से भी अनिलजी के अच्छे सम्बन्ध थे। अमर के आग्रह को टालते भी नहीं बन रहा था। अन्ततः अनिलजी माने और उन्होंने भास्कर छोड़ने की औपचारिकताओं को पूरा करने के लिए थोड़ा समय माँगा। इतनी तैयारी करने के बाद और नाम के रजिस्ट्रेशन के लिए आवेदन देने के बाद सप्ताह भर के लिए अमर रायपुर घर आ गया।

सात दिन बाद जब दिल्ली लौटना हुआ तो अमर के आश्चर्य का ठिकाना नहीं रहा। पता चला कि अनिलजी राजीव के चैनल में ज्वाइन कर चुके हैं। अमर ने तुरन्त फोन लगाया। फोन पर अनिलजी पूरी बात बताने से झिझक रहे थे। उन्होंने कहा, ''मैंने तो भास्कर से इस्तीफा आपके यहाँ जाने के लिए ही दिया था, लेकिन इसी बीच एक ऐसी घटना घटी, जो मुझे अच्छी नहीं लगी। मिलने पर बताऊँगा, फोन पर नहीं।''

अब मिलने की उत्सुकता और बढ़ गयी। सोचने पर भी अमर को अन्दाज ही नहीं लगा कि बात क्या हुई होगी? तीसरे दिन ही कनाट प्लेस में एफ-ब्लॉक स्थित एक रेस्टोरेंट में मिलने की बात तय हुई। अमर बात की तह तक पहुँचने के लिए उतावला था। इधर-उधर की दो-चार बातों के बाद अनिलजी ने विस्तार से बताया—

''अजय आपके साथ जुड़ ही रहे हैं, यह मुझे पता था। विजय से भी दिल्ली आने के बाद आपकी मुलाकात हुई है। आपने बात-बात में विजय से मेरे ज्वाइनिंग के विषय में बात की होगी। आपको शायद पता नहीं, अजय और विजय रिश्ते में भाई लगते हैं। अजय ने विजय को जाने क्या समझाया कि विजय ने इस बारे में एक दिन चर्चा करते हुए मुझे बताया कि आपकी (अनिलजी की) स्थिति तो तीसरे नम्बर पर होगी क्योंकि अजय तो दूसरे नम्बर पर ही रहेंगे। ऐसे में भास्कर छोड़ने का शुक्ला को फायदा क्या हुआ? मैं भास्कर छोड़ चुका था, ठीक उसी समय राजीव ने फिर अपना पुराना प्रस्ताव दोहराया। अब मुझे नम्बर-तीन में ज्वाइन करने की बजाये राजीव के चैनल को ही ज्वाइन करना श्रेयस्कर लगा। अब बताइए मेरी गलती क्या है?''

अमर का सर भन्ना गया। अमर ने कहा, ''ये दो नम्बर और तीन नम्बर वाली बात मेरी समझ में नहीं आयी। मैंने तो अजय से भी ऐसी कोई बात नहीं की थी।

मेरा आग्रह था उन्हें डेस्क से जोड़ने का। और आपसे तो मैंने साफ-साफ कहा था कि मुझे माह में एक बार एक सप्ताह के लिए रायपुर जाना पड़ेगा इसलिए मुझे अपना एक विकल्प चाहिए, मैंने आपसे सारी बातें साफ-साफ कर ली थीं, फिर यह भ्रम की स्थिति कैसे बनी?''

अनिल जी को भी यह बात समझ में आयी कि यह सारा खेल एक सधी हुई रणनीति के तहत खेला गया।

अमर ने कुछ देर की बातचीत के बाद अनिलजी से कहा, ''आप किसी ज्योतिष को हाथ दिखवा लें। चाहे दो-चार महीने और लग जाएँ आपको जुड़ना मेरे साथ ही पड़ेगा...। आज की तिथि में यह बात कहीं लिखकर रख लीजिए।''

उस तनाव के माहौल में भी अनिलजी हँस पड़े, ''जब आपको इतना आत्मविश्वास है तो हो सकता है यह सम्भव हो। ईश्वर क्या चाहता है, यह तो वही जानता है।''

अमर ने इस घटना का जिक्र जानबूझकर दफ्तर में नहीं किया। न ही अजय से इस बाबत कोई पूछताछ की। अमर ने सारा ध्यान राज्यों की स्थिति मजबूत करने और अलग-अलग जगह संवाददाता रखने के लिए इधर-उधर सम्पर्क साधने में लगाया। मुंबई में आरती बगरका, पुणे में नरेन्द्र हिरासकर, कोलकाता में सम्पादकीय के लिए सुजीत राय और श्यामल सरकार एवं मार्केटिंग के लिए अनिल गुप्ता, बंगलौर में लोकारे, इलाहाबाद में हिमांशु चतुर्वेदी, पटना में प्रमोद दत्त, झारखंड से राधारमण मीणा के शुरुआती दौर की टीम बनी। सम्पादकीय टीम में शुरू के दो महीने में अमर ने काफी बदलाव किये।

अमर के मन में सामग्री को लेकर ज्यादा चिन्ता थी। अमर को लगा यदि सामग्री ठीक-ठाक रहेगी और लोगों को पसन्द आएगी तो फिर पत्र को चलने में कोई दिक्कत नहीं आएगी। शायद अमर से यहीं चूक हो गयी। वर्तमान परिस्थितियों का दबाव ऐसा था कि व्यावसायिक सफलता की ओर ज्यादा ध्यान देना था। शुरुआती दौर में तिवारीजी ही प्रसार और विज्ञापन दोनों देख रहे थे।

ऐसे क्षणों में अमर को ज्ञानजी की याद आयी। ज्ञानजी से सम्बन्ध इतने सघन थे कि अमर ने बात तक करने की जरूरत नहीं समझी और तय कर लिया कि ज्ञानजी का नाम भी पत्रिका में अतिथि साहित्य सम्पादक के रूप में जाएगा। बाद में अमर ने फोन पर ज्ञानजी को इस निर्णय के सम्बन्ध में बता भी दिया। ज्ञानजी ने स्नेह के दबाव के चलते हामी भर दी। इस तरह एक-एक काम निपटता चला गया।

पत्रिका निकालने के लिए ग्राफिक्स, डिजाइन एवं रेखाचित्र की जरूरत होती है। अमर के जेहन में बहुत दिनों से एक सज्जन का नाम लगातार झाँके जा रहा था और वे थे— फक्कड़ी के पर्याय चंचलजी। देश के एक माने हुए चित्रकार, जो पत्रकार भी रहे, राजनीति भी की और उसी शिद्दत से मित्रता भी। पाँच-सात मिनट

में ऐसे चित्र बना लेते थे जो दूसरों के लिए दो-तीन दिन का काम हुआ करता था। एक सिरे से बेहद मूडी, दूसरे सिरे पर उतनी ही मुस्तैदी। बस एक ही आदत से स्वयं परेशान थे कि शाम ढलते-ढलते उनकी दारू की खुराक उन्हें विचलित कर देती थी। अमर ने चंचलजी को जोड़ने का निर्णय लिया, जिसका सबसे ज्यादा विरोध मोहनजी ने किया। इस विरोध में जलन या कोई और बात नहीं थी।

मोहनजी कहते, ''इतने मूडी को समयबद्ध कार्य में जोड़ने का क्या अर्थ है? जिस दिन जरूरी होगा उस दिन चंचलजी हो सकता है जौनपुर के लिए रवाना हो चुके हों (जौनपुर उनका पुश्तैनी निवास है)।''

यों वे रहते थे राजौरी गार्डन में न कोई वाहन, न कोई साधन। बसों की यात्रा करते हुए लदे-फँदे गन्तव्य तक पहुँच ही जाते थे। चंचलजी के प्रति मोहनजी भी काफी स्नेह रखते थे, पर चंचल की चंचलता को लेकर वे चिन्तित भी थे, अमर ने इस मामले में जिद्द की और गाड़ी भेजकर चंचलजी को बुलवाया।

चंचलजी आते ही ऐसे गले मिले जैसे वर्षों से बिछुड़े हों। बात कुछ-कुछ सही भी थी। काफी अन्तराल के बाद मुलाकात हो रही थी। अमर ने चंचलजी के सामने जब प्रस्ताव रखा तो चंचलजी थोड़े से कुनमुनाये, इधर-उधर की बहानेबाजी करने लगे, तब अमर ने कहा, ''मोहनजी से बाजी लग गयी है, यदि हमारे पत्र से आप नहीं जुड़े तो एक तो मैं हजार रुपये की शर्त हार जाऊँगा और दूसरा मेरे भरोसे पर बहुत चोट पहुँचेगी।''

क्षणभर को चंचलजी के चेहरे पर सोच की कुछ रेखाएँ गहरा गयीं। फिर वे बड़े गम्भीर हो गये, ''अमर भाई, आप एक हजार रुपये तो मोहनजी से जमा करवा लें, उसका क्या उपयोग होगा यह मैं बाद में बताऊँगा और दूसरी बात यह कि मैं आपका भरोसा नहीं तोड़ूँगा। बताइए कब से आना है?''

मोहनजी और अमर दोनों ही थोड़ी देर के लिए अकबका गये। एक अर्थ तो समझ में आ रहा था कि वे जुड़ रहे थे, लेकिन हजार रुपये जमा करने की बात समझ में नहीं आ रही थी। बाद में चंचलजी ने स्वयं स्पष्ट किया, ''अमर भाई, आपके भरोसे की कीमत क्या हजार रुपये भी नहीं है? इसलिए इसे जमा करके रखिए, कुछ दिनों के लिए इससे मेरे पेय पदार्थ की व्यवस्था हो जाएगी।''

उन्हीं दिनों ग्राफिक्स और डिजाइन के लिए इंटरव्यू देने एक वयस्क सज्जन पहुँचे। उनसे कुछ काम कराकर देखा जा रहा था। साथ में उनके एक छोटी-सी बच्ची भी थी। वह बच्ची भी साथ-साथ कुछ काम करके दिखा रही थी। अमर जब इसका जायजा लेने पहुँचा तो चौंका। एक छोटी-सी बच्ची ने जो काम किया था वह उसके पिता के काम से काफी ज्यादा प्रभावी था। बच्ची के बनाये डिजाइन को देखने से लग रहा था जैसे किसी परिपक्व व्यक्ति ने हाथ लगाया हो। अमर ने निर्णय

लिया कि इस बच्ची को ही नियुक्त कर लिया जाए और आनन-फानन में टीम में रुचि जुड़ गयी। खबरों सहित कार्टून के दो पृष्ठ निर्धारित किए गये, जिन्हें तैयार करने की जिम्मेदारी चंचलजी के नेतृत्व में विनय और रुचि को दी गयी। चंचलजी से बीच-बीच में कुछ राजनैतिक लेख लिखवाने की भी योजना बनी। चंचलजी किसी भी साधन से आ तो जाते थे, लेकिन कार्यालय की जीप उन्हें छोड़ने जाती थी। यह रोज का सिलसिला बना।

जितने नाम आर.एन.आई. में भेजे गये थे उसमें से एक नाम पर मुहर लग गयी। 'जनमित्र' नाम कुछ पुराना होते हुए भी तब की हड़बड़ी में ठीक ही लगा। पत्र के विमोचन की तिथि नजदीक आ रही थी और तैयारी बहुत कमजोर थी। अमर चाहता था और दो महीने ट्रायल के लिए रखे जाएँ, लेकिन जे.पी. नहीं मान रहे थे। न जाने क्यों उन्हें लगा कि अगस्त में हम पत्र निकाल दें। बहुत कोशिश करने के बाद भी 15 अगस्त को अंक निकालना सम्भव नहीं हुआ। तब जाकर तय हुआ कि एक सितम्बर को विमोचन की तिथि तय की जाए। नियत तिथि पर आमन्त्रण अंक निकाला गया और कार्यक्रम की तैयारी हुई।

□□

अमर ने एक नयी परम्परा डाली कि मंच पर मशाल जलाकर ही कार्यक्रम की शुरुआत होगी। कार्यक्रम में सीताराम येचुरी, कुलदीप नैयर, राजेन्द्र यादव, देवेन्द्र राज 'अंकुर', रामगोपाल बजाज, अशोक चक्रधर उपस्थित थे। कार्यक्रम फिक्की के सभागार में हुआ था। जब सभागार तय करने की बात आयी तो सब लोगों ने अमर को इस सच्चाई से वाकिफ़ कराया कि फिक्की का हॉल बहुत बड़ा है। ऐसे कार्यक्रमों में दिल्ली के लोग कम आते हैं। लेकिन अमर को अपने मित्रों की लम्बी फेहरिस्त पर काफी भरोसा था। स्टाफ के लोगों ने भी किसी परिचित को छोड़ा नहीं था। सब के पास निमन्त्रण पहुँचे थे। जब कार्यक्रम शुरू हुआ तो उसके आधे घंटे के भीतर फिक्की का सभागार तीन-चौथाई भर चुका था। कार्यक्रम भी काफी सफल हुआ। यद्यपि विमोचन अंक अपेक्षा के अनुरूप नहीं निकला था। ऐसा होता नहीं अगर अनिलजी पहले दिन से ही साथ आ जाते। खैर, दूसरे अंक से अमर ने एक-एक सामग्री पर पैनी निगाह रखी। बड़ी कड़ाई से सम्पादन किया। ले-देकर दूसरे अंक से गाड़ी पटरी पर बैठी। दूसरा अंक बाज़ार में पहुँचते-पहुँचते यह संदेश हिन्दी के पाठकों तक पहुँचा कि एक नयी तासीर की पत्रिका दिल्ली से शुरू हुई है। तीसरे और चौथे अंक से सामग्री का टंटा खत्म हो गया और पत्रिका धीरे-धीरे अपना स्वरूप लेने लगी।

दूर-दराज के अंचल से पत्र आने लगे और आश्चर्यजनक था कि लोग तीन पत्रों

का नाम घुमा-फिराकर कोट करने लग गये कि यह पत्र धर्मयुग, रविवार और दिनमान की याद दिला रहा है। अमर के साथ पूरी टीम को इस बात के लिए काफी सन्तोष हुआ। टीम के सभी सदस्यों ने अपने-अपने हिस्से की जिम्मेदारी खूब निभाई।

कार्टून पृष्ठ के लिए कही-अनकही राजनीतिक खबरों को काफी पैना बनाना था। सबके सुझाव से नीराजी को बुलवाया गया। नीराजी एक अँग्रेजी दैनिक के अलावा अन्य कई जगहों में फ्रीलांसर की हैसियत से सामग्री दे रही थीं। 'जनमित्र' के लिए भी उन्होंने दो पृष्ठ की सामग्री देने का वचन दिया। नीराजी एक आधुनिक विचार वाली काफी सुलझी हुई महिला थीं। उनके सम्पर्क राजनयिकों से बहुत अच्छे थे। वे अँग्रेजी में सामग्री देती थीं, जो स्टाफ के सदस्य हिन्दी में उल्था कर लेते थे। नीराजी के माध्यम से कई नये सम्पर्क भी बने। उन्होंने ही जबर्दस्ती अमर को प्रेस क्लब का सदस्य बनाया, हालाँकि अमर की इच्छा नहीं थी। वह कई बार उदयनजी और योग बत्रा के साथ प्रेस क्लब जा चुका था। वहाँ मदिरा की गन्ध से अमर को बहुत परेशानी होती थी। दिल्ली प्रेस क्लब अस्सी के दशक तक नामी-गिरामी पत्रकारों का भी अड्डा हुआ करता था। लेकिन बाद में कुछ बड़े समूह के सम्पादक-पत्रकार इंडिया हेबीटेट सेंटर, इंडिया इंटरनेशनल सेंटर, फारेन कॉरोसपॉडेंट्स क्लब में जाने लगे। यह सरासर पाँच सितारा संस्कृति का प्रभाव था। बाकी बहुत जूनियर लोग मंडी हाउस में देखे जाने लगे। श्रीराम सेंटर मुख्यतः बुद्धिजीवियों का अड्डा था। वहाँ पत्रकार भी आ जाया करते थे।

इसी बीच एक सुखद आश्चर्य यह हुआ कि अनिलजी का फोन आया, "आपकी भविष्यवाणी सफल हुई, मैं बीएजी फिल्म्स छोड़कर 'जनमित्र' ज्वाइन कर रहा हूँ। आपको कोई दिक्कत तो नहीं होगी।"

अमर ने उत्साह भरे शब्दों में कहा, "आपका स्थान शुरू से ही रिक्त रखा गया है। मैं तो इसी दिन का इन्तजार कर रहा था, फिर दिक्कत किस बात की।"

इस प्रकार अनिलजी के आने की खबर मात्र से अमर को लगा कि एकाएक जैसे उसके सर से आधा बोझ उतर गया हो।

अमर मुश्किल से दो-चार बार ही प्रेस क्लब गया। उसे कुल मिलाकर यह माहौल बहुत अच्छा नहीं लगा। इससे बेहतर तो कलकत्ते का प्रेस क्लब लगा था। अपेक्षाकृत शान्त और सघन बातचीत करते हुए। प्रेस क्लब के कार्यकर्ताओं के चुनाव के समय अमर को अवश्य जाना पड़ता था।

ऐसे ही किसी दिन नीरा ने एक स्मार्ट महिला से प्रेस क्लब में मुलाकात करवाई थी। रेवती नाम था उसका। जींस और टॉप पहनी साधारणतः खूबसूरत, छरहरे बदन की इस महिला की उम्र का अन्दाजा लगाना कठिन था। तीस-पैंतीस की रही होगी

रेवती। बाएँ हाथ से सिगरेट के कश लगाती हुई रेवती ने गर्मजोशी के साथ अमर से हाथ मिलाया था। नीराजी ने कहा, ''मैं अमरजी की पत्रिका के लिए भी लिखती हूँ। अमरजी जैसे मैन ऑफ डिफरेंस हैं वैसे ही इनकी पत्रिका 'जनमित्र' भी।''

रेवती ने तुरन्त कहा, ''क्यों न इस पहली मुलाकात को सेलिब्रेट किया जाए!'' और वह एक खाली टेबल की ओर बढ़ी। उसने नीरा को भी साथ रहने का आग्रह किया। टेबल तक जाते-जाते नीरा ने अमर के कान में कहा, ''सावधान रहना! प्रेस क्लब में इसे लोग जेंट्स किलर के नाम से जानते हैं।''

अमर ने पूछा, ''ये किस अखबार से जुड़ी हुई हैं?''

''अपने को यह फ्रीलान्सर बताती हैं, लेकिन आज तक इसकी कोई रिपोर्ट मैंने कहीं नहीं देखी। किन्तु बड़े-से-बड़े पत्रकार से इसके सम्बन्ध गहरे हैं। रोज प्रेस क्लब आती है, पीने से इसे कोई परहेज नहीं है। एक तरह से जिस दिन रेवती प्रेस क्लब नहीं आती उस दिन यहाँ की फिज़ाँ फीकी पड़ जाती है।''

अमर ने कहा, ''मुझे इससे कोई फर्क नहीं पड़ता। मेरे पास फालतू समय ही नहीं है। न ही मुझे इस तरह के व्यक्तित्व में कोई रुचि है। सौजन्यतावश मिल लेने में क्या नुकसान है?''

तब तक टेबल पर तीनों बैठ चुके थे। रेवती ने पहल की, ''अमरजी क्या लेंगे— व्हिस्की, वाइन या फिर वोदका?''

अमर ने बहुत शालीनता से कहा, ''जी नहीं, मुझे इसका शौक नहीं है। मैं बचपन से चशेड़ी हूँ।''

शायद रेवती के लिए यह नया शब्द था। उसने पूछा, ''ये चशेड़ी क्या होता है?''

''यह बहुत स्पष्ट है, जिसे चाय का नशा हो उसे हम चशेड़ी शब्द से नवाजते हैं।''

रेवती ने कहा, ''वेरी इंट्रेस्टिंग, आपसे दोस्ती करने में मजा आएगा। मेरे शब्दकोष में कुछ इजाफ़ा भी हो जाएगा। मैं तो भई, एक लार्ज व्हिस्की लूँगी, आप चाय के साथ कुछ और मँगा लीजिए। क्यों नीरा, तुम्हें तो चलेगा न...!''

नीराजी ने एक खूबसूरत बहाना बनाया, ''हम तो चाय और कटलेट से खुश हैं भई...।''

जितनी देर तक अमर वहाँ रहा, उसे अन्दर-ही-अन्दर बेचैनी-सी होने लगी। रेवती लगातार अन्तरंग होने की कोशिश कर रही थी और अमर था कि छिटकता ही जा रहा था। नीराजी परिस्थिति का मजा ले रही थीं। जब बहुत देर तक यही स्थिति रही तो नीराजी ने यह कहकर अमर को बचाया, ''अमरजी, कल अंक प्रेस में जाना है। अब इससे ज्यादा देर तक ठहरने से आपको ही दिक्कत हो सकती है।''

अमर ने कृतज्ञता की दृष्टि से नीराजी को देखा और उसके बाद वे चलने के लिए उठ खड़े हुए। चलते-चलते भी रेवती ने अमर से कहा, "यह कोई मुलाकात नहीं है अमरजी, आपके विषय में जो सुना, और जानने की इच्छा हो रही है। एक लम्बी सिटिंग ड्यू रही। आगे जब मिलेंगे, अपने को थोड़ा फ्री रखिएगा। बात निकली है तो दूर तलक जाएगी।"

नीराजी के चेहरे पर मुस्कान फैल गयी। लौटने के लिए गाड़ी तक आते-आते नीराजी ने टोका, "हर्ज ही क्या है अमरजी, घर से बाहर एक मनोरंजन का साधन तो मिलेगा। देखा नहीं... कैसे चिपकती जा रही थी।"

अमर ने बातचीत को हँस कर टाल दिया और मयूर विहार के लिए रवाना हो गया।

'जनमित्र' के हर एक अंक के लिए अमर अलग-अलग विषयों पर आवरण-कथा के कम-से-कम चार अंकों की पूर्व तैयारी कर लिया करता था। बीच में कोई विशेष घटना घट जाने पर विषय को बदला जा सकता था। इसी क्रम में गाँधीजी पर हर वर्ष दो अक्टूबर को एक अलग नजरिये से गाँधी को देखने-परखने की भी योजना बनी। जयन्ती के पहले अंक में आवरण-कथा में 'गाँधी का नमक' शीर्षक पर केन्द्रित सामग्री पहले से ही जुटाई जाने लगी। इस आवरण-कथा के केन्द्र में यह विचार था कि गाँधी के वैचारिक नमक को भारतीयों ने ग्रहण तो किया, लाभ भी उठाया, लेकिन उसका हक अदा करने की बारी जब आई तो किस तरह लोग पीछे हो गये। इसी क्रम में लोहिया पर भी केन्द्रित अंक की परिकल्पना की गयी लोहिया के लोग।

चंचलजी मुँह में पान दबाए जब पुराने समय का जिक्र करते थे तो बातचीत में से कई नये विषयों की बानगी बन जाती थी। इसी तरह शिवकुमार मिश्र के सान्निध्य से भी 'जनमित्र' को काफी लाभ मिला। शिवकुमारजी भी पहले सी.पी.आई. के प्रभाव में रहे। बाद में समाजवादियों से गहरे जुड़े, स्वतन्त्रता संग्राम में भाग लेते हुए वे अन्त में कांग्रेस की पुरानी पीढ़ी के प्रतीक बन गये। सत्तर पार इस नवयुवक की ऊर्जा देखते ही बनती थी। वे जब भी अमर के पास आते तो घंटों बैठ जाते थे। बातचीत हर-हमेशा गहरे विषय में केन्द्रित हो जाती। अमर ढेर सारे सवाल करता रहता है और शिवकुमार जी सिलसिलेवार उसका जवाब देते रहते हैं। गजब की स्मरण शक्ति है उनकी। यहाँ तक कि सन् और तारीख भी वे नहीं भूलते। 'जनमित्र' के लिए उन्होंने ढेर से पुराने सन्दर्भ एकत्रित किए। अमर ने बीच-बीच में उनसे कवर स्टोरी भी लिखवाई। शिवकुमारजी के लेखन में सपाटबयानी ज्यादा होती थीं। कई बार अनिलजी उसे री-राइट करते थे। शेष समय अमर ही उनके लेखों को 'जनमित्र' की शैली में ढाल लेता था। बाकी स्टाफ को यह काम काफी

कठिन लगता था।

शिवकुमारजी ने उनके लेखों को इस तरह से री-राइट करने को लेकर कभी आपत्ति नहीं की, बल्कि वे प्रसन्नचित्त होकर कहते कि– 'अरे वाह...! मेरे लेख के प्रस्तुतीकरण को तो आपने जबर्दस्त कर दिया।'

इस उम्र में भी शिवकुमारजी लेखन कार्य और सलाहकार की भूमिका में रहते हुए अपना खर्च निकाल लेते थे। उनकी मेहनत और निष्ठा को देखते हुए अमर ने तिवारीजी को कह रखा था कि हर माह शिवकुमारजी का पारिश्रमिक सबसे पहले दिया जाए। अक्सर वे घूमते-घामते झोला लटकाये जब भी प्रेस आये, उन्हें उनका पारिश्रमिक मिल गया। वे 'जनमित्र' के हितैषी के हिसाब से दिल्ली में जाने-पहचाने जाने लगे। वे कई बार अमर से कहते भी, ''मैं तो कइयों के लिए लिखता रहता हूँ लेकिन 'जनमित्र' मुझे अपना पत्र जैसा लगता है। आप जिस तरह से समाज और राजनीति को देखते हैं, मैं उसका कायल हूँ। लेकिन यह भी सुन लीजिए कि इस तरह के चाल-चलन में अर्थ की कमी का सामना करना पड़ेगा, जिसके लिए आप हमेशा तैयार रहा करें।''

शिवकुमारजी दोपहर को आते थे, तो अमर के साथ जो कुछ भी खाना बना होता उसमें शेयर करते थे। एक दिन अचानक शिवकुमारजी की उपस्थिति में ही प्रेस में रेवती आ धमकी। अमर ने परिचय कराया, तो शिवकुमारजी ने कहा, ''मैं इनसे मिला तो नहीं था, लेकिन इनकी चर्चाओं से वाकिफ़ हूँ। प्रेस जगत में ये काफी चर्चित हैं।''

घंटों इधर-उधर की बात होती रही और इसी बीच अमर अपना काम भी निबटाता रहा। अमर ने एक नियम बना रखा था कि जब भी कोई मिलने आये तो अपने ही पास अमर उन्हें बिठा लेता ताकि बाकी के स्टाफ का समय जाया न हो। अमर ने अपने को इस ढंग से ढाल लिया था कि बातचीत में शामिल होते हुए भी वह अपना काम निबटा ले।

पहले-पहल शिवकुमारजी संकोच में आ जाते थे। कहते थे, ''आपकी इतनी व्यस्तता में दखल देने से अपराध-बोध होता है। आप कहें तो हम आने का समय ही बदल दें।''

अमर ने बहुत स्पष्ट रूप से शिवकुमार जी से कहा, ''आप खामखा परेशान होते हैं। मैंने अपने को उसी ढंग से विकसित कर लिया है। बातचीत के साथ काम करने की मेरी आदत है बल्कि मैं बिल्कुल अकेले होकर काम नहीं कर पाता। आपसे बात करना तो मेरे लिए बोनस है। आपसे मुझे कितनी नई जानकारियाँ मिलती हैं। सबसे बड़ी बात तो यह है कि आप विचारों में सहिष्णु तो हैं ही, पुरातन के प्रति कोई नास्टेल्जिया भी आपमें नहीं हैं। आपकी सोच का टटकापन ही आपकी

उम्र को धता बताता है।''

शिवकुमार जी की उपस्थिति में उस दिन रेवती का चिपकू प्रयास सफल नहीं हो सका और न अमर ने ही उसकी ओर कोई तवज्जो दी। रेवती को अनुमान था कि उसकी उपस्थिति में शिवकुमार जी अमर के पास से जल्दी ही टल जाएँगे, लेकिन अमर ने शिवकुमार जी को प्रश्नों से ऐसे बाँध रखा था कि शिवकुमार जी उस दिन जमकर बैठ गये। इस तरह रेवती को चाय पीकर वहाँ से जाना ही पड़ा। रेवती के जाते ही शिवकुमार जी ने कहा—

''यह भद्र महिला काफी चर्चित हैं। बड़े-से-बड़े पत्रकार से इसके काफी निकट के सम्बन्ध हैं। चाक्षुष रूप से मैंने इन्हें पहली बार आज ही देखा...! आपको पता है ये किस प्रेस से जुड़ी हुई हैं?''

अमर ने कहा, ''सुना है, फ्री-लांसिंग करती हैं। इससे अधिक जानकारी मेरे पास नहीं है। मैं यह दूसरी बार इनसे मिल रहा हूँ।''

शिवकुमार जी के चेहरे पर थोड़ी-सी हिचकिचाहट उभरी, लेकिन उन्होंने अपने को रोका नहीं और मन की बात कह डाली—

''अमरजी, यह दिल्ली है। यहाँ हर कोई अपने-अपने कवच के अन्दर सुरक्षित रहना चाहता है पर दूसरों के अन्तरंग में सेंध मारने में कोई कमी नहीं रखता। यदि किसी दूसरे को गड्ढे के पास जाते हुए देखता भी है तो जानबूझकर सतर्क तक नहीं करता। आप बहुत सीधे-सरल हैं, इसलिए बताता हूँ कि लोग इस महिला को 'जेंट्स किलर' कहते हैं।''

अमर को हँसी आ गयी, ''गुरुजी, आप कहाँ की ले बैठे। मैं स्त्रियों को अक्सर इस नज़र से देख ही नहीं पाता। इस मामले में मेरे सामने लोहियाजी उपस्थित हो जाते हैं। हम ठहरे कस्बे और छोटे शहर से आये हुए लोग। अपनी परम्पराओं में रहकर हम अपनी सीमाओं को अच्छी तरह पहचानते हैं। फिर मेरे पास तो फुर्सत ही नहीं है गुरुजी... आप देखते हैं— अनिलजी के सिवाय मेरे पास सामर्थ्यवान स्टाफ ही नहीं है। मैं अपने कन्धों पर सारा बोझ लेकर चलता हूँ। कभी-कभी तो लिखते-लिखते पीठ में दर्द भी होने लगता है। इन सब फालतू बातों के लिए मेरे पास समय ही कहाँ है?''

□□

'जनमित्र' के रायपुर ब्यूरो संजय ने अति उत्साह में बिलासपुर नवभारत से जुड़े फोटोग्राफर अपूर्व दास को भी जोड़ने का प्रयास किया। अपूर्व ने जब अमर से सम्पर्क किया तब अमर ने कहा, ''अपूर्व, घर से दूर रहने की तुम्हारी आदत है या नहीं, मुझे नहीं मालूम। लेकिन सोच-समझकर निर्णय लो। यहाँ तुम्हारा घर है,

पत्नी-बच्चे हैं, वहाँ महानगर में रहना, अपने को जमाने की जद्दोजहद को कितना सह पाओगे यह भी सोच लो। तुम्हें अपने साथ जोड़ने में मुझे कोई आपत्ति नहीं है। चाहो तो पन्द्रह दिन की छुट्टी ले लो और दिल्ली चलो। मेरे साथ ही रहकर माहौल को देख लो। उसके बाद यदि तुमने दिल्ली रहने का निर्णय लिया तो ज्यादा बेहतर होगा।''

अपूर्व इस प्रस्ताव पर राजी हो गये। स्वभाव से चंचल और नाराजगी को मन में न रखने वाले इस ऊर्जावान नवयुवक ने अमर के साथ रहकर अमर को भी अकेलेपन से दूर रखा और बाद में काफी अच्छी तस्वीरें भी 'जनमित्र' के लिए खींचीं। स्टाफ के लोगों के बीच भी अपूर्व ने अपने लिए अच्छी जगह बना ली थी। सब-के-सब अपूर्व पर लट्टू थे। अपूर्व की सबसे अधिक पटती थी तो अखिलेश से। यह भी अपने आप में एक अजूबा था।

अखिलेश के स्वभाव में एक अजीब-सी ऋणात्मक सोच काम कर रही थी। उसके हिसाब से इस दुनिया और समाज में कुछ भी बेहतर नहीं है। सामाजिक विषमता को लेकर वह विद्रोह की मुद्रा में हमेशा दिखाई देता था। उसे यह मालूम नहीं था कि निष्फल विद्रोह से सामाजिक खाइयाँ नहीं पाटी जातीं। कुछ लोगों को अपनी आहुति देनी पड़ती है और आहुतियाँ कभी भी आत्मकेन्द्रित होकर नहीं दी जा सकतीं। उसके लेखन में भी काफी तुर्शी रहा करती थी। कभी-कभी तो उसके लेखों की भाषा इतनी खतरनाक हो जाती थी कि प्रेस पर कानूनी कार्यवाही के खतरे मँडराने लग जाते थे। इसलिए अक्सर अखिलेश के बनाए डिस्पैच को अमर बहुत बारीकी से देखा करता।

यद्यपि अखिलेश अपने पारिवारिक कारणों से भी काफी परेशान रहा करता। उसके एक बच्चे की मानसिक विकलांगता अखिलेश को कभी-कभी व्यक्तिगत रूप से इतना झकझोर देती कि अखिलेश आपे में नहीं रहता। जहाँ तक अपूर्व के साथ अखिलेश के पटने की बात है, वह दो विपरीत स्वभाव वालों को किसी एक खास बिन्दु पर जोड़ने वाला तथ्य था। ऐसे विपरीत स्वभाव वाले लोग जुड़ते हैं तो इसलिए कि वे एक-दूसरे के अभाव को जाने-अनजाने पूरा करते हैं। अपूर्व की बिलासपुर के दोस्तों की कमी को अखिलेश दिल्ली के अपने दोस्तों से मिलवाकर पूरी करता था और अपूर्व अखिलेश की परेशानियों को शिद्दत से महसूस करता था। उसकी नाराजगी को ठंडा करता था। इस तरह यह जोड़ी एक-दूसरे की पूरक बन गयी थी।

कलकत्ते से अमरेन्द्र का फोन आया, ''मैं साधन दा को एम्स में दिखाने के लिए ला रहा हूँ। साथ में दुर्गा भाभी भी हैं। क्या इस बाबत कोई मदद मिल सकती है?''

अमर ने तुरन्त उत्तर भेजा, ''साधन दा और दुर्गा भाभी को लेकर सीधे मेरे घर

पर आओ। एम्स में भी कोई परिचित निकल ही आएगा। कोई दिक्कत नहीं होगी।''

नियत तिथि पर अमर स्वयं स्टेशन गया। राजधानी से तीनों पहुँचे, व्हीलचेयर पर साधनदा को बिठाकर कार तक लाया गया। साधनदा पहले से और अधिक कमजोर हो गये थे। कलकत्ते के डॉक्टर ने कहा है, ''एम्स में भेजकर देखा जाए, शायद स्थिति में कोई सुधार हो, अन्यथा...।''

एक सांसद के माध्यम से एम्स में आनन-फानन में साधनदा को दिखाने की व्यवस्था हुई। चार-पाँच दिन तक साधनदा वहाँ भर्ती रहे। अमर ने जितना सम्भव हो सका, उन्हें मदद की। लेकिन पाँचवें दिन डॉक्टरों ने दुर्गा भाभी को बुलाकर बता दिया, ''बमुश्किल चार-पाँच माह और खींच ले जाएँ तो बहुत है, लीवर पूरी तरह से इनफेक्टेड है। दवाइयों के सहारे कितने दिन खिंच जाए, यही देखना है। शेष ईश्वर पर छोड़ दीजिए।''

लीवर ट्रांसप्लांट की चर्चा भी हुई, लेकिन उसमें कई लाख रुपये लग सकते थे और उसके बाद भी कोई गारंटी नहीं थी कि नये लीवर को साधनदा का शरीर स्वीकार करेगा या नहीं। अन्ततः दुर्गा भाभी ने लौट जाने का निर्णय लिया। यह वापसी का दृश्य बहुत हृदयविदारक था। अमरेन्द्र और अमर साधनदा की ओर सीधी आँखों से देख नहीं पा रहे थे। दुर्गा भाभी ने अमर को अश्रुपूरित आँखों से धन्यवाद दिया, ''अमर भाई, आप नहीं होते तो यहाँ हमें और परेशानी होती। आपने एक सगे भाई की तरह हमें मदद की।''

यह सुनकर अमर और अधिक विह्वल हो गया। अपने समय के एक दुर्दान्त पत्रकार को सिर्फ कुछ महीने के जीवन के साथ विदा किया जा रहा था। इससे बड़ी त्रासदी और क्या होगी...? कितना अच्छा होता कि साधनदा स्वस्थ होकर यहाँ से लौटते, तब अमर को कितना अच्छा लगता, लेकिन ऐसा सम्भव कहाँ था? दुर्गा भाभी ने ऐसे क्षणों में भी हिम्मत से काम लिया। वे साधनदा के सामने बिल्कुल स्वाभाविक रहने की कोशिश करतीं ताकि साधनदा को डॉक्टरों के अन्तिम फैसले का आभास तक न हो। उन्हें बताया गया कि चेकअप करके बेहतर दवाइयाँ दी गयी हैं ताकि वे जल्दी ठीक हो जाएँ। अमर सोचने लगता कितनी दारुण परिस्थिति है कि पत्नी को पति के जीवन के लिए झूठ बोलना पड़ रहा है और अपने भीतर के संवेगों को रोककर स्वाभाविक रहने की कोशिश करनी पड़ रही है, उफ़...! ईश्वर भी कभी-कभी कैसी स्थितियाँ निर्मित कर देता है।

अमर स्टेशन पर उन्हें विदा करने गया जरूर था, लेकिन जितनी देर वे ट्रेन में चढ़ नहीं गये... जाने क्यों आँखें चुराता रहा। ट्रेन के छूटते ही अमर ने मुँह मोड़ लिया और थोड़ी देर के लिए आँसुओं की धार में उसका चेहरा डूब गया।

□□

एक वर्ष पूरा हो रहा था। इसी बीच जे.पी. लगातार इस बात को इंगित कर रहे थे कि फंड की स्थिति बहुत खराब है, जितना हो सके खर्च में कटौती करें। अमर को बात समझ में नहीं आ रही थी। अमर ने प्रारम्भ में ही कह दिया था, ''पाक्षिक पत्रिका को अपने पाँव पर खड़े होने में दो-तीन साल लग जाते हैं। इतनी जल्दी यदि जे.पी. पैसे के मामले में कटौती करेंगे तो बात नहीं बनेगी।''

अमर समझाने के अलावा क्या कर सकता था? उसके पास खुद के संसाधन तो थे नहीं। अमर जब छह-सात दिन के लिए रायपुर आया तो उसने जे.पी. से मिलने के लिए एक दिन का समय निकाला। जे.पी. से मुलाकात हुई। जे.पी. ने कहा, ''मैं जानता हूँ कि आप चिन्तित हो गये हैं, मैं भी चिन्तित हूँ। हुआ यह कि मेरे बिजनेस में अचानक दो-ढाई करोड़ का घाटा हो गया। लेकिन मैं अपने वादे से पीछे नहीं हट रहा हूँ। मैं पैसे भेजता रहूँगा, मगर आप कटौती कीजिए। नहीं तो मुश्किलें बढ़ जाएँगी।''

अमर ने सम्पूर्ण व्यवस्था पर जे.पी. से फिर से चर्चा की और बताया कि ''कटौती की गुंजाइश बिल्कुल नहीं है। इससे कम स्टाफ में कोई पाक्षिक पत्रिका दिल्ली से निकाली नहीं जा सकती। डिजाइनिंग के कांसेप्ट का काम भी वह स्वयं करता है। कोई आर्ट डायरेक्टर नहीं रखा गया है। सीधे-सीधे ऑपरेटर को बैठाकर वह कवर सहित सारे पृष्ठों की डिजाइनिंग खुद करवाता है। कम-से-कम पाँच-सात डिस्पैच वह स्वयं तैयार करता है। इससे भी कुछ पैसे की बचत होती है। मार्केटिंग में सिर्फ एक लड़का है। प्रसार और प्रबन्धन तिवारी जी अकेले देखते हैं। ऐसे में कहाँ कटौती की जाए?''

जे.पी. ने कहा, ''प्रतियाँ कम कर दीजिए।''

अमर ने तर्क दिया, ''ऐसे में हमारी मैगजीन बाजार में कम दिखेगी। इससे फायदा क्या होगा?''

तर्कों के आगे जे.पी. हार-से गये। उन्होंने कहा, ''ठीक है! अगले छह महीने तक मैं जो भेज रहा था उतना भेजूँगा लेकिन इसी बीच आप अपने को जितनी जल्दी सम्भव हो, आत्मनिर्भर बनाने का प्रयास करें।''

रायपुर से लौटकर आइ ने दीप्ति से विस्तार से इस बाबत चर्चा की। दीप्ति ने तपाक से कहा, ''अब याद करो, शुरू में मैंने क्या कहा था? दिल्ली से एक राष्ट्रीय पत्रिका निकालना तब तक सम्भव नहीं है जब तक आपके पीछे मजबूत फाइनेंसर न हो। जे.पी. उतने बड़े पूँजीपति नहीं हैं। लेकिन अब इस बात को कहने से फायदा क्या। अकेले खटो और आर्थिक चिन्ताओं से अपने को गलाते रहो। बच्चों के और

मेरे लिए तुम कहाँ जी रहे हो...? तुम तो समाज के लिए जी रहे हो।''

भुनभुनाती हुई दीप्ति अपने रोजमर्रा के काम में लग जाती और अमर सोच के भँवर में फँस जाता।

इस बीच अमर डॉ. गोधेजा के पास भी एक चक्कर लगा आया। कुछ दिनों से एक अजीब-सी थकावट लग रही थी। डॉ. गोधेजा ने एक-दो टेस्ट करवाने के बाद अमर से कहा, ''अमर, ब्लड प्रेशर भी बढ़ा हुआ है और शुगर भी...। यह ठीक नहीं है। वहाँ तो तुम्हारी दिनभर की बैठकी ही रहती होगी। चलना-फिरना तो होता नहीं होगा। खान-पान भी उतना व्यवस्थित नहीं। ऐसे ही चलता रहा तो जिस मकसद से तुमने रायपुर छोड़ा है वह पूरा नहीं होगा, सेहत पर ध्यान देना बहुत जरूरी है।''

डॉक्टर के यहाँ से लौटकर अमर ने दीप्ति को बताया नहीं कि डॉक्टर ने क्या कहा? अन्यथा फिर चिल्ल-पों होती और दीप्ति की चिन्ता बढ़ जाती। दूसरे दिन सुबह की फ्लाइट से अमर फिर दिल्ली पहुँच गया।

रायपुर रहते ही दिल्ली से एक व्यक्ति का फोन आया था। उसने कहा, ''आपका 'जनमित्र' बहुत अच्छा निकल रहा है, आप चाहें तो व्हीलर की प्रतियों को छोड़कर देशभर में प्रतियों की बिक्री का काम कमीशन पर हम ले सकते हैं। बताइए कब बात करें।''

अमर ने फोन नं. लिया और बात को टालते हुए कहा, ''रायपुर से लौटकर ही इस बारे में बात होगी।''

अमर के मन को एक खटका लगा— दिल्ली से इतनी पत्रिकाएँ निकलती हैं, उन्हें छोड़कर 'जनमित्र' में इनकी रुचि क्यों है। ऐसा सन्देह मन में उठने के पीछे कारण भी थे। पिछले दिनों अमर को कुछ धमकियाँ भी मिली थीं। दरअसल 'जनमित्र' की कुछ रिपोर्टें सच के इतनी करीब होती कि कइयों को हजम नहीं होती थीं। विभिन्न लॉबी के लोग विभिन्न तरह से आरोप लगाते थे। जब कोई रिपोर्ट भाजपा पर भारी पड़ती तो भाजपाई 'जनमित्र' को कम्युनिस्टों का पेपर कहते और जब कम्युनिस्टों के भ्रम पर आक्रमण होता तब वे इसे भाजपा का मुखपत्र बताते थे। इसी तरह कई बार 'जनमित्र' को कांग्रेसी घोषित कर दिया जाता तो कभी बहुजन समाज का हितैषी।

फोन नं. को देखकर ऐसा लगा कि यह फोन नम्बर शिवकुमारजी के आसपास का ही होना चाहिए। अमर ने तुरन्त शिवकुमार जी को फोन किया और कहा, ''गुरुजी आपको थोड़ी-सी तकलीफ जरूर होगी। जरा पता लगाइए कि मैं जो नम्बर दे रहा हूँ वह किनका है। विस्तार में कुछ और जानकारी हो तो वह भी दीजिएगा।''

दिल्ली पहुँचते-पहुँचते शिवकुमारजी का फोन आया कि फोन नम्बर किनका है यह पता चल गया, यह व्यक्ति एक कट्टरवादी पुरातनपन्थी हिन्दू संगठन का पदाधिकारी है। अब अमर को बात कुछ-कुछ समझ में आने लगी। दफ्तर लौटकर तिवारीजी को अमर ने कहा, ''इस नम्बर पर सम्पर्क साधो और कहो कि मीटिंग तय कीजिए, हम उत्सुक हैं...।''

तिवारीजी ने जब उस नम्बर पर बात की तो उन्होंने कहा, ''नोएडा में ही आ जाइए, हम आपके सम्पादक से ही बात करना चाहते हैं।''

तिवारीजी ने मुझे इंटरकॉम से फोन को होल्ड करते हुए सूचना दी। अमर ने कहलवाया कि बात प्रसार की है इसलिए सम्पादक नहीं आएँगे। चाहें तो वे (तिवारीजी) जा सकते हैं।

तय समय पर तिवारीजी नोएडा चले गये। वापसी के बाद शाम को तिवारीजी ने जो बताया उससे अमर की आशंका की पुष्टि हो गयी। तिवारीजी ने बताया, ''दरअसल वे 'जनमित्र' की पूरी कॉपियाँ हमसे ले लेते। एक-दो माह बाद चालीस प्रतिशत कमीशन काटकर साठ प्रतिशत हमें देते। लेकिन मजे की बात यह है कि वे इस काम के लिए एक लाख रुपये का अग्रिम चाह रहे थे। यह बिल्कुल हास्यास्पद किस्म की बात है।''

अमर ने सोचा कि मतलब साफ है— 'जनमित्र' की प्रतियाँ बाज़ार से गायब कर देना। यदि दो-तीन अंक भी वे इसी तरह गायब कर सकते हैं तो 'जनमित्र' की उठान भरभरा कर गिर जाएगी और उनका मकसद पूरा हो जाएगा।''

अमर ने तिवारीजी को कहा, ''अब उस पार्टी से पुनः कोई बात न करें। यदि फोन आ भी जाए तो साफ-साफ कह दीजिए कि हमारी कोई रुचि नहीं है।'' इस तरह शुरुआती दौर में ही एक षड्यन्त्र से बचा जा सका।

इस घटना को बीते तीन महीने भी नहीं हुए थे कि लखनऊ से एक मित्र ने बनारस के डॉ. अशोक का जिक्र करते हुए बताया कि वे इस पत्रिका से जुड़ना चाहते हैं। जे.पी. की बात अमर को याद थी, सो अमर भी चाहता था कि इसके अर्थ की व्यवस्था में कुछ और हाथ भी जुटें। इसलिए अमर ने बात आगे बढ़ाने के लिए कह दिया। अमर और वह, डॉ. अशोक से मिलने बनारस गये भी। बनारस में डॉ. अशोक का एक बहुत बड़ा अस्पताल था। ठेकेदारी भी थी और दस एकड़ में फैल-पसरकर एक आधुनिक स्कूल भी स्वरूप ले रहा था। उनका काफी प्रभाव था। वे भाजपा और कांग्रेस दोनों में ही समान रूप से दखल रखते थे। डॉ. अशोक जब मिले तो उन्होंने बहुत खुले मन से स्वागत किया। वे अमर की लेखनी के कायल थे। इधर-उधर की बातें होती रहीं। फिर उन्होंने तय किया कि वे दिल्ली आकर वहीं सारी बातें फाइनल करेंगे, किस रूप से जुड़ना है, कितने हिस्से तक की भागीदारी

होगी इत्यादि-इत्यादि...।

दिल्ली लौटकर अमर ने इस बात की चर्चा अपने स्टाफ से भी की। सब हामी भर रहे थे कि कोई और आर्थिक संसाधन जुट जाए तो काफी अच्छा होगा। इसी बीच डॉ. अशोक एवं मध्यस्थता करने वाले मित्र से टेलीफोन पर भी बातचीत होती रही। नियत तिथि पर डॉ. अशोक आए। उसके दूसरे ही दिन पूरे स्टाफ के साथ एक बैठक आयोजित की गयी। यह बैठक एक तीन सितारा होटल में तय हुई। कहना न होगा कि सारा खर्च डॉ. अशोक ही उठा रहे थे। बातचीत में अमर को एक ऐसी बात का पता चला जो 'जनमित्र' के सिद्धान्तों के आड़े आ रही थी। बात ऐसी थी कि डॉ. सा'ब को भी दोष नहीं दिया जा सकता था।

अमर अपनी पारदर्शिता में कहीं भी कमी नहीं आने देना चाहता था। बैठक के कुछ पहले अमर अकेले ही डॉ. अशोक से मिलने चला गया। डॉ. अशोक को उसने सविस्तार अपनी आशंका बताई।

आश्चर्यजनक ढंग से डॉ. अशोक ने कहा, "अमरजी, आपका सोचना मुझे सही लग रहा है। सिद्धान्तों से आप हटें यह मैं भी नहीं चाहूँगा। हम भले ही पूरी तरह से न जुड़ें पर मैं 'जनमित्र' का सहयोगी बने रहना चाहूँगा। ऐसा कीजिए, बैठक को आप ही सम्बोधित कीजिए। आप यह कह दीजिएगा कि डॉ. अशोक ही बताएँगे कि वे किस तरह से जुड़ना चाहते हैं। फिर मैं स्थितियों को सँभाल लूँगा।"

बैठक हुई। पहले अमर ने भूमिका बाँधी और फिर माइक डॉ. अशोक को थमा दिया। डॉ. अशोक ने कहा, "मित्रो 'जनमित्र' और उसके सम्पादक भाई अमर मुझे बहुत पसन्द हैं। मैं यदि 'जनमित्र' के लिए कुछ कर पाता हूँ तो यह मेरे लिए गर्व की बात है। मैं 'जनमित्र' की व्यवस्था में सीधा हस्तक्षेप नहीं करना चाहता, मगर ऑफिस, टेलीफोन एवं वाहन का खर्च सहर्ष वहन करना चाहता हूँ। अब आगे अमरजी की मर्जी..."

इतना सुनते ही मध्यस्थता करने वाले मित्र के चेहरे पर उभरी झुँझलाहट को सहज ही पढ़ा जा सकता था, लेकिन तीर कमान से निकल चुका था। बैठक में मित्र-भाव से ढेर-सारी बातें होती रहीं, लेकिन मुद्दे पर फिर कोई नहीं लौटा।

अमर ने अपनी ओर से डॉ. अशोक को पूरे उत्तर भारत के लिए संरक्षण के बतौर नामित किया, मगर उनसे दफ्तर के खर्च और टेलीफोन, वाहन आदि के खर्च नहीं लिये। अमर ने डॉ. साहब को समझाया, "आप जैसे व्यक्ति 'जनमित्र' के मित्र ही बने रहें... ज्यादा बेहतर है। कभी अवसर आये तो 'जनमित्र' की पूरी व्यवस्था को आप अपने हाथ में लें। फिलहाल ऐसा ही चलने दें।" तिवारीजी भी अमर के लिए गये निर्णय से सहमत थे।

इस तरह 'जनमित्र' को एक अच्छा हितैषी तो मिला लेकिन आर्थिक मसले का

कोई मुक्कमल हल नहीं निकल पाया।

नीराजी चुपचाप इस पूरी कार्यवाही को देख-सुन रही थीं। जब सब चले गये तो उन्होंने वातावरण को हल्का करने की गरज से अमर से कहा, ''अमरजी, इस रेवती का हम क्या करें? वह आपका साथ पाने के लिए मुझे रोज तंग कर रही है।''

अमर ने हँसकर कहा, ''नीराजी आप एक वरिष्ठ पत्रकार हैं। मन्त्रियों तक को चलता कर देती हैं। एक रेवती आपसे सँभलती नहीं? उसे समझा दीजिए कि मुझको लेकर वह खामखाँ अपना समय बर्बाद कर रही है। इस कुएँ में उसे चुल्लू भर पानी भी नसीब नहीं होगा।''

पन्द्रह

उन्हें लगा अचानक कुछ सुनाई नहीं दे रहा है और स्मृति भी कमजोर हो गयी है। पलाश और उसकी माँ की आवाज़ बहुत धीमे सुनाई दे रही थी। ऐसा तो नहीं है कि वे अचानक धीमे स्वर में बात करने लगे हों। तो क्या उनकी श्रवण इन्द्रियाँ कमजोर पड़ती जा रही हैं, स्मृतियाँ भी जैसे धूमिल होती जा रही हैं। अतीत को याद करते हुए अब उन्हें कई-कई प्रसंग बहुत देर से याद आ रहे हैं। याद आ भी रहे हैं तो पहले की तरह शृंखलाबद्ध नहीं, घटनाएँ आगे-पीछे होती जा रही हैं।

बहुत धीमे स्वर में डॉक्टर की आवाज़ सुनाई देती है, वे शायद पलाश को बता रहे थे, ''बीच में तो ऐसा लग रहा था कि इनकी तबीयत सुधर रही है लेकिन आज बिल्कुल अलग स्थिति है। अब तो लगता है, पहले की अपेक्षा और सिंक कर रहे हैं। अब ईश्वर को याद करें... इसके अलावा किया ही क्या जा सकता है...?''

उन्हें लगा, अच्छा ही है। इस यन्त्रणा से मुक्ति के दिन करीब आ रहे हैं। मन को इधर-उधर भटकाने से ज्यादा बेहतर है कि वे फिर अतीत की गाड़ी को स्मृतियों में और आगे खींच ले जाएँ। ईश्वर क्या उन्हें इतना अवसर देगा कि वे अतीत को वर्तमान की देहरी तक छोड़ सकें, क्या पता...? अब तो डॉक्टर भी साफ-साफ कहने लगे हैं...।

□□

कमलेश्वरजी से अमर की मुलाकात एक-दो बार ही हुई थी, वर्षों से पत्रों के जरिये ही बातचीत होती रही। दिल्ली जाने के बाद ही कमलेश्वरजी से घर जाकर

मिलना हुआ। बात-ही-बात में कम संसाधन में 'जनमित्र' के अंकों की उन्होंने तारीफ की, "देख रहे हो, बड़ी पत्रिकाएँ साहित्य के पृष्ठों को पूरी तरह गायब करने के लिए पिल पड़ी हैं। दैनिक अखबारों में रविवार के दिन साहित्य के परिशिष्ट निकला करते थे। अब उस परिशिष्ट में भी फैशन, सिनेमा तथा गैरसाहित्यिक मुद्दों पर लेख छपने लगे हैं। साहित्य के लिए तो पूरे मीडिया में जगह सिकुड़ती जा रही हैं। इन सबके विपरीत 'जनमित्र' में दस-बारह पृष्ठ साहित्य के देकर तुम बहुत पुण्य का काम कर रहे हो। और तो और, दिल्ली के पत्र में आँचलिक पृष्ठों को जोड़कर तुमने एक अच्छी शुरुआत की, देखना दूसरे बड़े पत्र भी इसकी नकल करने लगेंगे।"

थोड़ी देर ठहरकर कमलेश्वरजी ने फिर कहा, "अमर, पत्रकारिता में ये दिन भी देखने पड़ेंगे, यह सोचा नहीं था। मैं तो पत्रकारिता से भी लम्बे जुड़ा रहा, लेकिन मूल्यों में इस क्षेत्र में इतने शीघ्र पतन का अनुमान किसी को नहीं था। पहले संवाददाता छोटी-मोटी डील कर लिया करते थे, जब यह बात मालिकों तक पहुँचती तो उन पत्रकारों की शामत आ जाती थी। आज तो मालिक ही इन गुन्ताड़ों में लगे हुए हैं।"

सच कह रहे थे कमलेश्वर, सद्यः समाप्त लोकसभा चुनाव में तो जबर्दस्त पैकेज डील हुई। एक ही समाचार-पत्र में एक ही पृष्ठ पर दो-दो, तीन-तीन अलग-अलग पार्टियों के प्रत्याशियों की तारीफ साथ-साथ छप रही थी। मतदाताओं ने इन विज्ञापननुमा पेड न्यूज को पढ़ा जरूर, पर उनके मन पर इसका विपरीत प्रभाव पड़ा। इस बहती गंगा में पत्रिकाएँ भी हाथ धो रही थीं। बड़े पत्र-समूह यानी बड़ी डील। इतनी बेशर्मी से पत्र-पत्रिकाओं ने कभी राजनीति से इस कदर लाभ नहीं उठाया था। जब मीडिया का यह हाल हो तो साधारण जनता किस पर भरोसा करे... किस बिना पर अब यह अपने को चौथी शक्ति कह पाएगा?

दिल्ली आकाशवाणी में लक्ष्मेन्द्र चोपड़ा ने कमलेश्वरजी का इंटरव्यू रखा। इंटरव्यू लेने का दायित्व अमर को दिया गया। इस इंटरव्यू से कमलेश्वरजी बहुत प्रभावित हुए। दूसरे दिन उन्होंने फोन किया और धन्यवाद दिया। अमर के लिए यह विचित्र अनुभव रहा। दरअसल अपने प्रिय कथाकार के सम्पूर्ण लेखन पर बातचीत करने की अमर की सालों से दबी इच्छा पूरी हुई।

उसी माह डॉ. अशोक के आग्रह पर चन्द्रशेखर से बातचीत का कार्यक्रम बना। भोंडसी आश्रम जाकर यह बातचीत हुई। अमर चन्द्रशेखर जी से फुर्सत में पहली बार मिल रहा था। इंटरव्यू के बहाने चन्द्रशेखर जी से खुलकर बातचीत हो पाई। चन्द्रशेखर जी ने बातचीत के दौरान कहा कि अब संसद मेरे बैठने लायक नहीं रह गयी है। उनका स्पष्ट इशारा था कि संसद में गैर-मुद्दे उछल तो रहे ही हैं, सांसदों

का आचरण भी अब मर्यादा से बाहर हो गया है।

इंटरव्यू के बाद चन्द्रशेखर जी ने कहा, "आइए अमर, आपको आश्रम की झलक दिखा दें।"

चन्द्रशेखर जी के साथ पाँव-पाँव चलते हुए अमर ने महसूस किया कि एक प्रखर राजनीतिज्ञ किस तरह बदले हुए समय राजनीतिक अराजकताओं से पीड़ित है।

वे कहने लगे, "अब तो लोग आते हैं व्यक्तिगत स्वार्थ की बातों को लेकर। अब वे दिन गये जब लोग सामूहिक समस्याओं को लेकर आते थे।"

उन्होंने अपने पदयात्रा के दिनों की बात भी की।

अमर ने कहा, "क्यों नहीं एक पदयात्रा आप फिर करते?"

चन्द्रशेखर जी बहुत धीरे से मुस्कराये और कहा, "अब न तो वे परिस्थितियाँ हैं न ही उम्र... दिखावे के लिए पदयात्रा मैं करना नहीं चाहता। ऐसा समय आ गया है, जब लोग तात्विक बातों को सुनना ही पसन्द नहीं करते। अबकी पदयात्राओं में घनघोर राजनैतिक एजेंडा जुड़ा हुआ होता है। एक निहित लक्ष्य के तहत ही अब ऐसी यात्राएँ होती हैं। इस देश के गरीबों को, जनसमस्याओं को समझने-बूझने के लिए अब कोई पदयात्रा नहीं करता।"

अमर ने ऑफ द रिकार्ड पूछा, "आप फिर से सक्रिय राजनीति में क्यों नहीं आ जाते?"

चन्द्रशेखर जी ने कहा, "आप भूल जाते हैं कि मैं प्रधानमन्त्री रह चुका हूँ। अब मेरे स्वभाव और सोच के अनुकूल राजनीति रह ही नहीं गयी। अकेले के बूते अब कोई बड़ा यज्ञ हो नहीं सकता। स्वार्थ का कद जब हमारे अपने कद से बड़ा हो जाए तो किया ही क्या जा सकता है? इमरजेंसी में मोहन धारिया और हमारे अलावा कितने लोग थे, जो खुलकर इमरजेंसी की विपरीतताओं का जिक्र कर सकते थे? जो उस समय चुप थे, आज वे मुखर हो रहे हैं, इसका क्या मतलब है? आप बीते हुए पर अपने नाम का ठप्पा लगाना चाहते हैं और वर्तमान से कन्नी काट रहे हैं। ऐसे परिवेश में हम जैसे लोग अप्रासंगिक हो जाते हैं।"

अमर को महसूस हुआ... बहुत गहरे में वे वर्तमान राजनैतिक परिदृश्य से आहत हैं। लेकिन चन्द्रशेखर जी सम्पूर्ण रूप से अकेले नहीं थे। लोग उन्हें अभी भी अध्यक्षजी सम्बोधित करते थे। दूरदराज जगह से आते थे और शायद इसीलिए वे हर तरह के समाचारों से अवगत भी रहते थे।

इसी क्रम में कुछ मुख्यमन्त्रियों के साथ एवं केन्द्र के मन्त्रियों के साथ साक्षात्कार आयोजित किए गये, जो 'जनमित्र' में प्रकाशित होकर चर्चित भी हुए।

अमर की कोशिश रहती कि पूरी पत्रिका का स्वर एक जैसा रहे। इस लक्ष्य को

सामने रखकर सामग्री-चयन में काफी दिक्कतें आती थीं। हर अंक में एक इंटरव्यू प्रकाशित करने का निर्णय लिया गया। 'जनमित्र' के कुछ साक्षात्कारों को लेकर काफी पत्र भी आए। इस क्रम में वामपन्थ के ढलान पर सीताराम येचुरी से बातचीत बहुत प्रभावी रही। येचुरी तीखे प्रश्नों से भी उत्तेजित नहीं हो रहे थे, बल्कि बड़े सधे हुए ढंग से उन्होंने सारे उत्तर दिए। चौदहवीं शताब्दी से लेकर आज तक को समेटते हुए उन्होंने ये साबित करने की कोशिश की कि वामपन्थ का विभ्रम सामयिक है। यह आने वाले समय में दूर हो जाएगा।

सिक्किम के मुख्यमन्त्री चामलिंग की बातचीत भी सादगी और सार्थकता के तालमेल से सराबोर थी। चामलिंग ने 'जनमित्र' के उन सभी लोगों को सिक्किम की चाय भेंट की जो साक्षात्कार के दौरान मौजूद थे।

एक साक्षात्कार गुरुजी अर्थात् शिबू सोरेन का भी था। जंगलों में पले-बढ़े इस पराक्रमी योद्धा ने जब से मुख्यधारा की राजनीति में प्रवेश किया, लगभग तभी से वे धीरे-धीरे अपनी मजबूत स्थिति को खोते जा रहे थे। केन्द्र में पहली बार कोयला-मन्त्री बनते समय ही उन्हें अपनी स्थिति का पता चल जाना चाहिए था। अपने स्वभाव में सरलता के साथ ही गुरुजी की जिद्द भी मुख्यधारा की राजनीति के लिए समयानुकूल साबित नहीं हो सकी, जिसका खमियाजा उन्हें समय-समय पर भरना पड़ा। गुरुजी के सपूत अब परिपक्व हो चुके थे। उनकी महत्त्वाकांक्षाएँ भी हिलोरें लेने लगी थीं। नयी पीढ़ी के जवान जंगल और पहाड़ को उस तरह नहीं समझते थे, जिस तरह गुरुजी समझते हैं। गुरुजी का संघर्ष इतना लम्बा और इतना तोड़ देने वाला रहा कि उम्र का प्रभाव भी उन पर दिखाई पड़ने लगा। 'जनमित्र' ने उन्हें जब दूसरी बार फीचर किया, तब वे कोयला मन्त्रालय खो चुके थे। उस समय की बातचीत में निराशा के साथ-साथ कुंठा का भी समावेश था। बावजूद इन सबके, गुरुजी आखिर गुरुजी ही थे। अविचल, जिद्दी और खामख्याली...।

अमर ने इस बात का ख्याल रखा कि किसी भी साक्षात्कार के समय यदि व्यक्ति कुछ शब्द या कुछ वाक्य रौ में ऐसा बोल जाए, जो उसे नुकसान भी पहुँचा सकता था तो अमर उन बातों को इंटरव्यू से हटाने के पक्ष में था। स्टाफ के लोगों को अमर ने यह समझाते हुए इस बात के लिए राजी किया कि हममें से सबके साथ ऐसी घटना घटती है, इसे हम प्रकाशित कर दें तो अगले व्यक्ति को नुकसान होने से हमारी पत्रिका में चार चाँद नहीं लगते। हाँ, यदि कोई व्यक्ति जानबूझकर कुछ कहता है तब फिर उसे प्रकाशित करना चाहिए।

कपिल सिब्बल उस समय साइंस एवं टेक्नोलॉजी के मन्त्री थे। हताशा के चलते वैज्ञानिकों द्वारा आत्महत्या किये जाने के मसले पर बातचीत चल रही थी। किसी प्रसंग पर कपिल सिब्बल ऐसा कुछ कह गये जो विवादास्पद हो सकता था।

यह बात यदि हू-ब-हू प्रकाशित हो जाती तो उस वाक्यांश को लेकर हो-हल्ला हो सकता था। शिवकुमारजी से चर्चा करने के उपरान्त अमर ने उस हिस्से को सम्पादित कर लिया। वे परिवर्तित समय के दबाव की बात कर रहे थे न कि वैचारिक रूप से किसी को गलत साबित कर रहे थे। कहने का तात्पर्य यह कि 'जनमित्र' ने मूल्यों की रक्षा के लिए इन बातों को भी ध्यान में रखा था।

फिल्म के पृष्ठों के लिए तस्वीरों के चुनाव के वक्त भी अमर की सख्त हिदायत थी कि अशोभनीय तस्वीरें न छापी जाएँ। इन मुद्दों को लेकर कई-कई बार स्टाफ के सदस्यों के साथ मतभेद भी हो जाते थे क्योंकि वे आधुनिकता के दबाव से विचलित हो जाते थे।

अनिलजी को सारी जिम्मेदारी समझाकर अमर दस दिनों के लिए विशेष मुहिम के तहत रायपुर आया। चुपचाप उसने बसों में यात्राएँ कीं और बस्तर के नक्सल-प्रभावित क्षेत्र से लेकर सिहावा तक वह घूम आया। गनपतलाल साव के जीवित रहते रायपुर में बस्तर को लेकर गनपतजी से काफी चर्चाएँ होती थीं। तब के कुछ नोट्स भी रखे हुए थे। इन सबको मिलाकर अमर ने अखबारों के प्रकाशन की सुविधा के अनुसार नक्सलवाद पर छह किस्तें तैयार कीं। उन्हें एक दैनिक अखबार को तो दिया ही और पूरी रिपोर्ट को 'जनमित्र' के एक अंक के लिए तैयार कर लिया। घर पर तीन-चार दिन रहा। जितने दिन घर में रहा, दीप्ति ने समस्याओं की फेहरिस्त सामने रख दी। दोनों मिलकर काफी समय तक चर्चा करते रहे, लेकिन समस्याओं का समाधान नहीं सूझ रहा था। बेटे के कन्धे पर अभी से काफी बोझ आ गया था। दिल्ली में ज्यादा दिन रहने के कारण ही ऐसा हो रहा था।

□□

नामवरजी के पास भी समय-समय पर जाना होता रहा। पिछले दो सालों में कई-कई मुलाकातों के बाद अमर को लगा कि नामवरजी उस तरह कभी नहीं खुले, जितनी अमर की अपेक्षा थी। इसके विपरीत राजेन्द्र यादव ने हमेशा खुले दिल से बातचीत की। ऐसा भी हुआ है कि अमर ने राजेन्द्रजी के किसी वक्तव्य या आलेख पर झल्लाते हुए प्रतिक्रिया दे डाली। राजेन्द्रजी मुस्कराकर टाल गये। देहरादून में 'पहल' के कार्यक्रम में राजेन्द्रजी ने कथाकार नौटियाल जी पर एक शब्द नहीं कहा जबकि कार्यक्रम नौटियालजी पर केन्द्रित था। राजेन्द्रजी को उनकी इस गलती का अमर ने एहसास दिलाया तो राजेन्द्रजी ने भी बड़े भोलेपन से अपनी गलती को स्वीकार कर लिया। भले ही हिन्दी जगत में राजेन्द्र यादव एक विवादास्पद नाम हों, मगर अमर ने उन्हें अपने प्रति बहुत ही स्नेहिल और व्यवहार में सहिष्णु पाया।

राजेन्द्रजी अक्सर कहा करते थे, ''किस पचड़े में पड़ गये यार, एक बढ़िया

साहित्यिक मासिक निकालते तो मजा आ जाता। राजनीति से तुम्हारे जैसा आदमी पार नहीं पा सकता। राजनीतिक जगत में अंडरकरेंट होता है, जिसमें कब तलवे जल जाएँगे, पता ही नहीं चलेगा। इतने कम संसाधन में बड़ी पत्रिकाओं के बीच टिके रहना बहुत मुश्किल है...।''

कन्हैयालाल नन्दन को तो विश्वास ही नहीं होता था कि इतने कम लोगों को लेकर 'जनमित्र' इतने बेहतर तरीके से निकल रहा है। अकेले कमलेश्वरजी थे, जो कहते थे, ''कम संसाधन और पुख्ता मगर कम सहयोगियों के साथ ही अच्छी पत्रिका निकल सकती है। भीड़ में कंटेंट पर असर पड़ता है और योजना बिखर जाती है, भाषा में अन्तर आ जाता है। इसलिए जैसा चल रहा है, वही पद्धति ठीक है।

इस बीच रेवती ने फिर दो-तीन बार अमर को साधने की चेष्टा की और अमर अपने को बचाता चला आया। रेवती ने कहा भी, ''अमरजी, मेरे साथ आप कुछ समय बिताइए। मैं आपको जबर्दस्त स्कूप दूँगी...।''

अमर कहता, ''स्कूप तो आप यों ही दे सकती हो। सबसे बड़ी बात है कि स्कूप का आप स्वयं उपयोग क्यों नहीं कर लेतीं।''

रेवती कहती, ''मैं तो उपयोग में ले ही आऊँगी, पर आपके सान्निध्य की कीमत अलग है।''

ऐसे ही अर्थपूर्ण इंगितों के साथ रेवती हमेशा अमर के सामने आ जाती थी। अमर को यह समझ में नहीं आता था कि रेवती उसके ही पीछे क्यों पड़ी है?

□□

देखते-ही-देखते दो साल पूरे हो गये। अब सबको लगने लगा था कि 'जनमित्र' स्थापित हो जाएगा। जब जनमित्र की शुरुआत हुई थी तो दिल्ली के पत्रकार जगत के एक बड़े प्रभु ने ऐंठकर कहा था, ''कितने दिन... या फिर कितने माह... उसके बाद सब-कुछ टांय-टांय फिस्स...!''

यह प्रतिक्रिया अमर को भी सुनने को मिली थी और भीतर-ही-भीतर एक जिद्द ने जन्म लिया था, चलो देखी जाएगी।

इस बार जे.पी. दिल्ली आये तो उनके चेहरे पर तनाव स्पष्ट दिखाई दे रहा था। अमर के चेम्बर में अकेले होने पर जे.पी. ने अपना बैग खोला और नकद पच्चीस लाख रुपये के नोट टेबिल पर रखकर कहा, ''अमरजी, मैंने आपको जबर्दस्ती दिल्ली आने को बाध्य किया था और मैं ही अब कह रहा हूँ कि 'जनमित्र' को बन्द कीजिए। सारी देनदारी मैं निबटा दूँगा। ये पच्चीस लाख रुपये सिर्फ आपके हैं, मुआवजे के तौर पर... इसे लीजिए और रायपुर लौट जाइए। मैं समझता हूँ इतने पैसे

के ब्याज से आपका खर्च चल जाएगा। शेष आप चुप तो बैठे नहीं रहेंगे। मुझे बिजनेस में इतना घाटा हुआ है कि अब हर माह मैं 'जनमित्र' में पैसे डाल नहीं सकता। आपके पास कोई पृथक स्रोत नहीं है। ऐसे में मैं आपको मुश्किल में नहीं डालना चाहता। इसीलिए पूरी तैयारी से आया हूँ। कागज का, प्रिंटिंग प्रेस का और स्टाफ का जो भी निकलता है, मैं सारा हिसाब अभी के अभी कर दूँगा। ''

अमर को काटो तो खून नहीं। इस अप्रत्याशित प्रस्ताव को सुनकर पहले तो अमर के कंठ से आवाज़ ही नहीं निकली थी। यह कैसा प्रस्ताव है...? यह ठीक है कि जे.पी. ने ही सपने दिखाये थे, लेकिन वह सपना अब तो अमर और साथियों का सपना बन चुका था। देशभर में 'जनमित्र' का नाम फैल चुका था। ढेर सारे लोग 'जनमित्र' के पक्षधर बन गये थे। लोगों को लगता था 'रविवार' की तासीर फिर लौट आई है। ऐसे में अचानक यह प्रस्ताव अमर को झकझोर गया।

''आप ऐसा कैसे कह रहे हैं...? पहले की तुलना में अब हर माह आपको बहुत कम राशि देनी पड़ रही है। मैंने आपको समझाया भी... कि साल भर के अन्दर यह राशि भी आपको देनी नहीं पड़ेगी। क्या इतना छोटा-सा सहयोग आपके व्यवसाय को धक्का पहुँचा देगा...?''

जे.पी. ने कहा, ''अमरजी, मैंने आपको अपने बड़े भाई जैसा ही समझा। आपके साथ पहले भी ज्यादा घनिष्ठता नहीं थी। बावजूद इसके मुझे आप बहुत अच्छे लगते थे— आज के समय में बिल्कुल अलग-थलग, अपनी नीतियों के प्रति दृढ़ और ईमानदार। मैं आपको एक अच्छी जगह पर देखना चाहता था, इसीलिए मैंने पीछे पड़कर आपसे यह पत्र निकलवाया। इसकी मिल्कियत भी आपको सौंप दी। अगर यह पत्र धीरे-धीरे बन्द होता है तब आप कहाँ जाएँगे...?''

अमर ने हस्तक्षेप किया, ''बन्द कैसे हो जाएगा...? रिस्पांस आ रहा है। कमोबेश वसूली भी ठीक है, धीरे-धीरे प्रसार-संख्या भी बढ़ेगी।''

जे.पी. ने तपाक से कहा, ''मगर विज्ञापन... जो अखबारों की रीढ़ है, उसका ग्राफ तो लगातार गिर रहा है और जानने वाले बताते हैं कि कोई भी पत्र-पत्रिका पाठक-संख्या के बल पर नहीं चलती है। साठ से सत्तर प्रतिशत विज्ञापन के बल पर ही पत्रिकाएँ चलती हैं। ऐसे में इसका धीरे-धीरे बीमार पड़ना तय है। न आप कुछ कर सकते हैं और न मैं...। ऊपर से प्रत्येक महीने घाटे की भरपाई करते रहने का बोझ अलग...। चलिए इतने दिन में मैंने भी अपने मन की कर ली, आपने भी कर ली। आइए अब लौट चलें...। मैं एक व्यवसायी के तौर पर यह प्रस्ताव दे रहा हूँ। मेरे गणित में पत्रिका इस तरह चल नहीं सकती। हाँ, अगर मैं और दो साल इसमें पैसे डालता, साथ ही आप भी जमाने के अनुकूल कुछ उठा-पटक करते, तब की बात अलग होती।''

बाद की बातचीत में अनिलजी और आर.एन. तिवारी को भी शामिल कर लिया गया। अमर और साथी अपनी तरफ से जितना भी तर्क देते, जे.पी. अपने व्यावसायिक हथियार से उसे काटते रहे। अमर किसी भी कीमत पर जे.पी. के प्रस्ताव पर अन्ततः राजी नहीं हुआ।

बात तय हुई कि अमर को देने के लिए जे.पी. जो पच्चीस लाख रुपये लाये थे, उन पैसों को जे.पी. वापस ले जाएँगे और हर माह घाटे की रकम पहले की तरह भेजते रहेंगे। जिस समय पच्चीस लाख रुपये खत्म हो जाएँगे, उस समय भले ही बन्द करने का निर्णय ले लिया जाएगा।

जे.पी. ने चेतावनी के रूप में फिर कहा, ''फिर से सोच लीजिए अमर, ये पच्चीस लाख रुपये आपके नाम पर आपके ही हैं। इसके बाद आपके पास भी कुछ नहीं बचेगा, तब की स्थिति को सोच लीजिए।''

अमर ने कहा, ''हम खूब मेहनत करेंगे, कोशिश करेंगे कि यह मशाल जलती रहे।''

जे.पी. ने कहा, ''शुरू में एक जिद मैंने की थी, आज एक जिद आप कर रहे हैं। चलिए इस बार भी मैं आपके साथ हूँ। जैसा तय हुआ, वैसा ही होगा'' और जे.पी. अपने पैसे वापस लेकर लौट गये।

बातें बहुत एकान्त में हुई थी, फिर भी स्टाफ को भनक लग ही गयी। एकाध सप्ताह इसका असर भी रहा। सामग्री पर भी इसका असर पड़ा। आनन-फानन में अमर ने चार-पाँच विशेष अंकों की परिकल्पना की थी। दिल्ली के महाप्रभु हर दो-तीन माह में श्लीलता के आवरण में अश्लीलता परोसकर मांसाहारी सामग्रियों के बल पर प्रसार-संख्या बढ़ा लेते थे।

अमर ने सोचा... सैक्स को शास्त्रीयता के वलय में रखकर एक ऐसा अंक निकाला जाए जिससे लोगों को पता चले कि एक संगीत के तरन्नुम में जीने लायक विषय को कितना विकृत कर दिया जाता है...? अतः एक अंक 'जिस्म के जज़्बात' पर तैयार करने की योजना बनी। इसी क्रम में प्यार पर, दोस्ती पर, शंकर गुहा नियोगी पर अंकों की योजना बनी। 'जनमित्र' के लिए तीसरा वर्ष काफी महत्त्वपूर्ण रहा।

इसी आशा-निराशा के समय में दिल्ली के अनेक साहित्यिक और पत्रकार मित्रों ने मन से साथ दिया।

रेवती ने मन्त्रालयों की कुछ गुप्त सूचनाएँ सौंपीं जिनके आधार पर कुछ बेहतरीन रिपोर्ट्स बनीं।

अमर ने सबको साथ लिया, मगर पैसे का काम पैसे से ही होता है। आर.एन. तिवारी ने प्रिंटिंग प्रेस वाले से बेहतर सम्बन्ध गढ़ लिये थे। एक अंक की उधारी वे

सहज रूप से ही दे देते थे, लेकिन धीरे-धीरे दो-दो अंक की उधारी ठहरने लग गयी। मार्केटिंग की स्थिति यह थी कि लोग ऊँचे वेतन पर काम करना चाहते थे, लेकिन वेतन की तुलना में विज्ञापन का प्रतिशत बहुत कम होता था। बीच-बीच में पचास प्रतिशत कमीशन तक काम करने के लिए लड़के तलाशे गये। वे विज्ञापन लाते तो पहले पचास प्रतिशत कमीशन रख लेते थे। वसूली का जिम्मा आर.एन. पर आ जाता था। तिस पर बिल पास कराने के लिए बाबुओं की जेब भरनी पड़ती थी। अमर को यह सब अच्छा नहीं लगता। लेकिन अमर के अच्छा लगने या न लगने से पत्रकारिता के बाज़ार के नियमों को तोड़ा नहीं जा सकता था। सारे नियम अलिखित थे। लेकिन लिखित से ज्यादा इन पर अमल किया जा रहा था।

दूसरी ओर 'जनमित्र' का नाम इस तरह से फैल चुका था कि अमर के कुछ पुराने मित्र इससे जुड़ने के लिए सामने आये भी, लेकिन आर्थिक स्थिति का पता चलते ही वे किनारा कर गये। भोपाल में कई संवाददाता बदले। एक दिन सुधीर सक्सेना दिल्ली आ धमके। एक दिन साथ रहे भी। आश्वस्त भी किया, लेकिन उनकी माँग इतनी अधिक थी कि 'जनमित्र' उसे पूरी नहीं कर सकता था। इस तरह सुधीर जुड़ते-जुड़ते रह गये।

कैलाश नारद ने पिंडारियों पर लिखी अपनी धर्मयुग वाली शृंखला फिर से प्रकाशित करने के लिए दी। साहित्यिक दुनिया में 'जनमित्र' से मित्रों को काफी उम्मीदें थीं। राजनीति, साहित्य और समाज इन तीन खंडों पर ही 'जनमित्र' का ज्यादा जोर रहता था। भाई बलराम के प्रयासों के चलते काफी सामग्रियाँ एकत्रित हो जाया करती थीं। एक अर्थ में पूरे 'जनमित्र' का वातावरण ही समतावादी था। अमर ने बैठक की व्यवस्था भी ऐसी की थी कि सम्पादक सहित सारे लोग एक साथ बैठते थे। काम करते-करते संवाद भी होता और हँसी-मजाक भी...। कभी-कभी आर्थिक परिस्थितियाँ लोगों को आपस में जोड़ भी देती हैं। शायद 'जनमित्र' के साथ भी यही हुआ होगा।

□□

दीप्ति की नाराजगी और बढ़ती चली गयी। हुआ यह कि जब-जब उधारी वालों का दबाव बढ़ता, अमर दीप्ति से भी पैसे माँग लेता। उस बेचारी के पास गृहस्थी से बचाये हुए पैसों की एक छोटी-सी पूँजी थी, जिसमें से धीरे-धीरे पैसे निकलते चले गये।

अनिलजी और मोहनजी को इस बात का पता था। दोनों ही अमर को बीच-बीच में टोकते थे-

"यह अच्छी बात नहीं है। इस तरह भला कितने दिन चलेगा?"

अमर का जवाब होता, "एक तो किसी भी नयी पत्रिका को निकलते देर नहीं होती और चर्चाएँ शुरू हो जाती हैं कि यह बन्द कब होगी। थोड़ा ठीक-ठाक पत्र निकलने लगे तो और भी तीव्रता से लोग पत्रिका के बन्द होने की प्रतीक्षा करने लग जाते हैं। मुझ पर भरोसा कर आप सब पत्रिका से जुड़े, इतने लोगों की निराशा का बोझ मैं नहीं उठा सकता। जब तक गुंजाइश होगी, इसे चलाते रहना है। यही एकमात्र लक्ष्य रह गया है।"

कभी-कभी अनिलजी कहते थे, "सचमुच आपकी जिद्द और आपका उत्साह दोनों ही लाजवाब हैं। इन घनघोर निराशाओं के बीच आप नयी-नयी योजनाएँ बनाने लगते हैं। खाली जेब की लम्बी उड़ान... गजब है!"

ऐसे में अमर का उत्तर होता, "पता है, यह सब लोहियाजी की देन है। शायद आपने पढ़ी हो, उनकी एक पुस्तक है 'निराशा के कर्तव्य' उसमें लोहियाजी ने बड़े ही सधे हुए ढंग से बताया है कि यदि चारों ओर निराशा ही फैली हो तो उस समय भी हमारा कर्तव्य क्या हो सकता है। आप चाहें तो पुस्तक घर से लाकर आपको दे सकता हूँ।"

एक दिन योजनाबद्ध तरीके से चंचलजी को रात को रुकने पर विवश कर दिया गया। उन्हें रोकना, मतलब रात में खाने के पहले बढ़िया पेय पदार्थ की व्यवस्था...। अमर को तो उनके भीतर छिपे हुए समाचारों को कुरेदना था। बाहर भले ही अमर ने कहा, "आज जश्न मनाया जाए..."

चंचलजी और मोहनजी ने पूछा, "कैसा और किस बात का जश्न?"

अमर ने कहा, "जनमित्र के सतत रूप से प्रकाशन का जश्न।"

अमर के कमरे में ही व्यवस्था हुई। मोहनजी, चंचलजी, अनिलजी और अमर स्वयं। जब चंचलजी सुरूर में आया तो बात मन्त्रियों के इर्द-गिर्द के लोगों द्वारा खाने-पीने पर केन्द्रित हो गयी।

अमर ने पूछा, "चंचलजी, कठघरे में तो कभी आपको भी खड़ा किया गया था।"

हालाँकि चंचलजी की पेय ग्रहण की क्षमता एक बोतल से आँकी नहीं जा सकती थी तथापि वे हल्के नशे में आ गये थे। उन्होंने अपने पुराने दिनों का पिटारा खोला, "एक दिन एक पत्रकार मित्र मिले। हालचाल के बाद तुरन्त उन्होंने एक जुमला उछाल दिया— अब क्या पूछने, अब तो मजे ही मजे होंगे... कितना बनाया? बहस करना फिजूल समझा; वह जिस बात पर मुतमइन था और मुझसे तस्दीक करना चाहता था, मैंने उसी पर हामी भर दी और कहा कि जितने से जिन्दगी आसानी से कट जाए उतना तो बना ही लिया। वह खुश हो गया। उसे लगा कि उसका अनुमान गलत नहीं था। आज तक जब कभी भी कोई दोस्त या परिचित

इस तरह की बात करता है तो मैं प्रतिवाद नहीं करता। इसकी वजह है— प्रतिवाद करने से न तो उसकी सोच को बदला जा सकता है और न ही इस भ्रान्ति को रोका जा सकता है कि सरकार में था लेकिन 'कुछ बनाया' नहीं।''

एक बात बताओ, ''अब तो तुम जॉर्ज (फर्नांडीस) के साथ नहीं हो। उनकी पार्टी में भी नहीं हो तो यह बताओ, क्या जॉर्ज वाकई ईमानदार हैं?''

''उनकी पार्टी में नहीं हूँ। उनके साथ नहीं हूँ। तो क्या अब यह कह दूँ कि जॉर्ज ईमानदार नहीं हैं? मैं कहीं भी हूँ, लेकिन एक सच यह है कि देश में इस समय बहुत कम ईमानदार बचे हैं, विशेषकर राजनीति में। जॉर्ज उनमें से एक हैं। पिछले बत्तीस साल से उनके साथ रिश्ते हैं। रग-रग से वाकिफ हूँ। जॉर्ज की कोई भी बात छिपी नहीं है। मुझ पर भी काफी कुछ कहा गया कि मैंने खूब कमाया, खूब बनाया। इसे यों समझो, यह चर्चा चलाई किसने? जो अपने थे, जो जानते थे, साथ रहते थे, उन्होंने...। उनका अपना एक मनोविज्ञान है। चाहे वे किसी भी खाके के रहे हों। साथ में राजनीति करने वाले, पत्रकारिता करने वाले, रंगकर्मी, चित्रकार, वगैरह-वगैरह। उन्होंने मेरे उस स्वरूप और रूप को देखा है, जब मैं उनकी जमात का हिस्सा था— बस से या ऑटो से घूम रहा था, राजनीति कर रहा था। पत्रकारिता कर रहा था। महीने भर की मेहनत-मशक्कत से कुल जमा तीन हजार मिलते थे। उन्होंने देखा, अचानक मैं लालबत्ती की गाड़ी पर घूम रहा हूँ। पुलिस सलामी ठोंक रही है। लोगों की भीड़ से घिरा पड़ा हूँ। काम कुछ नहीं, सुविधाओं का अम्बार लगा है। सरकारी मकान, सरकारी गाड़ी, तीन हजार वाला अचानक तेरह हजार पर जा पहुँचा। वगैरह-वगैरह। यह किसी को भी खूब कमाने वाला, खूब बनाने वाला नहीं बना सकता? यही हुआ। मैं यह नहीं कहता कि सारे लोग दूध के धुले हैं। बहुत सारे भ्रष्ट लोग हैं। पूरी नौकरशाही आकंठ डूबी है, लेकिन गाली खाने के लिए राजनीति वाला ही खाली मिलता है।''

इतने लम्बे वक्तव्य के बाद थोड़े चने-चबेने के साथ फिर गिलास खाली हो गया।

अमर ने पूछा, ''आप तो जॉर्ज फर्नांडीस के साथ प्रथम वैयक्तिक सहायक रहे। आपके और जॉर्ज के बीच तनाव कैसे आया?''

दूसरा गिलास खत्म करने के बाद चंचल फिर मूड में आये और फिर शुरू हो गये, ''वही खेल वहाँ भी हुआ। जॉर्ज ने जब तय किया कि वे मुझे और विजय नारायण को अपने साथ रखेंगे तो यह बात हमारी एक महिला साथी को नागवार गुजरी। वह जॉर्ज के सब समाजवादी साथियों से चिढ़ती थी। इसकी वजह थी (जहाँ तक मैंने भाँपा) कि वह एक रूआबदार नौकरशाह की पत्नी रहीं। उनके काम करने का तरीका, उनका अनुशासन, उनकी सोच कतई अलहदा थी। वह दो

बातों में ही यकीन करती थीं। या तो वह सलाम करें या बाकी लोग उन्हें सलाम करें। बराबरी के कोई मायने ही नहीं थे। जबकि हम सब जिस मदरसे (समाजवादी) से आये थे, वहाँ बराबरी का ही खेल था। हम अपने नेता से ऐसी बराबरी से बात करते थे जैसे दोस्तों से होती है। जॉर्ज को अपनी रुचि के विरुद्ध नौकरशाहों पर निर्भरता के लिए उसी महिला ने बाध्य किया था। इसीलिए जॉर्ज नौकरशाहों के चलते अपने करीबी कार्यकर्ताओं और मित्रों से दूर होते चले गये। यही था तनाव का असली कारण।''

□□

राजनेताओं और पत्रकारों का काम एक-दूसरे के बिना नहीं चलता। इस गहरे अन्तर्संबन्ध का फायदा वे एक-दूसरे का उपयोग कर उठाते हैं। इस परस्पर निर्भरता का नतीजा निकला कि पत्रकारिता जैसे पवित्र पेशे के कुछ सारथी बिचौलिए की भूमिका में आ गये।

पत्रकारों को अपना यह धन्धा चमकाने का एक तर्क तब भी मिला, जब अखबारों के मालिकों ने अपने पत्रों के संवाददाताओं का उपयोग अपने काम के लिए करना शुरू किया। फिर यह सिलसिला चल निकला। उत्तर प्रदेश के एक प्रतिष्ठित समाचारपत्र ने जब एक संवाददाता को सम्पादक पद से नवाजा तो उसके पीछे कारण यह था कि प्रदेश में सत्तारूढ़ पार्टी से उनके गहरे ताल्लुकात थे। बाद में उस समाचारपत्र को एक-दूसरे बड़े घराने ने खरीदा तो सम्पादकजी को जय श्रीराम बोल दिया गया।

दिल्ली तो राजनीति और राजनेताओं का गढ़ है। यहाँ पत्रकार और भी ज्यादा बड़ी भूमिका में सक्रिय रहते हैं। जितना ऊँचा सम्पर्क, उतनी ज्यादा पूछ। राजीव गाँधी के कार्यकाल में गोलमटोल कद-काठी वाले एक पत्रकार ने पीएम हाउस में अपनी पैठ बनाई। जब प्रधानमन्त्री विवाद में फँसे तो उन्होंने अपनी पत्रिका की धार पैनी की और विश्वनाथ प्रताप सिंह पर हमले करने लगे। इससे न केवल राजीव गाँधी के दरबार में, बल्कि मुम्बई के एक औद्योगिक घराने में भी उनकी पूछ-परख खूब बढ़ी। इस पत्रकार ने बिचौलिए की भूमिका निभाकर खूब कमाया।

इन्दिरा गाँधी के शासनकाल में एक प्रमुख राष्ट्रीय दैनिक के सम्पादक और दिल्ली के एक अँग्रेजी दैनिक व मुम्बई के अँग्रेजी साप्ताहिक के सम्पादकों की तूती बोलती थी। ये सभी लोग मन्त्री बनवाने-हटवाने में दखल रखते थे। इसी प्रकार दिल्ली से प्रकाशित अँग्रेजी व हिन्दी भाषाओं में प्रकाशित होने वाली पत्रिका में सम्पादक रहे एक पत्रकार ने जब राजनारायण-जगजीवन राम विवाद को तूल देकर पार्टी में विघटन कराया, तो उनको इसका प्रसाद भी मिला।

यह तो हुई कुछ बड़े और नामी-गिरामी पत्रकारों की चर्चा। एक तरफ जहाँ ये मगरमच्छ हैं, वहीं दूसरी तरफ जिला और कस्बा स्तर पर भी अन्य कई छोटी मछलियाँ हैं। ये जिला और कस्बा स्तरीय पत्रकार एक तरफ कलेक्टर, एस.पी. के माध्यम से पुलिस-थानों की नीलामी में तो वहीं दूसरी तरफ लोगों को बन्द कराने और फिर रिहा कराने में भूमिका निभाते हैं। कुल मिलाकर कहा जा सकता है कि 'हरि अनन्त, हरि कथा अनन्ता।'

अमर ने बातचीत में हस्तक्षेप किया, ''आप लोगों के इस कोरस पर अब विराम लगना चाहिए। सुनते-सुनते मेरे भीतर की आस्था न डगमगा जाए। आज किस क्षेत्र में गिरावट नहीं है। हम गिरावट की चर्चा करते-करते कहीं अनजाने में उसी ढलान की ओर कदम न बढ़ा दें, इसलिए संसार में जो कुछ अच्छा है उसकी भी चर्चा होनी चाहिए। एक नन्हीं-सी कन्दील भी कभी-कभी घर-भर का भरोसा बन जाती है।''

अनिलजी बड़ी देर से अमर का चेहरा देख रहे थे। अमर के चेहरे पर उन्हें पीड़ाजनक बेचैनी साफ-साफ दिखाई दे रही थी। इसलिए अनिलजी ने अपनी बुलन्द आवाज़ में टोका, ''इतनी ज्यादा निराशा की बात न करें। अभी भी हमारे यहाँ ईमानदारी और मूल्यों की जगह शेष है। सम्भव है, वह अल्प मात्रा में हो, लेकिन उस अल्प मात्रा का प्रभाव कम नहीं है। हमारी पत्रिका उसी मूल्यों के अलख को जगाये रखेगी। हमें गन्दे को गन्दा कहने से कौन रोक सकता है?''

रात काफी हो चुकी थी। बैठक वहीं समाप्त हुई। जाहिर है, चंचलजी और मोहनजी को घर छोड़ना पड़ा। अनिलजी के पास स्वयं की गाड़ी थी।

□□

रेवती का आना-जाना कुछ बढ़ गया था। वह कुछ समाचार शेयर भी करती थी। बदले में अमर ने पारिश्रमिक देने की पहल की तो इतराकर रेवती हमेशा कहती थी, ''अमरजी, मेरा पारिश्रमिक तो आप हैं...। पहले दिन से ही मेरी जिद है, आप मेरे साथ कुछ क्षण बिता लें, वही पारिश्रमिक मेरे लिए काफी होगा।''

इस निरावरण इशारे मात्र से अमर अपने आप में सिकुड़ जाता था। रेवती का इशारा बहुत साफ था। जाने कितने लोगों के साथ उसने ऐसा किया था। अमर इस दलदल में फँसना ही नहीं चाहता था। घर-परिवार वाले आदमी को इस सबसे क्या वास्ता..? लेकिन अमर ने कभी रेवती से रूखा व्यवहार भी नहीं किया क्योंकि यह उसके संस्कारों में नहीं था और शायद इसी बहाने रेवती लगातार अमर से मिलती रही।

□□

सुबह-सुबह ही जे.पी. का फोन आया। हालचाल पूछने के बाद वे सीधे

विषय पर आये, "अमरजी, नौ महीने बीत गये। मार्केटिंग की क्या स्थिति है? आपके हिस्से के पच्चीस लाख में मात्र दस लाख बचे हैं। यदि बात सँभल नहीं रही तो अभी भी वक्त है, कदम पीछे ले लीजिए। मैं अभी भी सारी आउट-स्टैंडिंग क्लीयर कर दूँगा, बशर्ते आप पत्रिका बन्द कर लौट आएँ।"

अमर क्या कहता? स्थितियाँ हैं कि सुधरने का नाम ही नहीं ले रहीं...। लाख कोशिशों के बावजूद मार्केटिंग का क्षेत्र सुधार पर नहीं था। इसके उलट अन्य राज्यों की तुलना में बिहार में पत्रिका का प्रसार पहले से कहीं अधिक बढ़ गया था। जे.पी. इतने दिनों में पत्रिका की व्यवस्था के विषय में काफी जानकारी हासिल कर चुके थे। उनका कहना था कि जब तक विज्ञापन की स्थिति तगड़ी नहीं होगी, प्रसार के बल पर पत्रिका चल नहीं सकती। आज का बाज़ार करीब-करीब ऐसा ही है। अन्यथा बड़ी पत्रिकाएँ— धर्मयुग, साप्ताहिक हिन्दुस्तान, सारिका बन्द नहीं होतीं।

जे.पी. ने साफ कहा, "अब मुझे पता चल रहा है कि जब तक बड़े उद्योग या अन्य स्रोतों से पैसे नहीं आते, तो आज के समय में केवल कोई पत्रिका अपने बल पर नहीं चल सकती। इसी बीच मेरी स्थिति डगमगा गयी है अन्यथा मैं अपने वादे से पीछे नहीं हटता।"

अमर के आगे जे.पी. का प्रस्ताव मानने लायक परिस्थितियाँ ही नहीं थीं। स्टाफ के लोग कितने समर्पित भाव से काम कर रहे थे। उन्हें अमर पर इतना विश्वास था जो जे.पी. के आग्रह से कई गुना बड़ा था। भीतर-ही-भीतर एक जिद्द भी थी— किसी भी सूरत में 'जनमित्र' की मशाल जलाए रखनी है। अमर ने फोन पर कहा, "मैं इसकी अन्तिम परिणति तक जाना चाहता हूँ। अभी दस लाख है न...। थोड़ी और कोशिश करने में क्या दिक्कत है?"

जे.पी. ने फोन रखने से पहले कहा, "अमरजी, आप अपने पाँव पर कुल्हाड़ी मार रहे हैं। मैं जानता हूँ आप लाख मना करने के बावजूद घर की जमा-पूँजी इसमें झोंक चुके हैं। अन्त में सबकुछ लुटाकर होश में आने वाली बात होगी तो सबसे ज्यादा दुःख मुझे होगा।"

सुबह-सुबह ही अमर का मूड उखड़ गया था। अनिलजी के दफ्तर आने पर फिर से तमाम बातों को लेकर चर्चा हुई। आर.एन. तिवारी ने भी बातचीत में हिस्सा लिया। सबके-सब चिन्तित थे, उस पूरे दिन अमर से काम करते नहीं बना। वह जे.पी. को दोष देना चाहे तो भी यह उसे गलत लगता था, इन स्थितियों के लिए किसी को दोष नहीं दिया जा सकता था। जितनी पूँजी 'जनमित्र' को प्रारम्भ करने में लगी, करीब-करीब उतनी ही पूँजी इसके संचालन के लिए सुरक्षित रखनी थी, जो हो नहीं सका। इधर, जे.पी. के व्यवसाय में मन्दी आ गयी। अन्यथा जे.पी. पीछे नहीं हटते।

पैसा ही पैसे को खींचता है। मार्केटिंग के लिए पहले काफी पूँजी लगानी पड़ती है, तब जाकर उसका रिटर्न आता है। यह समीकरण पहले समझ में नहीं आया। इससे तो अच्छा था रायपुर में ही एक दैनिक की योजना बनती और छोटे रूप में उसमें सफल भी हुआ जा सकता था। लेकिन अब कोई रास्ता शेष नहीं रह गया।

एक सप्ताह बाद अमर ने सबके साथ एक बैठक की। सारी परिस्थितियों को सामने रखने पर एक हल सामने आया कि खर्च में कटौती ही एकमात्र रास्ता है, जिससे कुछ और महीने चला जा सकता है। इसी बीच मार्केटिंग पर पूरी ताकत लगा दी जाए। लेकिन यह सावधानी भी बरती जाए कि सामग्री के चयन आदि में कहीं कोई ढिलाई न हो।

आज की स्थिति में दिल्ली में एक भी उदाहरण ऐसा नहीं है जहाँ पत्रिका को बचाने के लिए स्टाफ ने अपने-अपने वेतन/पारिश्रमिक कम करने का निर्णय लिया हो। शुरुआत अनिलजी ने की। उन्होंने अपने वेतन से दस हजार रुपये कम करने की सहमति दी। करीब-करीब इतना ही आर.एन. तिवारी ने भी किया। मोहन जी ने बिना वेतन के सेवाएँ देने की पेशकश की। इसी तरह जिससे जितना बना, अपने वेतन में से उतने पैसे कम करने की सहमति दी। अमर ने जान-बूझकर कम वेतन वालों के कटौती के प्रस्ताव को ठुकरा दिया। दिल्ली जैसी जगह में रहकर जीवन-यापन उससे कम पैसे में हो नहीं सकता था।

अमर की आँखों में आँसू आ गये। किसी पत्रिका के जीवन के लिए इस तरह से लोग आगे आएँगे, इसकी उसने कल्पना भी नहीं की थी। व्यक्तिगत रूप से अमर अपने को पूरे स्टाफ का ऋणी समझने लगा था।

इस घटना के बाद स्टाफ के सभी सदस्यों ने गम्भीरतापूर्वक पहले से अधिक मेहनत करना प्रारम्भ कर दिया। मार्केटिंग की स्थिति में थोड़ा सुधार भी आया। जो लोग इस प्रतीक्षा में थे कि 'जनमित्र' अब बन्द हुआ कि तब...। उनकी निराशा बढ़ती गयी। न सामग्री पर कोई असर पड़ा, न उसके तेवर पर। पत्रिका की माली हालत जो भी हो।

बाजार में कोई बात ज्यादा दिनों तक छिपी नहीं रह सकती। यह 'जनमित्र' के साथ भी हुआ। 'जनमित्र' की आर्थिक परेशानियों की चर्चा होने लगी थी। साथ ही लोग आश्चर्य भी व्यक्त करते कि इतने कम संसाधनों, इतने कम स्टाफ से काम कैसे चल रहा है...?

अप्रत्याशित रूप से कुछ प्रस्ताव भी आने लगे। अमर ने उत्साहित होकर खोज-खबर भी ली। लेकिन पता करने पर जो बातें सामने आयीं, वे अच्छे संकेत साबित नहीं हुए। कहीं पर पत्रिका को लेकर वैवाहिक पत्रिका बनाने की मंशा काम कर रही थी तो कहीं इस पत्रिका को खरीदकर बन्द करने की मंशा थी। एक ने तो साफ-साफ कहा कि हम इसे सैक्स की पत्रिका में तब्दील कर देंगे।

अमर ने सोचा— इससे तो बेहतर है... यह चलते-चलते खुद ही बन्द हो जाए। हालाँकि स्टाफ के सभी लोगों का मनोबल विपरीत था। स्टाफ का कहना था कि हर हालत में हम इसे जिन्दा रखेंगे।

इसी बीच एक हादसा और हुआ— अनिलजी आर्थिक परेशानी से घिर गये। इतने कम वेतन में उनके घर की किस्त ही नहीं पट सकती थी। अतः अनिलजी ने भरे हुए मन से 'जनमित्र' छोड़ने की बात कही। साथ में यह भी कहा कि आप यदि सहमत नहीं होंगे तो मैं उसकी कीमत अदा करूँगा और यहीं रह जाऊँगा।

अमर ने कहा, "अनिलजी, आपका जाना मेरे लिए दाएँ हाथ का कट जाना है। लेकिन आपकी जो परिस्थितियाँ हैं, उन्हें न समझना भी नादानी होगी। मैं मान लूँगा कि यह एक दुर्घटना है जिसमें मेरा एक हाथ मुझसे दूर हो गया, लेकिन दूसरे हाथ से मैं काम चला लूँगा।"

अनिलजी इसके बाद बेहतर वेतन पर 'दैनिक जागरण' चले गये। जागरण जाने के बावजूद अनिलजी को फुर्सत मिलती तो सप्ताह में दो-तीन बार आ ही जाया करते थे। वे घर से कभी-कभी लिखकर डिस्पैच भी ले आते। उसी दौरान अन्य नामों से उन्होंने कवर स्टोरी भी बनाई। अनिलजी अक्सर कहते, "मेरे पत्रकारिता के जीवन में 'जनमित्र' में काम करना सर्वाधिक सुकून का समय रहा। मेरे लिए यह स्वर्णयुग था। काश! परिस्थितियाँ ऐसी न होतीं तो मैं कभी इसे नहीं छोड़ता।"

अनिलजी ने बातचीत में कई बार बताया था कि दिल्ली के कई वरिष्ठ पत्रकार अनिलजी से कहते भी थे— "कहाँ उस डूबते जहाज में खड़े हैं। कहीं और चले क्यों नहीं जाते?"

तब अनिलजी का जवाब होता— क्यों, बड़ी जगहों में आज की तिथियों में वर्षों जमे रहने वाले नाम बताइए। या फिर उन पत्रिकाओं के नाम बताइए जो कभी आर्थिक संकटों से जूझी न हों। एक बार 'जनमित्र' में चार-पाँच दिन के लिए आ जाइए, तब आपको समझ में आएगा कि मैं वहाँ क्यों टिका हुआ हूँ। ऐसी ही किसी परिस्थिति के चलते बलराम भी 'जनमित्र' छोड़कर राजकमल प्रकाशन चले गये।"

उसी समय किशन कालजयी ने 'जनमित्र' में आना स्वीकार किया। बिल्कुल साफ-सुथरे एवं स्पष्ट स्वभाव के किशनजी कमर-कस कर ही आये थे। उन्हें पता था कि 'जनमित्र' उन्हें दुलार सकता है, लेकिन ज्यादा वेतन नहीं दे सकता। फिर भी वे अपना सौ फीसदी देने के लिए तैयार थे। उनके साथ एक युवा एवं उत्साही पत्रकार नवीन ने भी तमाम तकलीफों को झेलकर 'जनमित्र' में ही काम करना चाहा। रायपुर में भी ब्यूरो बदल गये। संजय ने छोड़ा, उसकी जगह अमर ने फिर एक प्रयोग किया। जाँजगीर के कवि सतीश सिंह को रायपुर का ब्यूरो बना दिया। सतीश भी संघर्षों से जूझने का माद्दा रखता था।

उन्हीं दिनों रायपुर में मार्केटिंग में एक समर्थ नौजवान लड़के ने ज्वाइन किया।

नाम भी बड़ा पोर्टेबल-सा था— दद्दू। आरम्भ में लोग दद्दू को लेकर बहुत गम्भीर नहीं थे कि वह मार्केटिंग में कुछ कर पाएगा। लेकिन नीचे से ऊपर उठने वाले लोगों में जिजीविषा की एक जिद्द होती है। उसी जिद्द ने कमाल किया और दद्दू ने छत्तीसगढ़ से विज्ञापन एकत्रित करने में सबसे आगे कदम बढ़ाया। इसी तर्ज पर कानपुर से अवस्थीजी जुड़े। इस उम्रदराज सहयोगी ने 'जनमित्र' को तो सचमुच में अपना मशाल बना लिया था।

रविवार के दिनों के मित्र जयशंकर तब दैनिक हिन्दुस्तान में काम कर रहे थे। जब भी मुलाकात होती, वे अमर का मनोबल ऊँचा कर देते थे। वहीं विष्णु नागर भी काफी उत्साहित करते रहते थे। एक युवा पत्रकार मनोज कृष्ण नये-नये विषयों पर आलेख लाकर देते और कहते, "आप बस डटे रहिए, हम आपका साथ कभी नहीं छोड़ेंगे।"

इन्हीं परिस्थितियों के चलते कब तीन महीने बीत गये, पता ही नहीं चला। जे.पी. ने समय पर बता दिया कि उनकी ओर से देय दस लाख रुपये भी अब समाप्त हो गये। अत: अब वहाँ से पैसे नहीं मिल सकते। अब 'जनमित्र' को अपने ही बल पर चलना था और इस प्रकार तीसरा वर्ष भी समाप्त होने को आ गया।

अमर ने पूरे स्टाफ की फिर से मीटिंग ली। माली हालत को सामने रखा गया। अब अपने बल पर ही चलना था। कहीं से आर्थिक सहयोग की गुंजाइश नहीं थी। इसी बीच छह महीने तक रायपुर के विनय लूनिया ने भी थोड़ी-बहुत मदद कर दी थी। अब उनका कोटा भी खत्म हो चुका था। ऐसे में 'जनमित्र' को मासिक स्वरूप देना जरूरी हो गया था ताकि एक अंक की छपाई का पूरा खर्चा बचाया जा सके। प्रेस वालों से नये सिरे से बात की गयी। सभी को दायित्व समझा देने के बाद अमर एक सप्ताह के लिए रायपुर आ गया।

रायपुर आने पर अमर का मन रायपुर के मित्रों से मिलने के लिए होते हुए भी वह कम ही लोगों से मिल पाता था। मित्र उसे दिल्ली वाला कहकर टोंचते भी थे। कुछ लोगों ने तो साफ मुँह पर कहा, "ये दिल्ली वाली खुजली न हुई होती तो तुम यहाँ कितने अच्छे से जम रहे थे। तुमने स्वयं अपनी परेशानियों को न्यौता दिया है, तो भुगतो।"

सबसे अधिक दु:खी दीप्ति थी। उसे अमर के गिरते स्वास्थ्य की चिन्ता हो रही थी। घर के बचत के पैसों के खर्च हो जाने का भी उसे मलाल था। लेकिन परिस्थितियों के आगे की मजबूरी को भी वह समझ रही थी, "दिल्ली जाने का निर्णय लेते समय भी मैंने तुम्हें कितना समझाया था। लेकिन तुम माने कहाँ..? यह रोज-रोज की टेंशन का शुगर और ब्लड प्रेशर पर प्रभाव तो पड़ ही रहा है। तुम्हारे सर के बाल भी कितने झड़ गये। भला ऐसे भी स्वास्थ्य की कीमत पर कोई

पत्रकारिता होती है...! यह तो सीधे-सीधे 'घर फूँक, तमाशा देख' हो गया। अब जे.पी. के वायदे कहाँ गये? स्टाफ की सेलरी देने के लिए तुम इन दिनों जो हाथ फैलाए घूमते रहते हो, क्या जीवन-भर कभी अपने लिए इस तरह किसी से पैसे माँगे..? व्यक्ति अपने ही सिद्धान्तों के विरुद्ध चला जाए, तब अपने इस व्यक्तिगत जुनून को क्या कहोगे?"

□□

क्या वाकई अस्पताल में कोई चहल-पहल नहीं हो रही है? इतना सन्नाटा क्यों है? पत्नी और पलाश की बातचीत फुसफुसाहट-सी सुनायी क्यों दे रही है? कहीं उनकी श्रवण-इन्द्रियाँ जवाब तो नहीं दे गयीं? स्मृतियाँ भी जैसे अब बहुत धुँधला-सी गयी हैं। एक ही बात को याद करते हुए वे तंग आ जाते हैं। बात याद ही नहीं आती। क्या यही है कोमा का अन्तिम पड़ाव। कभी-कभी डॉक्टर या नर्स के छूने का अहसास भी होता है, मगर बहुत हल्के-से। वे सोचने लगे, यदि मृत्यु भी इसी तरह धीरे-धीरे पास आ रही है और उसे हम पास होते हुए देख रहे हैं तो फिर कैसा लगता है? उन्हें विशेष कुछ फर्क नहीं पड़ रहा है। बस एक सुप्त-सी चेतना है, बाकी सब तो धीरे-धीरे छीज गयी है। ऐसे में भला जीना क्या... मरना क्या...?

वे अपने बीते हुए जीवन को याद करते हुए सोच रहे थे— कहीं कुछ छूट तो नहीं गया? कोई ऐसा व्यक्ति रह तो नहीं गया जिसने उनके आज तक की यात्रा में भरपूर साथ दिया हो? उन्हें नहीं लगता कि ऐसा कुछ छूट गया है। फिर भी स्मृतियाँ तो हैं। ऐसा यदि होता भी है तो इतना विश्वास है कि उनके अपने उन्हें माफ कर देंगे। वे प्रतीक्षा करने लगते हैं... अब और कितनी देर है...! बुलावा तो लगभग आ ही चुका है....!

सोलह

अमर को दीप्ति की किसी बात का बुरा नहीं लगता। जो कुछ वह कह रही थी वह शत-प्रतिशत सच था। लेकिन इतनी दूरी तय करने के बाद अब वापसी भी तो कठिन हो गयी थी। रायपुर में पता चला कि एक सेठ पत्रिका में रुचि रखते हैं। वे स्वयं ही दिल्ली की फ्रेंचाइजी वाले एक दैनिक अखबार को निकालते हैं। उनका

मोटरसाइकिल बेचने का बड़ा कारोबार है, साथ में कुछ और भी व्यवसाय है। लोग उन्हें 'ऑटो सेठ' के नाम से पुकारते हैं।

अमर ने लगे हाथों उनके अखबार में जाकर उनसे बातचीत करने का निर्णय लिया। पहली बातचीत में दस प्रतिशत सम्भावना दिखी। मगर उन्होंने कहा, ''मैं शीघ्र ही दिल्ली आ रहा हूँ। वहाँ बातें होंगी।''

अमर के दिल्ली लौटने के सप्ताह भर बाद ही ऑटो सेठ दिल्ली आये। बड़ी अच्छी बात हुई। उन्होंने 'जनमित्र' के टेकओवर के संकेत भी दिए और कुछ वक्त माँगा। यही वक्त ही तो नहीं था। अमर जल्दी-से-जल्दी इसे किसी समर्थ हाथों में देना चाहता था। अगले माह ही बातचीत तय हो गयी कि अमर टाइटिल को ऑटो सेठ के नाम कर देगा। बदले में ऑटो सेठ करीब अट्ठारह लाख रुपये देंगे। साथ ही यह भी तय हुआ कि अमर ही पूरे कामकाज को देखेगा और एवज में वेतन लेगा। इस तरह अचानक एक रास्ता निकला लेकिन यह रास्ता स्टाफ को उतना अच्छा नहीं लगा। किया भी क्या जा सकता था। अमर के पास पूँजी थी नहीं और इस तरह घिसट-घिसटकर कम-से-कम राष्ट्रीय स्तर के पत्र को नहीं चलाया जा सकता था। ऑटो सेठ ने एक शर्त रखी कि अमर को रायपुर वाले उनके दैनिक में सम्पादक का भी दायित्व लेना पड़ेगा। दस दिन के लिए अमर दिल्ली में रहेगा और 'जनमित्र' को अन्तिम स्वरूप देकर रायपुर लौट आएगा। स्टाफ में कोई तब्दीली नहीं की गयी। अमर ने राहत की साँस ली, क्योंकि पत्र की मिल्कियत से ज्यादा जरूरी था उसका चलते रहना। जे.पी. को भी इस निर्णय से कोई आपत्ति नहीं थी। बल्कि वह इस बात पर खुश थे कि अमर को अब थोड़ा सुकून मिल जाएगा।

शुरू के तीन-चार महीने बड़े आराम से निकले। ऑटो सेठ ने अट्ठारह में से चार-पाँच लाख रुपये अमर को किस्तों में दे भी दिए। लेकिन पाँचवें महीने से ही गड़बड़ियाँ शुरू हो गयीं। ऑटो सेठ ने अपने दैनिक में एक अर्द्ध-शिक्षित व्यक्ति को मैनेजर बना रखा था। यह मैनेजर अक्सर अपनी ताहुतदारी झाड़ता रहता था। यद्यपि अमर से कभी टकराव नहीं हुआ लेकिन अमर को स्टाफ के साथ उसका बर्ताव बर्दाश्त नहीं होता था। उसके बर्ताव के चलते अमर को स्टाफ से काम लेने में दिक्कत होती थी। ऑटो सेठ से अमर ने साफ-साफ इन बातों का जिक्र किया। अमर की धारणा के विपरीत ऑटो सेठ ने उसी अर्द्ध-शिक्षित मैनेजर का पक्ष लिया। यह अमर के लिए पहला आघात था। ऑटो सेठ बाकी के पैसे देना भी विभिन्न बहानों से टालते रहे। इसी के साथ वे यह भी कहने लग गये कि 'जनमित्र' का खर्चा बहुत है। इसको और कम किया जाए। अमर अपनी ओर से समझाता कि एक राष्ट्रीय दैनिक के हिसाब से यह खर्च एक-चौथाई भी नहीं है। लेकिन ऑटो सेठ का स्थानीय मस्तिष्क इसे स्वीकार नहीं करता था। जो हो, गाड़ी चलती रही..।

रायपुर के मित्रों को अच्छा लगा। 'चलो लौट के बुद्धू घर को आये।' सबसे अधिक खुश थे राजनारायणजी और दिवाकर। अमर जब दस दिनों के लिए दिल्ली जाता तो उसकी सख्त हिदायत रहती कि दैनिक के डाक एडिशन और सिटी एडिशन दोनों के मैटर संक्षेप में अमर को फोन पर ही बताये जाएँ ताकि अमर को कोई बात खटके तो वहीं से निर्देश देकर उसे बदलवाया जा सके।

अमर दिल्ली में था। उस दिन सुबह-सुबह सतीश का फोन आया कि ऑटो सेठ के अखबार में छत्तीसगढ़ विधानसभा में पैसे लेकर प्रश्न पूछने का एक समाचार छपा है, और आज शहर में उस समाचार की खूब धूम है। अमर को याद है कि पिछली रात को समाचारों की ब्रीफिंग के समय किसी ने अमर से इस विशेष समाचार का कोई जिक्र नहीं किया था। अमर ने तुरन्त फैक्स से उस समाचार को भेजने के लिए सतीश से कहा। दस मिनट में समाचार फैक्स से अमर के पास आ गया। हालाँकि समाचार ज्यादा बड़ा नहीं था, लेकिन उसे पढ़ने के बाद अमर ने अपना माथा ठोक लिया। यह बिल्कुल गलत समाचार था। उस समाचार में यह भी लिखा गया था कि पाँच सौ रुपये लेकर भी विधानसभा में प्रश्न उठाए जाते हैं। पैसे के उल्लेख के साथ लगाया गया आरोप प्रमाण माँगता है। अमर ने सीधे अपने सहायक सम्पादक को फोन किया और कहा, "मेरी जानकारी के बिना यह मैटर कैसे छप गया..?"

उन्होंने बताया, "ऑटो सेठ ने सीधे इस समाचार को देर रात को सतीश को डिक्टेट कराकर लिखवा दिया था। इसलिए हड़बड़ी में इस बात की सूचना आपको नहीं दी जा सकी थी।"

अमर ने कहा, "यह पाँच सौ रुपये देने का कोई प्रमाण है?"

"मुझे नहीं मालूम, यह ऑटो सेठ ही बता सकते हैं।"

अमर ने साफ-साफ कहा, "इस मामले में अब बवाल होगा और सदन की अवमानना का प्रस्ताव भी आएगा।"

अमर काफी विचलित था। यह एक तरह से मालिकान का एडिटोरियल पर न केवल हस्तक्षेप था, बल्कि अमर की अनुपस्थिति का लाभ उठाया गया था। यही बात अमर को सबसे ज्यादा बुरी लग रही थी। रायपुर लौटने तक मामला काफी तूल पकड़ चुका था और विधानसभा से अवमानना का नोटिस आ चुका था। लेकिन ऑटो सेठ ने उस नोटिस को वापस करा दिया था। अमर को आते ही इस बात का पता चला। अमर स्टाफ पर नाराज हुआ कि नोटिस क्यों वापस भेज दिया गया, यह दूसरी गलती है। फिर अमर ने विधानसभा सचिव को पत्र लिखकर अपने खिलाफ नोटिस की दूसरी प्रति मँगवाई और बतौर सम्पादक सारी जिम्मेदारी अपने कन्धों पर लेते हुए उसने दिए गये समय के भीतर तीन पृष्ठीय जवाब भेजा। यह पत्र बड़ी

सफाई से और सोच-विचार कर अमर ने लिखा था।

ऑटो सेठ ने उत्साह से उस खबर को लगवाया था, पर अब वे उतने ही घबरा गये थे। अमर ने आश्वस्त किया कि एक्ट के अनुसार सारी जिम्मेदारी उसकी है और उसने जो जवाब भेजा है वह बहुत माकूल है और अन्ततः कुछ नहीं होगा। इसके पहले भी छत्तीसगढ़ में एक-दो मामले ऐसे हुए थे, जिनमें सम्पादकों को माफी माँगनी पड़ी थी।

करीब पन्द्रह दिनों बाद विधानसभा द्वारा गठित समिति के सामने अमर की पेशी हुई। अमर ने साफ-साफ कहा, ''उस समय वह दिल्ली में था, यह समाचार गलती से चला गया। समाचार की भाषा में गड़बड़ी है, लेकिन समाचार के तथ्य सही हैं। हम तथ्यों को अगले अंक में छापते कि इसी बीच आपका नोटिस आ गया। मेरी अनुपस्थिति में छपे हुए इस समाचार की जिम्मेदारी मैं लेता हूँ। जो भी कार्यवाही होगी, मुझे मंजूर है।''

बाद में पता चला मुख्यमन्त्री चाहते थे कि यह मामला उठे ही नहीं और उसका खंडन छापकर मामले को समाप्त कर दिया जाए। लेकिन विधानसभा अध्यक्ष और दो-चार विधायकों के हो-हल्ले से अन्ततः यह मामला उठ गया था।

ऑटो सेठ के इस कृत्य से अमर अत्यधिक आहत हो गया था। मन के किसी कोने में एक आशंका जगी कि शायद इनके साथ ज्यादा दिन तक चला नहीं जा सकता। कभी भी इस तरह की घटना दोहराई जा सकती है।

इधर, ऑटो सेठ वायदे के अनुसार शेष पैसे न तो दे रहे थे और न ही 'जनमित्र' को भी पैसे पहुँचा पा रहे थे। सारा खेल उस अर्द्ध-शिक्षित मैनेजर का ही था जिस पर ऑटो सेठ का अन्धा विश्वास था। बनिये का गणित भी बड़ा अजीब होता है। ऑटो सेठ का सोचना था कि दैनिक चलाने में अब उन्हें पैसे नहीं देने पड़ते, अखबार अपनी कमाई से ही जिस रूप में निकले निकल रहा था और अखबार के मालिक होने का फायदा भी उन्हें मिल रहा था। इसलिए न तो अखबार में कोई सुधार आ रहा था और न गिरावट। इस यथास्थिति को बनाये रखने का श्रेय वे उस मैनेजर को देते थे। भले ही मैनेजर लाभ के अंशों में डंडी मार रहा हो। धीरे-धीरे असन्तोष बढ़ता ही चला गया।

इन तमाम परिस्थितियों के एक-एक क्षण का ब्यौरा दीप्ति को मालूम था। दीप्ति अपने ढंग से सोचती थी। उसने कहा भी, ''तुम्हें उस मैनेजर के चाल-चलन से क्या लेना-देना। वह तुमसे तो टकरा नहीं रहा है। स्टाफ तुम्हारा नहीं उनका है। वे स्टाफ के साथ चाहे जैसा व्यवहार करें, इससे तुम्हें क्या। जिन्दगी भर तुमने सीधा रास्ता चुना। सीधे रास्ते सें चलने वालों को तकलीफ सहनी ही पड़ेगी, अन्यथा रास्ता बदलना पड़ेगा। टेढ़े रास्ते से तुम चल नहीं सकते, फिर शिकायत किस बात की।''

जब अमर शेष ग्यारह-बारह लाख रुपये की बात करता, तो दीप्ति कहती, ''इससे पहले भी तो तुम कई बार ठगे गये हो। जब उस समय का अफसोस नहीं तो अब किस बात का अफसोस..! तुम्हें पता है... दुनिया में जितने भी शरमाएदार हैं, उनकी पूँजी का आधा उनके परिश्रम का है, आधा शोषण और तिकड़म से कमाया हुआ। अन्यथा वे शरमाएदार बन ही नहीं सकते थे। यदि सब लोग अपने-अपने हिस्से के शोषण का मुआवजा माँगने लगे तो ये शरमाएदार दुनिया नहीं छोड़ देंगे। गनीमत यह कि तुम रायपुर लौट आये हो, एक दैनिक में हो। ऑटो सेठ तुम्हारी कीमत समझता है, वह तुम्हें कम-से-कम निकालेगा तो नहीं। क्या तुम्हें थोड़ा भी सुकून रास नहीं आता? कभी हम लोगों के विषय में भी सोच लिया करो।''

अमर चुपचाप सारे तर्क को हजम कर लेता, लेकिन उसके मन-मस्तिष्क में आँधी-सी चलती रहती। दिल्ली जाता, स्टाफ के लोग समवेत रूप से असुविधाओं का जिक्र करते। ऑटो सेठ बहुत कम ही दिल्ली के ऑफिस में जाते थे। किसी तरह 'जनमित्र' का चौथा वर्ष भी पूरा होने को आ गया।

अमर दिल्ली में होता तो रेवती उससे जरूर सम्पर्क साधती। वह कई बार इशारा कर चुकी थी, ''अमरजी, आप मेरे पाले में चले आएँ तो एक दूसरी जगह आपके लिए तैयार हो सकती है।''

अमर हर बार रेवती का प्रस्ताव टाल जाता। उसे लगता कि रेवती का प्रस्ताव मानना एक अनैतिकता को प्रश्रय देना होगा। इतने दिनों में अमर भीतर-बाहर से तकरीबन टूट चुका था। बार-बार अमर का मन कहता कि अब शायद सारी आकांक्षाओं और सपनों का अन्त आ गया है। वह ऑटो सेठ के असली चेहरे को पहचान चुका था। उसे लगता कि अपनी शर्तों पर जीने के आग्रह का अन्ततः यह परिणाम निकला कि उनकी अपनी शर्तों पर पैसे का ओवरकोट चढ़ता जा रहा है। ऑटो सेठ के पैसे का कोट उसके अस्तित्व को किसी दिन पूरी तरह ढाँप लेगा। फिर अमर का निजत्व कहाँ रह जाएगा! क्या अमर में इतना पुरुषार्थ नहीं है कि अपने तीन सदस्यीय परिवार की गाड़ी को खींच सके? बेटी की शादी तो हो ही चुकी है, बेटा कुछ-न-कुछ तो कर ही लेगा।

विधानसभा से फिर पेशी आई। इस बार मालिक को भी उपस्थित होना था। कमेटी ने इस बार अमर से घुमा-फिराकर कई प्रश्न किए। लेकिन अमर अपनी पिछली पेशी में कही गयी बातों पर अड़ा रहा।

उसने कहा, ''गाँधी की तस्वीर सामने है। इस तस्वीर के सामने खड़ा होकर मैं कभी झूठ नहीं बोल सकता। जो बातें सच थीं, वे मैं बता चुका हूँ। इसके लिए यदि आपको कोई सजा मुझे देनी है तो आप दे सकते हैं।''

समिति के अध्यक्ष हँस पड़े। अपनी पेशी समाप्त होने के बाद आधे घंटे चाय-वाय पीकर जब अमर विधानसभा सचिव के कमरे में आया तो सचिव ने तपाक से कहा, ''अमरजी, आप तो अपने कथन पर डटे रहे, लेकिन मालिक ने निःशर्त क्षमा माँग ली। अब यह मामला रफा-दफा हो जाएगा। चलिए... आपको बधाई... कि आपने क्षमा नहीं माँगी और न उस समाचार का खंडन छापना पड़ा।''

इस तरह विधानसभा की अवमानना के मामले में अमर अपनी शर्तों पर ही बरी हो चुका था।

दिल्ली के इतर रायपुर के दैनिक में रहते हुए अमर ने पत्रकारिता के भीतरी संसार के सच को नये सिरे से जाना। वह प्रचलित तथ्यों से भी कहीं ज्यादा काला और कुरूप था। इस समय दद्दा की खूब याद आ रही थी। दद्दा होते तो जाने क्या कहते...? उनके कडुवे सच में और कितनी नायाब गालियाँ होतीं...? उलाहना देते हुए वे शायद कहते, ''बचवा, तुम्हें बार-बार मैं इसी बात के लिए तो सतर्क करता रहता था। हमारी पीढ़ी और उसके बाद की पीढ़ी यानी तुम लोगों की पीढ़ी तक मूल्यों को टिकाये रखने के लिए जो माद्दा चाहिए, जो जनसहयोग चाहिए, वह अब मिलने से रहा। अकेले क्या कर लोगे..? एक चक्रव्यूह लगातार बुना जा रहा है। पत्रकारिता का मिशन अब व्यवसाय में बदल चुका है। चमचमाती मार्केटिंग में तुम्हारी सोच का यह चेहरा कब तक टिक पाएगा?''

दद्दा को याद करते हुए अमर की भीगी पलकों में कब नींद ने डोरे डाल दिए, यह पता ही नहीं चला।

ऑटो सेठ ने अचानक 'जनमित्र' से पूरी तरह हाथ खींचने की घोषणा कर दी। अपने दैनिक में अमर को सम्पादक के रूप में रहने दिया। उन्होंने दिल्ली आने-जाने का खर्च देने से मना कर दिया। अमर के लिए कठिनाइयाँ और बढ़ गयीं। ऑटो सेठ के हाथ खींचने का सीधा मतलब था कि अब वे करार किये गये पैसे नहीं देंगे। उन्होंने फौरी तौर पर 'जनमित्र' के ट्रांसफर के कागजात को अमर के नाम कर दिया। लेकिन दिल्ली जाकर उन्हें एक घोषणा-पत्र पर हस्ताक्षर करने थे जो उन्होंने नहीं किये और इसी के बाद ही तेजी से ऐसी घटनाएँ घटीं कि अमर उनके बिछाये हुए जाल में फँसता चला गया।

अप्रत्याशित रूप से उसी समय एक व्यक्ति मार्केटिंग के नाम पर भागीदारी की शर्तों पर आगे आये। इस तरह की भागीदारी की चर्चा से पूरा स्टाफ सशंकित हो गया था, लेकिन अमर के पास दूसरा कोई चारा भी तो नहीं था। सतीश ने खुलकर कहा भी, ''यह आप गलत निर्णय ले रहे हैं। हम सबने आपके साथ सारे कष्ट झेले हैं, आगे भी झेलेंगे, लेकिन यह निर्णय मुझे रास नहीं आ रहा है।''

अमर को लगता... थोड़ी राहत मिल जाएगी तो रोज की हायऽऽ हायऽऽ से

मुक्ति मिल जाएगी। यह व्यक्ति 'जनमित्र' से जुड़ेगा तो अपने लाभ की खातिर मेहनत तो करेगा ही। इसके पहले हो यह रहा था कि 'जनमित्र' से सहयोगी के रूप में कोई भी व्यवस्था से जुड़ना चाहता था तो लोग उसे भड़का देते थे। अमर ने यही सब सोचकर अन्य मित्रों से इस बाबत बात नहीं की, शायद यही गलती हो गयी थी। इसके बाद की घटनाएँ अजीबो-गरीब और ऐसी हुईं कि अमर ध्वस्त हो गया। तब उस व्यक्ति ने कहा, "मैं 'जनमित्र' को खरीद लूँगा।"

अमर ने भी सोचा... "चलो यही सही। कुछ कर्जों का बोझ कम हो जाएगा और एकमात्र खुशी यह मिलेगी कि 'जनमित्र' बन्द नहीं होगा, उसकी निरन्तरता जारी रहेगी।"

इस बीच ऑटो सेठ और उस अर्द्ध-शिक्षित मैनेजर के रवैये से अमर क्षुब्ध हो चुका था। 'जनमित्र' को सहारा देने की शर्त पर ही अमर ने उस दैनिक को ज्वाइन किया था। अचानक अमर को लगा कि जहाँ उसके सपनों पर इस कदर चोट की गयी है, वहाँ काम करने से क्या फायदा। विधानसभा वाली घटना भी अमर को साल ही रही थी। इसलिए अमर ने फोन पर ही इस्तीफा दे दिया। दीप्ति ने समझाया भी था, "एक तो 'जनमित्र' से हाथ खींच रहे हो, दूसरी ओर रायपुर की एक ठीक-ठाक जगह को फिर छोड़ रहे हो। यह ठीक वैसा ही है जैसे आ बैल मुझे मार...। ऐसे आत्मघाती निर्णय तुम क्यों लेते रहते हो... कभी हम लोगों के विषय में भी सोचा है...?"

अमर कहता, "लड़की की शादी हो चुकी है, लड़का कुछ-न-कुछ कर ही लेगा। हम लोगों की अब उम्र हो रही है। मैं खट लूँगा, फ्री-लांसिंग करूँगा, हमारे जीने लायक पैसे हो ही जाएँगे। अब यह तनाव झेला नहीं जा सकता।"

दीप्ति का जवाब था, "तुम्हारे तर्क बेकार हैं। जब तुम इतनी अधिक सक्रियता से अचानक खाली हो जाओगे तो खालीपन का तनाव कामकाजी तनाव से भी अधिक प्रखर होता है। उसका अन्दाजा शायद तुम्हें नहीं हो पा रहा है। वह तनाव इससे भी अधिक तीखा होता है। मैं तुम्हारे इस निर्णय से बिल्कुल असहमत हूँ।"

अमर ने तो कदम उठा ही लिया था। पीछे लौटने का प्रश्न ही नहीं था।

अब ऑटो सेठ से हस्ताक्षर करवाने की कवायद शुरू हुई तो ऑटो सेठ ने भी मौके का फायदा उठाया और उन्होंने दिल्ली जाकर हस्ताक्षर करने से मना कर दिया। इसके बाद के घटनाक्रम में नया खरीदार हावी हो गया। तरह-तरह से डराने-धमकाने की कोशिशें शुरू हो गयीं। अमर अपनी बेवकूफ़ियों से स्वयं ही खीझा हुआ था। अपने सपनों के टूट जाने... बिखर जाने का दुःख उसे भीतर-ही-भीतर मथ रहा था। किससे कहे, कौन विश्वास कर सकता है...? कि इस तरह की नादानी इस पकी हुई उम्र में हो जाएगी? आर.एन. तिवारी चाहते थे कि हम कोर्ट में

जाएँ... लेकिन दीप्ति का कहना था, ''दिल्ली हाईकोर्ट के वकील की फीस कौन भरेगा... ? तुम्हारे पास अब बचा ही क्या है... ? अब इस पूरे प्रकरण को भूल जाओ और 'जनमित्र' को अपने भरोसे छोड़ दो।''

मन नहीं मान रहा था पर कुछ सूझ भी नहीं रहा था।

फिर पता चला कि ऑटो सेठ और खरीदार के बीच समझौते हो गये हैं। ऑटो सेठ दिल्ली जाकर उस लम्बित घोषणा-पत्र पर हस्ताक्षर कर आएगा। अमर के हाथ से बैठे-बिठाये सारी दुनिया लुट गयी... हाथ में आया शून्य...! कुछ दिन तो बौखलाहट, दु:ख और पराजय की पीड़ा से छटपटाते बीत गये।

जे.पी. ने सुना तो उन्हें भी दु:ख हुआ। उन्होंने कहा भी कि एक बार के लिए मुझे बीच में डालकर आपने बातचीत क्यों नहीं की... ? मैं देखता कि कोई कैसे ठग लेता है...! अब तो कोई रास्ता भी नहीं बचा है... ? कोर्ट केस करेंगे तो पैसे तो लगेंगे सो अलग, समय कितना लगेगा इसका भी ठिकाना नहीं। तब तक तो सारी परिस्थितियाँ ही बदल जाएँगी। जाने दीजिए... मेरे दो करोड़, आपके कुछएक लाख चले गये तो मान लीजिए इन्हें जाना ही था। सुनते हैं अगले के पीछे पैसे वालों का सपोर्ट है। वे इसे चला ही लेंगे, आपको तो यह सन्तोष कर लेना चाहिए कि आपने यहाँ से जाकर दिल्ली में एक राष्ट्रीय स्तर के पत्र को प्रतिष्ठित किया और वह पत्र इतनी आपाधापी के बाद भी बन्द नहीं हुआ। प्रारब्ध से किसी को न कम मिलता है न ज्यादा... शायद यही मंजूर था ईश्वर को...!''

अमर के ज़ेहन पर यह एक ऐसा घाव था, जिसे किसी को बताते हुए भी खुद पर क्षोभ होता था। कैसे किसी को अपनी मूर्खता का बखान करे... कौन विश्वास करेगा कि रातों-रात अपना बुना हुआ घर दूसरे का हो जाता है...! हो सकता है... लोग सोचें कि जरूर कुछ लेन-देन हुआ होगा, मोटी रकम मिल गयी होगी... लेकिन अपनी हालत किसे बताता, इसलिए अमर ने अपनी ओर से चुप्पी साध ली। फैलने दो जितनी अफवाहें फैलती हैं... मेरा सच तो मेरे साथ है न...। दु:ख इस बात का और भी था कि विश्वास के गाल पर यह एक करारा थप्पड़ था। एकाएक अमर के प्रति नये खरीददार का व्यवहार बदल गया। जैसे दोनों के बीच वर्षों की दुश्मनी रही हो, यह बात अमर को और अधिक आहत कर जाती थी।

दिल्ली जाना ही था। अपने से जुड़े हुए ढेर सारे लोगों को सच्चाई बतानी थी। कम-से-कम वे इस भ्रम में न रहें कि अमर ने उन्हें बीच मँझधार में जानबूझकर छोड़ दिया। अब उन्हें नये मालिक के साथ काम करना था। किशनजी बिल्कुल अनमने और उदास हो गये। उन्होंने कहा, ''आपके न रहने पर मैं यहाँ रहकर भी क्या करूँगा। आप ही के कारण आया था... मैं भी यहाँ नहीं रहूँगा।''

अमर ने समझाया... ''ऐसा बिल्कुल न करें। आप अपने काम के प्रति समर्पित

रहें। यही आपकी रोजी-रोटी है, इससे क्या नाराजगी...? कितनी संस्थाओं में बॉस बदल जाते हैं तो क्या लोग नौकरी छोड़ देते हैं! ऐसा कतई न सोचें, हमारे-आपके सम्बन्ध तो जीवन-भर बने रहेंगे। सम्बन्धों में नौकरी कभी आड़े नहीं आती। इस नौकरी पर आपकी पत्नी व बच्चों का हक है।''

काफी देर की बातचीत के बाद वे सहमत तो हो गये, लेकिन मन-ही-मन यह बात उन्हें कुतर रही थी, यह समझते अमर को देर नहीं लगी। नीराजी ने सुना तो गुस्से से बिफर गयी, ''आप ऐसे कैसे छोड़ देंगे अमरजी...! यह तो सरासर धोखा है।''

अमर ने कहा, ''मैंने विश्वास के आधार पर पहले ही एक डिक्लेरेशन में मालिकाना हक को इस तीसरे व्यक्ति के पक्ष में कर दिया था। अब मेरे पास लड़ने के लिए भी कोई हथियार नहीं है। फिर लड़कर होगा क्या नीराजी...? बीच में मित्रता का नाम ही बदनाम होगा। भविष्य में कोई किसी मित्र पर कैसे भरोसा करेगा...? इसलिए इस ज़ख़्म को मैं ढाँपकर ही रखना चाहता हूँ।''

नीराजी कुछ तीखी हो गयीं, ''हर समय मैंने देखा है अमरजी, ऐसे तो आपकी कलम से प्रतिरोध की भाषा इतने प्रवाह से निकलती है, लेकिन दूसरे छोर पर आप इतने अधिक उदार क्यों बन जाते हैं...? आपकी यह उदारता यदि दूसरों को समझ में ही नहीं आती तो उस उदारता का मतलब ही क्या...! कितने कष्टों से आपने एक रचनात्मक संसार को बुना था, कितने लोगों को मूल्यगत मीडिया में आज के युग में काम करने की प्रेरणा दी? और आप स्वयं ही अराजकता को नतमस्तक होकर मान रहे हैं...! यह बिल्कुल मेरे पल्ले नहीं पड़ रहा है।''

काफी देर तक नीरा तर्क-वितर्कों से अमर को सचेत करती रहीं, पर अमर को पता था कि वह हर तरह से बाजी हार चुका है। छल-कपट की बिसात पर अब कोई भी गोटी शेष नहीं बची थी। मोहनजी, अनिलजी, आर.एन. तिवारी, चंचलजी, सभी बारी-बारी से मिले। जितने लोगों से बात होती, उतनी ही बार नये सिरे से अमर के भीतर एक बवंडर उठता, जो उसकी सम्पूर्ण नसों को झकझोर जाता।

जीवन के इस पड़ाव पर आकर अमर जब पीछे मुड़कर देखता है तो लगता है, ढेर सारे लोग जो उसके जीवन में आये... जिन्होंने उसे एकतरफा दिया ही दिया है, अमर उन सबको क्या लौटा पाया है? कुछ भी तो नहीं...। सभी ने उसे पॉजिटिव दिया है। यों भी लोगों के निगेटिव को जीने लायक सामर्थ्य ईश्वर ने दिया ही कहाँ है। उसे लगता है कि 'प्रिंटलाइन' के भीतर के लोग 'प्रिंटलाइन' का संयम तोड़कर बाहर आ गये हैं। 'प्रिंटलाइन' के बाहर ढेर सारे अपनों के बीच अब पहचानना भी मुश्किल हो गया है कि कौन मीडिया से है और कौन नहीं...? सब-के-सब जैसे अमर के सामने खड़े होकर उसे टकटकी लगाये देख रहे हैं। उसी भीड़ में अचानक

उसे भोंपू लिये हुए छोटे मियाँ भी दिखाई दे रहे थे। धूम धड़ाक धिन्न... धिन्न...। आज वह चूहा मारने की दवाई नहीं बेच रहे हैं। अमर को लगता है कि जैसे छोटे मियाँ चिल्ला रहे हैं... "हायऽऽ हायऽऽ सुबह के भूले को बताने वाला भी कोई नहीं है कि ब्रदर, शाम हो गयी है... लौटने का समय हो गया है। कोई उसे बताओऽऽऽ..., शाम का एहसास दिलाओ।"

क्या आदर्श का दंश भी इतना तीव्र होता है, जो विष की तरह कंठ में अटककर भी पूरे वजूद पर फैल जाना चाहता है? इसी भीड़ में कहीं एक चेहरा इब्राहीम का भी है जो अपनी कड़वी जुबान से उसके मूर्खतापूर्ण फैसलों पर सवाल-पर-सवाल किये जा रहा है। अमर है कि इब्राहीम को कोई सटीक उत्तर नहीं दे पा रहा है। शायद इब्राहीम को अफसोस होता है... और फिर वह बड़े प्यार से अमर को अपनी बाँहों में ले लेता है जैसे ढाँढ़स बँधा रहा हो... हम हैं न...! तभी लगता है कि कोई उसके बालों में हाथ फेर रहा है, बड़े ममत्व से बिना कुछ कहे वह सर उठाता है तो देखता है दीदी की आँखें छलछलाई हुईं हैं और शिरो दीदी उसका सर सहला रही हैं।

जब मन अशान्त हो और व्यक्ति स्वयं के सवालों के सामने ही लाजवाब खड़ा हो तो अक्सर वह आलम्बन खोजने लग जाता है। अभी तक के पूरे जीवन-संघर्ष में दीप्ति ही अकेली उसका आलम्बन बनी हुई थी। इसी पल दीप्ति पास में नहीं थी। किसे बताये...? कौन समझेगा? तनाव के साथ जब निराशा का घालमेल हो जाता है तो लगता है जैसे दम घुट रहा है। अपने-आप पर जैसे विश्वास ही नहीं होता है।

शाम ढलने लगी थी...। अमर से मिलकर सब लौट चुके थे। अमर ने फोन पर दीप्ति से बात की। दीप्ति को आवाज़ सुनते ही अमर की मन:स्थिति का आभास हो गया। दीप्ति ने कहा, "वहाँ से अपनी एक चीज भी तो तुम ला नहीं सकते... फिर वहाँ पड़े रहने का क्या अर्थ है...? घर चले आओ...! वहाँ रहकर बीमार पड़ जाओगे।"

अमर देर तक हाँ-हूँऽऽ करता रहा, लेकिन भीतर के द्वन्द्व से छुटकारा नहीं मिला। उसके साथ रात-दिन रहकर सेवा करने वाला मनोज अमर से ज्यादा उदास था। बात करते-करते वह रो पड़ा। अमर को अपने ही तनाव से मुक्त होने का कोई रास्ता नहीं मिल रहा था। आर.एन. को फोन कर वापसी की टिकट के लिए कहा... दूसरे ही दिन वी.आई.पी कोटे से एक बर्थ की व्यवस्था तिवारी जी ने कर दी। लेकिन यह रात काटे नहीं कटेगी...। अमर ने मनोज से एक आधी बोतल ले आने को कहा। मनोज थोड़ी देर के लिए हिचकिचाता रहा, लेकिन अन्तत: उसे कहना तो मानना ही पड़ा।

कितना कठिन होता है अपने संवेगों पर स्वयं ही नियन्त्रण रखना। नशे के बहाव से अमर की नसों में जैसे उफान आ गया था। अपने विरुद्ध तमाम परिस्थितियों

के विपरीत पूरा शरीर जैसे बगावत पर उतर आया था। अमर का विवेक इस दबाव को शायद झेल नहीं पा रहा था। इसलिए विवेक ने कोई संकेत देना भी बन्द कर दिया था। ऐसा लगने लगा जैसे कोई और उसके पूरे वजूद पर छाता जा रहा है। अमर अपने में होते हुए भी अपने में नहीं है। ऐसी ही मन:स्थिति में अमर को रेवती की याद आई। ठीक, यही वह जगह है, जहाँ नसों में बहते हुए लावे को अमर तिरोहित कर सकता है। उसे आभास ही नहीं हुआ कि यह गलत है या सही। एक अदृश्य चुम्बक जैसे उसे अपनी ओर खींचने लगी।

अमर ने फोन उठाया और डगमगाती आवाज़ में पूछा, "कहाँ हो रेवती..?"

रेवती ने कहा, "अभी घर पर ही हूँ, कहिये कैसे याद किया..? तबीयत तो ठीक है..?"

अमर के मुँह से अनायास निकला, "कहीं कुछ ठीक नहीं... मैं इसी वक्त तुमसे मिलना चाहता हूँ। तुम्हारे घर आ रहा हूँ।"

टेलीफोन के उस छोर से एक पुलकित आवाज़ आई, "अहो भाग्य हमारे...! जितनी जल्दी हो सके आ जाइए।"

अमर ने अपने ड्राइवर लड्डू को गाड़ी निकालने को कहा और किंचित् डगमगाते कदमों से गाड़ी पर सवार हो गया।

रेवती का डेढ़ कमरे का एक फ्लैट था— सजा-सँवरा, सुरुचिपूर्ण। रेवती प्रतीक्षारत थी। अमर के आते ही वह समझ गयी थी कि अपने स्वभाव के विपरीत आज अमर पिये हुए था। रेवती के होठों पर मुस्कराहट फैल गयी। लगता है ईश्वर ने आज उसकी सुन ली है।

अमर को सोफे पर बिठाते हुए रेवती ने पूछा, "बात क्या है...? आज आप बिल्कुल ही दूसरे मूड़ में हैं। इतना निराश मैंने आपको कभी नहीं देखा।"

अमर के होठों पर एक कृत्रिम हँसी तैर गयी, "क्या बताऊँ रेवती...! बड़ी कच्ची उम्र से इस कलम का संघर्ष करता रहा हूँ। कलम ने साथ खूब निभाया। लेकिन मुद्राराक्षस हमेशा मेरी गर्दन पर सवार रहा। अब तो हद हो गयी। मैं बिल्कुल रीत गया हूँ। एकदम से नि:शेष। मेरे सपने षड्यन्त्रों के जलजले में फँसकर फड़फड़ा रहे हैं, शायद दम भी तोड़ देंगे। रेवती, तुमने कभी देखा है जब बहुत ऊँचाई पर जाकर कोई पतंग कट जाती है या किसी पहाड़ के शिखर पर बहुत करीब पहुँचकर आपकी साँस उखड़ जाए तो कैसा लगता है...?

पहली बार रेवती ने साहस करके अमर के हाथ पर हाथ रखा और कहा, "इस तरह हारते नहीं हैं अमरजी, दुनिया में ढेर-से लोग हैं जो अन्तिम साँस तक संघर्ष करते हैं। वह संघर्ष ही क्या... जो हाँफ जाए और हार जाए। मेरा विश्वास है आपके संघर्ष को फिर से एक सोपान मिलेगा। आप अपने लिये नहीं, औरों के लिए कुछ

करने लायक दमखम रखते हैं।''

अमर को इन तात्विक बातों में अब कोई रुचि नहीं थी। उसे लगा बहुत आसान है सान्त्वना देना। खुद के ज़ख्म को स्वयं ही महसूस किया जा सकता है। दूसरे के घाव दूर से देखने और अपने घाव की टीस को सहते रहने में जमीन-आसमान का फर्क है। अचानक अमर ने रेवती को अपने बहुत करीब खींच लिया। रेवती को इसी बात की प्रतीक्षा थी, लेकिन जाहिर तौर पर वह चौंक गयी।

अमर को सहसा याद आया कि आज तक रेवती के विषय में उसे कोई जानकारी नहीं मिली थी। आखिर वह किस पत्र के लिए काम करती है? कहीं उसकी छपी हुई रिपोर्ट दिखती क्यों नहीं? रेवती को बाँहों में समेटते हुए अमर ने यह सवाल उछाल दिया।

अपने आप पर गौरवान्वित और आह्लाद से भरी हुई आवाज़ में रेवती ने कहा, ''आप पहले व्यक्ति हैं, जिनके सवाल का मैं सही-सही उत्तर दे रही हूँ। और किसी को ऐसे सवाल का उत्तर आज तक नहीं मिला। विभिन्न तरह से झूठ बोलकर मैं कन्नी काट जाया करती हूँ। लेकिन आज का दिन मेरे लिए अप्राप्य के प्राप्ति का दिन है। आज तो जैसे गली में चाँद निकला... आपको सब बताती हूँ।''

रेवती ने जो वृत्तान्त सुनाया, उससे पलभर के लिए लगा जैसे अमर का नशा फट जाएगा।

रेवती एक मल्टीनेशनल कम्पनी में लिआज़न अफसर का काम करती थी। उसका काम था पत्रकारों के बीच सम्बन्ध बनाना और उनसे बातचीत के जरिये 'ऑफ द रिकॉर्ड' खबरों को अपने मालिकान तक पहुँचाना। कभी-कभी स्कूप देने के बहाने वह अखबारों को अपने मालिकों के द्वारा प्रायोजित समाचारों को विभिन्न पत्रों में ठेल भी दिया करती थी। मालिक उसके दिए हुए 'ऑफ द रिकॉर्ड' तथ्यों को छानकर अपने मतलब की बात निकाल लेते थे। रेवती के द्वारा दी गयी सूचनाओं पर यदि कम्पनी की कोई बड़ी डील हो जाती तो रेवती को पृथक से बोनस मिल जाया करता था।

रेवती ने कहा, ''मैं यदि अपनी सच्चाई इस तरह सबको बताती फिरती तो फिर मुझे कोई घास क्यों डालेगा? सब-के-सब सतर्क हो जाएँगे। मैं जो पत्रकारों को खिलाती-पिलाती रहती हूँ उसका सारा भुगतान मेरी कम्पनी करती है। अमरजी, आज मैं अपने-आप में इतनी तृप्त हूँ कि आपको पास पाकर मुझे लगता है मैंने बहुत-कुछ पा लिया है। इसीलिए इस रहस्य को आज आपके समक्ष उजागर किया। विश्वास है यह बात अपने तक ही रखेंगे। अमरजी, मुझे माफ करना, मैंने आपकी पत्रिका का भी उपयोग किया था। मानती हूँ यह सब अनैतिक है पर मेरी नौकरी की यही शर्तें हैं। हम सबका एक अतीत है अमर (अनायास रेवती आप से तुम पर उतर

आई।)...''

''अमर... मैं उस अँधेरे अतीत का जिक्र कर कोई सहानुभूति नहीं बटोरना चाहती। जीवन में ऐसे क्षण बहुत कम आते हैं अमर.., जब आप ऐसे दुर्लभ क्षणों को जी रहे हों...। आओ... आज मैं तुम्हारी केलि-सखी बन जाऊँ, तुम्हारे दुःख और तनाव को अमृत की तरह पी लूँ...। विष पीने लायक हैसियत तो ईश्वर ने हमें दी ही कहाँ है...?''

अमर की मूल्यगत भावनाओं पर जैसे किसी ने जोर से प्रहार किया। बावजूद इसके अमर का नशा नहीं टूटा। अपने हार जाने के एहसास और गुस्से से उसकी नसों में फिर से एक अजीब-सी जलन होने लगी। ऐसी जलन जो दूसरे की तपन से ठंडाती है, न कि बढ़ती है...। उसने रेवती को और करीब खींच लिया।

इन स्थितियों में भी अमर की सुप्त इन्द्रियाँ उसके विवेक को लगातार कुरेदे जा रही थीं, लेकिन जैसे रेवती की देह की नरमाई और गर्म उसाँसों ने नैतिकता को दरवाजे के बाहर ही रहने का आदेश दे दिया हो और सारे वातायन बन्द कर दिए हों। मस्तिष्क में ऐसे क्षणों में भी कनुप्रिया की वह पंक्तियाँ तैरने लगीं—

''अन्त में तुम हारकर, लौटकर, थककर
मेरे वक्ष के गहराव में
अपना चौड़ा माथा रखकर
गहरी नींद में सो गये हो...
और मेरे वक्ष का गहराव
समुद्र में बहता हुआ, बड़ा-सा ताज़ा क्वाँरा, मुलायम गुलाबी
वटपत्र बन गया है
जिस पर तुम छोटे-से छौने की भाँति
लहरों के पालने में महाप्रलय के बाद सो रहे हो!
नींद से तुम्हारे होंठ धीरे-धीरे हिलते हैं
''स्वधर्म ...!'' आखिर मेरे लिए स्वधर्म क्या है?
और लहरें थपकी देकर तुम्हें सुलाती हैं
''सो जाओ योगिराज... सो जाओ... निद्रा
समाधि है!''
नींद में तुम्हारे होंठ धीरे-धीरे हिलते हैं
''न्याय-अन्याय, सदसद्, विवेक-अविवेक—
कसौटी क्या है? आख़िर कसौटी क्या है...?''

अमर को लगा कि वह अपने खुद पर से नियन्त्रण खोता जा रहा है। रेवती का जिस्म जैसे अथाह चुनौती बनकर उसके सामने खड़ा हो गया। क्या इस सुलगते

सागर में वह अपनी नसों को डुबो दे और तपन से तपन को राहत हो जाए। उसे लगा... जैसे आसमान से तारों के पहरे से आँख बचाकर चाँद उसकी बाँहों में उतर आया है, फिर...! उत्ताल तरंगों ने जैसे तटबन्ध तोड़ने का निर्णय ही ले लिया था...!

कुछ देर बाद अमर का औंधा जिस्म बिस्तर पर पड़ा हुआ था और धीरे-धीरे उसमें एक थिरकन हो रही थी। आत्म-विभोर और तृप्त रेवती ने अमर को छूकर कहा, "क्या बात है...? इस तरह काँप क्यों रहे हो..! कहते हुए रेवती ने अमर को अपनी ओर खींचा, "अरे...! तुम तो रो रहे हो...। मैंने जीवन में पहली बार किसी को चरम-तृप्ति के बाद रोते हुए देखा है। क्या बात है, अमर...?"

अमर को कुछ भी सुनाई नहीं दे रहा था। उसे तो बार-बार यही लग रहा था कि वह दीप्ति के सामने अपराध-बोध से ग्रसित चुपचाप खड़ा है। सारा वजूद जैसे क्षणभर के लिए हिल गया। वह माफी माँगने की स्थिति में भी नहीं है। क्या कोई ऐसे ही अपने सिद्धान्तों और नैतिकताओं को छोड़ सकता है? क्या हुआ जो जीवन का एक और सपना टूट गया। उससे निजात क्या इस तरह पाया जाता है...? क्या यही सर्व-शुद्ध हल है...? क्षणभर का सुकून क्या जीवन-भर के प्राप्य के बराबर हो सकता है...? अब वह क्या जवाब देगा... जब दीप्ति सामने होगी...? अब तक का महानायक अमर अपने आप में सिकुड़कर अपने को इतना बौना पा रहा है कि नये सिरे से वह तनाव-ग्रसित हो गया। नशा पूरी तरह फट चुका था। उसी हालत में वह जल्दी-जल्दी तैयार हुआ। वह अपने आप पर इतना शर्मिन्दा था कि रेवती की ओर भरी नजरों से ताकना भी उसके बस की बात नहीं थी।

लौटते हुए उसने रेवती से कहा, "रेवती... आज जो कुछ भी हुआ, उसे भूल जाओ तो अच्छा है। तुम मुझसे दुबारा नहीं मिलना।"

रेवती के उत्तर की प्रतीक्षा किए बिना वह सीढ़ियाँ उतरने लगा... 'बाय...ऽऽ...'।

नीचे आकर ड्राइवर लड्डू को उसने सोते से जगाया और कार की पिछली सीट पर धँस गया। पराजय की भी एक थकान होती है। जाने कब वह पिछली सीट पर ही तन्द्रा से आच्छन्न हो गया। घर आते तक उसकी आँख पूरी तरह लग गयी थी। लड्डू ने जगाया, "साहब उठिये... घर आ गया...!"

□□

उन्हें लगा, जैसे... दूर से अमर उनकी ओर घुटनों के बल चलकर आ रहा है। वे भीतर से तिलमिला जाते हैं। यह अमर को आखिर हो क्या गया है...? संघर्ष का पर्याय बना अमर क्या इतना टूट गया कि वह अपने पाँव पर खड़ा नहीं हो सकता...? उन्होंने तो अमर को हमेशा तनकर खड़े होते देखा है। यह घुटनों के बल

चलकर आता हुआ व्यक्ति अमर कैसे हो सकता है? नहीं.., यह तो अमर ही है। उनका मन हुआ कि वह चीखकर कहें— उठकर खड़े हो जाओ अमर...। तुम्हें इस स्थिति में मैं सह नहीं सकता। उठो अमर... उठो...। उन्होंने महसूस किया कि उन्हें कुछ भी याद नहीं आ रहा है। अब तो अमर का दिखना भी करीब-करीब बन्द हो गया। उनकी ओर जो आकृति बढ़ रही है, वह एक छाया भर है। न उन्हें पलाश की आवाज़ सुनाई दे रही है न ही पत्नी की, न ही अतीत उतना स्पष्ट होकर उन्हें याद आ रहा है। तो क्या वे अब तक अमर को ही जी रहे थे...?

बहुत मद्धिम स्वर में हर ओर से आवाज़ें आ रही थीं... लौट आओ... लौट आओ...। ये आवाज़ें किनकी हैं...? वे दिमाग पर जोर डालते हैं— कभी लगता है पूरा सोनपुरा ही पुकार रहा है, कभी लगता है दीदी की आवाज़ है... कभी लगता है चित्राजी हमेशा की तरह उन्हें प्रेरित कर रही हैं, और कह रही हैं लौट आओ... कभी लगता है इब्राहीम खड़ा है। हो सकता है मुन्ना भैया हों... राजनारायण हों... मोहनजी हों... नहीं... नहीं... यह तो दीप्ति की आवाज़ है... लौट आओ... लौट आओ... ठीक इसी समय उन्हें अपनी ही एक कविता की पंक्तियाँ याद आने लगती हैं—

"क्या कहा?
मेरे लौटने की प्रतीक्षा हो रही है?
मैं तुम्हें कैसे समझाऊँ
मेरा उत्तम पुरुष अब
मध्यम को कुचलकर,
अन्य पुरुष में बात करता है,
मुझे दुख महज इस बात का है-
मैं अपनी मौत नहीं मरूँगा
इसी भीड़ की नियति को भोगूँगा
गलित कुष्ठ से सड़कर
किसी व्यस्त मरघट में
मुझे धँस जाना होगा...
मेरी ऊँचाई के अनुकूल जगह के अभाव में
मुझे जगह के अनुकूल बना दिया जाएगा
फिर लौटने की इच्छा इसलिए भी नहीं
कि मेरे साथ मेरा असमर्थ पौरुष
कुंठित जिजीविषा लिये
साये की तरह लौट चलेगा

और, यह पक्की सड़क का यात्री
पगडंडीवाले देवता के विरुद्ध
नये-नये षड्यन्त्र गढ़ेगा।
मुझे प्रायश्चित कर लेने दो
मैं अपने घाव का गन्दा मवाद
खुद जीऊँगा
पर साजिशों से भरे इस परिवेश के
छूत रोग को लेकर
नहीं लौटूँगा, नहीं... कभी नहीं...!''

उत्तर राग

यों भी वे अब लौटेंगे कैसे...? अभी तो एक तेज बहाव पर सवार हैं...। सारी इन्द्रियाँ मर चुकी हैं। वे बस बहते जा रहे हैं। अमर की आकृति भी धीरे-धीरे उन्हीं के साथ इस बहाव में शामिल हो गयी है। वे अपनी बची-खुची ताकत को सँजोकर जोर से चिल्ला उठते हैं... ''लौट जाओ अमर... हारना तुम्हारी नियति नहीं है। क्या हुआ कि एक सपना टूट गया है, एक और बड़ा सपना देखा जा सकता है। अभी बहुत वक्त पड़ा है, तुम्हें लौटना ही होगा...'' उन्हें लगा अमर तक उनकी आवाज़ पहुँच गयी है और सचमुच में अमर लौट रहा है एक नई शुरुआत के लिए।

वे बड़ी मुश्किल से अपने शरीर को बहाव के साथ खे रहे हैं। चारों ओर गहरा अँधेरा समुद्र, सब ओर अँधेरा... केवल अँधेरा...। इस घुप्प अँधेरे में दूर एक रोशनी टिमटिमा रही है। आहिस्ता-आहिस्ता वह टिमटिमाती हुई रोशनी शनैः शनैः एक बड़े प्रकाश पुंज में तब्दील होती जा रही है। अब तो वे तैर भी नहीं पा रहे हैं... उनका शरीर बड़ी तीव्रता के साथ उस प्रकाश पुंज की ओर खिंचा चला जा रहा है। अब उन्हें अपने चारों ओर के अँधेरे समुद्र का अहसास भी नहीं हो रहा है। जैसे रुई के फाहे उन्हें अपनी बाँहों में उठाये दौड़ते हुए रोशनी की ओर ले जा रहे हैं। लगा जैसे... अमर का शरीर भी उनके वजूद में समाहित हो गया। वे दो से एक हो गये। रोशनी का पिण्ड इतना तीव्र... अब उन्हें कुछ दिखाई भी नहीं दे रहा है। वे अन्तिम बार कोशिश करते हैं पत्नी को पुकारें..., पलाश को पुकारें..., अर्चना को पुकारें... पर आवाज़ ही नहीं निकलती। गर्म धूप जैसी तेज रोशनी के वृत्त में समाते उन्हें गर्मी का एहसास नहीं होता... उफ़...! इतनी शीतलता...! इतनी शान्ति...! मन्त्रोच्चारण की तरह कान में कोई फुसफुसा रहा है...!

जगत मिथ्या है... जागरण स्वप्न है...!

उन्हें शायद नींद आ रही है। एक बहुप्रतीक्षित गहरी नींद...

□□□

णाणं

पयासयं

वीर नि.सं. 2470

भारतीय ज्ञानपीठ

ई.सन् 1944